中华诗文选读丛书　伍恒山　主编

汉魏晋南北朝文选读

唐焱　编著

长江出版传媒｜崇文书局

中华诗文选读丛书
编著人员

主　编　　伍恒山

编著者　　（姓氏笔画为序）

　　　　　王滔滔　伍恒山　余瑞思

　　　　　姜　焱　徐　全　唐　焱

出版说明

　　"中华诗文选读丛书"是一套实用的、系统的中国古代文学普及读本，面向初、中等文化程度以上的读者。

　　丛书所选诗文，从先秦至近代，按文学发展的时代脉络分若干段，每时段中，以诗、文、词、曲、联分列编选并加注释、解读，每一编内大致以作者生年先后为序。

一、选编原则

　　1.代表性。所选诗文以其思想性与艺术性在中国文学史上有相当代表性为原则。

　　2.普泛性。所选诗文涵盖古文献经、史、子、集四部，比较系统全面。

　　3.经典性。所选诗文注重质量，以经典美诗、美文为主，情、词、义并茂，有相当的文采和审美价值。

　　4.可读性。所选诗文和解读不为艰深，务求简约，雅俗共赏。

　　本编虽以短小隽永、内涵丰富、个性特出、意境较高的美文（诗、词、曲、联）为重，但仍收有一些篇幅较长的文章。如先秦庄周等人的散文，短章径自选入，长篇则择其重要片段；屈原的诗歌《离骚》，有二千余字，比较长，但因为它在文学史上有极为重要的地位，且其内容非常精彩，所以整篇收入。

　　又因为文学不是孤立的存在，与中国文化的发展有密不可分的关系,所以选诗选文有意作文化与文学的会通,采取了与以往选本不同的视角,适当选择在中国文化史上有重要作用和地位的篇目,以求尽可能反映中国文学或文化的面貌。如汉代董仲舒《粤有三仁对》,其中"正其谊不谋其利,明其道不计其功"的论点是后代儒者着力之处,并被朱熹列入《白鹿洞书院学规》;宋代周敦颐《太极图说》、张载《西铭》等,都是在文化思想史上具开辟性,产生过重要作用、影响和意义的文章。同时兼顾了艺术上的丰富多彩,收录了一般文学选本很少涉及的书、画以及音乐内容,如先秦的《乐记》、汉蔡邕的《笔论》、唐孙过庭的《书谱》、唐末五代荆浩的《画山水赋》等,这些文章既有精美的文采,又有艺术上的指导作用,对后世影响巨大。还有一些倾向于史论、政论、哲学类的文章,如唐慧能的《坛经·自序品》,刘知幾《答郑惟忠史才论》《直书》,明黄宗羲的《明儒学案序》,顾炎武的《正始论》《论廉耻》,近代陈寅恪的"看花愁近最高楼",等等,这些文章或诗歌要么从史学角度出发,要么从思想角度立论,要么因感时伤世抒情,都有如曹丕《典论·论文》中所说是"经国之大业,不朽之盛事",所以是必须让我们现代的读者约略了解的。这也是本套丛书一个重要的特色。

二、选编依据

1.总集(选集):刘义庆编《世说新语》,萧统编《文选》,洪兴祖《楚辞补注》,郭茂倩编《乐府诗集》,王霆震编《古文集成》,元好问编《中州集》,清高宗敕编《唐宋诗醇》《唐宋文醇》,吴之振编《宋诗钞》,沈德潜编《古诗源》《唐诗别裁集》《明诗别裁集》《清诗别裁集》,许梿编《六朝文絜》,董诰等编《全唐文》,彭定求等编《全唐诗》,阮元校刻《十三经注疏》,吴楚材、吴调侯编《古文观止》,严可均辑《全上古三代秦汉三国六朝文》,姚鼐编《古文辞类纂》,李兆洛编《骈体文钞》，蘅塘退士选编《唐诗三百首》，曾国藩编《经史百家杂钞》，黎庶昌编《续古文辞类纂》，陈衍编《近代诗钞》，卢前编《全元曲》，胡君复编《古今联语汇选》，黄涵林编《古今楹联名作选粹》，逯钦立编《先秦汉魏晋南北朝诗》，唐圭璋编《全宋词》，隋树森编《全元散曲》，钱仲联编《近代诗钞》，龚联寿编《联话丛编》，王重民校辑《敦煌曲子词集》，龙榆生编《唐宋名家词选》，任中敏编《名家散曲》，曾昭岷等编《全唐五代词》，张岱年主编《中国启蒙思想文库》，戴逸主编《近代文史名著选译丛书》，钟叔河主编《走向世界丛书》，以及明、清、近代多种诗文选集等。

2.诸子、史、别集：《老子》《关尹子》《孙子》《列子》《墨子》《庄子》《荀子》《韩非子》《晏子春秋》《吕氏春秋》《国语》《战国策》及《史记》《汉书》《后汉书》《三国志》等，以及各大家如李白、杜甫、王维、苏轼等的别集。

三、选读内容

内文内容包含五项：（一）原文；（二）作者简介；（三）注释；（四）解读；（五）点评。其中，第二项，作者有多篇诗文的，"作者简介"就只放置在第一篇诗文的下面；第五项，"点评"是历代名家精到的"点睛"之语，有的点评较多，择优而选，有的没有点评，只能如孔子所说"君子于其所不知，盖阙如也"。注释和解读中，或释典故，或解词语，或点明主旨，或述其内容，或探讨源流，或普及知识，或介绍人物、背景及时代，有的还纠正通常的错误解读，如《明代散文选读》中高启的《游灵岩记》，解读中就纠正了历来以为作者"清高"、不屑与饶介等人为伍的"暗讽"主旨。

《历代名联选读》在体例上稍有例外，它不依上述五项的格式，因为很多名联的作者是佚名的，同时一联中大多上下联都有两位作者,所以"作者简介"不好固定位置,只得随文释义,将它和注释、解读融会在一起加以处理。又坊间对于名联的注释和解读向以道听途说或穿凿附会、习非成是者居多,本书力求破除牵合附会之习,以征信为原则,有理有据,几于每一联下均列出确切出典,以示体例的严谨。

全编搜罗较广,拣择精严,注释、解读务求精切、客观和通达,旨在令读者更好、更全面地了解中国古代文学和文化,并得到阅读的愉悦、知识的增进和身心的陶冶。

编　者

2022 年 5 月 31 日

前　　言

汉魏晋南北朝历时近八个世纪,是我国古代文学发展史上散文与韵文竞相发展、不断演变而各有千秋的时代,是文学从学术中独立开来的时代,是文学理论走向系统化的时代。

两汉的主要文学成就是诗歌(本书不涉及)、散文和汉赋。

散文以政论散文和历史散文最为突出。政论散文方面,西汉初期,百废待兴,励精图治,因此,君臣上下关注时政的诏书、奏疏涌现,如高祖的《求贤诏》,文帝的《除诽谤妖言法诏》《赐南越王赵佗书》《遗诏》,贾谊的《论积贮疏》《过秦论》,枚乘的《上书谏吴王》,晁错的《论贵粟疏》等,这些文章针对现实、述论利害,质朴而透辟,写法上与先秦自明一家之说的诸子散文颇为类似,都是时政意义凸显的政论散文。其中尤以贾谊和晁错之作为杰出,被鲁迅赞誉为"西汉鸿文"。汉武帝时,董仲舒"推明孔氏,抑黜百家"的主张被武帝接受,此后政论散文以儒家学说作为准绳,如董仲舒的解经之作《春秋繁露》和对答武帝策问的《举贤良对策》。时至东汉,光武帝的《临淄劳耿弇》和班彪的《王命论》是颇具现实价值的政论散文。历史散文方面,司马迁的《史记》以人物为中心来反映历史,创立了纪传体史书的新样式,开辟了传记文学的新纪元,是汉代最辉煌的成就,《项羽本纪》《孔子世家》《屈原列传》《管晏列传》等都是脍炙人口之作。东汉班固的《汉书》则开断代史先例,是继《史记》之后的又一部富有散文文学特色的史学巨著,其《霍光传》《苏武传》都是公认的名篇。此外，淮南王刘安及其门客编写的《淮南子》，刘向的《新序》《说苑》，桓谭的《新论》，孔安国的《尚书序》，刘歆的《上〈山海经〉表》，卫宏的《毛诗序》，许慎的《说文解字叙》，王逸的《楚辞章句叙》，蔡邕的《笔论》，司马迁的《报任少卿书》，李陵的《答苏武书》，诸葛亮的前后《出师表》，等等，或因事寓理，或以史作论，或为书序言，或专论一题，或叙事抒情，也都是出色的散文之作。其中更值得一提的是班固和曹操：班固的《封燕然山铭》是记功碑文的源头；曹操开启并繁荣了建安文学，其文清峻通脱，代表作有《让县自明本志令》。

赋是汉"一代之文学"，它韵散兼行，兼收并蓄《诗经》、楚辞、先秦散文等诸种文体，形成了"铺采摘文，体物写志"（南朝刘勰《文心雕龙》）的特点。贾谊开汉赋先声，代表作有《鵩鸟赋》《吊屈原赋》等，枚乘的《七发》是汉大赋正式形成的标志。司马相如的大赋是汉赋的顶峰，扬雄谓"长卿赋不似从人间来"，代表作有《上林赋》《子虚赋》《美人赋》等。扬雄的《逐贫赋》也是颇有特色的赋作。东汉班固的《两都赋》是京都赋的范例，张衡拟此而作《两京赋》，也是汉大赋力作。而张衡的《归田赋》则一改汉大赋铺彩夸饰之风，开启了抒情小赋的先河。此外，马融的《围棋赋》，赵壹的《刺世疾邪赋》，祢衡的《鹦鹉赋》，王粲的《登楼赋》等也是汉赋佳作。

魏晋是"文学的自觉时代"（鲁迅语），第一次出现了"文笔之分"，大致将用于记录历史和上奏朝章的文章划分为笔，将纯审美文学功用的文章划分为文。文学从学术中脱离开来，形成一大批有独特风格的文人集团，如"建安七子""竹林七贤"等，文人个性更加凸显。

散文方面，论"笔"有陈寿的纪传体史书《三国志》；论"文"，曹丕的《与吴质书》，曹植的《与杨德祖书》，嵇康的《养生论》和《与山巨源绝交书》,李密的《陈情事表》,潘岳的《哀永逝文》,王羲之的《兰亭集序》,陶渊明的《五柳先生传》都是率真为文,通脱流畅,事、情、理交融一体,颇有作家个性特色和情感感染力。而曹丕的《典论·论文》则是中国文学史上第一篇宏观地、多角度地论述文学理论的专论。

韵文方面(本书不涉及诗歌),继承抒情小赋并更加讲究句式对称、辞采华美和用典,逐渐向骈体化演变。曹植的《洛神赋》,刘伶的《酒德颂》,向秀的《思旧赋》,张华的《鹪鹩赋》,潘岳的《秋兴赋》和《闲居赋》,陆机的《文赋》都是此类代表作品,其中陆机的《文赋》是我国最早系统探讨文学创作问题的专论。

南北朝时,随着西晋兴起的重视文采、骈偶和用典的风气的发展,散文总体不及骈文兴盛。引人注目的是范晔的记载东汉历史的纪传体史书《后汉书》和郦道元的地理著作《水经注》,后者还是一部优美的山水散文集,对后世游记散文的发展影响颇大。另有颜延之《陶征士诔》、沈约《宋书·陶潜传序》、钟嵘《诗品序》等散文。此外在文学理论方面,值得重视的是刘勰的《文心雕龙》,这是一部理论系统、结构严密、论述细致的文学理论专著。

骈文则成为南北朝盛行的文体。形式上以四六句式为主,讲究两两对仗;声韵上讲究平仄,韵律和谐;修辞上注重藻饰和用典。由此,赋也逐渐发展为"骈赋"。尽管由于注重形式技巧而使内容表达往往受到束缚,但南北朝时不乏文质兼美的骈文作品,如谢灵运的《山居赋》,谢惠连的《雪赋》,鲍照的《芜城赋》,江淹的《别赋》《恨赋》,丘迟的《与陈伯之书》,庾信的《哀江南赋》《枯树赋》等。

另外值得一提的是这一时期还出现了刘义庆的笔记小说《世说新语》,它记述魏晋人物言谈轶事,更多的是作为一种史实记载下来的,虽是小说,却有短小散文的意味。

本书所选文章以文学史发展时段为序，自西汉高祖始，至北朝颜之推止，收录的历代散文涵盖诏告、奏疏、书表、书序、史传、史论、文论、山水游记、人物小传等，韵文则以赋和骈文为主，涵盖了汉大赋、汉末至魏晋的抒情小赋和南朝的骈赋。

本书体例基本由原文、作者简介、注释、解读四个部分组成，部分作品有名家评点。作者只在第一次出现时有简介，后不再述。注释涉及典故的，也多只在第一次出现时详解。解读则尽量兼顾内容解说和简略赏析，理解存疑或有多元解读的，在篇末点出。

本次选注参考了陈宏天等主编的《昭明文选译注》(吉林文史出版社)，曹融南选注的《汉魏六朝散文选注》(上海古籍出版社)，许梿评选、黎经诰笺注的《六朝文絜笺注》(中华书局)，同时还参读了部分网络诗词爱好者发表的见解，获益匪浅，一并致谢。编者水平有限，不妥或错误之处必然不少，盼读者批评指正为感。

唐　焱

2022 年 1 月 22 日

目　录

汉

魏

南北朝

汉

入关告谕①

刘 邦

父老苦秦苛法久矣,诽谤②者族,耦语③者弃市④。吾与诸侯⑤约,先入关者王之,吾当王关中。与父老约,法三章耳:杀人者死,伤人及盗抵罪⑥。余悉除去秦法,吏民皆安堵⑦如故。凡吾所以来,为父兄除害,非有所侵暴⑧,毋恐。且吾所以军霸上,待诸侯至而定要束⑨耳。

【作者简介】

刘邦(前256或前247—前195),字季,沛县丰邑中阳里(今属江苏丰县)人,汉朝开国皇帝,庙号太祖,谥号高皇帝。他继承秦制,实行中央集权制度和重农抑商政策;知人善任,广纳贤才;对汉族的发展及中国的统一有突出贡献。

【注释】

①告谕:告示,布告。

②诽谤:指议论批评朝政得失。诽,背后议论;谤,公开指责。

③耦语:相对私语。

④弃市:指死刑。在人众集聚的闹市对犯人行死刑,以示为大众所弃。

⑤诸侯:指起义反秦的各路将领。

⑥抵罪:判罪。

⑦安堵:犹"安居"。

⑧侵暴:侵凌残暴。

⑨要束:禁约。要,犹"约"。

【解读】

这是刘邦入函谷关与关中父老约法三章的告谕。该告谕用简要的语言告知关中父老,他入关的目的是依照与诸侯之约而称王关中,为民除害。告示主要有三层意思:一是秦朝苛法迫害百姓已久;二是废除秦苛法,与父老约"杀人者死,伤人及盗抵罪"三章法以安民;三是驻军灞上的原因是与诸侯定约束,依诸侯之约而称王关中。通过告谕,我们既可看到刘邦称王的政治意图,还可看出他重视民心所向,注重安民;从某方面看,此告谕有利于提升刘邦的威望,一定程度上也预示了他日后的胜利。

【点评】

"此非可言诏,亦告诏之始。唐仲友曰:'不杀子婴,约法三章,此事全好,最得天下根本。楚汉得失,全在于此,项羽一切反是。'西山真德秀曰:'告谕之语,财(才)百余言,而暴秦之弊,为之一洗,所谓若时雨降,民大悦也。'"([元]陈仁子《文选补遗》卷一)

"汉高祖《入关告谕》,悱恻真纯,正大高古,实与《汤誓》《泰誓》相表里,特句调不同耳,惟不因袭,愈高。四百年之帝业基于此,即文章亦基于此,若自为之,真天授矣。"([清]秦笃辉《平书》卷七)

求贤诏

刘　邦

盖①闻王者莫高于周文②,伯③者莫高于齐桓④,皆待贤人而成名。今天下贤者智能岂特古之人乎?患在人主不交故也,士奚由进!

今吾以天之灵⑤,贤士大夫定有天下,以为一家,欲其长久,世世奉宗庙⑥亡绝⑦也。贤人已与我共平之矣,而不与吾共安利⑧之,可乎?贤士大夫有肯从我游者,吾能尊显之。布告天下,使明知朕⑨意。

御史大夫昌⑩下相国,相国酇侯⑪下诸侯王,御史中执法下郡守⑫,其有⑬意⑭称明德者,必身劝⑮,为之驾⑯,遣诣⑰相国府,署行义年⑱。有而弗言⑲,觉,免。年老癃⑳病,勿遣。

【注释】

①盖:句首发语词,引发议论。

②周文:即周文王姬昌。在位五十年,国势强盛。

③伯:通"霸",春秋时诸侯的盟主。

④齐桓:即齐桓公。他任用管仲富国强兵,九合诸侯,成为春秋霸主。

⑤灵:威灵,有保佑的意思。

⑥宗庙:奉祀祖先的庙堂。古时帝王宗庙是国家的象征。

⑦亡绝:无穷。亡,通"无"。

⑧安利:安养。

⑨朕(zhèn):我,我的。古时君臣都可自称"朕",自秦始皇起,专作皇帝自称。

⑩昌:即周昌。高祖功臣。

⑪酇(zàn)侯:指萧何。

⑫郡守:郡的最高行政长官。

⑬其有:如有。

⑭意:志向。

⑮身劝:亲自往劝出仕。

⑯驾:备好车马。

⑰诣(yì):前往。

⑱行义年:事迹、状貌、年龄。义,同"仪"。

⑲言:出言举荐。

⑳癃(lóng):腰部弯曲背部隆起。这里泛指残疾。

【解读】

这篇求贤诏令简要说明了求贤的原因、目的和方法。

高祖深知经营天下与贤人的紧密联系:一方面,世之"王者""伯者""皆待贤人而成名",即帝王成就王霸天下的大业都有赖于贤才的得力辅佐;另一方面,"患在人主不交故也,士奚由进",即人君若不广开纳贤之道,则贤士无由进升。故,为"世世奉宗庙亡绝",高祖颁布此诏,并述招贤之法:总体法则是与贤士交游,"共安利"天下,使贤士"尊显";具体做法是由御史大夫而至郡守层层下达诏令,将贤才送往相国府并尽述事迹、状貌、年龄加以举荐,知贤不举者,受免职处分。言"必身劝,为之驾""有而弗言,觉,免",一"必"一"免",尽显求贤的精诚。

此诏刘邦以周文、齐桓自许,表现了王霸天下的雄心和求贤若渴的迫切,开创了西汉用人的基本国策。

【点评】

"治国莫如求贤,开基尤为首务。雄才大略之君,开豁阔达,如聆其声。后世词多而意漓矣。汉初文古质,中汉以后朴茂。"([清]蔡世远《古文雅正》卷一)

"高帝平日慢侮诸生,及天下既定,乃屈意求贤,如恐不及,盖知创业与守成异也。汉室得人,其风动固为有本。"([清]吴楚材、吴调侯《古文观止》卷六)

鵩①鸟赋②并序　　　　　贾　谊

谊为长沙王傅三年,有鵩飞入谊舍。鵩似鸮③,不祥乌也。谊既以谪居长沙,长沙卑④湿,谊自伤悼,以为寿不得长,乃为赋以自广⑤也。其辞曰:

单阏⑥之岁兮，四月孟夏，庚子日斜兮，鵩集予舍。止于坐隅兮，貌甚闲暇。异物来萃兮，私怪其故。发书⑦占之兮，谶⑧言其度⑨，曰："野鸟入室兮，主人将去。"请问于鵩兮："予去何之？吉乎告我，凶言其灾。淹速⑩之度兮，语予其期。"鵩乃叹息，举首奋翼，口不能言，请对以臆：

"万物变化兮，固无休息。斡流⑪而迁兮，或推而还。形气转续兮，变化而蟺。沕穆⑫无穷兮，胡可胜言！祸兮福所依，福兮祸所伏；忧喜聚门兮，吉凶同域。彼吴强大兮，夫差以败；越栖会稽兮，勾践霸世。斯游遂成兮，卒被五刑；傅说胥靡兮，乃相武丁。夫祸之与福兮，何异纠缠⑬；命不可说兮，孰知其极⑭！水激则旱兮，矢激则远；万物回薄兮，振荡相转。云蒸雨降兮，纠错相纷；大钧播物兮，坱圠无垠。天不可预虑兮，道不可预谋；迟速有命兮，焉识其时。

"且夫天地为炉兮，造化为工；阴阳为炭兮，万物为铜。合散⑮消息⑯兮，安有常则？千变万化兮，未始有极。忽然为人兮，何足控抟⑰；化为异物⑱兮，又何足患！小智自私兮，贱彼贵我；达人大观兮，物无不可。贪夫殉财兮，烈士⑲殉名。夸者⑳死权兮，品庶每生。怵迫㉑之徒兮，或趋西东；大人㉒不曲㉓兮，意变齐同。愚士系俗兮，窘若囚拘；至人㉔遗物兮，独与道俱。众人惑惑兮，好恶积亿；真人㉕恬漠兮，独与道息。释智遗形兮，超然自丧；寥廓忽荒兮，与道翱翔。乘流则逝兮，得坻则止；纵躯委命兮，不私与己。其生兮若浮，其死兮若休。澹乎若深渊之静，泛乎若不系之舟。

不以生故自宝兮，养空而浮；德人无累兮，知命不忧。细故蒂芥兮，何足以疑！"

【作者简介】

贾谊(前 200—前 168)，洛阳(今属河南)人。时称贾生；曾谪为长沙王太傅，故世亦称贾长沙、贾太傅。后为梁怀王太傅，怀王坠马死，贾谊深疢，抑郁而亡。著作主要有散文和辞赋，前者多政论，后者是汉赋先声，明人辑有《贾长沙集》，另传有《新书》十卷。

【注释】

①鹏(fú)：指猫头鹰一类的鸟。旧传为不祥之鸟。

②赋：我国古代一种以"颂美"和"讽喻"为目的、以"铺采摛文，体物写志"为手段的有韵文体，兼具诗歌和散文性质。起于战国，盛于两汉。

③鸮(xiāo)：我国古代对猫头鹰一类鸟的统称。

④卑：地势低洼。

⑤自广：自我宽慰。

⑥单阏(chán yān)：卯年的别称。这是古代太岁纪年法。

⑦发书：打开书籍。

⑧谶(chèn)：预示吉凶的话。

⑨度：定数。

⑩淹速：指寿命的长短。

⑪斡(wò)流：运转。

⑫沕(wù)穆：精微深远貌。

⑬纠缦(mò)：绳索。这里比喻祸福纠缠。

⑭极：准则，究竟。

⑮合散：指生死。

⑯消息:指聚散生灭。

⑰控抟(tuán):控制。

⑱异物:指死亡的人,"鬼"的讳辞。

⑲烈士:刚烈之士。

⑳夸者:指贪求虚名的人。

㉑怵迫:怵指为利益所诱,迫指为贫贱所迫。

㉒大人:指与天地合其德的伟人。

㉓不曲:指不被物欲羁绊。

㉔至人:指至德之人。

㉕真人:指得道之人。

【解读】

《鵩鸟赋》是作者对人生命运的思索与遣怀。赋前小序以鵩鸟入室切入,说明写赋缘由即自我伤悼与宽慰。

第一段叙述鵩鸟入室和占得"主人将去"的预言而心忧不祥,向鵩鸟发问以探吉凶,引出第二段。

第二段虚拟鵩鸟对答,分三层:第一层以万物变化运转反复无定来说明"沕穆无穷兮,胡可胜言",即吉凶之事精微深远,不可定论;第二层引用祸福吉凶相依相伏的言论和夫差国强而败、勾践势弱而称霸、李斯游说成功而被五刑、傅说胥靡乃相武丁的事实,言"命不可说兮,孰知其极",重申吉凶不知究竟;第三层以水流飞矢、云雨变化为喻,阐述万物演变纷繁复杂、无穷无尽,故"天不可预虑兮,道不可预谋,迟速有命兮,焉识其时",再次表明吉凶无法确定。三层反复申述,传达面对命运的惶惑、无力与忧思,是为自我伤悼。

第三段紧承上文的万物变化无常无终极,借庄子《大宗师》中熔炉的比喻而引向万物之一:人。接着将"小智""贪夫""烈士""夸者""品庶""怵迫之徒""愚士""众人"与"达人""大人""至人""真人""德人"对比,阐述了"生之偶然"和"死之超然"的态度。意即既然天道无从探究,人对万物无从把握,则不如顺应变化,相信人处在一种无所不在的相对转化中,在齐同万物、泯灭生死中逍遥自得。"忽然为人兮"至"不私与己"言生而为人不足以执着,死亡不足以担忧,将生命交付自然而不私自占为己有,则吉祥之兆与不祥之兆也就没有什么区别,从而回答了第一段的发问,完成了对人生忧患的思索,是为自我宽慰。

此赋以人鸟对话而展开,这种形式是受到庄子寓言的影响,同时也开汉赋主客问答体式之先河。

【点评】

"读《鵩鸟赋》,同死生,轻去就,又爽然自失矣!"(〔汉〕司马迁《史记·屈原贾生列传》)

"太史公作《贾谊传》,不载《治安策》,载《吊屈原》《鵩鸟赋》,亦有感而然。"(〔明〕薛瑄《读书录》卷八)

"凡不善之事犹易改,若贤者之过,自以为是,却难得除。胸中存留悔心,极害事。且如贾谊号为通达,及观《怀沙》之赋,悲忧伤挠,无一念闲,竟以是死。夫梁王坠马以死,固当自责,然岂遽至于殒身?胸中有滞碍处,故必至此。如《鵩鸟赋》,视其言,非不洞达死生之理,然谊实只以此自广,又何尝广得分毫?"(〔宋〕吕祖谦《丽泽论说集录》卷十)

论积贮疏　　　贾　谊

管子①曰:"仓廪②实而知礼节。"民不足③而可治④者,自古及今,未之尝闻。古之人⑤曰:"一夫⑥不耕,或受之饥;一女不织,或受之寒。"生之有时⑦,而用之亡度,则物力必屈。古之治天下,至孅⑧至悉也,故其畜⑨积足恃。今背本而趋末⑩,食者甚众,是天下之大残也;淫侈之俗,日日以长,是天下之大贼也。残贼⑪公行,莫之或止;大命⑫将泛⑬，莫之振救。出之者甚少而靡⑭之者甚多，天下财产何得不蹶⑮！汉之为汉几四十年矣，公私之积犹可哀痛⑯。失时⑰不雨，民且狼顾⑱；岁恶不入⑲，请卖爵子⑳。既闻耳矣，安有为天下阽危㉑者若是而上不惊者！

世之有饥穰㉒，天之行㉓也，禹、汤被之㉔矣。即㉕不幸有方二三千里之旱，国胡以相㉖恤㉗？卒然㉘边境有急㉙，数十百万之众，国胡以馈㉚之？兵旱相乘㉛，天下大㉜屈，有勇力者聚徒㉝而衡击㉞，罢㉟夫羸㊱老易子而咬其骨。政治未毕通也，远方之能疑者㊲，并举而争起矣，乃骇而图之，岂将有及乎？

夫积贮者，天下之大命㊳也。苟粟多而财有余，何为而不成？以攻则取，以守则固，以战则胜。怀㊴敌附㊵远，何招㊶而不至？今殴㊷民而归之农，皆著㊸于本，使天下各食其力㊹，末技㊺游食之民㊻，转而缘南亩㊼，则畜积足而人乐其所矣。可以为富安天下，而直㊽为㊾此廪廪㊿也，窃(51)为陛下惜之！

【注释】

①管子：即管仲。

②仓廪：粮仓。廪，米仓。

③不足：指衣食不足。

④治：太平。

⑤古之人：亦指管子。以下四句引自《管子·轻重甲》，与原文略有出入。

⑥夫：古代对成年男子的通称。

⑦生之有时:生产有时间的限制。之,代物资。

⑧孅(xiān):通"纤",细致。

⑨畜:同"蓄",积聚,储藏。

⑩背本而趋末:指放弃农业而从事工商业。古代以农桑为本,工商为末。

⑪残贼:祸害。

⑫大命:国家的命运。

⑬泛:通"覂(fěng)",覆灭。

⑭靡:耗费。

⑮蹶:枯竭。

⑯可哀痛:指积蓄少得使人痛心。

⑰失时:错过季节。

⑱狼顾:比喻有后顾之忧。此处形容人们看到天不下雨的忧虑不安。

⑲不入:指纳不了税。入,纳的意思。

⑳请卖爵子:即请爵卖子。指富家以钱粮买爵位,贫者卖儿女为生。汉朝有公家出卖爵位以收取钱财的制度。

㉑阽危:危险。阽,临近。

㉒饥穰:荒年和丰年。偏义复词,指荒年。

㉓行:常道。

㉔禹、汤被之:传说禹时有九年的水灾,汤时有七年的旱灾。被,遭受。之,指"饥穰"。

㉕即:假如。

㉖相:副词,兼有指代接受动作一方的作用。此处指"方二三千里"的灾区。

㉗恤:救济。

㉘卒(cù)然:突然。卒,同"猝"。

㉙急：紧急情况。这里指突发的战争。

㉚馈：进食于人。这里指发放粮饷，供养军队。

㉛乘：接连发生。

㉜大：极度。

㉝徒：同伙。

㉞衡击：横行劫掠攻击。衡，通“横”。

㉟罢（pí）：通“疲”。

㊱羸（léi）：瘦弱。

㊲疑者：指与朝廷对抗的人。疑，通“拟”，指与皇帝相较量。

㊳大命：大命脉，犹言“头等大事”。

㊴怀：使……归顺。

㊵附：使……顺附。

㊶何招：即“招何”，招抚谁。

㊷殴：同“驱”，驱使。

㊸著：同“着”，附着。

㊹食其力：靠自己的劳力吃饭。

㊺末技：不值得重视的末业技能，即工商业。

㊻游食之民：游手好闲，不劳而食的人。

㊼缘南亩：走向田间，指从事农业。缘，循，有趋向之意。南亩，泛指农田。

㊽直：竟然。

㊾为：造成。

㊿廪廪：同“懔懔”，危惧貌。这里指令人害怕的局面。

(51)窃：私下，自谦之辞。

【解读】

此奏疏是贾谊针对西汉初年严重的经济危机阐述要注重积贮的重要论文。

开篇引管子言提出"仓廪实而知礼节"的观点,既而援引古人深知民足致治的事实,对古之治天下、重积贮的理论和经验进行了总结,并对照当时食者众、靡者多、积蓄少的现象,批判挥霍无度的奢靡之风,提醒当权者注意危机。

接着论及灾害虽禹、汤亦不能免,由此发问:若有灾害或兵祸,"国胡以相恤"? 就此揭露人民备受饥荒的困苦生活,揭示兵、旱带来的深重灾难,以此惊醒当权者:不重积贮,祸国殃民。是为反面论证。

最后承上得出"夫积贮者,天下之大命也"的结论,指出"苟粟多而财有余,何为而不成""怀敌附远,何招而不至"的大利,提出"殴民而归之农,皆著于本,使天下各食其力"的办法。是为正面论述。

本文针对社会现实问题立论,围绕"积贮"引古论今,颇具现实意义。

【点评】

"按《汉书》,孝惠、高后之间,衣食滋殖;文帝即位,躬修俭节,思安百姓。时民近战国,皆背本趋末,故谊以此为言。于是上始开籍田,躬耕以劝百姓。则是篇实根本之谈矣。大意谓畜积所以备凶荒之急,应军兴之用,全在究筹于无事之日,不能取给于有事之时,而究图之策,又在重农抑商,禁游食之民,使之并力于南亩也。汉法,以力田应选举,而禁锢贾人不得为吏,亦即此意。厥后红朽之效,皆基于此。汉治所以为近古,有天下者不当书置座右哉?"(〔清〕林云铭《古文析义》卷七)

过秦①论上 　　　　　　贾 谊

秦孝公②据殽函③之固④,拥雍州之地。君臣固守,以窥周室⑤,有席⑥卷天下,包举宇内,囊括四海之意,并吞八荒之心。当是时也,商君⑦佐之,内立法度,务耕织,修守战之具,外连衡⑧而斗诸侯⑨。于是秦人拱手⑩而取西河之外。

孝公既没⑪,惠文、武、昭襄蒙故业,因遗策,南取汉中,西举巴蜀,东割膏腴⑫之地,收要害之郡。诸侯恐惧,会盟而谋弱秦,不爱⑬珍器重宝肥饶之地,以致天下之士,合从⑭缔交,相与⑮为一。当此之时,齐有孟尝,赵有平原,楚有春申,魏有信陵。此四君者,皆明智而忠信,宽厚而爱人,尊贤而重士,约从离⑯横,兼韩、魏、燕、赵、宋、卫、中山之众。于是六国之士,有宁越、徐尚、苏秦、杜赫之属为之谋,齐明、周最、陈轸、召滑、楼缓、翟景、苏厉、乐毅之徒通其意。吴起、孙膑、带佗、兒良、王廖、田忌、廉颇、赵奢之伦制⑰其兵。尝以十倍之地,百万之众,叩关⑱而攻秦。秦人开关而延敌,九国之师,逡巡⑲而不敢进。秦无亡矢遗镞⑳之费,而天下诸侯已困矣。于是从散约解,争割地而赂秦。秦有余力而制其弊㉑,追亡逐北㉒,伏尸百万,流血漂橹,因利乘便,宰割天下,分裂河山,强国请伏,弱国入朝。延及孝文王、庄襄王,享国㉓之日浅,国家无事。

及至始皇,奋六世之余烈,振长策而御宇内,吞二周㉔而亡诸侯,履至尊㉕而制六合㉖,执敲扑以鞭笞天下,威振㉗四海。南取百越㉘之地,以为桂林象郡。百越之君,俯首系颈㉙,委命下吏㉚。乃使蒙恬北筑长城而守藩篱㉛,却匈奴七百余里,胡人不敢南下而牧马,士不敢弯弓而报怨。于是废先王㉜之道,焚百家之言㉝,以愚黔首;隳㉞名城,杀豪俊,收天下之兵,聚之咸阳,销锋镝㉟,铸以为金人㊱十二,以

14

弱天下之民。然后践华为城，因河为池，据亿丈之城⑰，临不测之溪⑱以为固。良将劲弩，守要害之处；信臣精卒，陈利兵而谁何⑲。天下已定，始皇之心自以为关中⑳之固，金城㉑千里，子孙帝王㉒万世之业也。

始皇既没，余威震于殊俗㉓。然而陈涉，瓮牖绳枢㉔之子，甿隶㉕之人，而迁徙之徒㉖也，材能不及中庸㉗，非有仲尼、墨翟之贤，陶朱、猗顿之富，蹑足行伍㉘之间，而倔㉙起阡陌㉚之中，率罢散之卒，将数百之众，转而攻秦。斩木为兵，揭竿为旗。天下云集而响应，赢粮而景从㉛，山东豪俊，遂并起而亡秦族矣。

且夫天下非小弱也，雍州之地，殽函之固自若也。陈涉之位，非尊于齐、楚、燕、赵、韩、魏、宋、卫、中山之君也；锄耰㉜棘矜㉝，非铦㉞于钩㉟戟㊱长铩㊲也；谪戍之众，非抗于九国之师也；深谋远虑，行军用兵之道，非及曩时之士也。然而成败异变，功业相反，何也？试使山东之国，与陈涉度长絜㊳大，比权量力，则不可同年而语矣。然秦以区区之地，致万乘㊴之权，招㊵八州而朝同列㊶，百有㊷余年矣。然后以六合为家，殽函为宫㊸，一夫作难㊹而七庙隳㊺，身死人手，为天下笑者，何也？仁义不施，而攻守之势异也。

【注释】

①过秦：指出秦的过失。

②秦孝公：战国时秦国国君。任用商鞅变法，富国强兵。

③殽函(xiáo hán)：殽山和函谷关。

④固：险要之处。

15

⑤周室:周王室。这里指代天子之位。

⑥席:像用席子一样。名词作状语。下文的"包""囊"同此。

⑦商君:即商鞅。辅助秦孝公变法,使秦国富强。

⑧连衡:一作"连横"。离间六国,使之各自同秦国联合的策略。

⑨斗诸侯:使诸侯自相争斗。

⑩拱手:两手合抱,形容毫不费力。

⑪没:同"殁",死。

⑫膏腴(yú):指土地肥沃。

⑬爱:吝惜。

⑭合从:联合六国共同对付秦国的策略。从,同"纵"。

⑮相与:相互结盟。

⑯离:使离散。

⑰制:统领。

⑱叩关:攻打函谷关。叩,击。

⑲逡巡(qūn xún):有所顾虑而徘徊不前。

⑳镞:箭头。

㉑弊:困敝。

㉒北:败北的军队。

㉓享国:帝王在位。

㉔二周:周赧王时,东西周分治。西周都于旧王城,东周则都巩,史称东西二周。

㉕履至尊:登帝位。

㉖六合:上下四方。泛指天地或宇宙。

㉗振:通"震",震撼。

㉘百越:古代越族居住在江浙、闽粤各地,部族各有名称,统称百越。

㉙俯首系颈:意思是愿意顺从投降。系颈,颈上系绳,表示投降。

㉚委命下吏：将性命交付司法官吏审讯，指臣服。

㉛藩篱：比喻边疆上的屏障。藩，篱笆。

㉜先王：指秦自孝公以来六代君王。先，已死去的长辈。

㉝焚百家之言：指秦始皇焚书坑儒。百家之言，诸子百家的著作。

㉞隳：毁坏。

㉟销锋鍉：销毁兵器。销，熔化金属。锋，兵刃。鍉，通“镝”，箭头。

㊱金人：指铸造的铜人。

㊲亿丈之城：指华山。

㊳不测之溪：指黄河。

㊴谁何：呵问是谁，缉查盘问的意思。

㊵关中：秦以函谷关为门户，关中即指秦雍州地。

㊶金城：坚固的城池。金，比喻坚固。

㊷子孙帝王：子子孙孙为帝为王。

㊸殊俗：风俗不同的远方。

㊹瓮牖绳枢：以瓮作窗，用绳系门，形容家里贫穷。

㊺甿隶：农夫与皂隶。泛指地位低下的人。

㊻迁徙之徒：被征发戍边的人。

㊼中庸：一般人。

㊽蹑足行（háng）伍：置身戍卒的队伍中。行伍，古代军队编制，五人为伍，二十五人为行。

㊾倔：通“崛”，突起。

㊿阡陌：田野，垄亩。

(51)赢粮而景从：担着干粮如影随形地跟着。赢，担负。景，同“影”。

(52)耰（yōu）：古时一种碎土平田的农具。

(53)矜：矛或戈戟的柄。

(54)铦：锋利。

⑤钩：短兵器，似剑而曲。

⑤戟：以戈和矛合为一体的长柄兵器。

⑤铩：长矛。

⑤絜(xié)：衡量。

⑤万乘(shèng)：兵车万辆，表示军事力量强大。周制，天子兵车万乘，故又代指天子。

⑥招：举。

⑥朝同列：使六国诸侯都来朝见。同列，同在朝班，这里指六国诸侯，秦与六国本来都是周王朝的同列诸侯。

⑥有：通"又"。

⑥以六合为家，殽函为宫：指一统天下。

⑥一夫作难：指陈涉起义。作难，发动起义。

⑥七庙隳：指秦灭亡。古代天子有七庙，七庙被毁灭，故国亡。

【解读】

《过秦论》的主旨是分析"秦之过"，分上、中、下三篇，此为上篇。此文最大特点是以赋的手法行文，运用铺排、夸张、对比，使道理在叙述中不言而喻。

前四段铺叙从秦孝公之兴到秦王朝之亡的百年历史，浓墨重彩地描述四方面的内容：一是秦国为实现一统天下的野心而几代励精图治，走向强盛；二是秦国凭借强大实力吞并六国统一天下；三是秦得天下后秦始皇大行暴政；四是陈涉首难而强秦速亡。描述中大量运用铺排和对比："秦人开关而延敌"至"而天下诸侯已困矣"是秦与九国之师的对比，突显秦的强大；"废先王之道"至"陈利兵而谁何"是秦始皇暴政的铺排，突显强秦的残暴专横；"瓮牖绳枢之子"至"揭竿为旗"是陈涉起义的铺排，突显陈涉实力的薄弱。这些叙述一气呵成地表明了秦之盛衰速转的关键，为后文的议论蓄势。

末段是"论"。先依据前文所述史实，将陈涉之兵与九国之师多方面对比,言前者弱而后者强,"不可同年而语";后将秦重提,言秦能抗九国却不敌陈涉,由此逼出"何也"的发问,顺势得出结论:仁义不施而攻守之势异也。水到渠成地收束全文。

史论之旨在于讽今,贾谊论秦亡之过在于用武力施暴政以致失去民心,目的在于警醒汉朝统治者正视前车之鉴,意义深远。

【点评】

"文字有终篇不见主意、结句见主意者,贾谊《过秦论》'仁义不施,而攻守之势异也',韩退之《守戒》'在得人'之类是也。"([宋]李耆卿《文章精义》)

"《过秦论》乃论秦之过,三篇中,而此篇最为警健。秦之过止在结语'仁义不施,而攻守之势异'二句。通篇全不提破,千回万转之后,方徐徐说出便住,从来古文无此作法。尤妙在论秦之强处,重重叠叠,说了无数,转入陈涉;又将陈涉之弱处,重重叠叠,说了无数,再转入六国;然后以秦之能攻不能守处作一问难,迫出正意。段段看来,都是剩水穷山之际,得绝处逢生之妙。此等笔力,即求之西汉中,亦不易得也。"([清]林云铭《古文析义》卷七)

吊①屈原赋并序　　　　　贾　谊

谊为长沙王②太傅③,既以谪去,意不自得,及渡湘水,为赋以吊屈原。屈原,楚贤臣也,被谗放逐,作《离骚》赋,其终篇曰:"已矣哉! 国无人兮,莫我知也。"遂自投汨罗而死。谊追伤之,因自喻。其辞曰:

恭承④嘉惠⑤兮,俟罪⑥长沙。侧闻⑦屈原兮,自沈汨罗。造托湘流兮,敬吊先生⑧。遭世罔极⑨兮,乃殒⑩厥⑪

19

身。呜呼哀哉！逢时不祥⑫！鸾凤伏窜⑬兮，鸱枭⑭翱翔⑮。阘⑯茸⑰尊显兮，谗谀得志。贤圣逆曳⑱兮，方正倒植⑲。世谓随、夷⑳为溷㉑兮，谓跖、蹻㉒为廉。莫邪为钝兮，铅刀㉓为铦。吁嗟默默㉔，生㉕之无故㉖兮！斡弃㉗周鼎㉘，宝康瓠㉙兮。腾驾㉚罢㉛牛，骖㉜蹇㉝驴兮。骥垂两耳，服盐车兮㉞。章甫荐履㉟，渐不可久兮。嗟苦先生，独离㊱此咎㊲兮！

讯曰㊳：已矣！国其莫我知兮，独壹郁㊴其谁语？凤漂漂㊵其高逝兮，固自引㊶而远去。袭㊷九渊㊸之神龙兮，沕㊹深潜以自珍。偭㊺蟂獭㊻以隐处兮，夫岂从虾㊼与蛭㊽螾㊾？所贵圣人之神德兮，远浊世而自藏。使骐骥可得系而羁兮，岂云异夫犬羊？般㊿纷纷其离此尤(51)兮，亦夫子(52)之故也！历九州而相其君兮，何必怀此都(53)也？凤凰翔于千仞兮，览德辉而下之。见细德(54)之险征兮，遥曾击(55)而去之。彼寻常之污渎兮，岂能容夫吞舟之巨鱼？横江湖之鳣鲸兮，固将制于蝼蚁(56)。

【注释】

①吊：悼念逝者。

②长沙王：指西汉长沙王吴芮的玄孙吴差。

③太傅：官名，对诸侯王行监护之责。

④恭承：敬受。

⑤嘉惠：美好的恩惠，指文帝的任命。

⑥俟罪：待罪。这里是谦词。

⑦侧闻：谦词，说不是正面听到，尊敬的说法。

⑧先生：指屈原。古人单称先生而不称名，表示尊敬。

⑨罔极:不正,没有准则。

⑩殒(yǔn):死亡。

⑪厥:其,指屈原。

⑫不祥:不幸。

⑬伏窜:潜伏,躲藏。

⑭鸱(chī)枭:猫头鹰一类的鸟,此喻小人。

⑮翱翔:比喻得志升迁。

⑯阖(tà):小门。

⑰茸:小草。

⑱逆曳:被倒着拖拉,指不被重用。

⑲倒植:倒立,指本应居高位反居下位。

⑳随、夷:卞随和伯夷。二者都是古贤人的代表。

㉑溷(hùn):混浊。

㉒跖(zhí)、蹻(juē):跖,春秋时鲁人,传说是大盗。蹻,庄蹻,战国时楚国将领,奉命开辟云南而后自立叛楚。

㉓铅刀:软而钝的刀。

㉔默默:不得志的样子。

㉕生:指屈原。

㉖无故:《文选》李善注谓"无故遇此祸也"。

㉗斡(wò)弃:抛弃。

㉘周鼎:比喻栋梁之材。

㉙康瓠(hù):瓦罐,比喻庸才。

㉚腾驾:驾驭。

㉛罢(pí):疲惫。

㉜骖:古代驾在车前两侧的马。

㉝蹇:跛脚。

㉞骥垂两耳,服盐车兮:骥是骏马,用骏马来拉盐车,比喻糟蹋有

才能的人。服,驾。

㉟章甫荐履:用礼帽来垫鞋子,比喻贤才被置于低位。章甫,古代的一种礼帽。荐,垫。履,鞋。

㊱离:通"罹",遭遇。

㊲咎:灾祸。

㊳讯曰:告曰。相当于《楚辞》的"乱曰"。

㊴壹郁:同"抑郁"。

㊵漂漂:同"飘飘",飞翔貌。

㊶自引:自己升高。

㊷袭:效法。

㊸九渊:九重渊,深渊。

㊹汨(mì):深潜的样子。

㊺俪(miǎn):面向。

㊻蝯獭(xiāo tǎ):水獭类动物。

㊼虾(há):蛤蟆。

㊽蛭(zhì):水蛭,蚂蟥一类。

㊾螾:同"蚓",蚯蚓。

㊿般:杂乱。

(51)尤:祸患。

(52)夫子:指屈原。

(53)此都:指楚国都城郢。

(54)细德:细末之德。这里指品德低下的国君。

(55)曾(zēng)击:高翔。曾,高飞的样子。

(56)"彼寻常"四句:《庄子·庚桑楚》:"吞舟之鱼,砀(dàng,被冲荡而出)而失水,则蚁能苦之。"污渎,污水沟。鳣(zhān),鲟一类的大鱼。固,本来。

【解读】

此赋是贾谊赴长沙王太傅任途中过湘水作,凭吊屈原,亦以自伤。

第一段叙述自己贬途过湘水,因念屈原《离骚》赋和投汨罗事而追伤斯人,并自托际遇之悲,交代作赋缘起和旨意。

第二段先直抒对屈原遭遇不幸的同情,接着模仿屈原以草木虫鸟、器物动物喻人的笔法,用鸾凤、莫邪、周鼎、骐骥与鸱枭、铅刀、康瓠、罢牛、蹇驴来比喻贤者与小人,并用随、夷与跖、蹻之典,揭露善恶颠倒、正邪混淆以致贤者见弃、小人当道的世道,对屈原寄寓不平之鸣和深切同情,也流露对自己无辜遭贬的愤慨。

第三段以"讯曰"开启议论,表述反对屈原以身殉国之见。先用感叹和反问直书不被人知的孤独抑郁;再以凤鸟"自引而远去"和神龙"深潜以自珍"作比,得出圣人当"远浊世而自藏"的结论;其后又以骐骥不可像犬那样被羁绊为喻,表明对屈原独怀楚都不去而遇祸的否定;最后用凤凰"览德辉而下""见细德而去"和巨鱼鳣鲸不容于沟渎、受制于蝼蚁的比喻,说明贤者应择处而居,进一步表明对屈原执着困守楚国不谋他途的否定。

有人认为,贾谊对屈原因不肯去楚而遭逢不幸这一做法的否定,表明了两人不同的生死观;也有人认为,贾谊对屈原不肯去国他就的否定,实际是曲达他自己遭遇诋毁排挤和贬谪而无可逃遁的抑郁沉痛,亦通。

【点评】

"此赋悲怆处全在劈头数语。曰:恭承嘉惠兮,俟罪长沙。夫既吊古人矣,反先自叙,明其不俟罪长沙,必无此一吊也。曰:仄闻屈原兮,自沉汨罗。似前此俱未之闻,至今日而始闻者然。盖前此所闻,不过以故事置之,虽闻如不闻也,至今方觉旷世相感,千百年来,只求得此一副知己,即谓始闻可矣。"([清]林云铭《古文析义》卷七)

上书谏吴王 枚　乘

臣闻得全①者昌，失全者亡。舜无立锥之地，以有天下；禹无十户之聚②，以王诸侯。汤、武之土，不过百里，上不绝三光之明③，下不伤百姓之心者，有王术也。故父子之道，天性④也。忠臣不避重诛以直谏，则事无遗策，功流万世。臣乘愿披腹心而效愚忠，惟大王少⑤加意念恻怛⑥之心于臣乘言。

夫以一缕之任系千钧之重，上悬之无极之高，下垂之不测之渊，虽甚愚之人犹知哀其将绝也。马方骇鼓而惊之，系⑦方绝又重镇之；系绝于天不可复结，坠入深渊难以复出。其出不出，间不容发。能听忠臣之言，百举必脱。必若所欲为，危于累卵，难于上天；变所欲为，易于反掌，安于泰山。今欲极天命之上寿⑧，弊无穷之极乐，究万乘之势，不出反掌之易，居泰山之安，而欲乘累卵之危，走上天之难，此愚臣之所大惑也。

人性有畏其影而恶其迹，却背⑨而走，迹逾多，影逾疾，不如就阴⑩而止，影灭迹绝。欲人勿闻，莫若勿言；欲人勿知，莫若勿为。欲汤之沧⑪，一人炊之，百人扬⑫之，无益也，不如绝薪止火而已。不绝之于彼，而救之于此，譬由⑬抱薪而救火也。养由基，楚之善射者也，去杨叶百步，百发百中。杨叶之大，加百中焉，可谓善射矣。然其所止，百步之内耳，比于臣乘，未知操弓持矢⑭也。福生有基，祸生有胎；纳其基，绝其胎，祸何自来？

泰山之霤⑮穿石，单极⑯之統⑰断干⑱。水非石之钻，索非木之锯，渐靡⑲使之然也。夫铢⑳铢而称之，至石必差；寸寸而度之，至丈必过。石称丈量，径而寡失。夫十围之木，始生如蘖㉑，足可搔㉒而绝，手可擢㉓而抓，据其未生，先其未形。磨砻㉔底㉕厉，不见其损，有时而尽。种树㉖畜养，不见其益，有时而大。积德累行，不知其善，有时而用；弃义背理，不知其恶，有时而亡。臣愿大王熟计而身行之，此百世不易之道也。

【作者简介】

枚乘(？—前140)，字叔，淮阴(今江苏淮安市淮阴区西南)人。初为吴王刘濞郎中，吴王欲谋反，枚乘上书劝阻；吴王起兵后，他再次上书劝其罢兵并因此而出名。其赋《七发》为汉代大赋的前驱，对汉赋特点的形成有重要影响。

【注释】

①全：完备，指行为完美无瑕。

②聚：村落。

③不绝三光之明：指无日食、月食，金、木、水、火、土等星运转正常。古人以为日食等现象是上天对帝王的警告，日、月、星不发生异常现象，这是天下有道所致。三光，日、月、星。

④天性：这里是用父子关系比喻君臣关系。

⑤少：稍。

⑥恻怛(dá)：怜悯，同情。

⑦系：系物的线。

⑧上寿：百岁。一说九十。

⑨却背：倒退。

⑩阴:背阴。

⑪滄(cāng):冷。

⑫扬:用勺舀起热水倒下,使它变凉。

⑬譬由:譬如。由,通"犹"。

⑭未知操弓持矢:不懂得怎么拿弓箭。以上几句是说,养由基只能射中百步之内的目标,我能预见未来,他比起我来,等于不懂得怎么拿弓箭。言自己预见之远。

⑮雷(liù):屋檐流水。这里指山上流水。

⑯极:屋顶正梁。这里指井梁。

⑰統(gěng):同"绠",井绳。

⑱干:指井梁。

⑲靡:通"摩",摩擦。

⑳铢(zhū):古代重量单位,一两为二十四铢。

㉑蘖(niè):树木被砍伐后长出的新芽。

㉒搔(sāo):压倒,弄折。

㉓擢(zhuó):揪。

㉔砻(lóng):研磨。

㉕底:通"砥",研磨。

㉖树:栽植。

【解读】

《上书谏吴王》是枚乘写给吴王刘濞,反对其谋逆的信。

开篇表明态度后即指出吴王所为如"以一缕之任系千钧之重",非常危险;其次说要想没有危险,就不要做冒险的事,并言"欲人勿知,莫若勿为",暗示吴王谋反之行不可掩盖;最后说要防微杜渐,将祸患消灭于未形成之前,暗中劝吴王及早打消图谋。文章是对吴王的劝告,但就做事要防微杜渐,不要一意孤行这一点来说,具有普遍的启发意义。

由于当时吴王的反叛计划尚未公开,不能直指其事,故除首尾直言外,其余多用比喻兼对比隐言,反复说明利害,意在促使对方猛醒。比如言吴王反叛是"居泰山之安,而欲乘累卵之危",突出其危险与不可取;言祸患积于忽微时,说"泰山之霤穿石,单极之綌断干";劝吴王安守君臣义理时说"积德累行,不知其善,有时而用;弃义背理,不知其恶,有时而亡"。如此等等,行文含蓄而言辞恳切,表现出对国事的关心和对吴王的忠心。

【点评】

"吴谋甚秘,此时欲谏,一字著迹不得。初以道理虚起,再言反事必不可为,中言反谋未有不露,末言转祸为福在于早改前非。层层托之譬语,使吴王意会。高绝。"([清]林云铭《古文析义》卷七)

"讽谏之文,若近若远,《新序》《说苑》皆师其意者也。"([清]李兆洛《骈体文钞》卷十一)

赐南越王赵佗书　　刘　恒

皇帝谨问南越王,甚苦心劳意。朕,高帝侧室之子①也。弃外②,奉藩③于代。道里辽远,壅蔽④朴愚,未尝致书。高皇帝弃群臣⑤,孝惠皇帝即世,高后自临事,不幸有疾,诸吕擅权为变,不能独制,乃取他姓子,为孝惠皇帝嗣,赖宗庙之灵,功臣之力,诛之已毕。朕以王、侯、吏不释⑥之故,不得不立,今即位。

乃者⑦闻王遗将军隆虑侯书,求亲昆弟⑧,请罢长沙两将军。朕以王书,罢将军博阳侯。其亲昆弟在真定者,已遣人存问⑨,修治先人⑩冢。前日闻王发兵于边,为寇灾不止,当其时长沙苦之,南郡尤甚。虽王之国,庸⑪独利乎!

必多杀士卒,伤良将吏,寡人之妻,孤人之子,独人父母,得一亡十,朕不忍为也。朕欲定地犬牙相入^⑫者,以问吏。吏曰:"高皇帝所以界长沙土也。"朕不得擅变焉。吏曰:"得王之地,不足以为大;得王之财,不足以为富。服岭以南^⑬,王自治之。"虽然,王之号为帝。两帝并立,亡^⑭一乘^⑮之使以通其道,是争也。争而不让,仁者不为也。愿与王分弃^⑯前患^⑰,终今以来^⑱,通使如故。故使贾驰谕告王朕意,王亦受之,毋为寇灾矣。上褚^⑲五十衣,中褚三十衣,下褚二十衣,遗王。愿王听乐娱忧,存问邻国^⑳。

【作者简介】

刘恒(前202—前157),即汉文帝。在位时励精图治,对诸侯王以德服人,使汉朝进入强盛安定的时期,与其子汉景帝统治时期被合称为"文景之治"。庙号太宗,谥曰孝文皇帝。

【注释】

①侧室之子:言非正嫡所生。

②弃外:离开朝廷外任。

③奉藩:归顺称臣。这里指受封代王。

④壅蔽:隔绝蒙蔽。

⑤弃群臣:指皇帝驾崩。

⑥不释:不放弃,指拥立为帝。

⑦乃者:近时。

⑧昆弟:兄弟。

⑨存问:问候,慰问。

⑩先人:已故前辈,常指已故父母。

⑪庸：难道。

⑫犬牙相入：指地界连接，如犬牙交错。

⑬服岭以南：指岭南地区。服岭，山岭名。

⑭亡：通"无"。

⑮乘（shèng）：辆，一车四马为"乘"。

⑯分弃：谓彼此共弃。

⑰前患：旧仇。

⑱终今以来：谓自今以后。

⑲褚：以丝绵装成之衣。以丝绵之多少厚薄，分为上、中、下三等。

⑳邻国：指东越与西瓯。

【解读】

汉初，原本向朝廷称臣的南越王赵佗称帝，与汉朝彻底决裂，并发兵攻打与之相接的长沙郡。在国力尚不雄厚的局限下，为维护国家统一，汉文帝给南越王赵佗写了这封信。

信的开头说"皇帝谨问南越王，甚苦心劳意"，摆明双方地位，确定关系原则，又以"谨问"和"苦心劳意"表达慰问，拉近双方距离。接着先表明自己的身份和"未尝致书"的歉意，再叙登位经过，言"朕高皇帝侧室之子"，既是因为汉高祖时南越与汉互通友好，又为与高祖正妻吕后划清界限，消除对方心理嫌隙，因为赵佗称帝正是因吕后执政与南越交恶而起。而述登位经过，也表明自己立帝乃人神共推，谦逊中带锋芒。

第二段先回复赵佗给将军隆虑侯信中询问的问题，一是修缮其先人坟冢，一是厚待其宗族兄弟，表明善待对方的诚意。接着含蓄指责赵佗发兵为害一方，"长沙苦之，南郡尤甚。虽王之国，庸独利乎"，看似感慨，实则提醒对方：发兵之事，损人毁己。然后论及边界乃高祖划定，并非针对赵佗而设，表明汉无意与之为敌；顺此承诺，在坚持一国不二帝的原则下，只要赵佗接受朝廷的封王，"服领以南，王自治之"，

29

彻底打消其顾虑。最后,还让使者带去礼物,以示慰问和交好诚意。

此信词情诚恳而绵里藏针,成功地平息了南越王称帝的风波,充分显示了文帝的政治智慧。

【点评】

"末方提出'号为帝'一句,不斥其僭,只言争而不让,仍阁起,归重寇灾,详略中无不得法。"([清]林云铭《古文析义》卷七)

除诽谤妖言①法诏　　　　刘　恒

古之治天下,朝有进善之旌②,诽谤之木③,所以通治道而来谏者也。今法④有诽谤妖言之罪,是使众臣不敢尽情,而上无由⑤闻过失也。将何以来远方之贤良?其⑥除之。民或祝诅⑦上,以相约而后相谩⑧,吏以为大逆,其⑨有他言,吏又以为诽谤。此细民⑩之愚,无知抵死⑪,朕甚不取。自今以来,有犯此者,勿听治⑫。

【注释】

①妖言:犹妄言。秦汉时罪名之一。

②进善之旌:进谏忠善之言的旌旗。

③诽谤之木:议论是非、指责过失的木牌。

④今法:泛指汉朝律法。

⑤无由:没有门径或机会。

⑥其:一定。

⑦祝诅:向鬼神祷告,以求降祸于他人。

⑧谩:欺骗。

⑨其：如果。

⑩细民：小民。

⑪抵死：触犯死罪。

⑫听治：审判治罪。

【解读】

此诏书前部分以古代朝廷设置进善之旌、诽谤之木与今之有诽谤妖言之罪作对比，指出妖言诽谤之罪的设立导致民情不可上达于朝廷，从而诏令废除"妖言诽谤之罪"；后部分表明对今后的小民之"祝诅上"与"诽谤"的行为不予治罪。

此诏的出发点是为民"能尽情"使上"闻过失"，有利于广开言路，是文帝以德政理天下的举措之一。

【点评】

"汉文帝即位之后，除收孥相坐律，却贡献，定赈穷养老之令，除诽谤妖言律，以至免租之类，皆仁政之大端也，三代以下诚为贤君。"（[明]薛瑄《读书续录》卷七）

"文帝之求直言，不啻如饥者之欲食，渴者之欲饮，故无不称其善者，诱之使言也。除诽谤妖言法者，虑其惧祸而不告也，朝乾夕惕，民瘼是恤，不待邹忌之讽谏而能然也。此文景之时号称熙皞盛世，可以仿佛唐虞耳。"（[清]陆曾禹《钦定康济录》卷三）

遗　诏

刘　恒

朕闻之，盖天下万物之萌生，靡①不有死。死者，天地之理，物之自然，奚可甚哀！当今之世，咸嘉生②而恶死，厚葬以破业③，重服④以伤生⑤，吾甚不取。且朕既不德，无以佐⑥百姓；今崩⑦，又使重服久临⑧，以罹寒暑之数⑨，哀人父子，伤长老之志⑩，损其饮食，绝鬼神之祭祀，以重吾不德⑪，谓天下何！朕获保宗庙，以眇眇之身⑫，托于天下君王之上，二十有余年矣。赖天之灵，社稷之福，方内安宁，靡有兵革⑬。朕既不敏，常畏过行⑭，以羞⑮先帝之遗德；惟年⑯之久长，惧于不终⑰。今乃幸以天年，得复供养于高庙，朕之不明与嘉之，其奚哀念之有！其令天下吏民，令到，出临⑱三日，皆释服⑲。无禁取⑳妇嫁女祠祀饮酒食肉。自当给丧事服临㉑者，皆无践㉒。绖带㉓无过三寸。无布㉔车及兵器。无发民哭临㉕宫殿中。殿中当临者，皆以旦夕各十五举音㉖，礼毕罢㉗。非旦夕临时，禁无得擅哭临。以下，服大红十五日㉘，小红十四日㉙，纤七日㉚，释服。它不在令中者，皆以此令比类从事㉛。布告天下，使明知朕意。霸陵山川因其故㉜，无有所改。归夫人以下至少使㉝。

【注释】

①靡：没有。

②嘉生：乐生，以活着为乐。

③破业：耗费产业。

④重服：服丧过度。

⑤伤生：损害身体。

⑥佐：带来益处。

⑦崩：指帝王之死。

⑧久临(lìn)：长时间举丧。临，哭吊死者。

⑨罹寒暑之数：遭受寒冬酷暑的磨难。罹，遭受。数，历数，岁时

节气的更替。

⑩伤长老之志:使老人的心伤痛。

⑪重吾不德:加重我的失德。重,增加。

⑫眇眇之身:微末之躯。

⑬兵革:指战争。

⑭过行:行为有过错。

⑮羞:使……蒙羞,玷辱。

⑯年:年寿。

⑰不终:不得善终。

⑱出临:吊唁。

⑲释服:除去孝服。

⑳取:通"娶"。

㉑服临:着丧服吊唁,参加祭奠。

㉒跣:通"跣",赤脚。

㉓绖带:指头系的麻巾和脚扎的麻绳。

㉔布:套戴丧服的标志。

㉕哭临:指帝后死丧,集众定时举哀。

㉖举音:指发声哭丧。

㉗礼毕罢:祭礼完毕即停止哭丧。

㉘服大红十五日:应穿九个月丧服的,改穿十五日。

㉙小红十四日:应穿五个月丧服的,改穿十四日。

㉚纤七日:应穿三个月丧服的,改穿七日。

㉛比类从事:参照行事。

㉜因其故:保持原貌。

㉝归夫人以下至少使:后宫的嫔妃,从"夫人"到"少使",都送他们回家。汉制,宫中女侍夫人以下,有美人、少使等名目。

文帝此遗诏的内容分三部分：一是总述生死的自然规律和厚葬重服破业伤生的时弊，训告臣下在他死后不要重服久临以哀损天下；二是表明自己不德不敏而尽享天年、入祀高庙已是大幸，明示无须哀念；三是交代免除繁文缛节，省除靡费，遣散后宫女侍等具体细则。

诏文谨慎谦抑，体现了汉文帝淳朴宽厚的性格和体恤民生、政尚宽俭的行事风格。

【点评】

"汉文帝遗诏：'霸陵山川因其故，无有所改。'示从俭也。班固赞帝治霸陵皆瓦器，不得以金银铜锡为饰，因其山不起坟。刘向亦曰：'文帝去坟薄葬，以俭安神。'可谓知帝矣。"（[宋]王楙《野客丛书》卷二十五）

论贵粟疏 　　　　晁　错

圣王在上，而民不冻饥者，非能耕而食之①，织而衣之②也，为开其资财之道也。故尧禹有九年之水，汤有七年之旱，而国亡捐瘠③者，以畜④积多，而备先具也。今海内为一，土地人民之众，不避⑤汤禹，加以亡天灾数年之水旱，而畜积未及者，何也？地有遗利，民有余力，生谷之土未尽垦，山泽之利未尽出也，游食之民未尽归农也。

民贫则奸邪生。贫生于不足，不足生于不农，不农则不地著⑥，不地著则离乡轻家，民如鸟兽。虽有高城深池，严法重刑，犹不能禁也。夫寒之于衣，不待轻暖；饥之于食，不待甘旨；饥寒至身，不顾廉耻。人情，一日不再食⑦则饥,终岁不制衣则寒。夫腹饥不得食,肤寒不得衣,虽慈母不能保其子,君安能以有其民哉?明主知其然也,故务民于农桑,薄赋敛,广畜积,以实仓廪⑧,备水旱,故民可得而有也。

民者,在上所以牧⑨之。趋利如水走⑩下,四方亡择也。夫珠玉金银,饥不可食,寒不可衣,然而众贵之者,以上用之故也。其为物轻微易藏,在于把握,可以周海内⑪而亡饥寒之患。此令臣轻背其主,而民易去其乡,盗贼有所劝,亡逃者得轻资也。粟米布帛生于地,长于时⑫,聚于力,非可一日成也。数石⑬之重,中人弗胜⑭,不为奸邪所利⑮,一日弗得而饥寒至。是故明君贵五谷而贱金玉。

今农夫五口之家,其服役者不下二人,其能耕者不过百亩,百亩之收不过百石。春耕,夏耘,秋获,冬藏,伐薪樵,治官府,给繇役。春不得避风尘,夏不得避暑热,秋不得避阴雨,冬不得避寒冻,四时之间,亡日休息。又私自送往迎来,吊死问疾,养孤长⑯幼在其中。勤苦如此,尚复被水旱之灾,急政⑰暴赋,赋敛不时⑱,朝令而暮改。当具有者半贾⑲而卖,亡者取倍称⑳之息。于是有卖田宅、鬻子孙以偿债者矣!而商贾㉑大者积贮倍息,小者坐列贩卖,操其奇赢㉒,日游都市,乘上之急,所卖必倍。故其男不耕耘,女不蚕织,衣必文采,食必粱肉,亡农夫之苦,有仟伯㉓之得。因其富厚,交通王侯,力过吏势,以利相倾,千里游放,冠盖相望㉔,乘坚策肥㉕,履丝曳缟㉖。此商人所以兼并农人,农人所以流亡者也。

今法律贱商人，商人已富贵矣；尊农夫，农夫已贫贱矣。故俗之所贵，主之所贱也；吏之所卑㉗，法之所尊也。上下相反，好恶乖迕㉘，而欲国富法立，不可得也。

方今之务，莫若使民务农而已矣。欲民务农，在于贵粟㉙。贵粟之道，在于使民以粟为赏罚。今募天下入粟㉚县官㉛，得以拜爵，得以除罪。如此，富人有爵，农民有钱，粟有所渫㉜。夫能入粟以受爵，皆有余者也。取于有余，以供上用，则贫民之赋可损，所谓损有余，补不足，令出而民利者也。顺于民心，所补者三：一曰主用足；二曰民赋少；三曰劝农功。

今令，民有车骑马㉝一匹者，复卒㉞三人。车骑者，天下武备也，故为复卒。神农之教曰："有石城十仞，汤池百步，带甲百万，而亡粟，弗能守也。"以是观之，粟者，王者大用㉟，政之本务。令民入粟受爵，至五大夫㊱以上，乃复一人耳，此其与骑马之功相去远矣。爵者，上之所擅㊲，出于口而亡穷；粟者，民之所种，生于地而不乏。夫得高爵与免罪，人之所甚欲也。使天下人入粟于边，以受爵免罪，不过三岁，塞下之粟必多矣。

【作者简介】

晁错（前 200—前 154），颍川（治今河南禹州）人，西汉政论家。他发展了"重农抑商"政策，提出"移民实边"战略。进言削藩以巩固中央集权，此举损害了诸侯利益，引发了以吴王刘濞为首的以"诛晁错，清君侧"为名的七国诸侯之乱，被景帝腰斩。其政论文"疏直激切，尽所欲言"，鲁迅称之为"西汉鸿文"。

【注释】

①食(sì)之：给他们吃。

②衣(yì)之：给他们穿。

③捐瘠(jí)：被遗弃的和瘦弱的人。捐，抛弃。瘠，瘦。

④畜：同"蓄"。

⑤不避：不让，不次于。

⑥地著(zhù)：指定居一地。

⑦再食：吃两顿饭。

⑧廪(lǐn)：米仓。

⑨牧：管理。

⑩走：流淌。

⑪周海内：周游天下。

⑫时：时令。

⑬石：重量单位。汉制三十斤为钧，四钧为石。

⑭弗胜：不能胜任，指拿不动。

⑮利：贪图。

⑯长(zhǎng)：养育。

⑰政：通"征"。

⑱不时：不定时，随时。

⑲半贾：半价。贾，同"价"。

⑳倍称(chèn)之息：加倍的利息。称，相等，相当。

㉑贾(gǔ)：商人。

㉒操其奇(jī)赢：以特殊的手段获得更大的利润。操，操控。奇赢，赢余。

㉓仟伯：颜师古注《汉书》谓"仟谓千钱，伯谓百钱"。

㉔冠盖相望：指使者或仕宦富豪之人一路上往来不绝。冠盖，官宦的冠服和车盖。相望，相互看得见。

㉕乘坚策肥:乘坚车,策肥马。策,用鞭子赶马。

㉖履丝曳(yè)缟(gǎo):脚穿丝鞋,身披绸衣。缟,一种精致洁白的丝织品。

㉗卑:鄙视。

㉘乖迕(wǔ):相违背。

㉙贵粟:抬高粮价。

㉚入粟:交纳粮食。

㉛县官:朝廷,官府。

㉜渫(xiè):散出。

㉝车骑马:指战马。

㉞复卒:指免除兵役。

㉟大用:最需要的东西。

㊱五大夫:汉代的一种爵位,凡纳粟四千石,即可封赐。

㊲擅:专有。

【解读】

此文是晁错针对汉初严重的粮食危机继贾谊之后而上的奏疏。

奏章首段以古代因蓄积多而虽有水旱也国无弃养与当今蓄积未及的困境作对比,揭示当朝农业生产不足的问题。第二、三段从反面着笔,分别论述国家重金玉轻农事的危害,推出明君贵五谷而贱金玉的主张。第四、五段对比陈述农夫贫贱以致"卖田宅、鬻子孙以偿债"甚至流亡与商人富贵以致"衣必文采,食必粱肉"甚至兼并农民的时弊,将"谷贱伤农"的事实与法令规章对照,揭示谷贱则"欲国富法立,不可得也"的危害,进一步论证"贵粟"的紧迫性和重要性。最后两段先阐述贵粟的举措:使民以粟为赏罚——使天下人入粟县官或入粟于边,得以受爵免罪;再以"不过三岁,塞下之粟必多矣"之言揭示贵粟后的结果,呼应开篇的"畜积未及",解决问题。

晁错的见解对当今解决"三农(指农村、农业、农民)问题"仍有借鉴意义。但他尊崇"重农抑商"政策,对待商业和商人未免有失偏颇与不公,这一点需得留意。

【点评】

"此篇大意,只在入粟于边,以富强其国。故必使民务农,务农在贵粟,贵粟在以粟为赏罚。一意相承,似开后世卖鬻之渐。然错为足边储计,因发此论,固非泛谈。"([清]吴楚材、吴调侯《古文观止》卷六)

《淮南子》寓言五则   刘 安

昔者共工①与颛顼②争为帝,怒而触不周之山③。天柱折,地维绝④。天倾西北,故日月星辰移焉⑤;地不满东南,故水潦⑥尘埃⑦归焉。天道曰圆,地道曰方。方者主幽,圆者主明。明者,吐气者也,是故火曰外景⑧;幽者,含气⑨者也,是故水曰内景⑩。吐气者施,含气者化⑪,是故阳施阴化。天之偏气⑫,怒者为风;地之含气,和者为雨。阴阳相薄⑬,感而为雷,激而为霆,乱而为雾。阳气胜则散而为雨露,阴气盛则凝而为霜雪。

【作者简介】

刘安(前179—前122),沛郡丰(今江苏丰县)人。袭父封为淮南王。曾招宾客方术之士编写《鸿烈》(后称《淮南鸿烈》,亦称《淮南子》),是我国思想史上划时代的学术巨著。其奉汉武帝之命所著的《离骚传》是我国最早对屈原及其《离骚》作高度评价的著作。

【注释】

①共工:传说中的部落领袖,炎帝的后裔。

②颛顼(zhuān xū):传说中的五帝之一,黄帝的后裔。

③不周之山:山名,传说在昆仑西北。

④天柱折,地维绝:支撑天的柱子折了,挂地的绳子断了。古人认为天圆地方,天有九根柱子支撑,地的四角有大绳系挂。维,绳子。

⑤焉:兼词,"于此",到这里。

⑥水潦(lǎo):泛指江湖流水。潦,积水。

⑦尘埃:尘土。这里指泥沙。

⑧外景:光芒在外,指火和太阳。

⑨含气:吸收气体。

⑩内景:光芒在内,指水和月亮。

⑪化:生成。

⑫偏气:不正之气。

⑬薄:逼近。

【解读】

这则寓言分两部分:第一部分借共工触不周之山的神话,阐述天倾于西北导致日月星辰向西北运行和地塌于东南导致泥沙向东南流泻沉淀的自然现象。第二部分论述阴阳、日月水火、风雨雷电雾露霜雪的形成。认为天地形成后分别孕育了光明幽暗,光明吐散阳气,形成了火和太阳,幽暗则蕴藏了阴气,形成了水和月亮;阴阳之气的运行形成了风雨雷电,阴阳之气散布开来,就因其气的强弱变化而形成了雨露霜雪。

此寓言是古人关于天体起源、运行和自然气候、现象的认识,反映了古人对天文现象的探究。

往古①之时，四极②废，九州③裂，天不兼覆④，地不周载⑤，火爁炎⑥而不灭，水浩洋⑦而不息，猛兽食颛民⑧，鸷鸟攫老弱。于是女娲炼五色石以补苍天，断鳌足以立四极，杀黑龙以济冀州⑨，积芦灰以止淫水。苍天补，四极正，淫水涸，冀州平，狡虫⑩死，颛民生。

【注释】

①往古：远古。

②四极：天的四方极远之处。传说天的四方有支撑的柱子。

③九州：战国时邹衍称中国为赤县神州，神州之内有九州，之外又有九州，故九州泛指大地。

④兼覆：遍及覆盖。

⑤周载：全面容载。

⑥爁(làn)炎：火势蔓延的样子。

⑦浩洋：水势浩大的样子。

⑧颛民：善良的百姓。

⑨冀州：古代称中原地区。

⑩狡虫：凶猛的鸟兽。即上文猛兽鸷鸟。

【解读】

这则寓言讲述女娲拯救天地与苍生的故事，分为三个部分：起因是天柱坍塌而带来了大地开裂、水火肆虐、猛兽猛禽祸害人类的灾难；经过是女娲炼石补天、断龟脚立天柱、杀黑龙救黎民、积芦灰堵洪水；结果是苍天补全、天柱重立、洪水消退、猛兽猛禽死亡、百姓得救。

此寓言颂扬了古人在自然灾难面前的大无畏精神和奉献精神，表现了古人战胜自然、征服自然的坚定信念。

逮至尧之时，十日并出，焦禾稼，杀①草木，而民无所食。猰貐、凿齿、九婴、大风、封豨、修蛇②，皆为民害。尧乃使羿诛凿齿于畴华之野，杀九婴于凶水之上，缴③大风于青丘之泽，上射十日而下杀猰貐，断修蛇于洞庭，禽④封豨于桑林，万民皆喜，置⑤尧以为天子。于是天下广狭、险易、远近，始有道里⑥。舜之时，共工振滔⑦洪水，以薄空桑，龙门未开，吕梁未发⑧，江、淮通流⑨，四海溟涬⑩，民皆上丘陵，赴树木。舜乃使禹疏三江五湖，辟伊阙，导廛涧，平通沟陆，流注东海。鸿水⑪漏⑫，九州干，万民皆宁其性⑬。是以称尧舜以为圣。

【注释】

①杀：晒死。

②"猰貐(yà yǔ)"句：指各种凶猛禽兽。

③缴：射杀。

④禽：同"擒"，擒获。

⑤置：推举。

⑥道里：道路和村落。

⑦振滔：大肆兴起。振，兴起。滔，水势盛大。

⑧发：挖掘。

⑨通流：合流泛滥。

⑩溟涬(mǐng xìng)：天地未形成前的浑然元气。这里形容洪水泛滥，汪洋一片。

⑪鸿水：即洪水。

⑫漏：排泄。

⑬宁其性：各安其生。

这则寓言讲述古代圣贤英雄为民除害、使百姓安居的故事:前一部分讲尧帝派后羿射十日、除猛禽凶兽,使百姓安居;后一部分讲舜帝让大禹疏通河道治理洪水,使百姓安生。每一部分都依照灾害兴起、除害经过和治理结果分三个层次。

此寓言反映了古人战胜凶禽猛兽和旱灾水灾而安居的斗争历程,表现了古人征服自然凶险、灾难的英勇无畏与坚定信念。

公仪休①相②鲁,而嗜鱼。一国③献鱼,公仪子④弗受。其弟子谏曰:"夫子⑤嗜鱼。弗受,何也?"答曰:"夫唯嗜鱼,故弗受。夫受鱼而免于相,虽嗜鱼,不能自给鱼;毋受鱼而不免于相,则能长自给鱼。"此明于为人为己者也。故老子曰:"后其身⑥而身先⑦,外其身⑧而身存⑨。非以其无私邪?故能成其私。"一曰:"知足不辱⑩。"

【注释】

①公仪休:春秋时鲁穆公的相。

②相:做宰相。

③一国:整个鲁国。

④公仪子:对公仪休的尊称。

⑤夫子:旧时学生称老师,犹如"先生"。

⑥后其身:置自身于后,谦退无争。

⑦身先:自身反而领先。

⑧外其身:置其身于事外。

⑨身存:自身反而保全安存。

⑩不辱:不受侮辱。

【解读】

这则寓言阐述不盲目贪私争利以长久自保自存的人生哲学。公仪休喜欢吃鱼而谢绝鲁国人进献的鱼,因为他明察一点:受鱼而免于相,则不能自给鱼;不受鱼自保相位,则可长久自给鱼。寓言分两个部分:前一部分寓理于事,借公仪休与弟子的对话阐明不贪他人所给之利而保长久自给的道理;后一部分引言说理,借老子之言阐述不争、不贪私利而长保自身安存的哲理,告诫人们知足勿贪。

此寓言对当今为官者廉洁自律、不徇私受贿亦有警示借鉴价值。同时也启示人们:受他人之资,莫若自给自足。

【点评】

"论曰:昔之记礼者谓伐冰之家,不畜牛羊,盖乘富贵之资以与民争利者,非所宜为也。公仪休居春秋之末,去先王之泽远矣,而拔葵燔机之举,杰然见于为鲁相之日,呜呼,可嘉也已!"([宋]费枢《廉吏传》卷上)

夫祸福之转而相生①,其变难见也。近塞上②之人有善术者③,马无故亡而入胡④。人皆吊⑤之。其父曰:"此何遽⑥不为福乎?"居数月,其马将⑦胡骏马而归,人皆贺之。其父曰:"此何遽不能为祸乎?"家富良马,其子好骑,堕⑧而折其髀⑨,人皆吊之。其父曰:"此何遽不为福乎?"居一年,胡人大入塞,丁壮者引弦⑩而战,近塞之人,死者十九⑪,此独以跛之故,父子相保。故福之为祸,祸之为福,化不可极⑫,深不可测也。

【注释】

①相生:相互促成。

②塞上:边塞一带。

③善术者:精通术数的人。善,擅长。术,术数,推测人事吉凶祸福的法术。

④胡:指胡人居住的地方。

⑤吊:对其不幸表示安慰。

⑥何遽(jù):怎么就,表示反问。

⑦将:带领。

⑧堕:掉下来。

⑨髀(bì):大腿骨。

⑩引弦:拉开弓弦,指拿起弓箭等武器。

⑪十九:十分之九,指绝大部分。

⑫极:尽。

【解读】

这则寓言通过一个因祸(马亡入胡)得福(将骏马而归),因福(得骏马)致祸(其子堕马而致腿瘸),最后又因祸(腿瘸)得福(在战争中保全性命)的戏剧性故事,阐述了祸福的对立统一,揭示了"祸兮福所倚,福兮祸所伏"的道理,从而启迪人们:好事和坏事在一定条件下可互相转换,因此,要以平和心态,超越时间和空间去辩证看待祸福,遇逆境且持乐观信念,处顺境宜怀忧患意识。

招隐士　　　　淮南小山

桂树丛生兮山之幽,偃蹇①连蜷②兮枝相缭③。山气巃嵸④兮石嵯峨⑤,溪谷崭岩⑥兮水曾⑦波。猿狖⑧群啸兮虎豹嗥,攀援桂枝兮聊淹留⑨。王孙游兮不归,春草生兮萋萋。岁暮兮不自聊⑩,蟪蛄⑪鸣兮啾啾。块兮轧⑫,山曲崐⑬,心

45

淹留兮恫慌忽⑭。罔兮沕⑮，憭兮栗⑯，虎豹穴⑰，丛薄⑱深林兮人上慄。嶔岑⑲碕礒⑳兮，碅磈⑪魂硊⑫；树轮㉓相纠㉔兮，林木茷骫㉕。青莎杂树㉖兮，蓣草㉗靃靡㉘；白鹿麚㉙䴥㉚兮，或腾或倚。状貌崟崟㉛兮峨峨，凄凄兮漇漇㉜。猕猴兮熊罴㉝，慕类㉞兮以悲；攀援桂枝兮聊淹留。虎豹斗兮熊罴咆，禽兽骇兮亡其曹㉟。王孙兮归来，山中兮不可以久留。

【作者简介】

淮南小山，西汉淮南王刘安一部分门客的统称。《招隐士》始见于东汉王逸的《楚辞章句》，题为淮南小山作。南朝梁萧统《文选》则题刘安作。

【注释】

①偃蹇：高耸的样子。

②连蜷：屈曲的样子。

③缭：纽结。

④巃嵸（lóng zōng）：云气弥漫的样子。

⑤嵯峨（cuó é）：形容山势高峻。

⑥崭岩：险峻的样子。

⑦曾：层。

⑧狖：长尾猿。

⑨淹留：久留。

⑩不自聊：殊无聊赖，指精神上没有寄托，心情烦乱无聊。

⑪蟪蛄：夏蝉。

⑫坱（yǎng）兮轧：云气浓厚广大。

⑬曲弟（fú）：曲折盘纡的样子。

⑭恫慌忽：忧思深的样子。

46

⑮罔兮沕(wù):失神落魄的样子。

⑯憭(liáo)兮栗:恐惧的样子。

⑰穴:闻一多疑为"突"之坏字,"虎豹突"与上文"虎豹嗥",下文"虎豹斗"句法同。"虎豹突,丛薄深林兮人上慄"者,谓虎豹奔突,人惧而登树木以避之也。

⑱丛薄:丛生的草木。

⑲嶔岑(qīn cén):小而高的山。嶔,山高峻的样子。

⑳碕礒(qí yǐ):山石不平的样子。

㉑碅磳(jūn zēng):山石高耸危峻的样子。

㉒磈硊(kuǐ guì):怪石貌。

㉓枒:横枝。

㉔纠:缠绕。

㉕茷骫(bá wěi):盘纡的样子。

㉖杂树:犹言丛生。

㉗蘋(fán)草:一种似莎而比莎大的草。

㉘靃(suǐ)靡:草木茂密的样子。

㉙麏(jūn):同"麇",獐。

㉚麚(jiā):公鹿。

㉛岝(yín)崿:高耸的样子。

㉜漇(xǐ)漇:润泽貌。

㉝罴(pí):熊的一种。

㉞慕类:思慕同类。

㉟曹:同类。

【解读】

此赋以强烈的主观感情色彩和夸张渲染的手法极写深山荒谷的幽险和虎啸猿悲的凄厉,营造令人怵目惊心的氛围,显现隐士(即遨游于山中的王孙)幽居的寂寥艰危,传达隐士归来,山中不可久留的急切呼唤,表达为淮南王招致山谷潜伏之士的意向。全文分两部分:第一部分从篇首至"蟪蛄鸣兮啾啾",描写为追慕桂枝芬芳的王孙在虎豹出没、猿狄哀鸣的深山幽壑间淹留,表达心忧王孙安危的焦虑与不安,并以春草、秋螯渲染萦回之思和惆怅之情。第二部分从"块兮轧"始至篇末,以山石之巍峨,雾岚之郁结,虎豹之奔突,林木之幽深,渲染山中之阴森可怕,并以离群禽兽失其类的奔走呼叫,彰显山中险恶,直呼王孙归来。

作者借鉴屈原、宋玉辞赋的铺写、烘托、比兴、象征等艺术手法,使用叠词和回环复沓的句式,使得此赋想象奇特,感情浓郁,辞采优美,声律和谐,成为汉代骚体赋的名篇。

【点评】

"其可以类附《离骚》之后者,以音节局度,浏漓昂激,绍楚辞之余韵,非他词赋之比。虽志事各殊,自可嗣音屈、宋……其辞致磅礴弘肆,而意唯一致,真得骚人之遗韵。"([清]王夫之《楚辞通释》卷十二)

上书谏猎

司马相如

臣闻,物有同类而殊能者,故力称乌获①,捷言庆忌②,勇期贲、育③。臣之愚,窃以为人诚有之,兽亦宜然。今陛下好陵④阻险⑤,射猛兽,卒然⑥遇逸材⑦之兽,骇不存之地⑧,犯属车⑨之清尘⑩,舆不及还⑪辕⑫,人不暇施巧,虽有乌获、逢蒙⑬之技不能用,枯木朽株尽为难⑭矣。是胡越起于毂下,而羌夷接轸也⑮,岂不殆哉! 虽万全而无患,然本非天子之所宜近也。

且夫清道而后行,中路而驰,犹时有衔橛之变⑯。况乎涉丰草,骋丘墟,前有利兽之乐,而内无存变之意,其为害也,不亦难矣！夫轻万乘⑰之重不以为安,乐出万有一危之涂⑱以为娱,臣窃为陛下不取。盖明者远见于未萌,而知者避危于无形。祸固多藏于隐微,而发于人所忽者也。故鄙谚曰:家累⑲千金,坐不垂堂⑳。此言虽小,可以喻大。臣愿陛下留意幸察。

【作者简介】

司马相如(约前179—前118),字长卿,蜀郡成都(今属四川)人。西汉辞赋家。其大赋气势磅礴,想象广阔,词藻华丽,扬雄称誉"长卿赋不似从人间来"。鲁迅认为,"武帝时文人,赋莫若司马相如,文莫若司马迁"。

【注释】

①乌获:战国时秦国力士。

②庆忌:吴王僚之子。《吴越春秋》说他有万人莫当之勇,奔跑极速,能追奔兽、接飞鸟,驷马驰而射之亦不中。

③贲、育:孟贲、夏育,皆战国时卫国人,勇士。

④陵:登上。

⑤阻险:险峻处。

⑥卒然:突然。卒,同"猝"。

⑦逸材:过人之材。逸,超越。这里喻指凶猛超常的野兽。

⑧骇不存之地:因无处藏身而惊起。

⑨属车:随从之车。这里婉指皇帝。

⑩清尘:即尘土。

⑪还(xuán):通"旋"。

⑫辕:车舆前端伸出的直木或曲木。这里借指舆车。

⑬逢蒙：夏代善于射箭的人，相传学射于羿。

⑭难：险阻，障碍。

⑮是胡越起于彀（gǔ）下，而羌夷接轸（zhěn）也：这就像胡人、越人从车轮下窜出，羌人、夷人紧跟在车子后面。彀，车轮中心用以镶轴的圆木，代称车轮。轸，车箱底部四围横木，车的代称。

⑯衔橛（jué）之变：泛指行车中的事故。衔，马嚼。橛，车的钩心。

⑰万乘：指皇帝。

⑱涂：同"途"。

⑲累：集聚。

⑳垂堂：靠近屋檐下。垂，临近。坐不垂堂是防万一屋瓦坠落伤身。

【解读】

此谏意在规劝迷恋驰逐野兽的汉武帝不要亲自行猎，以防不测。

开篇从人类有特异禀赋者的存在而类推兽类中亦有特异凶猛者，以此表明皇帝行猎的首要危险，即易受被惊起的猛兽的攻击，危及人身安全，指出行猎"本非天子之所宜近"。接着，先以"且夫"与"犹时有"连用作让步，论及无障碍的通途尚且有行车的危险，再用"况乎"递进，指出行猎"涉丰草，骋丘墟，前有利兽之乐，而内无存变之意"的颠覆隐患，以此表明皇帝行猎的第二个危险。最后，又以"盖"字引出祸患常积于未萌阶段与忽微之处的议论，意在劝谏武帝防患于未然。

此文朴实恳切，行文委婉而条理清晰，劝谏的旨意与奉承的策略结合得体，相传武帝看了即称"善"，纳此谏言。

【点评】

"大姚曰：相如《谏猎》，真圣于文者。下面方似有说话，忽然而止，却插入他语，忽然而接。变怪百出，而神气浑涵不露，虽以昌黎《师说》较之，且多圭角矣。"（[清]徐树铮辑《诸家评点古文辞类纂》卷十三）

美人赋

司马相如美丽闲都①，游于梁王②，梁王悦之。邹阳③
谮④之于王曰："相如美则美矣，然服色容冶⑤，妖丽不忠，将
欲媚辞取悦，游王后宫，王不察之乎？"

王问曰："子好色乎？"相如曰："臣不好色也。"王曰：
"子不好色，何若孔墨乎？"

相如曰："古之避色，孔墨之徒，闻齐馈女而遐逝⑥，望
朝歌而回车⑦。譬于防火水中，避溺山隅，此乃未见其可
欲，何以明不好色乎？

"若臣者，少长西土，鳏⑧处独居。室宇辽廓⑨，莫与为
娱。臣之东邻有一女子，云发丰艳，蛾眉皓齿。颜盛色茂，
景曜光起。恒翘翘⑩而西顾，欲留臣而共止。登垣而望臣
三年于兹矣。臣弃而不许。

"窃慕大王之高义，命驾东来。途出郑、卫⑪，道由桑
中。朝发溱、洧⑫，暮宿上宫⑬。上宫闲馆，寂寞云虚⑭。门
阁昼掩，暧⑮若神居。

"臣排其户而造其堂，芳香芬烈，黼⑯帐高张。有女独
处，宛然在床，奇葩逸丽，淑质艳光。睹臣迁延⑰，微笑而言
曰：'上客何国之公子，所从来无乃远乎？'遂设旨酒、进鸣琴。

"臣遂抚弦，为《幽兰》《白雪》之曲。女乃歌曰：'独处
室兮廓⑱无依，思佳人兮情伤悲。有美人兮来何迟，日既暮
兮华色衰。敢托身兮长自私。'玉钗挂臣冠，罗袖拂臣衣。

"时日西夕，玄阴⑲晦冥。流风惨冽，素雪飘零。闲房

寂谧，不闻人声。于是寝具既设，服玩珍奇；金錏⑳薰香，黼帐低垂；裀褥重陈，角枕横施。女乃弛其上服，表其亵衣㉑。皓体呈露，弱骨丰肌。时来亲臣，柔滑如脂。

"臣乃脉定㉒于内，心正于怀。信誓旦旦，秉志不回。翻然高举，与彼长辞。"

【注释】

①闲都：文雅美好。

②梁王：梁孝王刘武。

③邹阳：梁孝王客卿，齐人。

④谮(zèn)：诽谤。

⑤容冶：华丽妖艳。

⑥闻齐馈(kuì)女而遐逝：听到齐国送来歌舞乐伎女子，就远远离开了。《论语·微子》："齐人归(通"馈"，赠送)女乐，季桓子受之，三日不朝，孔子行。"

⑦望朝(zhāo)歌而回车：朝歌，商朝都城。商纣王在朝歌淫乐导致身死国亡。《淮南子·说山训》："墨子非乐，不入朝歌之邑。"今《墨子》无此内容。

⑧鳏(guān)：无妻。

⑨辽廓：宽广的样子。

⑩翘翘：仰首。

⑪郑、卫：西周至春秋的两个诸侯国。

⑫溱(zhēn)、洧(wěi)：二水名。在郑国(今河南境内)。

⑬上宫：《诗经·墉风》："期我乎桑中，要我乎上宫。"取以代指淫乐之地。

⑭云虚：云雾空中。言其寂静。

⑮曖（ài）：幽暗不明。

⑯黼（fǔ）：帐幔。

⑰迁延：拖延，迟疑。

⑱廓：空。

⑲玄阴：冬气。

⑳金铔（zā）：金属香炉。

㉑亵（xiè）衣：内衣。

㉒脉定：血脉稳定，平静不激动。

【解读】

此赋以受诽谤切入而引出自己不好色的描述，表现其坚守高洁品格的思想，艺术手法多借鉴宋玉《登徒子好色赋》。

开篇写自己因美貌而受邹阳嫉妒，被其诬谤为"妖丽不忠""媚辞取悦"甚至有染指后宫的企图，引出梁孝王"子好色乎"的质询和自己不好色的回答。接着借梁王"子不好色，何若孔墨乎"的诘问引出孔子、墨子，指出这些圣人刻意回避女色只是尽量避免受到女色的影响，不能证明他们真不好色，由此为说明自己真正不好色奠定基础。其后便举了自己不好色的两个事例：其一是在家独居，有东邻漂亮女子顾盼多年而自己"弃而不许"，表现自己抗拒美色的持久性；其二是后"命驾东来"的路上，邂逅上宫女子，她貌若天仙，极其多情，但作者却能敛气收心，信誓旦旦地拿定主意，终于高飞远去，和她永别，突出自己拒绝诱惑的坚定性。

此赋语言清丽华妙，从容貌、语言、举止、行为等方面对东邻女子和上宫女子大肆铺写，表现其精神意态。同时还善于烘托反衬，如写上宫女子时，用"上宫闲馆，寂寞云虚。门阁昼掩，曖若神居"和"芳香芬烈，黼帐高张"来衬托女子的娴静美好、高雅脱俗；用"时日西夕，玄阴晦冥。流风惨冽，素雪飘零"的环境反衬室内"金铔薰香，黼帐低垂；裯褥重陈，角枕横施"的温馨美好，烘托女子的多情动人，以突显自己的不好色。

关于此赋的旨意，历来众说纷纭。依照赋"铺采摛文，体物写志"（刘勰《文心雕龙·诠赋》）的基本特征和此赋对《登徒子好色赋》的借鉴，我们不妨将它视为讽谏之作——因为宋玉《登徒子好色赋》是根据《离骚》中"众女嫉余之蛾眉兮，谣诼谓余以善淫"之言，指斥因嫉妒而进谗言的小人，曲达讽谏楚王之意的作品。

【点评】

"长卿素有消渴疾，及还成都，悦文君之色，遂以发痼疾，乃作《美人赋》，欲以自刺，而终不能改。"（［晋］葛洪《西京杂记》卷二）

"宋玉《讽赋》载于《古文苑》，大略与《登徒子好色赋》相类，然二赋盖设辞以讽楚王耳。司马相如拟《讽赋》而作《美人赋》。"（［宋］吴子良《荆溪林下偶谈》卷三）

山川颂

董仲舒

山则巃嵷①嶐崔，摧嵬②崒巍③。久不崩陁④，似夫仁人志士。孔子曰：山川神祇⑤立，宝藏殖⑥，器用资⑦，曲直合⑧。大者可以为宫室台榭，小者可以为舟舆⑨浮渱⑩。大者无不中⑪，小者无不入⑫。持斧则斫⑬，折镰则艾⑭。生人⑮立，禽兽伏，死人入。多其功而不言，是以君子取譬也。且积土成山，无损也；成其高，无害也；成其大，无亏也。小其上，泰其下⑯，久长安，后世无有去就⑰，俨然独处，惟山之意⑱。《诗》云："节彼南山，惟石岩岩。赫赫师尹，民具尔瞻。"⑲此之谓也。

水则源泉混混沄沄⑳，昼夜不竭，既㉑似力者；盈科㉒后

行,既似持平者;循微赴下㉓,不遗小间㉔,既似察者;循溪谷
不迷,或奏㉕万里而必至,既似知者;障防山而能清净㉖,既
似知命者;不清而入,洁清而出,既似善化者;赴千仞之壑,
入而不疑㉗,既似勇者;物皆困于火,而水独胜之,既似武
者;咸得之而生,失之而死,既似有德者。孔子在川上曰:
"逝者如斯夫,不舍昼夜㉘。"此之谓也。

【作者简介】

董仲舒(前179—前104),西汉广川(治今河北景县西南)人,儒家
今文经学大师。提出了天人感应、大一统、三纲五常等重要儒家理论,
其"推明孔氏,抑黜百家"的主张为武帝采纳,开此后两千余年封建社
会以儒学为正统的先声。其学以儒家宗法思想为中心,杂以阴阳五行
说,把神权、君权、父权、夫权贯串在一起,形成其神学体系。

【注释】

①巃嵸(lóng zōng):峻拔高耸。

②摧嵬(zuǐ wéi):高大。

③崒巍(zuì wēi):高峻不齐的样子。

④崩陁(zhì):塌毁。

⑤神祇(qí):天神地祇。祇,地神。

⑥殖:孳生。

⑦器用资:器物用具的依托。

⑧曲直合:曲直的会合。

⑨舆:车。

⑩浮渿(fú shè):筏子。

⑪中(zhòng):适合,中用。

⑫入:合格,合适。

⑬斫(zhuó)：砍。

⑭艾：通"刈"，割。

⑮生人：活着的人。

⑯小其上，泰其下：小居其上，大居其下。泰，大。

⑰去就：本指去留进退，这里指移动之意。

⑱意：情态。一说"意"当作"惪"字，惪，即"德"的古体字，品德。

⑲《诗》云"句：见《诗经·小雅·节南山》。节，高峻的样子。师尹，指周太师尹。具，通"俱"，全部。

⑳混(gǔn)混沄(yún)沄：水流汹涌，奔腾不断。混，同"滚"。沄沄，水流汹涌的样子。

㉑既：犹"其"，这。

㉒盈科：将低洼的地方注满。科，坎地，低洼的地方。

㉓循微赴下：沿着低微的地方往下流淌。

㉔间：空隙。

㉕奏：行进。

㉖障防山而能清净：受到堤坝的阻拦后能够清亮、干净。障，阻隔。防，堤坝。

㉗赴千仞(rèn)之壑(hè)，入而不疑：奔赴千仞深的山涧，直入而不犹豫。

㉘"逝者"句：见《论语·子罕》。斯，这水。舍，止息。

【解读】

《山川颂》化用《论语·雍也》"知者乐水，仁者乐山"的语意，将山水人格化，用以比喻君子品德，由山和水的不同性状来沟通两大方面的品德。

上段写山，先总体描述山之巍峨高耸而不坍塌，有如仁人志士傲岸雄伟而不移不折；接着具体描述山的厚德：泽被万物，功劳很多而不自夸；自成其大而不损万物；显赫盛大而沉稳安宁，俨然独立而不移不

56

改;最后借《诗经》中的咏叹,将山与人合二为一,总结重申山所喻的仁者之德。

下段写水,采用分总结构,先从水的九方面特性沟通水之德与人之德:水的奔流不息如人的刚毅,水的注满低洼而后前行若人的保持公平,水的就下而不遗间隙好比人的明察,水的不迷而致远恰似人的智慧,水的受阻而能清静好比人的知晓天命,水的去污化浊好似人的善于教化,水的奔赴千仞沟壑而不犹豫好比人的勇敢,水的克火如人的威武,水的滋养万物好比人的厚德。最后,用《论语》中孔子赞叹水的流转不泥来总括智者之德。

《山川颂》描述《春秋》中的伦理道德及政治原则,表达了对先秦已有儒家文献的解释性复述和整合,继承了以儒家山川精神为代表的华夏文化大传统。同时还将颂体文由先秦的"祭祀诗颂"转向汉代的"解经文颂",标志着颂体成为文学体裁的新起点。

【点评】

"《春秋繁露》有此篇,与《韩诗外传》解仁者乐山、知者乐水文意颇相类。"([宋]章樵《古文苑注》卷十二)

举贤良对策(节选) 董仲舒

陛下发德音,下明诏,求天命与情性,皆非愚臣之所能及也。臣谨案①《春秋》之中,视前世已行之事,以观天人相与之际②,甚可畏也。国家将有失道之败,而天乃先出灾害以谴告之,不知自省,又出怪异以警惧③之,尚不知变,而伤败乃至。以此见天心之仁爱人君而欲止其乱也。自非大亡道④之世者,天尽欲扶持而全安之,事在强勉⑤而已矣。

强勉学问，则闻见博而知⑥益明；强勉行道，则德日起⑦而大有功：此皆可使还至⑧而有效者也。《诗》曰"夙夜匪解⑨"，《书》云"茂⑩哉茂哉"，皆强勉之谓也。

臣闻众少成多⑪，积小致巨，故圣人莫不以晻⑫致明，以微⑬致显。是以尧发于诸侯，舜兴虖⑭深山，非一日而显也，盖有渐以致之矣。言出于己，不可塞也；行发于身，不可掩也。言行，治之大⑮者，君子之所以动天地也。故尽小者大，慎微者著。《诗》云："惟此文王，小心翼翼。"故尧兢兢⑯日行其道，而舜业业⑰日致其孝，善积而名显，德章⑱而身尊，此其浸明浸昌⑲之道也。积善在身，犹长⑳日加益，而人不知也；积恶在身，犹火之销膏，而人不见也。非明虖情性察虖流俗者，孰能知之？此唐虞之所以得令名，而桀纣之可为悼惧㉑者也。夫善恶之相从，如景㉒乡㉓之应形声也。故桀纣暴谩㉔，谗贼并进，贤知隐伏，恶日显，国日乱，晏然㉕自以如日在天，终陵夷㉖而大坏。夫暴逆不仁者，非一日而亡也，亦以渐至，故桀、纣虽亡道㉗，然犹享国㉘十余年，此其浸微浸灭之道也。

【注释】

①案：依据。

②相与之际：相互作用的关系。

③惧：恐吓。

④大亡道：非常无道。大，极。亡，通"无"。

⑤强勉：发奋努力。

⑥知（zhì）：才智。知，同"智"。

⑦日起:一日日崇高。

⑧还(xuán)至:很快达到。还,立即。

⑨匪解(fěi xiè):不要懈怠。匪,通"非"。解,通"懈"。

⑩茂:努力。

⑪众少成多:即聚少成多。

⑫晻:同"暗",糊涂不明。

⑬微:幽微无闻。

⑭虖:通"乎"。

⑮治之大:治理国家的重要内容。

⑯兢兢:形容小心谨慎。

⑰业业:畏惧的样子。

⑱章:显著。

⑲浸明浸昌:逐渐明达,逐渐昌盛。

⑳长:身高。

㉑悼惧:悲悼戒惧。

㉒景:同"影",影子。

㉓乡:通"响",回声。

㉔暴谩:同"暴慢",凶暴傲慢。

㉕晏然:安闲。

㉖陵夷:衰颓。

㉗亡道:无道。亡,通"无"。

㉘享国:指在位。

【解读】

董仲舒《举贤良对策》又称《天人三策》,是董仲舒对答汉武帝策问的三次策对,集中体现了他的"天人感应"思想。

节选部分的首段阐述"天人相与",即天与人是相互作用的。先是"天"对"人"的警示作用:"国家将有失道之败,而天乃先出灾害以谴告之,不知自省,又出怪异以警惧之,尚不知变,而伤败乃至。"即上天会

59

对人尤其是人君的失道之举予以谴责告示,其谴责告示的形式是天灾意象,目的是"仁爱人君而欲止其乱也","尽欲扶持而全安之"。如果人君还不反省改过,上天就会使他败亡。其次是"人"对"天"的感动作用:人君若勤勉学问,则见闻广博而智慧明达,德行崇高而事功大成,这些都是人君通过自己的努力而感动上天,"可使还至而有效者"。所以,最后给予人主的诫勉之辞即是:"夙夜匪解","茂哉茂哉"。

第二段告诫人君应懂得见微知著的道理,从而勿以善小而不为,勿以恶小而为之。此段也从两个层面着笔:第一层以"圣人莫不以晻致明,以微致显"切入,以尧舜兢兢业业、渐显渐尊而至贤明昌盛为例,表明人君需长日积善。第二层以"积善""积恶"的对照阐明唐虞"得令名"而桀纣"为悼惧"的原因,引出"桀纣暴谩""恶日显,国日乱"而晏然不自知,以致"终陵夷而大坏",警示人君戒备小恶积累而渐成大祸。

此两段策对虽各有侧重,但其用意都是约束与引导人君,切合的正是儒家的德治思想。"天人感应"在今天看来是一种唯心主义哲学思想,但在君权高度集中的社会背景下,强调天与人的相互作用,"屈君而伸天",是切合现实需要,有利于国家长治久安的。

【点评】

"方望溪曰:古文之法,首尾一线,惟对策最难,以所问本叉牙而难合也。惟董子能依问条对,事虽不一,而义理自相融贯,且大气包举,使人莫窥其熔铸之迹,良由其学深造自得,故能左右逢源也。"([清]徐树铮辑《诸家评点古文辞类纂》卷二十一)

粤有三仁对

董仲舒

(江都)王[①]问仲舒曰:"粤王句践[②]与大夫泄庸[③]、种[④]、蠡[⑤]谋伐吴,遂灭之。孔子称殷有三仁[⑥],寡人亦以为粤有三仁。桓公决疑于管仲⑦,寡人决疑于君。"仲舒对曰:"臣愚不足以奉⑧大对。闻昔者鲁君问柳下惠⑨:'吾欲伐齐,何如?'柳下惠曰:'不可。'归而有忧色,曰:'吾闻伐国不问仁人,此言何为至于我哉!'徒见问耳,犹且羞之,况设诈⑩以伐吴乎?繇⑪此言之,粤本无一仁。夫仁人者,正其谊⑫不谋其利,明其道⑬不计其功,是以仲尼之门,五尺之童羞称⑭五伯⑮,为其先诈力而后仁谊也。苟为诈而已⑯,故不足⑰称于大君子之门⑱也。五伯比于他诸侯为贤,其比三王⑲,犹武夫⑳之与美玉也。"

【注释】

①王:江都王刘非,汉武帝同父(即汉景帝)异母兄。

②粤王句践:即越王勾践。

③大夫泄庸:越国大夫。

④种:即文种。与范蠡一起助越王灭吴。因不知隐退,后被勾践所逼,伏剑自杀。

⑤蠡:即范蠡。与文种合作助越王复兴,功成而弃政经商,自保其全。

⑥孔子称殷有三仁:见《论语·微子》:"微子去之,箕子为之奴,比干谏而死。孔子曰:'殷有三仁焉!'"

⑦桓公决疑于管仲:齐桓公请管仲决断心中的疑虑。桓公曾用管仲改革内政,富国强兵,遂成春秋五霸之首。

⑧奉:奉答。

⑨柳下惠:即展禽,春秋时期鲁国人。"柳下"是其食邑,"惠"是其谥号,故称。

⑩设诈:策划诈谋。

⑪繇(yóu):通"由"。

⑫正其谊:遵循正道行事。

⑬明其道:依照适宜之理行事。

⑭称:称道。

⑮五伯:即"五霸"。一般指齐桓公、晋文公、秦穆公、宋襄公、楚庄王。

⑯苟为诈而已:苟且行欺诈而成功罢了。

⑰不足:不值得。

⑱大君子之门:指孔子之门。《荀子·仲尼》:"仲尼之门,五尺之竖子,犹羞称乎五伯。是何也?曰:然,彼诚可羞称也。齐桓,五霸之盛者也,前事则杀兄而争国;……外事则诈邾袭莒,并国三十五;其事行也若是其险污淫汰也,彼故何足称乎大君子之门哉?"

⑲三王:指夏禹、商汤、周文王。

⑳武夫:一作"玟玞",一种像玉的石头。

【解读】

江都王称与越王勾践一起用计谋灭亡吴国的泄庸、文种、范蠡为"三仁",实质就是崇尚以谋诈手段称霸。对此,立足以儒家思想振国安邦的董仲舒是明确反对的。其对答之言先借柳下惠闻鲁国国君询问伐国之事便以之为羞的典故,否定伐国之举。再用孔门子弟羞称"先诈力而后仁谊"的春秋五霸之事阐明反对以诈力手段谋求功利的主张,并用玟玞石与美玉的不可相提并论来比喻五霸与行仁义而治天下的三王的不可比,进一步表明推崇仁义反对诈力的思想。

此对语言简洁而立场鲜明,从中可见董仲舒独尊儒术的政治理念。其"正其谊不谋其利,明其道不计其功"之见解,对今天的为政者仍有借鉴意义。

重廉士诏

刘 启

人不患其不知①,患其为诈也;不患其不勇,患其为暴也;不患其不富,患其亡厌②也。其唯廉士,寡欲易足。今訾算十③以上乃得宦,廉士算④不必众。有市籍⑤不得宦,无訾又不得宦,朕甚愍⑥之。訾算四得宦,亡令廉士久失职,贪夫长利⑦。

【作者简介】

刘启(前188—前141),即汉景帝。实行"削藩",平定七国之乱,巩固中央集权;继承和发展其父汉文帝"与民休息"政策,使社会经济得到进一步发展。后世史家将其与文帝统治时期并举,称为"文景之治"。

【注释】

①不知:不聪明。知,同"智"。

②亡厌:不得满足。亡,通"无"。厌,同"餍",满足。

③訾(zī)算十:"訾算"是汉代对商贾以外居民征收的财产税,汉初朝廷规定,征资十万钱以上才能做官。訾,钱财。

④算:即訾算。

⑤市籍:秦汉时在市商业区营业的商贾的户籍。

⑥愍:痛心,忧虑。

⑦长利:长久获利。

【解读】

为防止家贫为官而贪,汉代有征资为官的规定,此种征资称为"訾算"。此诏书明令降低訾算,以使清廉之士有为官的机会。诏书先阐述降低訾算的原因在于清廉之士不诈、不暴、不贪得无厌,"寡欲易足",应该为官;后陈述降訾算于廉士的具体规定:即廉士的訾算不必如征资十万以上才能为官的一般规定,只需訾算为四即可,这样可令家境不殷实的廉士有机会为官,又能避免贪夫为官而长期获利。

此诏令结合品德与经济实力来考虑选官,体现了仕宦政治生活与经济生活的紧密联系,对当今的官吏制度建设仍有一定借鉴意义。

论六家要旨 司马谈

太史公学天官于唐都,受《易》于杨何,习道论于黄子。太史公仕于建元、元封之间,愍①学者之不达②其意而师悖③,乃论六家之要指④曰:

《易大传》⑤:"天下一致而百虑⑥,同归⑦而殊涂。"夫阴阳、儒、墨、名、法、道德,此务为治者也,直⑧所从言⑨之异路,有省⑩不省耳。尝窃观阴阳之术,大祥⑪而众忌讳,使人拘而多所畏;然其序四时⑫之大顺,不可失⑬也。儒者博而寡要⑭,劳而少功,是以其事难尽从;然其序君臣父子之礼,列⑮夫妇长幼之别,不可易也。墨者俭⑯而难遵,是以其事不可遍循⑰;然其强本节用⑱,不可废也。法家严而少恩⑲;然其正⑳君臣上下之分,不可改矣。名家使人俭㉑而善㉒失真;然其正名实㉓,不可不察也。道家使人精神专一,动合无形㉔,赡足万物㉕。其为术㉖也,因阴阳之大顺,采儒墨之善㉗,撮㉘名法之要,与时迁移,应物变化,立俗施事㉙,无所不宜,指约而易操㉚,事少而功多。儒者则不然。以为人主㉛天下之仪表㉜也,主倡而臣和㉝,主先而臣随。如此则主劳而臣逸。至于大道之要，去健羡㉞，绌聪明㉟，释此而任术㊱。夫神大用㊲则竭，形大劳则敝㊳。形神骚动㊴，欲与天地长久，非所闻也。

夫阴阳四时、八位、十二度、二十四节各有教令㊵，顺之者昌，逆之者不死则亡。未必然也，故曰"使人拘而多畏"。夫春生夏长，秋收冬藏，此天道㊶之大经㊷也，弗顺则无以为天下纲纪，故曰"四时之大顺，不可失也"。

夫儒者以六艺㊸为法。六艺经传㊹以千万数，累世㊺不能通其学，当年不能究㊻其礼，故曰"博而寡要，劳而少功"。若夫列君臣父子之礼，序夫妇长幼之别，虽百家弗能易也。

墨者亦尚尧舜道，言其德行曰："堂高三尺，土阶三等㊼，茅茨不翦㊽，采椽不刮㊾。食土簋㊿，啜土刑51，粝粱之食52，藜藿之羹53。夏日葛衣，冬日鹿裘。"其送死54，桐棺三寸，举音不尽其哀55。教丧礼，必以此为万民之率。使天下法若此，则尊卑无别也。夫世异时移，事业不必同，故曰"俭而难遵"。要曰强本节用，则人给家足之道也。此墨子之所长，虽百家弗能废也。

法家不别亲疏56，不殊57贵贱，一断于法，则亲亲尊尊58之恩绝矣。可以行一时之计，而不可长用也，故曰"严而少恩"。若尊主卑臣，明分职59不得相逾越，虽百家弗能改也。

名家苛察60缴绕61，使人不得反其意，专决于名62而失人情，故曰"使人俭而善失真"。若夫控名责实63，参伍64不失，此不可不察也。

道家无为，又曰无不为，其实易行，其辞难知。其术以虚无为本⑥，以因循⑥为用⑥。无成⑥势，无常⑥形，故能究万物之情。不为物先⑦，不为物后⑦，故能为万物主。有法无法⑦，因时为业⑦；有度无度⑦，因物与合⑦。故曰"圣人不朽⑦，时变是守⑦。虚者道之常也，因者君之纲"也。群臣并至，使各自明也。其实中其声⑦者谓之端⑦，实不中其声者谓之窾⑧。窾言不听，奸乃不生，贤不肖自分，白黑乃形。在所欲用耳，何事不成。乃合大道，混混冥冥⑧。光耀天下，复反无名⑧。凡人所生者神也，所托者形也。神大用则竭，形大劳则敝，形神离则死。死者不可复生，离者不可复反，故圣人重之。由是观之，神者生之本也，形者生之具⑧也。不先定其神，而曰"我有以⑧治天下"，何由哉？

【作者简介】

司马谈(？—前110)，左冯翊夏阳(今陕西韩城南)人，司马迁之父。西汉建元、元封年间任太史令。

【注释】

①愍：忧虑。

②达：通晓。

③师悖：所学悖谬。师，学习。

④要指：要旨，要领。指，通"旨"。

⑤《易大传》：指《周易·系辞传》。

⑥一致而百虑：追求一样而谋虑途径多种多样。百，言其多。

⑦归：结局，归宿。

⑧直：只是。

⑨言：学说，思想。

⑩省:显明。

⑪大祥:指吉凶祸福的预兆。

⑫四时:四季。

⑬失:抛弃。

⑭寡要:少得要领。

⑮列:序列。

⑯俭:俭啬。

⑰循:遵从。

⑱强本节用:加强农业生产的根本,节约费用。

⑲严而少恩:严刑峻法且刻薄寡恩。

⑳正:确定。

㉑俭:约束。

㉒善:易。

㉓正名实:辩正名与实的关系。

㉔动合无形:行动合乎无形之"道"。

㉕赡足万物:使万物丰足。赡,丰足。

㉖术:学说,理论。

㉗善:长处。

㉘撮:撮取。

㉙施事:应用于人事。

㉚指约而易操:意旨简约扼要而容易掌握。

㉛人主:人君。

㉜仪表:表率。

㉝和:应和。

㉞去健羡:舍弃贪欲。

㉟绌聪明:除去聪明智慧。绌,通"黜",革除。

㊱任术:任用大道的学说。

67

㊲大用：过度耗用。

㊳敝：疲惫，困乏。

㊴骚动：扰乱。

㊵教令：规定。

㊶天道：指自然界。

㊷大经：重要规律。

㊸六艺：指《诗》《书》《易》《礼》《春秋》《乐》六经。

㊹经传：指六经和解释六经的书。

㊺累（lěi）世：世世代代。

㊻究：穷尽。

㊼三等：三级阶梯。

㊽茅茨不翦：用茅草搭盖屋顶而不加修剪。

㊾采椽（chuán）不刮：用栎木做椽子而不经刮削。

㊿食土簋（guǐ）：用陶簋吃饭。簋，古代盛食物器具。

(51)啜土刑：用陶铏喝汤。刑，通“铏”，古代盛羹的鼎。

(52)粝粱之食：糙米粗饭。粝，粗米。

(53)藜藿之羹：藜藿做的野菜羹汤。

(54)送死：为死者送葬。

(55)举音不尽其哀：发声哭丧而不尽诉哀痛。

(56)踈：同“疏”。

(57)殊：区分。

(58)亲亲尊尊：亲亲属，尊尊者。

(59)分职：各司其职。

(60)苛察：以烦琐苛刻为明察。

(61)缴绕：说理纠缠不清。

(62)专决于名：一切取决于概念名称。

(63)控名责实：引名以求实，使名声与实际相符。控，引。责，求。

64 参伍:错综比较,加以验证。

65 本:根本。

66 因循:指顺应自然。

67 用:实用原则。

68 成:既成不变。

69 常:恒常不变。

70 物先:超越物情。

71 物后:落后物情。

72 有法无法:有法而不任法以为法。

73 因时为业:顺应时势而成其业。

74 有度无度:有度而不恃度以为度。

75 因物与合:根据万物之形各成其度而与之相合。

76 朽:磨灭,消亡。

77 时变是守:即"守时变",遵照时势而变化。

78 声:名声。

79 端:端实。

80 窾(kuǎn):空洞不实。

81 混混冥冥:指阴阳二气混沌未分、纯朴未散的状态。

82 复反无名:重又返归于无名。

83 具:依托。

84 有以:有用来……的(办法)。

【解读】

此文第一、二段为第一部分,概述论六家要旨的缘由和总体观点、见解。第一段开宗明义,表明论六家要旨的缘由是忧虑学者不能通晓各学派的要义而所学悖谬;第二段紧承首段表达总观点:"天下一致而百虑,同归而殊途。"意即六家的终极目标是一致的,都为达成天下治世,只是遵循的思想各有侧重而出现了不同的流派。由此统领,扼要陈述了阴阳、儒、墨、名、法、道德六家的根本思想,指出前五家的利弊和道家博采五家之长而"无所不宜,指约而易操,事少而功多"的优点。

第三至第八段为第二部分,具体陈述阴阳、儒、墨、名、法、道德六家旨要,其中第三至第七段为第一层,依次论述前五家的短长,重点批评此五家学说之失,为全面肯定道家理论张本:阴阳"使人拘而多畏",儒家"博而寡要,劳而少功",墨家"俭而难遵",法家"严而少恩",名家"使人俭而善失真"。第八段为第二层,尽论道家理论的优点,全面肯定和颂扬道家思想。在司马谈看来,道家深谙"无成势,无常形",故能"以虚无为本,以因循为用","因时为业","因物与合",达到"乃合大道,混混冥冥"的境界。最后从人的形神关系("神者生之本也,形者生之具也")出发,借人之不过分耗用形神以保长生来推出治国之道在于"定神",切合道家无为而无不为的思想。言下之意,只有道家思想才是养生治国的正确之道。

透过行文褒贬可知,司马谈作此宏论并非为客观阐述六家要旨,而是要用道家的学说统一思想,以无为之治为政治之正轨。

【点评】

"曾涤生曰:司马迁《自叙》中述其父太史公谈论六家要旨,诸家互有得失,而终之以道家为本。此自司马氏父子学术相传如是,其指要则谈启之,其言辞则迁之为之也。"([清]徐树铮辑《诸家评点古文辞类纂》卷一)

"如司马谈《论六家要旨》云:'凡人所生者,神也。所托者,形也。神大用则竭,形大劳则弊。形神离则死。由是观之,神者,生之本也。形者,生之具也。'此与荀子《天论》所谓形具而神生,恰成先后倒置。人必先具形,后生神,此先秦旧谊也。形何以具?则曰形本生于精。精是气。则形气在先,神知在后。而司马谈之说顾反之。谓神者生之本,形者生之具。则形生于神,而且形神可以两离。寻司马谈之说,乃与《淮南王书》如符节之相合。谈固治道家言,然先秦道家实无此等义,有之,则始自《淮南王》。"(钱穆《庄老通辨》)

求贤诏

刘　彻

盖有非常①之功，必待非常之人。故马或奔踶②而致千里，士或有负俗之累而立功名。夫泛驾③之马，跅弛④之士，亦在御之而已。其令州郡察吏民有茂材异等⑤可为将相及使绝国⑥者。

【作者简介】

刘彻(前156—前87)，即汉武帝。政治上为巩固皇权建立了中朝，在地方设置刺史，开察举制选拔人才；颁行"推恩令"，削弱割据势力；将冶铁、煮盐和铸币权收归官营；奠定汉地范围，首开丝绸之路；首创年号。文化上兴太学；思想上采用董仲舒的建议，"罢黜百家，独尊儒术"，结束了先秦以来"百家殊方"的局面。但后期穷兵黩武，又造成了巫蛊之祸，功而有过。

【注释】

①非常：不同寻常。

②奔踶(dì)：狂奔乱踢，指不驯服。

③泛(fěng)驾：指马不循轨辙。泛，覆也。

④跅(tuò)弛：放纵不羁。

⑤茂材异等：异常突出的优秀人才。

⑥使绝国：出使极远的异国。绝，极远。

【解读】

此求贤诏前三句阐述求贤的原因，后一句陈述求贤的标准。求贤原因一在于非凡大业需要非凡人才；二在于有些非凡人才虽放荡不羁甚至有污点，但足以担当大任建立功业；三在于人才的关键在如何驾驭和使用。故此,下诏令州郡察举人才,而察举标准则是:才能突异,可担当将相或出使远地之重任。

此诏体现了武帝任人唯贤、人尽其才的辩证思想和实用原则。

【点评】

"觑定'非常'二字,把平日所云贤良方正及力田孝弟等语,尽情搁置一边,与高帝歌大风、思猛士同一气概,同一眼孔。"([清]林云铭《古文析义》卷七)

报李广

刘 彻

将军者,国之爪牙①也。《司马法》②曰:"登车不式③,遭丧不服④。振旅抚师⑤,以征不服⑥。率三军之心,同战士之力,故怒形则千里竦⑦,威振则万物伏,是以名声暴⑧于夷貉⑨,威棱⑩憺⑪乎邻国。"夫报忿除害,捐残去杀,朕之所图于将军也。若乃⑫免冠徒跣⑬,稽颡⑭请罪,岂朕之指哉!将军其率师东辕⑮,弥节⑯白檀⑰,以临⑱右北平盛秋。

【注释】

①爪牙:指武将。

②《司马法》:先秦军事著作,记载从殷周到春秋、战国时期的一些古代作战原则和方法。

③不式:不抚车轼,即不讲究繁文缛节。式,即"轼",车前横木。

④不服:不服丧服。

⑤振旅抚师:整训军队。

⑥征不服:征讨叛逆。

⑦悚(sǒng)：恐惧。

⑧暴(pù)：同"曝"，显露。

⑨夷貊(mò)：泛指少数民族。貊，同"貉"，我国古代称北方的民族。

⑩威棱(léng)：威势。

⑪憺(dàn)：使……恐惧。

⑫乃：却。

⑬免冠徒跣(xiǎn)：脱去头冠，赤足步行。

⑭稽颡(sǎng)：叩头。

⑮辕：营门。

⑯弥节：犹驻节。弥，止也。

⑰白檀：县名。在今河北滦平县北。

⑱临：面对，迎击。

【解读】

此布告是奉武帝之命前往北平抗击匈奴的将军李广借机泄私愤斩杀廷尉后上书谢罪，汉武帝给李广的答复。答复中，武帝以将军不究繁文缛节而应威慑军中与蛮夷邻国为由，声称"报忿除害，捐残去杀，朕之所图于将军也"，不仅未追究李广滥杀部下的罪过，还肯定他是国家得力助手，命其率军东进，迎击匈奴。种种陈述，实际是汉武帝从大敌当前的现实需要出发袒护李广之举。

尚书序　　　孔安国

古者伏牺氏①之土天下也，始画八卦②，造书契③，以代结绳之政，由是文籍生焉。伏羲、神农④、黄帝⑤之书，谓之《三坟》，言大道也。少昊、颛顼、高辛、唐、虞之书，谓之《五典》，言常道也。至于夏商周之书，虽设教不伦⑥，雅诰⑦奥义，其归一揆⑧，是故历代宝之，以为大训⑨。八卦之说，谓之《八索》，求其义⑩也。九州之志，谓之《九丘》，丘，聚也，言九州所有，土地所生，风气所宜，皆聚此书也。《春秋左氏传》曰："楚左史倚相⑪，能读《三坟》《五典》《八索》《九丘》。"即谓上世帝王遗书也。

先君⑫孔子，生于周末，睹史籍之烦文，惧览之者不一，遂乃定礼乐，明旧章，删《诗》为三百篇，约史记而修《春秋》，赞《易》道以黜《八索》，述《职方》以除《九丘》⑬。讨论坟典，断⑭自唐虞以下讫于周。芟夷⑮烦乱，剪截浮辞，举其宏纲，撮⑯其机要⑰，足以垂世立教⑱，典谟训诰誓命⑲之文，凡百篇，所以恢弘至道，示人主以轨范⑳也。帝王之制，坦然明白，可举而行，三千之徒，并受㉑其义。

及秦始皇灭先代典籍，焚书坑儒，天下学士，逃难解散。我先人㉒用藏其家书于屋壁。汉室龙兴，开设学校，旁求儒雅，以阐大猷㉓。济南伏生，年过九十，失其本经，口以传授，裁㉔二十余篇。以其上古之书，谓之《尚书》，百篇之义，世莫得闻。

至鲁共王㉕，好治宫室，坏孔子旧宅以广㉖其居，于壁中得先人所藏古文虞夏商周之书，及传《论语》《孝经》，皆科斗㉗文字。王又升孔子堂，闻金石丝竹之音，乃不坏宅，悉以书还孔氏。科斗书废已久，时人无能知者，以所闻伏生之书，考论文义，定其可知者，为隶古定㉘，更以竹简写之，增多伏生二十五篇。伏生又以《舜典》合于《尧典》，《益稷》合于《皋陶谟》，《盘庚》三篇合为一，《康王之诰》合于《顾命》,复出此篇,并序凡五十九篇,为四十六卷。其余错乱摩灭㉔,弗可复知。悉上送官,藏之书府,以待能者。承诏为五十九篇作《传》,于是遂研精覃思㉚,博考经籍,采摭㉛群言,以立训传,约文申义㉜,敷畅㉝厥㉞旨,庶几㉟有补于将来。《书序》,序所以为作者之意,昭然义见,宜相附近,故引之,各冠㊱其篇首,定五十八篇。既毕,会国有巫蛊事㊲,经籍道息㊳,用不复以闻,传之子孙,以贻后世。若好古博雅君子与我同志㊴,亦所不隐也。

【作者简介】

孔安国,生卒年不详,字子国。西汉经学家,孔子后裔。

【注释】

①伏牺氏:即伏羲氏,相传为三皇之一。

②八卦:中国古代一套用阴阳组成的形而上的哲学符号。

③书契:指文字。

④神农:即炎帝,中国远古传说中的帝王。

⑤黄帝:古华夏部落联盟首领,远古时代华夏民族的共主,被尊为中华"人文初祖"。

⑥不伦:不相伦类,不同类。

⑦雅诰:雅正的训诫。

⑧一揆:同一道理。

⑨大训:先王圣哲的教训。

⑩义:义理。

⑪左史倚相:姜姓,丘氏,名倚相,春秋时楚国左史,精通楚国《训典》,能读《三坟》《五典》《九丘》《八索》。楚人遇有疑难常向其请教。

⑫先君:称自己的祖先。

⑬定、删、约、赞、述:指编辑整理书籍的方法。修而不改曰定,就而减削曰删,准依其事曰约,因而佐成曰赞,显而明之曰述。

⑭断:截取。

⑮芟夷:裁减。

⑯撮:摘出。

⑰机要:要领。

⑱垂世立教:流传于世,树立教化。

⑲典谟训诰誓命:《尚书》中的六种文体。典记帝王言行以作后代常法,谟记君臣谋议国事,训记训导言词,诰是施政文告,誓为临战勉励将士的誓词,命即帝王的诏令。

⑳轨范:法则,模范。

㉑并受:一起受学。

㉒先人:祖先(祖父辈以上)。

㉓大猷:治国大道。

㉔裁:才。

㉕鲁共王:本名刘余。好声色,为治宫室苑囿,曾破坏孔子旧宅,于壁中得《古文尚书》《礼记》《论语》《孝经》。

㉖广:扩充。

㉗科斗:即蝌蚪文,我国古代字体之一。以其笔画状似蝌蚪而得名。

㉘隶古定:根据汉初伏生传授的《尚书》来考定新出书,用隶书来书写古文字的字形,称为"隶古定"。

㉙摩灭:磨灭。

㉚研精覃(tán)思:精心研究,深入思考。覃,深入。

㉛采摭:选取,掇拾。

㉜约文申义:依照文本阐明意义。

㉝敷畅:铺叙而加以发挥。

㉞厥:其,它的,它们的。

㉟庶几:希望。

㊱冠:加在前头。

㊲巫蛊事:汉武帝在位后期发生的政治事件。巫蛊为一种诅咒所怨者,被诅咒者即有灾难的巫术。征和二年(前91),丞相公孙贺之子公孙敬声被人告发为巫蛊咒武帝,与阳石公主通奸。武帝宠臣江充奉命查案,坐诛牵连包括公孙贺父子及太子和皇后在内数万人致死,史称巫蛊之祸。

㊳道息:半途而废。

㊴同志:志同道合之人。

【解读】

此序简介了《尚书》的成书与流传过程。

首段从伏羲造文字切入,陈述《尚书》乃三皇五帝至夏商周时期的《三坟》《五典》《八索》《九丘》等上世帝王遗书,其内容涵盖大道常道、八卦之说、九州之志。第二段讲述其祖先孔子修订和传授这些上古遗书的过程:言孔子"赞《易》道以黜《八索》,述《职方》以除《九丘》。讨论坟典,断自唐虞以下讫于周"。通过芟夷剪截,举纲撮要而得"百篇""举而行","三千之徒,并受其义"。第三段讲述秦汉时期孔氏祖先保存、弘扬这些古书并定名为《尚书》的经过。秦时焚书,孔家先人藏书于壁使古籍得以保存;汉时济南伏生口授本经二十余篇以传,并因此为上古之书而定名《尚书》。第四段扼要陈述鲁共王于孔家宅壁发现秦时所藏的上古遗书、时人以"隶古定"之法重写这些藏书、伏生整合典籍而成并序五十九篇的新版《尚书》和自己奉诏"立训传,约文申义,敷畅厥旨"及中道而止的过程。

此序有利于读者整体了解《尚书》要旨。

【点评】

"《尚书序》不似孔安国作,其文软弱,不似西汉人文,西汉文粗豪;

也不似东汉人文,东汉人文有骨肋;也不似东晋人文,东晋如孔坦疏也自得。他文是大段弱,读来却宛顺,是做《孔丛子》底人一手做。"([宋]朱熹《朱子语类》卷一百二十五)

非有先生论

东方朔

非有先生①仕于吴,进②不称③往古④以厉主意⑤,退⑥不能扬君美以显其功,默然无言者三年矣。吴王怪⑦而问之曰:"寡人获先人之功,寄于众贤之上,夙兴夜寐⑧,未尝敢怠也。今先生率然⑨高举,远集⑩吴地,将以辅治寡人,诚窃嘉之,体不安席,食不甘味,目不视靡曼⑪之色,耳不听钟鼓之音,虚心定志⑫,欲闻流议⑬者,三年于兹矣。今先生进无以辅治,退不扬主誉,窃不为先生取之也。盖怀能⑭而不见⑮,是不忠也。见而不行⑯,主不明也。意者寡人殆不明乎?"非有先生伏而唯唯⑰。吴王曰:"可以谈矣,寡人将竦意⑱而览焉。"先生曰:"於戏⑲,可乎哉⑳?可乎哉?谈何容易!夫谈有悖于目拂㉑于耳谬于心而便于身者,或有说㉒于目顺于耳快于心而毁于行者,非有明王圣主,孰能听之?"吴王曰:"何为其然也?中人以上可以语上也。先生试言,寡人将听焉。"

先生对曰:"昔关龙逄㉓深谏㉔于桀,而王子比干㉕直言于纣。此二臣者,皆极虑㉖尽忠,闵㉗主泽㉘不下流㉙,而万民骚动,故直言其失,切谏其邪者,将以为君之荣㉚,除主之祸也。今则㉛不然,反以为诽谤君之行,无人臣之礼,果纷然伤于身㉜,蒙不辜㉝之名,戮㉞及先人,为天下笑。故曰谈何容易。是以辅弼⑤之臣瓦解，而邪谄之人并进，遂及⑥飞廉、恶来革⑦等。二人皆诈伪，巧言利⑧口，以进其身，阴奉雕瑑刻镂之好⑨，以纳其心⑩，务快耳目之欲，以苟容为度⑪。遂往不戒，身没⑫被戮，宗庙⑬崩阤，国家为虚⑭，放戮圣贤，亲近谗夫⑮。《诗》不云乎：'谗人罔极，交乱⑯四国⑰。'此之谓也。故卑身贱体⑱，说色微辞⑲，愉愉⑳呴呴㉑，终无益于主上之治，即志士仁人不忍为也。将俨然㉒作矜严之色，深言直谏，上以拂㉓主之邪，下以损百姓之害，则忤于邪主之心，历于衰世之法。故养寿命之士㉔莫肯进也，遂居深山之间，积土为室，编蓬为户，弹琴其中，以咏先王之风㉕，亦可以乐而忘死矣。是以伯夷、叔齐㉖避周，饿于首阳之下，后世称其仁㉗。如是，邪主之行，固足畏也。故曰谈何容易。"

于是吴王惧然㉘易容㉙，捐荐去几㉚，危坐㉛而听。先生曰："接舆㉜避世，箕子㉝被㉞发佯狂。此二人者，皆避浊世以全其身者也。使遇明王圣主，得清宴㉟之间，宽和之色，发愤毕诚㊱，图画安危，揆度㊲得失，上以安主体，下以便万民，则五帝三王之道，可几而见也。故伊尹㊳蒙㊴耻辱，负㊵鼎俎㊶和五味以干㊷汤；太公㊸钓于渭之阳㊹，以见文王。心合意同，谋无不成，计无不从，诚得㊺其君也。深念远虑，引义以正其身㊻，推恩以广㊼其下，本仁祖谊㊽。褒㊾有德，禄㊿贤能，诛恶乱，总㈛远方，一㈜统类，美风俗，此帝王所由昌也。上不变天性㈝，下不夺人伦㈞，则天地和洽，远方怀㈟之，故号圣王。臣子之职既加㈠矣，于是裂地定封㈡，爵为公侯，传国子孙，名显后世，民到于今称之，以遇汤与文王也。太公、伊

79

尹以如此，龙逢、比干独⑧如彼，岂不哀哉！故曰谈何容易。"

于是吴王穆然⑧，俯而深惟⑨，仰而泣下交颐⑨，曰："嗟乎！余国之不亡也，绵绵连连⑨，殆哉！世之不绝也。"于是正⑨明堂⑨之朝，齐⑨君臣之位，举贤才，布德惠，施仁义。赏有功；躬节俭，减后宫之费，损车马之用；放⑨郑声⑨，远佞人⑨，省庖厨⑨，去侈靡；卑⑩宫馆，坏⑩苑囿⑩，填池堑⑩。以予贫民无产业者；开内藏⑩，振⑩贫穷，存⑩耆老⑩，恤⑩孤⑩独⑩，薄⑪赋敛，省⑫刑辟。行此三年，海内晏然⑬，天下大洽⑭，阴阳和调，万物咸得其宜。国无灾害之变，民无饥寒之色，家给人足，畜积有余，囹圄⑮空虚。凤皇来集，麒麟在郊，甘露既降，朱草萌芽⑯。远方异俗之人，向风慕义，各奉其职而来朝贺。故治乱之道，存亡之端⑰，若此易见，而君人者莫肯为也，臣愚窃以为过。故《诗》云："王国克生，维周之桢⑱。济济多士，文王以宁。"此之谓也。

【作者简介】

东方朔（前154—前93），字曼倩，西汉平原郡厌次县（今属山东）人。滑稽多智，曾言政治得失，陈农战强国之策。其《答客难》开创了形式为一问一答的文体，被称为"难体"。

【注释】

①非有先生：作者虚构的人物。非有，无有。

②进：指在朝。

③称：称述，说。

④往古：历史上的兴亡事。

⑤主意：君主的意志。

⑥退：指居朝廷之外。

⑦怪：惊疑。

⑧夙兴夜寐：早起晚睡，形容非常勤奋。兴，起来。

⑨率然：轻捷的样子。

⑩集：至，到。

⑪靡曼：华美，华丽。

⑫定志：定心。

⑬流议：余论。

⑭怀能：怀抱才能。

⑮见（xiàn）：表现。

⑯不行：不用。

⑰唯唯：恭敬应答声。

⑱竦意：企望。

⑲於戏（wū hū）：叹词。

⑳可乎哉：反诘语，犹言"不可"。

㉑拂：违逆。

㉒说：同"悦"。

㉓关龙逢（páng）：夏代名相。因进谏忠言被杀。

㉔深谏：极力进谏。

㉕比干（gàn）：商纣王之叔，殷商王室重臣，因封于比地，故称比干。辅佐纣王，敢于直谏。

㉖极虑：穷尽思虑。

㉗闵：同"悯"，惋惜。

㉘主泽：君恩。

㉙下流：施恩于下。

㉚荣：与"祸"相对，引申为"福"。

㉛则：却。

81

㉜纷然伤于身：胡乱地被杀害。

㉝不辜：无罪。

㉞戮（lù）：辱没。

㉟辅弼：辅佐，辅助。

㊱及：与之谋。

㊲飞廉、恶（wū）来革：皆纣时奸佞。

㊳利：能言善辩。

㊴阴奉雕瑑刻镂之好：暗中进献珍贵的金玉玩好之物。阴，暗中。奉，进献。

㊵纳其心：讨好君心。

㊶苟容为度：以苟且取容为准则。

㊷没（mò）：同“殁”，死亡。

㊸宗庙：帝王祭祖处所，代指国家。

㊹虚：废墟。

㊺谗夫：邪恶之人。

㊻交乱：一齐作乱。

㊼四国：四方。

㊽卑身贱体：指谗人伪作谦恭。

㊾说色微辞：和颜悦色，言辞委婉，指讨好的容色和话语。说，同“悦”。

㊿愉愉：态度和顺。

(51)呴（xǔ）呴：温和恭顺。

(52)俨然：庄重貌。

(53)拂（bì）：通“弼”，纠正。

(54)养寿命之士：顾及个人安全的人。

(55)风：原指《诗经》的“国风”，这里代指诗歌。

(56)伯夷、叔齐：商末孤竹君的两位王子。相传兄弟推让国位，耻食周粟,饿死首阳山,是诚信礼让、抱节守志的典范。

⑤称其仁:《论语》载孔子说伯夷、叔齐"求仁而得仁",句意指此。

⑤惧然:惶恐的样子。

⑤易容:改变脸色。

⑥捐荐去几:离开荐席几案,以示恭敬。捐,弃。荐,草席。

⑥危坐:端坐。

⑥接舆:春秋时楚国隐士。因不满时政,剪发佯狂不仕。

⑥箕子:名胥余,商纣王叔父,封于箕。纣王胡作非为,箕子屡次劝谏。

⑥被:通"披",披散。

⑥清宴:清静安宁。

⑥发愤毕诚:勤奋尽忠。

⑥揆度(kuí duó):揣测,估量。

⑥伊尹:商汤时贤臣。

⑥蒙:冒着。

⑦负:背着。

⑦鼎俎(zǔ):锅和砧板。

⑦干:求用。

⑦太公:姜太公吕尚。

⑦阳:水的北面。

⑦得:切合。

⑦引义以正其身:依据适宜的事理来纠正自身。

⑦广:宽慰。

⑦本仁祖谊:以仁为本,以宜为始。

⑦褒(bāo):嘉奖。

⑧禄:给予俸禄。

⑧总:统领。

㊇一:统一。

㊈不变天性:指顺应天性。

㊍不夺人伦:指稳定人们的社会关系。夺,乱。

㊄怀:归向。

㊅加:担任。

㊆裂地定封:分割土地,确定封疆。

㊇独:偏偏。

㊈穆然:静思貌。

⑨深惟:深思。

⑨颐:下巴。

⑨绵绵连连:延续微弱。

⑨正:整顿。

⑨明堂:王者执行政教的地方。

⑨齐:整治。

⑨放:抛弃。

⑨郑声:郑地的俗乐,指淫靡之乐。

⑨佞(nìng)人:阿谀奉承之人。

⑨省庖(páo)厨:节约膳食开支。

⑩卑:使……低下,指让宫室简陋。

⑩坏:毁除。

⑩苑囿(yuàn yòu):帝王蓄养禽兽的地方。

⑩池堑:城壕。

⑩内藏:内库,指皇宫的府库。

⑩振:同"赈",救济。

⑩存:慰问。

⑩耆(qí)老:老人。

⑩恤:安抚,怜悯。

⑩孤：幼而丧父的人。

⑪独：老而无子的人。

⑪薄：减轻。

⑫省：减少。

⑬海内晏然：天下安定。

⑭洽：和谐。

⑮囹圄：监狱。

⑯"凤皇来集"四句：均是太平瑞兆。《老子》："天地相合，以降甘露。"《尚书大传》："德光地序，则朱草生。"

⑰端：缘由。

⑱王国克生，维周之桢：指周文王之国能涌现众多贤士，是周室的骨干。桢，支柱，骨干。

【解读】

东方朔于武帝时为常侍郎，但终不得重用，为文以抒压抑愤懑。文章假托非有先生为官"默然无言者三年"，引起吴王的不满和责问，由此引发非有先生关于治乱之道、存亡之端的议论，阐发东方朔清明政治的理想。

第一段交代非有先生的境遇及吴王想要听取其高谈弘论的渴望。开篇以吴王对非有先生三年"进无以辅治，退不扬主誉"的责问切入，引出乌有先生"夫谈……非有明王圣主，孰能听之？"的对答，激发吴王"先生试言，寡人将听焉"的欲望，转入乌有先生的宏论。

第二段阐述邪主"遂往不戒"而导致"身没被戮，宗庙崩阤，国家为虚"的道理，得出"邪主足畏"的结论，既是解释自己三年默然不言的缘由，也是警醒吴王。此段分两层展开：一是陈述历史上龙逢直言被斩、比干切谏剖心的遭遇和今之"纷然伤于身，蒙不辜之名，戮及先人，为天下笑"的现象，感慨"谈何容易"；二是以辅弼贤臣与邪谄谀人的不同境遇与心志对比，以伯夷、叔齐的典故，表明仁人志士不忍"说色微辞，

"愉愉呴呴"于主,再次感叹"谈何容易"。

第三段先讲避浊世以全身的接舆和箕子若遇明王则必"发愤毕诚""安主""便民",反面论述贤臣要有明君才能发挥作用;接着以伊尹得遇商汤、太公见用文王的"心合意同,谋无不成,计无不从",正面阐述明君治世则"天地和洽,远方怀之"、臣子则"传国子孙,名显后世"的思想。

第四段描述吴王受启发后施行仁道而造就了安宁祥和的理想局面,得出"治乱之道,存亡之端"在于人君是否有心施行的结论。

吴王先"竦意而览",接着"惧然易容,捐荐去几,危坐而听",最后"穆然,俯而深惟,仰而泣下交颐",说明他在非有先生环环相扣的论述中,逐渐意识到问题的重要性和紧迫性,侧面烘托乌有先生说理的雄辩力量与情感感染力。

【点评】

"朔之文辞,此二篇(《客难》《非有先生论》)最善。"([汉]班固《汉书·东方朔传》)

"遇得其人,则一言以兴;遇不得其人,则一言遂死。千载遇少而不遇多,此志士所以在山,仁人所以尽养寿命也。唯其不忍为,是以莫肯为,歌咏弹琴,乐而忘死,宜矣。然则东方生盖亦幸而遭遇汉武者也。人谓大隐居市朝,以东方生为朝隐。噫!使非武帝爱才知朔如此,敢一日而居市朝之间哉?最先避世而歌德衰者朔也。"([明]李贽《焚书》卷五)

诫 子

东方朔

明者处世,莫尚于中①。优哉游哉,与道相从。首阳为拙②,柳惠为工③。饱食安步④,以仕代农⑤。依隐⑥玩世,诡时不逢⑦。是故才尽者身危,好名者得华;有群⑧者累生,孤贵者失和；遗余者不匮，自尽者无多。圣人之道，一龙一蛇⑨。形见神藏，与物变化。随时之宜，无有常家⑩。

【注释】

①中：指不偏不倚的中正之道。

②首阳为拙：像伯夷、叔齐那样饿死在首阳山，虽然清高，却显得固执，拙于处世。

③柳惠为工：柳下惠正直敬事，不论治世乱世都不改常态，是最高明巧妙的人。

④饱食安步：衣食仅求饱足，以步行代车马而安然自得。

⑤以仕代农：以做官治事代替农耕。

⑥依隐：依违于政事和隐居之间。

⑦诡时不逢：不会遭遇与时相违的灾祸。诡，违背。逢，遭遇。

⑧群：朋友，朋辈。

⑨一龙一蛇：意思是忽而像龙的出现，忽而像蛇的蜇伏变化多端。比喻人在世间或显或隐，随情况的不同而变更。

⑩常家：指固定不变的处世方式。

【解读】

此篇重在告诫子孙以合乎中道的态度处世。首句言中道乃明者处世之道，而所谓中道处世，即"优哉游哉，与道相从"。接着先以伯夷、叔齐与柳下惠对比，告知子孙"怎么做"，即"饱食安步，以仕代农。依隐玩世，诡时不逢"；其次列举才尽者、好名者、有群者、孤贵者、遗余者、自尽者的处世危机，与深得行藏之道的圣人对比，告诫子孙为什么要合乎中道，进一步申述中道的精神实质在于"与物变化，随时之宜"。

此诫子书颇能体现"中隐隐于市，大隐隐于朝"和顺随自然的道家哲学思想。

史记·五帝本纪①赞②

司马迁

太史③公曰:学者多称五帝④,尚⑤矣。然《尚书》⑥独载尧以来,而百家言黄帝,其文不雅⑦驯⑧,荐绅⑨先生难言之。孔子所传宰予⑩问《五帝德》及《帝系姓》,儒者或不传。余尝西至空桐⑪,北过涿鹿⑫,东渐⑬于海,南浮江淮矣,至长老皆各往往称黄帝、尧、舜之处,风教固殊焉。总之,不离古文⑭者近是⑮。予观《春秋》⑯《国语》⑰,其发明《五帝德》《帝系姓》章⑱矣。顾弟⑲弗深考,其所表见⑳皆不虚。《书》缺有间㉑矣,其轶㉒乃时时见于他说。非好学深思,心知其意,固难为浅见寡闻道也。余并论次,择其言尤雅者,故著为本纪书首。

【作者简介】

司马迁(约前145或前135—?),字子长,西汉夏阳(今陕西韩城南)人。继父职为太史令,因对李陵败降之事有所辩解而受宫刑,后任中书令。以"究天人之际,通古今之变,成一家之言"的史识创作了我国第一部纪传体通史,后世称《史记》。该书为中国史书的典范,鲁迅誉之为"史家之绝唱,无韵之《离骚》"。

【注释】

①本纪:《史记》中记载帝王的传记。

②赞:司马迁在《史记》的重要篇章之后,以"太史公曰"发表的议论、总结或补充的文字。乃司马迁首创,并被后世史书沿用。

③太史:官名,掌管国家典籍、天文历算等,汉代称太史令。司马迁曾担任太史令,故自称太史公。

④五帝：中国上古帝王。具体指哪五帝，说法有多种。其一指黄帝、颛顼、帝喾、尧、舜。其二指伏羲、神农、黄帝、尧、舜。其三指太昊、炎帝、黄帝、少昊、颛顼。其四指少昊、颛顼、帝喾、尧、舜，而伏羲、神农、黄帝则为三皇。

⑤尚：久远。

⑥《尚书》：即《书经》，简称《书》。儒家经典之一，内容包括上古以来典谟训诰之文，故称《尚书》。

⑦雅：正确、合乎规范。

⑧驯：通"训"，可作规范。

⑨荐绅（jiàn shēn）：搢绅。古代高级官吏的装束。旧指正在做官和做过官的人。荐，通"搢"。

⑩宰予：即宰我，春秋时鲁人，孔子弟子，善辞令。"宰予问《五帝德》及《帝系姓》"事见《孔子家语》。

⑪空桐：一作"崆峒"，山名。《庄子》说，黄帝曾在此向广成子问道。

⑫涿鹿：山名。传说黄帝征蚩尤，战于涿鹿，遂戮蚩尤。

⑬渐（jiān）：流入。这里是到达的意思。

⑭古文：指《尚书》等秦以前的文献典籍。

⑮近是：近于是。是，指代黄帝、尧、舜之风教。

⑯《春秋》：鲁国史书名，孔子删定而行于世。记自鲁隐公元年（前722）起至哀公十四年（前481）止的历史大事，开创历史编年体之先河。

⑰《国语》：史书名。传说春秋时代左丘明所作，分国纪事。

⑱章：明显。

⑲顾弟：只是，不过。弟，同"第"。

⑳表见（xiàn）：表现。见，同"现"。

㉑间（jiàn）：间隙。这里指脱漏。

㉒轶：通"逸"，遗失。这里指逸文。

【解读】

此文宗旨是说明《五帝本纪》的史料来源及司马迁的取舍。

开篇即言"学者多称五帝，尚矣"，"多称"见对五帝的推崇，"尚矣"见其事久远，最可征信的上古之书《尚书》竟不载黄帝、颛顼、帝喾；诸子百家虽常称道黄帝，却又往往牵缠神仙怪异，且不够雅正规范。故此，关于五帝之事，就连搢绅先生也难以说出什么来。接着说孔子传有"宰予问《五帝德》及《帝系姓》"，可儒者大都怀疑其并非圣人原意。总之，以上种种表明：五帝史实难有确信。此为第一层。第二层转入司马迁自己对史实的探求与取舍：通过实地考察，并在古代典籍中发幽探微，整理出五帝事略。其一讲四方亲访黄帝、尧、舜旧迹所到之地的长老，发现各地教化风俗本有不同，推出诸书所说黄帝、尧、舜，可能多少都有一点真相。若深思其意，便可知不背离《尚书》等所载者接近历史的真实。其二讲深考《春秋》《国语》，探知其发挥阐明的《五帝德》《帝系姓》之意，其所表现皆不虚。由此推断《五帝德》《帝系姓》可征信，《春秋》《国语》可参考。而《尚书》本有间脱，其逸文可从其他书中发现，以作参考。由此提出关于五帝史实择取的看法：非好学深思，心知其意的人，不能择取。并交代自己正是在此基础上，按照黄帝、颛顼、帝喾、尧、舜的次序，选择其中语言比较典雅的史实，写成了《五帝本纪》。

该赞语让我们知道了《五帝本纪》的史料来源，体会到司马迁考信求实的艰辛和史学家风范。

【点评】

"此为史赞之首，最古劲，最简质，而意义最多，顿挫最大。读之，生出通身笔力。"（〔清〕金圣叹《天下才子必读书》卷七）

"此为赞语之首，古质奥雅，文简意多。转折层曲，往复回环。其传疑不敢自信之意，绝不作一了结语，乃赞语中之尤超绝者。"（〔清〕吴楚材、吴调侯《古文观止》卷五）

史记·项羽①本纪赞

司马迁

吾闻之周生②曰"舜目盖重瞳子③",又闻项羽亦重瞳子。羽岂其苗裔邪?何兴之暴④也!夫秦失其政,陈涉首难⑤,豪杰蜂起,相与并争,不可胜数。然羽非有尺寸⑥,乘势起陇亩⑦之中,三年,遂将⑧五诸侯⑨灭秦,分裂天下,而封王侯⑩,政由羽出,号为霸王。位虽不终,近古以来未尝有也。及羽背关⑪怀楚⑫,放逐义帝⑬而自立,怨王侯叛己,难矣!自矜⑭功伐⑮,奋⑯其私智而不师古,谓霸王之业,欲以力征经营⑰天下,五年卒亡其国,身死东城,尚不觉寤⑱而不自责,过矣!乃引"天亡我,非用兵之罪也",岂不谬哉!

【注释】

①项羽(前232—前202):名籍,字羽,下相(今江苏宿迁西南)人。反秦起义军领袖,秦亡后自立为"西楚霸王"。楚汉战争中为刘邦败于垓下,自刎于乌江。

②周生:汉时儒生,名字事迹不详。

③重(chóng)瞳子:双瞳仁。

④暴:迅猛。

⑤首难(nàn):首先发难,指首先起义反秦。

⑥尺寸:指狭小封地。

⑦陇亩:田野,指民间。

⑧将:率领。

⑨五诸侯:指原来的齐、赵、韩、魏、燕五个诸侯国。

⑩封王侯:项羽自封为西楚霸王,分封抗秦诸将为十八王侯。

⑪背关:放弃关中之地(指秦地)。

⑫怀楚:怀念楚国旧地而想建都彭城。

⑬义帝:公元前208年,项梁立楚怀王的孙子熊心为王,仍称楚怀王。公元前206年,项羽分封诸王,尊熊心为义帝,自号"西楚霸王",定都彭城(今江苏徐州)。公元前205年,项羽派人杀死义帝。

⑭矜(jīn):夸耀。

⑮攻伐:功劳。

⑯奋:逞。

⑰经营:统治。

⑱觉寤(wù):觉醒。寤,通"悟"。

【解读】

此篇对项羽功过得失的评价分两层,言简意明地反映了司马迁对历史变迁与人生沉浮的根本观点。

文章以"舜目盖重瞳子"和"项羽亦重瞳子"的传闻而发出"羽岂其苗裔邪?何兴之暴也"的感叹,言下之意项羽兴起得如此迅猛,其先人必有至德,既显项羽的天命非凡,又引出项羽征伐天下的战功赫赫,以"近古以来未尝有也"作结,洋溢颂扬赞叹之情。接下来以"及羽背关怀楚"转入对项羽后阶段种种失策的陈述,通过"难矣""过矣""岂不谬哉"的评判,表达批评贬抑与叹惋之情。

在司马迁看来,项羽之兴既在于他天命非凡,更在于他顺应了天下大势,得了现实的天时。而项羽之亡,首先在于他弃关中而都彭城失了"地利",其次在于他放逐追杀义帝引起诸路王侯纷纷背叛失了"人和"。此外项羽还"奋其私智"而不师法古事,使自己处于孤军奋战的境地,败亡乃是必然。这样的分析评价虽不免有一定的历史局限性(如对天命的信奉,对项羽分封王侯分裂天下的赞赏),但已足以显示司马迁作为一个睿智的史学家所具有的眼光与识见:决定历史兴衰的不只有天命,更有现实的天时、地利、人和以及对个人局限性的超越。

赞语夹叙夹议,逐层转递,褒贬兼具,极具雄奇迂回之美。

【点评】

"不以成败论英雄,是太史公一生主见。文虽抑扬相半,然意思但是惜其不悟,非罪羽也。看其名曰本纪,冠于汉首,视羽为何许人哉!"([清]过珙《古文评注全集》卷四)

"一赞中,五层转折,唱叹不穷,而一纪之神情已尽。"([清]吴楚材、吴调侯《古文观止》卷五)

史记·孔子世家①赞　　　司马迁

太史公曰:"诗有之:'高山仰止,景行行止②。'虽不能至,然心乡③往之。余读孔氏书,想见其为人。适鲁,观仲尼庙堂车服礼器,诸生以时习礼其家,余祗回④留之,不能去云。天下君王,至于贤人,众矣! 当时则荣,没则已焉! 孔子布衣⑤,传十余世,学者宗之。自天子王侯,中国言六艺⑥者,折中⑦于夫子,可谓至圣矣!"

【注释】

①世家:《史记》中记载王侯家世的传记。

②高山仰止,景行行止:出自《诗经·小雅·车辖》。景行,大道。喻指高尚的品德。行,效法。止,句末语气助词,无意义。

③乡:通"向"。

④祗(zhī)回:一作"低回"。流连,盘桓。祗,恭敬。

⑤布衣:平民。

⑥六艺:指六经,即《诗》《书》《礼》《乐》《易》《春秋》。

⑦折中：调和取正，用作判断事物的准则。

【解读】

孔子是春秋时期的思想家、教育家，儒家学派的创始人。"世家"是《史记》记载世袭封国诸侯事迹的体例。司马迁为突出孔子对后世的影响，破例将不是王侯的孔子列入"世家"。《孔子世家赞》是司马迁对孔子的评价：开篇以总评揭出自己对孔子的无限景仰，继而从遗书、遗物、遗教三个方面，极言自己对孔子的向往，结篇再以总评写自己对孔子的崇奉。前一总评立足于孔子与司马迁自身的比照，主要从司马迁自身的感情落笔；后一总评立足于孔子与天子、王侯以及后世儒家学者的比照，主要从孔子的历史影响着墨。

开篇借《诗经》中以对高山景行虽不能至而心向往的情感为喻来描述对孔子其人的感受，总体评价孔子的可望而不可即，这与孔门弟子颜回"（夫子之道）仰之弥高，钻之弥坚"和子贡"仲尼，日月也，无得而逾焉"非常类似，足见司马迁对孔子的知之甚深和无比仰慕。接着叙述对孔子之道的感受：一说"余读孔氏书，想见其为人"，"读"而可"想见"，必是投入之读与深情之想，尽显对孔子人格的憧憬。再说"观仲尼庙堂车服礼器，诸生以时习礼其家"，"祗回留之，不能去"，即观孔子遗物，思孔子遗教之风，流连盘桓而不舍，眷恋中见无限仰慕。最后侧重议论，以君王贤人时荣殁已（即身亡而名灭）与"孔子布衣，传十余世，学者宗之"和"言六艺者，折中于夫子"（即人格与学问皆永范后世）作对比，称颂孔子为"至圣"，表达对孔子无以复加的赞誉。

全文描写、叙事、议论皆兼含抒情，文笔简洁，含意深远。

【点评】

"为夫子作赞，若提起道德来，请问从何处说起。此惟缓缓引诗，自述莫测高深，仅有向往之诚，故读其书也，以想见其人为向往，观其庙堂也，以低回不去为向往，总未道着夫子一字也。然后以天下有位而贵,有德而贤者,互较一番,见他人不过一时之荣,而夫子乃万世之宗。末言六艺折中,亦就人之向往上说,忽以'至圣'两字作结,而道德之尊已在其内,何等省力! 此极轻极松之笔。"([清]林云铭《古文析义》卷八)

"赞语精微澹远,于平易中见风神,令人读之不觉肃然起敬。"([清]李景星《史记评议》卷二)

史记·伯夷列传① 司马迁

夫学者载籍②极博,犹考信③于六艺。《诗》《书》虽缺,然虞、夏之文④可知也。尧将逊位,让于虞舜,舜禹之间,岳牧⑤咸荐,乃试之于位。典⑥职数十年,功用既兴,然后授政。示天下重器⑦,王者大统,传天下若斯之难也。而说者曰:"尧让天下于许由,许由不受,耻之逃隐。及夏之时,有卞随、务光者。"此何以称焉? 太史公曰:余登箕山,其上盖有许由冢云。孔子序列古之仁圣贤人,如吴太伯⑧、伯夷之伦,详矣。余以所闻由、光义至高,其文辞⑨不少概见⑩,何哉?

孔子曰:"伯夷、叔齐,不念旧恶,怨是用⑪希⑫。""求仁得仁,又何怨乎?"余悲伯夷之意,睹轶诗⑬,可异焉。其传曰:"伯夷、叔齐,孤竹君之二子也。父欲立叔齐,及父卒,叔齐让伯夷。伯夷曰:'父命也。'遂逃去。叔齐亦不肯立而逃之。国人立其中子。于是伯夷、叔齐闻西伯昌善养老,'盍往归焉!'及至,西伯卒,武王载木主⑭,号为文王,东伐纣。伯夷、叔齐叩马⑮而谏曰:'父死不葬,爰及干戈,可谓孝乎？以臣弑君，可谓仁乎？'左右欲兵之。太公曰：'此义人也。'扶而去之。武王已平殷乱，天下宗周；而伯夷、叔齐耻之，义不食周粟，隐于首阳山，采薇而食之。及饿且死，作歌，其辞曰：'登彼西山兮，采其薇矣！以暴易暴兮，不知其非矣！神农、虞、夏忽焉没兮，我安适归矣？于嗟徂⑯兮，命之衰矣！'遂饿死于首阳山。"由此观之，怨邪非邪？

或曰："天道无亲，常与⑰善人。"若伯夷、叔齐，可谓善人者非邪？积仁洁行如此而饿死。且七十子之徒，仲尼独荐颜渊为好学，然回也屡空⑱，糟糠⑲不厌⑳，而卒蚤㉑夭。天之报施善人，其何如哉？盗跖㉒日杀不辜，肝人之肉㉓，暴戾恣睢，聚党数千人，横行天下，竟以寿终，是遵何德哉？此其尤大彰明较著者也。若至近世，操行不轨，专犯忌讳，而终身逸乐，富厚累世不绝。或择地而蹈㉔之，时然后出言㉕，行不由径㉖，非公正不发愤㉗，而遇祸灾者，不可胜数也。余甚惑焉。傥㉘所谓天道，是邪非邪？

子曰："道不同，不相为谋。"亦各从其志也。故曰："富贵如可求，虽执鞭之士，吾亦为之；如不可求，从吾所好。""岁寒，然后知松柏之后凋。"举世混浊，清士乃见。岂以其重若彼，其轻若此哉？"君子疾没世而名不称㉙焉。"贾子曰："贪夫徇㉚财，烈士徇名，夸者死权，众庶冯㉛生。""同明相照，同类相求。""云从龙，风从虎。圣人作㉜而万物睹。"伯夷、叔齐虽贤，得夫子而名益彰；颜渊虽笃㉝学，附骥尾㉞而行益显。岩穴之士㉟，趣舍有时若此，类名堙灭而不称，悲夫！闾巷之人，欲砥行立名^㉟者，非附青云之士^㊲，恶^㊳能施^㊳于后世哉！

【注释】

①列传：《史记》中记载帝王、诸侯以外的各种历史人物的传记。

②载籍：书籍。

③考信：稽考、征信。

④虞、夏之文：指《尚书》中的《尧典》《舜典》《大禹谟》。

⑤岳牧：相传尧舜时有四岳九牧。四岳，分掌四方诸侯的四个大臣。九牧，九州的行政长官。

⑥典：主持。

⑦天下重器：天下是贵重的宝器。此指象征国家权力之物。

⑧吴太伯：周文王姬昌的伯父，让位于弟弟季历，自己出逃到荆，自号句（gōu）吴。

⑨其文辞：指有关许由、务光等的记载。

⑩不少概见：很少看到。概，略。

⑪是用：是以。

⑫希：同"稀"，少。

⑬轶（yì）诗：散失的诗篇，指下文的《采薇歌》。

⑭木主：木制牌位。

⑮叩马：牵马使停。叩，通"扣"。

⑯徂：通"殂"，死去。

⑰与：助，支持。

⑱空（kòng）：穷，匮乏。

⑲糟糠：酒渣、谷皮，喻粗劣的食物。

⑳厌：同"餍"，饱足。

㉑蚤：通"早"。

㉒盗跖(zhí)：一个名叫跖的大盗，传说是古代奴隶起义领袖，"盗"是当时统治者对他的蔑称，后被当作恶人的代名词。

㉓肝人之肉：即"肉人之肝"，吃人心肝。

㉔蹈：落脚。

㉕时然后出言：到了一定时候才说话。

㉖行不由径：行走不抄小路，直走大道。径，小路。

㉗非公正不发愤：不是为了主持公正，就不表露愤懑。

㉘傥(tǎng)：同"倘"，倘若。

㉙君子疾没世而名不称：君子痛心至死而名声不被称颂。没世，辞世，死亡。

㉚徇：通"殉"。

㉛冯：通"凭"，依恃。这里有贪求意。

㉜作：兴起。

㉝笃：专一。

㉞附骥尾：比喻追随先辈圣贤或名人之后。

㉟岩穴之士：隐居山野的人。

㊱砥行立名：磨砺德行，建树功名。砥，磨砺。

㊲青云之士：即德高望重、高尚超脱之人。

㊳恶(wū)：哪里。

㊴施(yì)：延续，流传。

【解读】

《伯夷列传》是伯夷和叔齐的合传，是议论、咏叹夹以叙事的传论。作者以"考信于六艺，折中于孔子"的史料处理原则，以孔子等人的言论为线索，用许由、务光等的事迹作陪衬，于论赞中夹叙了伯夷、叔齐的简短事迹：他们拒绝接受王位，让国出逃；武王伐纣时又以仁义叩马而谏；等到天下宗周后，又耻食周粟，采薇而食，作歌明志，饿死在首阳山。

作者一方面借孔子言论对伯夷、叔齐的洁行高节予以颂扬，一方面又将伯夷、叔齐、颜回等人的善行与世传的恶人盗跖作比照；以操行不轨、违法犯禁的人和谨守正道的人作比照，指出恶者安逸富裕、累世不绝，而善者却灾祸不可胜数，揭示天道与人事相违的现实，对天道赏善罚恶的报应论提出了质疑，寄寓了他对现实甚至是个人际遇的感慨；另外，作者认为伯夷、叔齐是因孔子的推扬而被人传颂，而另有不少隐士也有高风亮节，却因无圣人表彰而被埋没。这些见解，都表现了作者卓越的历史识见。

但是，商纣王是暴君，武王伐纣是顺应时势的，伯夷、叔齐的谏阻和耻食周粟并不合乎历史大潮，而作者却加以歌颂，这又体现了他儒家正统（以臣伐君则不仁）的思想局限。

【点评】

"传体，先叙后赞。此以议论代叙事，篇末不用赞语，此变体也。通篇以孔子作主，由、光、颜渊作陪客，杂引经传，层间叠发，纵横变化，不可端倪，真文章绝唱。"（［清］吴楚材、吴调侯《古文观止》卷五）

史记·管晏列传　　　　司马迁

管仲夷吾者，颍上人也。少时，常与鲍叔牙游，鲍叔知其贤。管仲贫困，常欺鲍叔，鲍叔终善遇①之，不以为言。已而鲍叔事齐公子小白，管仲事公子纠。及小白立为桓公，公子纠死，管仲囚焉。鲍叔遂进管仲。管仲既用，任政于齐，齐桓公以霸，九②合诸侯，一匡天下③，管仲之谋也。

管仲曰："吾始困时，尝与鲍叔贾，分财利多自与，鲍叔不以我为贪，知我贫也。吾尝为鲍叔谋事而更穷困④，鲍叔不以我为愚,知时有利不利也。吾尝三仕三见逐于君⑤,鲍叔不以我为不肖,知我不遭时也。吾尝三战三走,鲍叔不以我为怯,知我有老母也。公子纠败,召忽死之⑥,吾幽囚受辱,鲍叔不以我为无耻,知我不羞小节⑦,而耻功名不显于天下也。生我者父母,知我者鲍子也!"

鲍叔既进⑧管仲,以身下之⑨。子孙世禄于齐,有封邑者十余世,常为名大夫。天下不多⑩管仲之贤,而多鲍叔能知人也。

管仲既任政相齐,以区区之齐,在海滨,通货积财,富国强兵,与俗同好恶。故其称曰:"仓廪实而知礼节,衣食足而知荣辱,上服度⑪则六亲⑫固⑬。""四维⑭不张,国乃灭亡。""下令如流水之原⑮,令顺民心。"故论卑⑯而易行。俗之所欲,因而予之;俗之所否,因而去之。其为政也,善因祸而为福,转败而为功。贵轻重,慎权衡。桓公实怒⑰少姬⑱,南袭蔡,管仲因而伐楚,责包茅⑲不入贡于周室。桓公实北征山戎,而管仲因而令燕修召公之政⑳。于柯之会,桓公欲背㉑曹沫之约,管仲因而信㉒之,诸侯由是归齐。故曰:"知与之为取㉓,政之宝也。"

管仲富拟于公室,有三归㉔、反坫㉕,齐人不以为侈。管仲卒,齐国遵其政,常强于诸侯。后百余年而有晏子㉖焉。

晏平仲婴者,莱之夷维人也。事齐灵公、庄公、景公,以节俭力行重㉗于齐。既相齐,食不重肉㉘,妾不衣㉙帛。其在朝,君语及之㉚,即危言㉛;语不及之,即危行㉜。国有道,即顺命;无道,即衡命㉝。以此三世显名于诸侯。

越石父贤，在缧绁㉞中。晏子出，遭之涂㉟，解左骖赎之，载归。弗谢㊱，入闺㊲。久之，越石父请绝，晏子戄然㊳，摄衣冠谢㊴曰："婴虽不仁，免子于厄，何子求绝之速也？"石父曰："不然，吾闻君子诎㊵于不知己，而信㊶于知己者。方吾在缧绁中，彼不知我也。夫子既已感寤㊷而赎我，是知己。知己而无礼，固不如在缧绁之中。"晏子于是延入为上客。

晏子为齐相，出，其御之妻从门间㊸而窥其夫。其夫为相御，拥大盖，策驷马，意气扬扬，甚自得也。既而归，其妻请去，夫问其故。妻曰："晏子长不满六尺，身相齐国，名显诸侯。今者妾观其出，志念㊹深矣，常有以自下者㊺。今子长八尺，乃为人仆御，然子之意，自以为足，妾是以求去也。"其后，夫自抑损㊻，晏子怪而问之，御以实对。晏子荐以为大夫。

太史公曰："吾读管氏《牧民》《山高》《乘马》《轻重》《九府》㊼及《晏子春秋》㊽，详哉其言之也。既见其著书，欲观其行事，故次㊾其传。至其书，世多有之，是以不论，论其轶事。管仲，世所谓贤臣，然孔子小㊿之。岂51以为周道衰微，桓公既贤，而不勉之至王，乃称霸52哉？语曰：'将顺其美，匡救其恶，故上下能相亲也。'岂管仲之谓乎？方晏子伏庄公尸哭之53，成礼然后去，岂所谓'见义不为无勇'者邪？至其谏说，犯君之颜，此所谓'进思尽忠，退思补过54'者哉！假令晏子而在，余虽为之执鞭，所忻55慕焉。"

【注释】

①遇：对待。

②九：多次。

③一匡天下：一举匡正天下，谓以尊王（周天子）攘夷的宗旨匡正天下。

④穷困：陷入窘迫处境。

⑤三见逐于君：多次被君王免职。三，多次。逐，强迫离开，引申为免职。

⑥召忽死之：召忽为他而殉死。

⑦不羞小节：不顾琐细微末的操守。羞，以……为羞。

⑧进：推荐。

⑨以身下之：让自身居人之下。

⑩多：赞美。

⑪服度：遵守礼法制度。

⑫六亲：指父母、妻子、兄弟。

⑬固：和睦。

⑭四维：指礼、义、廉、耻。维，纲纪。

⑮原：源头。

⑯论卑：政令符合下情。

⑰怒：怨恨。

⑱少姬：齐桓公夫人，蔡国人。桓公与少姬游戏于舟中，少姬摇船惊吓桓公，被送回蔡国。蔡国又使少姬另嫁，桓公因而伐蔡。

⑲包茅：捆裹成束的青茅，祭祀时用以滤酒。

⑳令燕修召公之政：燕庄公送桓公而入齐境，桓公曰："非天子，诸侯相送不出境；吾不可以无礼于燕。"于是把燕庄公所至的齐地分割与燕，并命燕君复修召公之政，纳贡入周。召公，姓姬名奭（shì），为燕始祖。

㉑背:背弃,违背。

㉒信之:使他实践诺言而树立威信。

㉓知与之为取:懂得给予正是为了取得的道理。

㉔三归:供游乐之用的三座高台。一说三姓女。

㉕反坫(diàn):古代设于堂中两柱间安放空酒杯的土台。

㉖晏子:即晏婴,字仲,谥平。

㉗重:名重,名声显赫。

㉘食不重肉:吃饭不吃两种有肉的菜。

㉙衣(yì):穿。

㉚语之:问到他。

㉛危言:严肃而庄重回答。

㉜危行:谓正直行事。

㉝衡命:权衡命令而后行。

㉞缧绁(léi xiè):捆绑犯人的绳索,引申为囚禁。

㉟遭之涂:在路上遇到他。涂,通"途"。

㊱弗谢:(晏子)没有(向越石父)告辞。

㊲入闺:走进内室。

㊳憬(jué)然:非常惊讶。

㊴谢:致谦,认错。

㊵诎:同"屈",受委屈。

㊶信:通"伸",意为受尊重。

㊷感寤:感悟,指理解。寤,通"悟"。

㊸门间(jiàn):门缝。

㊹志念:志向思想。

㊺常有以自下者:经常有自居人下的情状。

㊻抑损:谦卑退让。

㊼"《牧民》"句:均为《管子》篇目。

103

㊽《晏子春秋》：共七篇，战国时记载晏婴言行的书。

㊾次：依次编写。

㊿小：轻视。《论语·八佾》："管仲之器小哉！"又云："管氏而知礼，孰不知礼？"

51岂：表揣测，大概。

52乃称霸：却（辅佐他）称霸。

53晏子伏庄公尸哭之：指尽到作为臣子的礼仪。《左传》载，齐庄公被大夫崔杼杀死，晏婴抱庄公尸体痛哭，尽了君臣之礼后才离开。

54"进思尽忠"句：语出《孝经·事君》。在朝就想尽忠尽力，退朝就想补救过失。

55忻（xīn）：心里高兴。

【解读】

管仲、晏婴皆为春秋时齐国名相。司马迁自述写作《管晏列传》之缘由说，虽然管仲奢华、晏婴节俭，但管仲辅佐桓公成就霸业，晏婴协助景公成就治世，一霸一治，贡献卓越，故将二人合传写成《管晏列传》。

合传略述二人事迹而选择传闻逸事来刻画各自的性格，反映了司马迁的思想情感。一是鲍叔牙荐举管仲为相，自己"以身下之"，管仲因而得以辅佐齐桓公"九合诸侯，一匡天下"；二是晏婴解左骖为贤士越石父赎罪，并延为上宾；三是晏婴见其车夫知过能改，便推荐他当大夫。三则轶事，充分体现了荐贤任能的重要性，表达了司马迁对知己者的渴求。

司马迁以口语之祸惨遭宫刑，痛切体味到现实中人情的冷暖，强烈渴望知己，故本文特重于鲍叔牙与管仲的知己之交，以管仲自陈心迹的方式，反复申述"知我"二字，寄寓心声。后文写晏婴与越石父、晏婴与车夫之间的轶事，也侧重于知人荐贤。越石父贤而身陷缧绁，晏子遇之途，解左骖以赎之，并延为上宾。车夫知过能改，晏子知其事而举其为大夫。晏子如此知人、待人,令人感佩。文章三致其意,隐含的正是司马迁自己的深哀巨痛。

篇末说"假令晏子而在,余虽为之执鞭,所忻慕焉",表达了司马迁身遭厄运后对可为自己解骖赎罪的知己者的强烈渴求,可谓借他人之酒杯,浇胸中之块垒。

【点评】

"《伯夷传》,忠孝兄弟之伦备矣。《管晏传》,于朋友三致意焉。管仲用齐,由叔牙以进,所重在叔牙,故传中深美叔牙。越石与其御,皆非晏子之友,而延为上客,荐为大夫,所难在晏子,故赞中忻慕晏子。通篇无一实笔,纯以清空一气运旋,觉伯夷传犹有意为文,不若此篇天然成妙。"([清]吴楚材、吴调侯《古文观止》卷五)

"于管子,羡其得知己;于晏子,慕其能荐贤。此亦史公隐隐自慨之文,故通体弥觉情词缠绵,低回不尽。"([近代]秦同培《精选广注黎氏古文辞类纂》)

史记·屈原列传

司马迁

屈原者,名平,楚之同姓①也。为楚怀王②左徒③。博闻强志④,明于治乱⑤,娴于辞令⑥。入则与王图议国事,以出号令;出则接遇宾客,应对诸侯。王甚任之。

上官大夫⑦与之同列,争宠而心害其能。怀王使屈原造为宪令⑧,屈平属⑨草藁⑩未定。上官大夫见而欲夺之,屈平不与,因谗之曰:"王使屈平为令,众莫不知。每一令出,平伐⑪其功,以为非我莫能为也。"王怒而疏屈平。

屈平疾王听之不聪⑫也,谗谄之蔽明也,邪曲之害公也,方正之不容也,故忧愁幽思而作《离骚》。离骚者,犹离忧也。夫天者,人之始也;父母者,人之本也。人穷则反本⑬,故劳苦倦极,未尝不呼天也;疾痛惨怛⑭,未尝不呼父母也。屈平正道直行,竭忠尽智,以事其君,谗人间之,可谓穷矣。信而见疑,忠而被谤,能无怨乎?屈平之作《离骚》,盖自怨生也。《国风》好色而不淫,《小雅》怨诽而不乱,若《离骚》者,可谓兼之矣。上称帝喾,下道齐桓,中述汤武,以刺世事。明道德之广崇,治乱之条贯⑮,靡不毕见⑯。其文约,其辞微,其志絜,其行廉,其称文小而其指⑰极大,举类迩⑱而见义远。其志洁⑲,故其称物芳⑳;其行廉,故死而不容。自疏濯淖㉑污泥之中,蝉蜕㉒于浊秽,以浮游尘埃之外,不获㉓世之滋㉔垢,皭然㉕泥㉖而不滓㉗者也。推此志也,虽与日月争光可也。

屈平既绌㉘,其后秦欲伐齐,齐与楚从亲㉙,惠王㉚患之,乃令张仪㉛详㉜去秦,厚币委㉝质㉞事楚,曰:"秦甚憎齐,齐与楚从亲,楚诚能绝齐,秦愿献商、於㉟之地六百里。"楚怀王贪而信张仪,遂绝齐,使使如秦受地。张仪诈之曰:"仪与王约六里,不闻六百里。"楚使怒去,归告怀王。怀王怒,大兴师伐秦。秦发兵击之,大破楚师于丹、淅㊱,斩首八万,虏楚将屈匄㊲,遂取楚之汉中㊳地。怀王乃悉发国中兵,以深入击秦,战于蓝田㊴。魏闻之,袭楚至邓㊵。楚兵惧,自秦归。而齐竟怒不救楚,楚大困。

明年,秦割汉中地与楚以和。楚王曰:"不愿得地,愿得张仪而甘心焉。"张仪闻,乃曰:"以一仪而当汉中地,臣请往如㊶楚。"如楚，又因厚币用事者臣靳尚㊷，而设诡辩于怀王之宠姬郑袖。怀王竟听郑袖，复释去张仪。是时屈平既疏，不复在位，使于齐。顾反㊸，谏怀王曰："何不杀张仪?"怀王悔，追张仪不及。其后诸侯共击楚，大破之，杀其将唐眛㊹。

时秦昭王㊺与楚婚，欲与怀王会。怀王欲行，屈平曰："秦，虎狼之国，不可信，不如毋行。"怀王稚子子兰劝王行："奈何绝秦欢?"怀王卒行。入武关㊻，秦伏兵绝其后，因留怀王，以求割地。怀王怒，不听。亡走赵，赵不内㊼。复之秦，竟死于秦而归葬。

长子顷襄王㊽立，以其弟子兰为令尹㊾。楚人既咎子兰以劝怀王入秦而不反也。屈平既嫉之，虽放流㊿，眷顾楚国，系心怀王，不忘欲反，冀幸君之一悟，俗之一改也。其存君兴国而欲反复之，一篇之中三致志焉。然终无可奈何，故不可以反，卒以此见怀王之终不悟也。人君无愚智贤不肖，莫不欲求忠以自为，举贤以自佐。然亡国破家相随属，而圣君治国累世[51]而不见者，其所谓忠者不忠，而所谓贤者不贤也。怀王以不知忠臣之分，故内惑于郑袖，外欺于张仪，疏屈平而信上官大夫、令尹子兰。兵挫地削，亡其六郡，身客死于秦，为天下笑。此不知人之祸也。《易》[52]曰："井泄[53]不食，为我心恻，可以汲。王明，并受其福。"王之不明，岂足福哉!令尹子兰闻之，大怒，卒使上官人夫短屈原于顷襄王，顷襄王怒而迁之。

屈原至于江滨，被[54]发行吟泽畔。颜色憔悴，形容枯稿。渔父见而问之曰："子非三闾大夫^{⑤⑤}欤？何故而至此？"屈原曰："举世混浊而我独清，众人皆醉而我独醒，是以见放。"渔父曰："夫圣人者，不凝滞于物，而能与世推移。举世混浊，何不随其流而扬其波？众人皆醉，何不餔其糟而啜^{⑤⑥}其醨^{⑤⑦}？何故怀瑾握瑜^{⑤⑧}而自令见放为^{⑤⑨}？"屈原曰："吾闻之，新沐者必弹冠，新浴者必振衣，人又谁能以身之察察^{⑥⑩}，受物之汶汶^{⑥①}者乎？宁赴常流而葬乎江鱼腹中耳，又安能以皓皓^{⑥②}之白而蒙世之温蠖^{⑥③}乎？"乃作《怀沙》^{⑥④}之赋……于是怀石，遂自沈汨罗^{⑥⑤}以死。

屈原既死之后，楚有宋玉^{⑥⑥}、唐勒、景差^{⑥⑦}之徒者，皆好辞而以赋见称。然皆祖^{⑥⑧}屈原之从容辞令，终莫敢直谏。其后楚日以削，数十年竟为秦所灭^{⑥⑨}。自屈原沈汨罗后百有余年，汉有贾生^{⑦⑩}，为长沙王^{⑦①}太傅^{⑦②}，过湘水^{⑦③}，投书^{⑦④}以吊屈原。

太史公曰：余读《离骚》《天问》《招魂》《哀郢》^{⑦⑤}，悲其志。适长沙，观屈原所自沈渊，未尝不垂涕，想见其为人。

【注释】

①楚之同姓：楚王族本姓芈（mǐ），楚武王熊通的儿子瑕封于屈，他的后代遂以屈为姓，瑕是屈原的祖先，楚国王族的同姓。

②楚怀王：楚威王的儿子，名熊槐，前329年至前299年在位。

③左徒：楚国官名，职位仅次于令尹。

④博闻强志：见识广博，记忆力强。志，同"记"。

⑤明于治乱：通晓国家治乱的道理。

⑥娴于辞令：擅长讲话。娴，熟悉。辞令，指外交方面应酬交际的

语言。

⑦上官大夫:楚大夫。上官,复姓。

⑧宪令:国家的重要法令。

⑨属(zhǔ):写作。

⑩藁:同"稿"。

⑪伐:夸耀。

⑫听之不聪:听觉不灵敏,指听不进正确的意见。

⑬反本:追思根本。反,同"返"。

⑭惨怛(dá):忧伤。

⑮条贯:条理,道理。

⑯见:同"现"。

⑰指:通"旨"。

⑱迩(ěr):近。

⑲洁:高洁。

⑳称物芳:指《离骚》中多用兰、桂、蕙、芷等香花芳草作比喻。

㉑濯淖(zhuó nào):污浊。

㉒蝉蜕(tuì):摆脱的意思。

㉓获:玷污。

㉔滋:同"兹",黑。

㉕皭(jiào)然:洁白的样子。

㉖泥(niè):通"涅",染黑。

㉗滓(zǐ):污黑。

㉘绌(chù):通"黜",废,罢免。这里指屈原被免去左徒的职位。

㉙从亲:合纵相亲。从,同"纵"。当时楚、齐等六国联合抗秦,称为合纵,楚怀王曾为纵长。

㉚惠王:秦惠王,公元前337年至前311年在位。

㉛张仪:魏人,主张连横,游说六国事奉秦国,为秦惠王所重。

109

㉜详:通"佯"。

㉝委:呈献。

㉞质:通"贽",信物。

㉟商、於(wū):秦地名。

㊱丹、淅(xī):二水名。

㊲屈匄(gài):楚大将军。

㊳汉中:今湖北西北、陕西东南一带。

㊴蓝田:秦县名。

㊵邓:春秋时蔡地,后属楚。

㊶如:往,去。

㊷靳尚:楚大夫。一说即上文的上官大夫。

㊸顾反:回来。反,同"返"。

㊹唐昧:楚将。

㊺秦昭王:秦惠王之子,前306年至前251年在位。

㊻武关:秦国的南关。

㊼内:同"纳"。

㊽顷襄王:名熊横,前298年至前262年在位。

㊾令尹:楚国的最高行政长官。

㊿虽放流:以下关于屈原流放的记叙,时间上有矛盾,文意也不连贯,可能有脱误。

51世:三十年为一世。

52《易》:即《周易》,又称《易经》。

53泄:同"渫(xiè)",淘去泥污。

54被:通"披"。披发,指头发散乱,不梳不束。

55三闾大夫:楚国掌管王族昭、屈、景三姓事务的官。

56啜(chuò):喝。

57醨(lí):薄酒。

110

(58)瑾、瑜：美玉。

(59)为：表示疑问的语气词。

(60)察察：洁白的样子。

(61)汶（mén）汶：浑浊的样子。

(62)皓皓：莹洁的样子。

(63)温蠖（huò）：尘滓重积的样子。

(64)《怀沙》：《楚辞》之《九章》中的一篇。今人多以为系屈原怀念长沙的诗。《史记》引录其文，本书从略。

(65)汨（mì）罗：江名，在湖南东北部。

(66)宋玉：相传为楚顷襄王时人，屈原的弟子，有《九辩》等作品传世。

(67)唐勒、景差：约与宋玉同时，都是当时的辞赋家。

(68)祖：以……为祖师，宗从。

(69)“数十年”句：指公元前 223 年秦灭楚。

(70)贾生：即贾谊。

(71)长沙王：指吴差，汉朝开国功臣吴芮的玄孙，袭封长沙王。

(72)太傅：君王的辅助官员。

(73)湘水：在今湖南省境内，流入洞庭湖。

(74)书：指贾谊所写的《吊屈原赋》。

(75)《天问》《招魂》《哀郢》：屈原的作品。《招魂》一说宋玉所作。

【解读】

本文是《屈原贾生列传》中有关屈原的部分，按时间顺序，以“任、疏、绌、迁、沉”为线索，记叙了屈原生平事迹，又兼用议论抒情，歌颂了屈原卓越超群的才华、坚贞的爱国精神和执着于高洁操守与政治理想的精神。

全文主体分三部分：第一部分是开篇至“推此志也，虽与日月争光可也”，记述屈原从被信任重用到受谗被罢官疏远的历程，评述屈原忧愁幽思而作的《离骚》，高度赞扬其志。第二部分自"屈平既绌"至"顷襄王怒而迁之"，主要记述了楚国国难接连不断，被罢黜的屈原"眷顾楚国，系心怀王"，"冀幸君之一悟"，"其存君兴国而欲反复之，一篇之中三致志焉"，然终无可奈何，反被人谗构，遭到流放。并因事议论，抒发了作者对屈原际遇的深切同情和对于昏君佞臣的满腔愤慨。第三部分自"屈原至于江滨"至"遂自沈汨罗以死"，主要写屈原与渔父的对话和屈原的沉江殉国，抒发其矢志不渝的理想信念和爱国忠诚。最后两段是尾声，陈述后世人和作者对屈原的追随与仰慕，侧面烘托他的卓越才华与高洁志行。

本文是记载屈原生平事迹最早、最完整的文献。事迹简略而文笔沉郁顿挫，是一篇饱含深情的评传。

【点评】

"史公作《屈原传》，其文便似《离骚》，婉雅凄怆，使人读之，不禁欷歔欲绝。要之穷愁著书，史公与屈子，实有同心，宜其忧思唱叹，低回不置云。"（[清]吴楚材、吴调侯《古文观止》卷五）

史记·滑稽列传(节选)　　　　司马迁

孔子曰："六艺于治①一也。《礼》②以节人，《乐》③以发和，《书》④以道事，《诗》⑤以达意，《易》⑥以神化，《春秋》⑦以义。"太史公曰：天道⑧恢恢⑨，岂不大哉！谈言微中，亦可以解纷。

淳于髡⑩者，齐之赘婿⑪也。长不满七尺⑫，滑稽多辩，数使诸侯，未尝屈辱。齐威王⑬之时，喜隐⑭，好为淫乐长夜之饮，沈湎不治，委政卿大夫⑮。百官荒乱，诸侯并侵，国且危亡，在于旦暮。左右莫敢谏。淳于髡说之以隐曰："国中有大鸟，止王之庭，三年不蜚⑯又不鸣，王知此鸟何也？"王曰："此鸟不飞则已，一飞冲天；不鸣则已，一鸣惊人。"于是乃朝诸县令长⑰七十二人，赏一人，诛一人，奋兵而出。诸侯振惊，皆还齐侵地。威行三十六年。语在《田完世家》⑱中。

威王八年，楚大发兵加齐。齐王使淳于髡之赵请救兵，赍金百斤，车马十驷⑲。淳于髡仰天大笑，冠缨索⑳绝。王曰："先生少之乎？"髡曰："何敢！"王曰："笑岂有说乎？"髡曰："今者臣从东方来，见道旁有禳田㉑者，操一豚蹄、酒一盂，祝曰：'瓯窭㉒满篝㉓，污邪㉔满车，五谷蕃熟，穰穰满家。'臣见其所持者狭而所欲者奢，故笑之。"于是齐威王乃益赍㉕黄金千溢㉖，白璧十双，车马百驷。髡辞而行，至赵。赵王与之精兵十万，革车千乘。楚闻之，夜引兵而去。

威王大说，置酒后宫，召髡赐之酒。问曰："先生能饮几何而醉？"对曰："臣饮一斗亦醉，一石亦醉。"威王曰："先生饮一斗而醉，恶能饮一石哉？其说可得闻乎？"髡曰："赐酒大王之前，执法在旁，御史㉗在后，髡恐惧俯伏而饮，不过一斗径醉矣。若亲有严客，髡帣㉘韝㉙鞠㉚䐜㉛，侍酒于前，时赐余沥，奉觞上寿㉜，数起，饮不过二斗径醉矣。若朋友交游，久不相见，卒然相睹，欢然道故，私情相语，饮可五六斗径醉矣。若乃州闾之会，男女杂坐，行酒稽留㉝，六博㉞投壶㉟，相引为曹㊱，握手无罚，目眙㊲不禁，前有堕珥，后有遗簪，髡窃乐此，饮可八斗而醉二参。日暮酒阑，合尊促坐，男女同席，履舄交错，杯盘狼藉，堂上烛灭，主人留髡而送客，罗襦襟解，微闻芗泽⑧，当此之时，髡心最欢，能饮一石。故曰'酒极则乱，乐极则悲'。万事尽然，言不可极，极之而衰。"以讽谏焉。齐王曰："善。"乃罢长夜之饮，以髡为诸侯主客㊴。宗室置酒，髡尝㊵在侧。

【注释】

①治：治理。

②《礼》：《礼经》。

③《乐》：《乐经》。据唐徐坚《初学记》：秦朝焚书，《乐经》亡，只剩下五经。

④《书》：《书经》，也称《尚书》。相传为孔子编订，记载自帝尧至秦穆公的史料。

⑤《诗》：《诗经》。相传孔子删诗，选三百零五篇成书。

⑥《易》：《易经》，也称《周易》。

⑦《春秋》：《春秋经》。相传经孔子编订。

⑧天道：天的法则。

⑨恢恢：宽广貌。

⑩淳于髡(kūn)：人名。

⑪赘(zhuì)婿：旧时男子因家贫卖身给人家，得招为婿者，称为赘婿。

⑫七尺：周尺的七尺约相当于今1.60米。

⑬齐威王：战国时齐国国君，前356年至前320年在位。

⑭隐：隐语。

⑮卿大夫：周代国王及诸侯的高级臣属。卿的地位高于大夫，常掌握国政和统兵之权。

⑯蜚(fēi):通"飞"。

⑰令长:战国秦汉时县的行政长官名称。人口万户以上的县称令,万户以下的县称长。

⑱《田完世家》:指《史记·田敬仲完世家》。

⑲车马十驷:指车十乘。古代一车配四马(驷)为一乘。

⑳索:尽。

㉑禳(ráng)田:古代祈求农事顺利、无灾无害的祭祀活动。

㉒瓯窭(ōu lóu):狭小的高地。

㉓篝(gōu):竹笼。

㉔污邪:地势低下、容易积水的劣田。

㉕赍(jī):以财物赠人。

㉖溢:通"镒",古以二十两为一溢。

㉗御史:汉代掌纠察、治狱的官吏。

㉘卷(juàn):束衣袖。

㉙韝(gōu):臂套。

㉚鞠:弯屈。

㉛臄(jì):同"跽",小跪。

㉜上寿:敬酒,祝福长寿。

㉝稽留:延长,停留。

㉞六博:古代博戏,两人对局,各执黑白棋六子。

㉟投壶:古代游戏,宴饮时用矢投入一定距离外的酒壶,以投中多少定胜负,负者罚酒。

㊱曹:游戏时的分组。

㊲眙(chì):直视貌。

㊳芗(xiāng)泽:泛指香气。芗,五谷的香气。

㊴诸侯主客:简称"主客",战国齐设置的官名,掌诸侯朝聘之事。

㊵尝:通"常"。

115

【解读】

《滑稽列传》记载了淳于髡、优孟、优旃三位滑稽人的故事,本篇只选了淳于髡传。"滑稽"有机智能言,善于缘理设喻、察情取譬,借事托讽的意思。

开篇先借孔子之言,说六艺对治国的作用是一致的;其后亮出观点:说话隐约委婉而切中事理,也可解除纷扰。将淳于髡等人的滑稽之言在治国安邦上所起的作用与正统儒家六艺所起的作用相提并论,体现了司马迁不一般的史学眼光和襟怀。

接下来记述了淳于髡讽谏齐威王的三个故事来表现他机敏能言、善以喻谏。一是讽谏沉湎声色不理朝政的齐威王重振朝纲、发扬国威。先用"国且危亡,在于旦暮。左右莫敢谏"作铺垫,再取譬大鸟,三言两语即说服齐王一鸣惊人,以"威行三十六年"来表现其出色的才智。并补以"语在《田完世家》中",更见其事的可靠。二是在楚攻齐的危难时刻,奉齐王命求援于赵。淳于髡先以农人用一只猪蹄和一盂酒祭农事而祈祷五谷丰登的故事讽谏齐王:若希望赵国重兵相救,就不能吝啬财物。后以黄金千镒、白璧十双、车马一百套的赠礼出使赵国,求得精兵十万、战车千乘的外援,解救了国家危机,深得齐王赞赏。三是在"威王大说,置酒后宫,召髡赐之酒"时,以不同场合酒量的极不相同表明"酒极则乱,乐极则悲。万事尽然,言不可极,极之则衰"的道理,讽谏齐王不可纵情酒乐。三事各有侧重,但都体现淳于髡说话委婉而切中事理、在辅佐君王贤明理政上发挥了重要作用这一特点,照应议论评价,也足见对淳于髡的肯定与赞赏。

司马迁能在煌煌大著中为淳于髡此类小人物立传,并高度评价其"微言"的家国意义,这种历史观不仅在当时是惊人的,而且在今天看来也很有进步意义。

【点评】

"史公一书,上下千古,无所不有。乃忽而撰出一调笑嬉戏之文,

但见其齿牙伶俐，口角香艳，另用一种笔意。"（[清]吴楚材、吴调侯《古文观止》卷五）

"若雅若俗，若正若反，若有理，若无理，若有情，若无情，极嬉笑怒骂之致，真是神品。"（[清]李景星《史记评议》卷四）

史记·货殖列传序　司马迁

老子曰："至治之极，邻国相望，鸡狗之声相闻，民各甘其食，美其服，安其俗，乐其业，至老死不相往来。"必用此为务，挽①近世，涂②民耳目，则几无行矣。

太史公曰：夫神农以前，吾不知已③。至若《诗》《书》所述虞夏以来，耳目欲极声色之好，口欲穷刍豢④之味，身安逸乐，而心夸矜势能之荣。使俗之渐民久矣，虽户说以眇⑤论，终不能化。故善者因之，其次利道⑥之，其次教诲之，其次整齐之，最下者与之争。

夫山西饶材、竹、穀⑦、纑⑧、旄⑨、玉石；山东多鱼、盐、漆、丝、声色；江南出楠、梓、姜、桂、金、锡、连⑩、丹沙⑪、犀、瑇瑁⑫、珠玑⑬、齿、革；龙门⑭、碣石⑮北多马、牛、羊、旃⑯、裘、筋、角⑰；铜、铁则千里往往山出棋置⑱。此其大较也。皆中国⑲人民所喜好，谣俗被服饮食奉生送死之具也。故待农而食之，虞⑳而出之，工而成之，商而通之。此宁有政教发征期会哉？人各任其能，竭其力，以得所欲。故物贱之征贵，贵之征贱，各劝其业，乐其事，若水之趋下，日夜无休时，不召而自来，不求而民出之。岂非道之所符，而自然之验邪㉑？

《周书》㉒曰："农不出，则乏其食；工不出，则乏其事；商不出，则三宝绝；虞不出，则财匮少，财匮少，而山泽不辟矣。"此四者，民所衣食之原㉓也。原大则饶，原小则鲜。上则富国，下则富家。贫富之道，莫之夺予，而巧者有余，拙者不足。故太公望㉔封于营丘，地潟卤㉕，人民寡。于是太公劝其女功，极技巧，通鱼盐，则人物归之，襁至㉖而辐凑㉗。故齐冠带衣履天下㉘，海岱㉙之间，敛袂而往朝焉。其后，齐中衰，管子修之，设轻重九府，则桓公以霸，九合诸侯，一匡天下。而管氏亦有三归，位在陪臣㉚，富于列国之君。是以齐富强至于威、宣㉛也。故曰："仓廪实而知礼节，衣食足而知荣辱㉜。"

礼生于有而废于无。故君子富，好行其德；小人富，以适其力。渊深而鱼生之，山深而兽往之，人富而仁义附焉。富者得势益彰，失势则客无所之，以而不乐，夷狄益甚。

谚曰："千金之子，不死于市。"此非空言也。故曰："天下熙熙，皆为利来；天下壤壤㉝，皆为利往。"夫千乘之王，万家之侯，百室之君，尚犹患贫，而况匹夫编户之民乎？

【注释】

①挽：同"晚"。

②涂：堵塞。

③已：同"矣"。

④刍豢（huàn）：指牲畜的肉。用草饲养的叫"刍"，用粮食饲养的叫"豢"。

⑤眇：通"妙"。

118

⑥道：同"导"。

⑦穀：即楮(chǔ)树，树皮可以造纸。

⑧纑(lú)：苎麻。

⑨旄(máo)：旄牛，其尾之长毛可供旗帜装饰之用。

⑩连：通"链"，铅矿石。

⑪丹沙：同"丹砂"，俗称朱砂。

⑫瑇瑁：龟类，其甲为名贵的装饰品。

⑬玑：不圆的珠子。

⑭龙门：山名。

⑮碣石：山名。

⑯旃：通"毡"。

⑰筋、角：兽筋、兽角。可用以制造弓弩。

⑱棋置：星罗棋布。

⑲中国：中原。

⑳虞：掌管山林川泽出产的官。这里指开发山林川泽的人。

㉑邪，同"耶"。

㉒《周书》：指《逸周书》，今本《逸周书》无此段话。或古本佚文。

㉓原：本源。

㉔太公望：即姜子牙。他佐武王伐纣，封于营丘(在今山东昌乐)，国号齐。

㉕潟(xì)卤：含有过多盐碱成分不适于耕种的土地。

㉖襁至：襁负而至。

㉗辐凑：形容人或物聚集像车辐集中于车毂一样。

㉘齐冠带衣履天下：言齐国产的冠带衣履，行销天下。

㉙海岱：指东海和泰山。

㉚陪臣：诸侯之大夫对天子自称陪臣。

㉛威、宣：齐威王(前356—前320年在位)和齐宣王(前319年—

前 301 年在位)。

㉜“仓廪实”二句:见《管子·牧民》。

㉝壤壤:同“攘攘”。

【解读】

《货殖列传序》分三部分:首段为第一部分,驳斥老子“小国寡民”的论调,肯定人们追求物质财富的合理欲望,是为立论。第二、三、四段为第二部分,论述人们的物质生活需求必然推动社会生产的分工和社会各经济部门的发展,有利于富民富国,以此说明政府与民间经济发展的关系,“善者因之,其次利道之,其次教诲之,其次整齐之,最下者与之争”,告诫当朝统治者应顺应自然经济法则,尊重民间农、虞、工、商的自由发展和自我调节。并用“仓廪实而知礼节,衣食足而知荣辱”承上启下,表明社会经济的发展有利于国家的长治久安,体现了司马迁“重富”的进步思想。最后两段为第三部分,紧承“仓廪实”之句展开,陈述“礼生于有而废于无”“人富而仁义附”的观点,认为让老百姓自行发展经济、增长财富有利于社会的精神文明建设,有利于解决社会人心问题,含蓄地谴责了汉武帝时期的经济垄断政策,抨击了当时以神意解释社会问题的唯心主义观点。

司马迁肯定人们合理的求利欲望、肯定民间经济自由的民本思想和开放心态以及顺应经济法则、不与民争利的政治理念,高瞻远瞩,这在今天仍颇有价值与意义。此文还开创了在正史中记载社会经济活动的先例,为后世了解、研究前人的经济活动留下了宝贵的资料。

【点评】

“史公于千数百载上,竭力著其(财货)关系之重要。此种识力,真不易多得。后人乃更有谓史公实讥嗜利者,其迂谬甚矣。”([近代]秦同培《精选广注黎氏古文辞类纂》)

报任少卿书

司马迁

太史公牛马走①司马迁，再拜②言，少卿足下：曩者③辱赐书，教以顺于接物，推贤进士为务，意气勤勤恳恳，若望④仆不相师⑤，而用流俗人之言。仆非敢如此也。仆虽罢驽⑥，亦尝侧闻⑦长者之遗风矣。顾自以为身残处秽⑧，动而见尤⑨，欲益反损，是以独郁悒而与谁语？谚曰："谁为为之？孰令听之？"盖钟子期死，伯牙⑩终身不复鼓琴。何则？士为知己者用，女为说己者容。若仆大质已亏缺矣，虽才怀随、和⑪，行若由、夷⑫，终不可以为荣，适足以见笑而自点⑬耳。

书辞宜答，会东从上来⑭，又迫贱事，相见日浅，卒卒⑮无须臾之间，得竭至意。今少卿抱不测之罪，涉⑯旬月，迫⑰季冬⑱，仆又薄从上雍⑲，恐卒然不可为讳⑳，是仆终已不得舒愤懑以晓左右，则长逝者魂魄私恨无穷。请略陈固陋。阙然㉑久不报，幸勿为过。

仆闻之：修身者，智之符㉒也；爱施者，仁之端也；取与者，义之表也；耻辱者，勇之决也；立名者，行之极㉓也。士有此五者，然后可以托于世，而列于君子之林矣。故祸莫憯㉔于欲利，悲莫痛于伤心，行莫丑于辱先，诟㉕莫大于宫刑㉖。刑余之人，无所比数㉗，非一世也，所从来远矣。昔卫灵公与雍渠同载，孔子适陈㉘；商鞅因景监见，赵良寒心㉙；同子参乘，袁丝变色㉚：自古而耻之！夫以中才之人，事有关于宦竖㉛，莫不伤气㉜，而况于慷慨之士乎！如今朝廷虽

121

乏人，奈何令刀锯之余，荐天下豪俊哉！仆赖先人绪业㉝，得待罪㉞辇毂下㉟，二十余年矣。所以自惟㊱：上之，不能纳忠效信，有奇策才力之誉，自结明主；次之，又不能拾遗补阙，招贤进能，显岩穴之士㊲；外之，又不能备㊳行伍㊴，攻城野战，有斩将搴㊵旗之功；下之，不能积日累劳㊶，取尊官厚禄，以为宗族交游光宠。四者无一遂㊷，苟合㊸取容，无所短长之效，可见如此矣。向者，仆尝厕㊹下大夫㊺之列，陪外廷末议㊻。不以此时引维纲㊼，尽思虑，今以亏形为扫除之隶，在阘茸㊽之中，乃欲仰首㊾伸眉，论列是非，不亦轻朝廷、羞当世之士邪？嗟乎！嗟乎！如仆尚何言哉！尚何言哉！

且事本末未易明也。仆少负不羁之行，长无乡曲(50)之誉，主上幸以先人之故，使得奉薄伎，出入周卫(51)之中。仆以为戴盆何以望天(52)，故绝宾客之知，亡室家之业，日夜思竭其不肖之才力，务一心营职，以求亲媚于主上。而事乃有大谬(53)不然者！

夫仆与李陵(54)，俱居门下(55)，素非能相善(56)也。趣舍(57)异路，未尝衔杯酒(58)，接殷勤之余欢。然仆观其为人，自守奇士，事亲孝，与士信，临财廉，取与义，分别有让(59)，恭俭下人，常思奋不顾身，以徇(60)国家之急。其素所蓄积也，仆以为有国士之风。夫人臣出万死不顾一生之计，赴公家之难，斯以奇矣。今举事一不当，而全躯保妻子之臣随而媒孽(61)其短，仆诚私心痛之。且李陵提步卒不满五千，深践戎马之地，足历王庭(62)，垂饵虎口，横挑强胡(63)，仰(64)亿万之师，与单于连战十有余日,所杀过半当㉟。虏救死扶伤不给㉱,旃㉲裘之君长咸震怖,乃悉征其左、右贤王㉳,举引弓之人,一国共攻而围之。转斗千里,矢尽道穷,救兵不至,士卒死伤如积㉴。然陵一呼劳军,士无不起,躬自流涕,沫㉵血饮泣㉶,更张空拳,冒白刃,北向㉷争死敌㉸者。陵未没时,使有来报,汉公卿王侯皆奉觞上寿㉹。后数日,陵败书闻,主上为之食不甘味,听朝不怡。大臣忧惧,不知所出。仆窃不自料其卑贱,见主上惨怆怛㉺悼,诚欲效其款款㉻之愚,以为李陵素与士大夫㉼绝甘分少㉽,能得人死力㉾,虽古之名将,不能过也。身虽陷败,彼观其意,且欲得其当㊀而报于汉。事已无可奈何,其所摧败,功亦足以暴于天下矣。仆怀欲陈之,而未有路,适会召问,即以此指推言陵之功,欲以广㊁主上之意,塞睚眦之辞㊂。未能尽明,明主不晓,以为仆沮㊃贰师㊄,而为李陵游说,遂下于理㊅。拳拳之忠,终不能自列。因为诬上㊆,卒从吏议。家贫,货赂不足以自赎,交游莫救,左右亲近不为一言。身非木石,独与法吏为伍,深幽囹圄㊇之中,谁可告愬㊈者!此真少卿所亲见,仆行事岂不然乎?李陵既生降,隤㊉其家声,而仆又佴㊊之蚕室㊋,重为天下观笑。悲夫!悲夫!事未易一二为俗人言也。

仆之先非有剖符丹书㊌之功,文史星历㊍,近乎卜祝之间,固主上所戏弄,倡优所畜,流俗之所轻也。假令仆伏法受诛,若九牛亡一毛,与蝼蚁何以异?而世又不与能死节者,特以为智穷罪极,不能自免,卒就死耳。何也?素所自树立使然也。人固有一死，或重于泰山，或轻于鸿毛，用之所趋异也。太上不辱先，其次不辱身，其次不辱理色^㉟，其次不辱辞令，其次诎体受辱，其次易服^㊱受辱，其次关木索^㊲、被棰楚受辱，其次剔^㊳毛发、婴^㊴金铁受辱，其次毁肌肤、断肢体受辱，最下腐刑^㊵，极矣！传曰："刑不上大夫^⑩。"此言士节不可不勉励也^⑩。猛虎在深山，百兽震恐，及在槛^⑩阱^⑩之中，摇尾而求食，积威约之渐也^⑩。故有画地为牢，势不可入，削木为吏，议不可对，定计于鲜^⑩也。今交手足，受木索，暴肌肤，受榜^⑩棰，幽^⑩于圜墙^⑩之中。当此之时，见狱吏则头抢^⑩地，视徒隶则心惕息^⑩。何者？积威约之势也。及以至是，言不辱者，所谓强颜耳，曷足贵乎！且西伯^⑪，伯也，拘于羑里^⑫；李斯^⑬，相也，具于五刑；淮阴^⑮，王也，受械于陈^⑯；彭越^⑰、张敖^⑱，南面称孤，系狱抵罪；绛侯^⑲诛诸吕，权倾五伯^⑳，因于请室^㉑；魏其^㉒，大将也，衣赭衣，关三木^㉓；季布^㉔为朱家钳奴；灌夫^㉕受辱于居室^㉖。此人皆身至王侯将相，声闻邻国，及罪至罔加^㉗，不能引决自裁^㉘，在尘埃之中。古今一体，安在其不辱也？由此言之，勇怯，势也；强弱，形也。审矣，何足怪乎？夫人不能早自裁绳墨^㉙之外，以稍陵迟^㉚，至于鞭棰之间，乃欲引节^㉛，斯不亦远乎！古人所以重施刑于大夫者，殆为此也。

夫人情莫不贪生恶死，念父母，顾妻子，至激于义理者不然，乃有所不得已也。今仆不幸，早失父母，无兄弟之亲，独身孤立，少卿视仆于妻子何如哉？且勇者不必死节，怯夫慕义，何处不勉焉！仆虽怯懦，欲苟活，亦颇识去就之分⑬矣，何至自沉溺缧绁⑬之辱哉！且夫臧获⑭婢妾，犹能引决，况仆之不得已乎？所以隐忍苟活，幽于粪土之中而不辞者，恨私心⑬有所不尽，鄙陋没世⑬，而文彩⑬不表于后也。

古者富贵而名摩灭，不可胜记，唯倜傥⑬非常之人称焉。盖文王拘而演《周易》⑬；仲尼厄⑭而作《春秋》；屈原放逐，乃赋《离骚》；左丘失明，厥有《国语》；孙子⑭膑脚⑭，《兵法》修列；不韦⑭迁蜀，世传《吕览》；韩非⑭囚秦，《说难》《孤愤》；《诗》三百篇⑭，大底圣贤发愤之所为作也。此人皆意有郁结，不得通其道，故述往事，思来者。乃如左丘无目，孙子断足，终不可用，退而论书策⑭，以舒其愤，思垂空文⑭以自见⑭。

仆窃不逊⑭，近自托于无能之辞，网罗天下放失⑭旧闻，略考其行事，综其终始，稽⑭其成败兴坏之纪⑭，上计轩辕，下至于兹，为十表，本纪十二，书八章，世家三十，列传七十，凡百三十篇。亦欲以究天人之际⑭，通古今之变，成一家之言。草创⑭未就，会遭此祸，惜其不成，已就极刑而无愠色。仆诚以著此书，藏诸名山，传之其人，通邑大都⑭，则仆偿前辱之责，虽万被戮，岂有悔哉！然此可为智者道，难为俗人言也！

且负下⑭未易居，下流⑭多谤议。仆以口语遇此祸，重为乡党所笑，以污辱先人，亦何面目复上父母丘墓乎？虽累百世，垢弥甚耳！是以肠一日而九回⑭，居则忽忽若有所亡，出则不知其所往。每念斯耻，汗未尝不发背沾衣也！

身直为闺阁之臣⑤，宁得自引于深藏岩穴邪？故且从俗浮沉，与时俯仰⑥，以通其狂惑⑥。今少卿乃教以推贤进士，无乃与仆私心刺谬乎？今虽欲自雕琢，曼辞以自饰，无益，于俗不信，适足取辱耳。要之死日，然后是非乃定。书不能悉意，略陈固陋。谨再拜。

【注释】

①牛马走：谦词，意为像牛马一样以供奔走。

②再拜：敬词，旧时用于书信的开头或末尾。

③曩（nǎng）者：从前。

④望：埋怨。

⑤相师：向你学习。相，副词，表示动作偏向一方。

⑥罢驽：比喻才能低下。罢，通"疲"。驽，劣马。

⑦侧闻：从旁听说。

⑧身残处秽：指因受宫刑而身体残缺，兼与宦官贱役杂处。

⑨见尤：被指责。尤，责怨。

⑩钟子期、伯牙：春秋时楚人。伯牙善鼓琴，钟子期知音。钟子期死后，伯牙破琴绝弦，终身不复鼓琴。

⑪随、和：指随侯之珠、和氏之璧。

⑫由、夷：许由、伯夷。

⑬点：玷污。

⑭会东从上来：太始四年（前93）汉武帝东巡泰山和不其山，司马迁从驾而行。

⑮卒卒：同"猝猝"，匆匆忙忙的样子。

⑯涉：过。

⑰迫：临近。

⑱季冬:冬季的第三个月,即十二月。汉律,每年十二月处决囚犯。

⑲雍:地名,在今陕西凤翔县,设有祭祀五帝的神坛五畤。《汉书·武帝纪》:"太始四年冬十二月,行幸雍,祠五畤。"

⑳不可为讳:死的委婉说法。

㉑阙(quē)然:延搁的样子。

㉒符:凭证。

㉓极:最高准则。

㉔憯:同"惨",凄惨。

㉕诟:耻辱。

㉖宫刑:一种阉割男性生殖器的刑罚,也称"腐刑"。

㉗比数:类比。

㉘"卫灵公"二句:春秋时,卫灵公和夫人乘车出游,让宦官雍渠同车,而让孔子坐后面一辆车。孔子深以为耻,就离开了卫国。事见《孔子家语》。

㉙"商鞅"二句:商鞅得到秦孝公的支持变法革新。景监是秦孝公宠信的宦官,曾向秦孝公推荐商鞅。赵良是秦孝公的臣子,与商鞅政见不同。事见《史记·商君列传》。因,经由。景监,姓景的太监。

㉚"同子"二句:据载,文帝坐车去看他母亲时,宦官陪乘,袁盎说:"臣闻天子所与共六尺舆者,皆天下豪英,今汉虽乏人,陛下独奈何与刀锯之余共载?"文帝只得依言令赵谈下车。同子,指汉文帝的宦官赵谈,因与司马迁父亲司马谈同名,避讳而称"同子"。袁丝,即袁盎,汉文帝时任郎中。

㉛竖:供役使的小臣。后泛指卑贱者。

㉜伤气:谓心志受挫。

㉝先人绪业:先父遗留的业绩。绪业,遗业。

㉞待罪:做官的谦词。

㉟辇毂下：皇帝的车驾之下。代指京城长安。

㊱惟：思考。

㊲显岩穴之士：使隐居在岩穴间的贤士显扬。

㊳备：充数。

㊴行伍：指军队。古代兵制，五人为伍，五伍为行。

㊵搴（qiān）：拔取。

㊶积日累（lěi）劳：任职时间长，立下的功劳多，形容资历很深。累，多。

㊷遂：成功。

㊸苟合：附和，迎合。

㊹厕：参与，混杂在里面。

㊺下大夫：太史令官位较低，属下大夫。

㊻陪外廷末议：谦词，言参与朝事讨论，发表看法。外廷，汉制，凡遇疑难不决之事，则令群臣在外廷讨论。末议，微不足道的意见。

㊼维纲：国家的法令。

㊽阘茸（tà róng）：下贱，低劣。

㊾仰首：犹"昂首"。

㊿乡曲：乡里。汉文帝为询访治理天下的得失，诏令各地有乡曲之誉者，选以授官。司马迁二句言自己未能由此途径入仕。

(51)周卫：周密的护卫，即宫禁。

(52)戴盆何以望天：形容忙于职守，识见浅陋，无暇他顾。

(53)大谬：大相违背。

(54)李陵：字少卿，西汉名将李广之孙。武帝时率兵出击匈奴，战败投降，后病死匈奴。

(55)俱居门下：司马迁曾与李陵同在"侍中曹"（官署名）内任侍中。

(56)相善：相交好。

(57)趣舍：追求和舍弃，指人生的志趣目标。趣，同"趋"。

㊳衔杯酒:在一起喝酒,指私人交往。

㊴分别有让:能分别长幼尊卑,谦让有礼。

⑩徇:通"殉",为……而牺牲自我。

㊶媒蘖:原指酵母。比喻借端诬罔构陷,酿成其罪。这里是夸大的意思。蘖,通"蘖"。

㊷王庭:匈奴单于的居处。

㊶胡:指匈奴。

㊹仰:仰攻。当时李陵军被围困谷地。

㊺当:相抵(的人数)。

㊋不给:犹言不暇,来不及。

㊌旃:毛织品。《史记·匈奴列传》:"自君王以下,……披旃裘。"

㊍左、右贤王:左贤王和右贤王,匈奴封号最高的贵族。

㊎如积:成堆。

⑩沫(huì):以手掬水洗脸。

㊑饮泣:泪流满面,流入口中。

㊒北向:向北。

㊓死敌:拼死杀敌。

㊔上寿:指庆祝告捷。

㊕怛:悲痛。

㊖款款:忠诚的样子。

㊗士大夫:指李陵的部下将士。

㊘分少:即使所得甚少也平给众人。

㊙死力:拼死效力。

㊚当:适当的时机。

㊛广:宽慰。

㊜睚眦之辞:指攻击、诬陷李陵的话。睚眦,原指怒目相视。

㊝沮:诋毁。

㉜贰师:贰师将军李广利,汉武帝宠妃李夫人之兄。李陵被围时,李广利未率主力救援,致使李陵兵败。其后司马迁为李陵辩解,武帝以为他有意诋毁李广利。

㉝理:掌司法之官。

㉞因为诬上:于是判处诬上的罪名。

㉟圂圄:监狱。

㊱愬:同"诉"。

㊲隤:坠毁,败坏。李陵是名将之后,《史记·李将军列传》记载:"单于既得陵,素闻其家声,以女妻陵而贵之。自是之后,李氏名败。"

㊳佴(èr):相次,随后。

㊴蚕室:温暖密封的房子。言其象养蚕的房子。初受腐刑的人怕风,故须住此。

㊵剖符丹书:剖符,把竹做的契约一剖为二,皇帝与大臣各执一块,上面写着同样的誓词,说永远不改变立功大臣的爵位。丹书,把誓词用丹砂写在铁制的契券上。凡持有剖符、丹书的大臣,其子孙犯罪可获赦免。

㊶文史星历:史籍和天文历法。都属太史令掌管。

㊷不辱理色:不因脸色不合礼仪而受辱。

㊸易服:换上罪犯的服装。古代罪犯穿赭(深红)色的衣服。

㊹木索:木枷和绳索。

㊺剔:同"剃",把头发剃光,即髡刑。

㊻婴:环绕。颈上带着铁链服苦役,即钳刑。

㊼腐刑:即宫刑。

㊽刑不上大夫:《礼记·曲礼》中语。

㊾此言士节不可不勉励也:即鼓励士大夫犯罪后勇于自杀以免受刑,从而坚守了士大夫的气节。

㊿槛:关兽的笼子。

⑩阱：诱捕野兽的坑穴。

⑩积威约之渐也：人不断使用威力和约束而使它逐渐驯服了。

⑩鲜：态度鲜明。这里指自杀，以示不受辱。

⑩榜：鞭打。

⑩幽：囚。

⑩圜（yuán）墙：指牢狱。

⑩抢（qiāng）：撞击，叩碰。

⑩惕息：胆战心惊。

⑪西伯：即周文王，为西方诸侯之长。

⑫羑（yǒu）里：监狱名，周文王曾被殷纣王囚禁于此。

⑬李斯：秦始皇时丞相，后因秦二世听信赵高谗言，受五刑，被腰斩。

⑭五刑：秦汉时的五种刑罚。《汉书·刑法志》："当三族者，皆先黥，劓，斩左右止，笞杀之，枭其首，菹其骨肉于市。"

⑮淮阴：指淮阴侯韩信。

⑯受械于陈：汉立，淮阴侯韩信被封为楚王。后高祖疑其谋反，在陈（楚地）逮捕了他。械，拘禁手足的木制刑具。

⑰彭越：汉高祖的功臣。

⑱张敖：汉高祖功臣张耳的儿子，袭父爵为赵王。彭越和张敖都因被人诬告谋反，被捕下狱定罪。

⑲绛侯：汉初功臣周勃，封绛侯。惠帝和吕后死后，吕后家族中吕产等人谋夺汉室，周勃和陈平一起定计诛诸吕，迎立刘邦中子刘恒为帝。

⑳五伯：即"五霸"。

㉑请室：大臣犯罪等待判决的地方。周勃后被人诬告谋反，囚狱中。

㉒魏其：大将军窦婴，汉景帝时被封为魏其侯。武帝时，营救灌

夫,被人诬告,判处死罪。

⑫三木:头枷、手铐、脚镣。

⑫季布:楚霸王项羽的大将。曾多次打击刘邦,项羽败死,刘邦出重金缉捕季布。季布改名换姓,受髡刑和钳刑,卖身给鲁人为奴。

⑫灌夫:汉景帝时中郎将,武帝时官太仆。因得罪丞相田蚡被囚,后受诛。

⑫居室:少府所属的官署。

⑫罔加:法网加身。罔,同"网"。

⑫引决自裁:指自杀。引决,同"引诀"。自裁,自杀。

⑫绳墨:法律制裁。

⑬陵迟:渐趋衰败。

⑬引节:伸张士节。

⑬去就之分:弃生就死的界限。

⑬缧绁:捆绑犯人的绳子,引申为牢狱。

⑬臧获:奴曰臧,婢曰获。

⑬私心:内心的志愿。

⑬鄙陋没世:平庸地死去。

⑬文彩:文章。

⑬倜傥:豪迈不受拘束。

⑬文王拘而演《周易》:传说周文王被殷纣王拘禁在羑里时,把古代的八卦推演为六十四卦。

⑭厄:陷于困厄。

⑭孙子:孙膑。有《孙膑兵法》传世。

⑭膑脚:孙膑曾与庞涓一起从鬼谷子习兵法。后庞涓为魏惠王将军,骗膑入魏,割去了他的膑骨(膝盖骨)。

⑭不韦:吕不韦,秦初为相国。曾命门客著《吕氏春秋》(一名《吕览》)。始皇十年,令吕不韦举家迁蜀,吕不韦自杀。

⑭韩非:战国后期韩国公子。曾从荀子学,入秦被李斯所谗,下狱死。著有《韩非子》,《说难》《孤愤》是其中的两篇。

⑮《诗》三百篇:今本《诗经》共有三百零五篇,此举其成数。

⑯退而论书策:退隐而著书立说。

⑰空文:指与具体功业相对的著述。

⑱自见(xiàn):表现自己的思想。

⑲不逊:不谦逊,自不量力。

⑳放失(yì):散失。失,通"佚"。

㉑稽:推究。

㉒纪:道理。

㉓际:关系。

㉔草创:刚开始做。

㉕通邑大都:四通八达的大都会。这里指广传天下。

㉖负下:负污辱之名。

㉗下流:地位卑贱的人。

㉘九回:九转。形容痛苦之极。

㉙闺阁之臣:指宦官。闺阁代指宫禁。

㉚与时俯仰:跟着时势进退。俯仰,随宜应付。

㉛以通其狂惑:来表达自己的愚见。狂惑,自谦之辞,指自己的看法。

【解读】

《报任少卿书》是司马迁写给任安(字少卿)的一封回信。任安是司马迁的朋友,在汉武帝后期的巫蛊之祸中受牵连而被判腰斩。任安认为自己是冤枉的,于是写信给可见到皇帝的司马迁,请他设法进言援救,即所谓的"以推贤进士为务"。

司马迁接到这封信时相当为难。他深知武帝的一意孤行,而且自己已因"李陵之祸"惨遭宫刑,实在不想也不敢再以"口语"遭祸。为此,他要将自己的苦衷向老朋友说明,并请求原谅,于是写了此信。

全文围绕自己遭宫刑之大辱展开,尽述由此受到的身心痛苦和内心愤懑,申述自己忍辱苟活的原因,意在要任安理解自己的处境和苦衷,表明不能为他进言皇帝以相救的理由。

第一、二段集中表达不能"推贤进士",并就拖延回信表示歉意。首段言"身残处秽,动而见尤,欲益反损",言下之意,自己在武帝面前进言,是徒劳无益反增其害的,从而婉拒了任安的请求。第二段陈述拖延回信及回复此信的缘由。言"恐卒然不可为讳,是仆终已不得舒愤懑以晓左右,则长逝者魂魄私恨无穷",即对方刑期在即,一遇不测,自己的满腔愤懑将无从表达,对方也会因不了解自己不能进言的苦衷怀恨而逝,从而引出回信的主体内容。

第三段申述身为宦官人贱言微,无从进言的可悲境地。先言遭遇宫刑是人生最大耻辱,刀锯之余的宦官历来都是世人羞与为伍的对象;次言自己"亏形为扫除之隶,在阘茸之中",就算朝廷再无人才,若不自量力"论列是非",就有"轻朝廷、羞当世之士"的嫌疑,徒然惹人耻笑。进而又以"嗟乎!嗟乎!如仆尚何言哉!尚何言哉!"的重复感叹,表明对进言相救的无能为力。

第四、五段回顾李陵之祸的惨痛经历和教训,表明实在无力再承担第二次口语之祸。说过去忠心耿耿,"以求亲媚于主上",故李陵兵败后,"见主上惨怆怛悼,诚欲效其款款之愚"而进言,结果"明主不晓,以为仆沮贰师,而为李陵游说","拳拳之忠,终不能自列",反"因为诬上,卒从吏议"。当时,"家贫,货赂不足以自赎,交游莫救,左右亲近不为一言",终致"深幽囹圄之中",遭受宫刑而无可告诉。罹难前后,司马迁深谙武帝的专制残酷,目睹"陵未没时,使有来报,汉公卿王侯皆奉觞上寿"和"今举事一不当,而全躯保妻子之臣随而媒孽其短"的丑恶薄凉,此时追忆,仍直言"此真少卿所亲见,仆行事岂不然乎",哀叹"悲夫!悲夫!事未易一二为俗人言也",悲愤哀怨之情喷薄而出,也因事见理,表明不能进言的理由。

接下来自"仆之先非有剖符丹书之功"至"难为俗人言也",逐层阐述遭受极辱而不自杀的原因。第一层先以"假令仆伏法受诛,若九牛亡一毛,与蝼蚁何以异"表明选择接受宫刑而没有伏法受诛,是因为后者并无"死节"的价值,人们不过是认为他"罪当受诛"。接着说"人固有一死,或重于泰山,或轻于鸿毛,用之所趋异也",并列举西伯、李斯等王侯将相皆获罪受辱而未自裁的先例,表明受辱后是否自杀的勇怯强弱是因形势而定的,不足为怪。第二层申述隐忍苟活的原因在于恨文章不表于后;并以文王、仲尼等圣贤于困厄苦难中发愤作为被称的事例,表达自己渴望"思垂空文以自见"的心志,表明发愤著作《史记》,以成一家之言,传之后世的宏愿;言"就极刑而无愠色""虽万被戮,岂有悔哉",足见其发愤传史的坚定信念,也从侧面表明不能再因进言而节外生枝惹出祸端的原因。

最后一段再次向任安表述沉痛羞辱的愤懑,并以"负下未易居,下流多谤议"的苦衷和口语遭祸、"肠一日而九回"的沉痛,表明自己如今只能"从俗浮沉,与时俯仰,以通其狂惑"而不能为对方"推贤进士"的难处,并恳请对方理解。

全文叙事、议论、抒情交融一体,能让人体察到司马迁深切的哀痛与愤懑,体会到他"幽愁发愤,著成信史照尘寰"的光辉思想和崇高信念。

【点评】

"此书反复曲折,首尾相续,叙事明白,豪气逼人。其感慨啸歌,大有燕赵烈士之风。忧愁忧思,则又直与《离骚》对垒,文情至此极矣。"(「清]吴楚材、吴调侯《古文观止》卷五)

"方望溪曰:如山之出云,如水之赴壑,千态万状,变化于自然,由其气之盛也。后来惟韩退之《答孟尚书书》类此。"([清]徐树铮辑《诸家评点古文辞类纂》卷二十七)

答苏武^①书　　　　李　陵

　　子卿^②足下^③：勤宣令德^④，策名^⑤清时，荣问^⑥休畅^⑦，幸甚幸甚！远托异国，昔人所悲，望风^⑧怀想，能不依依？昔者不遗，远辱^⑨还答，慰诲勤勤^⑩，有逾^⑪骨肉。陵虽不敏，能不慨然！自从初降^⑫，以至今日，身之穷困，独坐愁苦。终日无睹，但见异类^⑬。韦韝^⑭毳幕^⑮，以御风雨；膻肉^⑯酪浆^⑰，以充饥渴。举目言笑，谁与为欢？胡地玄冰^⑱，边土惨裂，但闻悲风萧条之声。凉秋九月，塞外草衰，夜不能寐，侧耳远听，胡笳^⑲互动，牧马悲鸣，吟啸成群，边声四起。晨坐听之，不觉泪下。嗟乎子卿，陵独^⑳何心，能不悲哉！

　　与子别后，益复无聊。上念老母，临年^㉑被戮；妻子无辜，并为鲸鲵^㉒。身负国恩，为世所悲。子归受荣，我留受辱，命也如何！身出礼义之乡，而入无知之俗，违弃君亲之恩，长为蛮夷之域，伤已！令先君^㉓之嗣，更成戎狄^㉔之族，又自悲矣！功大罪小，不蒙明察^㉕，孤负^㉖陵心区区之意。每一念至，忽然忘生。陵不难刺心^㉗以自明，刎颈以见志，顾国家于我已矣^㉘。杀身无益，适足增羞，故每攘臂^㉙忍辱，辄复苟活。左右之人，见陵如此，以为不入耳之欢，来相劝勉。异方之乐，只^㉚令人悲，增忉怛^㉛耳。

　　嗟乎子卿！人之相知，贵相知心。前书仓卒^㉜，未尽所怀，故复略而言之。昔先帝^㉝授陵步卒五千，出征绝域^㉞，五将^㉟失道，陵独遇战。而裹^㊱万里之粮，帅徒步之师，出天汉^㊲之外，入强胡之域。以五千之众，对十万之军，策疲乏

136

之兵,当㊳新羁之马。然犹斩将搴㊴旗,追奔逐北,灭迹扫尘㊵,斩其枭帅,使三军之士视死如归。陵也不才,希㊶当大任,意谓此时,功难堪㊷矣。

匈奴既败,举国兴师,更练㊸精兵,强逾十万,单于㊹临阵,亲自合围。客主之形,既不相如步马之势,又甚悬绝㊺。疲兵再战,一以当千,然犹扶㊻乘㊼创痛,决命争首㊽。死伤积野,余不满百,而皆扶病,不任干戈。然陵振臂一呼,创病皆起,举刃指虏,胡马奔走。兵尽矢穷,人无尺铁,犹复徒首㊾奋呼,争为先登。当此时也,天地为陵震怒,战士为陵饮血㊿。单于谓陵不可复得,便欲引还○51,而贼臣○52教之,遂便复战,故陵不免耳。

昔高皇帝以三十万众,困于平城○53,当此之时,猛将如云,谋臣如雨,然犹七日不食,仅乃得免。况当○54陵者,岂易为力○55哉?而执事者○56云云,苟○57怨陵以不死。然陵不死,罪也。子卿视陵,岂偷生之士,而惜死之人哉?宁○58有背君亲,捐妻子,而反为利者乎?然陵不死,有所为也。故欲如前书之言,报恩于国主耳○59。诚以虚死不如立节,灭名○60不如报德也。昔范蠡不殉会稽之耻○61,曹沫不死三败之辱○62,卒复勾践之仇○63,报鲁国之羞○64。区区之心,切慕此耳。何图志未立而怨已成,计未从而骨肉受刑。此陵所以仰天椎心而泣血○65也!

足下又云:"汉与功臣不薄。"子为汉臣,安得不云尔乎?昔萧○66樊○67囚絷,韩○68彭○69菹醢○70,晁错○71受戮,周○72魏○73见辜;其余佐命立功之士,贾谊○74、亚夫○75之徒,皆信命世之才,抱将相之具，而受小人之谗，并受祸败之辱⑦，卒使怀才受谤，能不得展。彼二子⑦之遐举⑧，谁不为之痛心哉！陵先将军⑦，功略盖天地，义勇冠⑧三军，徒失贵臣⑧之意，到身绝域之表。此功臣义士所以负戟⑧而长叹者也！何谓不薄哉？

且足下昔以单车之使，适万乘⑧之虏⑧，遭时不遇，至于伏剑⑧不顾，流离辛苦，几死朔北⑧之野。丁年⑧奉使，皓首⑧而归，老母终堂⑧，生妻去帷⑩。此天下所希闻，古今所未有也。蛮貊⑪之人，尚犹嘉子之节，况为天下之主乎？陵谓足下，当享茅土之荐⑫，受千乘之赏⑬。闻子之归，赐不过二百万，位不过典属国⑭，无尺土之封，加⑮子之勤。而妒功害能之臣，尽为万户侯⑯；亲戚贪佞之类，悉为廊庙⑰宰。子尚如此，陵复何望哉？

且汉厚诛⑱陵以不死，薄赏子以守节，欲使远听之臣，望风驰命，此实难矣。所以每顾而不悔者也。陵虽孤恩⑲，汉亦负德⑩。昔人有言："虽忠不烈，视死如归。"陵诚能安⑩，而主岂复能眷眷乎？男儿生以不成名，死则葬蛮夷中，谁复能屈身稽颡⑩，还向北阙⑩，使刀笔之吏⑭，弄其文墨邪？愿足下勿复望陵！

嗟乎子卿！夫⑩复何言！相去万里，人绝路殊。生为别世之人，死为异域之鬼，长与足下生死辞矣！幸⑩谢故人，勉事圣君⑩。足下胤子⑩无恙，勿以为念。努力自爱！时因北风，复惠德音。李陵顿首⑩。

【作者简介】

李陵(？—前74),字少卿,陇西成纪(今甘肃静宁西南)人。西汉名将。天汉二年(前99)奉汉武帝之命出征匈奴,率五千步兵与八万匈奴兵战,最后因寡不敌众兵败投降。其一生充满国仇家恨的矛盾,后世对他的评价也因此存有争议。

【注释】

①苏武:字子卿,西汉大臣。天汉元年(前100)奉命以中郎将持节出使匈奴,被扣留。降将李陵曾受匈奴贵族之命劝过苏武投降,未果。武留居匈奴十九年持节不屈,至始元六年(前81),方获释回汉。

②子卿:苏武字。

③足下:古代用以称上级或同辈的敬词。

④令德:美德。

⑤策名:臣子的姓名书写在国君的简策上。这里指做官。

⑥荣问:好名声。问,通"闻"。

⑦休畅:吉祥顺利。休,美。畅,通。

⑧望风:想见其风范。

⑨辱:承蒙,书信中常用的谦词。

⑩勤勤:恳切至诚。

⑪逾:超过。

⑫自从初降:指李陵兵败后投降匈奴。

⑬异类:古代对少数民族的贬称。此处指匈奴。

⑭韦韝(gōu):皮革制的束衣袖的长袖套,以便射箭或其他操作。

⑮氄(cuì)幕:毛毡制成的帐篷。氄,鸟兽的细毛。

⑯膻(shān)肉:带有腥臭气味的羊肉。

⑰酪(lào)浆:牲畜的乳浆。

⑱玄冰:黑色的冰。形容冰结得厚实,极言天气寒冷。

⑲胡笳:我国古代北方民族的管乐,其音悲凉。此处指胡笳吹奏的音乐。

⑳独:难道。

㉑临年:达到一定的年龄。此处指已至暮年。

㉒鲸鲵(jīng ní):鲸鱼雄曰鲸,雌曰鲵。原指凶恶之人,此处借指被牵连诛戮的人。

㉓先君:对自己已故父亲的尊称。

㉔戎(róng)狄:古代对少数民族的贬称,与前面的"蛮夷"均指匈奴。

㉕明察:指切实公正地了解。

㉖孤负:即"辜负"。

㉗刺心:自刺心脏,意指自杀。

㉘已矣:表绝望之辞。

㉙攘(rǎng)臂:捋起袖口,露出手臂,是准备劳作或搏斗的动作。《孟子·尽心下》载,晋勇士冯妇能杀猛虎,后来要做善人,便发誓不再打虎。可是,一次遇上众人制服不了老虎的险情,冯妇明知会因违背做善人(不打虎)的诺言而受耻笑,仍"攘臂下车"打虎。文中暗用冯妇之典为己开脱,意谓迫不得已。

㉚只:仅仅。

㉛忉怛(dāo dá):悲痛。

㉜仓卒:仓猝。卒,同"猝"。

㉝先帝:已故的皇帝,指汉武帝。

㉞绝域:极远的地域。此处指匈奴居住地区。

㉟五将:五员将领,姓名不详。《文选》李善注载:"《集》表云:'臣以天汉二年到塞外,寻被诏书,责臣不进。臣辄引师前。到浚稽山,五将失道。'"

㊱裹:携带。

㊲天汉：武帝年号。这里指汉朝控制的区域。

㊳当：挡，抵御。

㊴搴（qiān）：拔取。

㊵灭迹扫尘：喻肃清残敌。

㊶希：少。

㊷难堪：难以相比。堪，胜。

㊸练：通“拣”，挑选。

㊹单（chán）于：匈奴君长的称号。

㊺悬绝：相差极远。

㊻扶：支撑。

㊼乘：凌驾。此处有不顾的意思。

㊽决命争首：效命争先。

㊾徒首：光着头，意指不穿防护的甲衣。

㊿饮血：指饮泣。形容极度悲愤。

(51)引还：退兵返回。引，后退。

(52)贼臣：指叛投匈奴的军候管敢。

(53)“昔高皇帝”二句：指汉高祖七年刘邦亲率大军伐匈奴，被冒顿单于围困七日之事。

(54)当：如，像。

(55)为力：用兵。

(56)执事者：掌权者。这里指汉朝廷大臣。

(57)苟：但，只。

(58)宁（nìng）：难道，反诘副词。

(59)“故欲”二句：《文选》李善注载：“李陵前与苏子卿书云：‘陵前为子卿死之计，所以然者，冀其驱丑虏，翻然南驰，故且屈以求伸。若将不死，功成事立，则将上报厚恩，下显祖考之明也。’”

(60)灭名：使名声泯灭。这里“灭名”与“虚死”对应，指身无谓而死、名也随之俱灭。

⑥昔范蠡（lí）不殉会（kuài）稽之耻：前 494 年越王勾践兵败，被困会稽山，向吴王夫差求和，范蠡作为人质前往吴国，并未因求和之耻自杀殉国。

⑥曹沫不死三败之辱：曹沫曾与齐国作战，三战三败，并不因屡次受辱而自杀身死。

⑥卒复勾践之仇：指勾践灭吴。

⑥报鲁国之羞：指柯盟追回齐国侵地。

⑥椎心、泣血：形容极度悲伤。

⑥萧：指萧何。辅助刘邦建立基业，论功第一，封酂侯。曾因请求上林苑向老百姓开放而遭囚禁。

⑥樊：指樊哙。从刘邦起兵，屡建功勋，封舞阳侯。曾因被人诬告与吕后家族结党而被囚拘。

⑥韩：指韩信。初随项羽，后归刘邦，屡建奇功，封楚王，后贬为淮阴侯。因要响应陈豨起兵造反，被吕氏斩首。

⑥彭：指彭越。秦末聚众起兵，后归刘邦，多建军功，封梁王。因造反被囚，迁蜀后被吕后处死，夷三族。

⑥菹醢（zū hǎi）：剁成肉酱，古代的一种酷刑。

⑦晁错：汉景帝时朝臣。建议削各诸侯国封地，后吴楚等七国诸侯反，有人认为是削地所致，因而被杀。

⑦周：指周勃。从刘邦起事，以军功拜绛侯。曾被诬告欲造反而下狱。

⑦魏：指魏其侯窦婴。汉景帝时，平定吴楚七国之乱有功，封魏其侯。汉武帝时，因受至交灌夫案牵连而被诛。

⑦贾谊：汉文帝时博士、太中大夫。勇于针砭时弊。

⑦亚夫：即周亚夫。封条侯，以军令严整闻名。汉景帝时，率师平定七国叛乱。

142

⑯"并受"句：指贾谊被在朝权贵排斥，流放长沙；周亚夫因其子私购御物下狱，被诬谋反，绝食而死。

⑰二子：指贾谊、周亚夫。

⑱遐举：原指远行，此处兼指功业。

⑲陵先将军：指李陵祖父，西汉名将李广。

⑳冠（guàn）：位居第一。

㉑贵臣：指卫青，卫夫人之弟。卫青为大将军伐匈奴，李广为前将军，被遣出东道，因东道远而难行，迷惑失路，被卫青追逼问罪，含愤自杀。

㉒戟（jǐ）：古兵器，合戈矛为一体。

㉓万乘（shèng）：一万辆车。古代以万乘称君主。这里指武力强盛的大国。

㉔虏：古代对少数民族的贬称。这里指匈奴。

㉕伏剑：以剑自杀。这里指苏武在卫律逼降时，引佩刀自刺的事。

㉖朔北：北方。这里指匈奴地域。

㉗丁年：成丁的年龄，即成年。这里强调苏武出使时正处壮年。

㉘皓（hào）首：年老白头。皓，洁白。

㉙终堂：死在家里。终，终老。

㉚去帷：改嫁。去，离开。

㉛蛮貊（mò）：泛指少数民族。这里指匈奴。

㉜茅土之荐：指赐土地、封诸侯。古代帝王社祭之坛有五色土，分封诸侯则按封地方向取坛上一色土，以茅包之，称茅土，给所封诸侯在国内立社坛。荐，祭献。

㉝千乘之赏：指封诸侯之位。古代诸侯称千乘之国。

㉞典属国：官名。掌管民族交往事务。

㉟加：施。这里有奖赏之意。

㊱万户侯：食邑万户之侯。这里指受重赏、居高位者。

143

(97)廊庙：殿四周的廊和太庙，是帝王与大臣议论政事的地方，因此称朝廷为廊庙。“廊庙宰”，即指朝廷中掌权的人。

(98)厚诛：严重的惩罚。

(99)孤恩：辜负恩情。

(100)负德：亏对功德。

(101)安：安于死，即视死如归之意。

(102)稽颡（sǎng）：叩首，以额触地。颡，额。

(103)北阙：原指宫殿北面的门楼，后借指帝王宫禁或朝廷。

(104)刀笔之吏：主办文案的官吏，他们往往通过文辞左右案情的轻重。

(105)夫（fú）：发语词，无义。

(106)幸：希望。

(107)圣君：指汉昭帝刘弗陵。

(108)胤（yìn）子：儿子。苏武曾娶匈奴女为妻，生子苏通国，苏武回国时他仍留在匈奴，汉宣帝时才归汉。

(109)顿首：叩头。书信结尾常用的谦辞。

【解读】

天汉二年（前99），李陵出击匈奴，与敌苦战，最后兵尽粮绝，北面受虏。武帝闻此而族灭其家，致使其彻底投降匈奴。苏武出使匈奴被扣，单于曾让李陵前去劝降，苏武宁死不屈。昭帝时，苏武返汉，曾寄信劝李陵雪耻返汉。本文是李陵给苏武的回信。

回信中，李陵先对苏武荣归故国表示祝贺，并对来信致谢。言辞中可见身处异邦的李陵，面对苏武信中的情谊和劝告，内心感慨万端，由此引出后文的剖心倾诉。接着，李陵描述了自己降后的悲苦处境和心境：身处胡地，眼前皆匈奴人，尽管很不习惯，但饮食起居方式都不得不胡人化；凉秋九月，塞外天寒地冻，胡笳幽怨，牧马悲鸣，此番景象，无不令他悲怆泪下。

第二段诉说遭遇,抒发悲愤郁结之情,委婉表明不可能再归汉。首先回顾自己"功大罪小",但朝廷却不明察,致使其老母妻儿惨遭屠戮,使他"每一念至,忽然忘生",恨不能刺心自明、刎颈见志,但既朝廷已如此绝情寡义,让他觉得死亦无益,徒然增羞,故而忍辱苟活于异邦。第三至第五段详细回顾出征匈奴的经过:受武帝派遣率领五千步卒入匈奴,先是五将迷道致使他孤立无援,后是遇敌军主力,"以五千之众,对十万之军",将士奋勇杀敌蹈死不顾,无奈匈奴动员了全国兵力,单于亲临指挥,形成合围之势,加之叛逃的管敢出卖,自己终因寡不敌众被俘。本想效仿范蠡、曹沫暂且忍辱活下来以图时机复仇雪耻,"报恩于国主",可是,汉朝执事者却只怨他没有死节,由是"志未立而怨已成,计未从而骨肉受刑",实在令人"仰天椎心而泣血"。其中,李陵还以汉高祖领兵被匈奴围困七日为例,力证自己已竭尽全力,功大罪小。叙事中夹杂抒情、议论,表达的正是忠心不蒙明察、身败家毁的悲愤沉痛。

第六至第八段对苏武来信中所言的"汉与功臣不薄"予以反驳。李陵先历数汉功臣际遇:萧樊因絷,韩彭菹醢,晁错受戮,周魏见辜,贾谊、亚夫并受祸败;连自己的祖父李广将军"功略盖天地,义勇冠三军"也落个"刭身绝域"的境地。言下之意,他一介辱臣,归汉自不会有好下场。接着说,苏武自身以"天下所希闻,古今所未有"的高义,历十九年辛苦而回归,但汉朝"赐不过二百万,位不过典属国",与之鲜明对比的,是"妨功害能之臣,尽为万户侯;亲戚贪佞之类,悉为廊庙宰",故在李陵看来,自己归汉"复何望哉"。可以说,面对汉朝的"厚诛陵以不死,薄赏子以守节",李陵是清醒而悲观的,因此他说:既然男儿生不能成名,死就葬在蛮夷之中吧,谁还能够再回来屈身叩头,任由那些刀笔之吏罗织罪名。希望故友不要对我再抱不切实际的想法。明确而坚定地拒绝了苏武的返汉劝导。

信的结尾再次对苏武表示感谢,也再次感叹自己已心灰意冷,"生为别世之人，死为异域之鬼"。同时还告知苏武：他留居匈奴的儿子很好，无须牵挂，只愿老友保重，并常有消息。从中可见李陵的重情重义和对故国的眷念。

撇开李陵是否应该杀身成仁不说，仅因他的投降，其家人便全部惨遭屠戮，其悲惨命运是令人同情的；而李陵投降异邦后内心的挣扎煎熬也是令人叹息的：此中真情正是文章的感染力所在。

【点评】

"李陵《答苏武书》，自刘知几以后，众口一辞，以为伪作。以理推之，伪者何所取乎？当是南北朝时，有南人羁北，而事类李陵，不忍明言者，拟此书以见志耳。"（[清]章学诚《文史通义》卷二）

"天汉二年，陵率步卒五千人出塞，与单于战，力屈乃降。匈奴中与苏武相见，武得归，为书与陵，令归汉。陵作此书答之，一以自白心事，一以咎汉负功。文情感愤壮烈，几于动风雨而泣鬼神，除子卿自己，更无余人可以代作。苏子瞻谓齐梁小儿为之，未免大言欺人。"（[清]吴楚材、吴调侯《古文观止》卷六）

战国策书录　　　　　　　刘　向

护左都水使者光禄大夫臣向言，所校中①《战国策》书，中书②余卷，错乱相糅莒③。又有国别者八篇，少不足，臣向因国别者略以时次之，分别不以序者以相补④，除复重，得三十三篇。本字多误脱为半字，以"赵"为"肖"，以"齐"为"立"，如此字者多。中书本号⑤，或曰《国策》，或曰《国事》，或曰《短长》，或曰《事语》，或曰《长书》，或曰《修书》。臣向以为战国时游士辅所用之国为之策谋，宜为《战国策》。其事继《春秋》以后，讫楚汉之起，二百四十五年间之事，皆定，以杀青⑥，书可缮写。叙曰：

周室自文武始兴，崇道德，隆礼义，设辟雍⑦泮宫⑧庠序⑨之教，陈礼乐弦歌移风之化，叙人伦，正夫妇，天下莫不晓然。论孝弟之义，惇笃之行，故仁义之道满乎天下，卒致之刑错⑩四十余年，远方慕义，莫不宾服⑪，《雅》《颂》歌咏，以思其德⑫。下及康昭⑬之后，虽有衰德，其纲纪尚明，及《春秋》时已四五百载矣。然其余业遗烈⑭，流而未灭，五伯⑮之起，尊事周室，五伯之后，时君虽无德，人臣辅其君者，若郑之子产，晋之叔向，齐之晏婴，挟⑯君辅政，以并立于中国⑰，犹以义相支持，歌说以相感，聘⑱觐以相交，期会⑲以相一，盟誓以相救，天子之命，犹有所行，会享之国⑳，犹有所耻，小国得有所依，百姓得有所息，故孔子曰："能以礼让为国乎？何有！"周之流化㉑，岂不大哉。及春秋之后，众贤辅国者既没㉒而礼义衰矣，孔子虽论《诗》《书》，定礼乐，王道粲然分明，以匹夫无势，化之者七十二人而已，皆天下之俊也，时君莫尚之。是以王道遂用不兴，故曰"非威不立，非势不行"。

仲尼既没之后，田氏取齐，六卿分晋，道德大废，上下失序。至秦孝公，捐㉓礼让而贵战争，弃仁义而用诈谲，苟以取强而已矣。夫篡盗之人，列为侯王，诈谲之国，兴立为强，是以传相放效，后生帅之，遂相吞灭，并大兼小，暴师经岁，流血满野，父子不相亲，兄弟不相安，夫妇离散，莫保其命，潜然道德绝矣。晚世益甚，万乘之国七㉔，千乘之国五㉕,敌侔㉖争权,盖为战国,贪饕㉗无耻,竞进无厌,国异政教,各自制断。上无天子,下无方伯㉘,力功争强,胜者为右㉙,兵革不休,诈伪并起。当此之时,虽有道德,不得施谋,有设之强,负阻而恃固,连与㉚交质㉛,重约结誓,以守其国,故孟子、孙卿儒术之士,弃捐于世,而游说权谋之徒,见贵于俗。是以苏秦、张仪、公孙衍、陈轸、代、厉之属,生纵横短长之说,左右倾侧。苏秦为纵,张仪为横,横则秦帝,纵则楚王,所在国重,所去国轻。然当此之时,秦国最雄,诸侯方弱,苏秦结之,时六国为一,以傧背㉜秦,秦人恐惧,不敢窥兵于关中,天下不交兵者二十有九年。然秦国势便形利,权谋之士,咸先驰之,苏秦初欲横,秦弗用,故东合纵,及苏秦死后,张仪连横,诸侯听之,西向事秦。是故始皇因四塞之固,据崤函之阻,跨陇蜀之饶,听众人之策,乘六世之烈,以蚕食六国,兼诸侯,并有天下,杖于谋诈之弊,终于信笃之诚,无道德之教,仁义之化,以缀天下之心,任刑罚以为治,信小术以为道,遂燔烧㉝《诗》《书》,坑杀儒士,上小尧舜,下邈三王,二世愈甚,惠不下施,情不上达,君臣相疑,骨肉相疏,化道浅薄,纲纪坏败,民不见义,而悬于不宁,抚天下十四岁,天下大溃,诈伪之弊也。其比王德,岂不远哉!孔子曰:"道之以政,齐之以刑,民免而无耻;道之以德,齐之以礼,有耻且格㉞。"夫使天下有所耻,故化可致也,苟以诈伪偷活取容,自上为之,何以率下,秦之败也,不亦宜乎。战国之时,君德浅薄,为之谋策者,不得不因势而为资,据时而为㉟,故其谋扶急持倾,为一切之权。虽不可以临国教化兵革,救急之势也。皆高才秀士,度时君之所能行,出奇策异智,转危为安,运亡为存,亦可喜,皆可观。护左都水使者光禄大夫臣向所校《战国策》书录。

【作者简介】

刘向(约前 77—前 6),西汉经学家、目录学家、文学家。本名更生,字子政,沛(今江苏沛县)人。曾受诏校阅群书,撰成《别录》,为我国目录学之祖。编订《楚辞》和《山海经》(后者与其子刘歆合编)。其文章典雅博奥,从容徐缓。明人辑有《刘中垒集》。

【注释】

①中:即秘中。宫中皇家藏书的地方。

②中书:秘中之书。

③糅莒(jǔ):杂乱,杂陈。

④分别不以序者以相补:将不按次序的区分类别来加以补充。

⑤本号:原名。

⑥以杀青:已经定稿。以,通"已"。杀青,古时把书写在竹简上,为防虫蛀须先用火烤干水分,叫杀青。后泛指写定著作。

⑦辟(bì)雍:天子之学。

⑧泮(pàn)宫:古代的国家高等学校。《礼记·王制》:"大学在郊,天子曰辟雍,诸侯曰泮宫。"

⑨庠序:古代的地方学校。殷代叫序,周代叫庠。

⑩错:废弃。

⑪宾服:臣服。

⑫德:指周文王、武王的恩德。

⑬康昭:指周康王、昭王。

⑭遗烈:遗留下的功绩。

⑮五伯:即"五霸"。

⑯挟:辅佐,护持。

⑰中国:中原。

⑱聘:诸侯之间通问修好。

⑲期会:相约会盟。

⑳会享之国:指会盟、进献天子的诸侯国。

㉑流化:流布的教化。

㉒没:同"殁",死亡。

㉓捐:抛弃。

㉔万乘之国七:秦、齐、楚、赵、魏、韩、燕。

㉕千乘之国五:鲁、郑、宋、卫、中山。

㉖敌侔(móu):匹敌。侔,相等。

㉗贪饕:贪得无厌。

㉘方伯:周时代一方诸侯之长。

㉙右:古代以右为尊。

㉚连与:国与国结盟,连为盟国。

㉛交质:交换质子。质子,古代被派往别国去做人质的王子、世子。

㉜摈背:摈弃,排斥。

㉝燔(fán)烧:焚烧。

㉞格:恪守正道。

㉟"为"下疑脱"画"字。

【解读】

这篇书录陈述整理校订《战国策》的经过,记叙自西周兴起至秦朝灭亡的历史变迁,阐发对西周、春秋、战国和秦帝国政教变化的观点。

150

首段先交代整理校订的做法和步骤。书卷杂乱,有国别的仅八篇,刘向先将有国别的篇章依时间顺序整理,又将不按次序的篇章分类别加以补充,除去重复篇章,得三十三篇;同时对文字加以校订补全。最后,参照已有的诸多原名和内容,将书名定为《战国策》,并简要交代《战国策》的主要内容。

接着讲述西周始兴至春秋的历史变迁,自文武时期的崇德尚礼、设教风化、仁义满天下而至康昭之后的纲纪尚明、遗烈未灭,四五百年间人臣挟君辅政以并立,犹有所耻、有所依、有所息。言辞之间,尽显对西周教化之盛的歌颂。次后讲述春秋时期礼乐不行、王道不兴,尤其是孔子没世之后至战国时期,"捐礼让而贵战争,弃仁义而用诈谲,苟以取强而已矣","胜者为右,兵革不休",于是"儒术之士,弃捐于世,而游说权谋之徒,见贵于俗"。从中可见刘向对春秋、战国礼仪之衰的感叹,尤其是对秦孝公变法和秦始皇暴政的批评。但是,刘向又看到,由于君德浅薄,策游者"不得不因势而为资,据时而为,故其谋扶急持倾,为一切之权",因此,他认为这些游士都是高才秀士,能"度时君之所能行,出奇策异智","虽不可以临国教化兵革",但能"转危为安,运亡为存",对此刘向颇为赞许,称之"可喜""可观"。

通过这篇书录,读者可大致了解《战国策》的主要内容是记述战国时的纵横家的政治主张和策略,还可窥知刘向整理图书步骤和方法之一斑,其史料价值弥足珍贵。

【点评】

"姬传先生云:不及《过秦》雄骏,然冲溶浑厚,无意为文,而自能尽意,若庄子所谓木鸡者,此境亦贾生所无。兆洛以为如先生之言,则知东汉、魏、晋之文所自出。"([清]李兆洛《骈体文钞》卷二十一)

说苑·楚王绝缨

刘 向

楚庄王赐群臣酒,日暮酒酣[1],灯烛灭,乃有人引美人之衣者,美人援绝其冠缨[2],告王曰:"今者烛灭,有引妾衣者,妾援得其冠缨持之,趣[3]火来上,视绝缨者。"王曰:"赐人酒,使醉失礼,奈何欲显妇人之节而辱士乎?"乃命左右曰:"今日与寡人饮,不绝冠缨者不欢。"群臣百有余人皆绝去其冠缨而上火,卒尽欢而罢。居三年,晋与楚战,有一臣常在前,五合五奋,首却敌,卒得胜之,庄王怪而问曰:"寡人德薄,又未尝异子,子何故出死不疑[4]如是?"对曰:"臣当死,往者醉失礼,王隐忍[5]不加诛也;臣终不敢以荫蔽之德而不显报王也,常愿肝脑涂地,用颈血湔[6]敌久矣,臣乃夜绝缨者。"遂败晋军,楚得以强。此有阴德[7]者必有阳报也。

【注释】

①酣:本义,酒喝得畅快叫"酣",引申为尽兴。

②冠缨:冠帽的带子。

③趣:同"促",催促。

④不疑:毫不犹豫。

⑤隐忍:将事情隐藏起来,忍在心里不发作。

⑥湔(jiān):溅洒。

⑦阴德:暗中做的有恩德于人的事。

【解读】

此文讲述楚庄王暗中庇护一个醉酒后失礼的臣子,三年后此人在晋楚大战中以死拼杀报此阴德的故事,告诫人们施德与人必有善报,借题发挥儒家的政治思想和道德观念。

面对爱妃"趣火上来,视绝缨者"的诉求,楚庄王却令群臣"绝缨",以庇护失礼者的颜面,原因是他认为是自己赐酒使人醉后失礼,且正值人主群臣尽情欢乐之时,小节之过情有可原,故不应为此事而使士受辱,从中可见其宽仁情怀。

《新序》四则 刘 向

齐王问墨子曰:"古之学者为己①,今之学者为人②,何如?"对曰:"古之学者得一善言③,以附其身④,今之学者得一善言,务⑤以悦人⑥。"

【注释】

①为己:指为提升自己的学问道德修养。

②为人:指为了向他人炫耀学问修养。

③善言:嘉言,有益之言。

④附其身:使其身亲附,即身体力行。

⑤务:一定。

⑥悦人:取悦他人。

【解读】

这则语录讨论学习的目的。其中,齐王的问句"古之学者为己,今之学者为人"在《论语·宪问》中也有出现,是孔子慨叹"今"之学风不如"古"之学风的话,指的是古人学习是为提升自我,今人学习是为向他人炫耀。刘向《新序》中以墨子的回答对此句作了更加明确的诠释,即:古人学习重在以所学去身体力行,今人学习却重在以所学去取悦他人,将学习当作沽名钓誉的手段。联系战国百家争鸣以图王用的历史背景,可将此看作是墨子对当时士林风气的一种批判。从这则对话中,可知墨子曾师从儒家,受儒家思想影响。

另外,文中倡导的笃学力行思想,在急功近利、学风浮躁的今天,尤其具有借鉴意义。

秦王①以五百里地易鄢陵,鄢陵君②辞不受,使唐且③谢秦王。王忿然④变色怒曰:"亦向见天子之怒乎?"且曰:"臣未尝见。"王曰:"夫天子之怒,伏尸百万,流血千里。"且曰:"大王亦尝见布衣韦带士⑤之怒乎?"王曰:"布衣韦带士之怒,解冠徒跣⑥,以头抢⑦地耳,何难知者?"且曰:"此乃庸夫庶人之怒耳,非布衣韦带士之怒也。夫专诸⑧刺王僚,彗星袭⑨日,奔星⑩昼出。要离刺王子庆忌⑪,仓鹰⑫击于台上。聂政刺韩王⑬,白虹贯日⑭。此三者,皆布衣怒也,与臣将四。士无怒则已,一怒伏尸二人,流血五步。"即案⑮其匕首,起视秦王曰:"今将是矣。"王色变,跪曰:"先生就坐,寡人喻矣,鄢陵独以五十里在者,徒用先生故乎!"

【注释】

①秦王:即秦始皇嬴政,当时还未称皇帝。

②鄢陵君:战国时楚国封君。为楚顷襄王近臣。封邑在鄢陵(今河南鄢陵西北)。

③唐且(jū):也作唐雎,人名。

④忿然:生气而愤怒的样子。

⑤布衣韦带士:布衣韦带原是古代贫民的服装。此指没有做官的读书人。

154

⑥跣(xiǎn)：赤脚。

⑦抢：撞击。

⑧专诸：春秋时吴国人。公子光想杀王僚自立，就使专诸刺杀了王僚。

⑨袭：横扫。

⑩奔星：流星。

⑪要离刺王子庆忌：庆忌，吴王僚的儿子。公子光杀死王僚后，庆忌逃到卫国，公子光派要离去把他杀了。

⑫仓鹰：苍鹰。仓，通"苍"。

⑬聂政刺韩王：聂政，战国时韩国人。韩王，应系韩傀，韩国的相国。韩国的大夫严仲子同韩傀有仇，就请聂政去把韩傀刺杀了。

⑭贯日：穿日而过。此句"白虹贯日"与上文的"彗星袭日，奔星昼出""仓鹰击于台上"，都是反常的天象。古人认为天呈异象，则人间必有大事发生。此三句言专诸刺王僚、要离刺庆忌、聂政刺韩王皆是惊天动地之举。唐且以此震恐秦王，表达士"一怒伏尸二人，流血五步"的勇猛决心。

⑮案：通"按"。

【解读】

这则故事写唐且在国家存亡的危急关头奉君命出使秦国，与秦王展开斗争，保存国家，完成使命，歌颂他不畏强暴、敢于斗争的爱国精神。

开篇交代起因：秦王嬴政企图以"易地"的谎言诈取鄢陵，鄢陵君"辞不受"，引出"唐且谢秦王"。以下便写唐且与秦王针锋相对的斗争经过。第一回合是秦王因易地遭拒绝而"忿然怒"，扬言"夫天子之怒，伏尸百万，流血千里"，诸侯而自称"天子"，其不可一世和吞噬弱小的野心昭然若揭，对此，唐且毫不畏惧与退让，随即以"大王亦尝见布衣韦带士之怒乎？"相对，引发斗争的第二回合。此回合中，先是秦王"布衣韦带士之怒,解冠徒跣,以头抢地耳"的蔑视,后是唐且以"此庸夫之怒也,非士之怒也"断然否决,引出反攻,用三个排比句摆出专诸刺王僚、聂政刺韩傀、要离刺庆忌的事实和"与臣将四"的态度,打击秦王的嚣张气焰,再照用秦王的口吻,用"士无怒则已,一怒伏尸二人,流血五步"针锋相对。随后,更以"案其匕首,起视秦王曰:'今将是矣。'"的果敢行动将斗争推向极顶,使秦王"色变",这是斗争的第三回合。最后写斗争的结果。秦王"跪曰:'先生就坐,寡人喻矣,鄢陵独以五十里在者,徒用先生故乎!'"整个斗争波澜起伏,唐且的临危不惧、机智应对与秦王的前倨后恭、色厉内荏跃然纸上。

当时形势,秦并诸侯,统天下是大势所趋,唐且这样的贤臣能士可在一时"转危为安,运亡为存",但并不能阻止历史的必然进程。历史上的秦王嬴政前期是励精图治、勇于改革的能君,故事中对秦王的描写,更多的是用以反衬唐且大义凛然的文学笔法。

闵子骞兄弟二人,母死,其父更娶①,复有二子。子骞为其父御车失辔②,父持其手,衣甚单。父则归,呼其后母儿,持其手,衣甚厚温,即谓其妇曰:"吾所以娶汝,乃为吾子。今汝欺我,去无留。"子骞前曰:"母在一子单,母去四子寒。"其父默然。故曰:"孝哉闵子骞!一言其母还,再言三子温。"

【注释】

①更娶:再娶。

②辔(pèi):辔头,驾驭牲口的嚼子的缰绳。

【解读】

此短文讲述闵子骞的父亲以后母厚爱亲生子而薄待闵子骞之故

想要休弃她,闵子骞以"母在一子单,母去四子寒"的深明大义劝说父亲留下后母的故事。这则"单衣顺母"的佳话颇能体现他孝悌兼具的品格,是中国古代"二十四孝"故事之一,足见其文化价值与影响力。同时,这则故事在宽宏大量、不计人过方面也给人以启迪。

晋灵公骄奢,造九层之台,费用千亿,谓左右曰:"敢有谏者斩。"孙息闻之,求见。灵公张弩操矢①见之,谓之曰:"子欲谏邪?"孙息曰:"臣不敢谏也。"公曰:"子何能?"孙息曰:"臣能累②十二博棋③,加九鸡子④于其上。"公曰:"吾少学,未尝见也。子为寡人作之。"孙息即正颜色⑤,定志意⑥,以棋子置于下,而加九鸡子于其上,左右屏息,灵公扶伏,气息不续⑦。公曰:"危哉危哉。"孙息曰:"臣谓是不危也,复有危此者。"公曰:"愿见之。"孙息曰:"公为九层之台,三年不成,男不得耕,女不得织,国用空虚,户口减少,吏民叛亡,邻国谋议,将兴兵。社稷一灭,君何所望!"灵公曰:"寡人之过,乃至于此。"即坏九层之台。

【注释】

①张弩操矢:张开弓,搭着箭。

②累:垒起。

③博棋:棋子。

④鸡子:指鸡蛋。

⑤正颜色:脸色严正。

⑥定志意:心神镇定。

⑦气息不续:喘不过气来。不续,接不上来。

这则故事讲孙息冒死向盛怒之下的晋灵公巧妙进谏。故事的起因是灵公花费千亿建造供游赏的九层高台，并说："谁敢谏阻，定斩不饶！"在这种情形下，孙息求见，矛盾一触即发。果然，灵公"张弩操矢见之"，挑衅孙息说："你是想进谏吗？"这是故事的发展。然而，孙息的回答却使矛盾突然缓和下来：他先说"臣不敢谏也"，后又说"臣能累十二博棋，加九鸡子于其上"，并且一本正经地为灵公玩起了垒棋子、鸡蛋的游戏，这一环节看似与进谏之事毫无关联，矛盾至此似乎缓和，实际是暗中为后文的进谏张本。接下来写旁人和灵公观孙息垒棋子、鸡蛋的感受，用灵公"危哉危哉"的感叹引出孙息的趁机进谏。这一环节中，孙息大谈垒九层高台于民于国的危害，从而引出灵公纳谏和自坏九层之台的结局。

故事短小而波澜起伏，反映了儒家反对大兴土木、劳民伤财的德政主张，也启迪人们进言要讲究时机与技巧。

逐贫赋 扬 雄

扬子遁居①，离俗独处。左邻崇山，右接旷野，邻垣乞儿，终贫且窭②。礼薄义弊，相与群聚，惆怅失志，呼贫与语："汝在六极③，投弃荒遐。好为庸卒④，刑戮相加⑤。匪惟幼稚，嬉戏土沙。居非近邻，接屋连家。恩轻毛羽，义薄轻罗。进不由德，退不受呵。久为滞客，其意谓何？人皆文绣，余褐不完；人皆稻粱，我独藜飧⑥。贫无宝玩，何以接欢？宗室之燕，为乐不盘⑦。徒行负笈⑧，出处易衣⑨。身服百役，手足胼胝⑩。或耘或耔，沾体露肌。朋友道绝，进官凌迟⑪。厥咎安在？职⑫汝为之！舍汝远窜，昆仑之颠；尔复我随，翰飞⑬戾天⑭。舍尔登山，岩穴隐藏；尔复我随，陟⑮彼高冈。舍尔入海，泛彼柏舟；尔复我随，载沉载浮。我行尔动，我静尔休。岂无他人，从我何求？今汝去矣，勿复久留！"

贫曰："唯唯。主人见逐⑯，多言益嗤。心有所怀，愿得尽辞。昔我乃祖，宗其明德，克佐帝尧，誓为典则⑰。土阶茅茨⑱，匪雕匪饰。爰及季世，纵其昏惑。饕餮⑲之群，贪富苟得。鄙我先人，乃傲乃骄。瑶台琼榭，室屋崇高；流酒为池，积肉为崤⑳。是用㉑鹄逝㉒，不践其朝㉓。三省吾身，谓予无愆㉔。处君之家，福禄如山。忘我大德，思我小怨。堪寒能暑，少而习焉；寒暑不忒㉕，等寿神仙。桀跖不顾，贪类不干㉖。人皆重蔽㉗，予独露居；人皆怵惕㉘，予独无虞！"言辞既罄，色厉目张，摄齐㉙而兴㉚，降阶下堂。"誓将去汝，适彼首阳。孤竹二子，与我连行。"

余乃避席，辞谢不直㉛："请不贰过㉜，闻义则服。长与汝居，终无厌极。"贫遂不去，与我游息。

【作者简介】

扬雄（前53—后18），字子云，西汉蜀郡成都（今属四川）人。博览群书，长于辞赋，所谓"文章两汉愧扬雄"。所撰《太玄》将源于老子之道的玄作为宇宙万物的根源，并以玄为中心思想，构筑宇宙生成图式、探索事物发展规律，是汉朝道家思想的继承和发展者。

【注释】

①遁居：远离世俗隐居。

②寠(jù)：贫寒。

③六极：东西南北上下，指宇内。

④庸卒：佣工、仆人。

⑤刑戮相加：屡遭惩罚。

⑥藜飧(sūn)：以野菜为食。

⑦盘：快乐。

⑧徒行负笈：步行背着书箱，指辛苦求学。

⑨出处易衣：家中穷得仅有一件衣服，谁出门谁换上。

⑩胼胝(pián zhī)：老茧。

⑪凌迟：衰退。这里指仕途坎坷。

⑫职：主要。

⑬翰飞：高飞。

⑭戾天：至天。

⑮陟：登上。

⑯见逐：赶我走。见，副词，表示对我怎么样。

⑰"昔我乃祖"四句：宋魏仲举刊《五百家注昌黎文集》引洪兴祖注云："予尝见《文宗备问》云：颛顼、高辛时，宫中生一子，不着完衣，宫中号为'穷子'。其后正月晦死，宫人葬之，相谓曰：'今日送却穷子。'自尔相承送之。"按：颛顼，传为黄帝孙。扬雄所谓"贫"的祖先能辅佐帝尧，想必与"穷子"一样出身显赫。

⑱茅茨：茅草盖的屋顶。亦指茅屋。

⑲饕餮(tāo tiè)：本怪兽名，贪吃致死。后以称贪婪之人。

⑳嵂：山名。这里借指山。

㉑是用：因此。用，因为。

㉒鹄逝：像鹄鸟一样高飞远去。

㉓不践其朝：不踏入朝堂。践，踏。

㉔愆(qiān)：罪过。

160

㉕不忒(tè):谓不受影响。忒,变。

㉖不干:不打扰。

㉗重蔽:层层保护。

㉘怵惕:恐惧。

㉙摄齐(zī):撩起衣服下摆。

㉚兴:起来。

㉛辞谢不直:不停地道歉。不直,不止。

㉜不贰过:不重复犯错。贰,两次。

【解读】

《逐贫赋》以对话体的形式描述了自己想摆脱"贫儿"却根本摆脱不了,继而"闻义则服",安于与"贫儿"长处的情景,反映了扬雄面对贫困的矛盾心理。

首段先描述多年来因"贫儿"相随而饱受贫苦辛酸的生活,接着,自"舍汝远窜"至"勿复久留",大肆铺排,渲染想要舍弃贫儿而不得的窘迫与无奈:"我"跑到昆仑之巅、躲到山崖里、漂流到海上,可"贫儿"总是紧紧追随;于是扬雄质问贫儿为何要这样跟着自己,并叱令它赶快离开,一刻不留。这实际上正是扬雄辛酸生活的艺术描绘,诙谐而无奈。其后自"堪寒能暑"至"予独无虞"是贫儿的答语,道出贫穷的种种好处:因为"贫儿",作为主人的作者便从小就经得住寒暑侵袭,简直是不会死的神仙,盗贼贪官从来不打扰,在露天都可安心大睡,毫无担忧。这样的辩解诙谐戏谑,体现的是扬雄抒情赋的大胆和幽默。最后以"闻义则服,长与贫居"作结,完成了关于"贫困"的自我思索与认知,表达了接受贫困的思想。

当然,文章为了表明安贫的合理而陷入一种"富贵者不义,贫困者圣贤"的逻辑误区;同时将生活的"好"与"坏"定位于人的主观心态而不是客观事实,这种唯心主义实际是对无力改变的现实的逃避。这两种认识论往往导致人们安于现状,不敢或不能积极追求物质生活的富有,而以精神的"自我奖励"弥补物质的匮乏,阅读时要注意。

【点评】

"韩文公《送穷文》、柳子厚《乞巧文》,皆拟扬子云《逐贫赋》。韩公《进学解》拟东方朔《客难》,柳子《晋问》篇拟枚乘《七发》、《贞符》拟《剧秦美新》,黄鲁直《跛奚移文》拟王子渊《僮约》,皆极文章之妙。《逐贫》一赋几五百言,《文选》不收,《初学记》所载才百余字,今人盖有未之见者。"([宋]洪迈《容斋续笔》卷十五)

答桓谭书 扬 雄

长卿赋不似从人间来,其神化所至邪! 大谛①能读千赋则能为之。谚云:"伏习②象③神④,巧者不过习者之门。"

【注释】

①大谛:大抵。

②伏习:反复练习。

③象:好像,相似。

④神:天生灵巧的人。下句的"巧者"与此同。

【解读】

桓谭是扬雄的学生,扬雄这则《答桓谭书》主要阐述反复练习的重要性。先以司马相如(字长卿)的赋为例,言相如赋竟不似人间之作,有如神来之笔,其赋之所以能达此等境界,是"读千赋"而有的结果。其后以引言"伏习象神,巧者不过习者之门"表明反复练习者的本领会有如神通,以至于天生灵巧者不会,也不敢到他门前去炫耀或比试本领,进一步强化反复练习的巨大作用。

南朝梁刘勰《文心雕龙》中所谓"操千曲而后晓声,观千剑而后识器",其意与此同。

上《山海经》表　　　刘　歆

　　侍中奉车都尉光禄大夫臣秀领校、秘书言校、秘书太常属臣望所校《山海经》凡三十二篇,今定为一十八篇,已定。《山海经》者,出于唐虞之际。昔洪水洋溢①,漫衍②中国,民人失据③,崎岖于丘陵④,巢于树木。鲧⑤既无功,而帝尧使禹⑥继之。禹乘四载⑦,随山刊木⑧,定⑨高山大川。益与伯翳⑩主驱禽兽,命山川,类草木,别水土。四岳佐之,以周四方,逮人迹之所希至,及舟舆之所罕到。内别五方之山,外分八方之海,纪⑪其珍宝奇物异方之所生,水土草木禽兽昆虫麟凤之所止,祯祥之所隐,及四海之外,绝域之国,殊类⑫之人。禹别⑬九州,任土作贡⑭;而益等类物善恶⑮,著《山海经》。皆圣贤之遗事,古文之著明者也。其事质明有信⑯。孝武皇帝时尝有献异鸟者,食⑰之百物,所不肯食。东方朔见之,言其鸟名,又言其所当食,如朔言。问朔何以知之,即《山海经》所出也。孝宣皇帝时,击磻石⑱于上郡,陷⑲,得⑳石室,其中有反缚㉑盗械人。时臣秀父向为谏议大夫,言此贰负之臣也。诏问何以知之,亦以《山海经》对。其文曰:"贰负㉒杀窫窳㉓,帝乃梏㉔之疏属之山,桎㉕其右足,反缚两手。"上大惊。朝士由是多奇《山海经》者,文学大儒皆读学,以为奇,可以考祯祥变怪之物,见远国异人之谣俗㉖。故《易》曰:"言天下之至赜㉗而不可乱也。"博物之君子,其可不惑㉘焉。臣秀昧死㉙谨上。

【作者简介】

刘歆(? —23),字子骏,后改名秀,字颖叔,居长安。古文经学的继承者,在儒学、校勘学、天文历法学、史学等方面都堪称大家。曾与父亲刘向编订《山海经》;编制的《三统历谱》被认为是世界上最早的天文年历雏形;在圆周率的计算上也有贡献,是第一个不沿用"周三径一"的中国人,并定该重要常数为 3.15471,世有"刘歆率"之称。后因谋诛王莽事败自杀。

【注释】

①洋溢:水充溢流动。

②漫衍:泛滥。

③失据:失去房屋、土地等依靠。

④崎岖于丘陵:在高低不平的山丘间奔走逃难。

⑤鲧(gǔn):大禹之父。传说用堵塞之法治水,无功,被诛。

⑥禹:即大禹。传说用疏导之法,成功治理洪水。

⑦禹乘四载:大禹治水时乘坐四种交通工具出行。四载,传说大禹治水时用的四种交通工具。即:水行乘舟,陆行乘车,山行乘樏(léi,登山的用具),泥行乘橇(qiāo)。

⑧随山刊木:随行山林,斩木通道。刊木,砍伐树木。

⑨定:测定。

⑩益与伯翳:传说中与大禹一起治水的两个人。伯翳,一作"伯益"。

⑪纪:同"记",记载。

⑫殊类:异类。

164

⑬别：划分。

⑭任土作贡：依据土地的具体情况，制定贡赋的品种和数量。

⑮类物善恶：依据善恶将万物分类。

⑯质明有信：真实清楚，有凭信。

⑰食(sì)：喂食。

⑱磻(bō)石：大石。

⑲陷：坠落。

⑳得：发现。

㉑反缚：反绑两手。

㉒贰负：古代神话传说中的神。人蛇合体，喜杀戮。《海内西经》："贰负之臣曰危。危与贰负杀窫窳，帝乃梏之疏属之山，桎其右足，反缚两手与发，系之山上木。"

㉓窫窳(yà yǔ)：古代传说中神祇名。原为人首蛇身，后为危与贰负所杀，化为龙首猫身，居弱水中，其状如龙首，食人。

㉔梏：拘缚罪人两手的刑具。这里作动词，拘缚。

㉕桎：拘缚罪人双足的刑具。这里作动词，铐住。

㉖谣俗：风俗习惯。

㉗至赜(zé)：极其深奥微妙的事物或道理。

㉘不惑：明辨不疑。

㉙昧死：冒死。

【解读】

刘歆和其父刘向校订整编了《山海经》，后又撰写了《上〈山海经〉表》，随《山海经》一同呈给了汉哀帝。

此表首先陈述了《山海经》的已定篇数和"出于唐虞之际"的看法。接着叙鲧、禹治水的故事，述《山海经》来历和主要内容："益与伯翳主驱禽兽，命山川，类草木，别水土"，四岳"内别五方之山，外分八方之海，纪其珍宝奇物异方之所生，水土草木禽兽昆虫麟凤之所止，祯祥之所隐，及四海之外，绝域之国，殊类之人"，"益等类物善恶，著《山海经》。皆圣贤之遗事，古文之著明者也"，并认为它"质明有信"。为证明其所述事物的真实可靠，又列举当朝东方朔据《山海经》明识异鸟习性和其父刘向依《山海经》识别"贰负之臣"之事。同时还说《山海经》"可以考祯祥变怪之物，见远国异人之谣俗"，"言天下之至赜"，充分肯定其史料、人文、地理、博物等多方面的价值。

《山海经》是我国古代记载神话最多的一部奇书，也是一部地理知识方面的百科全书。此表为读者阅读《山海经》提供了扼要指导。

新序论 刘　歆

秦孝公保崤函之固，以广雍州之地，东并河南，北收上郡，国富兵强，长雄诸侯[①]，周室归籍[②]，四方来贺，为战国霸君，秦遂以强。六世而并诸侯，亦皆商君之谋也。夫商君极身无二虑，尽公不顾私，使民内急耕织之业以富国，外重战伐之赏以劝戎士。法令必行，内不私贵宠，外不偏疏远，是以令行而禁止，法出而奸息。故虽《书》云"无偏无党"，《诗》云"周道如砥，其直如矢"[③]，司马法[④]之励戎士，周后稷[⑤]之劝农业，无以易此[⑥]。此所以并诸侯也。故孙卿曰："四世有胜，非幸也。数[⑦]也。"

然无信，诸侯畏而不亲。夫霸君若齐桓、晋文者，桓不倍[⑧]柯之盟[⑨]，文不负[⑩]原之期[⑪]，而诸侯畏其强而亲信之，存亡继绝，四方归之。此管仲、舅犯[⑫]之谋也。今商君倍公子卬[⑬]之旧恩，弃交魏之明信，诈取三军之众，故诸侯畏其强而不亲信也。借使[⑭]孝公遇齐桓、晋文，得诸侯之统，将合诸侯之君,驱天下之兵以伐秦,秦则亡矣。天下无桓、文之君,故秦得以兼诸侯。卫鞅始自以为知霸王之德,原⑮其事不喻⑯也。昔周召施善政,及其死也,后世思之。《蔽茀》《甘棠》⑰之诗是也。尝舍⑱于树下,后世思其德,不忍伐其树,况害其身乎! 管仲夺仲氏邑三百户无怨言。今卫鞅内刻刀锯之刑,外深铁钺之诛,步过六尺者有罚,弃灰于道者被刑。一日临渭,而论⑲囚七百余人,渭水尽赤,号哭之声,动于天地。畜怨积仇,比于丘山。所逃莫之隐,所归莫之容。身死车裂,灭族无姓。其去霸王之佐亦远矣。然惠王杀之亦非也,可辅而用也。使卫鞅施宽平之法,加之以恩,申⑳之以信,庶几霸者之佐哉。

【注释】

①长雄诸侯:在诸侯中列居首位称雄。

②周室归籍:籍,据《史记索隐》系"胙(zuò)"之误。周室衰微,把祭祖先的胙肉都馈赠给秦孝公了。归,通"馈",馈赠。

③周道如砥,其直如矢:周王朝的大道平坦似磨石,笔直得像箭杆。这里用来形容周朝的政治清明,平均如一。

④司马法:春秋时期重要的军事著作之一。据说出自姜太公,因姜太公曾担任周文王的大司马,故有此说。

⑤后稷:周始祖。生于稷山,农耕始祖,五谷之神。

⑥无以易此:没有办法轻视它。意即商鞅变法可与"司马法之励戎士,周后稷之劝农业"并重。

⑦数:命数。

⑧倍:通"背",背弃。

⑨柯之盟:齐桓公与鲁庄公在柯邑缔结盟约,鲁国的曹沫在盟坛

上以剑逼迫齐桓公订立了归还鲁地的盟约。结约后曹沫离开盟坛，管仲等臣子言挟下缔结之盟可以背弃。但齐桓公不肯背弃盟约，从而取信于天下。

⑩负：辜负。

⑪原之期：攻打原国的约定。晋文公攻打原国，与士大夫约定十日为期限，十日不下，准备罢兵而去。这时有士兵从原国回来，说再有三日可攻下原国。臣下请求再战三日。晋文公认为不能失信，罢兵回晋。

⑫舅犯：狐偃，字子犯。是晋文公的舅舅，故又称舅犯。

⑬公子印：魏昂，又称作"魏印"，战国初期魏国公子，秦相商鞅旧友。商鞅攻魏时公子印于河西迎战，最终受骗被俘。

⑭借使：假使。

⑮原：探究原由。

⑯喻：明白。

⑰《蔽芾》《甘棠》：出自《诗经·召南》，颂召公之德。

⑱舍：休息。

⑲论：定罪。

⑳申：证明。

【解读】

本文是一篇历史人物论，作者采用优缺点并举的方式，充分肯定了商鞅变法的积极作用，也批判了他的背信弃义和过于严苛，提出了"施宽平之法，加之以恩，申之以信，庶几霸者之佐"的看法。

首段从秦孝公"长雄诸侯"切入，论述商鞅的功绩：推行法治及鼓励耕、战。略述耕、战而详论法治，凸显了法的公正及由此产生的作用和功效。并将秦并诸侯的原因归于"商君之谋"，给予了"司马法之励戎士，周后稷之劝农业，无以易此"的高度评价。

第二段以齐桓公不背柯邑之盟和晋文公不负十日攻原之约而"诸

168

侯畏其强而亲信之"，"四方归之"作对比，论述商鞅"无信"的缺点，指出其导致诸侯对秦"畏而不亲"的危害。其后又以周召公施善政而民思其德和管仲相齐、"夺仲氏邑三百户无怨言"的实例，对比论证商君施苛法而"畜怨积仇，比于丘山"，终致"身死车裂，灭族无姓"，深叹他"去霸王之佐亦远矣"；提出了"使卫鞅施宽平之法，加之以恩，申之以信，庶几霸者之佐"的见解。

全文正反对比，言之有理，持之有故。

【点评】

"《史记·商君传赞·集解》引《新序论》。《索隐》曰：《新序》是刘歆所撰，其中论商君，故裴氏引之。案：此论今《新序》有之。《新序》刘向撰，而云刘歆，岂向书杂有歆论乎？亦异闻也。故录之。"（[清]严可均辑《全汉文》卷四十）

新论·雍门周①以琴见孟尝君② 桓 谭

雍门周以琴见孟尝君，孟尝君曰："先生鼓琴，亦能令文悲乎？"对曰："臣之所能令悲者，先贵而后贱，昔富而今贫，摈压穷巷，不交四邻；不若身材高妙，怀质抱真③，逢谗罹谤④，怨结而不得信；不若交欢而结爱，无怨而生离，远赴绝国，无相见期；不若幼无父母，壮无妻儿，出以野泽为邻，入用堀穴为家，困于朝夕，无所假贷⑤。若此人者，但闻飞鸟之号，秋风鸣条，则伤心矣。臣一为之援琴⑥而太息，未有不凄恻而涕泣者也。今若足下，居则广厦高堂，连阔洞房⑦，下罗帷，来清风；倡优在前，诣谀侍侧，扬激楚，舞郑姜，流声以娱耳，练色以淫目；水戏则舫⑧龙舟，建羽旗，鼓吹乎不测之渊；野游则登平原，驰广囿，强弩下高鸟，勇士格猛兽；置酒娱乐，沈醉忘归。方此之时，视天地曾不若一指，虽有善鼓琴，未能动足下也。"孟尝君曰："固然。"雍门周曰："然臣窃为足下有所常悲。夫角帝⑨而困秦者君也，连五国而伐楚者又君也。天下未尝无事，不从⑩即衡；从成则楚王，衡成则秦帝。夫以秦、楚之强，而报弱薛，譬犹磨萧斧⑪而伐朝菌⑫也，有识之士，莫不为足下寒心酸鼻⑬。天道不常盛，寒暑更进退，千秋万岁⑭之后，宗庙必不血食⑮；高台既以倾，曲池又已平，坟墓生荆棘，狐兔穴其中，游儿牧竖⑯，蹢躅⑰其足而歌其上，行人见之凄怆，曰：孟尝君之尊贵，亦犹若是乎？"于是孟尝君喟然太息，涕泪承睫而未下。雍门周引琴⑱而鼓之，徐动宫商，叩角羽，初终而成曲，孟尝君遂歔欷⑲而就之曰："先生鼓琴，令文立若亡国之人也。"

【作者简介】

桓谭（约前20—后56），字君山，沛国相（今安徽濉溪西北）人。东汉哲学家、经学家、琴师、天文学家。博学多通，喜非毁俗儒。因在刘秀面前公开批评图谶（古代宣扬迷信预言、预兆的书籍）下狱，后死于贬谪途中。著有《新论》二十九篇，多已佚。

【注释】

①雍门周：战国时齐国琴家，名周，住齐国的首都西门，时称"雍门"，故以为号，亦称雍门子。

②孟尝君：田文，齐国宗室大臣，战国四公子之一。以广招宾客，食客三千闻名。

③怀质抱真:指人格和品德纯洁高尚、质朴无华。质,本性。抱,保有。真,真性。

④逢谗罹谤:遭逢诽谤。罹,遭遇。

⑤假贷:借贷。

⑥援琴:弹琴。

⑦连闼洞房:重门深邃的房屋。

⑧舫:建造在园林的水面上的一种船型建筑物,供人游玩设宴、观赏水景。这里作动词,以……为舫。

⑨角帝:角逐争雄。

⑩从:同"纵"。

⑪萧斧:古代兵器斧钺。萧,通"肃"。

⑫朝菌:菌类,一名大芝,朝生,见日则死。

⑬寒心酸鼻:形容心里害怕而又悲痛。

⑭千秋万岁:帝王死亡的婉辞。

⑮血食:谓受享祭品。古代杀牲取血以祭,故称。

⑯牧竖:牧童。

⑰踯躅(zhí zhú):用脚踏地,顿足。

⑱引琴:拨动琴弦。

⑲歔欷:叹息。

【解读】

雍门周是孟尝君三千门客中的音乐人,此文写他抱着琴去见孟尝君,借献琴艺之辞陈说孟尝君行将危亡以及危亡后曲池平没高台倒塌的境况,继之以悲弦感发其悲思的故事。

故事充分利用音乐需要听者投入主观体验与感受才能发挥感染力的特点,先言自己的琴音足以感发困厄贫苦罹谤怨结之类的伤心人,但不足以感发身居广厦、沉醉于声色娱乐、"视天地曾不若一指"的孟尝君;后言"臣窃为足下有所常悲",并大肆渲染孟尝君行将危亡和危亡之后的衰败境遇,使孟尝君"喟然太息,涕泪承睫而未下";进而趁机"引琴而鼓之",使得原本怀疑"先生鼓琴,亦能令文悲乎"的孟尝君欷歔不已,叹言"先生鼓琴,令文立若亡国之人也"。

故事意在阐述"天道不常盛"的道理,诫人居安乐而思危亡。

诫兄子严、敦书　　　　　马 援

吾欲汝曹①闻人过失,如闻父母之名:耳可得闻,口不可得言也。好论议人长短,妄是非正法②,此吾所大恶③也,宁死不愿闻子孙有此行也。汝曹知吾恶之甚矣,所以复言者,施衿结缡,申父母之戒④,欲使汝曹不忘之耳!龙伯高敦厚周慎⑤,口无择言⑥,谦约节俭,廉公有威。吾爱之重之,愿汝曹效之。杜季良⑦豪侠好义,忧人之忧,乐人之乐,清浊无所失⑧。父丧致客,数郡毕至,吾爱之重之,不愿汝曹效也。效伯高不得,犹为谨敕⑨之士,所谓"刻鹄不成尚类鹜⑩"者也。效季良不得,陷为天下轻薄子,所谓"画虎不成反类狗⑪"者也。迄今季良尚未可知,郡将下车⑫辄切齿,州郡以为言⑬,吾常为寒心,是以不愿子孙效也。

【作者简介】

马援(前14—后49),字文渊,东汉扶风茂陵(今陕西兴平东北)人。官至伏波将军,封新息侯。曾在西北养马,善相马。

【注释】

①汝曹:你们。
②妄是非正法:胡乱评判正当的法度。是非,评判,褒贬。

③大恶:深恶痛绝。

④"施衿"二句:古时礼俗,女子出嫁,母亲把佩巾、带子结在女儿身上,为其整衣。父戒女曰:"戒之敬之,夙夜无违命。"母戒女曰:"戒之敬之,夙夜无违宫事。"衿,佩带。缡,佩巾。申,反复陈说。

⑤龙伯高敦厚周慎:龙伯高敦厚诚实,周密谨慎。龙伯高,东汉名士。

⑥口无择言:说出来的话没有败坏的,意为所言皆善。择,通"殬(dù)",败坏。

⑦杜季良:东汉时期人,官至越骑司马。

⑧清浊无所失:意为诸事处置得宜。

⑨谨敕:谨慎。

⑩刻鹄不成尚类鹜:比喻虽仿效不及,尚不失其大概。鹄,天鹅。鹜,野鸭。

⑪画虎不成反类狗:比喻弄巧成拙。

⑫下车:指官员初到任。

⑬以为言:把这作为话柄。

【解读】

这是马援率兵远征期间写给两个侄子的书信。书中针对两个侄子喜欢议论别人,爱结交轻薄侠客的弱点,以自己平生的经验指导他们如何为人处世。

第一层告诫侄子慎言,即不要论议他人长短,胡乱评判法度。这一层以"此吾所大恶也,宁死不愿闻子孙有此行也""汝曹知吾恶之甚矣""欲使汝曹不忘之耳"等语反复告诫,语重心长。第二层告诫侄子慎行,即宁敦厚周慎而为谨敕之士,勿豪侠好义而成轻薄子。这一层以龙伯高与杜季良对照,特别言及杜季良豪侠好义、清浊无失致使郡中官民怨恨而不自知的情形,以此警戒侄子不可效仿。态度鲜明,主张坚定。

此外,信中反复以"汝曹"称侄子,以家常语叮咛告诫,不以责备命令行文,而是多多寄以希望,随和亲切,拉近了长辈和晚辈间的距离,让晚辈体会其中的真挚关爱,使书信有当面诫勉的效果。

信中所论为人处事之道,在今天仍有借鉴意义。

【点评】

"戒兄子书,谆谆以黜浮返朴为计,其关系世教不浅。"([清]吴楚材、吴调侯《古文观止》卷六)

临淄①劳耿弇②　　　刘　秀

昔韩信破历下③以开基,今将军攻祝阿④以发迹,此皆齐之西界⑤,功足相方⑥。而韩信袭击已降⑦,将军独拔⑧勍敌⑨,其功乃难于信也。又田横烹郦生⑩,及田横降,高帝诏卫尉⑪,不听⑫为仇。张步前亦杀伏隆,若步来归命,吾当诏大司徒释其怨⑬,又事尤相类也。将军前在南阳建此大策⑭,常以为落落难合⑮,有志者事竟成也。

【作者简介】

刘秀(前5—后57),即汉光武帝,东汉王朝的建立者。字文叔,南阳蔡阳(今湖北枣阳西南)人。在位时大兴儒学、推崇气节,东汉一朝也被后世史家推崇为中国历史上"风化最美、儒学最盛"的时代。

【注释】

①临淄:春秋战国时齐国的都城。

②耿弇(yǎn):扶风茂陵(治今陕西兴平市东北)人。刘秀即位后,任建威大将军,封好畤侯。

③韩信破历下:汉高祖四年(前203),齐王田广屯兵历下,为韩信所破。历下,今山东济南西。

④祝阿:地名。光武帝建武五年(29)春,张步屯军祝阿,耿弇率兵讨伐,大破张步。后两军又战于临淄,耿弇攻临淄。这时光武帝车驾到临淄,亲自劳军。

⑤西界:历下、祝阿都是古时齐、鲁的分界,在齐国的西部。

⑥相方:相匹敌。

⑦韩信袭击已降:秦末,田儋自立为齐王,割据旧齐地。后其子田横立己兄为齐王,自为相。汉王刘邦派郦生去劝降,田横接受,解除历下军。韩信便趁机袭击。

⑧拔:攻下。

⑨勍(qíng)敌:即劲敌。实力强大的敌人。

⑩田横烹郦生:韩信袭历下时,田横以为郦生出卖了自己,便将郦生烹杀。郦生,即郦食(yì)其(jī)。

⑪卫尉:即郦商。陈留高阳乡人。郦食其的弟弟,刘邦即帝位后封信成侯。

⑫不听:不允许。

⑬"张步"三句:光武帝派光禄大夫伏隆拜张步为东海太守。刘永也遣使立张步为齐王,张步接受刘永的封号,杀了伏隆。大司徒,伏隆的父亲伏湛。

⑭"将军"句:耿弇在南阳跟从刘秀,自请北收上谷兵,平定齐地。刘秀同意了他的策略。

⑮落落难合:形容事情很邈远,很难实现。

【解读】

公元29年冬,光武帝派遣建威将军耿弇率军讨伐割据青州的军阀张步,先后攻克了祝阿、巨里和临淄,歼灭了敌军主力。胜利在望,光武帝亲临临淄,慰劳耿弇。

慰劳词首先盛赞耿弇的智勇与大功。为表彰和激励耿弇,光武帝将耿弇与过去用兵如神、破历下而开创了汉家基业的韩信相提并论，言其与韩信"功足相方"，又说韩信是"袭击已降"，而耿弇却"独拔勍敌"，故"难于信也"。接着宣讲对敌政策。将自己处理张步同高祖处理田横"诏卫尉，不听为仇"类比，宣布自己对张步也将采取宽大为怀的政策，"诏大司徒释其怨"，以鼓励张步认清形势，归降汉朝。同时也暗言自己是明君，对于敌我双方的士卒都有安定军心的作用。最后盛赞耿弇"有志者事竟成"的精神，画龙点睛，进一步鼓舞士气。

此文观点鲜明而环环相扣，言简意赅。

【点评】

"前一段，表弇之功。末一段，佳弇之志。中间将自己处张步与高帝处田横比方一番，以动步归诚之意。英主任用，全在此数语。"（［清］吴楚材、吴调侯《古文观止》卷六）

王命论 班　彪

昔在帝尧之禅曰："咨①尔舜，天之历数②在尔躬。"舜亦以命禹。暨③于稷、契④，咸佐唐、虞⑤，光济四海，奕世载德⑥，至于汤、武⑦，而有天下。虽其遭遇异时，禅代不同，至于应天顺民，其揆⑧一也。是故刘氏承尧之祚⑨，氏族之世，著乎《春秋》。唐据火德，而汉绍⑩之，始起沛泽，则神母夜号，以章赤帝之符⑪。由是言之，帝王之祚，必有明圣显懿之德，丰功厚利积累之业，然后精诚通于神明，流泽加⑫于生民，故能为鬼神所福飨⑬，天下所归往，未见运世无本，功德不纪，而得倔起⑭在此位者也。世俗见高祖兴于布衣，不达其故，以为适遭暴乱，得奋其剑⑮，游说之士至比天下于逐鹿，幸捷⑯而得之，不知神器⑰有命，不可以智力求也。悲夫！此世所以多乱臣贼子者也。若然者,岂徒暗于天道哉?又不睹⑱之于人事矣!

夫饿馑⑲流隶⑳,饥寒道路,思有短褐之袭㉑,儋石之畜㉒,所愿不过一金,然终于转死沟壑。何则?贫穷亦有命也。况乎天子之贵,四海之富,神明之祚,可得而妄㉓处哉?故虽遭罹厄会㉔,窃其权柄,勇如信、布㉕,强如梁、籍㉖,成如王莽㉗,然卒润镬㉘伏质㉙,亨醢分裂㉚;又况幺麿㉛,尚不及数子,而欲暗奸㉜天位者乎!是故驽蹇之乘㉝不骋千里之涂㉞,燕雀之畴㉟不奋六翮㊱之用,窭梲之才㊲不荷㊳栋梁之任,斗筲之子㊴不秉帝王之重。《易》曰"鼎折足,覆公𫗧㊵",不胜其任也。

当秦之末,豪桀共推陈婴而王之,婴母止之曰:"自吾为子家妇,而世贫贱,卒富贵不祥,不如以兵属人㊶,事成少受其利,不成祸有所归。"婴从其言,而陈氏以宁。王陵之母亦见项氏之必亡,而刘氏之将兴也,是时陵为汉将,而母获于楚,有汉使来,陵母见之,谓曰:"愿告吾子,汉王长者㊷,必得天下,子谨事之,无有二心。"遂对汉使伏剑㊸而死,以固㊹勉陵。其后果定于汉,陵为宰相封侯。夫以匹妇之明,犹能推事理之致,探祸福之机㊺,而全宗祀于无穷,垂策书于春秋,而况大丈夫之事乎!是故穷达有命,吉凶由人,婴母知废,陵母知兴,审此四者,帝王之分决㊻矣。

盖在高祖,其兴也有五:一曰帝尧之苗裔,二曰体貌多奇异,三曰神武有征应,四曰宽明而仁恕,五曰知人善任使。加之以信诚好谋,达于听受㊼,见善如不及,用人如由

177

己⁴⁸，从谏如顺流，趣时如响赴⁴⁹；当食吐哺⁵⁰，纳子房之策；拔足挥洗⁵¹，揖⁵²郦生之说；寤⁵³戍卒之言，断怀土之情；高四皓之明⁵⁴，割肌肤之爱；举⁵⁵韩信于行陈⁵⁶，收陈平于亡命。英雄陈力⁵⁷，群策毕举。此高祖之大略⁵⁸，所以成帝业也。若乃⁵⁹灵瑞符应，又可略闻矣。初刘媪⁶⁰任⁶¹高祖而梦与神遇，震电晦冥，有龙蛇之怪。及其长而多灵，有异于众，是以王、武感物而折券⁶²，吕公睹形而进女⁶³；秦皇东游以厌其气，吕后望云而知所处⁶⁴；始受命⁶⁵则白蛇分⁶⁶，西入关则五星聚⁶⁷。故淮阴、留侯谓之天授，非人力也。

历古今之得失，验行事之成败，稽⁶⁸帝王之世运，考五者之所谓，取舍不厌⁶⁹斯位，符瑞不同斯度，而苟昧⁷⁰于权利，越次妄据⁷¹，外不量力，内不知命，则必丧保家之主，失天年之寿，遇折足之凶⁷²，伏铁钺⁷³之诛。英雄诚知觉寤，畏若祸戒，超然远览，渊然深识，收陵、婴之明分，绝信、布之觊觎，距逐鹿之瞽说⁷⁴，审神器之有授，毋贪不可几⁷⁵，为二母之所笑，则福祚流于子孙，天禄其⁷⁶永终⁷⁷矣。

【作者简介】

班彪(3—54)，字叔皮，东汉扶风安陵(今陕西咸阳东北)人。学博才高，专力从事于史学著述。接续《史记》，写成《后传》六十余篇，其子班固修《汉书》，史料多依班彪。

【注释】

①咨：即"嗟"，感叹词，表示赞誉。

②历数：帝王代天理民的顺序。古人认为帝位相继、朝代更替的次序和天象运行的次序相应。

③暨(jì)：直到。

④稷、契(xiè)：稷，尧舜时农官，周人先祖。契，尧舜时司徒官（掌管国民教化），殷（商）人先祖。

⑤唐、虞：唐，陶唐，尧时国名。虞，有虞，舜时国名。

⑥奕世载德：一代一代积累道德。奕世，世代累加。

⑦汤、武：汤，成汤，商（殷）朝建立者。武，周武王，周朝建立者。

⑧揆：准则，原则。

⑨祚：福分。

⑩绍：接续。

⑪符：符瑞，古代称祥瑞的征兆。

⑫加：施加，荫蔽。

⑬福飨(xiǎng)：指神明受祭飨而赐福。

⑭倔起：同"崛起"。

⑮奋其剑：指举兵起事。

⑯幸捷：侥幸捷足先登。

⑰神器：代表国家政权的实物。借指帝位、政权。

⑱不睹：看不清。

⑲馑：饥饿。

⑳流隶：流亡他乡的微贱之民。

㉑裋(shù)褐之袭：粗布的短衣短裤。袭，袭衣袭裤，古人穿在里面的短衣短裤。

㉒儋(dàn)石之畜：少量的粮食积蓄。儋，成担货物的计量单位。畜，同"蓄"。

㉓妄：随便地。

㉔厄会：众灾会合，犹言"厄运"。

㉕信、布：指韩信、英布。韩信，西汉开国功臣，助刘邦取天下。汉朝建立后解除兵权，徙为楚王。被人告发谋反贬为淮阴侯，后被斩于

长乐宫钟室,夷三族。英布,秦末汉初名将。因受秦律被黥,又称黥布。汉时封淮南王,后因起兵反汉被杀。

㉖梁、籍:指项梁、项籍。项梁,秦末义军首领,在反秦战争中战死。项籍,即项羽,见司马迁《史记·项羽本纪赞》。

㉗王莽:西汉外戚王氏家族成员,礼贤下士,有威名,被朝野视为能挽危局的"当代周公"。公元8年代汉建立新朝,推行新政。王莽统治末期,天下大乱,莽死于乱军中。

㉘润镬(huò):受烹刑。镬,古代烹人的刑具。

㉙伏质:古代腰斩施刑时罪犯裸身俯伏砧上,故称。亦泛指被处死。质,通"锧",砧。

㉚亨醢(hǎi)分裂:古代的酷刑。亨,同"烹",受烹刑。醢,将人剁成肉酱。分裂,车裂分尸。

㉛幺麼(mǒ):微末之徒。

㉜暗奸:阴谋篡夺。奸,通"干"。

㉝驽蹇之乘:用劣马、跛驴拉的车子。比喻才能低下的人。驽,劣马。蹇,跛驴。

㉞涂:通"途"。

㉟畴:类,同类的。

㊱六翮:鸟类双翅中的正羽。

㊲棻梲(jié zhuō)之才:比喻才能很小的人。棻,斗拱。梲,梁上的短柱。

㊳荷:承担。

㊴斗筲之子:比喻才智短浅、器量狭小之人。斗、筲,盛物的小器具。

㊵鼎折足,覆公𫗧(sù):《易经》繇辞卦言。原文:"鼎折足,覆公𫗧,其形渥,凶。"意思是鼎腿折断,倾覆了鼎中公侯的美食,将受剧刑,凶险。此处是指力不能胜任,必至败事。覆,倾覆。𫗧,鼎中食物。

180

㊶属人:交付他人。

㊷长者:指德高望重之人。

㊸伏剑:引剑自杀。

㊹固:坚定。

㊺机:预兆。

㊻决:断定。

㊼达于听受:通达于听取意见接受劝谏。

㊽由己:用己。

㊾趣时如响赴:趋从时势如回声响应。响,回声。

㊿当食吐哺:正吃饭时急于礼贤下士而吐出口中食物。

(51)拔足挥洗:洗脚时拔出脚来、挥去洗脚女子以便拜谢郦生的谏说。

(52)揖:作揖。这里指拜谢。

(53)寤:通“悟”。

(54)高四皓之明:仰慕四皓的贤明。四皓,指秦末隐居商山的东园公、甪里先生(甪,一作角)、绮里季、夏黄公。四人须眉皆白,故称“商山四皓”。

(55)举:选拔。

(56)行陈:行伍。

(57)陈力:施展才能。

(58)大略:宏大的谋略。

(59)若乃:至于。用于句子开头,表示另起一事。

(60)刘媪(ǎo):刘老太,指汉高祖之母。

(61)任:通“妊”,妊娠,怀孕。

(62)王、武感物而折券:王、武两老妇有感于高祖怪异而折弃债券。《汉书》载,高祖常从王媪、武负贳(shì,赊欠)酒,时饮醉卧,王媪、武负见其常有怪异。岁竟,此两家常折券弃债。

(63)吕公睹形而进女:《汉书》载,吕公好相人,见高祖状貌,因重敬之,以女雉(即吕后)妻之。进女,进嫁女儿。

(64)"秦皇东游"二句:《汉书》载,秦始皇帝尝曰"东南有天子气",于是东游以猒(yā)当之。高祖隐于芒、砀山泽间,吕后与人俱求,常得之。高祖怪问吕后,后曰:"季所居上常有云气,故从往常得季。"厌,通"压"。

(65)命:天命。

(66)分:被斩断。

(67)西入关则五星聚:《汉书》载,元年(前206),冬十月,五星聚于东井,沛公至霸上也。聚,会聚。

(68)稽:探究。

(69)不厌:不合。厌,满足,迎合。

(70)苟昧:苟且贪昧。

(71)越次妄据:超越等次妄居高位。

(72)折足之凶:指"鼎折足"的凶兆。

(73)𫓧钺(yuè):一作"斧钺",指诛杀之刑。𫓧,铡刀。钺,大斧。

(74)距逐鹿之瞽说:拒绝听从"逐鹿"的瞎说。距,通"拒"。

(75)不可几:不可希冀的东西。几,通"冀",希冀。

(76)其:一定。

(77)永终:永远终其身。

【解读】

西汉末年,隗嚣拥兵割据,以天下大势何趋问班彪,班彪认为汉室必会复兴,作《王命论》进言,从几方面论述了刘氏帝王之祚"能为鬼神所福飨,天下所归往"。

首先,汉绍尧运,天命在刘。在阴阳五行学说中,尧占据火德,而汉王朝承续了尧的德运,也占据火德。刘邦起于布衣而终得天下,证明"神器有命"。其次,早在秦末乱世就有陈婴之母和王陵之母看清天下运势。王母更是预告刘邦将兴，托汉使转告王陵努力事奉汉王，别有二心，王陵听信母亲最终官至宰相。可见刘邦的帝王之尊天定。再者，汉高祖是帝尧的后裔，身体形貌多奇异，神武而有征兆应验，且宽厚明察而仁德忠恕，知人善任。"加之以信诚好谋，达于听受，见善如不及，用人如由己，从谏如顺流，趣时如响赴"，班彪认为这些都是其成帝业的原因。最后，史上种种神奇事件暗示了高祖的非凡：其母梦与神遇而孕高祖，及长而有异于众，"吕后望云而知所处"，"始受命则白蛇分，西入关则五星聚"，足见高祖之位是天授而非人为。

为强调刘氏的王命，班彪还列举了韩信等觊觎天位者的下场，以此讽谏隗嚣：天子之贵不可妄得。由此作结：天意难违，神器有命，刘家定会继续君临天下。作为地方势力，明智之举是不觊觎帝王之位，识时务，拥立刘氏政权。

班彪此论充满了浓厚的宿命论思想，但同时也注意到了汉高祖刘邦在宏韬大略方面的优点。虽然掺杂于天命论中，然亦体现了"吉凶由人"的哲学思想，值得留意。

此外，文中的"驽蹇之乘，不骋千里之涂"等语也提醒世人正视自己的才能和现实条件，凡事量力量才而行，以免不胜其任而"鼎折足，覆公㻬"。

毛诗序①

卫　宏

《关雎》②，后妃③之德也，风之始也，所以风④天下而正夫妇也，故用之乡人焉⑤，用之邦国焉⑥。

风，风也，教也。风以动⑦之，教以化⑧之。诗者，志之所之也，在心为志，发言为诗。情动于中，而形于言；言之不足，故嗟叹之；嗟叹之不足，故永歌之；永歌之不足，不知手之舞之、足之蹈之也⑨。情发于声⑩,声成文⑪谓之音。治世之音安以乐,其政和;乱世之音怨以怒,其政乖⑫;亡国之音哀以思,其民困。故正得失,动天地,感鬼神,莫近于诗。先王以是经⑬夫妇,成孝敬,厚人伦,美教化,移风俗。

故诗有六义⑭焉:一曰风,二曰赋⑮,三曰比⑯,四曰兴⑰,五曰雅⑱,六曰颂⑲。上以风化下,下以风刺⑳上,主文而谲谏㉑,言之者无罪,闻之者足以戒,故曰风。至于王道衰,礼义废,政教失,国异政,家殊俗,而变风变雅㉒作矣。国史㉓明乎得失之迹,伤人伦之废,哀刑政之苛,吟咏情性,以风其上,达于事变而怀其旧俗者也。故变风发乎情,止乎礼义。发乎情,民之性也;止乎礼义,先王之泽也。是以一国之事,系一人之本,谓之风㉔。言天下之事,形四方之风,谓之雅㉕。雅者,正也,言王政之所由废兴也。政有小大,故有小雅焉,有大雅焉。颂者,美盛德之形容,以其成功告于神明者也㉖。是谓四始㉗,诗之至也㉘。然则《关雎》《麟趾》之化,王者之风,故系之周公㉙。南,言化自北而南也㉚。《鹊巢》《驺虞》之德,诸侯之风也,先王之所以教,故系之召公㉛。《周南》《召南》,正始之道、王化之基,是以《关雎》乐得淑女以配君子,忧在进贤,不淫其色。哀窈窕、思贤才而无伤善之心焉,是《关雎》之义也。

【作者简介】

卫宏,字敬仲,东海(治今山东郯城西北)人。东汉经学大家。

184

【注释】

①《毛诗序》:汉代传《诗经》的有鲁、齐、韩、毛四家。鲁人毛亨(大毛公)、赵人毛苌(小毛公)传《诗经》,为《毛诗》。《毛诗》于汉末兴盛,取代前三家而广传于世。《毛诗序》即汉人卫宏(一说孔门弟子子夏)为《诗经》作的序,分"大序"和"小序"。大序为《关雎》题解后所作《诗经》总序,小序是每一篇的序言。此处《毛诗序》是指大序。

②《关雎》:《诗经·国风·周南》第一首诗的篇名。

③后妃:天子之妻。旧说指周文王妃太姒。此处说《关雎》是称颂后妃美德的。孔颖达《毛诗正义》:"言后妃性行合谐,贞专化下,寤寐求贤,供奉职事,是后妃之德也。"

④风(fěng):讽喻,教化。

⑤用之乡人焉:相传古代一万二千五百家为一乡,"乡人"指百姓。《礼记·乡饮酒礼》载,乡大夫行乡饮酒礼时以《关雎》合乐。故《正义》释"用之乡人"为"令乡大夫以之教其民也"。

⑥用之邦国焉:《仪礼·燕礼》载,诸侯行燕礼,饮燕其臣子宾客时,咏乡乐《关雎》《葛覃》等。故《正义》释"用之邦国"为"令天下诸侯以之教其臣也"。

⑦动:感动。

⑧化:感化。

⑨"情动于中……足之蹈之也":心中有情感而后用语言表达出来,意犹未尽,则继之以咨嗟叹息,再有不足,则继之以永歌、手舞足蹈。永歌,引声长歌。

⑩声:指宫、商、角、徵、羽。

⑪文:指五声和合而成的曲调。

⑫乖:反常。

⑬经:常道。这里作动词,使……归于正道。

⑭六义:《毛诗序》"六义"说源于《周礼》"六诗"。《周礼·春官》载,大师教六诗,曰风、曰赋、曰比、曰兴、曰雅、曰颂,但因对诗与乐的关系的理解有异,故次序有不同。

⑮赋:指《诗经》铺陈直叙的手法。朱熹《诗集注》:"赋,敷陈其事而直言之者也。"

⑯比:比喻手法。朱熹注:"比者,以彼物比此物也。"

⑰兴:兴起发端的手法。朱熹注:"先言他物以引起所咏之辞也。"

⑱雅:指雅诗。雅的意思是"正",谈王政之兴废。

⑲颂:指颂诗。颂有形容之意。即借舞蹈表现诗歌的情态。

⑳刺:讽刺,讽谏。

㉑主文而谲谏:言当"刺"时,合于宫商相应之文,并以婉约的言辞劝谏,而不直言君王之过。

㉒变风变雅:指时势由盛变衰。变风,《邶风》以下十三国风。变雅,《大雅》中《中劳》以后的诗,《小雅》中《六月》以后的诗。相当于上文所说的"乱世之音""亡国之音"。

㉓国史:王室的史官。《正义》引郑玄言:"国史采众诗时,明其好恶,令瞽蒙歌之。其无作主,皆国史主之,令可歌。"

㉔"是以"三句:这是对"风"的解释。"一国"指诸侯国,区别于《雅》所言的"天下"。"一人"指作诗之人。《正义》:"诗人览一国之意以为己心,故一国之事系此一人使言之也。"

㉕"言天下"三句:这是对"雅"的解释。《正义》:"诗人总天下之心,四方之俗,以为己意,而永歌王政,故作诗道说天下之事,发见四方之风,所言者乃天子之政,施齐正于天下,故谓之雅,以其广故也。"

㉖"颂者"三句:这是对"颂"的解释。意思说"颂"是祭祀时赞美君王功德的诗乐。形容,形状容貌。

㉗四始:《正义》引郑玄言:"风也,小雅也,大雅也,颂也,此四者,

人君行之则为兴，废之则为衰。"而司马迁《史记·孔子世家》则认为，《关雎》之乱以为风始，《鹿鸣》为小雅始，《文王》为大雅始，《清庙》为颂始。《毛诗序》言《关雎》风之始也，袭《史记》。

㉘诗之至也：诗之义理尽于此。

㉙"然则《关雎》"三句：《麟趾》，即《麟之趾》，是《国风·周南》的最后一篇。《正义》："《关雎》《麟趾》之化，是王者之风，文王之所以教民也。王者必圣，周公圣人，故系之周公。"

㉚"南，言化"二句：即《周南》的"南"之意为"化"。《正义》："言此文王之化自北土而行于南方故也。"

㉛"《鹊巢》《驺虞》"四句：《鹊巢》是《国风·召南》的首篇，《驺虞》是其末篇。《正义》："《鹊巢》《驺虞》之德是诸侯之风，先王、大王、王季所以教化民也。诸侯必贤，召公贤人，故系之召公。"

【解读】

《诗经》是我国文学史上第一部诗歌总集。历来治《诗经》者众，论《诗经》亦自先秦即有，但具有开创意义的系统专论文章，则当为《毛诗序》。该序从诗歌的性质、内容、分类、社会作用、表现手法、审美特征等多方面对《诗经》作了比较系统而明晰的阐述。

第一段是《关雎》的题解，主要从《关雎》的内容性质和所起的教化作用两方面加以阐述。

第二、三段是总论《诗经》全书的大序，大致分三点：一、诗言志，这是论《诗经》的性质。所谓"诗者，志之所之也，在心为志，发言为诗"，意即诗歌是心中情志的表达。为阐明此性质，作者进一步将诗歌与嗟叹、歌咏、舞蹈联系起来，说"情动于中，而形于言；言之不足，故嗟叹之；嗟叹之不足，故永歌之；永歌之不足，不知手之舞之、足之蹈之也"，意为诗歌跟嗟叹歌咏、手舞足蹈一样，都是心中之情的表达。二、诗与政教的关系，这是论《诗经》的社会作用。"情发于声，声成文谓之音。

治世之音安以乐，其政和；乱世之音怨以怒，其政乖；亡国之音哀以思，其民困。故正得失，动天地，感鬼神，莫近于诗。先王以是经夫妇，成孝敬，厚人伦，美教化，移风俗"，"至于王道衰，礼义废，政教失，国异政，家殊俗，而变风变雅作矣"。意即借助诗歌表达的不同情感，可以推知它反映的不同社会现实，从而达到以诗察情、以诗教化的作用。由此可知，《诗经》的社会作用是非常广泛的，但核心则是"刺政（下对上）"与"教化（上对下）"。三、诗的"六义""四始"，这是论述《诗经》的内容分类和表现手法以及它的审美特征。"故诗有六义焉：一曰风，二曰赋，三曰比，四曰兴，五曰雅，六曰颂。"这里的"风、雅、颂"即《诗经》内容的分类，"赋、比、兴"则是《诗经》的表现手法。接着又具体阐述了"风、雅、颂"的内容："上以风化下，下以风刺上，主文而谲谏，言之者无罪，闻之者足以戒，故曰风……国史明乎得失之迹，伤人伦之废，哀刑政之苛，吟咏情性，以风其上，达于事变而怀其旧俗者也。故变风发乎情，止乎礼义。发乎情，民之性也；止乎礼义，先王之泽也。是以一国之事，系一人之本，谓之风"；"言天下之事，形四方之风，谓之雅。雅者，正也，言王政之所由废兴也"；"颂者，美盛德之形容，以其成功告于神明者也"。以上论述，诠释了"风、雅、颂"各自的内容，延伸了"风"的别类"变风"（此外，篇末还论及了《周南》《召南》的诗篇内容，认为也是"风"之类）。论述还涉及了"风、雅、颂"各自的审美特征：风"主文而谲谏"，变风"发乎情，止乎礼义"，雅"正"，颂"美盛德之形容"。另外，"政有大小，故有小雅焉，有大雅焉"，而大雅、小雅、风、颂又构成了《诗经》的"四始"。但对于"赋、比、兴"，《毛诗序》没有具体阐述。而这一"六义"之说，则源于《周礼》。"四始"的说法，则可见于《史记·孔子世家》。

通上观之，《毛诗序》可以说是对先秦至汉代论《诗经》而作的一个总结。

关于《毛诗序》的作者，历无定论。不过，经学大家卫宏至少对它作了系统的整理和修改。

【点评】

"九江谢曼卿善《毛诗》,乃为其训。宏从曼卿受学,因作《毛诗序》,善得《风》《雅》之旨,于今传于世。"([南朝宋]范晔《后汉书·儒林传》)

"晁氏曰:其说(按指苏辙《诗解》)以《毛诗序》为卫宏作,非孔氏之旧,止存其首一言,余皆删去。按司马迁曰:'周道缺而《关雎》作。'扬雄曰:'周康之时,颂声作乎下,《关雎》作乎上。'与今《毛诗序》之意绝不同,则知《序》非孔子之旧明矣。虽然,若去《序》不观,则《诗》之辞有溟涬而不可知者,不得不存其首之一言也。"([元]马端临《文献通考》卷一百七十九)

两都赋序

班　固

或曰:赋者,古诗之流①也。昔成、康②没③而颂声④寝⑤,王泽竭而诗不作。大汉初定,日不暇给⑥。至于武、宣⑦之世,乃崇礼官,考文章⑧,内设金马⑨、石渠⑩之署⑪,外兴乐府⑫、协律⑬之事,以兴废继绝⑭,润色鸿业。是以众庶悦豫⑮,福应尤盛。《白麟》《赤雁》《芝房》《宝鼎》之歌⑯,荐⑰于郊庙⑱;神雀、五凤、甘露、黄龙之瑞,以为年纪⑲。故言语⑳侍从之臣,若司马相如、虞丘寿王㉑、东方朔、枚皋、王褒㉒、刘向之属,朝夕论思㉓,日月献纳㉔;而公卿㉕大臣,御史大夫㉖倪宽㉗、太常孔臧㉘、太中大夫董仲舒㉙、宗正刘德㉚、太子太傅萧望之㉛等,时时间㉜作。或以抒下情而通讽谕,或以宣上德而尽忠孝,雍容揄扬,著于后嗣,抑亦雅颂之亚㉝也。故孝成㉞之世,论而录之,盖奏御者千有余篇,而后大汉之文章，炳焉与三代㉟同风。且夫道有夷㊱隆㊲，学有粗密，因时而建德者，不以远近易则㊳。故皋陶㊴歌虞，奚斯㊵颂鲁㊶，同见采于孔氏㊷，列于《诗》《书》，其义一也。稽之上古则如彼㊸，考之汉室又如此㊹。斯事虽细，然先臣㊺之旧式㊻，国家之遗美㊼，不可缺也。臣窃见海内清平，朝廷无事，京师修宫室，浚㊽城隍㊾，起苑囿㊿，以备制度。西土(51)耆(52)老，咸怀怨思，冀上之眷顾(53)，而盛称长安旧制(54)，有陋洛邑(55)之议。故臣作《两都赋》，以极(56)众人之所眩曜(57)，折(58)以今之法度。其辞曰。

【作者简介】

班固（32—92），字孟坚，扶风安陵（今陕西咸阳东北）人。东汉史学家、文学家。奉诏续成其父所著书，历二十余年撰成《汉书》。善作赋，其《两都赋》开创京都赋范例。他还是经学理论家，编撰的《白虎通义》集当时经学之大成。

【注释】

①古诗之流：古诗的一种。流，品类。

②成、康：成王和康王，周朝初期二国君。成康之世是周朝强盛的时代。

③没：去世。

④颂声：颂诗。

⑤寝：止息。

⑥不暇给：政务繁多，无暇顾及文化。

⑦武、宣：汉武帝刘彻和汉宣帝刘询。

⑧考文章：考核典籍，讲论经典。

⑨金马:官署名。门傍有铜马,故又称金马门,是西汉时文士、儒生校理经典之地。

⑩石渠:阁名,为朝廷藏书之处。

⑪署:办公处所。

⑫乐府:音乐官署。

⑬协律:校正音乐律吕,使之和谐。汉武帝始立乐府机关,广采各地民歌,以李延年为协律都尉。

⑭兴废继绝:指在秦代被废弃的制度和绝灭的文章,在汉武帝、汉宣帝时又兴盛起来。

⑮悦豫:快乐。

⑯"《白麟》"句:《汉书》记载,汉武帝行幸各地,获白麟,因作《白麟之歌》;获赤雁,因作《赤雁之歌》;得宝鼎,因作《宝鼎之歌》;又说甘泉宫内生芝兰九茎,其叶相联,因作《芝房之歌》。

⑰荐:进献。

⑱郊庙:郊祀祭天,宗庙祭祖。

⑲"神雀"二句:指汉宣帝时,因神雀集,五凤至,甘露降,黄龙现,认为瑞祥,故先后改为神雀、五凤、甘露、黄龙等年号。

⑳言语:文学辩才,汉代选文章经术之士为文学侍从。

㉑虞丘寿王:辞赋家。

㉒王褒:辞赋家,宣帝时为谏议大夫。

㉓论思:议论构思,指写文章。

㉔献纳:进献皇帝辞赋。

㉕公卿:三公九卿。

㉖御史大夫:西汉时三公之广,丞相之副。

㉗倪宽:武帝时为御史大夫。

㉘孔臧:武帝时为太常,即九卿之一,掌管宗庙礼仪。

㉙董仲舒:经学家,也写辞赋。

㉚刘德:汉宗室,武帝时为宗正,即九卿之一,负责皇族事务。

㉛萧望之:宣帝时为太子太傅。

㉜间:隙,抽空之意。

㉝亚:次一等。

㉞孝成:即汉成帝。西汉标榜以孝治天下,故皇帝谥号都冠以"孝"字。

㉟三代:指夏、商、周。

㊱夷:指衰落。

㊲隆:指兴起。

㊳则:法则,规律。

㊴皋陶:相传曾任舜时掌管刑法的官,后被选为禹的继承人,因早死未继位。

㊵奚斯:春秋时鲁国公子,名鱼,字奚斯。

㊶颂鲁:作诗赞颂鲁僖公重修祖庙。

㊷孔氏:孔子。

㊸如彼:指如皋陶、奚斯作颂歌。

㊹如此:指如司马相如、东方朔、刘向等人作辞赋事。

㊺先臣:指皋陶、奚斯等人。

㊻旧式:老规矩。式,法则。

㊼遗美:作文章的好传统。

㊽浚:深挖。

㊾城隍:城池。

㊿苑囿:帝王娱乐和游猎的园林。

51西土:指长安。

52耆(qí):六十岁。

53眷顾:关心照顾。

54旧制:旧的制度,指西汉立国建都的原则法度。

192

㊺陋洛邑：认为洛阳简陋。

㊻极：止。

㊼眩曜：迷惑，惑乱。

㊽折：折服。

【解读】

班固《两都赋》通过对西都长安和东都洛阳铺写对比，意在称赞东都洛阳地利、形势及礼俗之淳厚，建筑、设置之合于王道，以宣扬强调礼制与宗儒的政治思想，表达反对迁都长安、维护建都洛阳的政治主张。赋前的序主要对汉赋的产生、兴盛、政治意义和美学价值等作了较为系统的论述，以交代写《两都赋》的缘起和目的。

序之开篇言"赋者，古诗之流也"，并特别提及"昔成、康没而颂声寝，王泽竭而诗不作"，表明赋渊源于诗、注重"美盛德之形容"（语出《毛诗序》）的特点。其后介绍西汉武、宣之世辞赋创作的盛况及其原因：得力于朝廷的兴办，出现大量辞赋作品，涌现大批辞赋名家，他们"朝夕论思，日月献纳"，而公卿大臣也间作辞赋。大家"或以抒下情而通讽谕，或以宣上德而尽忠孝，雍容揄扬，著于后嗣"，以至于到孝成之世，有了"大汉之文章，炳焉与三代同风"的盛况。接着又指出：写赋"斯事虽细，然先臣之旧式，国家之遗美，不可缺也"。即认为赋是西汉留下来的传统，不可鄙弃，而要继承和发扬，进一步阐述汉赋在政治上的意义，也表明他写《两都赋》的缘起和目的："西土耆老，咸怀怨思，冀上之眷顾，而盛称长安旧制，有陋洛邑之议。故臣作《两都赋》，以极众人之所眩曜，折以今之法度。"

【点评】

"读《两都赋序》，则知词赋之作，亦可以观世变，非一切铺张夸大之谓也。"（［宋］楼昉《崇古文诀》卷五）

193

白虎通义·三皇五帝解　　班　固

　　三皇者，何谓也？谓伏羲、神农、燧人也。或曰伏羲、神农、祝融也。《礼》曰："伏羲、神农、祝融，三皇也。"谓之伏羲者何？古之时未有三纲①、六纪②，民人但知其母，不知其父，能覆前而不能覆后③，卧之詓詓④，起之吁吁⑤，饥即求食，饱即弃余，茹毛饮血⑥而衣皮苇。于是伏羲仰观象于天，俯察法于地，因夫妇，正⑦五行⑧，始定人道，画八卦以治天下，天下伏而化⑨之，故谓之伏羲也。谓之神农何？古之人民，皆食禽兽肉，至于神农，人民众多，禽兽不足。于是神农因⑩天之时⑪，分地之利⑫，制耒耜⑬，教民农作。神而化之，使民宜⑭之，故谓之神农也。谓之燧人何？钻木燧⑮取火，教民熟食，养人利性⑯，避臭去毒，谓之燧人也。谓之祝融何？祝者，属也；融者，续也；言能属续⑰三皇之道而行之，故谓祝融也。

　　五帝者，何谓也？《礼》曰：黄帝⑱、颛顼⑲、帝喾⑳、帝尧㉑、帝舜㉒，五帝也。《易》曰："黄帝、尧、舜氏作。"《书》曰"帝尧""帝舜"。黄者，中和之色㉓，自然之性，万世不易。黄帝始作制度，得其中和，万世常存，故称黄帝也。谓之颛顼何？颛者，专也；顼者，正也；能专正㉔天人之道，故谓之颛顼也。谓之帝喾者何也？喾者，极也，言其能施行穷极道德也。谓之尧者何？尧犹峣峣也，至高之貌，清妙高远，优游博衍㉕，众圣之主，百王之长也。谓之舜者何？舜犹僻僻㉖也，言能推信尧道而行之。

【注释】

①三纲:古代礼法,即君为臣纲,父为子纲,夫为妻纲。纲,纲纪。

②六纪:指诸父有善,诸舅有义,族人有序,昆弟有亲,师长有尊,朋友有旧。纪,纲纪,法度。

③能覆前而不能覆后:能遮盖身体的前面就不能遮盖身体的后面。形容古时人们用野兽皮、草木叶遮体的生活。

④詁(qǔ)詁:形容呼吸声。

⑤吁(xū)吁:形容喘气声。

⑥茹毛饮血:连毛带血地生吃禽兽的生活。茹,吃。

⑦正:正定,确定。

⑧五行:指五常,即仁义礼智信。

⑨伏而化:顺从而训化。伏,信服,顺从。

⑩因:顺。

⑪时:运行时令。

⑫利:指各自所宜。

⑬耒耜(lěi sì):一种像犁的翻土农具。

⑭宜:适合,适应。

⑮木燧(suì):木制的钻取火种的用具。

⑯性:同“生”。

⑰属续:继承。

⑱黄帝:古华夏部落联盟首领,远古时期华夏民族的共主。五帝之一。

⑲颛顼(zhuān xū):传为黄帝之孙,上古时期部落联盟首领。五帝之一。

⑳帝喾(kù):传为黄帝曾孙,号高辛氏。五帝之一。

㉑尧:上古时期部落联盟首领。帝喾之子,封于陶、唐,号陶唐氏。五帝之一。

㉒舜:名重华。上古时期部落联盟首领,建立虞国,被后世尊为帝,史称帝舜。五帝之一。

㉓黄者,中和之色:黄,本谓土地之色。古人以五色配五行,土居中,故谓黄色为中央正色,即中和之色。

㉔专正:使……专一而不偏斜。

㉕博衍:广远貌。

㉖僢(chuǎn)僢:相匹。

【解读】

本文出自《白虎通义》。汉代对经的解释分为今文经学和古文经学两大流派,各有家法,经义分歧。出于政治需要,朝廷对经义进行统一。《白虎通义》即是"诸儒会白虎观,讲论五经同异",最后由皇帝出面统一其义、由班固奉命撰定的解经书籍。

《三皇五帝解》重点解释了三皇五帝的名称及其由来与内涵。

第一段首先介绍了关于三皇名称的两种说法:一说伏羲、神农、燧人,一说伏羲、神农、祝融。紧接着解释各自的由来与内涵。伏羲之意重在观天象地法,依夫妇人伦而正仁、义、礼、智、信五行,定父子、君臣、夫妻、长幼之人道,作八卦以通神明之德,类万物之情,由是民始开悟而顺服;神农氏之意重在依照自然春生夏长秋收冬藏的规律,举事顺时,分别地利,各尽所宜,教民农作;燧人氏之意重在教民钻木燧取火种而从茹毛饮血进化至吃熟食,使民远离腥膻、毒性等危害;祝融之意重在继承三皇之道。

第二段先介绍五帝的名称。接着解释五帝的内涵。黄帝之意在其始作制度有土德之瑞,万世永存;颛顼之意在使民专一而不偏斜;帝喾之意在能施行至极之道德;尧之意在德高望重,万民拥戴;舜的意思能继承发扬尧之道德。

关于三皇五帝,历来说法众多,《白虎通义》统一说法并加以解释,顺应的是汉代统一思想的时代需要。

"又按《班固传》：'天子会诸儒讲论五经，作《白虎通德论》，令固撰集其事。'然则此书为班固笔也。其言礼乐名物制度甚详，往往杂取经传，不为背理道，而独于五行之生克次第，悉取人事以配之，大抵出于不韦、仲舒之绪论，而其它立赏罚、议褒贬，则公、穀之义居多，至纪封禅，而诐心尽露矣。吾尝谓汉之儒多援经以饰事，而宋之儒必推事以就经。援经以饰事，有远而诬者，然而于事济也；推事以就经，有迩而当者，然而于事不必济也。其济为隽不疑，而其诬至于刘歆之佐王莽。噫，亦可鉴也。"（[明]王世贞《读书后·读白虎通》）

汉书·霍光传(节选)　　　　班　固

初，霍氏奢侈，茂陵徐生曰："霍氏必亡。夫奢则不逊，不逊必侮上。侮上者，逆道也。在人之右①，众必害②之。霍氏秉权日久，害之者多矣。天下害之，而又行以逆道，不亡何待！"乃上疏言"霍氏泰盛，陛下即爱厚之，宜以时抑制，无使至亡"。书三上，辄报闻。其后霍氏诛灭，而告霍氏者皆封。人为徐生上书曰："臣闻客有过主人者，见其灶直突③，傍有积薪，客谓主人，更为曲突，远徙其薪，不者且有火患。主人嘿然不应。俄而家果失火，邻里共救之，幸而得息。于是杀牛置④酒，谢其邻人，灼⑤烂⑥者在于上行⑦，余各以功次坐⑧，而不录⑨言曲突者。人谓主人曰：'乡⑩使⑪听客之言，不费牛酒，终亡火患。今论功而请宾，曲突徙薪亡恩泽，燋头烂额为上客耶？'主人乃寤而请之。今茂陵徐福数上书言霍氏且有变，宜防绝之。乡使福说得行,则国亡裂土出爵之费,臣亡逆乱诛灭之败。往事既已,而福独不蒙其功,唯⑫陛下察之,贵徙薪曲突之策,使居焦发灼烂之右。"上乃赐福帛十匹⑬,后以为郎。

【注释】

①在人之右:地位高居他人之上。右,古代称等级、地位较高者。

②害:妒忌。

③突:烟囱。

④置:备办。

⑤灼:烧炙。

⑥烂:烧伤。

⑦在于上行(háng):安排在上座。行,座次。

⑧次坐:排列座次。次,次序。这里作动词,排次序。

⑨录:采,取。这里有邀请的意思。

⑩乡:通"向",原先。

⑪使:假使。

⑫唯:表示希望,祈使。

⑬匹:用于计量整卷的绸布。

【解读】

本篇选自《汉书·霍光传》。霍光是西汉武帝后期至汉昭帝时期的权臣,靠兄长霍去病的提携平步青云,得汉武帝亲信,受遗诏,辅少主,前后秉政二十年,后盛极而被诛杀。本篇节选的是霍氏败亡后补叙的一个尾声。全文分四个部分:第一部分是茂陵徐生从霍氏奢侈预感其必亡而上书皇上适时抑制。第二部分是霍氏诛灭,告霍氏者皆封,独徐福不蒙皇恩。第三部分是有人上书皇上,以"曲突徙薪"的寓言故事为早作预警的徐福打抱不平,请求皇上重赏之。第四部分是皇上醒悟，赏徐福帛十匹，并任他为郎。

此补叙进一步说明霍氏骄奢，早有败亡迹象，同时也凸显了凡事防患于未然的重要。

【点评】

"赞曰：霍光以结发内侍，起于阶闼之间，确然秉志，谊形于主。受襁褓之托，任汉室之寄，当庙堂，拥幼君，摧燕王，仆上官，因权制敌，以成其忠。处废置之际，临大节而不可夺，遂匡国家，安社稷。拥昭立宣，光为师保，虽周公、阿衡，何以加此！然光不学亡术，暗于大理，阴妻邪谋，立女为后，湛溺盈溢之欲，以增颠覆之祸，死财（才）三年，宗族诛夷，哀哉！"（［汉］班固《汉书·霍光传》）

封燕然山铭　　　　班　固

惟①永元元年②秋七月，有汉元舅③曰车骑将军窦宪，寅亮④圣明，登翼⑤王室，纳于大麓⑥，维清缉熙⑦。乃与执金吾⑧耿秉，述职巡御⑨，理兵于朔方⑩。鹰扬之校，螭虎之士，爰⑪该六师⑫，暨南单于、东乌桓、西戎氐羌侯王君长之群，骁骑三万。元戎⑬轻武，长毂⑭四分，云辎⑮蔽路，万有三千余乘。勒⑯以八阵，莅以威神，玄甲⑰耀目，朱旗绛⑱天。遂陵高阙⑲，下鸡鹿⑳，经碛卤㉑，绝大漠，斩温禺㉒以衅鼓㉓，血尸逐㉔以染锷㉕。然后四校㉖横徂㉗，星流彗扫，萧条万里，野无遗寇。于是域灭区单㉘，反旆㉙而旋，考传验图㉚，穷览其山川。遂逾涿邪，跨安侯，乘㉛燕然，蹑㉜冒顿之区落，焚老上之龙庭。上以摭㉝高、文之宿愤㉞，光祖宗之玄灵㉟；下以安固后嗣，恢拓境宇，振大汉之天声。兹所谓一劳而久逸，暂费而永宁者也，乃遂封山刊㊱石，昭铭㊲上德。其辞曰：

铄㊳王师兮征荒裔，剿凶虐兮截海外㊴。复㊵其邈兮亘地界，封神丘兮建隆碣㊶，熙㊷帝载㊸兮振万世！

【注释】

①惟：文言助词，无实义，常用于句首。

②永元元年：公元89年。永元，汉和帝年号。

③元舅：长舅。这里指国舅窦宪。元，长。

④寅亮：恭敬信奉。

⑤登翼：登用辅翼，辅佐。

⑥纳于大麓：指全面掌管天子之事。

⑦维清缉熙：清明而光辉闪耀。维，句首虚词，表赞叹语气。

⑧执金吾(yù)：古代保卫京城的官员。本名中尉，西汉时权力很大，担负京城内的巡察、禁暴、督奸等任务。

⑨巡御：巡防警戒。

⑩朔方：北方。

⑪爰：与，介词。

⑫六师：指天子之师，曰"六军"。

⑬元戎：指大军。

⑭长毂：指兵车。

⑮云辎(zī)：车辆盛多如云。

⑯勒：率领，统帅。

⑰玄甲：铠甲。西汉铁制铠甲逐渐成为军中主要装备，因色黑，故称"玄甲"。

⑱绛：深红色。这里作动词，红遍。

⑲高阙：古地名。阴山山脉西北有一缺口，状如门阙，故称。

⑳鸡鹿:鸡鹿塞,汉代通塞北之隘口。

㉑碛卤(qì lǔ):含盐碱多沙石的地方。

㉒温禺(yú):匈奴贵族封号,即"温禺鞮(dī)王"。

㉓衅(xìn)鼓:古代战争时,杀人或杀牲以血涂鼓行祭。

㉔尸逐:即"尸逐骨都侯",古代的匈奴官名。

㉕染锷:涂染刀剑的刃。

㉖四校:四方将校。

㉗徂:往,行。

㉘域灭区单:指消灭匈奴割据,统一区宇。

㉙旆(pèi):旌旗。

㉚考传(zhuàn)验图:考查文书图籍。传,文字记载。

㉛乘:登上。

㉜蹑:踏足,践踏。

㉝摅(shū):发泄。

㉞宿愤:旧日的愤怨。

㉟玄灵:神灵。

㊱刊:雕刻。

㊲昭铭:清楚地铭刻。

㊳铄:即"於铄",表示赞美的叹词。

㊴截海外:一统海外。截,整齐。

㊵夐(xiòng):远。

㊶隆碣(jié):丰碑。隆,高突。碣,同"碣",碑石。

㊷熙:弘扬。

㊸帝载:帝业。

【解读】

东汉永元元年(89),将军窦宪率汉军及南匈奴、东胡乌桓、西戎氐羌大败北匈奴后,在燕然山(今蒙古国杭爱山)南麓勒石记功,由随军

201

出征的中护军班固撰文,宣扬此次大战的战绩与汉朝的德威。

铭文开篇至"理兵于朔方"叙写出征的时间、主将和背景,赞颂窦宪恭敬天子,辅佐王室,掌理国事,高洁光明,彰显汉朝德威,为写征战的胜利伏笔。"鹰扬之校"至"朱旗绛天"写出征的阵势之强大,营造大战的氛围,为征战大捷造势。"遂陵高阙"至"焚老上之龙庭"描写大战匈奴的经过和显赫战绩,再现战场的所向披靡。"上以摅高、文之宿愤"至结尾宣扬此次大战泄宿愤、光祖宗,一劳永宁的重大意义和汉朝的威震海外,点出封山勒功以广扬帝事、振奋万代的目的。

此文被认为是我国有史记载的"边塞纪功碑"的源头,后世以"燕然勒功"指刻石记功,也泛指建立功勋。

【点评】

"能尽以约,所以为大手。"([清]何焯《义门读书记》卷四十九)

说文解字叙　　　　　　　　许　慎

古者庖牺氏①之王天下也,仰则观象于天,俯则观法②于地,视鸟兽之文③与地之宜④,近取诸⑤身,远取诸物,于是始作《易》八卦,以垂宪象⑥。及神农氏,结绳为治,而统⑦其事,庶业其繁⑧,饰伪萌生⑨。黄帝之史仓颉⑩,见鸟兽蹄迒⑪之迹,知分理⑫之可相别异也,初⑬造书契⑭。百工以乂,万品以察,盖取诸夬⑮。"夬,扬于王庭⑯",言文者宣教明化于王者朝庭,"君子⑰所以施禄⑱及下,居德则忌⑲"也。

仓颉之初作书,盖依类象形⑳,故谓之文㉑。其后形声相益㉒,即谓之字。文者,物象之本㉓;字者,言孳乳㉔而浸多㉕也。著于竹帛谓之书。书者,如㉖也。以迄㉗五帝三王之世，改易殊体，封㉘于泰山者七十有㉙二代，靡㉚有同焉。

《周礼》：八岁入小学，保氏㉛教国子㉜，先以六书㉝。一曰指事㉞。指事者，视而可识㉟，察而见意㊱，“上、下”是也。二曰象形。象形者，画成其物，随体诘诎㊲，“日、月”是也。三曰形声㊳。形声者，以事为名，取譬相成㊴，“江、河”是也。四曰会意。会意者，比类合谊㊵，以见指㧑㊶，“武、信”是也。五曰转注。转注者，建类㊷一首㊸，同意相受㊹，“考、老”是也。六曰假借。假借者，本无其字，依声托事㊺，“令、长”是也。

及宣王太史籀㊻著大篆十五篇，与古文或异㊼。至孔子书六经，左丘明述春秋传，皆以古文，厥意㊽可得而说也。

其后诸侯力政㊾，不统于王。恶礼乐之害己，而皆去其典籍。分为七国，田畴异亩，车涂异轨，律令异法，衣冠异制，言语异声，文字异形。秦始皇帝初兼天下，丞相李斯乃奏同之，罢㊿其不与秦文合(51)者。斯作《仓颉篇》。中车府令赵高作《爰历篇》。大史令胡毋敬作《博学篇》。皆取(52)史籀大篆，或颇省改(53)，所谓小篆也。

是时，秦烧灭经书，涤除旧典。大发吏卒，兴役戍。官狱职务繁，初有隶书，以趣约易(54)，而古文由此绝矣。自尔秦书有八体：一曰大篆，二曰小篆，三曰刻符(55)，四曰虫书(56)，五曰摹印(57)，六曰署书(58)，七曰殳书(59)，八曰隶书(60)。

汉兴有草书(61)。尉律(62)：学僮十七以上始试。讽籀(63)书九千字，乃得为史。又以八体试之(64)。郡移太史并课(65)。最者，以为尚书史。书或不正，辄举劾(66)之。今虽有尉律，不课，小学(67)不修(68)，莫达(69)其说(70)久矣。

孝宣皇帝时，召通《仓颉》读者(71)，张敞从受之(72)。凉州刺史杜业，沛人爰礼，讲学大夫秦近，亦能言之。孝平皇帝时，征礼等百余人，令说文字未央廷中，以礼为小学元士。黄门侍郎扬雄，采(73)以作《训纂篇》。凡《仓颉》以下十四篇，凡五千三百四十字，群书所载，略存之矣。

及亡新居摄(74)，使大司空甄丰等校文书之部。自以为应制作(75)，颇改定古文。时有六书：一曰古文，孔子壁中书(76)也。二曰奇字，即古文而异也。三曰篆书，即小篆。四曰左书，即秦隶书。秦始皇帝使下杜人程邈之所作也。五曰缪篆，所以摹印也。六曰鸟虫书，所以书幡信也。

壁中书者，鲁恭王坏孔子宅，而得《礼记》《尚书》《春秋》《论语》《孝经》。又北平侯张苍献《春秋左氏传》。郡国亦往往于山川得鼎彝(77)，其铭即前代之古文，皆自相似。虽叵复见远流，其详可得略说也(78)。

而世人大共非訾(79)，以为好奇者也，故诡更(80)正文，乡(81)壁虚造(82)不可知之书，变乱常行(83)，以耀于世。诸生竞逐说字解经谊(84)，称秦之隶书为仓颉时书，云："父子相传，何得改易！"乃猥(85)曰："马头人为'长'，人持十为'斗'，'虫'者屈中也。"廷尉说律，至以字断法，"苛(86)人受钱"，"苛"之字"止句"也。若此者甚众，皆不合孔氏古文，谬(87)于《史籀》。俗儒鄙夫，玩其所习(88)，蔽所希闻(89)。不见通学(90)，未尝睹字例之条(91)，怪旧势(92)而善(93)野言(94)，以其所知为秘妙，究洞圣人之微恉(95)。又见《仓颉篇》中"幼子承诏(96)"，因曰"古帝之所作也,其辞有神仙之术焉",其迷误不谕,岂不悖哉!

《书》曰:"予欲观古人之象。"言必遵修旧文⑨而不穿凿。孔子曰:"吾犹及史之阙文⑱,今亡⑲矣夫。"盖非其不知而不问。人用己私⑩,是非无正⑪,巧说邪辞⑫,使天下学者疑。

盖文字者,经艺之本⑬,王政之始。前人所以垂后,后人所以识古。故曰:"本立而道生","知天下之至啧⑭而不可乱也"。今叙篆文,合⑮以古籀;博采通人⑯,至于小大;信⑰而有证,稽撰⑱其说。将以理⑲群类⑳,解谬误,晓学者,达神恉㉑,分别部居㉒,不相杂厕㉓也。万物咸睹,靡不兼载㉔。厥谊不昭,爰明以谕㉕。其称㉖《易》,孟氏;《书》,孔氏;《诗》,毛氏;《礼·周官》《春秋左氏》《论语》《孝经》,皆古文也。其于所不知,盖阙如㉗也。

【作者简介】

许慎(约58—约147),字叔重,汝南召陵(今河南漯河市召陵区)人。东汉经学家、文字学家。编撰了《说文解字》,使中华汉字的形、音、义趋于规范和统一,对文字学做出了不朽贡献,后人尊之为"字圣"。

【注释】

①庖牺氏:又称伏羲,古史传说中的帝王。唐司马贞《三皇本纪》:"太皥庖牺氏,风姓,代燧人氏继天而王……养牺牲以庖厨,故曰庖牺。"

②法:法象,相当于自然界的现象。

③文:外形。

④宜:犹言"仪",形状。

⑤诸:兼词,相当于"之于"。

⑥以垂宪象:来示明法定的图象。

⑦统:纪事。相传神农时代用结绳来纪事。大事结大绳,小事结小绳。

⑧庶业其繁:指事物特别繁多。庶,众多。其,极,特别。

⑨饰伪萌生:言神农时代结绳纪事,无文字可凭,且事物繁杂,故巧饰伪诈之事就发生了。饰伪,巧饰伪诈之事。

⑩仓颉:《说文解字》《世本》《淮南子》皆记载仓颉是黄帝时期造字的左史官,见鸟兽的足迹受启发而造字。

⑪蹄迒(háng):蹄爪的痕迹。

⑫分理:文理。

⑬初:开始。

⑭书契:指文字。

⑮百工以乂(yì),万品以察,盖取诸夬(guài):百官因此安定,万物因此明白,大概取之于分别。乂,安定。察,明具。夬,分决。以上三句见于《周易·系辞》。

⑯夬,扬于王庭:夬卦的意思是在朝堂上宣明教化。此句见于《周易·夬卦》卦辞。

⑰君子:王臣百官。

⑱施禄:施恩泽。

⑲居德则忌:增加修德,规范禁忌。

⑳依类象形:按照物类画出形体。此类不仅指象形,还指指事,因有事可指,必有形可象。

㉑文:交错点画。

㉒形声相益:形与声相互补益。此类不仅指形声,还指会意。

㉓本:本然现象。

㉔孳(zī)乳:派生。

㉕浸多:逐渐增多。

㉖如:指写事像其事。如,像。

㉗迄:同"讫",到,止。

㉘封:祭天地。

㉙有:通"又"。

㉚靡:无。

㉛保氏:官名。

㉜国子:公卿大夫之子。

㉝六书:指象形,指事,形声,会意,转注,假借。

㉞指事:刘歆、班固皆作"象事"。

㉟视而可识:指字形明显,一看就可认识。

㊱察而见意:指字义不隐晦,细察就可了解它的意义。

㊲诘诎(jié qū):弯曲。

㊳形声:刘歆、班固谓之"象声"。其字半主义半主声。

㊴取譬相成:以事造字,取文之譬近而组成。有别于"指事象形"者,指事象形为独体,形声为合体。有别于"会意"者,会意为合体表义,形声为合体表意与声。

㊵比类合谊:即"比类合义",组合字群以见其义。比,组合。类,字群。

㊶指㧑(huī):指向。

㊷建类:造字类。

㊸一首:统一其部首。

㊹相受:相加。

㊺依声托事:依照声音借用一个同音字表示事物。

㊻太史籀(zhòu):太史,官名。籀,人名。相传籀善书,师模仓颉古文,损益而广之,谓之为篆,曰大篆,或称"籀书"。

㊼与古文或异：谓与仓颉之古文稍有不同。

㊽厥意：那文字构成之义。厥，其，指示代词。

㊾力政：以武力相征伐。政，即征。

㊿罢：删除。

(51)合：相合。

(52)取：采用。

(53)省改：简化改变。

(54)以趣约易：以求简便。趣，同“趋”，追求。

(55)刻符：刻于符信之体。

(56)虫书：象鸟虫之形，书写旛信之体。旛信，即旗帜之类。

(57)摹印：规摹印章之体。

(58)署书：题署之体。

(59)殳书：刻于兵器之体。殳，兵器。

(60)隶书：刻符、虫书、摩印、署书、殳书、隶书，《汉书·艺文志》谓之六技，其中除隶书外，大约都是大篆、小篆之艺术体。

(61)草书：段玉裁曰：“按草书之称起于草稿……其各字不相连绵者曰章草，晋以下相连绵者曰今草。”草书之特征有二：一简化，二连绵。

(62)尉律：廷尉之法律。

(63)讽籀：讽诵理解。讽，背文。籀，紬绎理解。

(64)以八体试之：试用秦之八体使之书写。

(65)课：考核。

(66)举劾：列举罪行、过失加以弹劾。

(67)小学：文字之学。

(68)修：修习。

(69)达：明白。

(70)其说：指文字构形之说。

(71)召通《仓颉》读者：征召到读识古文字《仓颉篇》的人。

⑦从受之:跟从他受业。

⑦采:采取,指采取会议讲学讨论之结果。

⑦亡新居摄:王莽摄政。亡新,已亡的新朝,指王莽。摄,摄政。

⑦应制作:应王莽之命而作。

⑦壁中书:以古文出于壁中,故谓。晋人谓之蝌蚪文,则以周时古文形似蝌蚪之故。

⑦鼎彝:古代祭器,上面多刻着表彰有功人物的文字。

⑦"虽叵"二句:言虽不可再现远古文字之流变,然其构字之详尚可说明其大概。叵,不可。略,大概。

⑦大共非訾(zǐ):大加否认、诋毁。

⑧诡更:怪异变更。

⑧乡:通"向",对着。

⑧虚造:伪造。

⑧变乱常行:诡变正字,搅乱常规通行之书,指隶书。

⑧竞逐说字解经谊:言依秦隶书之形体竞相牵强解字释经。

⑧狠:随便。

⑧苛:通"呵",斥责。

⑧谬:差错。

⑧玩其所习:欣赏自己所习惯的东西,指隶书。

⑧蔽所希闻:与自己见闻少的东西格格不入。蔽,不明。希,同"稀"。

⑨通学:宏通的学问。

⑨字例之条:指构字之条例。

⑨怪旧势:把典籍看成异端。

⑨善:喜好。

⑨野言:无稽之谈。

⑨微恉:精深微妙的意旨。

209

⑨幼子承诏：指学童承师之教告。

⑨旧文：古代的记载。

⑨史之阙文：史书存疑的地方。

⑨亡：通"无"，没有。

⑩人用己私：指人凭着自己的猜想去解释古史古事。

⑩正：定准。

⑩巧说邪辞：巧言诡辩。邪，不正。

⑩经艺之本：经传子史的根基。

⑩至赜(zé)：最深奥的道理。赜，同"赜"，深奥。

⑩合：参照。

⑩通人：学识渊博的专家。

⑩信：确凿可信。

⑩稽撰：稽考、诠释。

⑩理：解释。

⑩群类：字类。

⑪神恉：深奥之旨，指文字结构之神妙意义。

⑪部居：部类。

⑪厕：放置。

⑪靡不兼载：无不尽记。

⑪爰明以谕：援用可资说明的东西来讲明白。爰，援引。

⑪称：征引。

⑪阙如：阙略不言。阙，同"缺"。

【解读】

许慎的《说文解字》是我国第一部系统分析字形、考究字源的文字学著作，《说文解字叙》是其自叙，内容主要涵盖以下几个方面：

一、阐述周代以前文字的源流：伏牺氏创《易》和八卦，神农氏结绳记事，黄帝时仓颉造字，其中重点阐述的是仓颉造字。先介绍了造字的背景，"庶业其繁，饰伪萌生"；其次介绍了造字的依据和方法，"见鸟兽蹄迒之迹"，或"依类象形"而成文，或"形声相益"而为字；同时还陈述了造字的目的和成效，"宣教明化"，有助于君王的施政，于是"百工以乂，万品以察"。

二、介绍自周代到秦文字的演变，分周、战国、秦三个阶段。先是《周礼》以象形、指事、形声、会意、转注、假借"六书"解析字形结构，教授公卿大夫子弟以古文字；其后是西周宣王时期太史籀师模仓颉古字而整理出与古字稍异的大篆十五篇，即籀文，且一直通行至春秋末期。至战国时期，诸侯厌恶礼乐妨害自己而抛弃典籍、各行其是，于是七国文字异形。至秦始皇兼并天下，丞相李斯主张统一文字，取史籀大篆而大加省改，于是演变出小篆。同时秦烧灭经书，涤除旧典。加以官狱职务繁多，为求简易而开始有了隶书。至此，上古文字便绝用了。秦书依照用途的差异，出现了书法八体：大篆、小篆、刻符、虫书、摹印、署书、殳书和隶书。

三、介绍汉以后文字的概况及其研究。首先是汉朝出现了草书。同时汉朝沿用秦之书法八体教授学子考核官员；汉宣帝时还征召到一位能读识古文字《仓颉篇》的人，派张敞跟从他学习；汉平帝时朝廷编著了《训纂篇》，总括了《仓颉篇》以来的字书，可见此时古文字还受到相当的重视。王莽摄政后对古文字很有一些改动，字体则出现古文、奇字、小篆、隶书、缪篆、鸟虫书六种。

四、指出后汉尊崇隶书反对古文的错误，此种错误在于：一是否认、诋毁孔宅壁中所得和地下发掘而得的古文字，以之为异端邪说；二是将秦以来的隶书认作仓颉古字，穿凿附会，胡乱解说，违背事理。

五、说明作书的态度、意义和书中引用的古文版本。首先阐述作书秉承舜帝按旧典行事和孔子存疑探究的精神，叙列篆文，参照古文、籀文，博采诸家之说，做到出言确凿有证，在考稽的基础上撰写说解。因为文字是经史百家之书的根基，是推行王道的首要条件，前人用它记述自己的经验传示给后人,后人依靠它认识古代的历史,意义非凡,故不可随意妄说,对于不懂的,就存疑告缺。最后说明文中提到的《易经》《尚书》《诗经》以及《周礼》《左传》《论语》《孝经》等,都是指古文版本。

此叙是对《说文解字》提纲挈领式的概述,也对书法、传统文字学的研究有着重要的意义和价值。

【点评】

"令所有之字,分别其部为五百四十。每部各建一首,而同首者则曰'凡某之属皆从某',于是形立而音义易明。凡字必有所属之首,五百四十字可以统摄天下古今之字。此前古未有之书,许君之所独创。"([清]段玉裁《说文解字注》卷十五)

座右铭①　　　　　崔　瑗

无道人之短,无说己之长。施人慎勿念,受施慎忽忘。世誉不足慕,惟仁为纪纲。隐心②而后动,谤议庸何伤。无使名过实,守愚圣所臧③。在涅④贵不淄⑤,暧暧⑥内含光。柔弱生之徒,老氏⑦诚刚强。行行⑧鄙夫志,悠悠故难量。慎言节饮食,知足胜不祥。行之苟有恒,久久自芬芳。

【作者简介】

崔瑗(78—143),字子玉,涿郡安平(今河北安平)人。东汉书法家,尤善草书,师法杜度,时称"崔杜"。"草圣"张芝曾取法崔、杜,并自云"上比崔杜不足"。三国时魏人韦诞称其"书体甚浓,结字工巧"。

【注释】

①座右铭:置于座右用以自警之铭文,后泛指可作为格言以自励

的文辞。

②隐心：估量。隐，忖度。

③臧（zāng）：褒奖。

④涅：一种矿物，古代用作黑色染料。

⑤淄（zī）：黑色。这里作动词，变为黑色。

⑥暧（ài）暧：昏暗不明的样子。这里指人内敛守藏而外在缺乏光芒。

⑦老氏：指老子。

⑧行（hàng）行：刚强负气貌。

【解读】

相传崔瑗的兄长崔璋被人杀了，崔瑗手刃仇敌而后逃命，作此铭来警醒自己。

开篇四句言为人处世要不揭人短处、不自我夸耀；施恩于人不要念念不忘，受人之恩当铭记于心。因为言人之短者往往缺乏包容，夸己之长者则多骄傲自满；而施善本不是为获得回报或美名，受施勿忘则是知恩图报的表现。"世誉不足慕"等四句重在阐述如何面对荣辱。意为对赞誉、毁谤都要坦然视之、淡然以待。喜好赞誉、忌讳谤议是人之常情，但赞誉易使人忘乎所以，谤议则易使人恼恨或颓唐，故皆应理性面对，宠辱不惊。这就需要内心有恒定的纲纪"仁"，需要凡事先审度是否合乎"仁"而后才行动。因为仁者问心无愧故可宠辱不惊。"无使名过实"至"知足胜不祥"着重警醒自己守拙内敛，自我节制，强调抱朴守拙，以柔胜刚。名不副实、德不配位者容易自我膨胀，并招来众议，刚者锋芒毕露而易损，柔者顺从自然之道而不争，故能长存，并以匹夫的刚强固执与君子的深藏不露对举，是非鲜明，可见守愚只是外在"若愚"，而内心则要追求高洁的人格品质、近墨不黑的独立节操。"慎言节饮食，知足胜不祥"强调自我约束与节制。因为祸从口出，且"君子讷于言而敏于行"，故要慎言；饮食是物质生活的基本层面，不节制意味着欲望的放纵与贪婪。而要做到这一点则必须认识到知足的益处——除去不祥。最后两句总结,意思是如能长久做到以上各点,则自能高洁芬芳,告诫自己持之以恒。修身之难,最难在于践行的坚持,故此句置于篇末,有特别警醒的作用。

此座右铭内容融合了儒道两家的精神精髓,在今天犹可用作修身处世的借鉴。

【点评】

"偶读崔子玉《座右铭》,喜其词约而理至,或可企而行之。其后陈伯玉、白乐天辈,并皆继作,虽大抵不及子玉,庶亦略尽矣。"([明]何乔远《皇明文征》卷三十二引俞允文)

归田赋

张　衡

游都邑①以永久,无明略以佐时。徒临川以羡鱼②,俟③河清④乎未期。感蔡子⑤之慷慨⑥,从唐生⑦以决疑⑧。谅⑨天道之微昧⑩,追渔父以同嬉⑪。超埃尘⑫以遐逝,与世事乎长辞。

于是仲春⑬令月,时和气清;原隰⑭郁茂,百草滋荣。王雎⑮鼓翼,鸧鹒⑯哀鸣;交颈颉颃⑰,关关嘤嘤。于焉⑱逍遥,聊以娱情。

尔乃龙吟方泽,虎啸山丘⑲。仰飞纤缴⑳,俯钓长流。触矢而毙,贪饵吞钩。落云间之逸禽,悬渊沉之鲟鳋㉑。

于时曜灵㉒俄㉓景㉔,继以望舒㉕。极般游㉖之至乐,虽日夕而忘劬㉗。感老氏之遗诫㉘,将回驾乎蓬庐。弹五弦㉙之妙指㉚,咏周、孔之图书㉛。挥翰墨以奋藻㉜,陈三皇之轨模㉝。苟纵心于物外,安知荣辱之所如㉞。

【作者简介】

张衡(78—139),字平子,河南南阳西鄂(今河南省南阳市卧龙区石桥镇)人。东汉文学家、科学家。两度担任掌管天文历法的太史令。精通天文历算,创制了世界上最早利用水力转动的浑天仪和测定地震方位的候风地动仪。著有天文著作《灵宪》。又有诗赋等,明人张溥辑有《张河间集》。

【注释】

①都邑:指东汉京都洛阳。

②徒临川以羡鱼:《淮南子·说林训》:"临川流而羡鱼,不如归家织网。"用此典表明自己空有佐时的愿望。羡,想望。

③俟:等待。

④河清:黄河水清,古人认为这是政治清明的标志。

⑤蔡子:指战国时燕人蔡泽。

⑥慷慨:感叹,言壮士不得志于心。

⑦唐生:即唐举,战国时梁人。

⑧决疑:请人看相以决对前途命运的疑惑。蔡泽游学诸侯,未发迹时,曾请唐举看相,后入秦为秦相。

⑨谅:确实。

⑩微昧:幽隐。

⑪追渔父以同嬉:王逸《渔父章句序》有"渔父避世隐身,钓鱼江滨,欣然而乐",此用其意。

⑫超尘埃:游于尘埃之外。尘埃,比喻纷浊的世务。

⑬仲春:春季第二个月,即农历二月。

⑭隰(xí):低湿之地。

⑮王雎:鸟名。即雎鸠。

⑯鸧鹒(cāng gēng):鸟名。即黄鹂。

⑰颉颃(xié háng)：鸟飞上下貌。

⑱于焉：于是乎。

⑲"尔乃龙吟"二句：于是从容吟啸于山泽间，类乎龙虎。尔乃，于是。方泽，大泽。

⑳纤缴(zhuó)：指箭。缴，射鸟时系在箭上的丝绳。

㉑鲹鰡(shā liú)：一种小鱼，常伏在水底沙上。

㉒曜灵：太阳。

㉓俄：倾斜。

㉔景：同"影"。

㉕望舒：神话传说中为月亮驾车的仙人。这里代指月亮。

㉖般(pán)游：游乐。

㉗劬(qú)：劳苦。

㉘感老氏之遗诫：指《老子》十二章："驰骋田猎，令人心发狂。"

㉙五弦：五弦琴。

㉚指：通"旨"。

㉛周、孔之图书：周公、孔子著述的典籍。

㉜挥翰墨以奋藻：挥笔写诗文以遣情。翰，毛笔。奋，提笔书写。

㉝轨模：法则。

㉞"苟纵心"二句：只要纵情物外，哪管荣辱得失所带来的结果。

【解读】

张衡任河间相，深感朝政日非，于是自请退职，决心远离污浊的社会和世间杂务，以归隐田园表示对黑暗政治的决绝抗争，遂作此赋。

首段写功业难就，决心抽身退隐。开篇言为官日久而无明略佐时，并说徒然临渊羡鱼不如退而结网，因为政治清明遥不可期，四句即是表明去意。接着以蔡泽请唐举卜相和追渔父之典，见归隐之心已明决无疑。言辞中显示对时局的失望与不得已归隐的悲愤。

第二段借景抒情，写归田后的欣喜。天气晴朗，百草丰茂，鸟雀欢跃,美好的大自然使他"超埃尘以遐逝,与世事乎长辞",舒畅逍遥之情自见。

第三段借飞箭和垂钓写飞鸟毙命、鱼儿贪吃上钩,暗示世事的险恶与官场的倾轧,抒发宦海沉浮的感慨,饱含悲愤与心酸。

最后一段写自己的开悟与旷达。先言悟"老氏之遗诫"而从田猎游乐中解脱出来,驾车回庐;再写徜徉于五弦琴的美妙音乐和周公、孔子遗传的典籍中,并奋发著述,阐明圣则,意在表明从内心寻找寄托,加强自我修养。最终在老庄纵情物外的哲学思想中达到齐荣辱、忘得失的境界,表达旷达超脱的心志。

此赋既有宦海沉浮的悲慨,又有志趣高洁的超脱,一洗汉大赋的铺采缛文与虚夸堆砌,清新洗练,开骈赋的先河。

【点评】

"《归田赋》者,张衡仕不得志,欲归于田,因作此赋。"([唐]李善《文选注》卷十五)

围棋赋 马 融

略观围棋兮,法①于用兵。三尺之局兮,为战斗场。陈②聚士卒兮,两敌相当。拙者无功兮,弱者先亡。自有中和兮,请说其方③。

先据四道④兮,保角依旁。缘边遮列⑤兮,往往相望。离离⑥马目兮,连连雁行。踔度⑦间置⑧兮,徘徊中央。违阁⑨奋翼兮,左右翱翔。道狭敌众兮,情无远行。棋多无策兮,如聚群羊。骆驿⑩自保兮,先后来迎。攻宽击虚兮,跄踌⑪内房。利则为时兮,便则为强。厌于食⑫兮,坏决垣墙。

堤溃不塞兮，泛滥远长。横行阵乱兮，敌心骇惶。迫兼棋雅⑬兮，颇弃其装。已下险口兮，凿置清坑⑭。穷其罪中⑮兮，如鼠入囊。收取死卒兮，无使相迎。当食不食兮，反受其殃。胜负之擥兮，于言如发⑯。乍缓乍急兮，上且未别。白黑纷乱兮，于约如葛⑰。杂乱交错兮，更相度越。守规⑱不固兮，为所唐突。深入贪地兮，杀亡士卒。狂攘⑲相救兮，先后并没。上下杂沓兮，四面隔闭。围合罕散兮，所对哽咽。韩信将兵兮，难通易绝。自陷死地兮，设见谨谲⑳。诱敌先行兮，往往一室㉑。捐棋委食㉒兮，遗三将七。迟逐爽问㉓兮，转相伺密。商度㉔地道兮，棋相连结。蔓延连阁兮，如火不灭。扶疏㉕布散兮，左右流溢。浸淫㉖不振兮，敌人惧栗。迫促踧踖㉗兮，惆怅自失。计功相除㉘兮，以时早讫㉙。事留变生兮，拾棋欲疾。营惑㉚窘乏㉛兮，无令诈出。深念远虑兮，胜乃可必。

【作者简介】

马融（79—166），字季长，右扶风茂陵（今陕西兴平东北）人。东汉经学家、文学家。少有俊才，以数次拒绝朝廷辟命而名重关西。一生注书甚多，有《孝经》《论语》等，皆散佚，清人编的《玉函山房丛书》《汉学堂丛书》有辑录。另有赋、颂等作品。有集已佚，明人辑有《马季长集》。尤长于古文经学，卢植、郑玄等都是其门徒。

【注释】

①法：取法。
②陈：同"阵"，列阵。
③方：方略。

④四道:指棋盘四边。

⑤缘边遮列:(从角部)沿着横竖边排兵布阵。

⑥离离:井然有序。

⑦踔度:跳跃。

⑧间置:间隔着子。

⑨违阁:指避开对方的进攻路线。

⑩骆驿:首尾相顾,连续不断。

⑪跄踉(qiàng xiáng):欲行又止,犹豫不进貌。

⑫厌于食:此处应有脱落一字,原文如此。当指舍不得丢弃孤子。或指满足于吃掉残子。

⑬雒(yuè):围棋中心一子。

⑭凿置清坑:自己挖坑(往里跳)。

⑮罫(guǎi)中:中间的棋格。

⑯发:射出的箭。

⑰于约如葛:相互制约,乱如藤葛。

⑱守规:防守。

⑲狂攘:凶猛的样子。

⑳讙谲:像讙一样诡谲狡诈。讙,神话说中的一种野兽,发声似有百种动物鸣叫。

㉑一室:指己方的势力范围之内。

㉒捐棋委食:抛弃棋子给敌人做诱饵。委,交付。

㉓迟逐爽问:迟缓追逐,利落相逼。

㉔商度:估量。

㉕扶疏:飘散的样子。

㉖浸淫:侵入、扩张。

㉗迫促踧踖:被迫行棋,局促不安。

㉘计功相除:计算和谋略相互运用。

㉙以时早讫:抓住时机尽早收官。

㉚营惑:惑乱。

㉛窘乏:处境窘迫困乏。

【解读】

马融的《围棋赋》"拟军政以为本,引兵家以为喻",奠定了六朝围棋赋惯以兵家话语为主的借喻模式。

开篇总写,言三尺棋局犹如战场,"拙者无功兮,弱者先亡",说明围棋讲究策略,注重勇强的特点。接着从开盘布局到中盘双方搏杀,再到官子收兵,详尽描述一场围棋的"战斗"过程,讲述制胜要领。先讲开局布子,一要先占角边形成延展的两翼,二要讲究首尾相顾,三要讲究井然有序。接着用"道狭敌众兮,情无远行"直入中盘,领起下文双龙搏杀的具体描摹:首先要懂得首尾相顾的战略配合,要有先下手为强、扰乱敌方、敢于舍弃的进攻战术;其次要善于防守,不要贪得地盘深入敌方,不要勇猛相救导致覆没,不要盲目突围招致损折;追杀逃兵要诡谲多变、诱敌先行,要缓追宽逼留有余地,要两边连结、左右蔓延以获得实地和外势;其后描述官子阶段的收兵策略,即"以时早讫","拾棋欲疾"。最后总结,指出深谋远虑必能制胜。

此赋形式上仿屈原赋,具有骚体赋咏物抒情、注重辞采和以"兮"字为句腰、讲究句式整齐对称的特征。

东汉是地主豪强联盟基础上建立的政权,豪强各怀私心,国运攸关还逡巡观望,贻误战机。马融虽为学者,却也关心军机,因此,有人认为此赋以兵家之法咏棋,或有寄托。

【点评】

"马融不惟经学精深,词藻畅妙;观《长笛》一篇,深于音矣。其于弈秋尤为不浅。《围棋赋》云:'怯者无功,弱者先亡……'皆高手语也。"([宋]陈郁《藏一话腴》甲集卷上)

遗黄琼书

李 固

闻已度^①伊、洛^②，近在万岁亭^③，岂即事^④有渐^⑤，将顺王命乎？盖君子^⑥谓"伯夷^⑦隘，柳下惠^⑧不恭"，故传^⑨曰"不夷不惠，可否之间^⑩"。盖圣贤居身之所珍也。诚遂欲枕山栖谷^⑪，拟迹巢、由^⑫，斯则可矣；若当辅政济民，今其时也。自生民^⑬以来，善政少而乱俗^⑭多，必待尧舜之君，此为志士^⑮终无时矣。常闻语曰："峣峣^⑯者易缺^⑰，皦皦^⑱者易污。"《阳春》^⑲之曲，和者必寡，盛名之下，其实难副。近鲁阳^⑳樊君^㉑被征初至，朝廷设坛席^㉒，犹待神明。虽无大异，而言行所守无缺^㉓。而毁谤布流^㉔，应时^㉕折减^㉖者，岂非观听^㉗望深^㉘，声名太盛乎？自顷征聘之士，胡元安、薛孟尝、朱仲昭、顾季鸿^㉙等，其功业皆无所采^㉚，是故俗论皆言处士^㉛纯^㉜盗虚声^㉝。愿先生弘此远谟^㉞，令众人叹服，一雪^㉟此言^㊱耳。

【作者简介】

李固（94—147），字子坚，东汉汉中南郑（今陕西汉中）人。曾以对策受重用，为议郎，官至太尉。后受诬陷下狱死。

【注释】

①度：通"渡"。

②伊、洛：伊水和洛水，均在洛阳之南。

③万岁亭：在今河南登封县西北。相传汉武帝登嵩山，闻山上有三呼万岁声，故名。

④即事：对当前的事件，指朝廷征召。

⑤渐:心动。"渐"是《易》的卦名,象征"徐缓的运动",故引申为不再固执原意。

⑥君子:指孟子。

⑦伯夷:见东方朔《非有先生论》。

⑧柳下惠:即展禽。曾在鲁国做典狱官,三次被罢官仍不离开鲁国。《论语·微子》记孔子的话,说伯夷"不降其志,不辱其身",说柳下惠"降志辱身"。

⑨传:解释儒家六经的著作。

⑩不夷不惠,可否之间:既不学伯夷的过分清高,也不学柳下惠的一味屈从。比喻折衷而不偏激。

⑪枕山栖谷:喻在山野隐居。

⑫拟迹巢、由:仿效巢父、许由的避世行为。巢父、许由,相传是帝尧时的隐士,帝尧欲禅位给他们,他们逃避不受。

⑬生民:世间有人类开始。

⑭乱俗:统治无方,社会混乱。

⑮志士:指救世济民的人。

⑯峣(yáo)峣:高峻。

⑰缺:折断。

⑱皦(jiǎo)皦:洁白。

⑲《阳春》:古代高雅的乐曲。

⑳鲁阳:今河南鲁山县。

㉑樊君:樊英,东汉名士。州郡和朝廷多次征召,他都拒绝不应。顺帝永建二年(127)强征到京,仍不肯朝见,用轿子强行抬至殿上,也不肯跪拜。国人对他期望甚高。

㉒设坛席:筑坛安席,形容礼敬。

㉓所守无缺:道德规范上没有不足。

㉔布流:传播。

㉕应时：顿时。

㉖折减：(名声)降落。

㉗观听：指群众以耳目所听察的种种。

㉘望深：期望过高。

㉙胡元安、薛孟尝、朱仲昭、顾季鸿：四人都是当时被征召的名士。

㉚采：可取，值得记载。

㉛处士：居家未做官的士人。

㉜纯：专门。

㉝虚声：与实际不符的名望。

㉞谟：谋略。

㉟一雪：一举洗刷。

㊱此言：指言"处士纯盗虚声"的"俗论"。

【解读】

汉顺帝永建年间，屡次辞谢征召的黄琼又被朝廷征聘，他被迫晋京，却又在途中称疾不进，皇帝下诏书令地方政府以礼催他上道。李固久慕黄琼才能，便写了这封信。

此信先从立身处世着笔，劝导黄琼为人应介乎"隘"与"不恭"之间；接着指出，若要隐居，就效法巢父、许由彻底不问世事，如今既然上了路，说明已动用世之心，中道托病不进，无非是对时局的混乱有顾忌，但世事本是治少乱多，若非等到有尧舜之君才出来，那就永远没有可能，言下之意，若要"辅政济民"，当今正是时候，以此激励黄琼。这是前半部分的敦促之词。后半部分先用"峣峣者易缺"六句说明声望太高、名声过大实际才能就很难相称的道理。并以鲁阳樊君事加以证实，又用胡元安等人的实例申说"盛名之下，其实难副"，告诫警醒黄琼不要陷入这样的尴尬境地。最后恳请黄琼出来大展宏图，以彻底洗刷当时舆论带给名士们的耻辱。

此信态度鲜明，恳切的劝勉中带有委婉而令人警醒的告诫。黄琼后来到洛阳任议郎,这封信起了推动作用。

由于当时征辟之士不孚人望者确实很多,故此种告诫,其实也是李固对时局的真实感触。

【点评】

"商量出处处,饶有情悃。文之曲折清挺,犹有西京风气。"([清]蔡世远《古文雅正》卷四)

楚辞章句叙　　　　王　逸

叙曰:昔者孔子,睿圣明哲。天生不群,定经术,删《诗》《书》,正礼乐,制作《春秋》,以为后王法。门人三千,罔不昭达。临终之日,则大义乖而微言绝。其后周室衰微,战国并争,道德陵迟①,谲诈萌生。于是杨、墨、邹、孟、孙、韩之徒,各以所知,著造传记,或以述古,或以明世。而屈原履忠被谮②,忧悲愁思,独依诗人之义而作《离骚》,上以讽谏,下以自慰。遭时暗乱,不见省纳,不胜愤懑,遂复作《九歌》以下凡二十五篇。楚人高其行义,玮③其文采,以相教传。

至于孝武帝,恢廓④道训⑤,使淮南王安作《离骚经章句》,则大义粲然。后世雄俊,莫不瞻慕,舒肆妙虑⑥,缵述⑦其词。逮至刘向,典校⑧经书,分为十六卷。孝章即位,深弘道艺。而班固、贾逵,复以所见,改易前疑,各作《离骚经章句》。其余十五卷,阙而不说。又以"壮"为"状",义多乖异⑨,事不要括⑩。今臣复以所识所知,稽之旧章,合之经传,作十六卷《章句》。虽未能究其微妙，然大指①之趣，略可见矣。

且人臣之义，以忠正为高，以伏节②为贤。故有危言③以存国，杀身以成仁。是以伍子胥不恨于浮江，比干不悔于剖心，然后忠立而行成，荣显而名著。若夫怀道以迷国，详④愚而不言，颠则不能扶，危则不能安，婉娈⑮以顺上，逡巡以避患，虽保黄耇⑯，终寿百年，盖志士之所耻，愚夫之所贱也。今若屈原，膺⑰忠贞之质，体清洁之性，直若砥矢，言若丹青，进不隐其谋，退不顾其命，此诚绝世之行，俊彦之英也。而班固谓之"露才扬己"，"竞于群小之中，怨恨怀王，讥刺椒兰，苟欲求进，强非⑱其人，不见容纳，忿恚自沈"，是亏其高明，而损其清洁者也。昔伯夷、叔齐让国守分，不食周粟，遂饿而死，岂可复谓有求于世而怨望⑲哉！且诗人怨主刺上，曰"呜呼小子，未知臧否，匪面命之，言提其耳"，风谏⑳之语，于斯为切。然仲尼论之，以为大雅。引此比彼，屈原之词，优游婉顺，宁以其君不智之故，欲提携其耳乎？而论者以为"露才扬己""怨刺其上""强非其人"，殆失厥中㉑矣。

夫《离骚》之文，依托《五经》以立义焉。"帝高阳之苗裔"，则"厥初生民，时惟姜嫄㉒"也。"纫㉓秋兰以为佩"，则"将翱将翔，佩玉琼琚"也。"夕揽㉔洲之宿莽"，则《易》"潜龙勿用㉕"也。"驷玉虬而乘鹥㉖"，则"时乘六龙以御天㉗"也。"就重华而陈词㉘"，则《尚书》咎繇之谋谟㉙也。"登昆仑而涉㉚流沙"，则《禹贡》之敷土㉛也。故智弥盛者其言博，才益多者其识远。屈原之词，诚博远矣。自终没以来，名儒博达之士，著造词赋，莫不拟则㉜其仪表㉝，祖式㉞其模范^㉟,取其要妙,窃其华藻,所谓金相玉质,百世无匹,名垂罔极,永不刊灭^㊱者矣。

【作者简介】

王逸,字叔师,南郡宜城(今属湖北)人。东汉文学家。参加编修《东观汉纪》,著诗、赋、诔、书、论及杂文多篇,多亡佚,唯《楚辞章句》完整流传。《楚辞章句》是《楚辞》最早的完整注本,颇为后世学者重视。

【注释】

①陵迟:渐趋衰败。

②譖(zèn):诬陷。

③玮:美好。此处作动词,认为……美好。

④恢廓:发扬。

⑤道训:道之准则。

⑥舒肆妙虑:抒写情怀。舒,宣泄积滞,抒发。肆,表现。

⑦缵(zuǎn)述:继承传述。

⑧典校:主持校勘。

⑨乖异:违背。

⑩要括:精要简约。

⑪大指:即"大旨"。指,通"旨",意图。

⑫伏节:言殉节。这里指为维护某种事物或追求理想而死。

⑬危言:直言。

⑭详:通"佯"。

⑮婉娩:柔顺的样子。

⑯黄耇(gǒu):年老高寿。

⑰膺:怀有。

⑱非:责怨。

⑲怨望:怨恨,心怀不满。

⑳风谏:用委婉曲折的语言规劝君主或尊长。

㉑殆失厥中:大概有失公允。殆,大概。厥,其。中,公允。

㉒厥初生民,时惟姜嫄:当初先民生下来,是因姜嫄(能产子)。

㉓纫:佩戴。

㉔揽:采摘。

㉕潜龙勿用:圣人虽有龙德,但这时只应潜伏,不可用世。

㉖驷玉虬而乘鹥:以虬龙为马而以凤鸟为车。

㉗时乘六龙以御天:不失其时乘六龙而登天。

㉘就重华而陈词:靠近舜帝而陈述自己的观点。

㉙咎繇之谋谟:指皋陶在舜帝前陈述其谋。咎繇,即皋陶,舜之贤臣。咎,通"皋"。

㉚涉:渡过。

㉛敷土:分别土地的疆界。

㉜拟则:效法,模仿。

㉝仪表:形式。

㉞祖式:效法,仿效。

㉟模范:指结构框架。

㊱刊灭:删除磨灭。

【解读】

《楚辞》是中国文学史上第一部浪漫主义诗歌总集,收录了屈原、宋玉、王逸等人的辞赋。章句是离章辨句的省称,即一种逐句逐章分析古书大意的注释。王逸的《楚辞章句》用汉代儒家经学的研究方法研究《楚辞》,将屈原独特的人格精神和诗歌艺术儒学化,这一解读思想在叙中有明确阐述。

叙开篇从孔子整理确定经典学术以使后世治国者有所依循的传统切入,进而论及战国时代孔门大义背乱、礼仪道德崩溃的背景,认为屈原所作《离骚》和《九歌》等作品乃遵循《诗经》传统而创就的诗作,目的在于对君进忠贞之言以讽谏规劝,于己则聊以自慰,抒发郁结之情。接着陈述作《楚辞章句》的缘由。点明汉代对《离骚》的解释分析,先后有淮南王刘安、班固、贾逵各自所作的《离骚经章句》,王逸认为这些解释虽弘扬了正义大道,但班固、贾逵所作多有遗弃,且解读违背原义,叙述有失简练,评价有失公允,所以自己钩沉典籍,重作《楚辞章句》。其后,以"伍子胥不恨于浮江,比干不悔于剖心"的危言存国、杀身成仁之举与"婉娩以顺上,逡巡以避患"的可鄙可耻正反对比,论证人臣之义在于忠正伏节,盛赞屈原"进不隐其谋,退不顾其命"的忠贞正直,指出其怨刺与孔子《诗经·大雅》中的"呜呼小子,未知臧否,匪面命之,言提其耳"的恳切风谏一脉相承,从而批驳了班固以为屈原炫耀才能、捧扬自己、怨非他人的观点。最后,王逸将《离骚》中的诗句内容与儒家《五经》一一对应比附,认为《离骚》行文,依托《五经》以阐发大义,由此将《楚辞》纳入儒家思想体系,并结合后世多仿效屈原之作的事实,给予屈原之文"金相玉质,百世无匹,名垂罔极,永不刊灭"的极高评价。

此叙扼要阐述了《楚辞章句》的成因和阐释系统要旨,对阅读该书有指导作用。

樽　铭　　　　　　　　蔡邕

酒以成礼,弗愆①以淫②。德将③无醉,过则荒沉。盈而不冲④,古人所箴⑤。尚⑥鉴⑦兹器,懋勖⑧厥心。

【作者简介】

蔡邕(132—192),字伯喈。陈留郡圉县(今河南杞县西南)人。东汉文学家、书法家。曾参与续写《东观汉记》及部分熹平石经的书丹。

通经史、音律，善辞章，工篆、隶，所创"飞白"书体对后世影响甚大。藏书多达万卷。有文集二十卷，早佚。明人张溥辑有《蔡中郎集》，《全后汉文》对其著作也多有收录。

【注释】

①愆(qiān)：过失。这里作动词，犯错。

②淫：过量，过度。

③德将：以德相助，用道德来要求自己。将，扶助。

④盈而不冲：(酒樽)满盈而不留余地。冲，虚空。

⑤箴：劝诫。

⑥尚：遵崇。

⑦鉴：鉴戒。

⑧懋勖(mào xù)：勉励。

【解读】

这是刻写在酒樽上用以自我箴诫的文字。《左传》中说："酒以成礼，不继以淫，义也。以君成礼，弗纳于淫，仁也。"故此铭开篇即言"酒以成礼，弗愆以淫。德将无醉，过则荒沉"，强调饮酒在于完成礼仪，不可贪多而犯错，要用道德约束，过度饮酒就会荒淫沉醉，告诫自己饮酒要节制有度，合乎礼仪。"盈而不冲，古人所箴"言满盈而不空，是古人的箴诫之言，意思也是饮酒当知有节，不可贪杯。"尚鉴兹器，懋勖厥心"是说将这些诚言刻写在酒樽上引以为鉴，用来警醒勉励自己。

此铭核心在于"节制有度"，对于饮酒或其他行事，均有警醒作用。

笔　论　　　　　蔡邕

书者，散①也。欲书先散怀抱②，任情恣性③，然后书之。若迫于事，虽中山兔毫④，不能佳也。夫书，先默坐静思,随意所适,言不出口,气不盈息,沉密神彩,如对至尊⑤,则无不善矣。

为书之体,须入其形。若坐若行,若飞若动,若往若来,若卧若起,若愁若喜,若虫食木叶,若利剑长戈,若强弓硬矢,若水火,若云雾,若日月。纵横⑥有可象⑦者,方得谓之书矣。

【注释】

①散:抒发。此处指抒发书者的思想感情。即所谓"寓性情、襟度、风格其中,而见其人"。

②散怀抱:意为不要为俗务杂念所扰。

③任情恣性:意指使想象在生活领域中驰骋。

④中山兔毫:用中山兔毫做的笔,概指最好的笔。

⑤至尊:至高无上的皇帝。

⑥纵横:指整个字势。

⑦象:形象。此处用作动词,象其形。

【解读】

《笔论》相传为蔡邕所作,所论的是书法艺术。开篇提出"书者,散也"的论断,论述了书法抒发情怀的艺术本质。其次讲述书家创作时应有的精神状态,强调心思的"净"与"静",要排除俗务杂念的干扰,要默坐静思,要有一种深沉寂静的神采,在此基础上驰骋想象,任意所适,则书写没有不好的。最后强调"为书之体,须入其形",阐述的是书法艺术的要求,认为书法作品应取法、表现大自然中各种生动、美好的物象,书法艺术应讲求形象美,即写字写出的体势,要有可感的形象,若坐若行,若飞若动……这些形象必须在整个字体走势中有所体现,才称得上是书法艺术。

从以上论述中,可见书法是一种表现思想感情,体现生活美、自然美的形象艺术。

【点评】

"后汉蔡伯喈入嵩山学书,于石室内得素书,八角垂芒,颇似篆籀焉,李斯、史籀等用笔势,喈得之,不食三日,惟大叫欢喜,若对古人。喈遂读诵三年,妙达其理,用笔特异,汉代善书者咸称异焉。喈自书五经于太学,观者如市,叹羡不及,复如会稽,作《笔论》。"(〔宋〕陈思《书苑菁华》卷一)

刺世疾邪赋　　　　赵　壹

伊①五帝之不同礼,三皇亦又不同乐。数极自然变化,非是故相反驳②。德政不能救世溷乱③,赏罚岂足惩④时清浊?春秋时祸败之始,战国逾增其荼毒。秦汉无以相逾越,乃更加其怨酷。宁计生民之命?为利己而自足。

于兹迄今,情伪万方。佞谄日炽,刚克消亡。舐痔结驷⑤,正色⑥徒行。妪媮⑦名势,抚拍豪强。偶蹇⑧反俗,立致咎殃。捷慑逐物⑨,日富月昌。浑然同惑,孰温孰凉?邪夫显进,直士幽藏。

原斯瘼⑩之攸兴,实执政之匪贤。女谒⑪掩其视听兮,近习⑫秉其威权。所好则钻皮出其毛羽,所恶则洗垢求其瘢痕。虽欲竭诚而尽忠,路绝险而靡缘⑬。九重⑭既不可启,又群吠之狺狺⑮。安危亡于旦夕,肆嗜欲于目前。奚异涉海之失柁⑯,积薪而待然⑰?荣纳由于闪榆⑱,孰知辨其蚩妍?故法禁屈挠⑲于势族,恩泽不逮于单门。宁饥寒于

231

尧舜之荒岁兮，不饱暖于当今之丰年。乘理虽死而非亡，违义虽生而匪存。

有秦客者，乃为诗曰：河清㉑不可俟，人命不可延。顺风激㉑靡草，富贵者称贤。文籍㉒虽满腹，不如一囊钱。伊优㉓北堂㉔上，抗脏㉕倚门边㉖。

鲁生闻此辞，系而作歌曰：势家多所宜，咳唾自成珠。被褐怀金玉㉗，兰蕙化为刍。贤者虽独悟，所困在群愚。且各守尔分，勿复空驰驱。哀哉复哀哉，此是命矣夫！

【作者简介】

赵壹，字元叔，汉阳西县（今甘肃天水西南）人。东汉辞赋家。撰赋、颂、箴、诔、书、论、杂文等多篇，今存五篇。

【注释】

①伊：发语词。

②相反驳：相背离。

③阔乱：混乱。

④惩：改变。

⑤舐痔结驷：替权贵舔痔疮的人车马结群而行。舐痔，即"吮疽舐痔"，典见《庄子·列御寇》："秦王有病召医，破痈溃痤者得车一乘，舐痔者得车五乘，所治愈下，得车愈多。"后多以此形容卑屈谄媚权贵的龌龊行径。

⑥正色：态度严肃，神态严厉。这里指严正之人。

⑦妪娿（qǔ）：像妇人一样小心谨慎。

⑧偓寋：孤高傲岸。

⑨捷慑逐物：急切而唯恐落后地追逐名利权势。

⑩瘝：病。这里指弊病。

⑪女谒(yè):通过宫中嬖宠的女子干求请托。这里指此类人。

⑫近习:指君主宠爱亲信的人。

⑬靡缘:不能攀上。

⑭九重:指帝王的耳目。

⑮狺(yín)狺:狗叫声。

⑯柂:同"舵"。

⑰然:同"燃"。

⑱闪榆:指奸巧谄媚。

⑲屈挠:退缩,屈服。

⑳河清:语出《左传》:"俟河之清,人寿几何?"古人传说黄河一千年清一次,黄河一清,清明的政治局面就将出现。

㉑激:指猛吹。

㉒文籍:文章典籍。代指才学。

㉓伊优:逢迎谄媚之貌。

㉔北堂:指富贵者所居。

㉕抗脏:高尚刚正之貌。

㉖倚门边:"被疏弃"的意思。

㉗金玉:借喻美好的才德。

【解读】

东汉后期宦官把持朝政,处于外戚、宦官篡权争位夹缝中的士人,志向、才能不得施展,愤懑郁结,便以赋抒情,揭露、抨击黑暗、腐败的政治,宣泄胸中的垒块。赵壹此文即是此类赋作。

赋的开篇就将批判的锋芒直指自五帝三皇而迄今的封建末世"德政不能救世溷乱",且往后愈演愈烈:"春秋时祸败之始,战国逾增其荼毒。秦汉无以相逾越,乃更加其怨酷。"进而指出根源在于统治者"宁计生民之命?唯利己而自足",可谓一针见血。其后自"佞谄日炽"至"直士幽藏"直击"于兹迄今"的种种丑恶现象,反复对比,愤懑尽显,并

233

说"原斯瘼之攸兴，实执政之匪贤"，矛头直指最高统治者，宣言"宁饥寒于尧舜之荒岁兮，不饱暖于当今之丰年"，足见对时势的深恶痛绝和激烈抗争，"刺世"尖锐。最后假托"秦客"与"鲁生"的歌辞直抒胸臆，再次通过比喻与对比，发出"河清不可俟，人命不可延"和"且各守尔分，勿复空驰驱。哀哉复哀哉，此是命矣夫"的感叹，表达内心的深切绝望、彻底决绝与悲愤不平。

此赋层层深入地揭露了东汉末世的腐败黑暗，率直猛烈，激切明快。

与曹公论盛孝章书　　　孔　融

岁月不居^①，时节如流。五十之年，忽焉已至。公^②为始满，融又过二^③。海内知识^④，零落^⑤殆尽，惟会稽盛孝章尚存。其人^⑥困于孙氏^⑦，妻孥^⑧湮没^⑨，单子独立，孤危愁苦。若使^⑩忧能伤人，此子不得复永年^⑪矣！

《春秋传》^⑫曰："诸侯有相灭亡者，桓公不能救，则桓公耻之。"^⑬今孝章，实丈夫之雄也，天下谈士，依以扬声，而身不免于幽执^⑭，命不期于旦夕，是吾祖^⑮不当复论损益之友^⑯，而朱穆^⑰所以绝交也。公诚能驰一介之使，加咫^⑱尺之书，则孝章可致，友道可弘矣。

今之少年，喜谤前辈，或能讥评孝章。孝章要为有天下大名，九牧^⑲之人，所共称叹。燕君市骏马之骨^⑳，非欲以骋道里，乃当以招绝足^㉑也。惟公匡复汉室，宗社^㉒将绝^㉓，又能正^㉔之。正之之术，实须得贤。珠玉无胫而自至者，以人好之也^㉕，况贤者之有足乎！昭王筑台以尊郭隗^㉖，隗虽小才，而逢大遇，竟能发明主之至心，故乐毅^㉗自魏往，剧辛^㉘自赵往,邹衍^㉙自齐往。向使郭隗倒悬^㉚而王不解,临溺而王不拯,则士亦将高翔远引,莫有北首^㉛燕路者矣。凡所称引^㉜,自公所知,而复有云者,欲公崇笃^㉝斯义^㉞也。因表不悉^㉟。

【作者简介】

孔融(153—208),字文举。鲁国鲁县(今山东曲阜)人。东汉文学家,"建安七子"之一。曾任北海相,时称孔北海。喜议时政,后因触怒曹操被杀。曹丕称其"扬(扬雄)、班(班固)俦也"。散文锋利简洁,六言诗反映了汉末动乱的现实。明人张溥辑有《孔北海集》。

【注释】

①居:指停留。

②公:指曹操。

③过二:超过两岁。

④知识:相知相识。

⑤零落:凋落。这里指死亡。

⑥其人:指盛孝章。

⑦孙氏:指东吴孙氏政权。

⑧妻孥(nú):妻子儿女。

⑨湮(yān)没:埋没。这里指丧亡。

⑩若使:假使。

⑪永年:长寿。

⑫《春秋传》:阐明《春秋》经义的书。这里指《公羊传》。

⑬"诸侯"三句:见《公羊传·僖公元年》。前659年,狄人出兵灭邢。齐桓公当时居霸主,未能发兵救援,以为羞耻。故《春秋》作者有意为他隐讳,于这一年只写"邢亡",不写亡于谁手。文章引此是以曹

操比齐桓公,暗示他拯救盛孝章是义不容辞的事。

⑭幽执:指被囚禁。

⑮吾祖:指孔子。孔融是孔子第十九世孙,故称。

⑯论损益之友:《论语·季氏》:"孔子曰:'益者三友,损者三友。友直,友谅,友多闻,益矣;友便辟,友善柔,友便佞,损矣。'"

⑰朱穆:东汉人。他有感于当时不讲交友之道的衰败风俗,为文以刺。

⑱咫(zhǐ):古代以八寸为咫。

⑲九牧:九州。古代分天下为九州,州长称牧伯,所以称九州为九牧,也就是"天下"的意思。

⑳"燕君"句:《战国策·燕策》:"郭隗先生曰:臣闻古之君人,有以千金求千里马者,三年不能得。涓人言于君曰:'请求之。'君遣之。三月,得千里马;马已死,买其骨五百金,反以报君。君大怒曰:'所求者生马,安事死马而捐五百金?'涓人对曰:'马死且买之五百金,况生马乎?天下必以王为能市马,马今至矣!'于是不出期年,千里之马至者三。'"市,买。

㉑绝足:绝尘之足,指奔驰时足不沾尘的千里马。孔融引用燕君市骏马骨的故事,是要曹操招致盛孝章。以为纵然盛孝章不是绝顶贤才,但把他招来可得好贤的名声,天下贤才必接踵而来。

㉒宗社:宗庙和社稷,指国家政权。

㉓绝:断绝。祭祀断绝即意味政权覆灭。

㉔正:扶正,安定。

㉕"珠玉"二句:《韩诗外传》:"晋平公游于河而乐,曰:'安得贤士与之乐此也?'船人盍胥跪而对曰:'主君亦不好士耳。夫珠出于江海,玉出于昆山,无足而至者,由主君之好也。士有足而不至者,盖主君无好士之意耳。何患于无士乎?'胫(jìng),小腿,这里指脚。

㉖"昭王"句:燕昭王渴望贤者,以报齐国破燕之仇,请谋臣郭隗推

荐,郭隗说:"只要你尊重国内贤人,天下贤士必会闻风而来。"昭王说:"我该从谁开始呢?"郭隗说:"请从我开始。我尚且受到尊重,何况比我更高明的贤士呢?"于是昭王就为他修建宫室,筑黄金台,以师礼相待。

㉗乐毅:魏国人,燕昭王任为上将军,曾为燕伐齐,破齐七十余城。

㉘剧辛:赵国人,有贤才,跟乐毅一起合谋破齐。

㉙邹衍:齐国人,主张大九州说,燕昭王以师礼相待。

㉚倒悬:倒挂着。比喻困苦危急。

㉛首:面向。

㉜称引:指信中论说、引述的事情。

㉝崇笃:推崇重视。

㉞斯义:指交友、招纳贤才的道理。

㉟不悉:不能详尽。旧时书信结尾的套语。

【解读】

此文是孔融向曹操推荐盛孝章的一封信。盛孝章,汉末名士,曾任吴郡太守,因病辞官家居。一直遭孙策、孙权忌恨与迫害。孔融与孝章友善,知他处境危急,故特写此信,求曹操救援。

信中指出国内的相识知交几乎都要死光,只有会稽的盛孝章还活着,又叙述孝章处境的艰难危险,意在引起曹操对救援的重视。接着借桓公未及时救援诸侯而深以为耻的故事,将曹操比桓公,既是对其德能的赞颂,更是激励,同时还佐以孔子和朱穆关于交友之道的言辞,意思是希望曹操做人之益友,将救援孝章当作义不容辞之事。其后又赞孝章为天下人称赏,意即是值得救援的贤士。又以燕君购买骏马的尸骨而招致千里马和燕昭王筑黄金台尊崇才能不高的郭隗而使乐毅等贤才投奔之事,从得贤之重要的角度表明救援孝章的意义。最后直言"欲公崇笃斯义"的请求。

信中反复致意,辞意恳切。据说曹操接信后即征孝章为都尉,惜征命未至,孝章已为孙权所害。

【点评】

"虞预《会稽典录》曰:盛宪,字孝章,器量雅伟。举孝廉,补尚书郎,迁吴郡太守,以疾去官。孙策平定吴、会,诛其英豪。宪素有名,策深忌之。初,宪与少府孔融善,忧其不免祸,乃与曹公书,由是征为都尉。诏命未至,果为权所害。"([唐]李善《文选注》卷四十一引)

"灯下读《文选》杨德祖、吴季重两笺,孔文举《论盛孝章书》,三篇皆以风韵胜。"([清]恽毓鼎《澄斋日记》)

让①县自明本志令　　　　曹　操

孤②始举孝廉③,年少,自以本非岩穴知名之士④,恐为海内人⑤之所见凡愚,欲为一郡守⑥,好作政教,以建立名誉,使世士⑦明知之;故在济南,始除残去秽⑧,平心⑨选举,违迕⑩诸常侍⑪。以为强豪所忿,恐致家祸,故以病还。去官之后,年纪尚少,顾视同岁⑫中,年有五十,未名为老,内自图之,从此却去二十年,待天下清,乃与同岁中始举者等耳。故以四时归乡里,于谯⑬东五十里筑精舍⑭,欲秋夏读书,冬春射猎,求底下之地⑮,欲以泥水自蔽⑯,绝宾客往来之望,然不能得如意。

后征为都尉⑰,迁典军校尉⑱,意遂更欲为国家讨贼⑲立功,欲望封侯作征西将军⑳,然后题墓道言"汉故征西将军曹侯之墓",此其志也。而遭值董卓之难㉑,兴举义兵㉒。是时合兵能多得耳,然常自损,不欲多之;所以然者,多兵意盛,与强敌争,倘更为祸始。故汴水之战㉓数千,后还到扬州更募㉔,亦复不过三千人,此其本志有限也。后领兖州㉕,破降黄巾㉖三十万众。又袁术㉗僭号㉘于九江,下皆称臣,名门曰建号门,衣被皆为天子之制,两妇预争为皇后。志计已定,人有劝术使遂即帝位,露布㉙天下,答言"曹公尚在,未可也"。后孤讨禽其四将㉚,获其人众,遂使术穷亡解沮㉛,发病而死。及至袁绍㉜据河北,兵势强盛,孤自度势,实不敌之,但计投死为国,以义灭身,足垂于后。幸而破绍,枭其二子㉝。又刘表㉞自以为宗室,包藏奸心,乍前乍却㉟,以观世事,据有当州㊱,孤复定之,遂平天下。身为宰相,人臣之贵已极,意望已过矣㊲。

今孤言此,若为自大,欲人言尽,故无讳耳。设使国家无有孤,不知当几人称帝,几人称王。或者人见孤强盛,又性不信天命之事,恐私心相评,言有不逊之志㊳,妄相忖度,每用耿耿。齐桓、晋文所以垂称㊴至今日者,以其兵势广大,犹能奉事周室也。论语云"三分天下有其二,以服事殷,周之德可谓至德矣",夫能以大事小也㊵。昔乐毅㊶走赵,赵王㊷欲与之图燕,乐毅伏而垂泣,对曰:"臣事昭王,犹事大王;臣若获戾,放在他国,没世然后已,不忍谋赵之徒隶㊸,况燕后嗣㊹乎!"胡亥㊺之杀蒙恬㊻也,恬曰:"自吾先人及至子孙,积信于秦三世㊼矣;今臣将兵三十余万,其势足以背叛,然自知必死而守义者,不敢辱先人之教以忘先王也。"孤每读此二人书,未尝不怆然流涕也。孤祖、父㊽以至孤身,皆当亲重之任,可谓见信者矣,以及子桓㊾兄弟,过于三世矣。孤非徒对诸君说此也，常以语妻妾，皆令深知此意。孤谓之言："顾我万年⑤⁰之后，汝曹皆当出嫁，欲令传道我心，使他人皆知之。"孤此言皆肝鬲之要⑤¹也。所以勤勤恳恳叙心腹者，见周公⑤²有《金縢》⑤³之书以自明，恐人不信之故。然欲孤便尔⑤⁴委捐⑤⁵所典兵众以还执事⑤⁶，归就武平侯国⑤⁷，实不可也。何者？诚恐己离兵为人所祸也。既为子孙计，又己败则国家倾危，是以不得慕虚名而处实祸，此所不得为也。前朝恩封三子为侯，固辞不受，今更欲受之，非欲复以为荣，欲以为外援，为万安计⑤⁸。孤闻介推⑤⁹之避晋封，申胥⑥⁰之逃楚赏，未尝不舍书而叹，有以自省也。奉国威灵⑥¹，仗钺⑥²征伐，推⑥³弱以克强，处小而禽大，意之所图，动无违事，心之所虑，何向不济，遂荡平天下，不辱主命，可谓天助汉室，非人力也。然封兼四县⑥⁴，食户三万⑥⁵，何德堪之！江湖未静，不可让位；至于邑土，可得而辞。今上还阳夏、柘、苦三县户二万，但食武平万户，且以分损⑥⁶谤议，少减孤之责也。

【作者简介】

曹操（155—220），字孟德，一名吉利，小字阿瞒，沛国谯县（今安徽亳州）人。东汉政治家、军事家、文学家、书法家，三国曹魏政权的奠基人。谥武王。其诗歌抒发政治抱负，反映汉末百姓疾苦；散文清峻整洁。书法工章草，唐人张怀瓘评其为"妙品"。

【注释】

①让：辞让。
②孤：古代王侯自谦之称。曹操时任丞相，封武平侯，故此自称。

③孝廉:汉代从武帝开始,规定地方长官按期向中央推举孝廉、贤良、方正等各科人才,听候使用。曹操被举为孝廉时二十岁。

④岩穴知名之士:指隐居而有名望的人。汉朝风尚,儒生常隐居深山以抬高声价,待举荐。

⑤海内人:主要指世家豪族。曹操出身宦官家庭,故被轻视。

⑥郡守:一郡的最高行政长官,即太守。

⑦世士:世人。

⑧除残去秽:曹操任济南国相时,下官多趋附权贵,贪赃枉法。曹操奏请撤免八个县官,下令捣毁六百多所祠庙,严禁祭祀鬼神,因此得罪了当时的权贵近臣。

⑨平心:用心公平。

⑩违迕(wǔ):违背、触犯。

⑪常侍:也称中常侍,皇帝的侍从近臣,掌管宫廷文书和传达皇帝命令。东汉末年中常侍改用宦官,权势很大,地方官多逢迎他们。

⑫同岁:同一年被举为孝廉的人。

⑬谯(qiáo):今安徽亳县。曹操的故乡。

⑭精舍:清静雅洁的房舍。

⑮底下之地:低洼之地,指瘠薄的土地。

⑯泥水自蔽:意谓老于荒野,不求闻达。

⑰都尉:官名。管军事,官阶相当于太守。

⑱典军校尉:武官名。掌管近卫兵,多由皇帝亲信担任。中平五年(188),汉灵帝建西园军,置八校尉,以曹操为典军校尉。

⑲讨贼:指讨伐地方军阀和镇压农民起义军。

⑳征西将军:东汉时授征西将军的有四人,他们对朝廷都立过功劳。曹操借此述志,表示愿做东汉功臣。

㉑董卓之难:指中平六年(189)汉灵帝死,少帝刘辩即位,董卓废少帝,立献帝刘协,并自封都尉和相国,操纵朝政。各州郡起兵反对,

241

㉒兴举义兵：指关东各州郡讨伐董卓，自称"义兵"。曹操也在陈留招募五千人起兵讨董。

㉓汴水之战：指董卓秉政时，曹操率军与董卓部将徐荣在荥阳的汴水一带交战，因兵少无援失败。曹操本人被流矢所中，连夜逃走。

㉔扬州更募：曹操汴水战败后，与夏侯惇等到扬州重新召募兵丁。

㉕兖(yǎn)州：东汉十三州之一，辖今山东西南部和河南东部。

㉖破降黄巾：初平三年(192)，青州黄巾农民军起义攻入兖州，杀刺史刘岱。曹操被迎为兖州牧，领兵攻黄巾军，迫其投降。

㉗袁术：字公路，袁绍的异母弟，九江郡太守，东汉末年江淮一带的世族豪强大军阀。

㉘僭(jiàn)号：盗用皇帝称号。指建安二年(197)袁术称帝。

㉙露布：布告，宣示。

㉚后孤讨禽其四将：建安二年(197)九月，袁术攻陈，曹操引兵击之，大胜，擒斩袁术的四个部将。禽，通"擒"。

㉛解沮：瓦解崩溃。

㉜袁绍：字本初，袁术之兄。建安四年(199)占有黄河以北的冀、青、幽、并四州，成为北方最强大的割据势力。

㉝枭其二子：建安五年(200)，曹操在官渡之战中消灭袁绍军主力。后绍病死。其子袁谭、袁尚、袁熙互相残杀。曹操先击杀袁谭，并追杀袁尚、袁熙至辽东，九月曹操部属杀袁熙。曹操乃悬其首示众。枭，即枭首，斩首示众。

㉞刘表：字景升，汉皇族鲁恭王刘余的后代，东汉末豪强军阀。献帝初平中任荆州刺史。

㉟乍前乍却：忽前忽后。喻投机。据史载，官渡之战，袁绍向刘表求援，刘暗与勾结，未敢出兵。有人劝他归附曹操，他也持观望态度。

㊱当州：当地，即荆州。建安十三年(208)七月曹操南征刘表，八

月刘表病死,九月其子刘琮即以荆州降曹操。

㊲"人臣"二句:建安十三年(208),汉献帝为表彰曹操平定三郡乌桓的功绩,废太尉、司徒、司空三公,恢复西汉的丞相和御史大夫制度,任曹操为丞相。

㊳不逊之志:不忠顺的想法。指代汉自立为皇帝。

㊴垂称:垂名,称颂。

㊵"《论语》云"四句:所引见《论语·泰伯篇》。以大事小,以强大的诸侯来侍奉弱小的天子。曹操借用此语,表示自己无夺取帝位之心。

㊶乐毅:战国燕昭王时名将。曾大破齐,封昌国君。昭王死,惠王立,因中齐将田单反间计,让骑劫代乐毅为将,乐毅恐留燕被害,投奔赵国。

㊷赵王:指赵惠文王。

㊸徒隶:犯人和奴隶。这里泛指地位低贱的人。

㊹后嗣:后代,指燕惠王。

㊺胡亥:即秦二世。

㊻蒙恬:秦始皇时名将。率兵北击匈奴,筑长城。始皇死后,赵高伪造遗诏,逼使蒙恬自杀。

㊼三世:蒙恬祖父蒙骜、父亲蒙武、自己共三代。均为秦国名将。

㊽祖、父:指曹操的祖父曹腾和父亲曹嵩。曹腾在汉桓帝时任中常侍、大长秋(管理皇宫事宜的官),封费亭侯;养夏侯氏之子,即是曹嵩,汉灵帝时官至太尉。曹嵩生曹操。

㊾子桓:曹丕的字。

㊿万年:死的代称。

51肝鬲(gé)之要:出自内心的至要之言。鬲,同"膈",胸膈。

52周公:姓姬名旦,周武王弟,周成王叔。

53《金縢》:《尚书·周书》篇名。记述武王病时,周公曾作祷辞祭告于神，请求代武王死，祭毕将祷词封藏在金縢柜中。武王死，成王年幼，周公摄政。有人诽谤周公篡位，引起成王怀疑。于是周公避居东都，后来成王启柜发现祷词，大为感动，迎回周公。金縢，密封的金属柜。縢，封缄。

(54)便尔：就此。

(55)委捐：放弃。

(56)执事：指朝廷统率军队的主管权。

(57)武平侯国：建安元年(196)，献帝以曹操为大将军，封武平侯。

(58)为万安计：曹操此令公布后，据《魏书》的记载，汉献帝在第二年即封曹操之子曹植为平原侯，曹据为范阳侯，曹豹为饶阳侯。

(59)介推：即介子推。春秋时晋国人，曾随晋公子重耳出亡十九年。后重耳回国即位，大封从亡诸臣。介子推不言己功，偕其母隐于绵山而死。

(60)申胥：即申包胥，春秋时楚国大夫。伍子胥率吴军伐楚，攻下郢都。申包胥求救于秦，痛哭七日，终于感动了秦哀公，求得救兵，击退吴军。楚昭王回到郢都，赏赐功臣。他避而逃走，不肯受赏。

(61)威灵：指汉皇室祖宗的威武神灵。

(62)钺(yuè)：古兵器，形似大斧，也是天子出征时的一种仪仗。皇帝授钺给主将，即象征代表天子出征。

(63)推：指挥。

(64)四县：指武平、阳夏(jiǎ)、柘、苦(gǔ)四县。

(65)食户三万：受三万户人家所纳赋税的供养。

(66)分损：减少，平息。

【解读】

此文又名《述志令》。是时曹操完成了统一北方的大业，想统一全国；但孙权、刘备两大军事势力在军事上联盟抗曹，在政治上则抨击曹操"托名汉相，实为汉贼"，"欲废汉自立"(见《三国志·吴书·周瑜传》)。在此形势下,曹操发布令文,借退还皇帝加封三县之名,表明本志,反击朝野谤议。

首段回顾举孝廉为官济南及其后去官归乡、筑舍读书的经历,表达青年时代"欲为一郡守,好作政教,以建立名誉"的志向。

第二段先简述为都尉、典军校尉时"欲为国家讨贼立功,欲望封侯作征西将军,然后题墓道言'汉故征西将军曹侯之墓'"的志向;其后叙讨伐董卓、破降黄巾军、讨擒袁绍父子、复定刘表等平定天下的作为,直言"身为宰相,人臣之贵已极,意望已过矣",以明自己为汉臣的忠诚感激之心,为下文驳斥时论铺垫。

最后一段先宣称"设使国家无有孤,不知当几人称帝,几人称王",坦言对时人言其有不逊之志(即篡汉野心)的耿耿于怀;其后用齐桓公、晋文公势强而奉周天子为例,表示自己拥护朝廷,无夺帝位之心;接着又讲述乐毅受屈而不忍谋燕之后嗣和蒙恬受冤杀而守义不叛于秦、"不敢辱先人之教以忘先王"的前贤往事,言"每读此二人书,未尝不怆然流涕",细述由祖、父以至自身而及子辈,过于三世受朝廷信重,表达不忘朝廷、誓死不得背汉的拳拳之心,并用周公有《金縢》之书以自明为比,表明自己述志的意图。最后笔锋一转,表明辞让食禄但不放弃兵权、"归就平武侯"的态度:辞让是觉得"封兼四县,食户三万"德不足堪,欲"分损谤议,少减孤之责";不放弃兵权是因为"诚恐己离兵为人所祸也。既为子孙计,又己败则国家倾危"。还表示不会效仿介推之避晋封与申胥之逃楚赏、欲受三子之封为侯,目的是"欲以为外援,为万安计"。由此可见,曹操此番述志,既表忠汉之心,更表以安天下为己任的雄心壮志。

全文充满豪气而坦白直率,表现出政治家的气度和见识。其以天下为己任的担当精神值得后人学习。

遗　令

曹　操

　　吾夜半觉小不佳，至明日，饮粥汗出，服当归汤。吾在军中持法是也。至于小忿怒，大过失，不当效也。天下尚未安定，未得遵古也。吾有头病，自先着帻①。吾死之后，持大服②如存时，勿遗。百官当临③殿中者，十五举音④；葬毕，便除服⑤；其将兵屯戍者，皆不得离屯部；有司各率乃职。敛⑥以时服，葬于邺之西冈上，与西门豹祠相近，无藏金玉珠宝。吾婢妾与伎人皆勤苦，使着铜雀台，善待之。于台堂上，安六尺床，下施繐帐⑦，朝晡上脯糒⑧之属。月旦⑨、十五日，自朝至午，辄向帐中作伎乐。汝等时时登铜雀台，望吾西陵墓田。余香可分与诸夫人，不命祭⑩。诸舍中无所为，可学作组履⑪卖也。吾历官所得绶，皆着藏⑫中。吾余衣裘，可别为一藏。不能者，兄弟可共分之。

【注释】

①帻：头巾。

②大服：指礼服。

③临：前往哭吊逝者。

④十五举音：指哭丧只哭十五声。

⑤除服：指脱掉丧服。

⑥敛：通"殓"，把死人装进棺材。

⑦繐帐：用细而疏的麻布制成的灵帐。

⑧糒（bèi）：干饭。

⑨月旦：每月初一。

⑩不命祭：指不安排用熏香祭祀。

⑪组履：织成履。

⑫藏：府库，储藏财物的地方。

【解读】

此遗嘱首句讲述身体情状，见其立遗嘱时的清醒理性。二、三句概言自己的是非功过，以嘱后辈：在军中实行依法办事是对的，至于小小发怒，大的过失，不应当学习。其后重点交代善后，言明因天下未定，治丧不可遵循古代丧葬制度，意即总体从简，尤其不扰驻防将士和各官吏。具体安排如下：一是埋葬事宜，葬于邺城西面的山冈上，跟西门豹的祠堂靠近，勿用金玉珍宝陪葬。二是婢妾、歌舞艺人置于铜雀台，善待。三是灵堂祭祀供食和歌舞的安排。四是人事与遗物的安排。

遗嘱交代的治丧崇俭于今仍有借鉴意义。

【点评】

"曹操《遗令》，至分香卖履，无不处置，无一语及禅代事，是直以天下遗子孙，而身享汉臣之名。温公偶窥破，有喜色。安世谓操生平事无不如此。"（［清］黄宗羲等《宋元学案》卷二十《元城语录》）

鹦鹉赋

祢 衡

时黄祖太子射宾客大会。有献鹦鹉者，举酒于衡前曰："祢处士，今日无用娱宾，窃以此鸟自远而至，明彗①聪善，羽族②之可贵，愿先生为之赋，使四座咸共荣观，不亦可乎？"衡因为赋，笔不停缀，文不加点。其辞曰：

惟西域之灵鸟兮，挺自然之奇姿。体金精③之妙质兮，合火德之明辉④。性辩慧而能言兮，才聪明以识机⑤。故其嬉游高峻，栖跱⑥幽深。飞不妄集，翔必择林。绀⑦趾丹嘴，绿衣翠衿。采采丽容，咬咬好音。虽同族于羽毛，固殊智而异心。配鸾皇而等美，焉比德于众禽⑧？

于是羡芳声之远畅，伟灵表之可嘉。命虞人⑨于陇坻⑩，诏伯益⑪于流沙⑫。跨昆仑而播弋⑬，冠云霓而张罗。虽纲维⑭之备设，终一目⑮之所加。且其容止闲暇，守植⑯安停。逼之不惧，抚之不惊。宁顺从以远害，不违迕以丧生。故献全者受赏，而伤肌者被刑。

尔乃归穷委命，离群丧侣。闭以雕笼，翦⑰其翅羽。流飘万里，崎岖重阻。逾岷越障，载罹寒暑。女辞家而适人，臣出身⑱而事主。彼贤哲之逢患，犹栖迟以羁旅。矧⑲禽鸟之微物，能驯扰⑳以安处！眷西路而长怀，望故乡而延伫。忖陋体之腥臊㉑，亦何劳于鼎俎？嗟禄命㉒之衰薄，奚遭时之险巇㉓？岂言语以阶乱㉔，将不密㉕以致危？痛母子之永隔，哀伉俪之生离。匪余年之足惜，愍㉖众雏之无知。背蛮夷之下国，侍君子之光仪。惧名实之不副，耻才能之无奇。羡西都之沃壤，识苦乐之异宜。怀代越之悠思㉗，故每言而称斯。

若乃少昊㉘司辰㉙，蓐收㉚整辔。严霜初降，凉风萧瑟。长吟远慕㉛，哀鸣感类。音声凄以激扬，容貌惨以憔悴。闻之者悲伤，见之者陨泪。放臣为之屡叹，弃妻为之歔欷。

感平生之游处，若埙篪㉜之相须㉝。何今日之两绝，若胡越之异区？顺笼槛以俯仰㉞，窥户牖以踟蹰。想昆山之高岳，思邓林㉟之扶疏㊱。顾六翮㊲之残毁，虽奋迅其焉如？

248

心怀归而弗果,徒怨毒于一隅。苟竭心于所事,敢背惠而忘初? 托轻鄙之微命,委陋贱之薄躯。期守死以报德,甘尽辞以效愚。恃隆恩于既往,庶弥久而不渝。

【作者简介】

祢衡(173—198),字正平,平原般(今山东乐陵西南)人。东汉名士,文学家。才高性傲,因出言不逊被曹操遣送给荆州刘表,后又被刘表遣送与江夏太守黄祖,最终因当众辱骂黄祖而被杀。

【注释】

①彗:同"慧"。

②羽族:禽类。

③金精:指西方之气。

④合火德之明辉:意为嘴喙火红闪耀着明亮的光辉。

⑤识机:谓知晓事物发生变化的几微迹象。一作"识几"。

⑥栖跱:伫立栖息。

⑦绀(gàn):红青,微带红的黑色。

⑧众禽:普通的鸟类。

⑨虞人:古掌山泽苑囿之官。

⑩陇坻(dǐ):指陇山一带的地方。

⑪伯益:舜时东夷部落首领,居箕山。

⑫流沙:随风或水移动的沙,指大漠。

⑬缯弋:用带绳子的箭射猎。

⑭纲维:指捕鸟的罗网。纲,提网的总绳。维,系,连结。

⑮目:网眼。

⑯守植:指安守本心。

⑰翦:同"剪",指把羽毛齐根剪去。

⑱出身:献出自身。

⑲矧(shěn):何况。

⑳驯扰:顺服。

㉑陋体之腥臊:充满腥臊的残陋的躯体。

㉒禄命:禄食命运。古代宿命论者谓人生的盛衰、祸福、寿夭等均由天定。

㉓险巇(xī):原指山路危险,泛指艰险。

㉔阶乱:引来祸端。

㉕不密:指处事不周密。

㉖愍(mǐn):哀怜。

㉗代越之悠思:比喻思念故土。

㉘少昊(hào):传说中古代东夷部落首领。一作"少皞"。

㉙司辰:主管时令。

㉚蓐收:古代传说中的西方神名,司秋。

㉛远慕:思慕远方的故乡。

㉜埙篪:埙、篪皆古代乐器,二者合奏时声音相应和。故以此形容两者关系和谐。

㉝相须:互相依存,互相配合。

㉞俯仰:指上下跳跃。

㉟邓林:古代神话传说中的树林。

㊱扶疏:枝叶繁茂分披貌。

㊲六翮(hé):鸟类双翅中的正羽。用以指鸟的两翼。

【解读】

《鹦鹉赋》是一篇托物言志之作。

序文先交代奉命提笔的缘由:黄射大会宾客,有人献鹦鹉并希望祢衡能以鹦鹉为题作赋以"使四座咸共荣观"。

正文一、二段咏赞"鸟之形质美",多角度、多手法描绘鹦鹉的超凡

250

不俗。先写鹦鹉丽容丽姿、聪明辩慧和情趣高洁，显扬其奇美，也暗示了作者志向的高超和才智的出众。再写虞人们奉命布下天罗地网捕捉鹦鹉和献全鸟者受赏的细节，侧面烘托鹦鹉的卓尔不凡，联系东汉末年豪强打击甚至迫害贤才的现实和作者被人遣送的际遇可知，这里还影射了作者的尴尬苦楚。后三段重点抒写鹦鹉的困境与悲情：一是离群丧侣，流飘万里；二是闭以雕笼，翦其翅羽；三是福薄命苦，屡遭祸端。故鹦鹉只能"眷西路而长怀，望故乡而延伫"，"想昆山之高岳，思邓林之扶疏"。这些描写，都暗衬作者有才无时、归穷委命的愤懑情怀。

此赋开篇盛赞鹦鹉的奇美，中间点出献鸟者的殷切，结尾对主人恩德大表感激，并表"期守死以报德，甘尽辞以效愚"的忠心和"恃隆恩于既往，庶弥久而不渝"的期望，既迎合了在场主客们的心理，也暗示了作者希望得到赏识的期待。

此赋寓意丰富而抒情含蓄，祢衡一挥而就此文，留下了"文不加点"的典故。

【点评】

"东汉之文，均尚和缓；其奋笔直书，以气运词，实自衡始。《鹦鹉赋序》谓：'衡因为赋，笔不停缀，文不加点。'知他文亦然。是以汉、魏文士，多尚骋辞，或慷慨高厉，或溢气坌涌(孔融《荐祢衡疏》语)，此皆衡文开之先也。"([近代]刘师培《中国中古文学史·附录》)

登楼赋　　　　　　王粲

登兹楼①以四望兮，聊暇日以销忧。览斯宇之所处②兮，实显敞而寡仇③。挟④清漳⑤之通浦⑥兮，倚曲沮之长洲⑦。背坟衍之广陆⑧兮，临皋隰之沃流⑨。北弥陶牧⑩，西接昭丘⑪。华实蔽野⑫，黍稷盈畴⑬。虽信美而非吾土兮，曾何足以少留^⑭。

遭纷浊而迁逝^⑮兮,漫逾纪^⑯以迄今。情眷眷而怀归兮,孰忧思之可任^⑰?凭轩槛以遥望兮,向北风而开襟。平原远而极目兮,蔽^⑱荆山之高岑^⑲。路逶迤而修迥兮,川既漾而济深^⑳。悲旧乡之壅隔^㉑兮,涕横坠而弗禁。昔尼父之在陈兮,有归欤之叹音^㉒。钟仪幽而楚奏^㉓兮,庄舄显而越吟^㉔,人情同于怀土^㉕兮,岂穷达而异心。

惟^㉖日月之逾迈^㉗兮,俟河清其未极^㉘。冀王道之一平^㉙兮,假高衢而骋力^㉚。惧匏瓜之徒悬^㉛兮,畏井渫之莫食^㉜。步栖迟以徙倚^㉝兮,白日忽其将匿。风萧瑟而并兴^㉞兮,天惨惨而无色。兽狂顾^㉟以求群兮,鸟相鸣而举翼。原野阒^㊱其无人兮,征夫^㊲行而未息。心凄怆以感发兮,意忉怛而憯恻^㊳。循阶除^㊴而下降兮,气交愤于胸臆。夜参半而不寐兮,怅盘桓^㊵以反侧。

【作者简介】

王粲(177—217),字仲宣,山阳郡高平(今山东微山西北)人。东汉文学家,"建安七子"之一。与曹植并称"曹王"。《三国志》记王粲著诗、赋、论、议近六十篇,《隋书·经籍志》著录有文集十一卷。明人张溥辑有《王侍中集》。

【注释】

①兹楼:指麦城楼。

②斯宇之所处:指这座楼所处的环境。

③寡仇:少有匹敌。

④挟:带。

⑤清漳:指漳水。

⑥通浦:河流相通之处。

⑦倚曲沮之长洲:靠着弯曲的沮水的是一块长形陆地。

⑧背坟衍之广陆:背靠地势高而平坦的广袤原野。坟,高。衍,平。

⑨临皋(gāo)隰(xí)之沃流:面对着地势低洼的湿地。皋隰,水边洼地。沃流,可灌溉的水流。

⑩北弥陶牧:北接陶朱公所在的江陵。弥,接近。陶牧,春秋时越国的范蠡弃官至陶,称陶朱公。江陵有陶朱公墓,故称。牧,郊外。

⑪昭丘:楚昭王的坟墓,在当阳郊外。

⑫华实蔽野:花和果实覆盖着原野。华,同"花"。

⑬黍稷盈畴:农作物遍布田野。黍稷,泛指农作物。

⑭曾何足以少留:竟不能暂居一段。曾,竟。

⑮遭纷浊而迁逝:生逢乱世到处迁徙流亡。纷浊,纷乱混浊,比喻乱世。

⑯纪:十二年。

⑰任:承受。

⑱蔽:挡住(视线)。

⑲高岑(cén):小而高的山。

⑳川既漾而济深:河水荡漾且深,很难渡过。济,渡水。

㉑悲旧乡之壅(yōng)隔:想到与故乡阻塞隔绝就悲伤不已。壅,阻塞。

㉒"昔尼父"两句:《论语·公冶长》载,孔子周游列国时,在陈、蔡绝粮,感叹"归欤,归欤"。尼父,指孔子。

㉓钟仪幽而楚奏:钟仪被囚,仍不忘弹奏家乡的乐曲。《左传·成公九年》载,楚人钟仪被郑国作为俘虏献给晋国,晋侯让他弹琴,称赞他"乐操土风,不忘旧也"。

㉔庄舄(xì)显而越吟:指庄舄身居要职,仍说家乡方言。《史记·张仪列传》载,庄舄在楚国做官时病了,楚王派人去看,发现他正用家乡话自言自语。

㉕怀土:怀念故乡。

㉖惟,发语词。

㉗逾迈:飞逝。

㉘俟(sì)河清其未极:黄河水还没有到澄清的那一天。俟,等待。未极,未至。

㉙一平:统一安定。

㉚假高衢(qú)而骋力:指可以施展才能和抱负。假,凭借。高衢,大道。

㉛惧匏(páo)瓜之徒悬:担心像匏瓜那样被白白地挂着。比喻不为世所用。《论语·阳货》:(子曰)"吾岂匏瓜也哉?焉能系而不食?"

㉜畏井渫(xiè)之莫食:害怕井淘好了,却没有人来打水吃。比喻洁身自持而不被人重用。渫,淘井。《周易·井卦》:"井渫不食,为我心恻。"

㉝栖(qī)迟、徙倚:都是徘徊的意思。

㉞兴:吹起。

㉟狂顾:惊恐地回头望。

㊱阒(qù):静寂。

㊲征夫:远行的路人。

㊳意忉怛(dāo dá)而憯(cǎn)恻:指心情悲痛,无限伤感。憯,同"惨"。

㊴阶除:阶梯。除,台阶。

㊵盘桓:指内心不平静。

【解读】

此赋是王粲因中原战乱客居荆州十三年时所作。

首段写登楼所见，透出忧思。首句"望"字引出所见景象，"忧"字点登楼心情，奠定感情基调。接着写此楼所处地势开阔高远，四望而清漳、长洲、广陆、沃流、陶牧、昭丘尽见，"华实蔽野，黍稷盈畴"的美景呈现眼前。但"虽信美而非吾土兮，曾何足以少留"，此句由景转情，传达出怀乡的忧思，引出第二段。次段叙怀乡之情，表达内心的沉重忧思。开头四句承上文"非吾土"而抒发久客而怀归的情感；"凭轩槛"两句情景交融，引出路途远阻、归思难遏的抒写，并以仲尼、钟仪、庄舃三人的典故烘托怀土之思；"眷眷""忧思""悲""叹"等词语的运用和"涕横坠"的细节，尽显乡情与忧思。末段抒身世之惧，揭示"乡情忧思"的深层内涵：慨叹时光飞逝而太平治世难期，表达了期望时势太平的急迫心情和深恐"匏瓜之徒悬""井渫之莫食"的忧思，有着深切的离乱之苦和时不待我、怀才不遇之悲。接着状写眼前的傍晚景色，日惨风萧，兽狂鸟倦，原野寂寥，烘托内心的凄怆。最后以下楼后的忧愤难平、半夜辗转作结，再次强化悲忧。

此赋以"忧"字贯穿，将眷恋故乡、忧时伤逝、怀才不遇和渴望建功立业、期盼天下太平的情感融于一体，是建安时代抒情小赋的佳作。

【点评】

"王仲宣以山阳高平徙居长安，避董卓之乱，往荆州依刘表，其始意谓表据形胜之地，足以有为耳。是赋之作，在依表十二年之后，虽以不得归乡为词，玩'高衢骋力'及'井渫不食'等句，明明指东道主人不堪共事也。末段借晚景可悲，暗写出乱离苦况，故曰感发，又曰交愤。不逾数年，琦、琮二子不能守其业，而荆州为战争之地，果不出仲宣所料。其篇首所云'四望形胜'及'华实遍野'二句，所以明有战守之资，而深惜之也。然措辞雅丽，令读者不觉。"（［清］林云铭《古文析义》卷九）

前出师表

诸葛亮

先帝①创业未半而中道崩殂②，今天下三分，益州疲弊③，此诚危急存亡之秋也。然侍卫之臣不懈于内，忠志之士忘身于外者，盖追先帝之殊遇，欲报之于陛下也。诚宜开张圣听，以光先帝遗德，恢弘志士之气，不宜妄自菲薄，引喻失义④，以塞忠谏之路也。

宫中府中⑤，俱为一体；陟⑥罚臧否⑦，不宜异同⑧。若有作奸犯科⑨及为忠善者，宜付有司论⑩其刑赏，以昭陛下平明⑪之理；不宜偏私，使内外异法也。

侍中、侍郎郭攸之、费祎、董允等，此皆良实，志虑忠纯，是以先帝简拔⑫以遗陛下：愚以为宫中之事，事无大小，悉以咨之，然后施行，必能裨补⑬阙⑭漏，有所广益。

将军向宠，性行淑均⑮，晓畅军事，试用⑯于昔日，先帝称之曰"能"，是以众议举宠为督⑰：愚以为营中之事，悉以咨之，必能使行阵⑱和睦，优劣得所。

亲贤臣，远小人，此先汉所以兴隆也；亲小人，远贤臣，此后汉所以倾颓也。先帝在时，每与臣论此事，未尝不叹息痛恨⑲于桓、灵⑳也。侍中、尚书、长史、参军，此悉贞良死节之臣㉑，愿陛下亲之、信之，则汉室之隆，可计日而待也。

臣本布衣，躬耕于南阳，苟全性命于乱世，不求闻达于诸侯。先帝不以臣卑鄙㉒，猥㉓自枉屈，三顾臣于草庐之中，咨臣以当世之事，由是感激㉔，遂许先帝以驱驰㉕。后值倾覆㉖，受任于败军之际，奉命于危难之间：尔来二十有㉗一年矣。

先帝知臣谨慎,故临崩寄臣以大事㉘也。受命以来,夙夜忧叹,恐托付不效,以伤先帝之明;故五月渡泸,深入不毛㉙。今南方已定,兵甲已足,当奖率㉚三军,北定中原,庶㉛竭驽钝㉜,攘除㉝奸凶㉞,兴复汉室,还于旧都㉟。此臣所以报先帝而忠陛下之职分也。

至于斟酌损益㊱,进尽忠言,则攸之、祎、允之任也。愿陛下托臣以讨贼兴复之效,不效,则治臣之罪,以告先帝之灵。若无兴德之言,则责攸之、祎、允等之慢,以彰其咎㊲。陛下亦宜自谋,以咨诹善道㊳,察纳雅言㊴,深追先帝遗诏㊵。臣不胜受恩感激。今当远离,临表涕零,不知所言㊶。

【作者简介】

诸葛亮(181—234),字孔明,号卧龙(也作伏龙),琅邪阳都(今山东沂南南)人。三国时期蜀汉丞相,政治家、军事家。封为武乡侯,死后追谥忠武侯。一生鞠躬尽瘁,死而后已,是中国传统文化中忠臣与智者的代表人物。

【注释】

①先帝:这里指刘备。

②崩殂(cú):死。崩,古代称帝王、皇后之死。殂,死亡。

③益州疲弊:指蜀汉国力薄弱,处境艰难。

④引喻失义:说话不恰当。引喻,引用比喻。这里是说话的意思。义,适宜,恰当。

⑤府中:指朝廷中。

⑥陟(zhì):提升,提拔。

257

⑦臧否(pǐ):善恶。这里作动词,评论人物的善恶。

⑧异同:这里偏重在异。

⑨科:法令。

⑩论:评定。

⑪平明:公平严明。

⑫简拔:选拔。简,挑选。拔,选拔。

⑬裨(bì)补:弥补。

⑭阙:同"缺",缺点。

⑮淑均:善良平正。

⑯试用:任用。

⑰督:武职。向宠曾为中部督。

⑱行(háng)阵:指部队。

⑲痛恨:感到痛心遗憾。

⑳桓、灵:东汉末年的桓帝和灵帝。他们都因信任宦官,加深了政治的腐败。

㉑死节之臣:以死报国的忠臣。死,为……而死。

㉒卑鄙:身份低微,见识短浅。

㉓猥(wěi):辱。这里有降低身份的意思。

㉔感激:感动奋激。

㉕驱驰:奔走效劳的意思。

㉖后值倾覆:后来遇到兵败。指汉献帝建安十三年(208)曹操在当阳长坂大败刘备。

㉗有:通"又"。

㉘临崩寄臣以大事:刘备临死时,把国家大事托付给诸葛亮,并对刘禅说:"汝与丞相从事,事之如父。"临,将要。

㉙不毛:不长草木。这里指人烟稀少的地方。

㉚奖率:奖励统帅。

258

㉛庶:希望。

㉜驽(nú)钝:比喻才能平庸。

㉝攘(rǎng)除:排除,铲除。

㉞奸凶:奸邪凶恶之人。这里指曹魏政权。

㉟旧都:指东汉都城洛阳或西汉都城长安。

㊱斟酌损益:斟酌情理,有所兴革。言做事要掌握分寸。

㊲彰其咎:揭示他们的过失。

㊳咨诹(zōu)善道:询问(治国的)好道理。诹,询问。

㊴雅言:正言,合理的意见。

㊵先帝遗诏:指刘备给后主的遗诏。诏中说:"惟贤惟德,能服于人。"

㊶不知所言:不知道说了些什么。这是表示自己可能失言。谦词。

【解读】

蜀汉建兴五年(227)诸葛亮决定北上伐魏,临行前上书后主,即此表。

首段分析形势,激励后主。一方面,天下三分,蜀国国力薄弱,处境艰难,堪称国家存亡的危急关头;另一方面,朝廷内外的臣子将士都不忘先帝的恩宠而忠心耿耿、勤勉献身,以求报答当今圣上。诸葛亮将蜀国的优势与劣势并呈,就此进言刘禅:宜广纳谏言,不宜妄自轻看自己,援引不恰当的譬喻而堵塞忠谏之路。第二段提出建议。首先是后宫与朝廷赏罚"不宜异同";其次是要广开言路,严明赏罚。最后是最重要的一条,要"亲贤臣,远小人"。立场鲜明,语意恳切。第三段追述自己由隐居到出仕的经历,重点写先帝的三顾茅庐和自己许先帝以奔走效命的心志,表达对先帝的追念与感激,以此提醒刘禅不忘先帝遗嘱,担负起复兴汉室的大任。最后两段陈述自己"北定中原""兴复汉室"的出师目标与决心,归结君臣各自的职责,再次表达对后主刘禅自行谋划、征询治国之道、不忘先帝教诲的殷切期望，并以"今当远离，临表涕零，不知所言"表忠忧之心。

此表忧思国事与鞠躬尽瘁的忠心感人至深，以至后人有"读《出师表》不下泪者，其人必不忠"的说法。

【点评】

"后主建兴五年，诸葛孔明率军北驻汉中，以图中原，临发上此疏。大意只重亲贤远佞，而亲贤尤为远佞之本。故始以'开张圣听'起，末以'咨诹察纳'收。篇中十三引'先帝'，勤勤恳恳，皆根极至诚之言，自是至文。"（[清]吴楚材、吴调侯《古文观止》卷六）

后出师表

诸葛亮

先帝虑汉①、贼②不两立，王业不偏安，故托臣以讨贼也。以先帝之明，量臣之才，故知臣伐贼，才弱敌强也。然不伐贼，王业亦亡。惟③坐待亡，孰与伐之？是故托臣而弗疑也。

臣受命之日，寝不安席，食不甘味，思惟北征，宜先入南④。故五月渡泸，深入不毛，并日⑤而食；臣非不自惜也，顾王业不得偏全于蜀都⑥，故冒危难，以奉先帝之遗意也，而议者⑦谓为非计。今贼适疲于西，又务于东⑧，兵法乘劳，此进趋之时也。谨陈其事如左：

高帝⑨明并日月，谋臣渊深，然涉险被创⑩，危然后安。今陛下未及高帝，谋臣不如良⑪、平⑫，而欲以长策取胜，坐⑬定天下，此臣之未解一也。

刘繇⑭、王朗⑮各据州郡，论安言计，动引圣人，群疑满腹,众难塞胸,今岁不战,明年不征,使孙策⑯坐大,遂并江东⑰,此臣之未解二也。

曹操智计,殊绝⑱于人,其用兵也,仿佛孙⑲、吴⑳,然困于南阳㉑,险于乌巢㉒,危于祁连㉓,逼于黎阳㉔,几败北山㉕,殆死潼关㉖,然后伪定㉗一时耳。况臣才弱,而欲以不危而定之,此臣之未解三也。

曹操五攻昌霸㉘不下,四越巢湖㉙不成,任用李服㉚而李服图之,委任夏侯㉛而夏侯败亡,先帝每称操为能,犹有此失,况臣驽下,何能必胜? 此臣之未解四也。

自臣到汉中㉜,中间期年㉝耳,然丧赵云㉞、阳群、马玉、阎芝、丁立、白寿、刘郃、邓铜等及曲长、屯将㉟七十余人,突将无前㊱,賨、叟、青羌㊲散骑、武骑㊳一千余人。此皆数十年之内所纠合四方之精锐,非一州之所有;若复数年,则损三分之二也,当何以图㊳敌? 此臣之未解五也。

今民穷兵疲,而事不可息;事不可息,则住与行劳费正等。而不及今图之,欲以一州之地,与贼持久,此臣之未解六也。

夫难平㊵者,事也。昔先帝败军于楚㊶,当此时,曹操拊手,谓天下已定。然后先帝东连吴越㊷,西取巴蜀㊸,举兵北征,夏侯授首,此操之失计,而汉事将成也。然后吴更违盟,关羽毁败㊹,秭归蹉跌㊺,曹丕称帝。凡事如是,难可逆见。臣鞠躬尽瘁,死而后已。至于成败利钝㊻,非臣之明所能逆睹㊼也。

【注释】

①汉:指蜀汉。

②贼:指曹魏。古时往往把敌方称为贼。

③惟:助词。

④入南:指诸葛亮深入南中,平定四郡事。

⑤并日:两天合作一天。

⑥蜀都:此指蜀汉之境。

⑦议者:指对诸葛亮决意北伐发表不同意见的官吏。

⑧贼适疲于西,又务于东:指曹魏西部三郡叛变,而魏吴边境则东吴大将陆逊击败了魏大司马曹休两事。

⑨高帝:指汉高祖刘邦,其谥号为"高皇帝"。

⑩涉险被创:指刘邦战争中屡败之事。如楚汉战争中被项羽射伤胸部,汉初被淮南王英布的士兵射中,在白登山遭到匈奴围困。

⑪良:张良,汉高祖谋士。

⑫平:陈平,汉高祖谋士。

⑬坐:安安稳稳。

⑭刘繇(yóu):东汉末年任扬州刺史,因受大军阀袁术的逼迫南渡长江,不久被孙策攻破,退保豫章,后为豪强攻杀。

⑮王朗:东汉末年为会稽太守,孙策势力进入江浙时,兵败投降,后为曹操所征召,仕于曹魏。

⑯孙策:孙权长兄。其父孙坚死后,兼并江南地区,为孙吴政权的建立打下基础。

⑰江东:指长江中下游地区。

⑱殊绝:极度超出的意思。

⑲孙:指春秋时吴国将领孙武。

⑳吴:指战国时兵家吴起。

㉑困于南阳:建安二年(197)曹操在宛城(汉时南阳郡治所)为张

262

绣所败,身中流矢。

㉒险于乌巢:建安五年(200),曹操与袁绍在官渡相持,乏粮难支,后焚烧掉袁绍在乌巢所屯的粮草,才得险胜。

㉓危于祁连:疑指邺(在今河北省磁县)附近的祁山,当时曹操围邺,袁绍少子袁尚败守祁山,操再败之,并还围邺城,险被袁的伏兵射中。

㉔逼于黎阳:建安七年(202)五月,袁绍死,袁谭、袁尚固守黎阳,曹操连战不克。

㉕几败北山:事不详。可能指曹操率军至阳平北山,与刘备争夺汉中事。

㉖殆死潼关:建安十六年(211),曹操与马超、韩遂战于潼关,在黄河边与马超军遭遇,被追射。殆,几乎。

㉗伪定:指曹操统一北中国,僭称国号。诸葛亮以蜀汉为正统,因斥曹魏为"伪"。

㉘昌霸:又称昌豨。建安四年(199),刘备袭取徐州,东海昌霸叛曹,郡县多归附刘备。

㉙四越巢湖:曹魏以合肥为军事重镇,巢湖在其南面。而孙吴在巢湖以南长江边上的须濡口设防,双方屡次在此一带作战。

㉚李服:盖王服也。建安四年(199),车骑将军董承据汉献帝密诏,联络王服、刘备等谋诛曹操,事泄,王服等被杀。

㉛夏侯:指夏侯渊。曹操遣夏侯渊镇守汉中。刘备取得益州后,出兵汉中,蜀将黄忠于阳平关定军山击杀夏侯渊。

㉜汉中:郡名,以汉水上流(沔水)流经而得名,治所在南郑。

㉝期(jī)年:一周年。

㉞赵云:蜀中名将。

㉟曲长、屯将:部曲中的将领。古代军队编制,部下有曲。

㊱突将无前:冲锋将士无在前者。言折损甚多。

㉛賨(cóng)、叟、青羌:蜀军中的少数民族部队。

㉘散骑、武骑:骑兵的名号。

㉙图:对付。

㊵平:通"评",评断。

㊶败军于楚:指建安十三年(208)曹操大军南下,刘备在当阳长坂被击溃事。当阳属古楚地,故云。

㊷先帝东连吴越:指刘备遣诸葛亮去江东连和,孙刘联军在赤壁大破曹军。

㊸西取巴蜀:指建安十六年(211)刘备势力进入益州,攻下成都,取得巴蜀地区。

㊹关羽毁败:刘备入川时,关羽镇守荆州,出击曹魏,孙权趁机偷袭荆州,擒杀关羽父子。

㊺秭归蹉跌:指刘备因孙权背盟取荆州、杀关羽,就亲自领兵伐吴,在秭归被败。蹉跌,失坠,喻失败。

㊻利钝:喻顺利或困难。

㊼逆睹:亦即"逆见",预料。

【解读】

此表是诸葛亮第二次北伐前夕上的奏表。

一、二段转述先帝的看法,分析当前形势,提出抓住时机再次北伐的主张。先帝虽知"才弱敌强",仍"托臣以讨贼",原因是王业不可偏安,与其坐以待毙,不如奋力一搏。故此臣冒着危险来执行先帝的遗愿。现在敌方疲于边县的叛乱和孙吴的进攻,自是北伐曹魏的好时机。三、四、五段陈述高祖刘邦历遭危难后才得安定的历史和曹操多次遭遇挫折才统一北方的事实,批驳刘禅意欲偏安以平定天下和因为惧难而导致东吴坐大的错误,侧面论证不畏艰险与挫败定要北伐的主张。第六段分析蜀汉近几年损兵折将的严峻形势,并且预测再过几年,就会损失原有兵力的三分之二,到时将更加无力对付强敌,言下之意,北伐时不我待,不得拖延。最后一段说"夫难平者,事也","至于成败利钝,非臣之明所能逆睹也",这是在首次北伐失利后,针对议者非料度"必胜"绝不出兵的观点而提出的看法,意思是二次北伐也可能会失败,但这不能构成不迅速北伐的理由,因为遍观自己或他方成败浮沉的历史可知,"凡事如是,难可逆见",作为受先帝重托之臣,自己能做的就是"鞠躬尽瘁,死而后已"。这是对时势的清醒认识和判断,也是一意北伐的决心。

此表破中有立,鲜明地表达了二次北伐的主张和决心。

【点评】

"苏东坡曰:孔明《出师》二表,简而且尽,真而不肆,大哉言乎！与《伊训》《说命》相表里,非秦汉以下以事君为说者所能至。方望溪曰:战国之文峭而慓,惟乐毅《报燕王书》从容宽博,有叔向国侨遗风。东汉之文滞而繁,惟孔明此表高朗切至,实《尚书》陈戒之苗裔。故曰言者心之声也,惟其有之,是以似之。谓文章限于时代,特俗子之鄙谈耳。"([清]徐树铮辑《诸家评点古文辞类纂》卷十五)

诫子书　　　　　　诸葛亮

夫君子之行,静以修身,俭以养德。非淡泊①无以明志②,非宁静③无以致远④。夫学须静也,才须学也,非学无以广才⑤,非志无以成学。慆慢⑥则不能励精⑦,险躁⑧则不能治性⑨。年与⑩时驰⑪,意与岁⑫去⑬,遂成枯落⑭,多不接世⑮,悲守穷庐,将复何及！

【注释】

①淡泊:内心恬淡,不慕名利。

②明志：表明崇高的志向。

③宁静：指集中精神，不分散精力。

④致远：实现远大目标。

⑤广才：增长才干。

⑥慆(tāo)慢：怠慢。

⑦励精：专心奋勉。

⑧险躁：冒险急躁，与"宁静"相对。

⑨治性：养性。

⑩与：跟随。

⑪驰：疾行。

⑫岁：岁月。

⑬去：逝去。

⑭枯落：枯枝和落叶。这里指像枯叶一样飘零，形容人韶华逝去。

⑮多不接世：意思是对社会没有任何贡献。接世，接触社会，承担事务，有"用世"的意思。

【解读】

此文是诸葛亮写给他时年八岁的儿子诸葛瞻的一封家书。

开篇先用"夫君子之行，静以修身，俭以养德"引出"非淡泊无以明志，非宁静无以致远"，说不恬静寡欲无法明确志向，不排除外来干扰、沉静心思就无法达成远大目标，告诫儿子从淡泊与宁静的自身修养上下功夫。接着说才干的增长离不开勤奋学习，而学习及其收获又离不开静心专一和明确志向，勾连上文的"非淡泊无以明志"，从中可见"静"的重要。然后从反面着笔，讲述懈怠不勤与险躁不静的后果：不能励精，不能治性。最后落笔于时光飞逝，年岁易去，意在要儿子警惕虚度光阴而老大无成，鞭策他趁年少而立志勤学。

此文短小精悍，是家训中的名篇。

266

【点评】

"诸葛武侯曰:非淡泊无以明志。衣服饮食俱要淡薄,苦其心志,劳其筋骨,饿其体肤,如颜子之贫不待言,如曾子耘瓜也是贫。今学者岂肯荷锄去耘瓜?古之圣贤多是如此。"([明]吕柟《泾野子内篇》卷十九)

魏

典论·论文

曹　丕

　　文人相轻，自古而然。傅毅之于班固，伯仲之间①耳，而固小之，与弟超书曰：武仲以能属文②，为兰台令史，下笔不能自休。夫人善于自见，而文非一体，鲜③能备善，是以各以所长，相轻所短。里语曰：家有弊帚，享之千金④。斯不自见⑤之患也。

　　今之文人，鲁国孔融文举，广陵陈琳孔璋，山阳王粲仲宣，北海徐幹伟长，陈留阮瑀元瑜，汝南应玚德琏，东平刘桢公幹，斯七子者，于学无所遗，于辞无所假⑥，咸以自骋骥骡于千里⑦，仰⑧齐足而并驰，以此相服，亦良难矣。盖君子审已以度人，故能免于斯累，而作《论文》。

　　王粲长于辞赋，徐幹时有齐气，然粲之匹也。如粲之《初征》《登楼》《槐赋》《征思》，幹之《玄猿》《漏卮》《圆扇》《橘赋》，虽张、蔡不过也。然于他文，未能称是。琳、瑀之章、表、书、记，今之隽也。应玚和而不壮，刘桢壮而不密。孔融体气高妙，有过人者，然不能持论，理不胜词，以至乎杂以嘲戏，及其所善，杨、班⑨俦⑩也。

　　常人贵远贱近，向声背实⑪，又患暗⑫于自见，谓己为贤。夫文本⑬同而末⑭异。盖奏议宜雅，书论宜理，铭诔尚实，诗赋欲丽。此四科不同，故能之者偏也，唯通才能备其体。

　　文以气为主，气之清浊有体，不可力强而致。譬诸音乐，曲度⑮虽均，节奏同检⑯，至于引气⑰不齐，巧拙有素，虽在父兄，不能以移子弟。

盖文章经国之大业，不朽之盛事。年寿有时而尽，荣乐止乎其身，二者必至之常期，未若文章之无穷。是以古之作者，寄身于翰墨⑱，见意于篇籍，不假⑲良史之辞，不托飞驰之势，而声名自传于后。故西伯幽而演《易》，周旦显而制礼，不以隐约⑳而弗务，不以康乐而加思㉑。夫然，则古人贱尺璧而重寸阴，惧乎时之过已。而人多不强力，贫贱则慑于饥寒，富贵则流㉒于逸乐，遂营目前之务，而遗千载之功。日月逝于上，体貌衰于下，忽然与万物迁化㉓，斯志士之大痛也。融等已逝，唯幹著论㉔，成一家言。

【作者简介】

曹丕（187—226），字子桓，沛国谯县（今安徽亳州）人。三国时期政治家、文学家。延康元年（220）代汉称帝，都洛阳，国号魏。后世将他与曹操、曹植合称"三曹"。

【注释】

①伯仲之间：比喻差不多，难分优劣。伯仲，兄弟排行的次第，伯是老大，仲是老二。

②属（zhǔ）文：写文章。属，连缀。

③鲜（xiǎn）：少。

④家有弊帚，享之千金：自家的破扫帚被认为价值千金。比喻自己的东西即使不好也倍觉珍贵。弊帚，破扫帚。享，供奉。

⑤不自见：看不到自己（的毛病）。

⑥假：借用。

⑦骋骥骤（lǜ）于千里：像骐骥千里奔驰。骥骤，良马。比喻贤能。

⑧仰:昂首。

⑨杨、班:指扬雄、班固。

⑩侪:同列。

⑪向声背实:崇尚名声,不重实际。向,朝向。背,背离。

⑫暗:看不清。

⑬本:指用文辞表达内容的本质。

⑭末:指具体的如形式、风格等末节。

⑮曲度:音乐的曲调。

⑯检:约束。

⑰引气:运气行声。

⑱翰墨:笔墨,代指写作。

⑲假:借。

⑳隐约:不显达。

㉑加思:指改变志向。

㉒流:沉湎。

㉓迁化:指老死。

㉔唯幹著论:只有徐幹著有《中论》。

【解读】

《典论·论文》是中国文学批评史上第一篇宏观地多角度论述文学理论问题的专著。

首段从"自古文人相轻"的陋习切入,结合班固小看傅毅的实例,批评人们善于自见而各以所长相轻所短的陋习,指出那是"不自见"的毛病。第二、三段由古及今,用"审己以度人"的态度,评论了"今之文人"亦即"建安七子"各自的长短,并在第四、五段就其原因作探索,再次指出"常人贵远贱近,向声背实,又患暗于自见,谓己为贤"的弊端。他认为写作各有长短一方面是因文体各有特点,一方面是作家的才性不齐。文体方面,"奏议宜雅,书论宜理,铭诔尚实,诗赋欲丽","唯通才能备其体"。意即不同体裁的文章风格上的要求是不同的,唯有"通才"才能兼顾各体。一般而言,只会"能之者偏"。而作家的才性方面,他认为"文以气为主","气之清浊有体,不可力强而致""虽在父兄,不能以移子弟"。即作家有各自的才性气质,故写作自会各有长短。最后一段论述文学的社会功能,认为文章是"经国之大业,不朽之盛事",又说"年寿有时而尽,荣乐止乎其身",都不如文章能传诸无穷,鼓励文人们更积极地创作,希望他们不要"遂营目前之务,而遗千载之功"。

此文开创了魏晋南北朝文学批评之先例,且至今仍有现实意义。

曹丕非常强调创作个性的独特性和不可改变性,突出了作家个性对于作品风格的决定意义,却也否定了现实习染改变创作风格的可能。

【点评】

"此为自古以来论文气之始,然子桓之所谓气,指才性而言,与韩愈之所谓文气者殊异。又《典论》称'徐幹时有齐气','孔融体气高妙',《与吴质书》言'公幹有逸气',其所指者,皆不外才性也。刘勰《文心雕龙·风骨》篇,论本于此。"(朱东润《中国文学批评史大纲》第六)

与吴质①书　　　　曹丕

二月三日,丕白:岁月易得②,别来行复四年。三年不见,东山犹叹其远③,况乃过之,思何可支? 虽书疏④往返,未足解其劳结⑤。

昔年疾疫⑥,亲故多离⑦其灾:徐、陈、应、刘⑧,一时俱逝,痛可言邪! 昔日游处,行则连舆⑨,止则接席,何曾须臾相失! 每至觞酌流行,丝竹并奏,酒酣耳热,仰而赋诗。当此之时，忽然不自知乐也。谓百年已分⑩，可长共相保⑪，何图数年之间，零落略尽⑫，言之伤心！顷撰其遗文，都为一集⑬。观其姓名，已为鬼录⑭，追思昔游，犹在心目。而此诸子，化为粪壤⑮，可复道哉！

观古今文人，类⑯不护⑰细行，鲜能以名节自立。而伟长⑱独怀文抱质，恬淡寡欲，有箕山之志⑲，可谓彬彬⑳君子者矣。著《中论》㉑二十余篇，成一家之言，辞义典雅，足传于后，此子为不朽矣。德琏㉒常斐然㉓有述㉔作㉕之意，其才学足以著书，美志不遂，良可痛惜！间者㉖历览诸子之文，对之抆㉗泪，既痛逝者，行自念也㉘！孔璋㉙章表殊健，微为繁富。公幹㉚有逸气㉛，但未遒耳。其五言诗之善者，妙绝㉜时人。元瑜㉝书记㉞翩翩㉟，致足乐也㊱。仲宣㊲续㊳善于辞赋，惜其体弱，不足起㊴其文。至于所善，古人无以远过。昔伯牙绝弦于钟期㊵，仲尼覆醢于子路㊶，痛知音之难遇，伤门人之莫逮。诸子但为未及古人，自一时之俊也。今之存者，已不逮矣！后生可畏㊷，来者难诬，然恐吾与足下㊸不及见也。

年行㊹已长大，所怀万端。时有所虑，至通夜不瞑㊺。志意何时复类昔日？已成老翁，但未白头耳！光武㊻言：年三十余，在兵中十岁，所更非一㊼。吾德不及之，年与之齐矣。以犬羊之质，服虎豹之文，无众星之明，假日月之光㊽。动见瞻观，何时易乎？恐永不复得为昔日游也！少壮真当努力，年一过往，何可攀援㊾？古人思炳烛夜游，良有以也㊿。

274

顷何以自娱？颇复有所述造㉛不㉜？东望於邑㉝，裁书㉟叙心。丕白。

【注释】

①吴质：字季重。博学多智，与曹丕友善。

②岁月易得：指时间过得很快。

③"东山"句：语本《诗经·豳风·东山》："我徂东山，滔滔不归；自我不见，于今三年。"远，指时间久远。

④书疏：书信。

⑤劳结：郁结于心的思念之情。

⑥昔年疾疫：指建安二十二年(217)发生的大疫。

⑦离：通"罹"，遭遇。

⑧徐、陈、应、刘：指徐幹、陈琳、应玚、刘桢。

⑨连舆：车与车相连。舆，车。

⑩谓百年己分(fèn)：以为长命百年是自己的当然之事。分，本有的。

⑪相保：相护。

⑫零落略尽：大多已经死去。零落，本指草木凋落，这里喻人死亡。略，都。

⑬"顷撰"二句：(我)最近编订他们的遗作，汇成了一部集子。撰，编订。都，汇集。

⑭鬼录：死人的名录。

⑮化为粪壤：指死亡。粪壤，秽土。

⑯类：大多。

⑰护：袒护。

⑱伟长：徐幹的字。

⑲箕(jī)山之志：隐居不仕的气节。箕山，相传为尧时许由隐居

之地。

⑳彬彬:文质兼备貌。

㉑《中论》:徐幹著作,其意旨"大都阐发义理,原本经训,而归之于圣贤之道"。

㉒德琏:应场的字。

㉓斐然:有文采貌。

㉔述:阐述前人成说。

㉕作:创作。

㉖间(jiān)者:近来。

㉗扻(wěn):擦拭。

㉘"既痛"二句:既痛惜死者,又想到自己。行,又。

㉙孔璋:陈琳的字。

㉚公幹:刘桢的字。

㉛逸气:超脱世俗的气质。

㉜绝:超过。

㉝元瑜:阮瑀的字。

㉞书记:指军国书檄等官方文字。

㉟翩翩:形容词采飞扬。

㊱致足乐也:十分令人快乐。致,至,极。

㊲仲宣:王粲(càn)的字。

㊳续:接续。

㊴起:振起。

㊵"昔伯牙"句:春秋时伯牙善弹琴,唯钟子期为知音。子期死,伯牙毁琴不弹。

㊶"仲尼"句:孔子的学生子路在卫国被杀并被剁成肉酱后,孔子便不再吃肉酱一类的食物。醢(hǎi),肉酱。

㊷后生可畏:年轻人值得敬畏。《论语·子罕》:"后生可畏,焉知

来者之不如今也!”

㊸足下:对吴质的敬称。

㊹年行:行年,已度过的年龄。

㊺瞑(mián):通“眠”。睡。

㊻光武:东汉开国皇帝刘秀的谥号。

㊼所更非一:所经历的事不只一件。

㊽“以犬羊”四句:谦称自己并无特出德能,登上太子之位,全凭父亲指定。日月,喻指曹操。

㊾攀援:挽留。

㊿良有以也:确有原因。

(51)述造:犹“述作”。

(52)不:同“否”。

(53)於(wū)邑:忧郁烦闷。

(54)裁书:裁笺作书,写信。

【解读】

这封信写于建安二十二年(217)魏大疫之后。

首段言分别已久,借《诗经》之句,表达别后对朋友的思念。第二段怀念昔日与徐、陈、应、刘诸位好友的交往游乐,阐述了编集遗文的原因。先说自己因亲故死于疾疫而悲哀痛苦,接着忆起当年大家饮酒作乐而赋诗的热闹,感叹眼前的凄凉萧条,对比中突出无限怀念。最后谈到近来编订朋友们的遗稿以纪念其人,文在人逝,万分感伤,表达对亡友深切的怀念。第三段评论建安诸子的文章,指出各自的优劣,并以伯牙和仲尼的典故来说明知音难求,表示在建安诸子去世后,知音难再觅,表现当下无人和将来即使“后生可畏”,恐不及见的遗憾和悲哀。第四段是对自我的总结和概括。年长才退,德薄位尊,有岁月不居之悲,又以“少壮真当努力,年一过往,何可攀援”之言激励自己奋发努力,悲而不失其壮。最后一段关切询问吴质的生活和著述情况,再次表达对吴质的思念之情。

此信真切平易，表现出帝王与常人一样的喜怒哀乐和忧愁苦思。

【点评】

"子桓批评当世文人者，见《典论》及《与吴质书》，于王粲、徐幹、陈琳、阮瑀、应玚、刘桢诸介，皆絜长比短，得其窾要。"（朱东润《中国文学批评史大纲》第六）

洛神①赋并序   曹　植

黄初②三年，余朝京师③，还济洛川。古人有言，斯水之神，名曰宓妃。感宋玉对楚王神女之事，遂作斯赋。其词曰：

余从京域④，言归东藩⑤。背伊阙⑥，越轘辕⑦，经通谷⑧，陵景山⑨。日既西倾，车殆马烦。尔乃税驾乎蘅皋⑩，秣驷⑪乎芝田，容与⑫乎阳林，流眄⑬乎洛川。于是精移神骇⑭，忽焉思散。俯则未察，仰以殊观。睹一丽人，于岩之畔。乃援御者而告之曰："尔有觌⑮于彼者乎？彼何人斯，若此之艳也！"御者对曰："臣闻河洛之神，名曰宓妃。然则君王所见，无乃是乎？其状若何，臣愿闻之。"

余告之曰：其形也，翩若惊鸿，婉若游龙⑯。荣曜秋菊，华茂春松。仿佛兮若轻云之蔽月，飘飖兮若流风之回雪。远而望之，皎若太阳升朝霞；迫而察之，灼若芙蕖出渌波。襛纤⑰得衷，修短合度。肩若削成，腰如约素⑱。延颈秀项，皓质呈露。芳泽无加，铅华弗御⑲。云髻峨峨，修眉联娟⑳。

丹唇外朗,皓齿内鲜。明眸善睐,靥辅承权㉑。瑰㉒姿艳逸,仪静体闲㉓。柔情绰态,媚于语言。奇服旷世,骨像应图㉔。披罗衣之璀粲㉕兮,珥瑶碧之华琚㉖。戴金翠之首饰,缀明珠以耀躯。践远游之文履㉗,曳雾绡之轻裾。微幽兰之芳蔼兮,步踟蹰于山隅。

于是忽焉纵体,以遨以嬉。左倚采旄㉘,右荫㉙桂旗。攘皓腕于神浒㉚兮,采湍濑之玄芝㉛。余情悦其淑美兮,心振荡而不怡。无良媒以接欢兮,托微波而通辞㉜。愿诚素㉝之先达兮,解玉佩以要㉞之。嗟佳人之信修㉟兮,羌㊱习礼而明诗。抗琼珶㊲以和予兮,指潜渊而为期㊳。执眷眷之款实㊴兮,惧斯灵之我欺。感交甫㊵之弃言兮,怅犹豫而狐疑㊶。收和颜而静志兮,申礼防㊷以自持。

于是洛灵感焉,徙倚傍徨。神光离合,乍阴乍阳。竦㊸轻躯以鹤立,若将飞而未翔。践椒涂㊹之郁烈,步蘅薄㊺而流芳。超长吟以永慕兮㊻,声哀厉而弥长。尔乃众灵杂沓,命俦啸侣㊼。或戏清流,或翔神渚。或采明珠,或拾翠羽。从南湘之二妃㊽,携汉滨之游女㊾。叹匏瓜㊿之无匹兮,咏牵牛之独处。扬轻袿之猗靡兮㉛,翳修袖以延伫。体迅飞凫,飘忽若神。陵波微步,罗袜生尘㉜。动无常则,若危若安。进止难期,若往若还。转眄流精㉝,光润玉颜。含辞未吐,气若幽兰。华容婀娜,令我忘餐。

于是屏翳㉔收风,川后㉕静波。冯夷㉖鸣鼓,女娲清歌㉗。腾文鱼以警乘,鸣玉鸾以偕逝㉘。六龙㉙俨其齐首,载云车之容裔㉚。鲸鲵踊而夹毂㉛,水禽翔而为卫。

于是越北沚，过南冈，纡素领，回清阳⑫。动朱唇以徐言，陈交接之大纲。恨人神之道殊兮，怨盛年之莫当⑬。抗罗袂以掩涕兮，泪流襟之浪浪⑭。悼良会之永绝兮，哀一逝而异乡。无微情以效爱⑮兮，献江南之明珰。虽潜处于太阴，长寄心于君王⑯。忽不悟其所舍⑰，怅神宵⑱而蔽光。

于是背下⑲陵高，足往神留。遗情⑳想象，顾望怀愁。冀灵体之复形，御轻舟而上溯。浮长川而忘返，思绵绵而增慕。夜耿耿而不寐，沾繁霜而至曙。命仆夫而就驾，吾将归乎东路。揽騑辔以抗策，怅盘桓而不能去㉑。

【作者简介】

曹植(192—232)，字子建，沛国谯县(今安徽亳州)人，三国魏文学家，建安文学的代表人物。后世将他与曹操、曹丕合称"三曹"。其诗文"骨气奇高，词彩华茂"(钟嵘《诗品》)，南朝宋文学家谢灵运有"天下才有一石，曹子建独占八斗"的评价。

【注释】

①洛神：洛水女神，即宓妃。传说伏羲氏女溺死洛水，遂为洛神。

②黄初：魏文帝曹丕年号。

③京师：指魏都洛阳。

④京域：京都地区，指洛阳。

⑤东藩：黄初三年(222)四月，曹植被封为鄄城王，鄄城在洛阳的东面。

⑥伊阙：山名。在洛阳南。

⑦辕(huán)辕：山名。在今河南偃师县东南。

⑧通谷：山谷名。在洛阳南。

⑨景山:山名。在今河南偃师县南。

⑩税驾乎蘅皋:在芳草河边解马驻车。税驾,犹"解驾",指停车休息。蘅皋,生着杜蘅的河岸。蘅,杜蘅,香草名。皋,水边地。

⑪秣驷:喂马。

⑫容与:从容安闲貌。

⑬流眄:纵目四望。眄,斜视。

⑭精移神骇:精神恍惚。骇,散。

⑮觌(dí):看见。

⑯"翩若"二句:翩然若惊飞的鸿雁,宛转如游动的蛟龙。

⑰襛:衣厚貌。纤:衣薄貌。

⑱约素:一束白绢。素,白细丝织品。

⑲弗御:不施。御,用。

⑳联娟:微曲貌。

㉑承权:在颧骨之下。权,颧骨。

㉒瑰:美好。

㉓闲:娴雅。

㉔应图:指与画中人物相当。

㉕璀粲:鲜明貌。

㉖华琚:刻有花纹的佩玉。琚,佩玉名。

㉗文履:饰有花纹图案的鞋。

㉘采旄(máo):彩旗。采,通"彩"。旄,旗竿头上饰以旄牛尾的旗子。

㉙荫:遮蔽。

㉚神浒:神所游的水边地。浒,水边泽畔。

㉛玄芝:黑芝,相传为神草。

㉜"无良媒"二句:没有合适的媒人去联络欢好,只能借助水波来传递话语。

281

㉝素:同“愫”,情愫。

㉞要:通“邀”,约请。

㉟修:美好。

㊱羌:发语词。

㊲琼珶(dì):美玉。

㊳“指潜渊”句:指深水发誓,约期相会。潜渊,深渊。

㊴款实:诚实。

㊵交甫:郑交甫。《文选》李善注引《神仙传》:“(仙)游于江滨,逢郑交甫。交甫不知何人也,目而挑之,女遂解佩与之。交甫行数步,空怀无佩,女亦不见。”

㊶狐疑:疑虑不定。因为想到郑交甫曾被仙女遗弃,故心生疑虑。

㊷礼防:礼法,礼能防乱,故称礼防。

㊸竦(sǒng):耸。

㊹椒途:长满香椒的道路。椒,花椒,有浓香。

㊺蘅薄:杜蘅丛生地。

㊻“超长吟”句:怅然长吟以表示深沉的思慕。超,惆怅。永,长久。

㊼命俦啸侣:招呼同伴。俦,同类。

㊽南湘之二妃:指湘水之神娥皇、女英。

㊾汉滨之游女:汉水之女神。

㊿匏瓜:星名,又名天鸡。古以喻男子无偶。

(51)“扬轻袿(guī)”句:风吹上衣飘动起来。袿(guī),妇女的上衣。猗(yī)靡,随风飘动貌。

(52)“陵波”二句:在水波上细步行走,溅起的水沫附在罗袜上如同尘埃。凌,踏。尘,指细微四散的水沫。

(53)流精:形容目光流转有神。

(54)屏翳:传说中的神名。

(55)川后：传说中的河神。

(56)冯（píng）夷：传说中的水神。

(57)女娲清歌：相传笙簧是女娲所造，所以说“女娲清歌”。女娲，女神名。

(58)“腾文鱼”二句：飞腾的文鱼警卫着洛神的车乘，众神随着叮当作响的玉鸾一齐离去。腾，升。警乘，警卫车乘。玉銮，鸾鸟形的玉制车铃。

(59)六龙：相传神出游多驾六龙。

(60)容裔：即“容与”，舒缓安详貌。

(61)毂（gǔ）：车轮中用以贯轴的圆木，这里指车。

(62)“纡素领”二句：洛神不断回首顾盼。纡，回。素领，白皙的颈项。清阳，形容女性清秀的眉目。

(63)莫当：不遇。

(64)浪浪：水流不断貌。

(65)效爱：致爱慕之意。

(66)“虽潜”二句：虽然幽居于神仙之所，但将永远怀念君王。潜处，深处。太阴，众神所居之处。君王，指曹植。

(67)所舍：停留、止息之处。

(68)宵：通“消”。

(69)背下：离开低地。

(70)遗情：情思留连。

(71)“揽骓（fēi）辔（pèi）”二句：当手执马缰，举鞭欲策之时，却又怅然若失，徘徊留恋，无法离去。骓，车旁之马，此泛指驾车之马。辔，马缰绳。抗策，犹举鞭。

【解读】

据序所言，曹植此赋系其于魏文帝黄初三年（222）入朝京师洛阳后，在回封地鄄城途中经洛水时，“感宋玉对楚王神女之事”而作。当时曹植的密友丁仪、丁廙被魏文帝曹丕杀害，曹植本人被贬安乡侯，后改封鄄城侯，再立为鄄城王（见《三国志·陈思王传》），心情之抑郁苦闷与哀伤，可想而知。

除序言以外的六个段落着重描述了以下内容：

第一段写从洛阳回封地时，恍惚之际看到了洛神。开篇从记述离开京城而"背伊阙，越轘辕，经通谷，陵景山"的行程切入，描写到达洛滨的情景，这是邂逅洛神的背景。次写驻马休憩徘徊于阳林，神思恍惚间惊见一个瑰姿艳逸的女神立在对面山崖，于是惊呼御者："尔有觌于彼者乎？彼何人斯，若此之艳也！"由此以御者的回答"臣闻河洛之神，名曰宓妃。然则君王所见，无乃是乎？其状若何，臣愿闻之"引出下文对洛神的描绘。惊喜之情与神奇色彩引人入胜。

第二段描绘洛神容仪、服饰之美。"其形也，翩若惊鸿"至"灼若芙蓉出渌波"，以一连串比喻，从形姿、容色、风神各方面对洛神初临时的情状作了精彩纷呈的形容，给人以轻盈飘逸、流转绰约的动感和明丽清朗、华艳妖冶的色感，突显洛神的至艳奇美，呈现流光溢彩的神奇景象。"襛纤得衷"以下则直接着笔，对洛神的体态、容貌、服饰和举止进行了细致的刻画，爱慕之情洋溢于描绘之中，从而引出下文表达爱意的描写。

第三段写作者对洛神心驰神往，进而与她相互赠答却又担心遇合受阻的情景。先是作者被美貌的女神深深打动，"余情悦其淑美兮，心振荡而不怡"；接着是"无良媒以接欢"的苦闷；继而是"托微波而通辞""解玉佩以要之"的传情以及佳人的"抗琼珶以和予兮，指潜渊而为期"的回应；最后是自己"执眷眷之款实兮，惧斯灵之我欺"的担心和"感交甫之弃言兮，怅犹豫而狐疑"的犹疑，还有"收和颜而静志"的自持。可谓一波三折，情致动人。

第四段写洛神为"君王"之诚所感、将来而未至的情状和举动，表现出激荡在她内心的炽热之爱和爱不能实现的强烈悲哀。洛神的哀吟唤来了众神,她们"或戏清流,或翔神渚。或采明珠,或拾翠羽"。但洛神愁绪难消,她行踪飘忽,目光转盼,欲言还止,若往若还,内心的爱慕、矛盾、惆怅和痛苦交织。让读者如见其神形,如感其心情。

第五段写洛神终以人神道殊,含恨离去的情景。先写离别场面:屏翳收风,川后静波,在冯夷、女娲的鼓乐声中,由六龙驾驭的云车载着宓妃,在鲸鲵夹毂、水禽翔卫下启程离开了。再写洛神的不忍离别:她坐在渐渐远去的车上,不断回头,倾诉"悼良会之永绝兮,哀一逝而异乡"的衷肠。最后写洛神的别时誓言,"虽潜处于太阴,长寄心于君王",离恨中见深情。

最后一段写洛神去后作者顾望思慕不忍离去的深情。洛神消失在苍茫的暮色中,而作者却依然站在水边怅望她逝去的方向,恍然若失;其后他驾着轻舟,溯川而上,希望能再次看到神女的倩影;天亮后,他不得不"归乎东路"了,但仍"揽騑辔以抗策,怅盘桓而不能去"。浓郁的不舍之情将洛神的形象烘托得更加动人、更加完美。

曹植此赋铺写、抒情融合,又吸收了楚辞的浪漫主义精神,具有想象丰富、辞藻华美、描写细腻传神、情思缱绻的特点,前人多以屈原的《九歌》、宋玉的《神女赋》与之并论。

另外,由于曹植赋前小序对写作缘起和时间背景的交代,多有名家认为它有所寄托。

【点评】

"裴铏《传奇》曰:'陈思王《洛神赋》乃思甄后作也。'然无可疑。李商隐诗曰'君王不得为天子,半为当年赋洛神'是也。按《洛神赋》李善、五臣注云:"曹植有所感托而赋焉。"则自昔已传甄后之事矣。至《洛神赋》曰:'怨盛年之莫当,抗罗袂以掩涕兮,泪流襟以浪浪。'善注曰:'盛年,谓少壮之时。不能当君王之意,此言甄后之情。'以上皆李善之注语也。善已言'感甄后之情',则此事益明。"(〔宋〕王铚《默记》卷下)

"《韩诗》:汉有游女。薛君注:游女,汉神也。洛神之义本于此。《离骚》:我令丰隆乘云兮,求虑妃之所在。植既不得于君,因济洛川,作为此赋,托辞虑妃以寄心文帝,其亦屈子之志也。自好事者造为感甄无稽之说,萧统遂类分入于情赋,于是植几为名教罪人,而后世大儒如朱子者,亦不加察于众恶之余,以附之楚人之词之后,为尤可悲也已。"([清]何焯《义门读书记》卷四十五)

与杨德祖^①书　　　　　曹　植

植白:数日不见,思子为劳^②,想同之也。

仆少好为文章,迄至于今,二十有五年矣,然今世作者,可略而言也。昔仲宣^③独步于汉南,孔璋^④鹰扬于河朔,伟长^⑤擅名于青土,公幹^⑥振藻于海隅,德琏^⑦发迹于大魏,足下高视^⑧于上京。当此之时,人人自谓握灵蛇之珠,家家自谓抱荆山之玉。吾王^⑨于是设天网以该之,顿八纮^⑩以掩之,今悉集兹国矣。然此数子犹复不能飞轩绝迹^⑪,一举千里。以孔璋之才,不闲^⑫于辞赋,而多自谓能与司马长卿同风,譬画虎不成反为狗也,前书嘲之,反作论盛道仆赞其文。夫钟期不失听^⑬,于今称之,吾亦不能妄叹者,畏后世之嗤余也。

世人之著述,不能无病,仆常好人讥弹^⑭其文,有不善者,应时改定。昔丁敬礼^⑮常作小文,使仆润饰之,仆自以才不过若人,辞不为也。敬礼谓仆:"卿何所疑难,文之佳恶,吾自得^⑯之,后世谁相知定吾文者邪?"吾常叹此达言,以为美谈。昔尼父^⑰之文辞,与人通流^⑱,至于制《春秋》,

286

游、夏⑲之徒乃不能措一辞⑳。过此而言不病者,吾未之见也。

盖有南威㉑之容,乃可以论于淑媛;有龙渊㉒之利,乃可以议于断割。刘季绪㉓才不能逮于作者,而好诋诃㉔文章,掎摭㉕利病。昔田巴㉖毁五帝,罪三王,訾五霸于稷下㉗,一旦而服千人,鲁连㉘一说,使终身杜口。刘生之辩,未若田氏,今之仲连,求之不难,可无息乎? 人各有好尚,兰茝荪蕙㉙之芳,众人所好,而海畔有逐臭之夫;《咸池》《六茎》㉚之发,众人所共乐,而墨翟㉛有非之之论。岂可同哉!

今往仆少小所著辞赋一通㉜相与。夫街谈巷说,必有可采,击辕之歌㉝,有应风雅,匹夫之思,未易轻弃也。辞赋小道,固未足以揄扬㉞大义,彰示来世也。昔扬子云㉟,先朝执戟之臣㊱耳,犹称壮夫不为㊲也。吾虽德薄,位为藩侯㊳,犹庶几㊴戮力上国,流惠下民,建永世之业,流金石㊵之功,岂徒以翰墨为勋绩,辞赋为君子哉! 若吾志未果,吾道不行,则将采庶官㊶之实录,辩时俗之得失,定仁义之衷㊷,成一家之言。虽未能藏之于名山,将以传之于同好㊸,非要㊹之皓首,岂今日之论乎? 其言之不惭,恃惠子之知我也㊺。

明早相迎,书不尽怀,植白。

【注释】

①杨德祖:杨修。曹植好友。后为曹操所杀。
②思子为劳:意谓很想念你。
③仲宣:王粲的字。

④孔璋:陈琳的字。

⑤伟长:徐幹的字。

⑥公幹:刘桢的字。

⑦德琏:应场的字。

⑧高视:形容气概不凡。这里指因文章而极富盛名。

⑨吾王:指曹操。

⑩八纮:八方极远之地。纮,维。

⑪飞轩绝迹:高飞到极高的境界。轩,高。

⑫闲:通"娴",擅长。

⑬不失听:善听。

⑭讥弹:讥刺批评。

⑮丁敬礼:丁廙。曹植好友。后被曹丕杀害。

⑯得:晓悟,了解。

⑰尼父:对孔子的尊称。孔子字仲尼,故称。

⑱通流:同流。

⑲游、夏:孔子的弟子子游、子夏。

⑳不能措一辞:无法增删一字一句。

㉑南威:亦称"南之威"。春秋时晋国的美女。

㉒龙渊:宝剑名。

㉓季绪:刘修的字。刘表之子。

㉔诋诃:指责。

㉕掎摭(jǐ zhí):指摘。

㉖田巴:战国时齐国辩士。

㉗稷下:战国时齐国都城西门稷门附近地区。

㉘鲁连:鲁仲连。战国时齐国人。有谋策,常周游列国,排难解纷。

㉙兰茝(chǎi)荪蕙:均为香草名。

㉚《咸池》《六茎》:《咸池》,黄帝之乐;《六茎》,颛顼之乐。

㉛墨翟:战国时期思想家,墨家学派创始人。

㉜一通:一份。

㉝击辕之歌:敲击着辕木唱的歌,指平民百姓的歌。

㉞揄扬:宣扬。

㉟扬子云:西汉辞赋家扬雄。

㊱执戟之臣:扬雄曾作黄门郎执戟保卫宫廷。

㊲壮夫不为:语出扬雄《法言》,意谓男子汉不屑于从事。

㊳藩侯:诸侯。

㊴庶几:希望。

㊵金石之功:可以载于金石的功勋。金,指钟鼎。石,指碑碣。

㊶庶官:史官。

㊷定仁义之衷:定以仁义之正。衷,正。

㊸同好:志同道合之人。

㊹要:通"邀"。

㊺恃惠子之知我也:《庄子·徐无鬼》言惠子死后,庄子过其墓,说:"自夫子之死也,吾无以为质矣,吾无与言之矣!"此处以惠子代杨德祖,意为对方知己也。惠子,惠施,战国时人。

【解读】

《与杨德祖书》是曹植将自己青少年时代的赋作进行精选和编录后,送给朋友杨修,请他"刊定"时附上的一封信。

起笔"数日不见,思子为劳,想同之也",感情深挚炽烈,足见双方的友谊和彼此的信赖,自然切入正文的坦率交流。

正文首段着重说文章不可能十全十美,只有听取人们批评,"应时改定",才能臻于完善。如建安诸子是天下的精英,"当此之时,人人自谓握灵蛇之珠,家家自谓抱荆山之玉",即便如此,"此数子犹复不能飞轩绝迹,一举千里",即文章还不能登峰造极,并且还特别提到"以孔璋之才，不闲于辞赋，而多自谓能与司马长卿同风，譬画虎不成反为狗也"，字里行间，可见曹植对陈琳的"不闲于辞赋"且缺乏自知之明的嘲讽。接着又说"夫钟期不失听，于今称之，吾亦不能妄叹者，畏后世之嗤余也"，表明自己关于文章评议的认真态度。

第二段重点表达自己"好人讥弹其文，有不善者，应时改定"，为表明此番诚意，特举丁廙请自己修改文章及自己对此事的看法；又以从前孔子的文辞常与人讨论修改而至编纂《春秋》时臻于完美的例子，说明他人批评修正对文章完善的重要性。

接下来以"盖有南威之容，乃可以论于淑媛"之句开启第三段，意在说明有人自己水平不高，对他人的文章却横加挑剔，这是作者所不取的态度。然后援引刘季绪为证，以"昔田巴毁五帝，罪三王，訾五霸于稷下，一旦而服千人，鲁连一说，使终身杜口"讥讽刘季绪之可笑。最后还以海畔之夫逐臭和墨子批评《咸池》《六茎》为比，表达好尚之不同。言下之意是推崇杨修，即他是"有南威之容"和"龙渊之利"的行家，所以自己才诚意希望得到他的指正。

最后一段说到该信目的，即给对方送去自己"少小所著辞赋一通"一事，说"夫街谈巷说，必有可采，击辕之歌，有应风雅，匹夫之思，未易轻弃也"，概述自己的辞赋大体内容，自谦中不乏自负。其后更说辞赋是壮夫不为的小技艺，自己真正的抱负是为国为民，建功立业，以期名垂青史。即使做不到这一点，也要"采庶官之实录，辩时俗之得失，定仁义之衷，成一家之言"，尽显才志的自负。所以他接着说"非要之皓首，岂今日之论乎？其言之不惭，恃惠子之知我也"，意思是如果不是和你有愿同始终的交情，又哪能发出这些议论。敢大言不惭，是因为你懂我。这样，又将极度自负的言辞归于视对方为知己的倾心之言，实在高妙。

全文兼骈散之长而气势昂扬飞动，处处见出朋友间真挚的感情和曹植早年积极奋进、渴望建功立业的人生理想。

【点评】

"此论薄视文辞,谓不足为,其见与子桓异。又书中备论当时作者,茫无定评,虽语本泛泛,不在甄别,果以分析之密论之,固在子桓下也。"(朱东润《中国文学批评史大纲》第六)

晋

酒德①颂

刘　伶

有大人先生②，以天地为一朝，万期③为须臾。日月为扃牖④，八荒为庭衢。行无辙迹，居无室庐。幕天席地，纵意所如。止则操卮执觚⑤，动则挈榼⑥提壶。唯酒是务，焉知其余？有贵介公子，搢绅⑦处士。闻吾风声⑧，议其所以⑨。乃奋袂攘襟⑩，怒目切齿。陈说礼法，是非锋起⑪。先生于是方捧罂⑫承槽，衔杯漱醪⑬。奋髯箕踞⑭，枕曲藉糟⑮。无思无虑，其乐陶陶⑯。兀然而醉，豁尔⑰而醒。静听不闻雷霆之声，熟视不睹泰山之形。不觉寒暑之切⑱肌，利欲之感情⑲。俯观万物，扰扰焉如江汉之载浮萍；二豪⑳侍侧，焉如蜾蠃之与螟蛉㉑。

【作者简介】

刘伶，字伯伦，沛国（治今安徽濉溪县西北）人，魏晋名士，"竹林七贤"之一。嗜酒不羁，好老庄。后世以刘伶为蔑视礼法、纵酒避世的典型。

【注释】

①酒德：饮酒的德性。

②大人先生：大人，古时用以指称圣人或有道德的人。先生，对有德业者的尊称。

③万期（jī）：万年。期，周年。

④扃牖（jiōng yǒu）：门窗。扃，门。牖，窗。

⑤"止则"句：停下来就手拿酒杯酒壶。卮（zhī），古时一种圆形酒器。觚（gū），古时一种酒器，长身，细腰，阔底，大口。

⑥榼(kē):古时一种盛酒器。

⑦搢(jìn)绅:插笏于带间。古时仕宦者垂绅插笏,故称士大夫为搢绅。搢,插。绅,大带。

⑧风声:名声。

⑨所以:所为之得失。

⑩奋袂(mèi)攘(rǎng)襟:挥动衣袖,捋起衣襟。形容激动的神态。奋,猛然用力。攘,捋。

⑪锋起:犹"蜂起",纷然并起。

⑫罂(yīng):大肚小口的陶制容器。

⑬漱醪(láo):口中含着浊酒。漱,含着。醪,浊酒。

⑭箕踞(jī jū):一种轻慢的坐姿,伸两足,手据膝,若箕状。

⑮枕曲(qū)藉(jiè)糟:枕着酒母,卧着酒糟。曲,酒母。藉,坐卧在某物上。

⑯陶陶:和乐貌。

⑰豁尔:此处指酒醒时深邃、空虚的样子。

⑱切:接触。

⑲感情:感于情,因所感而情动。

⑳二豪:指公子与处士。

㉑"焉如"句:此处以二虫比处士与公子。蜾蠃(guǒ luǒ),青黑色细腰蜂。螟蛉(míng líng),螟蛾的幼虫。蜾蠃捕捉螟蛉,存在窝里,留作它幼虫的食物,然后产卵并封闭洞口。古人误认为蜾蠃养螟蛉为己子,螟蛉即变为蜾蠃。

【解读】

此文以虚拟的"大人先生"为主体,借饮酒表明一种随心所欲,纵意所如的生活态度,并对封建礼法和士大夫们作了辛辣的讽刺。

全文可分为三段:起首至"惟酒是务,焉知其余"为第一段。先是描绘了一位顶天立地、超越时空的"大人先生"形象。接着叙写"大人

295

先生"的衣食住行,他自由出入于天地八荒,幕天席地,随心所欲,从而自然延伸到他的"动止",引出"酒"字,切入正题。史载刘伶出门挂酒榼于车,令人荷锄随之,曰"死便掘地埋我"。可见"大人先生"既是刘伶向往的超越世俗之理想人物,也蕴含他本人的性格和影子。第二段从"有贵介公子"到"是非锋起",写世俗贵族、官宦对"大人先生"的攻击。这些人要维系其赖以保有富贵利禄、进阶加爵的名教礼法,自然不能容忍有近似疯狂的酒徒破坏、藐视礼法。第三段从"先生于是方捧罂承槽"至结尾,写"大人先生"对公子、处士攻击的回应。他一系列倨傲不恭的行为,是对公子、处士的痛快反击,对礼法的最大挑战。这,便是"大人先生"的"酒德"。其后,作者借醉态进一步扩展、申发"酒德",从听觉、视觉、触觉三个角度渲染,烘托出"大人先生"不为利欲动情,超然物外的品德。

通观全文,"大人先生"沉湎于酒却心性清明,酒德由是而兴;公子、处士虽不沉湎于酒,却对他人满口说教、肆意攻击,便是无德——这正是文章的题旨所在。

【点评】

"刘伶著《酒德颂》,意气所寄。"注:"《名士传》曰:伶字伯伦,沛郡人。肆意放荡,以宇宙为狭。常乘鹿车,携一壶酒,使人荷锸随之,云:'死便掘地以埋。'土木形骸,遨游一世。《竹林七贤论》曰:伶处天地间,悠悠荡荡,无所用心。尝与俗士相牾,其人攘袂而起,欲必筑之。伶和其色曰:'鸡肋岂足以当尊拳!'其人不觉废然而返。未尝措意文章,终其世,凡著《酒德颂》一篇而已。"([南朝梁]刘义庆撰、刘孝标注《世说新语》卷上之下)

"撮庄生之旨,为有韵之文,仍不失潇洒自得之趣,真逸才也。"([清]何焯《义门读书记》卷四十九)

春秋左氏传序

杜 预

《春秋》者，鲁史记①之名也。记事者，以事系日②，以日系月，以月系时，以时系年，所以纪远近，别同异③也。故史之所记，必表年以首事④，年有四时，故错举以为所记之名也⑤。《周礼》有史官，掌邦国⑥四方之事，达四方之志。诸侯亦各有国史，大事书之于策，小事简牍而已。《孟子》⑦曰："楚谓之《梼杌》⑧，晋谓之《乘》，而鲁谓之《春秋》，其实一也。"

韩宣子适鲁⑨，见《易象》⑩与鲁《春秋》，曰："周礼尽在鲁矣，吾乃今知周公之德与周之所以王⑪也。"韩子所见，盖周之旧典《礼经》也。周德既衰，官失其守。上之人不能使春秋昭明，赴告⑫策书⑬，诸所记注，多违旧章。仲尼因鲁史策书成文，考其真伪，而志其典礼，上以遵周公之遗制，下以明将来之法。其教之所存，文之所害，则刊而正之，以示劝诫。其余皆即用旧史，史有文质，辞有详略，不必改也。故传曰："其善志。"又曰："非圣人孰能修之。"盖周公之志，仲尼从而明之。左丘明受经于仲尼，以为经者不刊⑭之书也。故传或先经以始事⑮，或后经以终义⑯，或依经以辨理，或错经以合异⑰，随义而发其例之所重⑱。旧史遗文，略不尽举，非圣人所修之要故也。身为国史，躬览载籍，必广记而备言之。其文缓，其旨远，将令学者原始要终⑲，寻其枝叶，究其所穷。优而柔之⑳，使自求之；厌而饫之㉑，使自趋㉒之。若江海之浸，膏泽之润，涣然冰释，怡然理顺，然后为得也。其发凡㉓以言例，皆经国之常制，周公之垂法，史书之旧章，仲尼从而修之，以成一经之通体。其微显阐幽㉔，裁成义类者，皆据旧例而发义，指行事以正褒贬㉕。诸称"书""不书""先书""故书""不言""不称""书曰"之类，皆所以起新旧㉖，发大义，谓之变例㉗。然亦有史所不书，即以为义者，此盖《春秋》新意，故传不言凡，曲而畅之㉘也。其经无义例，因行事而言，则传直言其归趣㉙而已，非例也。故发传之体㉚有三，而为例之情㉛有五。一曰微而显，文见于此，而义起在彼，称族尊君命㉜，舍族㉝尊夫人，梁亡、城缘陵㉞之类是也。二曰志而晦㉟，约言示制㊱，推以知例，参会不地㊲、与谋曰及㊳之类是也。三曰婉而成章，曲从义训，以示大顺，诸所讳避，璧假许田㊴之类是也。四曰尽而不污㊵，直书其事，具文见意，丹楹刻桷㊶、天王求车㊷、齐侯献捷㊸之类是也。五曰惩恶而劝善，求名而亡㊹，欲盖而章㊺，书齐豹盗、三叛人名㊻之类是也。推此五体以寻经、传，触类而长之㊼，附于二百四十二年行事，王道之正，人伦之纪备矣。

或曰：《春秋》以错文见义㊽，若如所论，则经当有事同文异而无其义也。先儒所传，皆不其然。答曰：《春秋》虽以一字为褒贬㊾，然皆须数句以成言，非如八卦之爻，可错综为六十四也。固当依传以为断㊿。古今言《左氏春秋》者多矣，今其遗文可见者十数家，大体转相祖述㊿，进不成为错综经文以尽其变，退不守丘明之传。于丘明之传，有所不通，皆没㊿而不说，而更肤引㊿《公羊》《穀梁》㊿，适足自乱。预今所以为异，专修丘明之传以释经。经之条贯，必

298

出于传,传之义例,总归诸凡。推变例以正褒贬,简二传而去异端⑤,盖丘明之志也。其有疑错,则备论而阙⑥之,以俟后贤。然刘子骏创通大义⑦,贾景伯父子⑧、许惠卿⑨,皆先儒之美者也。末有颖子严者,虽浅近,亦复名家。故特举刘、贾、许、颖之违⑥,以见同异。分经之年与传之年相附,比其义类,各随而解之,名曰《经传集解》⑥。又别集诸例,及地名、谱第⑥、历数⑥,相与为部,凡四十部,十五卷。皆显其异同,从而释之,名曰《释例》⑥。将令学者观其所聚异同之说,《释例》详之也。

或曰:《春秋》之作,《左传》及《穀梁》无明文,说者以为仲尼自卫反鲁,修《春秋》,立素王⑥,丘明为素臣⑥。言《公羊》者,亦云黜周而王鲁⑥,危行言逊⑥,以避当时之害,故微其文,隐其义。公羊经止获麟⑥,而左氏经终孔丘卒⑦,敢问所安? 答曰:异乎余所闻。仲尼曰:"文王既没,文不在兹乎?"⑦此制作之本意也。叹曰:"凤鸟不至,河不出图,吾已矣夫!"⑦盖伤时王之政也。麟凤五灵⑦,王者之嘉瑞也,今麟出非其时,虚其应而失其归⑦,此圣人所以为感也。绝笔于获麟之一句者,所感而起,固所以为终也。

曰:然《春秋》何始于鲁隐公? 答曰:周平王,东周之始王也;隐公,让国之贤君也。考乎其时则相接⑦,言乎其位则列国,本乎其始则周公之祚胤⑥也。若平王能祈天永命⑦,绍开⑦中兴,隐公能弘宣祖业,光启王室,则西周之美可寻,文武之迹不坠。是故因其历数,附其行事,采周之旧,以会成王义,垂法将来。所书之王,即平王也;所用之历,即周正也;所称之公,即鲁隐也。安在其黜周而王鲁乎?子曰:"如有用我者,吾其为东周乎?"⑦此其义⑧也。若夫制作之文⑧,所以彰往考来⑧,情见乎辞,言高则旨远,辞约则义微,此理之常,非隐之也⑧。圣人包周身之防⑧,既作之后,方复隐讳以避患,非所闻也。子路使门人为臣,孔子以为欺天。而云仲尼素王,丘明素臣,又非通论也⑧。先儒以为制作三年,文成致麟,既已妖妄⑧,又引经⑧以至仲尼卒,亦又近诬。据《公羊》经止获麟,而《左氏》"小邾射"⑧不在三叛之数,故余以为感麟而作⑧,作起获麟,则文止于所起,为得其实。至于反袂拭面⑩,称"吾道穷",亦无取焉⑨。

【作者简介】

杜预(222—284),字元凯,京兆杜陵(今陕西西安东南)人,魏晋时期政治家、军事家和学者。耽思经籍,博学多通,多有建树,时誉为"杜武库"。著有《春秋左氏经传集解》《春秋释例》等。

【注释】

①史记:指史官记载的史书。

②以事系日:指在记述事件时以日期相统率。系,连缀,统率。

③纪远近,别同异:记录时间的远近,区别事件的异同。纪,记载。

④表年以首事:将事件的年代当作首要之事记载下来。表,标注,记载。

⑤"年有四时"二句:一年有春夏秋冬四个季节,交错互举,取"春秋"二字作为记载史事的书名。这是杜预解释《春秋》书名的由来。

⑥邦国:周王室和诸侯国。

⑦《孟子》:儒家经典之一。记载孟轲的政治活动、言论和思想。

⑧《梼杌》(táo wù)：楚国史书的书名。

⑨韩宣子适鲁：事载《左传·昭公二年》："二年春，晋侯使韩宣子来聘。"韩宣子，晋国大夫，名起，谥宣子。适，往。

⑩《易象》：解释《周易》卦象的书。

⑪王：成就王业。

⑫赴告：春秋时各国以崩薨及祸福之事相告。凶事谓之"赴"，一般之事谓之"告"。

⑬策书：皇帝命令之一种，多用于封土授爵，任免三公。

⑭刊：删削。

⑮先经以始事：指传文置于经文之前，用以说明事情的发端。

⑯后经以终义：指传文置于经文之后，以便终归经文的微言大义。

⑰错经以合异：将几条相关的经文聚合，写成一篇传文。

⑱"随义而发"句：《左传》条例所着重之处都是顺缘经义显现出来的。

⑲原始要终：探究事物发展的源头，归纳其终点。

⑳优而柔之：指传文文义宽舒从容。

㉑厌而饫(yù)之：原意为"饱食"。这里指传文文义饱满，使人学之深透。

㉒趋：探寻。

㉓发凡：阐发全书的要旨和编纂体例。

㉔微显阐幽：阐发经文中的幽微，使之显著。

㉕指行事以正褒贬：根据所作所为决定褒贬，善者褒之，恶者贬之。

㉖起新旧：区别新旧体例。

㉗变例：以上"书""不书"等七例用法，针对旧的凡例而言，是新发明经文七义，谓之变例，即例外。

㉘曲而畅之：周尽而畅达。

301

㉙归趣:归旨趋向。

㉚发传之体:阐发经书的传文体例。即发凡正例、新意变例、归趣非例。

㉛为例之情:造成以上三种体例的情形。

㉜尊君命:指尊重国君鲁成公的命令。

㉝舍族:不称呼族名。

㉞梁亡、城缘陵:指梁国灭亡,诸侯在缘陵筑城而不言名之事。

㉟志而晦:记录史事言辞隐晦。

㊱约言示制:简约其言以示法制。

㊲参会不地:《左传·桓公二年》:"特相会,往来称地,让事也。自参以上,则往称地来称会,成事也。"大意是,鲁国国君单独与别国国君相会,无论鲁国国君前往还是别国国君前来,都记录会见地点;如果是三个以上国君会盟,鲁国国君前往就记录地点,别国国君前来就不记录地点而只称"会"。参,同"三"。

㊳与谋曰及:《左传·宣公七年》:"凡出师,与谋曰'及',不与谋曰'会'。"意思是,出兵前参与谋划,记录说"及",不参与谋划,只记录说"会"。

㊴璧假许田:桓公元年经书"郑伯以璧假许田",表面义是,郑伯用璧暂借许田这个地方,实际是永久性的交换。郑用祊(bēng)田和璧换取了鲁国的许田。经这样写是婉曲其词,以顺大义而成篇章。

㊵污(yū):婉曲。

㊶丹楹刻桷(jué):漆红庙柱,雕刻庙椽。楹,宫庙的柱子。桷,宫庙的椽子。《左传·庄公二十三年》:"丹桓公之楹。"又二十四年:"刻其桷,皆非礼也。"天子诸侯的宫庙屋柱用微青黑色,用赤色为非礼;自天子以至大夫、士皆不雕刻桷,否则为非礼。周礼尚节俭,耻奢侈,奢侈为非礼。

㊷天王求车:《左传·桓公十五年》:"天王使家父来求车,非礼

302

也。”车与戎服是上予下，诸侯不贡于天子，天子不应向下索求。反其道故曰非礼。

㊸齐侯献捷：《左传·庄公三十一年》：“齐侯来献戎捷，非礼也。”戎捷，戎俘。诸侯之间不能互赠俘虏。

㊹求名而亡：（有人）求名见史籍而不可得。亡，通“无”。

㊺欲盖而章：（有人）想隐匿史实反而被明文记载。章，同“彰”。

㊻书齐豹盗、三叛人名：直书做不义之事的齐豹为“盗”，直书率地叛投鲁国的邾庶其、莒牟夷、邾黑肱三人为叛贼。

㊼触类而长之：触类而皆可旁通、增至他事。

㊽以错文见义：通过不同的文字体现不同的大义。

㊾以一字为褒贬：用一字见褒贬，即常说的春秋笔法。例如书写人名，褒则称字，贬则称名等。

㊿依传以为断：言《左传》文与《春秋》经有矛盾的，一般是传对经的纠正，所以依照传文以为断定。

(51)祖述：引述承接前人之说。

(52)没：隐没。

(53)肤引：肤浅援引。

(54)《公羊》《穀梁》：专门阐述《春秋》的两本书，较《左传》简略，均被视为儒家经典。

(55)简二传而去异端：简选《公羊》《穀梁》来除去异端。异端，儒家称持不同见解的学派，后泛指不合正统者。这里指《公羊》《穀梁》二传中不合经义者。

(56)阙（quē）：存疑空缺。阙，同“缺”。

(57)刘子骏：西汉刘歆，经学家。他治《左传》始用传文解经文，经传相互启示，辞章义理从此具备，故云“创通大义”。

(58)贾景伯父子：东汉贾逵，字景伯。其父贾徽字元伯，受业于刘歆，作《春秋条例》，贾逵承父业，作《左氏传训诂》。

⑤许惠卿:名淑,东汉经学家。

⑥违:差异,不同之处。

⑥《经传集解》:即杜预所撰《春秋左氏经传集解》,将经传按年排列、聚集,加以解释。

⑥谱第:即谱牒。专记帝王诸侯世系的古籍。

⑥历数:推算岁时节候的次序。

⑥《释例》:即《春秋释例》,杜预撰。该书参考经义,阐述《左传》凡例。

⑥素王:孔子据鲁史修《春秋》,后世尊之为素王,谓其具有帝王之德而未居帝王之位。

⑥素臣:左丘明作《左传》,述孔子之道,阐明《春秋》之法,后人尊之为素臣。

⑥黜周而王鲁:贬黜周王而将鲁侯奉为王。

⑥危行言逊:行为正直、言辞恭顺。

⑥经止获麟:《公羊传》一书止于鲁哀公十四年(前481)春"西狩获麟"。《春秋左传正义》杜预注:"麟者仁兽也,圣王之嘉瑞也。时无明王,出而遇获,仲尼伤周道之不兴,感嘉瑞之无应,故因鲁《春秋》而修中兴之教,绝笔于'获麟'之一句。所感而作,故所以为终也。"

⑩左氏经终孔子卒:孔子卒于鲁哀公十六年(前479)四月,《左传》中提到的《春秋》终于此,但《左传》文则写到哀公二十七年(前468)。

⑦"文王"二句:语出《论语·子罕》,子畏于匡,曰:"文王既没,文不在兹乎?天之将丧斯文也,后死者不得与于斯文也;天之未丧斯文也,匡人其如予何!"兹,此,孔子自称,以传文王之道自居也。

⑦"凤鸟"三句:语出《论语·子罕》,这是孔子晚年看到周礼的恢复似乎已成泡影而发出的哀叹。凤鸟,指凤凰,帝舜时和周文王时曾出现,预示着时代的兴盛、事业的成功。河图,据记载,伏羲氏时代曾在黄河中出现一条龙马,背上有一张图,就是后来伏羲氏画八卦时所

根据的"河图",人们把这样的事看作是圣明君王出现的一种征兆。

⑦麟凤五灵：麟、凤、龟、龙、白虎，古人视为灵异之物，兆祥瑞。

⑦虚其应而失其归：应兆不实却又不得其归。

⑦相接：周平王末年与鲁隐公初年相衔接。

⑦祚胤：后代子孙。

⑦祈天永命：祈求上天永远授以王命。

⑦绍开：继承开启。

⑦"如有用我者"二句：语出《论语·阳货》。意谓如果有任用我的，我将在东方恢复周礼！

⑧义：经义。

⑧制作之文：指修订《春秋》。

⑧彰往考来：彰显过往，考校将来。

⑧非隐之也：不是要故意作辞隐晦。

⑧圣人包周身之防：圣人防备周遍全身，意为非常谨慎，唯恐越礼。

⑧非通论也：不是说得通的言论。

⑧妖妄：虚妄不真实。

⑧引经：延长经文。引，延长。《春秋》所作经文止于获麟，而《左传》所引经文到鲁哀公十六年（前479）孔子卒，十四年（前481）到十六年的经文，杜预认为是孔门弟子续写的。

⑧小邾射：小邾国的大夫射，叛离小邾国而投奔鲁国，应属于叛臣，因事出于获麟之后，非孔子所书，故未列入经中作叛臣。

⑧感麟而作：感伤获麟而作《春秋》。

⑨反袂拭面：反转衣袖擦拭脸上的泪水，形容极度伤感。

⑨无取焉：不足取信。

【解读】

本文是杜预《春秋左氏经传集解》的自序。

首段重点解释《春秋》成书与命名的由来，指出《春秋》是鲁国国史

305

的书名,因为史官记事的方式是"表年以首事",而"年有四时",故"错举以为所记之名也",意思是史官记事时将标注事件的年代当作首要,用以统率事件,而一年有春夏秋冬四个季节,所以就用一年中的"春"与"秋"交错互举来作为史书的名字。

第二段第一层阐述孔子编订《春秋》的背景和宗旨。先引韩宣子出访鲁国时感叹周礼一直在鲁国延续的话,推知韩宣子所见的应是周王室过去记载礼仪制度的书籍,认为孔子是在周王室衰微、史官不能使《春秋》大义昭明的时代背景下,凭借鲁国的史书简册而校勘、辨明,修订了《春秋》,其宗旨在于遵从周公的遗志,使旧典更新,使将来的法度明晰,令后世有规范的行为准则。第二层讲述左丘明依照《春秋》之经而作《左传》来阐述春秋大义。"左丘明受经于仲尼",认为经书是不能更改的文字,所以他作《左传》或于经文前后叙述事件,或依托经书辨明义理,或将几条相关的经文聚合,写成一篇传文。总之,条例所着重之处都是顺缘经义显现出来的。其文章迂缓而意旨深远、文义宽舒而饱满,便于学者深入体会、学有所得。第三层讲述《春秋》的旨要、体例、五种写法和《左传》的三种体例。首先,揭示《春秋》全书旨要和编纂体例是遵从国史修订的常制和周公留下的法度或史书旧有章法体例而成,将它们作为贯穿全书的体例。而左丘明通过传文阐述经文的幽微大义,其体例则有"发凡正例""新意变例"和"归趣非例"三种。而造成此三种体例的原因是《春秋》的写法有五种情形:第一种是辞微而义显;第二种是记录史事言辞隐晦,简约其言以示法制;第三种是婉转委曲,顺大义而成篇章;第四种是直言而不婉曲,直接书写史事,全部显现文章的意思;第五种是惩治恶行勉励善行的褒贬记录。王道的正法,人伦的纲纪都寄托于《春秋》二百四十二年的史事中。

接下来三段以问答的形式,辨明了《春秋》的成书时间、记事起止等问题,并驳斥了《春秋》"经当有事同文异而无义"、孔子"黜周而王鲁,危行言逊,以避当时之害"等错误观点,同时阐明了自己"专修丘明之传以释经",简选《公羊》《穀梁》二传的不合经义之处而摒弃异端，"经之条贯，必出于传，传之义例，总归诸凡"，"分经之年与传之年相附，比其义类，各随而解之"，撰成此《春秋左氏经传集解》的治经传原则与具体做法，表明作此集解和《春秋释例》的用意。杜预认为，虽然《春秋》以错文见义，一字体现褒贬，但毕竟不同于爻卦的错综排列，而是有几句话来记录事实，所以应该依据《左传》来判断其大义。对于"《春秋》何始于鲁隐公"的疑问，杜预认为鲁隐公是周王室的后嗣子孙，而隐公初年正是平王的末年，两者在时间上是相衔接的，由此，杜预还以《春秋》"所书之王，即平王也；所用之历，即周正也；所称之公，即鲁隐也"的事实和孔子"如有用我者，吾其为东周乎"的言语，证明孔子修《春秋》的要旨即在于昌明周王室大义，批驳了认为孔子"黜周而王鲁，危行言逊，以避当时之害"的说法，认为孔子作《春秋》时小心谨慎，唯恐越礼，"言高则旨远，辞约则义微，此理之常，非隐之（避害）也"。又以子路让门人向孔子称臣而孔子认为此乃欺骗上天之事，推断孔子自立为素王是说不通的言论。至于先儒们认为孔子三年成《春秋》而招致麒麟显现和将《春秋》记事止于孔子去世的说法，杜预依据《公羊》止笔于获麟和《左传》中没有将获麟之后的小邾国叛臣射归入叛臣名录，认为《春秋》应该是孔子"感麟而作，作起获麟，则文止于所起"，即孔子是有感获麟"非其时，虚其应而失其归"之事而作《春秋》，并于当年完成，记事也应止于获麟。

此序文对研读《春秋左氏经传集解》具有指导意义。

【点评】

"详明典核，此先儒之说经也。""将令学者原始要终"至"然后为得也"："数语非好学深思者不能道，可为读书要诀。"（［清］何焯《义门读书记》卷四十九）

养生论

嵇 康

世或有谓神仙可以学得，不死可以力致者；或云上寿百二十①，古今所同，过此以往，莫非妖妄者。此皆两失其情，请试粗论之。

夫神仙虽不目见，然记籍所载，前史所传，较而论之，其有必矣。似特受异气，禀之自然，非积学所能致也。至于导养②得理，以尽性命，上获千余岁，下可数百年，可有之耳。而世皆不精，故莫能得之。何以言之？夫服药求汗，或有弗获；而愧情一集，涣然流离③。终朝④未餐，则嚣然⑤思食；而曾子衔哀，七日不饥⑥。夜分而坐，则低迷思寝；内怀殷忧，则达旦不瞑。劲刷理鬓，醇醴发颜，仅乃得之；壮士之怒，赫然殊观，植发冲冠。由此言之，精神之于形骸，犹国之有君也。神躁于中，而形丧于外，犹君昏于上，国乱于下也。

夫为稼于汤之世，偏有一溉之功者，虽终归燋烂，必一溉者后枯。然则一溉之益，固不可诬⑦也。而世常谓一怒不足以侵性，一哀不足以伤身，轻而肆之，是犹不识一溉之益，而望嘉谷于旱苗者也。是以君子知形恃神以立，神须形以存，悟生理⑧之易失，知一过之害生。故修性以保神，安心以全身，爱憎不栖于情，忧喜不留于意，泊然无感，而体气和平。又呼吸吐纳⑨，服食养身，使形神相亲，表里俱济也。

夫田种⑩者，一亩十斛⑪，谓之良田，此天下之通称也。

不知区种⑫,可百余斛。田种一也,至于树养⑬不同,则功收相悬。谓商无十倍之价,农无百斛之望,此守常而不变者也。且豆令人重,榆令人瞑⑭,合欢蠲⑮忿,萱草⑯忘忧,愚智所共知也。薰辛⑰害目,豚鱼不养⑱,常世所识也。虱处头而黑,麝食柏而香;颈处险⑲而瘿,齿居晋而黄。推此而言,凡所食之气,蒸性染身,莫不相应。岂惟蒸之使重而无使轻,害之使暗而无使明,熏之使黄而无使坚,芬之使香而无使延⑳哉?故神农曰"上药养命,中药养性㉑"者,诚知性命之理,因辅养以通也。而世人不察,惟五谷是见,声色是耽。目惑玄黄㉒,耳务淫哇㉓。滋味煎其府藏,醴醪鬻㉔其肠胃。香芳腐其骨髓,喜怒悖其正气。思虑销其精神,哀乐殃其平粹㉕。

夫以蕞尔㉖之躯,攻之者非一涂,易竭之身,而外内受敌,身非木石,其能久乎?其自用㉗甚者,饮食不节,以生百病;好色不倦,以致乏绝;风寒所灾,百毒所伤,中道夭于众难。世皆知笑悼,谓之不善持生也。至于措身失理,亡之于微,积微成损,积损成衰,从衰得白,从白得老,从老得终,闷若无端㉘。中智以下,谓之自然。纵少觉悟,咸叹恨于所遇之初,而不知慎众险于未兆。是由㉙桓侯抱将死之疾,而怒扁鹊之先见,以觉痛之日,为受病之始也。害成于微而救之于著,故有无功之治;驰骋常人之域,故有一切㉚之寿。仰观俯察㉛,莫不皆然。以多自证,以同自慰,谓天地之理尽此而已矣。纵闻养生之事,则断以所见,谓之不然。其次狐疑,虽少庶几,莫知所由。其次自力服药,半年一年，劳而未验，志以厌衰，中路复废。或益之以畎浍³²，而泄之以尾闾³³。欲坐望显报者，或抑情忍欲，割弃荣愿³⁴，而嗜好常在耳目之前，所希在数十年之后，又恐两失，内怀犹豫，心战于内，物诱于外，交赊³⁵相倾，如此复败者。

夫至物微妙，可以理知，难以目识，譬犹豫章³⁶，生七年然后可觉耳。今以躁竞³⁷之心，涉希静³⁸之涂，意速而事迟，望近而应远，故莫能相终。夫悠悠³⁹者既以未效不求，而求者以不专丧业⁴⁰，偏恃者以不兼无功，追术者以小道自溺，凡若此类，故欲之者万无一能成也。善养生者则不然也。清虚静泰⁴¹，少私寡欲。知名位之伤德⁴²，故忽而不营，非欲而强禁也。识厚味之害性，故弃而弗顾，非贪而后抑也。外物以累心不存，神气以醇白⁴³独著，旷然⁴⁴无忧患，寂然无思虑。又守之以一⁴⁵，养之以和，和理日济，同乎大顺⁴⁶。然后蒸以灵芝，润以醴泉，晞以朝阳，绥以五弦⁴⁷，无为自得，体妙心玄⁴⁸，忘欢而后乐足，遗生而后身存。若此以往，庶可与羡门⁴⁹比寿，王乔⁵⁰争年，何为其无有哉？

【作者简介】

嵇康（224—263，一说223—262），字叔夜，三国时魏国谯郡铚县嵇山（今属安徽涡阳）人。思想家、音乐家、文学家。"竹林七贤"之一。官曹魏中散大夫，世称嵇中散。后因得罪钟会，为其构陷，而被司马昭处死。

【注释】

①上寿百二十：《尚书·洪范篇》："寿，百二十岁也。"
②导养：导气养性。

③愧情一集,涣然流离:愧疚之情一旦涌来,就会大汗淋漓。

④终朝:整个早晨。

⑤嚣然:饥饿貌。嚣,通"枵"。

⑥曾子衔哀,七日不饥:《礼记·檀弓上》:"曾子谓子思曰:'伋!吾执亲之丧也,水浆不入于口者七日。'"衔哀,心怀哀伤。

⑦诬:抹杀。

⑧生理:生养之理。

⑨呼吸吐纳:《庄子·刻意》:"吹呴呼吸,吐故纳新,熊经鸟伸,为寿而已矣。"

⑩田种:散播漫种的耕作方法。

⑪斛:十斗。

⑫区种:按一定距离开沟挖穴,播入种子的耕作方法。

⑬树养:种植管理的方法。

⑭瞑:昏花迷离,形容昏昏欲睡。

⑮蠲(juān):消除。

⑯萱草:同"谖草"。即所谓忘忧草。

⑰薰辛:辛辣腥膻的肉、菜等食物。薰,同"荤"。

⑱不养:不能食用。

⑲险:通"岩",指山区。

⑳延:当为"脡(shān)",腥臭味。

㉑上药养命,中药养性:上品药能延长寿命,中品药能陶冶性情。

㉒玄黄:泛指颜色,美色。

㉓淫哇:靡靡之音。

㉔鬻:同"煮",伤害。

㉕平粹:平和纯粹。这里指人的真气。

㉖蕞尔:小的样子。

㉗其自用:指自用其性,不遵循摄养之术。自用,凭主观意图

行事。

㉘无端:不觉其开端。

㉙由:通"犹"。

㉚一切:一般的。

㉛仰观俯察:指全面观察。

㉜畎浍:田间水沟。泛指溪流、沟渠。

㉝尾闾:古代传说中海水所归之处。

㉞荣原:荣华富贵的原有想法。

㉟交赊:远近。交,近。赊,远。

㊱豫章:豫树和樟树。章,通"樟"。

㊲躁竞:躁动急切。

㊳希静:静谧。

㊴悠悠:众多貌。

㊵丧业:无功而返。

㊶清虚静泰:心地清净,行动安和。

㊷伤德:伤害人的德性。

㊸醇白:淳朴恬静。

㊹旷然:开朗的样子。

㊺一:纯一,即和理。

㊻大顺:自然,天然。

㊼绥以五弦:用音乐调养(性情)。

㊽体妙心玄:身体轻灵、心地高远。

㊾羡门:传说握有长寿法术的方士。

㊿王乔:又名王子乔,古时崇奉的神仙。

【解读】

嵇康崇尚老庄,讲求养生服食之道,其兄长嵇喜曾说,"(康)以为神仙禀之自然,非积学所致。至于导养得理,以尽性命,若安期、彭祖

312

之伦,可以善求而得也"。此篇《养生论》的主旨即在于此。

首段从世间流行的"神仙可学得,不死可以力致"和"上寿百二十,古今所同,过此以往,莫非妖妄"的两种养生观切入,并说此两种观点都有悖于实情,引出下文。

第二段承上亮出的观点:神仙"特受异气,禀之自然,非积学所能致也。至于导养得理,以尽性命,上获千余岁,下可数百年,可有之耳"。接着就养生之道从形神关系上加以阐述,指出人的精神相对于身体,犹如一国之君。人如果精神躁动不安,身体就会受到伤害,这就如同一国之君昏乱,整个国家就会混乱不堪一样。言下之意,养生之道,首在于养其神。

第三段先以一次灌溉对禾苗的影响为喻,批评世人以为"一怒不足以侵性,一哀不足以伤身"的错误看法,接着阐明君子养生之道即通过修养性情来保养精神,通过安定心境来保全性命,使身体与精神相互呵护,从而达到保养精神与保养身体相互兼济的境界。

第四段阐述服食外物对养生的作用。先以"田种"收"十斛"与"区种"收"百斛"的比喻,说明不善养生与善于养生的功效悬殊,进而列举各种食物对人身体的不同影响,认为食物的特性能熏染人的身体和性情,并引用神农"上药养命,中药养性"之说,提出"诚知性命之理,因辅养以通"的见解。

第五段阐述不善养生的问题。先列举世人用小小的易衰之躯来应对体内体外种种自损生命的夹击的做法:或沉湎声色、不节饮食而透支生命,或不懂防患于忽微而积损至衰,最终或百病缠身而夭亡,或只活得一般寿数而终老。言下之意,养生贵在懂得日常生活的各种节制和防微杜渐。其次讲述人们养生失败的原因:一是认为养生是不可能的事情,也不知养生的缘由;一是服用丹药半年、一年不见效就半途而废;三是"欲坐望显报",唯恐耳目嗜好与养生延年两失。

最后一段阐述具体养生之法:"清虚静泰"至"养之以和"讲养生在

于"养神","蒸以灵芝"至"绥以五弦"述养生亦在于"养形",如此就能"无为自得,体妙心玄,忘欢而后乐足,遗生而后身存",有望"与羡门比寿,王乔争年"。

嵇康关于养生的看法,既可见其深受老庄思想的影响,也反映了魏晋时期个体意识层面的"人的觉醒"。

【点评】

"嵇康……学不师受,博览无不该通,长好《老》《庄》。与魏宗室婚,拜中散大夫。常修养性服食之事,弹琴咏诗,自足于怀。以为神仙禀之自然,非积学所得,至于导养得理,则安期、彭祖之伦可及,乃著《养生论》。"([唐]房玄龄等《晋书》卷四十九)

"嵇叔夜文,今有专集传世。集中虽亦有赋箴等体,而以论为最多,亦以论为最胜,诚属前无古人,后无来者,研究嵇文者自当专攻乎此。观其《养生论》《声无哀乐论》等篇,持论连贯,条理秩然,非特文自彼作,意亦由其自创。其独到之处一在条理分明,二在用心细密,三在首尾呼应。果能得其胎息,则文无往而不达,理虽深而可显。"(刘师培《汉魏六朝专家文研究·各家总论》)

与山巨源①绝交书　　　　嵇　康

康白:足下昔称吾于颍川②,吾常谓之知言③。然经怪此意尚未熟悉于足下,何从便得之也? 前年从河东还,显宗、阿都说足下议以吾自代④,事虽不行,知足下故不知之。足下傍通⑤,多可而少怪⑥,吾直性狭中⑦,多所不堪,偶与足下相知耳。间闻足下迁,惕然⑧不喜,恐足下羞庖人之独割,引尸祝以自助⑨,手荐鸾刀⑩,漫⑪之膻腥,故具为足下

314

陈其可否。

吾昔读书，得并介之人⑫，或谓无之，今乃信其真有耳。性有所不堪，真不可强。今空语同知有达人无所不堪，外不殊俗，而内不失正，与一世同其波流，而悔吝⑬不生耳。老子、庄周，吾之师也，亲居贱职；柳下惠、东方朔，达人也，安乎卑位，吾岂敢短⑭之哉！又仲尼兼爱，不羞执鞭⑮；子文无欲卿相，而三登令尹⑯，是乃君子思济物⑰之意也。所谓达能兼善而不渝，穷则自得而无闷。以此观之，故尧、舜之君世⑱，许由之岩栖，子房⑲之佐汉，接舆之行歌，其揆⑳一也。仰瞻数君，可谓能遂其志者也。故君子百行，殊途而同致，循性而动，各附所安。故有处朝廷而不出，入山林而不返之论㉑。且延陵高子臧之风㉒，长卿慕相如㉓之节，志气所托，不可夺也。吾每读尚子平㉔、台孝威㉕传，慨然慕之，想其为人。少加孤露㉖，母兄见骄，不涉经学。性复疏懒，筋驽肉缓，头面常一月十五日不洗，不大闷痒，不能㉗沐也。每常小便而忍不起，令胞㉘中略转乃起耳。又纵逸来久，情意傲散，简与礼相背，懒与慢相成，而为侪类㉙见宽，不攻其过。又读《庄》《老》，重增其放，故使荣进之心日颓，任实㉚之情转笃。此犹禽鹿，少见驯育，则服从教制；长而见羁，则狂顾顿缨㉛，赴蹈汤火；虽饰以金镳㉜，飨以嘉肴，愈思长林，而志在丰草也。

阮嗣宗㉝口不论人过，吾每师之，而未能及；至性过人，与物无伤，唯饮酒过差㉞耳。至为礼法之士㉟所绳，疾之如仇，幸赖大将军㊱保持之耳。吾不如嗣宗之资，而有慢弛之阙;又不识人情,暗于机宜;无万石㊲之慎,而有好尽㊳之累。久与事接,疵衅日兴,虽欲无患,其可得乎?又人伦有礼,朝廷有法,自惟至熟,有必不堪者七,甚不可者二:卧喜晚起,而当关㊴呼之不置,一不堪也。抱琴行吟,弋㊵钓草野,而吏卒守之,不得妄动,二不堪也。危坐一时,痹不得摇,性㊶复多虱,把搔㊷无已,而当裹以章服㊸,揖拜上官,三不堪也。素不便书,又不喜作书,而人间多事,堆案盈机,不相酬答,则犯教伤义,欲自勉强,则不能久,四不堪也。不喜吊丧,而人道以此为重,已为未见恕者所怨,至欲见中伤者;虽瞿然自责,然性不可化,欲降心㊹顺俗,则诡故㊺不情,亦终不能获无咎无誉如此,五不堪也。不喜俗人,而当与之共事,或宾客盈坐,鸣声聒耳,嚣尘臭处,千变百伎,在人目前,六不堪也。心不耐烦,而官事鞅掌㊻,机务缠其心,世故烦其虑,七不堪也。又每非汤、武而薄周、孔㊼,在人间不止,此事㊽会显,世教所不容,此甚不可一也。刚肠疾恶,轻肆直言,遇事便发,此甚不可二也。以促中小心㊾之性,统此九患,不有外难,当有内病,宁可久处人间邪?又闻道士遗言,饵术黄精㊿,令人久寿,意甚信之;游山泽,观鱼鸟,心甚乐之;一行作吏,此事便废,安能舍其所乐而从其所惧哉!

夫人之相知,贵识其天性,因而济之。禹不逼伯成子高(51),全其节也;仲尼不假盖于子夏(52),护其短也;近诸葛孔明不逼元直以入蜀(53),华子鱼不强幼安以卿相(54)。此可谓能相终始,真相知者也。足下见直木不可以为轮,曲木不可以为桷㉟，盖不欲枉其天才，令得其所也。故四民㊱有业，各以得志为乐，唯达者为能通之，此足下度内耳。不可自见好章甫，强越人以文冕也；已嗜臭腐，养鸳雏以死鼠也㊲。吾顷学养生之术，方外㊳荣华，去滋味，游心于寂寞，以无为为贵。纵无九患，尚不顾足下所好者。又有心闷疾，顷转增笃㊴，私意自试，不能堪其所不乐。自卜已审，若道尽途穷则已耳。足下无事冤之㊵，令转于沟壑㊶也。

吾新失母兄之欢，意常凄切。女年十三，男年八岁，未及成人，况复多病。顾此恨恨㊷，如何可言！今但愿守陋巷，教养子孙，时与亲旧叙离阔，陈说平生，浊酒一杯，弹琴一曲，志愿毕矣。足下若嬲㊸之不置，不过欲为官得人，以益时用耳。足下旧知吾潦倒粗疏，不切事情，自惟亦皆不如今日之贤能也。若以俗人皆喜荣华，独能离之，以此为快；此最近之，可得言耳。然使长才广度，无所不淹㊹，而能不营，乃可贵耳。若吾多病困，欲离事自全，以保余年，此真所乏耳，岂可见黄门㊺而称贞哉！若趣欲共登王途㊻，期于相致，时为欢益，一旦迫之，必发狂疾。自非重怨，不至于此也。

野人有快炙背而美芹子者㊼，欲献之至尊，虽有区区之意，亦已疏矣。愿足下勿似之。其意如此，既以解足下，并以为别㊽。嵇康白。

【注释】

①山巨源：即山涛。

②颍川：指山嶔。是山涛的叔父，曾经做过颍川太守，故以代称。

③知言:知己的话。

④"显宗、阿都"句:显宗,即公孙崇,字显宗,谯国人,曾为尚书郎。阿都,即吕安,字仲悌,小名阿都,东平人。以吾自代,指山涛拟推荐嵇康代其职。时山涛正担任选曹郎职务。

⑤傍通:谓学问广博通达。

⑥多可而少怪:多有许可而少有责怪。

⑦狭中:心地狭窄。

⑧惕然:忧惧的样子。

⑨"恐足下"二句:语本《庄子·逍遥游》:"庖人虽不治庖,尸祝不越樽俎而代之。"意思是即使厨师(庖人)不做菜,祭师(祭祀时读祝辞的人)也不应该越职替代之。嵇康引此典故,是说山涛独自做官感到不好意思,所以要荐引他出仕。

⑩鸾刀:刀环有铃的刀。古代祭祀时割牲用。

⑪漫:沾污。

⑫并介之人:兼济天下而又耿介孤直的人。

⑬悔吝:悔恨。

⑭短:轻视。

⑮执鞭:指执鞭赶车的人。《论语·述而》:"子曰:'富而可求也,虽执鞭之士,吾亦为之。'"

⑯"子文"二句:《论语·公冶长》:"令尹子文,三仕为令尹,无喜色;三已之,无愠色。"子文,姓鬬(dòu),名穀於菟(gòu wū tú),春秋时楚国人。令尹,楚国官名,相当宰相。

⑰济物:救世济人。

⑱君世:为君于世。

⑲子房:西汉张良的字。

⑳揆(kuí):原则,道理。

㉑"故有"二句:《韩诗外传》卷五:"朝廷之人为禄,故入而不出;山

林之士为名,故往而不返。"

㉒"且延陵"句:曹宣公死后,曹人要立子臧为君,子臧拒不受,离国而去。季札的父兄要立季札为嗣君,季札引子臧事例,拒不接受。延陵,即季札,春秋时吴国公子。居延陵,人称延陵季子。子臧,曹国公子。风,风概,指高尚情操。

㉓相如:指战国时赵国人蔺相如,以"完璧归赵"功拜上大夫。

㉔尚子平:东汉时人。《后汉书·逸民传》作"向子平",说他在儿女婚嫁后,即不再过问家事,恣意游五岳名山,不知所终。

㉕台孝威:东汉时人。《后汉书》谓其隐居武安山,凿穴而居,以采药为业。

㉖孤露:孤单无所荫庇。此指丧父。

㉗不能(nài):不愿。能,通"耐"。

㉘胞:原指胎衣。这里指膀胱。

㉙侪(chái)类:指同辈朋友。

㉚任实:指放任本性。

㉛顿缨:挣脱羁索。

㉜金镳(biāo):金属制作的笼头。

㉝阮嗣宗:阮籍,字嗣宗,"竹林七贤"之一。不拘礼法,常用醉酒的办法,以"口不臧否人物"来避祸。

㉞过差(cī):犹过度。

㉟礼法之士:指一些维护礼仪法度的人。《晋阳秋》载,何曾在司马昭面前说阮籍"任性放荡,败礼伤教","宜投之四裔,以洁王道"。司马昭说:"此贤素羸病,君当恕之。"

㊱大将军:指司马昭。

㊲万石:汉代石奋。他和四个儿子都官至二千石,共一万石,所以汉景帝称他为"万石君"。一生以谨慎著称。

㊳好尽:尽情直言,不知忌讳。

319

㊴当关：守门的差役。

㊵弋（yì）：系有绳子的箭，用来射取禽鸟。这里指射禽鸟。

㊶性：身体。

㊷把（pá）搔：用手指搔痒。把，通“爬”。

㊸章服：冠服。这里指官服。

㊹降心：抑制自己心意。

㊺诡故：违背自己本性。

㊻鞅（yāng）掌：职事忙碌。

㊼“又每非”句：谓嵇康常不以儒家所标举的圣人为意。非，非难。汤，商王成汤。武，周武王姬发。周，周公姬旦。孔，孔子。

㊽此事：指非难成汤、武王，鄙薄周公、孔子的事。

㊾促中小心：指心胸狭隘。

㊿术、黄精：两种中草药名。古人认为服食后可以轻身延年。

(51)伯成子高：《庄子》里面记载的禹时隐士。

(52)“仲尼”句：《孔子家语·致思》：“孔子将行，雨而无盖。门人曰：‘商也有之。’孔子曰：‘商之为人也，甚吝于财。吾闻与人交，推其长者，违其短者，故能久也。’”假，借。盖，雨伞。子夏，孔子弟子卜商的字。

(53)“近诸葛孔明”句：诸葛亮和徐庶原来都在刘备部下，后来徐庶的母亲被曹操捉去，他就辞别刘备而投奔曹操，诸葛亮没有加以阻留。孔明，诸葛亮的字。元直，徐庶的字。

(54)“华子鱼”句：华歆和管宁为同学好友，魏文帝时，华歆为太尉，想推举管宁接任自己的职务，管宁便举家渡海而归，华歆也不加强迫。华子鱼，三国时华歆的字。幼安，管宁的字。

(55)桷（jué）：屋上承瓦的椽子。

(56)四民：指士、农、工、商。

(57)“不可”四句：《庄子·逍遥游》：“宋人资章甫而适诸越，越人断发文身,无所用之。"《庄子·秋水》中说,惠子做了梁国的相,害怕庄子夺其相位,便派人去搜寻庄子,于是庄子就往见惠子,说:"南方有鸟,其名为鹓雏……非梧桐不止,非练实不食,非醴泉不饮。于是鸱得腐鼠,鹓雏过之,仰而视之,曰:'赫!'"章甫,古代的一种帽子。文冕,饰有花纹的帽子。鹓雏,传说中像凤凰一类的鸟。

⑱外:抛弃。

⑲增笃:加重。

⑳冤之:委屈我。

㉑转于沟壑:流转在山沟河谷之间,指流离而死。

㉒恨(liàng)恨:悲恨。

㉓嬲(niǎo):纠缠。

㉔淹:贯通。

㉕黄门:宦官。

㉖王途:仕途。

㉗"野人"句:《列子·杨朱》:"宋国有田夫,常衣缊黂,仅以过冬。暨春东作,自曝于日,不知天下之有广厦隩室,绵纩狐貉,顾谓其妻曰:'负日之暄,人莫知者,以献吾君,将有重赏。'里之富室告之曰:'昔人有美戎菽,甘枲茎芹萍子者,对乡豪称之;乡豪取而尝之,蜇于口,惨于腹,众哂而怨之,其人大惭。子此类也。'"野人,乡野之人。快炙背,对太阳晒背感到快意。美芹子,以芹菜为美味。

㉘别:告别。这是绝交的婉辞。

【解读】

《与山巨源绝交书》是嵇康为辞谢朋友山涛荐引仕晋而写的一封信。

第一段说明写信的缘由。开篇直言"吾直性狭中,多所不堪,偶与足下相知耳","足下故不知之",如此申明,实是对山涛荐引之举的斥责。接着以"恐足下羞庖人之独割,引尸祝以自助"的典故说担心山涛自己附晋为官心有羞愧而想拉嵇康作陪,让嵇康也染此"膻腥",充满对山涛的嘲讽。

第二段自陈不可出仕为官的道理。先列举出老子、庄周等历史人物,借评论他们的事迹阐发了"君子百行,殊途而同致,循性而动,各附所安"的为人处世原则。表面看来,嵇康对出仕、归隐两途是无所偏倚的,且以"并介之人"推许山涛,但联系嵇康与晋的不合作态度和上文对山涛的嘲讽,则知其弦外之音是讽刺山涛的处事圆滑。所以,接着就说,"且延陵高子臧之风,长卿慕相如之节,志气所托,不可夺也。"言下之意,自己与山涛本性上并非同类,志不可夺,由此引出对自己本性的描述:不涉经学,性复疏懒,情意傲散,荣进之心日颓,任实之情转笃。之后又用"此犹禽鹿,少见驯育,则服从教制"等比喻,表明对富贵利禄的厌弃和对自然生活的坚守,以"狂顾顿缨,赴蹈汤火"表明若入官场被羁绊,则必会挣脱羁绊它的绳索,即使赴汤蹈火也在所不辞,足见其态度之鲜明与坚决。

第三段举出阮籍受排挤迫害之事,指出自己无阮籍的天资而有更多秉性上的毛病,"久与事接,疵衅日兴,虽欲无患,其可得乎?"由是列出"必不堪者七,甚不可者二"的"九患",并渲染两种生活境况:一种是接受荐引而出仕,则"官事鞅掌""嚣尘臭处,千变百伎""鸣声聒耳""不得妄动";一种是遵循本性而生活,则"抱琴行吟,弋钓草野""游山泽,观鱼鸟"。两相比照,何去何从不言而喻。特别是"非汤、武而薄周、孔"和"刚肠疾恶,轻肆直言"的两条"甚不可",实际是直言与以名教为统治工具、实则黑暗险恶的司马王朝势不两立,也是对山涛投靠晋朝并企图拉拢自己的一种批判讽刺。

第四段转而谈交友之道,以此斥责山涛以己之所好而强他人之难。这里嵇康列举了古今四位贤人"真相知"的通达,接着转入一句:"不可自见好章甫,强越人以文冕也;己嗜臭腐,养鸳雏以死鼠也。"意即山涛此番引荐,就好比自己喜爱华丽的帽子而勉强不爱戴帽子的越地人也要去戴它,自己嗜好腐烂发臭的食物而用死老鼠来喂养鹓雏的人一样愚蠢。其反感与不接受的态度再次凸显。然后又谈到自己学养生之术,以无为为贵的人生追求,更进一层说,"纵无九患,尚不顾足下所好者",愤激之情毫无遮掩。

第五段说日后打算,表示要离事自全,以保余年。"足下若嬲之不置,不过欲为官得人,以益时用耳","一旦迫之,必发狂疾"。这样的申明,即是宁死不合作了。终篇处又来一句:野人有以晒背为快乐,以芹子为美味的,想献给君王,虽一片诚意,但也太不懂事理了,"愿足下勿似之"。揶揄之意尽出。

嵇康这封绝交书写出了他的"越名教而任自然"以及傲岸倔强的个性,不仅是向山涛标榜自己的为人处世原则,也是对当朝作一种宣告,在某种层面上是魏晋之际政治、思想潮流的一面镜子。

【点评】

"嵇志清峻,阮旨遥深。"([南朝梁]刘勰《文心雕龙·明诗篇》)

陈情事表 李 密

臣密言:臣以险衅①,夙遭闵凶②。生孩六月,慈父见背③。行年四岁,舅夺母志④。祖母刘愍臣孤弱,躬亲抚养。臣少多疾病,九岁不行,零丁孤苦,至于成立。既无伯叔,终⑤鲜兄弟;门衰祚薄⑥,晚有儿息。外无期功强近之亲⑦,内无应门五尺之僮,茕茕⑧独立,形影相吊。而刘夙婴⑨疾病,常在床蓐。臣侍汤药,未曾废离。

逮奉圣朝,沐浴清化⑩。前太守臣逵,察臣孝廉⑪;后刺史臣荣,举臣秀才⑫。臣以供养无主,辞不赴命。诏书特下,拜臣郎中⑬。寻蒙国恩,除臣洗马⑭。猥⑮以微贱,当侍东宫⑯,非臣陨首所能上报。臣具以表闻,辞不就职。诏书切峻,责臣逋慢⑰;郡县逼迫,催臣上道;州司临门,急于星火。臣欲奉诏奔驰,则刘病日笃;欲苟顺⑱私情,则告诉不许。臣之进退,实为狼狈。

伏惟⑲圣朝以孝治天下,凡在故老,犹蒙矜育,况臣孤苦,特为尤甚。且臣少仕伪朝⑳,历职郎署㉑,本图宦达,不矜名节。今臣亡国贱俘,至微至陋,过蒙拔擢㉒,宠命优渥㉓,岂敢盘桓㉔,有所希冀㉕?但以刘日薄西山,气息奄奄,人命危浅㉖,朝不虑夕。臣无祖母,无以至今日;祖母无臣,无以终余年。母孙二人,更相为命,是以区区㉗不能废远。臣密今年四十有四,祖母刘今年九十有六,是臣尽节于陛下之日长,报养刘之日短也。乌鸟私情㉘,愿乞终养。

臣之辛苦,非独蜀之人士及二州牧伯㉙所见明知,皇天后土㉚,实所共鉴。愿陛下矜愍愚诚㉛,听㉜臣微志,庶㉝刘侥幸,保卒余年。臣生当陨首,死当结草㉞。臣不胜犬马怖惧之情㉟,谨拜表以闻。

【作者简介】

李密(224—287),一名虔,字令伯,犍为武阳(今四川眉山市彭山区东北)人。以孝敬祖母甚笃而名扬。初仕蜀汉,蜀汉亡,晋武帝召为太子洗马,李密以祖母年老多病、无人供养而力辞。历任温县令、汉中太守。

【注释】

①险衅(xìn)：凶险祸患(指命运不好)。衅，灾祸。

②闵凶：忧患凶丧之事。此处指父丧。闵，同"悯"。

③见背：背离我(而去)。丧父的委婉说法。

④舅夺母志：舅舅强行改变母亲想要守节的志愿。母亲改嫁的委婉说法。

⑤终：又。

⑥门衰祚(zuò)薄：家门衰微，福分浅薄。祚，福分。

⑦外无期(jī)功强(qiǎng)近之亲：指没有近亲。"期功"意为"穿一年孝服的人"，指关系比较近的亲属。期，一周年。功，服丧九月为大功，服丧五月为小功。强近，勉强接近的。

⑧茕茕：孤单的样子。

⑨婴：遭受。

⑩沐浴清化：恭维之辞，指蒙受清平的政治教化。

⑪孝廉：汉代以来选拔人才的一种察举科目，即每年由地方官考察当地的人物，向朝廷推荐孝顺父母、品行廉洁的人出来做官。

⑫秀才：汉代以来选拔人才的一种察举科目。

⑬郎中：尚书省的属官。

⑭洗(xiǎn)马：即太子洗马，太子的侍从官。

⑮猥：自谦之词，犹"鄙"。

⑯东宫：指太子，因太子居东宫，是为借代。

⑰逋慢：回避、怠慢(上命)。逋，逃脱。

⑱苟顺：苟且迁就。

⑲伏惟：俯状思量。古时下级对上级表恭敬的词语，奏疏和书信里常用。

⑳伪朝：蔑称，指亡蜀。

㉑郎署：郎官的衙署。李密在蜀国曾任郎中和尚书郎。

㉒拔擢（zhuó）：提拔。

㉓优渥（wò）：优厚。

㉔盘桓：犹疑不决，指拖延不就职。

㉕希冀：企图。这里指非分的愿望。

㉖危浅：活不长，指生命垂危。

㉗区区：拳拳，形容自己的私衷。

㉘乌鸟私情：乌鸦反哺之情，比喻人的孝心。

㉙牧伯：一州之长，指刺史。古代称州长官为"牧"或"方伯"。

㉚皇天后土：指天地神明。

㉛愚诚：愚拙的诚心。

㉜听：任。这里是准许、成全。

㉝庶：庶几，或许，表示希望或推测。

㉞结草：结草衔环，指死后报恩。

㉟犬马怖惧之情：这是臣子谦卑的话，用犬马自比。

【解读】

《陈情表》是李密为辞征召太子洗马而写给晋武帝的奏章。

首段述身世之苦，为辞职不就伏笔。开篇陈述不幸命运：幼时父丧母嫁，体弱多病，零丁孤苦；成年自立，门庭衰薄无亲，晚有儿息；今祖母卧病，自己侍药难离。

第二段讲自己处境之难，继续为辞不就职造势。地方官员及朝廷的推举征召和"责臣逋慢"，"催臣上道"，"急于星火"，让人深感君命难违；而祖母供养无主，且疾病日重，自己又深感养恩难弃。由此陷入进退狼狈的境地，引人同情。

第三段表明心志，消除朝廷疑忌。作为前朝遗臣，屡召不应，难免让当朝怀疑其有眷恋旧朝、不与当朝合作之心。因此，李密直言自己虽"少仕伪朝"，但"本图宦达，不矜名节"；并将"伪朝"与"圣朝"对举，表明立场，消除晋武帝的疑虑。接下来再次强调祖孙二人"更相为命，是以区区不能废远"，既顺应了晋朝的"以孝治天下"，又告诉晋武帝侍奉祖母是自己"不仕"的唯一原因，为辞职不就提供了充足的道理依据，并用"乌鸟私情，愿乞终养"明确自己的请求。

最后一段陈述以上所说绝非虚言。

相传晋武帝阅李密此表后深为感动，允其不仕，并赐奴婢、财物助李密尽孝。后人亦评论此文之情"沛然从肺腑中流出，殊不见斧凿痕"。

【点评】

"纯是一片至性语，不事雕饰，惟见天真烂漫。唐陈子昂为人陈情，全借此作粉本，便成妙篇。"（[清]林云铭《古文析义》卷十）

思旧赋并序 　　　　向　秀

余与嵇康、吕安①居止接近，其人并有不羁之才。然嵇志远而疏②，吕心旷而放，其后各以事见法③。嵇博综④技艺，于丝竹特妙。临当就命⑤，顾视日影，索琴而弹之。余逝将⑥西迈，经其旧庐。于时日薄虞渊⑦，寒冰凄然。邻人有吹笛者，发音寥亮⑧。追思曩昔游宴之好，感音而叹，故作赋云：

将命⑨适于远京兮，遂旋反⑩而北徂。济黄河以泛舟兮，经山阳⑪之旧居。瞻旷野之萧条兮，息余驾乎城隅。践二子之遗迹兮，历穷巷⑫之空庐。叹《黍离》之愍周兮⑬，悲《麦秀》⑭于殷墟。惟古昔以怀今⑮兮，心徘徊以踌躇。栋宇存而弗毁兮，形神逝其焉如。昔李斯之受罪兮，叹黄犬而长吟[16]。悼嵇生之永辞[17]兮,顾日影而弹琴。托运遇于领会兮,寄余命于寸阴[18]。听鸣笛[19]之慷慨兮,妙声绝而复寻[20]。停驾[21]言其将迈兮,遂援翰[22]而写心。

【作者简介】

向秀(约 227—272),字子期,河内怀(今河南武陟西南)人。"竹林七贤"之一。与嵇康、吕安等人相善,喜谈老庄,注《庄子》,被赞为"妙析奇致,大畅玄风"(《世说新语·文学》),惜注未成便过世,郭象承其余绪,完成了对《庄子》的注释。

【注释】

①吕安:字仲悌,东平(今山东东平)人。其妻徐氏貌美,被其兄吕巽迷奸,事发,其兄反诬吕安不孝,嵇康辩其无辜。钟会与嵇康有隙,趁机进谗于司马昭。司马昭后并杀吕、嵇二人。

②志远而疏:志向高远,但疏于人事。

③以事见法:因那件事而被加刑法办。事,指二人被诬之事。

④博综:犹博通。综,精通。

⑤就命:就死。

⑥逝将:将要。

⑦虞渊:传说中的日落之处。

⑧寥亮:清越响亮。

⑨将命:奉命。

⑩旋反:回来,指从洛阳回去。旋,回。反,同"返"。

⑪山阳:嵇康原住在山阳嵇山之下。

⑫穷巷:隐僻的里巷。

⑬"叹《黍(shǔ)离》"句:《诗经·黍离》感叹周朝覆亡。愍(mǐn),通

"悯",同情。

⑭《麦秀》:箕子感叹商亡所作。《史记·宋微子世家》云:"其后箕子朝周,过故殷虚,感宫室毁坏,生禾黍,箕子……乃作《麦秀》之诗以歌咏之。"

⑮怀今:指有感于古人事而怀念嵇康和吕安。

⑯叹黄犬而长吟:《史记·李斯列传》载:(李斯)论腰斩咸阳市。……顾谓其中子曰:"吾欲与若复牵黄犬,俱出上蔡东门逐狡兔,岂可得乎!"后以此典喻仕途险恶,蒙冤而死,追悔莫及;或形容对自由生活的向往。

⑰辞:诀别。

⑱"托运遇"二句:指嵇康领悟了自己的命运,把死前的残生寄托在了弹琴的片刻时间。嵇康临刑前详情,《晋书·嵇康列传》云:"康将刑东市,太学生三千人请以为师,弗许。康顾视日影,索琴弹之,曰:'昔袁孝尼尝从吾学《广陵散》,吾每靳固之,《广陵散》于今绝矣!'"运遇,命运遭遇。余命,剩下的生命。寸阴,极短的时光,指临刑前的片刻。

⑲鸣笛:指序中所说的邻人之笛。

⑳寻:继续。

㉑驾:马车。

㉒援翰:提笔。

【解读】

向秀与嵇康、吕安志趣相投,都因不满司马氏政权而有意摆脱政治生活。在嵇康、吕安遭司马氏迫害后,向秀甚为愤慨,但迫于司马氏的淫威而不得不赴洛阳应郡举,此赋是他自洛阳归来经嵇康旧居感伤而作。

序言写经过旧庐时闻邻人笛音而忆起嵇康之死及其死前弹琴的

情景,引发感怀。以"志远而疏"写嵇康从容气度,尽显其临刑前视死如归的英勇气概和对屠杀者极度藐视的神情;也借写嵇康惨遭杀害时索琴弹奏的动人表现,感佩其德才风度。

正文虚实相间,抒发凄楚悲怆的感怀。"将命适于远京兮"至"历穷巷之空庐",写自京北归,渡黄河,过亡友旧居,于萧条旷野停车瞻望,亲履亡友遗迹,遍历亡友生前所在而今只剩空庐的隐避里巷。"济""经""瞻""息""践""历"等一系列动词,展现自己的举步维艰和内心沉痛:曲尽路途而往,遍历亡友生前遗踪所在,是为凭吊与缅怀昔日好友,亦是为了沉重的告别。因为此时的向秀已被迫接受司马氏的征召。"叹《黍离》之愍周兮"至"形神逝其焉如",睹物思人,"叹《黍离》","悲《麦秀》",为"栋宇存"而"形神逝"的现实而深切伤感。因嵇康、吕安是被诬告而遭杀害,故此向秀便联想起历史上李斯被腰斩的冤案,想起李斯临刑对儿子说的话:"吾欲与若复牵黄犬,俱出上蔡东门逐狡兔,岂可得乎!"显然,这里是借李斯之事作暗比,为嵇康鸣不平,对杀害嵇康的司马氏作怨愤的血泪控诉。所以,又忆起嵇康遇害前的情景,"悼嵇生之永辞兮,顾日影而弹琴。托运遇于领会兮,寄余命于寸阴"。而恰在此时,远处传来嘹亮而富有感情的笛声,于是,作者"听鸣笛之慷慨兮,妙声绝而复寻。停驾言其将迈兮,遂援翰而写心"。文章至此戛然而止,言有尽而意无穷。

此赋"短歌微言",隐晦曲折地表达了满腔的哀伤激愤,寄意遥深。

【点评】

"向盖惩于嵇吕之疏放,乃转而为平近……魏晋之际,学术思想之转变,固莫不与朝局相影响。其情可悯,其志可悲。若至郭象,任职当权,薰灼内外,当时即为素论所非,是又不得与前数子者并。盖自向秀之所论,颓波逶迤,必自达于如郭氏之所为,是亦不足深怪也。"(钱穆《庄老通辨·记魏晋玄学三宗》)

剑阁铭　　　　　　　　　张　载

岩岩梁山^①，积石峨峨。远属荆衡^②，近缀岷嶓^③。南通邛僰^④，北达褒斜^⑤。狭过彭碣^⑥，高逾嵩华^⑦。

惟蜀之门，作固作镇^⑧。是曰剑阁，壁立千仞。穷地之险，极路之峻。世浊则逆，道清斯顺。闭由往汉^⑨，开自有晋^⑩。秦得百二，并吞诸侯。齐得十二，田生献筹^⑪。矧^⑫兹狭隘，土之外区^⑬。一人荷戟，万夫趦趄^⑭。形胜之地，匪亲勿居。

昔在武侯^⑮，中流而喜。山河之固，见屈吴起^⑯。兴实在德，险亦难恃。洞庭孟门^⑰，二国不祀^⑱。自古迄今，天命匪易。凭阻作昏，鲜不败绩。公孙^⑲既灭，刘氏衔璧^⑳。覆车之轨，无或重迹。勒铭山阿，敢告梁益^㉑。

【作者简介】

张载，字孟阳，安平武邑（今属河北）人。性闲雅，博学好文。著有诗、赋、颂和铭文，明人张溥将其和弟张协的作品辑为《张孟阳景阳集》。

【注释】

①梁山：指梁州境内的山。

②荆衡：指荆山与衡山，代指两湖地区。

③岷嶓（bō）：指岷山与嶓冢山。

④邛僰（qióng bó）：邛，古国名，位于今四川邛崃一带。僰，本为西南少数民族名，后引为地名，大致位于今四川宜宾一带。

⑤褒斜:指褒斜道,古时川陕交通要道。位于今陕西省秦岭山区,南起褒谷口,北至斜谷口。

⑥彭碣:《文选·蜀都赋》注:"岷山都安县有两山相对立,如阙,号曰彭门。"碣,碣石山。

⑦嵩华:指嵩山与华山。

⑧镇:一方主山。

⑨往汉:以往汉朝,指蜀汉。

⑩开自有晋:指魏将钟会伐蜀,蜀门开。此时虽在魏时,但晋王司马昭掌权,故称晋。

⑪田生献筹:田生,田肯,汉初人。他曾向高祖献策,有"秦得百二""齐得十二"的话,言秦地险要,以兵二万可敌百万,齐地靠海,地势险要,以兵二万可敌十万。

⑫矧(shěn):况且。

⑬外区:边缘地带。相对于"内地"而言"外区"。

⑭趑趄(zī jū):踌躇不前的样子。

⑮武侯:指魏武侯。战国初魏国国君。

⑯吴起:战国初卫国左氏人。《战国策·魏策》:"吴起对曰:'河山之险,信不足保也。'"

⑰孟门:位于今山西省柳林县,代指晋国。

⑱不祀:宗庙被毁,无人祭祀,代指亡国。

⑲公孙:指公孙述。王莽末年,自称辅汉将军兼领益州牧。后称帝于蜀。

⑳刘氏衔璧:指蜀汉投降。

㉑梁益:梁,指梁州,三国时置,治今陕西省汉中市。益,指益州,西汉置,治今四川省成都市。此处指代蜀地。

【解读】

西晋太康初年,张载到四川看望在蜀地作蜀郡太守的父亲,途中经过剑阁,作《剑阁铭》。

首段正面描写和侧面烘托结合,极写剑阁的雄伟巍峨与险峻,为下文写其为险要重地伏笔。

第二段写剑阁地理形势的险要。首先说它是蜀地镇地的主山和门户,并结合历史上治乱时期此地的归顺或叛逆,凸显它在国家安危中的重要作用。再从秦地势险要而兼并诸侯和齐地势险要而以兵二万可敌十万的典事说起,指出非亲信不可驻守此关,强调的是剑阁的一夫当关万夫莫开。

第三段转笔,引用魏武侯为山川险固喜形于色而被吴起批评的典故和分别拥有洞庭与孟门之险的楚国与晋国也早已消亡的历史而发议论,阐述了国之存亡在德不在险的道理。

此铭文言简意赅,写剑阁之险要而寄寓告诫之意,被明人张溥誉为"文章典则"。

【点评】

"吴至父曰:此文感时而发,气骨甚雄俊。"([清]徐树铮辑《诸家评点古文辞类纂》卷五十九)

鹪鹩赋并序   张 华

鹪鹩①,小鸟也,生于蒿莱之间,长于藩篱之下,翔集寻常②之内,而生生③之理足矣。色浅体陋,不为人用,形微处卑,物莫之害,繁滋④族类,乘居⑤匹游,翩翩然有以自乐也。彼鹭⑥、鹖⑦、鹍⑧、鸿,孔雀、翡翠⑨,或凌赤霄之际,或托绝垠之外,翰举⑩足以冲天,觜距⑪足以自卫,然皆负矰缨缴⑫,羽毛入贡。何者?有用于人也。夫言有浅而可以托深，类有微而可以喻大，故赋之云尔。

何造化之多端兮，播[13]群形于万类。惟鹪鹩之微禽兮，亦摄生而受气[14]。育翩翾[15]之陋体，无玄黄以自贵。毛弗施于器用，肉不登乎俎[16]味。鹰鹯[17]过犹俄翼，尚何惧于罿罻[18]！翳荟蒙笼[19]，是焉游集。飞不飘扬，翔不翕习[20]。其居易容，其求易给。巢林不过一枝，每食不过数粒。栖无所滞，游无所盘。匪陋荆棘，匪荣茝[21]兰。动翼而逸，投足而安。委命顺理，与物无患。

伊兹禽之无知，而处身之似智。不怀宝以贾[22]害，不饰表以招累。静守约而不矜，动因循以简易。任自然以为资，无诱慕于世伪。雕鹗[23]介其觜距，鹄鹭轶于云际，鹔鸡窜于幽险，孔翠生乎遐裔[24]，彼晨凫与归雁，又矫翼而增逝[25]，咸美羽而丰肌，故无罪而皆毙。徒衔芦以避缴，终为戮于此世。苍鹰鸷而受绁，鹦鹉慧而入笼，屈猛志以服养，块幽絷[26]于九重。变音声以顺旨，思摧翮[27]而为庸。恋钟岱之林野，慕垄坻之高松。虽蒙幸于今日，未若畴昔之从容。海鸟鹍鹍[28]，避风而至；条枝[29]巨雀，逾岭自致。提挈[30]万里，飘飖逼畏[31]。夫唯体大妨物[32]，而形瑰足玮[33]也。阴阳陶烝[34]，万品一区。巨细舛[35]错，种繁类殊。鹪螟[36]巢于蚊睫，大鹏弥乎天隅，将以上方[37]不足，而下比有余。普天壤以遐观，吾又安知大小之所如？

【作者简介】

张华（232—300），字茂先。范阳方城（今河北固安西南）人。魏晋时期政治家、文学家。工于诗赋；精通目录学，曾与人依刘向《别录》整理典籍;编纂有中国第一部博物学著作《博物志》。明人张溥辑有《张茂先集》。

【注释】

①鹪鹩(jiāo liáo):一种善于筑巢的小鸟。

②寻常:比喻距离很短。寻,古代以八尺为一寻。常,古代以十六尺为一常。

③生生:养生。

④繁滋:繁衍生长。

⑤乘(shèng)居:双居。乘,双,一对。

⑥鹫:猛禽,雕类。

⑦鹗:猛禽,雕类,俗称鱼鹰。

⑧鹍:也称鹍鸡,似鹤,黄白色。

⑨翡翠:也称翠雀,羽毛多色,可作饰品。

⑩翰举:高飞。翰、举都是飞的意思。

⑪觜距:嘴和爪。觜,同"嘴"。距,鸟爪。

⑫缴:带箭的细绳。

⑬播:撒种,引申为抛洒。

⑭受气:接受阴阳之气。

⑮翩翾(xuān):飞翔的样子。

⑯俎:砧板。

⑰鹯(zhān):古书上的一种猛禽,似鹞鹰。

⑱罿罬(chōng wèi):捕鸟网。罬,小网。

⑲翳(yì)荟蒙笼:草木茂盛的样子。

⑳翕(xī)习:急速飞翔的样子。

㉑茝(chǎi):香草名。

㉒贾(gǔ):招致。

㉓鹖(hé):一种善斗的鸟。

㉔遐裔(yì):边远之地。

㉕增逝:高飞。

㉖幽絷(zhí):拘囚。

㉗摧翮(hé):折断翅膀。

㉘鵷鶋(yuán jū):水鸟,即"突鹙(qiū)",一作"爰居"。

㉙条枝:汉时西域国名,在安息以西,临西海。

㉚提挈:互相扶持。

㉛逼畏:畏惧。

㉜体大妨物:肢体过大为外物所害。

㉝玮:玉石。

㉞烝:同"蒸",气升腾的样子。

㉟舛(chuǎn)错:差别。

㊱鹪螟(jiāo míng):古代寓言中的一种小虫子。相传是天下最小的东西,生活在蚊子的睫毛下,飞动起来,蚊虫都不会被惊动。

㊲方:比。

【解读】

此赋借鹪鹩与其他众多禽鸟对比,阐述"无用而全身保性"的处世之道。

序言交代写作旨意:借微小事物阐明深刻的大道理。作者将"色浅体陋""形微处卑"而繁衍族类、翩然自乐的鹪鹩与那些高飞远举、嘴爪锐利却终遭捕杀、羽毛成为贡品的鹭、鹗、鹃、鸿及孔雀、翡翠对比,得出有用于人而招致祸患,无以为用则不受伤害的结论,表明主旨。

正文首段描述鹪鹩的习性,寓意深刻。鹪鹩抱朴见素:"无玄黄以自贵""肉不登乎俎味";行止内敛:"鹰鹯过犹俄翼""飞不飘扬,翔不翕习";需求简单:"巢林不过一枝,每食不过数粒";不以宠辱为意:"匪陋荆棘,匪荣茝兰"。最后总结:"委命顺理,与物无患",意即鹪鹩顺应天命,与世无争。以物寓人的意图渐趋明显。

第二段再用对比手法阐明禽鸟隐喻的处世之道。先言明鹪鹩的处世哲学有如智者:不怀揣宝物自找祸患,不修饰外表自惹累赘,静处守约,行止依凭天然本性,不慕世间虚荣。接着又列举三类禽鸟的习性和境遇与之对比:一类羽毛美丽、肌肉丰满,故无罪而亡;一类凶猛聪慧而招来囚禁,沦为玩物;一类肢体过大、形貌华美而被外物所害。两相对比,表意自明。最后又对举极小的鹪螟与极大的大鹏,称鹪鹩比上不足,比下有余,所以,放眼天下,何必在意大小的分辨?

全文以鸟寓人,借物说理,也流露了对人生际遇的感慨。

【点评】

"张皋文曰:臧荣绪《晋书》'华为太常博士,转兼中书郎。虽处云阁,慨然有感,作《鹪鹩赋》',于文意为合。今《晋书》谓华未知名,著此赋以自寄,非也。"([清]徐树铮辑《诸家评点古文辞类纂》卷七十)

三国志·诸葛亮传(节选)　　　陈　寿

诸葛亮字孔明,琅邪阳都人也。汉司隶校尉①诸葛丰后也。父珪,字君贡,汉末为太山郡丞②。亮早孤,从父③玄为袁术所署豫章太守,玄将亮及亮弟均之官。会汉朝更选朱皓代玄,玄素与荆州牧刘表有旧,往依之。玄卒,亮躬耕陇亩,好为《梁父吟》④。身长八尺,每自比于管仲、乐毅,时人莫之许也。惟博陵崔州平、颍川徐庶元直与亮友善,谓为信然。

时先主⑤屯新野。徐庶见先主,先主器之,谓先主曰:"诸葛孔明者,卧龙也,将军岂愿见之乎?"先主曰:"君与俱来。"庶曰:"此人可就见,不可屈致也。将军宜枉驾⑥顾之。"由是先主遂诣亮，凡三往，乃见。因屏⑦人曰："汉室倾颓，奸臣窃命，主上蒙尘⑧。孤⑨不度德量力，欲信⑩大义于天下，而智术浅短，遂用猖蹶⑪，至于今日。然志犹未已，君谓计将安出？"亮答曰："自董卓已来，豪杰并起，跨州连郡者不可胜数。曹操比于袁绍，则名微而众寡，然操遂能克绍，以弱为强者，非惟天时，抑⑫亦人谋也。今操已拥百万之众，挟天子而令诸侯⑬，此诚不可与争锋。孙权据有江东，已历三世，国险而民附，贤能为之用，此可以为援而不可图也。荆州北据汉、沔，利尽南海，东连吴会，西通巴、蜀，此用武之国，而其主不能守，此殆天所以资将军，将军岂有意乎？益州险塞，沃野千里，天府之土，高祖⑭因之以成帝业。刘璋暗弱，张鲁在北，民殷国富而不知存恤，智能之士思得明君。将军既帝室之胄⑮，信义著于四海，总揽英雄，思贤如渴，若跨有荆、益，保其岩阻，西和诸戎，南抚夷越，外结好孙权，内修政理；天下有变，则命一上将将荆州之军以向宛、洛⑯，将军身率益州之众出于秦川，百姓孰敢不箪食壶浆⑰以迎将军者乎？诚如是，则霸业可成，汉室可兴矣。"先主曰："善！"于是与亮情好日密。关羽、张飞等不悦，先主解之曰："孤之有孔明，犹鱼之有水也。愿诸君勿复言。"羽、飞乃止。

　　刘表长子琦，亦深器亮。表受后妻之言，爱少子琮，不悦于琦。琦每欲与亮谋自安之术，亮辄拒塞⑱，未与处画。琦乃将亮游观后园，共上高楼，饮宴之间，令人去梯，因谓亮曰："今日上不至天，下不至地，言出子口，入于吾耳，可以言未?"亮答曰:"君不见申生在内而危,重耳在外而安乎?"⑲琦意感悟,阴规出计⑳。会黄祖死,得出,遂为江夏太守。俄而表卒,琮闻曹公来征,遣使请降。先主在樊闻之,率其众南行,亮与徐庶并从,为曹公所追破,获庶母。庶辞先主而指其心曰:"本欲与将军共图王霸之业者,以此方寸之地也。今已失老母,方寸乱矣,无益于事,请从此别。"遂诣曹公。

先主至于夏口,亮曰:"事急矣,请奉命求救于孙将军。"时权拥军在柴桑,观望成败,亮说权曰:"海内大乱,将军起兵据有江东,刘豫州㉑亦收众汉南,与曹操并争天下。今操芟夷㉒大难,略已平矣,遂破荆州,威震四海。英雄无所用武,故豫州遁逃至此。将军量力而处之:若能以吴、越之众与中国㉓抗衡,不如早与之绝;若不能当,何不案㉔兵束甲,北面而事之㉕!今将军外托服从之名,而内怀犹豫之计,事急而不断,祸至无日矣!"权曰:"苟如君言,刘豫州何不遂事之乎?"亮曰:"田横㉖,齐之壮士耳,犹守义不辱,况刘豫州王室之胄,英才盖世,众士慕仰,若水之归海,若事之不济,此乃天也,安能复为之下乎!"权勃然曰:"吾不能举全吴之地,十万之众,受制于人。吾计决矣!非刘豫州莫可以当曹操者,然豫州新败之后,安能抗此难乎?"亮曰:"豫州军虽败于长阪,今战士还者及关羽水军精甲万人,刘琦合江夏战士亦不下万人。曹操之众远来疲弊㉗,闻追豫州,轻骑一日一夜行三百余里,此所谓'强弩之末,势不能穿鲁缟'㉘者也。故兵法忌之,曰'必蹶㉙上将军'。且北方之人，不习水战；又荆州之民附操者，逼兵势耳，非心服也。今将军诚能命猛将统兵数万，与豫州协规同力，破操军必矣。操军破，必北还，如此则荆、吴之势强，鼎足之形成矣。成败之机，在于今日。"权大悦，即遣周瑜、程普、鲁肃等水军三万，随亮诣先主，并力拒曹公。曹公败于赤壁，引军归邺。先主遂收江南，以亮为军师中郎将，使督零陵、桂阳、长沙三郡，调其赋税，以充军实。

建安十六年，益州牧刘璋遣法正迎先主，使击张鲁。亮与关羽镇荆州。先主自葭萌还攻璋，亮与张飞、赵云等率众溯㉚江，分定郡县，与先主共围成都。成都平，以亮为军师将军，署㉛左将军府事。先主外出，亮常镇守成都，足食足兵。二十六年，群下劝先主称尊号，先主未许，亮说曰："昔吴汉、耿弇等初劝世祖即帝位，世祖辞让，前后数四，耿纯进言曰：'天下英雄喁喁㉜，冀有所望。如不从议者，士大夫各归求主，无为从公也。'世祖感纯言深至，遂然诺之。今曹氏篡汉，天下无主，大王刘氏苗族㉝，绍世㉞而起，今即帝位，乃其宜也。士大夫随大王久勤苦者，亦欲望尺寸之功如纯言耳。"先主于是即帝位，策亮为丞相曰："朕遭家不造㉟，奉承大统，兢兢业业，不敢康宁，思靖百姓，惧未能绥。於戏㊱！丞相亮其悉朕意，无怠辅朕之阙，助宣重光㊲，以照明天下，君其勖㊳哉！"亮以丞相录㊴尚书事，假节㊵。张飞卒后，领㊶司隶校尉。

章武㊷三年春，先主于永安㊸病笃，召亮于成都，属以后事，谓亮曰："君才十倍曹丕，必能安国，终定大事。若嗣子㊹可辅，辅之；如其不才，君可自取。”亮涕泣曰：“臣敢竭股肱之力，效忠贞之节，继之以死！”先主又为诏敕后主曰：“汝与丞相从事，事之如父。”建兴㊺元年，封亮武乡侯，开府治事。顷之，又领益州牧㊻。政事无巨细，咸决于亮。南中诸郡，并皆叛乱，亮以新遭大丧㊼，故未便加兵，且遣使聘㊽吴，因结和亲，遂为与国㊾。

三年春，亮率众南征，其秋悉平。军资所出㊿，国以富饶，乃治戎讲武，以俟大举。五年，率诸军北驻汉中，临发，上疏曰：(下略)遂行，屯于沔阳。

六年春，扬声由斜谷道取郿，使赵云、邓芝为疑军(51)，据箕谷，魏大将军曹真举众拒之。亮身率诸军攻祁山，戎阵整齐，赏罚肃而号令明，南安、天水、安定三郡叛魏应亮，关中响震。魏明帝西镇长安，命张郃拒亮，亮使马谡督诸军在前，与郃战于街亭。谡违亮节度(52)，举动失宜，大为郃所破。亮拔西县千余家，还于汉中，戮谡以谢众。上疏曰：“臣以弱才，叨窃非据(53)，亲秉旄钺(54)以厉三军，不能训章明法，临事而惧，至有街亭违命之阙，箕谷不戒之失，咎皆在臣授任无方。臣明不知人，恤事(55)多暗，《春秋》责帅(56)，臣职是当(57)。请自贬三等，以督厥咎(58)。”于是以亮为右将军，行(59)丞相事，所总统如前。

冬，亮复出散关，围陈仓，曹真拒之，亮粮尽而还。魏将王双率骑追亮，亮与战，破之，斩双。七年，亮遣陈式攻武都、阴平。魏雍州刺史郭淮率众欲击式，亮自出至建威，淮退还，遂平二郡。诏策亮曰：“街亭之役，咎由马谡，而君引愆^⑩，深自贬抑，重违^⑪君意，听顺所守。前年耀师，馘斩^⑫王双；今岁爰征，郭淮遁走；降集氐、羌，兴复二郡。威镇凶暴，功勋显然。方今天下骚扰，元恶未枭，君受大任，干^⑬国之重，而久自挹损，非所以光扬洪烈矣。今复君丞相，君其勿辞。"

九年，亮复出祁山，以木牛^⑭运，粮尽退军，与魏将张郃交战，射杀郃。

十二年春，亮悉大众由斜谷出，以流马运，据武功五丈原，与司马宣王对于渭南。亮每患粮不继，使己志不申，是以分兵屯田，为久驻之基。耕者杂于渭滨居民之间，而百姓安堵^⑮，军无私^⑯焉。相持百余日。其年八月，亮疾病^⑰，卒于军，时年五十四。及军退，宣王案行^⑱其营垒处所，曰："天下奇才也！"

亮遗命葬汉中定军山，因山为坟，冢足容棺，敛以时服^⑲，不须器物。诏策曰："惟君体资文武，明睿笃诚，受遗托孤，匡辅朕躬，继绝兴微^⑳，志存靖乱；爰整六师，无岁不征，神武赫然，威镇八荒，将建殊功于季汉^㉑，参伊、周之巨勋^㉒。如何不吊^㉓，事临垂克^㉔，遘疾^㉕陨丧！朕用伤悼，肝心若裂。夫崇德序功，纪行命谥，所以光昭将来，刊载不朽。今使使持节左中郎将杜琼，赠君丞相武乡侯印绶，谥君为忠武侯。魂而有灵，嘉兹宠荣^㉖。呜呼哀哉！呜呼哀哉！"

初，亮自表后主曰："成都有桑八百株，薄田十五顷，子弟衣食自有余饶。至于臣在外任，无别调度^㉗，随身衣食，悉仰于官,不别治生,以长尺寸。若臣死之日,不使内有余帛,外有赢财,以负陛下。"及卒,如其所言。

亮性长于巧思,损益⑱连弩,木牛流马,皆出其意;推演兵法,作八阵图,咸得其要云。亮言教书奏多可观,别为一集。

景耀六年春,诏为亮立庙于沔阳。秋,魏镇西将军钟会征蜀,至汉川,祭亮之庙,令军士不得于亮墓所左右刍牧樵采。亮弟均,官至长水校尉。亮子瞻,嗣爵。

(下略)

评曰:诸葛亮之为相国也,抚百姓,示仪轨⑲,约官职,从权制⑳,开诚心,布公道;尽忠益时者虽仇必赏,犯法怠慢者虽亲必罚,服罪输情㉛者虽重必释,游辞巧饰者虽轻必戮;善无微而不赏,恶无纤而不贬;庶事精练,物理其本㉜,循名责实,虚伪不齿;终于邦域之内,咸畏而爱之,刑政虽峻而无怨者,以其用心平而劝戒明也。可谓识治之良才,管、萧之亚匹㉝矣。然连年动众,未能成功,盖应变将略,非其所长欤!

【作者简介】

陈寿(233—297),字承祚。巴西郡安汉县(今四川南充北)人。西晋史学家。著有纪传体史书《三国志》。此书记叙自汉末至晋初近百年间的中国历史,与《史记》《汉书》《后汉书》并称"前四史"。

【注释】

①司隶校尉:汉至魏晋间监督京师和地方的监察官。

②郡丞:郡守的佐官。

③从父：父亲的兄弟。即伯父或叔父。

④《梁父(fǔ)吟》：古歌曲名。传说诸葛亮曾写过一首《梁父吟》歌词。

⑤先主：先帝，指刘备。

⑥枉驾：屈尊。枉，委屈。驾，车马。

⑦屏(bǐng)：退避。

⑧蒙尘：指董卓强迫汉献帝刘协从洛阳迁都长安，曹操又强迫他迁都许昌。

⑨孤：古代王侯的自称。汉末及三国时群雄之割据者多自称孤。

⑩信：通"伸"，伸张。

⑪猖蹶：失败。

⑫抑：而且。

⑬诸侯：这里指当时割据一方的军阀。

⑭高祖：指汉高祖刘邦。

⑮胄：后代。刘备是西汉中山靖王刘胜(汉景帝刘启的儿子)的后代，所以称他为"帝室之胄"。

⑯宛、洛：河南南阳和洛阳，泛指中原一带。

⑰箪食壶浆：百姓用箪盛饭，用壶盛汤来欢迎他们爱戴的军队。

⑱拒塞：拒绝、搪塞。

⑲"君不见"二句：申生和重耳是春秋时期晋献公之子，献公宠妃骊姬欲谋害他们，重耳逃亡国外。申生未逃，被骊姬算计，自杀身亡。重耳流亡十九年后回国即位。

⑳阴规出计：暗中谋划外出的办法。

㉑刘豫州：指刘备，因他曾做过豫州刺史。

㉒芟夷：铲除。

㉓中国：中原。这里指曹操。

㉔案：通"按"，停止。

㉕北面而事之:北面称臣来侍奉他,指投降。

㉖田横:秦末起义首领。后刘邦统一天下,田横不肯称臣于汉,在偃师首阳山自杀。

㉗疲弊:同"疲敝",疲倦。

㉘"强弩"二句:强弩射出的箭,到了末程,其力连鲁国的细绢都穿不透。缟,白色的薄绢,以古时鲁国所产为最薄最细,故称鲁缟。

㉙蹶(jué):跌倒,比喻失败或受挫折。

㉚溯:逆流而上。

㉛署:代理。

㉜喁喁(yóng yóng):仰望期待貌。

㉝苗族:后裔,子孙。

㉞绍世:继承世系。

㉟遭家不造:遭逢家门不幸。

㊱於戏(wū hū):犹"於乎",感叹词。

㊲宣重光:宣扬汉朝累世的德业。

㊳勖:努力。

㊴录:总管。

㊵假节:假以符节,持节。古代使臣出行,持节为符信,故称。汉末魏晋南北朝时,掌地方军政的官往往加使持节、持节或假节的称号。假节可诛杀犯军令者。

㊶领:兼领,兼任。

㊷章武:刘备的年号。

㊸永安:即白帝城的永安宫。

㊹嗣子:指刘备之子刘禅。

㊺建兴:蜀汉刘禅的年号。

㊻牧:刺史,州最高行政长官。

㊼大丧:指刘备之丧事。

㊽聘：访问。

㊾与国：盟邦。

㊿军资所出：所需军费从南征平定的诸郡支出。

(51)疑军：疑兵。

(52)节度：约束。

(53)叨窃非据：窃居着不该占据的高位。叨窃，指不当得而得。

(54)旄钺：白旄和黄钺，借指军权。

(55)恤事：考虑事情过多。

(56)《春秋》责帅：《春秋》经书记载，军队战败该督责的是主帅。

(57)是当：担当此罪责。

(58)厥咎：我的罪责。厥，其。

(59)行：兼摄。

(60)引愆：引咎自责。愆，罪责。

(61)重违：犹难违。

(62)馘(guó)斩：斩敌首割下左耳计功。亦泛指战场杀敌。

(63)干：担当。

(64)木牛：与下文的“流马”同为诸葛亮发明的运输工具。

(65)安堵：犹安居。

(66)私：侵扰。

(67)疾病：病重。

(68)宣王：指司马懿。

(69)敛以时服：穿当时身上的衣服入殓。敛，通“殓”。

(70)继绝兴微：延续绝世，兴复弱国。

(71)季汉：汉末。

(72)参伊、周之巨勋：和伊尹、周公并立为三的伟大功业。

(73)如何不吊：为什么老天却不怜悯。

(74)垂克：接近成功。

⑦遘(gòu)疾：得病。遘，遇上。

⑦嘉兹宠荣：喜欢这个尊宠的荣誉。嘉，认为……美好。

⑦调度：征调聚敛。

⑧损益：改进。

⑦仪轨：法规。

⑧从权制：权时制宜。权，权衡。

⑧输情：传布真情。

⑧物理其本：管事理清其根本。

⑧亚匹：同一流人物。

【解读】

此传依时间顺序讲述了诸葛亮一生的功业，高度评价其功勋和影响。

首段述其生平家世和才志，以正面的"自比管仲、乐毅"和徐庶等人"谓为信然"的侧面烘托，突出其远大志向和卓越才能。

第二段述诸葛亮出而用世的经过。徐庶推荐，刘备三顾茅庐，诸葛亮分析天下形势，并为刘备谋划取荆州、益州险隘之地，和戎族，抚夷越，交好孙权，内修政治以待时势的策略，深得刘备器重。

第三至第六段写诸葛亮辅佐先主刘备时的主要事件和功业。一是刘表卒，曹操南征，刘备为操所追破，诸葛亮出使东吴，说服观望成败的孙权，联吴抗曹。刘备遂收江南，以亮为军师中郎将。二是诸葛亮与张飞、赵云等协助刘备平定成都，进言刘备及时即帝位以聚民心；"亮以丞相录尚书事，假节"，"领司隶校尉"。三是刘备临终托孤，并诏令后主刘禅"与丞相从事，事之如父"。

第七至第十一段讲诸葛亮辅佐后主刘禅的主要事件和功业。一是征伐南中诸郡，平定叛乱，富国强兵，以俟北伐。二是发动五次北伐：第一次，诸葛亮亲率大军攻祁山，马谡违亮节度而失街亭，亮引咎请自贬三等。第二次，诸葛亮复出散关，围陈仓，粮尽而还。第三次，亲自出击，取得武都、阴平二郡。战后复丞相位。第四次，复出祁山，以木牛运，粮尽退军。第五次，用流马运粮，据武功五丈原，与司马懿僵持达百余日，因粮草不继而退兵，故分兵屯田，备久驻之基。后诸葛亮去世，北伐结束。

第十二段至第十五段讲述诸葛亮身后事宜。一方面，他自己生前即上表自请"死之日不使内有余帛，外有赢财"并遗命薄葬；另一方面，后主刘禅发布凭吊表彰他的诏策，赠丞相武乡侯印绶，谥"忠武侯"，并诏令立庙以受祭拜。

末段是对诸葛亮的评价。既赞赏他"抚百姓，示仪轨"等一系列治国功勋和"管、萧之亚匹"的影响；又指出他"连年动众，未能成功"的事实，认为"盖应变将略，非其所长"。体现作者"爱而知其恶"的信史立场。

【点评】

"或谓寿不帝蜀汉，而为魏作本纪，又曾厚诬诸葛，谓将略非其所长……不悟晋以承魏，魏以承汉，寿身为晋臣，若帝蜀汉，必蒙骈首之诛。寿于《诸葛亮传》后，盛称其才，又为诸葛撰《集》表上之，即有微词，决非谤语。……究之马、班而后，应推寿作为佳史，则千载以来，无异议者。"（金毓黻《中国史学史》）

秋兴赋并序　　　　　　　　潘　岳

晋十有四年①，余春秋三十有二，始见二毛②。以太尉掾兼虎贲中郎将③，寓直于散骑之省④。高阁连云，阳景罕曜⑤，珥蝉冕而袭纨绮之士⑥，此焉游处。仆野人也，偃息⑦不过茅屋茂林之下，谈话不过农夫田父之客。摄官承乏⑧，猥厕朝列，夙兴晏寝，匪遑底宁⑨，譬犹池鱼笼鸟，有江湖山薮⑩之思。于是染翰⑪操纸，慨然而赋。于时秋也，故以"秋兴”命篇。辞曰：

四时忽其代序兮，万物纷以回薄⑫。览花莳⑬之时育兮，察盛衰之所托。感冬索而春敷⑭兮，嗟夏茂而秋落。虽末士之荣悴⑮兮，伊人情之美恶。善乎宋玉之言⑯曰："悲哉，秋之为气也！萧瑟兮草木摇落而变衰，憭栗⑰兮若在远行，登山临水送将归。"夫送归怀慕徒之恋兮，远行有羁旅之愤。临川感流以叹逝兮，登山怀远而悼近。彼四戚⑱之疚心兮，遭一涂而难忍。嗟秋日之可哀兮，谅⑲无愁而不尽。

野有归燕，隰有翔隼⑳。游氛朝兴，槁叶夕殒。于是乃屏轻箑㉑，释纤絺㉒，藉莞蒻㉓，御㉔夹衣。庭树槭㉕以洒落兮，劲风戾㉖而吹帷。蝉嘒嘒㉗而寒吟兮，雁飘飘而南飞。天晃朗㉘以弥高兮，日悠阳而浸微㉙。何微阳之短晷㉚，觉凉夜之方永。月朣胧以含光兮㉛，露凄清以凝冷。熠耀㉜粲于阶闼兮，蟋蟀鸣乎轩屏㉝。听离鸿之晨吟兮，望流火㉞之余景。宵耿介㉟而不寐兮，独展转于华省㊱。悟时岁之遒㊲尽兮，慨俯首而自省。斑鬓髟以承弁兮㊳，素发飒㊴以垂领。仰群俊之逸轨㊵兮，攀云汉以游骋。登春台㊶之熙熙兮，珥㊷金貂之炯炯。苟趣舍㊸之殊涂兮，庸讵㊹识其躁静。

闻至人之休风㊺兮，齐天地于一指㊻。彼知安而忘危兮，故出生而入死㊼。行投趾于容迹㊽兮，殆不践而获底㊾。阙(50)侧足以及泉兮，虽猴猿而不履。龟祀骨于宗祧(51)兮，思反身于绿水。且敛衽以归来兮，忽投绂(52)以高厉。耕东皋之沃壤兮,输㉝黍稷之余税。泉涌湍于石间兮,菊扬芳于崖滋㉞。澡㉟秋水之涓涓兮,玩游鯈之濈濈㊱。逍遥乎山川之阿,放旷乎人间之世。优哉游哉,聊以卒岁㊲。

【作者简介】

潘岳(247—300)字安仁,荥阳中牟(今属河南)人。西晋文学家。少以才颖见称,执着于功名利禄而历经宦海沉浮。"美姿仪,辞藻绝丽,尤善为哀诔之文"(《晋书》)。明人张溥辑有《潘黄门集》。

【注释】

①晋十有四年:晋开国以来的第十四年。指晋武帝咸宁四年(278)。

②二毛:头发黑白夹杂。

③虎贲(bēn)中郎将:帝王行宫或营帐的卫队首领。

④散骑之省:侍从皇帝左右,掌规谏的部门。

⑤罕曜(yào):很少照射到。

⑥"珥蝉冕"句:谓达官显贵。珥(ěr),戴。蝉冕,汉代时侍从官员之冠以貂尾蝉纹为饰。袭,穿。纨绮(wán qǐ),绢绸衣服。

⑦偃(yǎn)息:卧息,指居住。

⑧摄官承乏:在任官吏的谦语,意思是,人才缺乏,自己只好承职充数。

⑨匪遑底宁:不能有片刻安宁。匪,通"非",没有。底,至。

⑩山薮(sǒu):山野。

⑪染翰:指以笔蘸墨。

⑫回薄:指万物的生长与凋谢反复更替。

⑬莳(shì):栽种。

⑭敷:生长。

⑮荣悴:指政治上的得志和失意。

⑯宋玉之言:指宋玉所作《九辩》。

⑰憀(liáo)栗:凄凉的样子。

⑱戚(qī):忧愁。

⑲谅:的确。

⑳隰(xí):指低湿的地方。隼(sǔn):鸟名,凶猛善飞。

㉑箑(shà):扇子。

㉒纤绤:一种用葛纤维织成的细布。

㉓莞蒻(guān ruò):莞和蒻,均是草名;此处均指席子。

㉔御:犹"穿"。

㉕槭(sè):树枝无叶的样子。

㉖戾(lì):猛烈。

㉗嘒(huì)嘒:蝉鸣声。

㉘晃朗:明亮的样子。

㉙浸微:渐渐微弱。

㉚暋(guǐ):时光。

㉛朣胧(tóng lóng):似明不明的样子。含光:月光不够明亮如物之含而未吐,光亮没有完全散出。

㉜熠(yì)耀:指萤火虫。

㉝轩屏:堂前屏风。

㉞流火:大火星于夏历六月黄昏出现于南方,方向最正,位置最高,到七月就偏西向下了。流,指下行。火,指大火星。

㉟耿介:烦躁不安的样子。

㊱华省:职务亲贵的官署。此指散骑省。

㊲遒(qiú):临近。

㊳"斑鬓"句:皮帽下鬓发已花白。髟(biāo),鬓发下垂的样子。承弁(biàn),顶着帽子。弁,皮革帽子。

㊴飒(sà):零乱。

㊵逸轨:超逸的行迹,指仕途得意。

㊶春台:登眺游玩的胜处。

㊷珥:插。一般指插在帽子上。

㊸趣舍:进退。趣,同“趋”。

㊹庸讵(jù):难道。

㊺休风:美好风范。

㊻齐天地于一指:《庄子·齐物论》云:“天地一指也,万物一马也。”意思是,天地同是一个概念,万物都如一匹马。此连上句说,要学习至人淡视荣辱贵贱的风范,齐天下万物于一指间。

㊼出生而入死:指逃不过出于生而入于死的规律。

㊽容迹:仅能容纳一脚之地。

㊾底:达到。

㊿阙:通“掘”。

(51)宗祧(tiāo):宗庙。

(52)投绂(fú):解下系印的带子,指辞官。

(53)输:缴纳。

(54)澨(shì):水涯。

(55)澡:洗。

(56)潎(pì)潎:游动的样子。

(57)卒岁:度完时日。

【解读】

《秋兴赋》通过对秋之哀情的抒发和对秋景的铺陈描写,生发“齐天地于一指”的议论,表达对达官显贵的轻蔑和自我处境的愤懑,显现了归隐避祸的决心。

序文交代写作的缘起与旨意:官署值夜,见达官显贵嬉游,念自己才高位卑,遂生归隐之念,愤然作赋。

正文首段以嗟叹四时开篇,借宋玉悲秋之句切入,诠释宋玉所言"送归""远行""临川""登山",其中后两处用"(孔)子在川上曰:逝者如斯夫"和齐景公登牛山乐山川之美而感生不永存故流涕之典。接下来的"彼四戚"四句表达见解:言此四愁都让人内心哀痛,遇一样也难忍受,而叹秋之悲哀,无他愁可如此无休无止。言下之意,宋玉所叹的四戚,其根源即在于秋日引发的心理感应。

第二段先以时空转换铺写萧瑟冷落的秋景。空间上从野外写到室内,又由庭院写到野外,时间上从白天写到晚上,又从夜晚写到清晨,尽写秋来见闻与感觉。后转入自我描写,抒发秋感:以"不寐""展转"写所悟和自省,以"斑鬓""素发"的忧思早衰与显贵们的得意嬉游对比,感叹"苟趣舍之殊涂兮,庸讵识其躁静",表达对不同生命状态与追求的看法,从而转向后文的深入议论。

第三段先阐发老庄"齐万物、一生死"的人生哲学,引出归隐旨意。将至人淡视荣辱贵贱、齐万物于一指的态度与世人贪安忘危而逃不过出生入死的规律对照,直言人生所需不过容足之地;再用《庄子·秋水》中神龟不愿死后供于宗庙祭祀而愿游于绿水的典故,表达宁愿无拘无束地去过隐居生活,也不愿在宦海沉浮受拘束的心志。至此赋之眼目直出:"且敛衽以归来兮,忽投绂以高厉。"接着以欢快的笔调描绘想像中的归隐生活:耕东皋,交余税,听泉声,嗅菊芳,浴秋水,赏鱼乐。洋溢着轻松自在、怡然自得之情,与世无争的隐居生活如在眼前。最后用"逍遥乎山川之阿"等句直抒胸臆,归隐之旨进一步凸显。

此赋反映的是当时司马氏严酷统治下庶族士大夫的苦闷与全身远祸的心境。

闲居赋并序　　　　潘　岳

　　岳尝读《汲黯传》①，至司马安四至九卿②，而良史书之，题以巧宦③之目，未尝不慨然废书④而叹。曰：嗟乎！巧诚有之，拙⑤亦宜然。顾常以为士之生也，非至圣无轨⑥微妙玄通者，则必立功立事，效当年之用，是以资忠履信以进德，修辞⑦立诚以居业。

　　仆少窃乡曲⑧之誉，忝司空太尉之命，所奉之主，即太宰鲁武公⑨其人也，举秀才为郎。逮事世祖武皇帝⑩，为河阳、怀⑪令，尚书郎、廷尉平⑫。今天子谅闇⑬之际，领太傅主簿⑭，府主诛⑮，除名为民。俄而复官，除长安令。迁博士，未召拜，亲疾，辄去官免。自弱冠涉乎知命之年，八徙官而一进阶，再免，一除名，一不拜职，迁者三而已矣。虽通塞有遇⑯，抑亦拙者之效也。

　　昔通人和长舆⑰之论余也，固谓拙于用多⑱。称多则吾岂敢，言拙信而有征。方今俊义在官，百工⑲惟时，拙者可以绝意乎宠荣之事矣。太夫人⑳在堂，有赢老之疾，尚何能违膝下色养㉑，而屑屑从斗筲之役㉒乎？

　　于是览止足之分，庶浮云之志㉓，筑室种树，逍遥自得。池沼足以渔钓，春税㉔足以代耕。灌园粥㉕蔬，以供朝夕之膳；牧羊酤㉖酪，以俟伏腊㉗之费。孝乎惟孝，友于兄弟，此亦拙者之为政也。乃作《闲居赋》以歌事遂情焉。其辞曰：

　　傲坟素㉘之场圃，步先哲之高衢。虽吾颜之云厚，犹内愧于宁蘧㉙。有道吾不仕，无道吾不愚。何巧智之不足，而拙艰之有余也。

于是退而闲居，于洛之涘。身齐逸民，名缀下士㉚。陪京溯伊㉛，面郊后市。浮梁㉜黝以径度，灵台㉝杰其高峙。窥天文之秘奥，究人事之终始。其西则有元戎禁营，玄幕绿徽㉞。溪子巨黍㉟，异絭㊱同机。炮石㊲雷骇，激矢虻飞㊳。以先启行㊴，耀我皇威。其东则有明堂辟雍㊵，清穆敞闲。环林萦映，圆海回渊㊶。聿㊷追孝以严父，宗文考㊸以配天。袛圣敬以明顺㊹，养更老㊺以崇年。

若乃背冬涉春，阴谢阳施㊻。天子有事于柴燎㊼，以郊祖㊽而展义。张钧天之广乐㊾，备千乘之万骑。服振振以齐玄，管啾啾(50)而并吹。煌煌乎，隐隐(51)乎，兹礼容之壮观，而王制之巨丽也。两学(52)齐列，双宇如一。右延国胄(53)，左纳良逸。祁祁(54)生徒，济济儒术。或升之堂，或入之室。教无常师，道在则是。故髦士投绂(55)，名王怀玺。训若风行，应如草靡。此里仁所以为美(56)，孟母所以三徙(57)也。

爰定(58)我居，筑室穿池。长杨映沼，芳枳树篱。游鳞瀺灂(59)，菡萏敷披(60)。竹木蓊蔼(61)，灵果参差。张公大谷之梨(62)，梁侯乌椑之柿(63)，周文弱枝之枣(64)，房陵朱仲之李(65)，靡不毕殖。三桃表樱胡之别，二柰曜(66)丹白之色。石榴蒲陶(67)之珍，磊落蔓衍(68)乎其侧。梅杏郁(69)棣之属，繁荣丽藻之饰。华实照烂，言所不能极也。菜则葱韭蒜芋，青笋紫姜。堇荠(70)甘旨，蓼荾(71)芬芳。蘘荷(72)依阴，时藿(73)向阳。绿葵含露，白薤(74)负霜。

于是凛秋暑退，熙春寒往。微雨新晴，六合清朗。太夫人乃御版舆㊄，升轻轩㊅。远览王畿㊆，近周家园。体以行和，药以劳宣㊇。常膳载加，旧痾有瘳。席长筵，列孙子。柳垂阴，车结轨㊈。陆摘㉚紫房，水挂㉛鲤。或宴于林，或禊㉜于汜。昆弟班白，儿童稚齿。称万寿以献觞，咸一惧而一喜㉝。寿觞举，慈颜和。浮杯乐饮，丝竹骈罗㉞。顿足起舞，抗音高歌。人生安乐，孰知其佗？

退求己而自省，信用薄而才劣。奉周任之格言㉟，敢陈力而就列。几陋身之不保，尚奚拟于明哲？仰众妙而绝思，终优游以养拙。

【注释】

①《汲黯传》：《史记》《汉书》皆有《汲黯传》。汲黯，字长孺，为人忠正敢谏。

②司马安四至九卿：《史记·汲黯传》载："黯姑姊子司马安亦少与黯为太子洗马。安文深巧善宦，官四至九卿，以河南太守卒。"

③巧宦：长于钻营的官吏。

④废书：放下书卷。

⑤拙：指拙宦，指不善为官。

⑥无轨：没有常规或定则。

⑦修辞：外修文教。

⑧乡曲：乡里。《晋书·潘岳传》："岳少以才颖见称乡邑，……早辟司空太尉府。"

⑨鲁武公：即贾充。《晋书·贾充传》："（帝）封充为鲁郡公，及薨，谥曰武。"

⑩世祖武皇帝：晋武帝司马炎。晋朝开国皇帝。

⑪河阳、怀：二县名，属晋河内郡。

⑫廷尉平：廷尉的属官。

⑬谅闇(ān)：谓天子居丧之所。这里指天子居丧。

⑭太傅主簿：太傅的属官。

⑮府主诛：府主指杨骏。杨骏辅政,曾引潘岳为太傅主簿,后杨骏被诛,岳亦除名。

⑯遇：知遇,指为官。

⑰和长舆：和峤,字长舆,有盛名于世,官至中书郎。

⑱拙于用多：谓不能表现其才识。

⑲百工：众官。

⑳太夫人：指潘岳之母。

㉑色养：指孝养父母。

㉒斗筲之役：喻官位卑微。

㉓浮云之志：富贵之志向。《论语・述而》："不义而富且贵,于我如浮云。"

㉔舂税：舂米为税。

㉕粥(yù)：同"鬻",卖。

㉖酤：卖。

㉗伏腊：夏、冬的两次祭祀,即伏祭和腊祭。

㉘坟素：指古代的典章文集。

㉙宁蘧：宁武子和蘧伯玉。宁,指春秋时卫国大夫宁武子。《论语・公冶长》：子曰："宁武子,邦有道则知,邦无道则愚。其知可及也,其愚不可及也。"蘧,春秋时卫国大夫蘧伯玉。《论语・卫灵公》："君子哉蘧伯玉！邦有道则仕,邦无道则可卷而怀之。"

㉚下士：资质低陋者。

㉛陪京：后靠洛阳。陪,通"倍(背)",背向。溯伊：面对伊水。溯,向着。

㉜浮梁：连船所搭成的桥。

357

㉝灵台:汉光武帝在洛阳南所筑的高台。

㉞徽:旗帜。

㉟溪子巨黍:溪子与巨黍都是古代良弓名。

㊱綣(juàn):弓弦。

㊲炮石:古代用炮抛射的石头。

㊳虻飞:喻箭发得多而快。

㊴以先启行:先于后阵而发。

㊵明堂辟雍:明堂、辟雍为古代文化场所。明堂,古代天子宣教行礼之所。辟雍,古代贵族子弟的就学之所。

㊶圆海回渊:流水回环。

㊷聿(yù):语助词,用在句首或句中。

㊸文考:帝王亡父的尊称。这里指晋文帝。

㊹明顺:显扬孝道。

㊺更老:即三老五更,古代荣誉称号。相传古代设三老五更之位以养老人,汉代仍保留此制。

㊻阴谢阳施:冬天过去,春天到来。阴,冬。阳,春。

㊼柴燎:烧柴祭天。

㊽郊祖:祭祀天地祖宗。

㊾钧天之广乐:指天上的音乐。

㊿啾啾:乐声。

(51)隐隐:声音盛大。

(52)两学:国学与太学。

(53)国胄:犹言国子。

(54)祁祁:盛多的样子。

(55)投绂:弃去印绶。谓辞官。绂,同"韨(fú)",古代系印纽的丝绳,亦指官印。

(56)里仁为美:见《论语·里仁》,意为住的地方,要有仁德才好。

㉗孟母所以三徙：孟子的母亲为择良好环境教育孩子，多次迁居。事见《列女传》。

㉘爰（yuán）定：选定。爰，语助词。

㉙瀺灂（chán zhuó）：鱼在水中出没的样子。

⑥0敷披：开放。

㉖翁蔼：茂盛繁密。

㉖张公大谷之梨：《文选》李善注引《广志》曰："洛阳北芒山有张公夏梨，甚甘，海内唯有一树。"

㉖梁侯乌椑之柿：《文选》李善注引《广志》曰："梁国侯家有乌椑，甚美，世罕得之。"

㉖周文弱枝之枣：《文选》李善注引《广志》曰："周文王时，有弱枝之枣，甚美。"

㉖房陵朱仲之李：任昉《述异记》云："房陵定山有朱仲李园三十六所。"

㉖曜：闪耀。

㉖蒲陶：即葡萄。

㉖磊落蔓衍：谓果品繁多纷敷。

㉖郁：郁李，即山李。

⑦0堇荂：二菜名。

㉗蓼（liǎo）荽（suī）：二菜名。

㉗蘘（ráng）荷：草本植物。茎似姜，可入药。

㉗藿：豆叶，可食。

㉗薤（xiè）：藠头，鳞茎和嫩叶可食。

㉗版舆：一种木制的轻便坐车。

㉗轻轩：轻车。

㉗王畿（jī）：指京城所管辖的地区。

㉗药以劳宣：谓有所运动药力方可遍达于周身。

359

⑦结轨：停车不进。

⑧摘（zhāi）：同"摘"。

⑧赪（chēng）：赤色。

⑧禊（xì）：古代民俗，在水边洗濯以除不祥。

⑧咸一惧而一喜：《论语·里仁》："子曰：'父母之年，不可不知也，一则以喜，一则以惧。'"

⑧骈罗：并举。

⑧周任之格言：《论语·季氏》："周任有言曰：'陈力就列，不能者止。'"周任，古代良史。

【解读】

《闲居赋》是潘岳因母病去官之时所作之文，表现其对官场的厌倦和隐逸的情怀。

序文三段回顾官宦生活，交待退隐闲居的缘由和作《闲居赋》的旨意。首段先直言"士之生也……必立功立事，效当年之用"，第二、三段总结做官经历，得出"拙者可以绝意乎宠荣之事矣"的结论，言自己是笨拙之人，不善钻营为官，故不应再企念恩宠仕宦的事情，而当恪守知止知足的本分，选择归隐，并以《闲居赋》咏怀。

正文先描绘隐居选地的环境。与其他隐者选择山林隐居不同，潘岳择近京城之地，这里面向城郊而背靠集市，浮桥连岸，灵台高耸；西有皇家武库，东有贵胄明堂，……这里是仁义教化和美、孟母三迁而就的地方。接着描绘美好的隐居生活：一是鱼肥花鲜、果蔬丰盛的田园之美，一是一家老小其乐融融的游乐宴饮之欢。在饮酒作乐、起舞高歌的享乐中，发出"人生安乐，孰知其佗"的欢呼，尽显对归隐生活的热爱。最后一段由描写转入议论，将归隐生活上升到对道家生命态度的追求，表达对仕途的厌倦舍弃和对隐逸生活的向往追求。

潘岳曾为结交权贵贾谧望尘而拜，却又写出具有隐逸情怀的《闲居赋》，其人品和文品似乎自相矛盾，但通观此赋对仕途不达的牢骚和闲居所选的繁华之地,仍可见出他对于功名的执着难忘。

【点评】

"岳性轻躁,趋世利,与石崇等谄事贾谧,每候其出,与崇辄望尘而拜。构愍怀之文,岳之辞也。谥二十四友,岳为其首。……其母数诮之曰:'尔当知足,而干没不已乎?'而岳终不能改。既仕宦不达,乃作《闲居赋》。"([唐]房玄龄等《晋书》卷五十五)

"此安仁以母疾去官时所作,词虽和婉,而意则愤郁。厥后为著作郎,迁给事黄门侍郎,则知此曰闲居,非出本意矣……或以《归去来辞》拟之,误矣。"([清]林云铭《古文析义》卷十)

哀永逝文

潘 岳

启夕①兮宵兴,悲绝绪②兮莫承。俄龙辒③兮门侧,嗟俟时兮将升。嫂侄兮憧惶④,慈姑⑤兮垂矜。闻鸣鸡兮戒朝⑥,咸惊号兮抚膺⑦。逝日长兮生年浅⑧,忧患众兮欢乐鲜。彼遥思兮离居,叹《河广》兮宋远⑨;今奈何兮一举,邈终天⑩兮不反?

尽余哀兮祖⑪之晨,扬明燎兮援灵辖⑫。撤房帷⑬兮席庭筵,举酹觞⑭兮告永迁。凄切兮增欷,俯仰兮挥泪,想孤魂兮眷旧宇,视倏忽兮若仿佛。徒仿佛兮在虑,靡耳目兮一遇。停驾兮淹留,徘徊兮故处。周求兮何获?引身兮当去。

去华辇兮初迈,马回首兮旋旆⑮。风泠泠兮入帷,云霏霏兮承盖。鸟俯翼⑯兮忘林,鱼仰沫兮失濑⑰。怅怅兮迟迟,遵吉路兮凶归⑱。思其人兮已灭,览余迹⑲兮未夷。昔

361

同涂⑳兮今异世,忆旧欢兮增新悲。

谓原隰㉑兮无畔,谓川流兮无岸。望山兮寥廓,临水兮浩汗。视天日兮苍茫,面邑里兮萧散。匪外物兮或改,固欢哀兮情换。嗟潜隧㉒兮既敞,将送形㉓兮长往。委兰房㉔兮繁华,袭穷泉兮朽壤㉕。

中慕叫兮擗摽㉖,之子降兮宅兆㉗。抚灵榇㉘兮诀幽房,棺冥冥兮埏㉙窈窕。户阖兮灯灭,夜何时兮复晓?

归反哭兮殡宫㉚,声有止兮哀无终。是乎非乎何皇㉛,趣㉜一遇兮目中。既遇目兮无兆㉝,曾寤寐兮弗梦。既顾瞻兮家道,长寄心兮尔躬。

重㉞曰:已矣!此盖新哀之情然耳。渠㉟怀之其几何?庶无愧兮庄子㊱。

【注释】

①启夕:将出殡之前夕。

②绪:后代。

③龙辀(ér):画以龙纹的丧车。

④悼惶:慌乱。

⑤慈姑:婆母。

⑥戒朝:报告天明。

⑦抚膺:捶胸,形容悲恸至极。

⑧浅:短暂。

⑨叹《河广》兮宋远:《河广》,《诗经·卫风》篇名。其中有云:"谁谓河广,一苇杭之;谁谓宋远,跂予望之。"

⑩终天:天之终极,谓无限高远。

⑪祖:出行时祭路神。这里指将葬而祖于庭。

⑫灵辒(chūn)：载灵枢之车。

⑬房帷：罩棺枢的帷帐。

⑭酹觞(lèi shāng)：举行祭奠的酒杯。酹，以酒洒于地表示祭奠。

⑮旌斾(pèi)：随风飘卷的旌旗。

⑯俯翼：低垂羽翼。

⑰失濑：指不能弄波戏浪。濑，波浪。

⑱凶归：指人死入葬。

⑲余迹：遗迹，指亡妻的遗物。

⑳同涂：同道，谓夫妻志同道合。

㉑原隰(xí)：平原与低注之地。

㉒潜隧：墓道。

㉓送形：指将棺枢送入墓道。

㉔兰房：指岳妻生前居室。

㉕袭：入。穷泉：黄泉之下，指墓中。

㉖擗摽(pǐ biào)：拊心而悲。

㉗宅兆(zhào)：指墓地。宅，墓穴。兆，同"垗"，墓地四界。

㉘灵榇(chèn)：棺枢。

㉙埏(yán)：墓道。

㉚殡宫：死后葬前停灵之所。

㉛何皇：何往。皇，"往"的假借字。

㉜趣(cù)：急，急于。

㉝无兆：没有形影。兆，形。

㉞重：结尾用语，情感未尽宣泄而结尾重复申诉。

㉟渠：犹"其"。

㊱庶无愧兮庄子：指无愧于庄子妻死而不忧的处世态度。庶，表希望。《庄子》载，庄子妻死，庄子以为"人且偃然寝于巨室"，故"击盆

363

而歌"。

【解读】

《哀永逝文》是潘岳哀悼亡妻杨氏而作。

首段直诉启殡时难舍难离之悲痛。先以"悲绝绪兮莫承""嗟俟时兮将升"等句直抒胸臆,表达不忍与亡妻天人永隔的悲痛;又用嫂侄惝惶、慈姑垂矜等他人哀伤悲号烘托氛围,表达悲情。

第二段抒写祖奠时渴望亡妻灵魂再现之念想。"想孤魂兮眷旧宇"至"靡耳目兮一遇"描述自己祖奠时想念亡妻再现的心理活动和四处寻求亡妻身影而不见的神态,表达深切的痴情与悲痛。

第三、四段状写发引时一路景物的暗淡萧散,借天地万物之悲表达自己的哀伤。鱼鸟失欢,天地空虚,日色无光,万物哀戚,而这一切并非外物真的有所改易,只是自己的哀乐之情变换所致。这样移情于景,表达的亦是永失爱妻的哀戚。

第五段写入葬时为亡妻永处幽深黑暗而忧思。作者眼见"棺冥冥兮埏窈窕"和"户阖兮灯灭",生发"夜何时兮复晓"的询问。于亡者而言本无黑夜、天明之别,作者却担忧亡妻所在的墓穴长夜漫漫,难有清晨,这样的忧思,表现的恰是对亡妻的深情眷念。

第六段写返回家中再次到停灵之所哀哭时又生发希望亡妻形影可得一见的念想,表达对妻子的难以舍弃和悲情的难以释怀。

结尾的重申之辞,则写悲痛至极又无可奈何,转而借庄子亡妻而歌的旷达来求解脱,是故作旷达的悲哀之辞。

通篇叙写,无不诉情述悲,令人深痛。

【点评】

"予读安仁《马汧督诔》,恻然思古义士,犹班孟坚之传苏子卿也。及悼亡诗赋,《哀永逝文》,则又伤其闺房辛苦,有古落叶哀蝉之叹。"

（〔明〕张溥《潘黄门集题辞》）

"含悲引泣,文以情变。"（〔清〕何焯《义门读书记》卷四十九）

思归引序

石 崇

余少有大志,夸迈①流俗。弱冠登朝,历位二十五年,五十以事去官②。晚节更乐放逸,笃好林薮③,遂肥遁④于河阳别业。其制宅也,却阻长堤,前临清渠,百木几于万株,流水周于舍下,有观阁池沼,多养鱼鸟。家素习技,颇有秦赵之声。出则以游目弋钓为事,入则有琴书之娱。又好服食咽气⑤,志在不朽,傲然有凌云之操。欸⑥复见牵羁,婆娑⑦于九列⑧,困于人间烦黩⑨,常思归而永叹!寻览乐篇,有《思归引》⑩,傥⑪古人之情,有同于今,故制此曲。此曲有弦无歌⑫,今为作歌辞,以述余怀。恨时无知音者,令造新声而播于丝竹也。

【作者简介】

石崇(249—300),字季伦,小名齐奴。渤海南皮(今河北南皮东北)人。西晋时期文学家、富豪。累迁南中郎将、鹰扬将军等职。因攀附权贵卷入党争而被杀,夷三族。

【注释】

①夸迈:超越。夸,极。迈,远。

②以事去官:史载,石崇征为大司农,未见诏书就擅离官守,坐免。

③林薮(sǒu):山林川泽。

④肥遁:退隐。

⑤咽(yàn)气：练习吐纳以求长寿。

⑥欻：忽然。

⑦婆娑：盘桓。

⑧九列：九卿。石崇后为太仆，太仆位列九卿。

⑨烦黩：烦劳。

⑩《思归引》：古琴乐曲。相传春秋卫侯女作，表达思归不得之情。

⑪傥：通"倘"，或者。

⑫有弦无歌：有曲谱而无歌词。

【解读】

《思归引》相传是春秋时的古琴曲谱，石崇曾为它填词并写了此序。序先是概述年少即"夸迈流俗"至"五十以事去官"的经历；其次描绘晚年"乐放逸""好临薮"而建造的河阳别居，突出其构筑豪华讲究、宏大壮观的特点；接着描述养尊处优、舒适享受的"肥遁"生活，表达以求不朽的心志；最后简述现实中位列公卿、为官务劳烦而思归隐的心绪，交代为《思归引》填词、写序的缘起和旨意。

石崇的归隐是厌倦官场事务的劳烦，向往优裕闲散享乐的生活所致，这与常见的隐逸者的旨趣是不同的。

【点评】

"石崇杀巨商，取其财，晚以仇怨诛死，犹未足以偿其罪，固无可言者。然崇方盛时，园囿有金谷之胜，姬侍有绿珠之贞，宾客有安仁之美，而又自能为文章，如《思归引》深得楚人意韵。天之所赋有奇偏而不均者，崇又何幸耶？适足以杀其身而已。"（［宋］沈作喆《寓简》卷三）

文赋并序 　　　　　　　　　　陆　机

　　余每观才士之所作，窃有以得其用心。夫放言遣辞，良多变矣，妍蚩好恶，可得而言。每自属文，尤见其情，恒患意不称物，文不逮意，盖非知之难，能之难也。故作《文赋》，以述先士之盛藻①，因论作文之利害所由，佗日②殆可谓曲尽其妙。至于操斧伐柯③，虽取则不远，若夫随手之变，良难以辞逮，盖所能言者，具于此云尔。

　　伫中区④以玄览，颐情志于典坟⑤。遵四时以叹逝，瞻万物而思纷。悲落叶于劲秋，喜柔条于芳春。心懔懔⑥以怀霜，志眇眇而临云。咏世德之骏烈⑦，诵先人之清芬。游文章之林府，嘉丽藻之彬彬。慨投篇而援笔，聊宣之乎斯文。

　　其始也，皆收视反听⑧，耽思傍讯⑨，精骛八极⑩，心游万仞。其致也，情曈昽⑪而弥鲜，物昭晰而互进⑫。倾群言之沥液⑬，漱六艺之芳润⑭。浮天渊以安流，濯下泉而潜浸⑮。于是沈辞怫悦⑯，若游鱼衔钩，而出重渊之深；浮藻联翩，若翰鸟缨缴⑰，而坠曾云之峻。收百世之阙文，采千载之遗韵。谢朝华于已披，启夕秀于未振。观古今于须臾，抚四海于一瞬。

　　然后选义按部，考辞就班。抱景者咸叩⑱，怀响者毕弹⑲。或因枝以振叶，或沿波而讨源。或本隐以之显，或求易而得难。或虎变而兽扰⑳，或龙见而鸟澜㉑。或妥帖而易施，或岨峿㉒而不安。罄澄心以凝思，眇㉓众虑而为言。笼

367

天地于形内,挫⑭万物于笔端。始踯躅于燥吻,终流离于濡翰。理扶质㉕以立干,文垂条而结繁㉖。信情貌之不差,故每变而在颜。思涉乐其必笑,方言哀而已叹。或操觚以率尔㉗,或含毫而邈然㉘。

伊兹事之可乐,固圣贤之所钦㉙。课㉚虚无以责有,叩㉛寂寞而求音。函绵邈于尺素㉜,吐滂沛㉝乎寸心。言恢之而弥广,思按之而逾深。播芳蕤之馥馥,发青条之森森。粲风飞而猋竖㉞,郁云㉟起乎翰林。

体㊱有万殊,物无一量㊲。纷纭挥霍㊳,形难为状。辞程才㊴以效伎,意司契㊵而为匠。在有无而黾勉㊶,当浅深而不让。虽离方而遁员㊷,期穷形而尽相。故夫夸目者尚奢㊸,惬心者贵当。言穷者㊹无隘,论达者唯旷。

诗缘情而绮靡,赋体物而浏亮㊺。碑披文以相质㊻,诔缠绵而凄怆。铭博约而温润,箴顿挫而清壮。颂优游以彬蔚㊼,论精微而朗畅。奏平彻以闲雅,说炜晔㊽而谲诳。虽区分之在兹,亦禁邪而制放。要辞达而理举㊾,故无取乎冗长。

其为物也多姿,其为体也屡迁㊿。其会意[51]也尚巧,其遣言也贵妍。暨音声之迭代,若五色之相宣[52]。虽逝止[53]之无常,固崎锜[54]而难便。苟达变而识次,犹开流以纳泉。如失机而后会,恒操末以续颠[55]。谬玄黄之秩叙[56],故淟涊[57]而不鲜。

或仰逼于先条,或俯侵于后章[58]。或辞害而理比[59],或言顺而义妨。离[60]之则双美,合之则两伤。考殿最于锱铢(61)，定去留于毫芒。苟铨衡(62)之所裁，固应绳(63)其必当。或文繁理富，而意不指适(64)。极无两致，尽不可益(65)。立片言而居要，乃一篇之警策。虽众辞之有条，必待兹而效绩。亮功多而累寡，故取足而不易。

或藻思绮合(66)，清丽千眠(67)。炳若缛绣，凄若繁弦。必所拟之不殊，乃暗合乎曩篇(68)。虽杼轴(69)于予怀，怵他人之我先。苟伤廉而愆义(70)，亦虽爱而必捐。

或苕发颖竖(71)，离众绝致。形不可逐，响难为系(72)。块(73)孤立而特峙，非常音之所纬(74)。心牢落(75)而无偶，意徘徊而不能揥(76)，石韫(77)玉而山辉，水怀珠而川媚。彼榛楛(78)之勿翦，亦蒙荣(79)于集翠。缀《下里》于《白雪》(80)，吾亦济夫所伟。

或托言(81)于短韵，对穷迹而孤兴(82)。俯寂寞而无友，仰寥廓而莫承(83)。譬偏弦(84)之独张，含清唱而靡应。或寄辞于瘁音(85)，徒靡言而弗华。混妍蚩而成体，累良质而为瑕。象下管之偏疾(86)，故虽应而不和。或遗理以存异(87)，徒寻虚以逐微。言寡情而鲜爱，辞浮漂而不归(88)。犹弦幺而徽急(89)，故虽和而不悲。或奔放以谐合，务嘈囋(90)而妖冶。徒悦目而偶俗(91)，固高声而曲下。寤《防露》与桑间(92)，又虽悲而不雅。或清虚以婉约，每除烦而去滥。阙大羹之遗味，同朱弦之清汜(93)。虽一唱而三叹，固既雅而不艳。

若夫丰约之裁，俯仰之形(94)，因宜适变，曲有微情。或言拙而喻巧，或理朴而辞轻。或袭故而弥新，或沿浊而更清。或览之而必察，或研之而后精。譬犹舞者赴节以投袂[95]，歌者应弦而遣声[96]。是盖轮扁所不得言，故亦非华说之所能精[97]。

普辞条与文律，良余膺之所服[98]。练世情之常尤，识前修[99]之所淑。虽浚发于巧心，或受欬[100]于拙目。彼琼敷与玉藻[101]，若中原[102]之有菽。同橐籥之罔穷，与天地乎并育[103]。虽纷蔼于此世，嗟不盈于予掬。患挈瓶[104]之屡空，病昌言[105]之难属。故踸踔[106]于短垣，放庸音以足曲。恒遗恨以终篇，岂怀盈而自足。惧蒙尘于叩缶[107]，顾取笑乎鸣玉[108]。

若夫应感之会，通塞之纪[109]。来不可遏，去不可止。藏若景[110]灭，行犹响起。方天机之骏利，夫何纷而不理。思风发于胸臆，言泉流于唇齿。纷威蕤以馺遝[111]，唯毫素之所拟。文徽徽[112]以溢目，音泠泠[113]而盈耳。及其六情底滞，志往神留。兀若枯木，豁若涸流。揽营魂以探赜[114]，顿精爽于自求。理翳翳而愈伏，思乙乙[115]其若抽。是以或竭情而多悔，或率意而寡尤。虽兹物之在我，非余力之所勠。故时抚空怀而自惋，吾未识夫开塞之所由。

伊兹文之为用，固众理之所因。恢万里而无阂，通亿载而为津。俯贻则于来叶[116]，仰观象乎古人。济文武[117]于将坠，宣风声[118]于不泯。涂无远而不弥，理无微而弗纶[119]。配沾润于云雨[120]，象变化乎鬼神。被金石而德广，流管弦而日新[121]。

【作者简介】

陆机（261—303），字士衡，吴郡吴县华亭（今上海市松江区）人。孙吴入西晋的文学家、书法家。"少有奇才，文章冠世"（《晋书》），与其弟陆云被誉为"太康之英",合称"二陆"。其《平复帖》是中古时代存世最早的名人书法真迹。

【注释】

①盛藻:华美的辞藻,对别人文章的美称。

②佗日:他日。

③操斧伐柯:执斧砍伐斧柄。比喻可就近取法。

④中区:人世间。

⑤典坟:即三坟五典,代指古代文籍。

⑥懔懔:肃然戒慎貌。

⑦骏烈:盛业。

⑧收视反听:不视不听,指不为外物所惊扰。形容专心致志地思考。

⑨傍讯:旁搜博寻。

⑩精骛八极:神思飞奔于八极之外。八极,八方极远之地。

⑪瞳昽:日初出渐明貌。

⑫互进:交替涌现。

⑬倾群言之沥液:倾洒群书,如涓滴不断。沥液,水滴。

⑭漱六艺之芳润:回想六艺的文辞精华。漱,回想,推求。芳润,喻文辞之精华。

⑮"浮天渊"二句:指驰骋想象,忽如漂浮天池之上,忽如潜入地泉之中。天渊,星名。

⑯沈辞怫悦:形容吐辞艰涩。沈辞,深沉之辞。怫悦,怫郁。

⑰缨缴(zhuó):中箭。缨,通"婴"。缴,系箭的长丝绳,借指箭。

⑱抱景者咸叩:有光彩的物象尽绘其形。

⑲怀响者毕弹:有美声的音韵尽现其声。

⑳扰:驯顺。

㉑澜:逃散。

㉒岨峿:原指山交错不平,引申为不合。

㉓眇:尽。

㉔挫:收缩。

㉕理扶质:事理扶持本根。

㉖文垂条而结繁:文辞象下垂的枝条般有条理而果叶繁茂。

㉗操觚以率尔:提笔一挥而就。操觚,指作文。率尔,不加思索。

㉘邈然:茫然。

㉙钦:向往。

㉚课:议论。

㉛叩:推敲。

㉜尺素:小幅的绢帛。这里指有限的篇幅。

㉝滂沛:雨大的样子。这里指磅礴的文章气势。

㉞粲风飞而猋(biāo)竖:形容文辞美好而风行。粲,鲜明的样子。猋竖,疾风旋而上。

㉟郁云:形容美盛的文辞。

㊱体:文体。

㊲量:标准。

㊳纷纭挥霍:指事物变化纷繁而迅疾。挥霍,迅疾的样子。

㊴程才:呈现才情。程,同"呈"。

㊵司契:指文词能恰切传情达意。

㊶在有无而黾(mǐn)勉:犹豫在有无之间而努力取舍。黾勉,勉力,努力。

㊷离方而遁(dùn)员:背离规矩。员,通"圆"。

㊸奢:辞藻华丽。

㊹言穷者:穷尽研究了各种言论文体的人。穷,寻根究源。

㊺浏亮:行文思路清晰,语言流畅爽利。

㊻披文以相质:谓务必文质相当。

㊼彬蔚：文采美盛貌。

㊽炜晔：文辞明丽耀目。

㊾理举：事理彰显。

㊿其为体也屡迁：文章体裁也不断变化。

(51)会意：传达意旨。

(52)相宣：互相映衬而宣明。

(53)逝止：行止变化。

(54)崎锜(yǐ)：不安貌。

(55)操末以续颠：以尾续首。末，末梢。颠，本初。

(56)谬玄黄之帙叙：弄错了天地的秩序。玄黄，指天地。帙，通“秩”。

(57)淟涊(tiǎn niǎn)：污浊，浑浊。

(58)“或仰逼”二句：有时后文分量过重，使前文有逼迫感；有时前文太泛，妨害后文的发挥。

(59)或辞害而理比：有的文辞低下而讲的道理却很适宜。害，差。比，合宜。

(60)离：分开而用。

(61)考殿最于锱铢(zī zhū)：在细微处考量用词的好与坏。殿，排次末位。最，排次第一。锱铢，喻极微小的数量。

(62)铨(quán)衡：权衡。

(63)绳：依法度，指修正。

(64)指适：合乎主旨。

(65)极无两致，尽不可益：至高，不可到达两处；至远，不可复加。指文章只可有一个主旨。

(66)绮合：各色锦绮会合在一起，比喻文采灿烂。

(67)千眠：指光色盛貌，比喻文采华美。

(68)曩(nǎng)篇：前人佳作。

⑥杼轴:织布机上的两个部件,比喻诗文的组织、构思。

⑦愆义:违反道义。

⑦苕、颖:草花和禾穗,比喻意旨文辞之精妙特出者。

⑦系:继续。

⑦块:形块,指文学形象。

⑦纬:编织创造。

⑦牢落:寥落,孤寂。

⑦掭(dì):去除。

⑦韫:包含。

⑦榛楛:树名,比喻平常事物。

⑦蒙荣:茂盛。

⑧"缀《下里》"句:因能唱和《下里》《巴人》的人众多,《阳春》《白雪》也因此得益,得到更多的传播。意思是好文章要平中见奇。

⑧托言:犹"寄言"。

⑧对穷迹而孤兴:面对极少的文字而兴发极小的兴致。

⑧"俯寂寞"二句:环顾四周,寂寞虚空而全无共鸣者,更没有谁相承应和。俯、仰,意为环顾。寥廓,虚空。

⑧偏弦:犹"孤弦",偏僻之曲。

⑧瘁音:恶辞,不好听的话。

⑧偏疾:偏疏不正且不好听。疾,恶。

⑧遗理以存异:抛弃正理而独存异说。

⑧不归:没有归旨。

⑧徽急:弹奏急迫。徽,系琴弦的绳,后用作抚琴标记的名称,古琴全弦共十三徽。引申为弹奏。

⑨嘈嘈(zá):喧闹。

⑨偶俗:迎合世俗。

⑨桑间:即"桑间濮上",本指男女幽会的地方,代指靡靡之音。

㉝"阙大羹"二句:意为雅而不艳的文章,就像除去清水煮肉的腥味,如同练过的丝做的朱弦,其音浑厚舒缓,盖过生丝的清脆。阙,除去。大羹,未加五味的肉汁。朱弦,用练过的丝做的琴弦,较之生丝弦音厚。

㉞丰约之裁,俯仰之形:繁简的裁定,前后文的布局。

㉟投袂:挥动衣袖,指起舞。

㊱遣声:发声,指歌唱。

㊲"是盖轮扁"二句:这样的文章大概像轮扁斫轮(自己得心应手)而不能言传于儿子,但也不是只靠华美言辞能精通的。轮扁,造车的工匠名。事见《庄子·天道》。

㊳服:思考。

㊴前修:前贤。

⑩屼:同"嘻"。

⑪琼敷、玉藻:美珠饰物,比喻文章佳句。

⑫中原:原野中。

⑬"同橐籥(tuó yuè)"二句:如同风箱和管笛的自然之气那样无穷,生生不息,与天地长存。橐籥,古代冶炼时用以鼓风吹火的装置。罔穷,无穷。

⑭挈(qiè)瓶:汲水用的小瓶,比喻才智浅小。

⑮昌言:正当之言。

⑯踸踔(chěn chuō):滞留、拘泥。

⑰叩缶:本意是粗鄙乐事,比喻粗俗。

⑱鸣玉:佩玉相碰有声,故曰鸣玉。此处指鸣玉般美好的文章。

⑲纪:端绪。

⑳景:同"影",形迹。

㉑駮遌:众多貌。

㉒徽徽:灿烂貌。

⑬泠泠:清越貌。

⑭探赜:探索奥秘。

⑮乙乙:草木抽新芽的声音。

⑯俯贻则于来叶:前人馈赠于后世以准则。来叶,后世。

⑰文武:周文王、武王。指文武之道,喻德政。

⑱风声:教化。

⑲理无微而弗纶:没有什么精微的道理不能让人知晓。纶,比丝粗的绳子,比喻准确表达。

⑳云雨:指自然、人世的丰富变化。

㉑流管弦而日新:流传在音乐声中而日久弥新。

【解读】

《文赋》是陆机的文艺理论作品。

序言说明写作缘由和意图。开篇谈及自己阅读他人作品能知其创作用心、体会品评文章好坏,但一到自己写作却"意不称物,文不逮意"的亲身体会,由此懂得"知易行难",故想写《文赋》阐述前贤的文章之华美,探讨作文的利害缘由,以供人取法。

正文所论如下:

一、论创作前的文学修养之储备,指出创作者要静观人世洞察万象,要用经典来颐养情志。具体而言,要善感四时变迁、观万物之象而引发思绪,要称诵体味前人佳作而生发感慨,在此前提下再提笔创作。

二、论写作的构思和想象。"其始也"至"漱六艺之芳润"是说构思时要排除外界干扰,集中精神,运用联想和想象,这样文思就会打开,情感思路逐渐明朗,物象清晰涌现。"收百世之阙文"至"抚四海于一瞬"是说要调动文学积淀,努力求新,这样就会瞬间思绪通畅,接古今,揽四海。

三、论写作的内容与形式。所谓"选义按部,考辞就班",即要按部就班甄选义理,考究辞章:描写要有声有色;说理要抓住主干、方式多样、形象浅显,要发意深刻、考虑周全;言情写貌要真实可信;行文要条理清晰而言辞丰满。

四、论创作的乐趣。文学创作是令人欣悦、为前贤向往的事情,本来抽象无声的语言可因此变得生动形象,将深远的情思意境、磅礴的气势浓缩于尺幅,好的文章让人有目睹花开之娇艳、绿枝之繁茂和闻到自然之芬芳的愉悦,给人带来审美享受。

五、论文章的体裁与风格特征。"体有万殊"四句言物象千差万别、变化纷繁迅疾而难以描述,"辞程才以效伎"等句说好文章是才情与技巧的结合,文无定法,贵在恰当。接着分别列举了诗、赋、碑、诔等十种文体各自的风格特征。最后,表明所有文体共同的要求:禁邪思、制放纵、言辞通达、事理彰明、不取冗长。

六、论创作技巧。首先强调要追求技巧,修辞要美,韵律要有变化而又规律;其次强调技巧应从一开始就讲究,不要末了再来修改。由此论及创作之术:一要定去留。有的文章前后分量不协调,有的片面追求句式或修辞的堆砌,这些都要权衡修正。二要立警策。有的文章内容繁多而没有归旨,好文章要片言居要而为全篇警策。三要戒雷同。所思无新就会与前人雷同,雷同伤廉名、违道义,应割舍。四要兼平奇。要求独树一帜,也要能平中见奇。

七、论常见文病。一是内容狭窄,刻意求偏。二是美丑不修。用词粗糙恶俗,即使有好的内容也难掩瑕疵。三是立论失当。弃正理、少情感、不实沉、无归旨,好比以急促的节奏演奏六幺,终不能传其悲情。四是文风媚俗。放纵妖冶、趋合流俗、格调低下、虽悲不雅。要避免这些文病,就要"清虚以婉约,每除烦而去滥",以求"雅而不艳"。

八、论行文的繁简与布局要"因宜适变,曲有微情",要如舞者踏节拍而舞和歌者应曲调而歌一样随机而变。

九、论创作难度。虽熟知世情之过错和前人之智善,思发于深心仍难免取笑于人;美文洋洋大观而取用有限,故常忧思才力不逮、拘泥于篇幅狭小,或流于平庸,或流于粗俗。

十、论创作的灵感。强调灵感的作用,指出艺术创作成就的取得与灵感有密切关系。认为灵感具有"来不可遏,去不可止""或竭情而多悔,或率意而寡尤"的特征。

十一、论文学作用。文章传播众理,补益明德,宣扬教化,使文德理道广为流传,日久弥新。

《文赋》是我国最早系统探讨文学创作问题的专论,在文学理论与美学思想方面都有深远影响。

【点评】

"尝爱陆机《文赋》有曰:'意翻空而易奇,文质实而难工。'道理人却说得去,法度却杜撰不得。"([宋]朱熹《朱子语类》卷六十六)

"机之成就,在文学批评方面,亦擅一代。自机以前,先秦两汉之断章散句者无论矣,子桓《典论·论文》特其一篇,持论虽高,其说未尽,子建之书,殊嫌凡近。独机《文赋》为能深得文义,萧梁以前,莫能方驾。……此中文之声色一节,开沈约之《音韵论》;文必己出一节,开韩愈之《文章论》。至其论文章之病,列举唱而靡应,应而不和,和而不悲,悲而不雅,雅而不艳五者,尤深得评文之真义。"(朱东润《中国文学批评史大纲》第七)

女史①箴 　　　　裴 頠

膏不厌鲜,水不厌清。玉不厌洁,兰不厌馨。尔形信直,影亦不曲。尔声信清,响亦不浊。绿衣虽多,无贵于色。邪径虽利,无尚②于直。春华虽美,期于秋实。冰璧虽泽,期于见日。浴者振衣③,沐者弹冠④。人知正服,莫知行端。服美动目⑤,行美动神⑥。天道祐顺,常与吉人⑦。

【作者简介】

裴頠（wěi）(267—300)，字逸民，河东闻喜（今属山西）人。西晋思想家，著有《崇有论》。

【注释】

①女史：古代女官名。以知书妇女充任。掌管有关王后礼仪等事。或为世妇下属，掌管书写文件等事。后泛作知识妇女的美称。

②无尚：比不上。

③振衣：挥动衣物，以振去灰尘。

④弹冠：弹动帽子，以去尘埃。

⑤动目：令人悦目。

⑥动神：令人心神愉快。

⑦常与吉人：常常降幅于好人。

【解读】

西晋惠帝时贾后专权，其人弄权善妒，荒淫放恣，为讽谏规劝，大臣张华、裴頠等纷纷作《女史箴》，强调女子正身修德的重要性。

裴頠此文开篇连用"膏不厌鲜，水不厌清。玉不厌洁，兰不厌馨"四个比喻，意在表明人应追求品格的美好；"尔形信直，影亦不曲。尔声信清，响亦不浊"阐述形直影不曲、声清响不浊的道理，表达人应贵端直、清明的观点；接着以"绿衣虽多，无贵于色"等比喻，劝人弃奢华、尚本色，去邪行、崇正道，于华美光辉外求实尚明；"浴者振衣，沐者弹冠"劝人洁身自好；"人知正服"至"行美动神"诫人内外兼修，最后以"天道祐顺，常与吉人"作结，表明修身最终是为自己修福，以此勉励人们修习品行。

注《山海经》^①叙 {#title}

注《山海经》^①叙　　　　　　郭　璞

　　世之览《山海经》者，皆以其闳诞迂夸^②，多奇怪俶傥^③之言，莫不疑焉。

　　尝试论之曰，庄生有云："人之所知，莫若其所不知。"吾于《山海经》见之矣。夫以宇宙之寥廓，群生之纷纭，阴阳之煦蒸^④，万殊之区分，精气浑淆，自相溃薄^⑤，游魂灵怪，触象而构，流形于山川，丽状于木石者^⑥，恶可胜言乎？然则总其所以乖^⑦，鼓之于一响；成其所以变，混之于一象。世之所谓异，未知其所以异；世之所谓不异，未知其所以不异。何者？物不自异，待我而后异^⑧，异果在我，非物异也。故胡人见布而疑黂^⑨，越人见罽而骇毳^⑩。夫玩^⑪所习见而奇所希闻，此人情之常蔽^⑫也。

　　今略举可以明之者：阳火出于冰水，阴鼠生于炎山^⑬，而俗之论者，莫之或怪；及谈《山海经》所载，而咸怪之：是不怪所可怪而怪所不可怪也。不怪所可怪，则几于无怪矣；怪所不可怪，则未始有可怪也。夫能然^⑭所不可，不可所不可然，则理无不然矣。

　　案《汲郡竹书》及《穆天子传》^⑮：穆王西征，见西王母，执璧帛之好，献锦组之属^⑯。穆王享^⑰王母于瑶池之上，赋诗往来，辞义可观。遂袭^⑱昆仑之丘，游轩辕之宫，眺钟山之岭，玩帝者之宝，勒石王母之山，纪迹玄圃^⑲之上。乃取其嘉木艳草、奇鸟怪兽，玉石珍瑰之器、金膏烛银之宝，归而殖养之于中国。穆王驾八骏之乘，右服盗骊^⑳，左骖骅骝耳㊶,造父㊷为御,奔戎为右㊸,万里长鹜㊹,以周历四荒,名山大川,靡不登济。东升大人之堂,西燕㊺王母之庐,南轹鼋鼍之梁㊻,北蹑积羽㊼之衢。穷欢极娱,然后旋归。案《史记》说穆王得盗骊、骒耳、骅骝之骥,使造父御之,以西巡狩,见西王母,乐而忘归,亦与《竹书》同。《左传》曰:"穆王欲肆其心,使天下皆有车辙马迹焉。"《竹书》所载,则是其事也。而谯周㊽之徒,足为通识瑰儒㊾,而雅不平㊿此,验之《史考》㊿,以著㊿其妄。司马迁叙《大宛传》亦云:"自张骞使大夏之后,穷河源,恶睹所谓昆仑者乎? 至《禹本纪》《山海经》所有怪物,余不敢言也。"不亦悲乎! 若《竹书》不潜出㊿于千载,以作征㊿于今日者,则《山海》之言,其几乎废矣。若乃东方生晓毕方㊿之名,刘子政辨盗械㊿之尸,王颀㊿访两面之客,海民获长臂之衣:精验潜效㊿,绝代县符㊿。

於戏! 群惑者其可以少寤乎? 是故圣皇原化以极变㊿,象物以应怪㊿,鉴无滞赜㊿,曲尽幽情㊿,神焉廋哉㊿! 神焉廋哉! 盖此书跨世七代㊿,历载三千,虽暂显于汉,而寻亦寝废㊿。其山川名号,所在多有舛谬,与今不同,师训莫传,遂将湮泯。道之所存,俗之所丧㊿,悲夫! 余有惧焉,故为之创传㊿,疏其壅阂㊿,辟其茀芜㊿,领其玄致,标其洞涉。庶几令逸文不坠于世,奇言不绝于今。夏后之迹靡刊㊿于将来,八荒之事有闻于后裔,不亦可乎。夫蓊荟之翔,岂以论垂天之凌㊿;蹄涔㊿之游,无以知绛虬之腾。钧天之庭㊿,岂伶人之所蹑;无航之津㊿,岂苍兕㊿之所涉? 非天下之至通,难与言《山海》之义矣。呜呼！达观博物之客,其鉴之哉。

【作者简介】

郭璞(276—324),字景纯。河东闻喜(今属山西)人。两晋时期文学家、训诂学家。与王隐共撰《晋史》。长于诗赋,尤以《游仙诗》著名。曾为《尔雅》《方言》《山海经》等作注。明人辑有《郭弘农集》。

【注释】

①《山海经》:志怪古籍,大体是战国中后期到汉代初中期的楚国或巴蜀人所作。

②迂夸:迂阔夸张。

③俶傥:卓异不凡。

④煦蒸:化育,蒸腾。

⑤濆薄:冲激,激荡。

⑥"触象而构"三句:(游魂灵怪)随物附形,依附于山川则成山川,依附于木石则成木石。

⑦乖:不同。

⑧"物不自异"二句:意谓奇异与否不在于外物,而在于人自身。

⑨黂(fén):乱麻。

⑩毳(cuì):人体的细毛,俗称"寒毛"。

⑪玩:玩赏,引申为沉溺。

⑫蔽:同"弊",毛病。

⑬"阳火"二句:至阳之火能在至阴的冰水上燃烧,至阴之鼠能在至阳的火山上生存。

⑭然:承认。

⑮案《汲郡竹书》及《穆天子传》:查阅《汲郡竹书》时查到了《穆天

子传》。案，通“按”，查阅。《汲郡竹书》，又称《汲郡冢书》，在汲郡（今河南汲县）的一座战国古墓中发现并出土的一批竹简古书。及，查到。

⑯锦组之属：连缀的锦织丝带。

⑰享：上供（珍品）。

⑱袭：遍行。

⑲玄圃：传说中昆仑山顶的神仙居处，中有奇花异石。

⑳盗骊：古代传说周穆王八骏之一。

㉑騄耳：良马名。周穆王八骏之一。

㉒造父：《史记》载：“穆王使造父御，西巡狩，见西王母，乐之忘归。而徐偃王反，穆王日驰千里马，攻徐偃王，大破之。乃赐造父以赵城，由此为赵氏。”

㉓奔戎为右：奔戎族人做车右。奔戎，古族名。《后汉书·西羌传》：“后五年，王伐条戎、奔戎，王师败绩。”右，车右。古人乘车尊者在左，御者在中，另有一人在右陪乘，叫骖乘或车右。

㉔长骛：向远方急驰。

㉕燕：通“宴”，宴乐。

㉖鼋鼍（yuán tuó）之梁：大龟、鳄鱼搭建的桥梁。

㉗积羽：地名，群鸟产乳毻（tuò，鸟兽换毛）毛之处。

㉘谯周：三国时期蜀汉学者，精研六经，颇晓天文，蜀地大儒之一。

㉙瑰儒：渊博的学者。

㉚不平：不加辨别。平，同“辨”。

㉛《史考》：即《古史考》，谯周撰，考订司马迁《史记》所载周秦以上史事之误。

㉜著：表述。

㉝潜出：从地下出土。

㉞征：同“证”。

㉟毕方：异鸟，据说是火神的侍宠，它的出现预示着大火。

㊱盗械:谓因犯罪而被戴上刑具的异人。

㊲王颀:东汉末至三国时期魏国将领。曾与高句丽战而至肃慎国之边界,立碑而还。

㊳潜效:暗合的应验。

㊴昪符:即"悬符",遥遥相合。

㊵原化以极变:探究变化之道以穷尽天下之变。

㊶象物以应怪:画符号象征自然界万事万物以应合所有奇怪的事物。

㊷赜(zé):深奥。

㊸幽情:幽微的现象。

㊹神焉廋哉:神仙又能隐匿什么呢!形容完尽描述,无可隐匿。

㊺七代:是假定此书为大禹所作,故经历夏、商、周、秦、汉、魏、晋共七代。

㊻寝废:停止,废弃。

㊼道之所存,俗之所丧:(此书所载的)道依然存在,而(阅读此书)的习俗却丧失了。

㊽创传:作注释。

㊾壅阂:堵塞难通之处。

㊿莦芜:多草貌。此处指文字上的错乱。

(51)刊:删除。

(52)"翳荟"二句:乱飞的草木,不可与之谈论大鹏展翅而遮天的升空。翳荟,丛密的草木。叵,不可。

(53)蹄浐:满牛蹄印的小量雨水。浐,雨水。

(54)钧天之庭:天帝居所。

(55)无航之津:没有航船的渡口,言其极大。

(56)苍兕:古代掌管船舶的官员。

【解读】

《注〈山海经〉叙》是郭璞注释《山海经》而作的序言。

开篇至"则理无不然矣"批驳"世之览《山海经》者"因为《山海经》"闳诞迂夸,多奇怪俶傥之言"而怀疑其真实性的观点,并借庄子"人之所知,莫若其所不知"表达读《山海经》的感受,表明万物的奇异并不在于物本身,而在于人的少见多怪。为此,举证了胡人见布(因自己不知)而疑其为麻和越人见毛毯(因自己不知)而惊以为人体寒毛的事例,表明《山海经》中的闳诞奇异是因人的见识局限,进而指出:对习见的事物深信沉溺而对听闻得少的事物感到奇怪是人常有的毛病。故此人们不以"阳火出于冰水,阴鼠生于炎山"的现象为怪,却以《山海经》为怪,强调不可以《山海经》的荒诞奇怪而怀疑它的真实可靠。

自"案《汲郡竹书》"至"绝代县符"阐述《山海经》的可靠可信。先详述战国古墓中掘出的《汲郡竹书》所记"穆王西征,见西王母"的故事与《史记》所记穆王"以西巡狩,见西王母"以及《左传》中所言"穆王欲肆其心,使天下皆有车辙马迹焉"三者互相吻合的事实,表明《山海经》所言的真实可信。接着指出谯周以为《山海经》虚妄、司马迁称不敢言《山海经》所有怪物是"不亦悲乎"的论言,并感叹幸亏有《汲郡竹书》的出土来证明《山海经》之言。最后又用有史可循的东方朔晓毕方之名、刘向辨盗械之尸、王颀访两面之客和海民获长臂之衣的事实,佐证《山海经》的真实可信。

"於戏!"至结尾阐述注释《山海经》的缘由与意图。首先以"圣皇原化以极变"等语对《山海经》予以高度评价和赞叹。接着表明注释此书的缘由:一是书中山川名号多有差误,与今已有不同,若再不注传,担心日后将湮没无闻;二是担心书中所言徒存而阅读《山海经》的习惯会丧失,故此作注,希望此书"不绝于今"。最后以"翳荟之翔,岂以论垂天之凌"等四个比喻,表明"非天下之至通,难与言《山海》之义矣",

既是对《山海经》的赞叹，也表明写作的意图：为见多识广的人提供阅读参考。

兰亭集序

王羲之

永和①九年，岁在癸丑，暮春之初，会于会稽山阴②之兰亭，修禊事也③。群贤毕至，少长咸集。此地有崇山峻岭，茂林修竹，又有清流激湍④，映带左右。引以为流觞曲水⑤，列坐其次。虽无丝竹管弦之盛，一觞一咏，亦足以畅叙幽情。

是日也，天朗气清，惠风和畅。仰观宇宙之大，俯察品类⑥之盛，所以游目骋怀，足以极视听之娱，信可乐也。

夫人之相与⑦，俯仰一世⑧，或取诸怀抱，悟言⑨一室之内；或因寄所托，放浪形骸之外⑩。虽趣舍万殊⑪，静躁不同，当其欣于所遇，暂得于己，快然自足⑫，不知老之将至。及其所之既倦⑬，情随事迁，感慨系之矣⑭。向之所欣，俯仰之间，已为陈迹，犹不能不以之兴怀⑮。况修短随化⑯，终期⑰于尽。古人云："死生亦大矣⑱。"岂不痛哉！

每览昔人兴感之由，若合一契⑲，未尝不临文嗟悼，不能喻之于怀。固知一死生为虚诞，齐彭殇为妄作⑳。后之视今，亦犹今之视昔，悲夫！故列叙时人㉑，录其所述，虽世殊事异，所以兴怀，其致一也。后之览者，亦将有感于斯文㉒。

【作者简介】

王羲之(303—361),字逸少。琅邪(今属山东)人。东晋书法家,有"书圣"之称。其书法兼善隶、草、楷、行各体而自成一家。

【注释】

①永和:东晋穆帝司马聃的年号。

②山阴:今浙江绍兴越城区。

③修禊(xì)事也:(为了做)禊礼这件事。古代习俗,于农历三月上旬的巳日,人们群聚于水滨嬉戏洗濯,以祓除不祥和求福。

④激湍:流势很急的水。

⑤流觞(shāng)曲(qū)水:用酒杯盛酒,放入弯曲的水道中任其漂流,杯停在某人面前,某人就引杯饮酒。这是古人一种劝酒取乐的方式。曲水,引水环曲为渠,以流酒杯。

⑥品类:指自然界的万物。

⑦相与:相交往。

⑧俯仰一世:很快便度过一生。俯仰,表示时间的短暂。

⑨悟言:面对面的交谈。悟,通"晤"。

⑩因寄所托,放浪形骸之外:就着自己所爱好的事物,寄托自己的情怀,放纵无羁地生活。所托,所爱好的事物。形骸,形体。

⑪趣(qǔ)舍万殊:各有各的爱好。趣舍,即取舍,爱好。趣,通"取"。万殊,千差万别。

⑫快然自足:感到高兴和满足。

⑬所之既倦:(对于)所喜爱或得到的事物已经厌倦。之,往、到达。

⑭感慨系之:感慨随着产生。系,附着。

⑮以之兴怀:因它而引起心中的感触。之,指"向之所欣……已为陈迹"。

⑯修短随化:寿命长短听凭造化。化,自然。

⑰期:至,及。

⑱死生亦大矣:死生是一件大事啊。语出《庄子·德充符》:"仲尼曰:'死生亦大矣,而不得与之变。'"

⑲契:符契,古代的一种信物。在符契上刻上字,剖而为二,各执一半,作为凭证。

⑳"固知"二句:本来知道把死和生等同起来的说法是不真实的,把长寿和短命等同起来的说法是妄造的。固,本来、当然。一,把……看作一样。虚诞,虚妄荒诞的话。语本《庄子·德充符》:"以死生为一条。"齐,把……看作相等。彭,彭祖,相传他活了八百岁。殇,未成年死去的人。妄作,胡说。语本《庄子·齐物论》:"莫寿于殇子,而彭祖为夭。"

㉑列叙时人:一个一个记下当时与会的人。

㉒斯文:这些诗文。

【解读】

永和九年(353)上巳节,王羲之与谢安等四十一人举行禊礼,饮酒赋诗,事后将作品结集,由王羲之作序总述其事。

第一、二段写集会盛况及与会者的感受,突出一个"乐"字。

先点明了集会的时间、地点、事由、人物,以"群贤毕至,少长咸集"写集会之盛况;以"崇山峻岭""茂林修竹""清流急湍"写景色之优美,带出"流觞曲水",点出并描写盛会内容:"一觞一咏","畅叙幽情"。接着写与会者的感受:天朗气清,惠风和畅,仰观宇宙,俯察品类,游目骋怀,可谓良辰美景、赏心乐事。故以"信可乐也"结其事,尽显集会时的快乐心情和对自然美景的热爱。

第三段由集会联想到人的相处往来,生出"俯仰一世"的感慨,感叹人生短暂,盛事不常,情感由乐转悲:尽管人生方式、性格追求千差万别,但当人"欣于所遇"时"快然自足",竟不知"老之将至",及"所之

388

既倦"则又"情随事迁,感慨系之",这是一种常有的兴尽悲来;其次,世事变迁流转,"向之所欣,俯仰之间,已为陈迹",快乐的短暂易逝也是悲之所在;且"修短随化,终期于尽",人生寿命长短全在自然造化,终究都会归于尽头,化为虚无,此是最大的人生之悲,故此发出"岂不痛哉"的感慨。这样的悲慨是基于对世事流转和生命短暂的清醒认识,折射的是作者对人生的眷恋与热爱,由此引出下文关于如何对待生死的议论。

最后一段批判"一死生""齐彭殇"的论调,交代写作缘由和意图。先由读古人"兴感"时"若合一契"而临文嗟悼的体验说明对于人生的感慨是古今同一的;接着转入对人生世事的议论,批判"一死生""齐彭殇"的老庄观点,反映了对生命的正视和执着;随之生发"后之视今,亦犹今之视昔,悲夫"的推想,故记录此次集会的人事,存留其诗文,以期"后之览者,亦将有感于斯文",言下之意,此次集会终将化为陈迹,个体生命也必然消亡,但这些诗文可让当时人事"永存"与后人,后人也可借助自己的阐发而"喻之于怀",因为古人、今人、后人在情致上是相通的。

文章深叹世事流转和人生短暂,却对人生虚无主义予以否定批判,并表现出抗拒人生虚幻的执着努力,这是此文的精神力量之所在。

【点评】

"通篇着眼在死生二字,只为当时士大夫务清谈,鲜实效,一死生而齐彭殇,无经济大略,故触景兴怀,俯仰若有余痛。但逸少旷达人,故虽苍凉感叹之中,自有无穷逸趣。"([清]吴楚材、吴调侯《古文观止》卷七)

五柳先生传

陶渊明

先生不知何许①人也，亦不详其姓字，宅边有五柳树，因以为号焉。闲静少言，不慕荣利。好读书，不求甚解②；每有会意③，便欣然忘食。性嗜酒，家贫不能常得。亲旧知其如此，或置酒招之。造饮辄尽④，期在必醉⑤，既醉而退，曾不吝情去留⑥。环堵萧然⑦，不蔽风日，短褐穿结⑧，箪瓢屡空⑨，晏如也。常著文章自娱，颇示己志。忘怀得失，以此自终。

赞曰：黔娄⑩有言："不戚戚于贫贱，不汲汲⑪于富贵。"其言兹若人之俦⑫乎！酬觞赋诗，以乐其志，无怀氏⑬之民欤？葛天氏之民欤？

【作者简介】

陶渊明(365 或 372 或 376—427)，又名潜，字元亮，私谥靖节，世称靖节先生，浔阳柴桑(今江西九江西南)人。东晋末至南朝宋初诗人、辞赋家。在彭泽令任上弃职归田。中国第一位田园诗人，有《陶渊明集》。

【注释】

①许：处所。

②不求甚解：这里指读书只求领会要旨，不在一字一句的解释上过分探究。

③会意：指对书中的意旨有所领会。

④造饮辄(zhé)尽：去喝酒就喝个尽兴。

⑤期在必醉：希望一定喝醉。期，期望。

⑥曾(zēng)不吝情去留：指五柳先生态度率真，来了就喝酒，喝完就走。曾不，竟不。吝情，舍不得。去留，意思是离开。

⑦环堵萧然：简陋的居室里空空荡荡。环堵，周围都是土墙，形容居室简陋。萧然，空寂的样子。

⑧短褐穿结：粗布短衣上打着补丁。穿结，指衣服破烂。

⑨箪(dān)瓢屡空：形容贫困，难以吃饱。箪，盛饭的圆形竹器。

⑩黔(qián)娄：春秋末隐士，无意仕进，屡辞诸侯聘请。其妻称其"甘天下之淡味，安天下之卑位，不戚戚于贫贱，不忻忻于富贵。求仁而得仁，求义而得义"。

⑪汲(jí)汲：极力、急切营求的样子。

⑫俦(chóu)：辈，同类。

⑬无怀氏：与下面的"葛天氏"都是传说中的上古帝王。据说那时人民生活安乐，恬淡自足，社会风气淳厚朴实。

【解读】

这是一篇独特的人物小传。

开头至"因以为号焉"交代"五柳先生"名号的由来。言"不知何许人也，亦不详其姓字"，意为隐姓埋名之人，见其淡泊。说"宅边有五柳树，因以为号焉"，见其尚自然之物和率性随意。自"闲静少言"至"欣然忘食"，写五柳先生的禀性志趣。"闲静少言，不慕荣利"写外在的安闲和内在的淡泊；接着写其好读书而不求甚解，说明读书目的不在于穷经究理以求名禄，而在于精神享受，故"每有会意，便欣然忘食"，颇能体现其"不慕荣利"的禀性。"性嗜酒"至"不吝情去留"写"五柳先生"的饮酒嗜好。强调嗜酒出于天性，但因家贫而不能常得，而家贫的原因即在于他不慕荣利，这说明他不因嗜酒而失清操。而亲友请他吃酒，他便一去即饮，一醉方休，又见其率真，无虚情矫饰。"环堵萧然"至"以此自终"写"五柳先生"的安贫与著文。他虽居陋室且衣食不足，却安然自得，且"常著文章自娱"而"忘怀得失"，与"不慕荣利"呼应，反映他安贫乐道。

　　赞语借黔娄之妻的话赞扬并概括五柳先生的性格，最后用"无怀氏之民欤？葛天氏之民欤？"的抒情作结，说其精神徜徉于上古时代，足见为人行事之超然绝俗，点明他是一位有着淳朴美好理想的隐士，同时也是对世风的嘲讽。

【点评】

　　"晋宋间人物，虽曰尚清高，然个个要官职，这边一面清谈，那边一面招权纳货。渊明却真个是能不要，此其所以高于晋宋人也。"（[宋]朱熹《朱子语类》卷三十四）

　　"渊明以彭泽令辞归。后刘裕移晋祚，耻不复仕，号五柳先生。此传乃自述其生平之行也，潇洒澹逸，一片神行之文。"（[清]吴楚材、吴调侯《古文观止》卷七）

自祭文　　　　　　　　　　　　　陶渊明

　　岁惟丁卯①，律中无射②。天寒夜长，风气萧索。鸿雁于征，草本黄落。陶子将辞逆旅之馆③，永归于本宅④。故人凄其相悲，同祖行⑤于今夕。羞⑥以嘉蔬，荐以清酌⑦。候颜已冥，聆音愈漠⑧。呜呼哀哉！茫茫大块⑨，悠悠高旻⑩。是生万物，余得为人。自余为人，逢运之贫。箪瓢屡罄，绤纻⑪冬陈。含欢谷汲⑫，行歌负薪。翳翳⑬柴门，事我宵晨。春秋代谢，有务中园⑭。载耘载耔⑮，乃育乃繁⑯。欣以素牍⑰，和以七弦。冬曝其日，夏濯其泉。勤靡余劳⑱，心有常闲。乐天委分⑲，以至百年。惟此百年，夫人⑳爱之。惧彼无成，愒㉑日惜时。存为世珍㉒，殁亦见思。嗟我独迈㉓,曾是异兹。宠非己荣,涅岂吾缁㉔?捽兀㉕穷庐,啜饮赋诗。识运知命,畴㉖能罔眷?余今斯化,可以无恨。寿涉百龄㉗,身慕肥遁㉘。从老得终,奚所复恋。寒暑逾迈,亡既异存。外姻㉙晨来,良友宵奔㉚。葬之中野,以安其魂。窅窅㉛我行,萧萧墓门。奢耻宋臣㉜,俭笑王孙㉝。廓兮已灭,慨焉已遐。不封㉞不树,日月遂过。匪㉟贵前誉,孰重后歌。人生实难,死如之何。呜呼哀哉!

【注释】

①丁卯:指宋文帝元嘉四年(427)。

②律中(zhòng)无射(yì):指农历九月。古时把标志音高的十二律同十二个月份相配,以表月份。无射,十二律之一,指农历九月。

③逆旅之馆:迎宾的客舍,比喻人生如寄。

④本宅:犹老家,指坟墓。

⑤祖行:指出殡前夕祭奠亡灵。

⑥羞:进献食品。这里指供祭。

⑦荐以清酌:以清醇之酒献祭。荐,进,供。《周礼·天官·庖人》:"共王之膳与其荐羞之物。"郑玄注:"荐,亦进也;备品物曰荐,致滋味乃为羞。"清酌,指祭奠时所用的酒。

⑧漠:寂静无声。

⑨大块:指大地。《庄子·大宗师》:"夫大块载我以形……息我以死。"

⑩旻(mín):天。

⑪绨绤(chī xì):夏天穿的葛布衣。绨是细葛布,绤是粗葛布。

⑫谷汲:在山谷中汲水。

⑬翳翳(yì):昏暗的样子。

⑭中园:园中,指田园。

⑮籽(zǐ):在苗根培土。

⑯乃育乃繁:谓作物不断滋生繁衍。乃,助词,无义。

⑰素牍(dú):指书籍。牍,写字用的木简。

⑱勤靡余劳:辛勤耕作,不遗余力。靡,无。

⑲委分:犹"委命",听任命运的支配。分,本分,天分。

⑳人:犹"人人"。

㉑愒(kài):贪。

㉒存为世珍:生前被世人所尊重。存,指在世之时。

㉓嗟我独迈:感叹自己独行其是。迈,行。

㉔涅(niè)岂吾缁(zī):污浊的社会岂能把我染黑。涅,黑色染料。缁,黑色,这里用作动词,变黑。

㉕捽(zuó)兀:挺拔突出的样子。这里形容意气高傲的样子。

㉖畴(chóu):语助词,无意义。

㉗百龄:百岁。这里指老年。

㉘肥遁:指退隐。

㉙外姻:指母族或妻族的亲戚。这里泛指亲戚。

㉚奔:指前来奔丧。

㉛窅窅(yǎo):隐晦的样子。

㉜奢耻宋臣:以宋国桓魋(tuí)那样奢侈的墓葬为耻。相传宋国的司马桓魋为自己造石椁,三年不成,工匠皆病。

㉝俭笑王孙:以汉代的杨王孙过于简陋的墓葬而感到可笑。《汉书·杨王孙传》载,杨王孙临死前嘱咐子女:"死则为布囊盛尸,入地七尺,既下,从足引脱其囊,以身亲土。"

㉞不封:不垒高坟。

㉟匪:通"非"。

【解读】

这是陶渊明有感于自己的身体状况而作的自祭文。

起笔至"呜呼哀哉"为第一部分,预想自己辞世的景象。深秋寒风萧瑟,草木枯萎,鸿雁哀唳,诗人感觉辞别人世、永归"本宅"的大限将至,不由联想辞世后亲友怀悲祭奠的景象:"嘉蔬""清酌"供满祭案,看其容颜已模糊不清,听其声音更是一片寂静虚空。念及于此,不由"呜呼哀哉",苍凉悲凄。

"茫茫大块"至"奚所复恋"为第二部分,回顾并总结了自己清贫而自安自得的一生。首先想到虽"逢运之贫","箪瓢屡罄,绨绤冬陈",却能"含欢谷汲,行歌负薪","载耘载耔",过着琴书相伴、心有余闲的生活,"乐天委分,以至百年",展示了诗人劳作自给的自豪心安、寄意于简朴生活中的高洁自在和"乐夫天命复奚疑"的大达观。其后表明人生态度,即世人惟恐一生不能有所成就,渴望生前被人尊敬,死后被人思念,而自己却独行其是:于污浊中洁身自好,不以受宠为荣;身居陋室,饮酒赋诗以追求傲岸率真的人生;深知天命而无所眷恋;安享退隐生活而老去,年老得寿而善终……故总结一生,了无遗恨,展示了身处浊世而傲然独立、面对生死而安然平静的诗人形象和高洁超脱的灵魂。

"寒暑逾迈"至结尾为第三部分,设想归葬景象:亲友将"我"葬于荒野,万事已灭,"我"在萧萧风声中走向幽冥,灵魂在此安息,既不垒高坟,也不植陵木,因为"我"本不以生前美誉为贵,自然也不看重死后的歌颂。淡泊超旷之外含一份生命逝去时的苍凉。

深究陶渊明从少怀壮志到仕而后隐,其一生"有志不获骋"(《杂诗十二首》),内心深藏悲怆,故而文章于旷达飘逸中隐有悲凉沉重,这,正是真正的陶渊明。

【点评】

"东坡尝言:……《自祭文》出妙语于纩息之余,岂死生之流哉!但恨其犹以生为寓,以死为真耳。嗟夫,先生岂非真死,得非寓乎?"
([宋])阮阅《诗话总龟》卷六引《百斛明珠》)

陶征士诔^①并序

颜延之

夫璇玉^②致美,不为池隍^③之宝;桂椒信芳,而非园林之实。岂其乐深而好远哉? 盖云殊性而已。故无足而至者,物之籍也;随踵而立者,人之薄也。若乃巢高^④之抗行,夷皓^⑤之峻节,故已父老尧禹^⑥,锱铢周汉,而绵世浸远^⑦,光灵不属。至使菁华隐没,芳流歇绝,不亦惜乎! 虽今之作者^⑧,人自为量,而首路同尘,辍涂殊轨者多矣^⑨。岂所以昭末景,泛余波乎? 有晋征士浔阳陶渊明,南岳^⑩之幽居者也。弱不好弄,长实素心^⑪,学非称师,文取旨达。在众不失其寡,处言愈见其嘿^⑫。少而贫苦,居无仆妾,井臼弗任,藜菽不给,母老子幼,就养勤匮,远惟田生致亲之议^⑬,追悟毛子捧檄之怀^⑭。初辞州府三命,后为彭泽令。道不偶物^⑮,弃官从好^⑯。遂乃解体^⑰世纷,结志区外,定迹深栖。于是乎遂灌畦鬻蔬,为供鱼菽之祭^⑱;织绚^⑲纬萧,以充粮粒之费。心好异书^⑳,性乐酒德^㉑,简弃烦促,就成省旷^㉒。殆所谓国爵屏贵,家人忘贫者欤^㉓! 有诏征著作郎,称疾不赴。春秋六十有三,元嘉^㉔四年某月日,卒于浔阳县柴桑里。近识悲悼,远士伤情,冥默福应^㉕,呜呼淑贞! 夫实以诔华,名由谥高,苟允德义,贵贱何筭^㉖焉? 若其宽乐令终之美,好廉克己之操,有合谥典^㉗,无愆前志。故询诸友好,宜谥曰靖节征士。其词曰：

物尚孤生，人固介立。岂伊时遘㉘，曷云世及？嗟乎若士，望古遥集。韬此洪族㉙，蔑彼名级。睦亲之行，至自非敦㉚。然诺之信，重于布言㉛。廉深简洁㉜，贞夷粹温㉝。和而能峻，博而不繁。依世尚同，诡时则异；有一于此，而两默置㉞。岂若夫子，因心达理。畏荣好古，薄身㉟厚志。世霸㊱虚礼，州壤㊲推风。孝惟义养㊳，道必怀邦。人之秉彝㊴，不隘㊵不恭。爵同下士，禄等上农㊶。度量难钧㊷，进退可限㊸。长卿弃官㊹，稚宾自免㊺。子之悟之，何早之辨。赋辞归来，高蹈独善。亦既超旷，无适非心㊻。汲流旧巘㊼，葺㊽宇家林。晨烟暮霭，春煦秋阴。陈书缀卷，置酒弦琴。居备勤俭，躬兼贫病。人否其忧，子然其命㊾。隐约㊿就闲，迁延㊿辞聘。非直㊿明也，是惟道性㊿。纠缠斡流，冥漠㊿报施。孰云与仁，实疑明智㊿。谓天盖高㊿，故愆斯义。履信曷凭，思顺何置㊿。年在中身㊿，疢惟痁疾㊿。视化如归，临凶若吉。药剂弗尝，祷祠非恤㊿。傃㊿幽告终，怀和长毕。呜呼哀哉！敬述清节，式㊿遵遗占。存不愿丰，没无求赡。省讣却赙㊿，轻哀薄敛㊿。遭壤以穿，旋葬而窆㊿。呜呼哀哉！深心追往，远情逐化㊿。自尔介居㊿，及我多暇。伊㊿好之洽，接阎㊿邻舍。宵盘㊿昼憩，非舟非驾。念昔宴私，举觞相诲。独正者危，至方则碍㊿。哲人卷舒㊿，布在前载。取鉴不远，吾规子佩。尔实愀然㊿，中言而发。违众速尤㊿，迕风先蹶。身才非实，荣声有歇。徽音永矣，谁箴余阙？呜呼哀哉！仁焉而终，智焉而毙㊿。黔娄㊿既没，展禽㊿亦逝。其在先生,同尘⑦往世。旌此靖节,加彼康惠⑧。呜呼哀哉!

【作者简介】

颜延之(384—456),字延年,南朝宋文学家。琅邪临沂(今属山东临沂)人。文章冠绝当时,与谢灵运并称"颜谢"。

【注释】

①陶征士:陶渊明。征士,不就朝廷征辟的士人。陶渊明在晋安帝义熙十四年(418)被征为著作郎,辞不就职。诔(lěi):文体,叙述死者生前事迹,表示哀悼。

②璇(xuán)玉:美玉。

③池隍:护城河。

④巢高:古时的两位隐士。巢,巢父,传说中尧时的隐士。高,伯成子高,传说中禹时的隐者。

⑤夷皓:伯夷与商山四皓。

⑥父老尧禹:不以尧、禹为王,而视为父老百姓。

⑦浸远:渐远。

⑧作者:指隐者。语出《论语》。

⑨"首路"二句:谓初行时同道而中途易辙者很多。

⑩南岳:这里指庐山。

⑪素心:不加掩饰的诚实之心。

⑫嘿(mò):同"默",闭口不说话。

⑬田生致亲之议:齐宣王问田过君与父孰重,田过答以父重。宣王问为何士去亲而事君,田过答:"非君之土地无以处吾亲,非君之禄无以养吾亲,非君之爵无以尊显吾亲。受之于君,致之于亲。凡事君,以为亲也。"事见《韩诗外传》。

⑭毛子捧檄之怀:庐江毛义,家贫,以孝称。征为守令,捧檄而喜;母死去官,屡辞征召。张奉叹其"往日之喜,乃为亲屈也"。事见《后汉书》。檄,官府征召的文书。

⑮偶物:与世相合。

⑯从好:《论语·述而》:子曰:"富而可求也,虽执鞭之士,吾亦为之;如不可求,从吾所好。"

⑰解体:脱身。

⑱鱼菽之祭:菲薄简陋的祭祀之物。

⑲织絇(qú):织网。絇,网罟的别名。

⑳异书:指《穆天子传》《山海经》等志怪之书。

㉑酒德:此处指酒。

㉒省旷:简约安闲。

㉓"殆所谓"二句:谓屏除名利之心乃至于感染家人,都忘却了贫寒。

㉔元嘉:宋文帝刘义隆的年号。

㉕冥默福应:谓行善得福的报应因其死亡而沉寂不可知了。

㉖筭:同"算",计较。

㉗谥典:谥法。古代帝王公卿死后,依其生前行事而给予称号的法则。

㉘时遘:于时可遇。

㉙洪族:大族。陶渊明的曾祖陶侃为东晋大司马。

㉚至自非敦:出于自然而非由于敦迫。

㉛"然诺"二句:汉代季布信守诺言,时谚曰:"得黄金百斤,不如得季布一诺。"

㉜廉深简洁:谓务大体而不轻细行。

㉝贞夷粹温:坚贞纯粹而平和。

㉞"依世"四句:谓依俗而行则为同流合污,违世而行则为标新立

异,两者身有其一必受人议,皆不得默然置之。

㉟薄身:居身简约。

㊱世霸:指当世英雄。

㊲州壤:谓州县长官。

㊳义养:出于真诚的侍养。

㊴秉彝:秉承常道。

㊵不隘:不为偏狭之行。

㊶"爵同"二句:《礼记·王制》:"诸侯之下士,视上农夫,禄足以代其耕。"

㊷钧:重量单位。此处作动词,测量。

㊸可限:适于限度,谓合乎礼法。

㊹长卿弃官:司马相如,字长卿,其仕宦不慕官爵。事见《史记》。

㊺稚宾自免:郇相,字稚宾,屡次因病辞官。事见《汉书》。

㊻无适非心:无往而不合心性自然。

㊼巘(yǎn):山岩。

㊽葺(qì):修盖。

㊾"人否"二句:谓人不堪其忧,渊明安之如命。否,不堪。

㊿隐约:潜藏。

○51迁延:退却。

○52非直:不只。

○53道性:天道形成的自然之性。

○54纠缦(mò)幹流:谓祸福倚伏流转。纠缦,绳索,喻纠缠。

○55冥漠:暗昧寂寞,不可测知。

○56"孰云"二句:《老子》曰:"天道无亲,常与善人。"司马迁《史记·伯夷列传》引老子此言而发议论说:伯夷洁行而饿死,颜渊好学而早夭,"天之报施善人,其如何哉?余甚惑焉"。此即用司马迁意。与,帮助。

(57)谓天盖高:《诗经·小雅·正月》:“谓天盖高,不敢不局。”言对神明鉴察的畏惧。

(58)“履信”二句:《周易·系辞上》:“天之所助者,顺也;人之所助者,信也。履信思乎顺。”这里作者对此经义提出质疑。曷凭、何置,何所凭据,谓不足为据。

(59)中身:中寿,五十岁左右。

(60)痁(shān)疾:疟疾。

(61)非恤:不忧。

(62)傃(sù):归向。

(63)式:发语词,无意义。

(64)赙(fù):赙赠。

(65)敛:通“殓”。

(66)窆(biǎn):棺木入土。

(67)逐化:追忆生前景象。化,变化,指生与死。

(68)介居:独居。

(69)伊:语助词,惟。

(70)接阎:里巷相接。阎,里巷之门。

(71)盘:乐。

(72)碍:不得行。

(73)卷舒:犹进退,指隐与仕。

(74)愀然:容色改变貌。

(75)速尤:招致谴责。

(76)“仁焉”二句:应劭《风俗通·正失》:“五帝圣焉死,三王仁焉死,五伯智焉死。”谓人终有一死。

(77)黔娄:春秋时的隐者。

(78)展禽:即柳下惠。

(79)同尘:同路,同道。

⑧加彼康惠:胜过黔娄和展禽。康,指黔娄。惠,指展禽。

【解读】

《陶征士诔》是最早揭示陶渊明人格魅力的文献。

序文述陶渊明的身世,独标其"宽乐令终之美,好廉克己之操",认为"有合谥典,无愆前志",以此说明为其选定"靖节"之谥的缘由。先以"璇玉致美,不为池隍之宝"比兴,引出古贤,盛推"巢高之抗行,夷皓之峻节",为他们的德行"隐没""歇绝"而叹惜,认为今之隐者多中途易辙;然后点出陶渊明,挥写其"弱不好弄,长实素心""心好异书,性乐酒德"的品性和家贫的身世以及"弃官从好""解体世纷"归隐庐山并从此不仕的历程,称其为"国爵屏贵,家人忘贫"之人,盛赞其崇尚自然、淡泊荣利的志趣;进而交代陶渊明之辞世使"近识悲悼,远士伤情",认为"宜谥曰靖节征士",这样交代立谥缘由,表达悲情与颂意。

正文"睦亲之行"至"博而不繁"描述陶渊明的品行性格,表现他刚直峻洁而温厚和平,丰富深刻而简单质朴的特点。接着写他的归隐志趣:他"畏荣好古,薄身厚志","赋辞归来,高蹈独善","躬兼贫病"而"然其命","隐约就闲,迁延辞聘。非直明也,是惟道性"。再写他面对生老病死的态度,表现其超然物外的旷达和作者替他打抱不平的悲愤:他"年及中身,疢惟痁疾",使作者诅咒命运的祸福纠缠,质疑"天道无亲,常与善人"的古训,但陶渊明自己却"视化如归,临凶若吉。药剂弗尝,祷祠非恤","傃幽告终,怀和长毕",且"存不愿丰,没无求赡"。最后谈及昔日交往及陶生前对作者的殷殷告诫:"独正者危,至方则碍。哲人卷舒,布在前载","违众速尤,迕风先蹶"。这些倾心之言,让作者不由慨叹,"徽音永矣,谁箴余阙"。叙事之中,真情流露,故而悲叹陶渊明的辞世是仁智之逝,觉得其品节胜过黔娄、展禽,故以"靖节"嘉之,表达对陶渊明的高度颂扬。

此诔情融事中,朴实而凄婉。

山居赋（节选）   谢灵运

古巢居穴处曰岩栖，栋宇居山曰山居，在林野曰丘园，在郊郭曰城傍，四者不同，可以理推。言心也，黄屋实不殊于汾阳①；即事也，山居良有异乎市廛②。抱疾就闲，顺从性情，敢率所乐，而以作赋。扬子云③云："诗人之赋丽以则。"文体宜兼，以成其美。今所赋既非京都宫观游猎声色之盛，而叙山野草木水石谷稼之事，才乏昔人，心放俗外，咏于文则可勉而就之，求丽，邈以远矣。览者废张、左④之艳辞，寻台、皓⑤之深意，去饰取素，傥值其心耳。意实言表，而书不尽，遗迹索意，托之有赏。其辞曰：

谢子卧疾山顶，览古人遗书，与其意合，悠然而笑曰：夫道可重，故物为轻；理宜存，故事斯忘。古今不能革，质文咸其常。合宫⑥非缙云之馆，衢室⑦岂放勋之堂。迈深心于鼎湖⑧，送高情于汾阳。嗟文成之却粒，愿追松以远游⑨。嘉陶朱⑩之鼓棹，乃语种⑪以免忧。判身名之有辨，权荣素其无留。孰如牵犬之路⑫既寡，听鹤之涂⑬何由哉。

若夫巢穴以风露贻患，则《大壮》⑭以栋宇袪敝；宫宅以瑶璇致美，则白贲⑮以丘园殊世。惟上托于岩壑，幸兼善而罔滞。虽非市朝，而寒暑均和；虽是筑构，而饬⑯朴两逝。

昔仲长⑰愿言，流水高山；应璩⑱作书，邙阜⑲洛川。势有偏侧，地阙周员⑳。铜陵之奥，卓氏充鉅拠㉑之端；金谷㉒之丽，石子㉓致音徽之观。徒形域之荟蔚，惜事异于栖盘。至若凤、丛二台㉔，云梦㉕、青丘㉖，漳渠㉗、淇园㉘，橘林㉙、长洲㉚，虽千乘之珍苑，孰嘉遁之所游。且山川之未备，亦何议于兼求。

览明达之抚运㉛，乘机缄㉜而理默。指岁暮而归休，咏宏徽㉝于刊勒。狭三闾㉞之丧江，矜望诸㉟之去国。选自然之神丽，尽高栖之意得。

仰前哲之遗训，俯性情之所便。奉微躯以宴息，保自事以乘闲。愧班生㊱之夙悟，惭尚子㊲之晚研。年与疾而偕来，志乘拙而俱旋。谢平生于知游，栖清旷于山川。

其居也，左湖右江，往渚还汀。面山背阜，东阻西倾。抱含吸吐，款跨纡萦。绵联邪亘㊳，侧直㊴齐平。

近东则上田下湖，西溪南谷，石堘㊵石滂，闵硎黄竹。决飞泉于百仞，森高薄于千麓㊶。写㊷长源于远江，派深毖㊸于近渎。

近南则会㊹以双流，萦以三洲。表里回游，离合山川。崿㊺崩飞于东峭，盘傍薄㊻于西阡。拂青林而激波，挥白沙而生涟。

近西则杨宾㊼接峰，唐皇㊽连纵。室壁㊾带溪，曾孤㊿临江。竹缘浦以被绿，石照涧而映红。月隐山而成阴，木鸣柯以起风。

近北则二巫结湖，两暂(51)通沼。横石判尽，休周分表(52)。

引修堤之逶迤，吐泉流之浩漾㉝。山巘㉞下而回泽，濑㉟石上而开道。

远东则天台桐柏，方石太平，二韭四明，五奥三菁。表神异于纬牒㊱，验感应于庆灵㊲。凌石桥之莓苔，越栖溪之纤萦。

远南则松箴栖鸡，唐嵫漫石。崒嵊对岭，崑孟分隔。入极浦而邅回㊳，迷不知其所适。上嶔崎㊴而蒙笼，下深沉而浇激㊵。……

【作者简介】

谢灵运（385—433），名公义，字灵运，小名客儿，世称谢客。晋时袭封康乐公，故称谢康乐。生于会稽始宁（今浙江绍兴）。工诗善文。诗与颜延之齐名，并称"颜谢"，是第一位全力创作山水诗的诗人。曾奉诏撰《晋书》。明人辑有《谢康乐集》。

【注释】

①汾阳：汾水之间，指隐者居所。典出《庄子·逍遥游》。

②市廛(chán)：店铺集中的处所。

③扬子云：西汉扬雄。

④张、左：西晋文学家张华、左思。

⑤台、皓：台孝威和商山四皓。台孝威，后汉隐士。相传隐于武安山，采药为生。商山四皓，汉初隐士。

⑥合宫：相传为黄帝明堂，以草盖之。

⑦衢室：相传为帝尧征询民意的处所。

⑧鼎湖：地名。传说黄帝在鼎湖乘龙升天。

⑨"嗟文成"二句：叹息张良竟也迷恋神仙之道而辟谷绝食，愿追随赤松子去云游。文成，即张良，辅佐刘邦建立西汉。功成隐居，学道

赤松子,死谧文成。却粒,辟谷,绝食。松,即赤松子,传说中的上古仙人。

⑩陶朱:陶朱公范蠡。辅助勾践灭吴后,泛舟而去,临行对文种说勾践"可与共患难,不可与共乐"。后至齐,居于陶,称陶朱公。

⑪种:即文种。和范蠡一起助勾践灭吴后,自觉功高而留下为臣,却为勾践不容,受赐剑自刎而死。

⑫牵犬之路:言李斯之事。李斯辅佐秦统一天下,后为赵高所忌,被腰斩,并夷三族。临刑顾谓其中子曰:"吾欲与若复牵黄犬,俱出上蔡东门逐狡兔,岂可得乎!"

⑬听鹤之途:言陆机之事。陆机死于八王之乱,被夷三族。临刑叹曰:"华亭鹤唳,岂可复闻乎!"

⑭《大壮》:《周易》卦名。《周易·系辞》:"上古穴居而野处,后世圣人易之以宫室,上栋下宇,以待风雨,盖取诸《大壮》。"

⑮白贲:朴素无华的装饰。

⑯饬:通"饰",巧饰。

⑰仲长:仲长统,东汉末人。《后汉书》本传载其"敢直言,不矜小节,默语无常,时人或谓之狂生"。

⑱应璩(qú):曹魏文学家。善书记,富文采。

⑲邙阜:即北邙山。

⑳员:通"圆"。

㉑锦揆(pì guī):裁木制器和裁帛为衣。

㉒金谷:石崇别庐。

㉓石子:石崇。西晋富豪。

㉔凤、丛二台:凤台,箫史善吹箫,秦穆公女弄玉好之,公遂以女妻之,居数年,吹箫引凤至,公为作凤台。丛台,战国赵武灵王检阅军队与观赏歌舞之台,古称"武灵丛台"。

㉕云梦:楚地泽名。

㉖青丘:泽名。在淮南。

㉗漳渠：魏文侯建，用于灌溉水渠。

㉘淇园：卫地竹园。

㉙橘林：蜀地园林。

㉚长洲：吴地苑囿。

㉛抚运：把握命运。

㉜机缄：谓推动事物发生变化的力量；亦指气数、气运。

㉝宏徽：伟大的功德。

㉞三闾：即三闾大夫屈原。

㉟望诸：即望诸君乐毅。本为燕将，辅佐燕昭王兴燕伐齐。后投奔赵国，号望诸君。

㊱班生：班嗣。两汉之交的学者，以信奉老庄、超脱人世著名。

㊲尚子：东汉尚子平。见嵇康《与山巨源绝交书》。

㊳邪亘：山势迂回貌。

㊴侧直：谓平正之处。

㊵塚（zhuàn）：田边土垄，也指一切高垄。

㊶麓：生长在山脚的林木。

㊷写：同"泻"，倾泻。

㊸深毖：深泉。毖，通"泌"，泉涌出貌，借指泉流。

㊹会：同"汇"。

㊺崿：山崖。

㊻傍薄：盛大貌。

㊼杨宾：指杨中、元宾，当为村落名。

㊽唐皇：村落名。

㊾室壁：山名，石室山和石壁山。

㊿曾孤：山名，曾山和孤山。

(51)两堨：外堨和里堨，皆水名。

52横石判尽，休周分表：横山与常石矶判然分明，休山及周里山地貌明显。

㊼漭：浩荡。

㊽礉：同"矶"，水边突出的岩石或石滩。

㊾濑：从沙石上流过的水。

㊿表神异于纬牒：这里表现出的异常与神奇，如若可以载入儒家纬书之中。纬牒，指纬书，汉代以神学附会儒家经义的书。

㊼庆灵：庆云和灵芝，古代以为祥瑞。

㊽遭(zhān)回：辗转萦绕。

㊾嵚(qīn)崎：险峻，不平。

㊿浇激：水流回旋湍急。

【解读】

谢灵运的《山居赋》是一篇长篇大赋，节选分序言和正文两部分。

序言阐述作赋缘起和旨意：一是养病而清闲山居，觉得这种顺性情而行事的生活很有情趣，因作此赋。二是虽扬雄说"诗人之赋丽以则"，但自己此赋却只是平朴描述山野的草木山川、谷物庄稼之类，追求的不是外在的华美宏丽，而是内在的深邃朴素，表达真情实意，希望有人赏识。

正文第一至五段描述养病山居的心境和关于退隐全身的思考。首先因山居而有闲暇读古人经典，发现与古人竟不谋而合，由是心情欣然豁然：张良辟谷绝食，追随赤松子云游；范蠡乘舟泛海以避祸全身。故人一定不要象李斯和陆机那样临死生"黄犬之叹""华亭之悲"。接着说宫殿只有玉石装饰才豪华壮丽，而朴实的林中小阁也可别有风味。静心山居才可达完美境界，意即房屋无非遮风挡雨，并不在于豪华与否，回归自然，静心隐居才是真谛。然后以仲长统和应璩之言为例，说明人都喜欢生活在水滨或深山；若以此论，自己所居之处算不得理想之地，因为它"势有偏侧，地阙周员"。不过，铜陵显得奥妙，是因为卓王孙的开发规划；金谷庐的豪华壮丽，是因为石崇操琴演奏形成的蔚然大观。可见地以人名。何况这些其实都是徒有虚名、貌似旖旎的环境,他们的隐居也都只是暂时的寄居,而风台、丛台等珍贵苑林,也并非真可使人有绝对自由的游乐,总之山居之乐不在于建筑而在于人。于是有了关于退隐的议论:心明达观之人大都能驾驭好自己的命运,相比之下,自己还是没有放下功德之心,并以屈原和乐毅的不同选择来告诉自己要懂得退守,顺从心性,高卧林泉而心安理得,以便全身而退,获得清闲休息。同时,又惭愧并不能像班嗣和尚子平那样及早彻悟,如今年老病衰退隐还有徘徊,勉励自己要彻底告别平生烦扰而静心寡欲地居于山中。

第六段至节选结尾铺写山居环境,表达山居之乐。先总写这里山环水绕,地势略有倾斜而总体平整。接着从东南西北写近景:东面上田下湖,西溪南谷,泉飞林深;南面双流交汇而萦绕三洲,水流回旋,山林葱郁,白沙生涟;西面峰峦绵叠,溪涧相依,竹翠花红,月隐山峦,风起柯鸣;北面两湖连结,山岭各具形态,湖堤逶迤,流泉浩荡。最后写远处东方与南方景致,突出东方的"表神异于纬牒,验感应于庆灵"和南方群山之中多有他人修行精舍,风光卓异的特点。总之这里堪称退隐的世外桃源。这样的描写足见作者对山居之地的赏爱,也体现辞赋长于铺写的特点。

谢灵运长于山水诗,此赋可见端倪。

【点评】

"谢灵运《山居赋》、李德裕《平泉草木记》,其川辉之美、卉木之奇,可云极一时之盛矣。然转眼已不能有,尚不如申屠因树之屋、泉明种柳之方,转得长子孙永年代也。盖胜地园林,亦如名人书画,过眼云烟,未有百年不易主者。是知一赋一记,虽擅美古今,究与昭陵之以法书殉葬、元章之欲抱古帖自沈者,同一不达矣。"([清]洪亮吉《北江诗话》卷六)

南北朝

后汉书·严光传

范 晔

　　严光字子陵,一名遵,会稽余姚人也。少有高名,与光武同游学。及光武即位,乃变名姓,隐身不见①。帝思其贤,乃令以物色②访之。后齐国上言:"有一男子,披羊裘钓泽中。"帝疑其光,乃备安车玄纁③,遣使聘之。三反④而后至。舍于北军,给床褥,太官朝夕进膳。

　　司徒侯霸与光素旧,遣使奉书。使人因谓光曰:"公闻先生至,区区欲即诣造,迫于典司⑤,是以不获。愿因日暮,自屈语言⑥。"光不答,乃投札与之,口授曰:"君房足下:位至鼎足,甚善。怀仁辅义天下悦,阿谀顺旨要领绝⑦。"霸得书,封奏之。帝笑曰:"狂奴故态也。"车驾即日幸⑧其馆。光卧不起,帝即其卧所,抚光腹曰:"咄咄⑨子陵,不可相助为理邪?"光又眠不应,良久,乃张目熟视,曰:"昔唐尧著德,巢父洗耳。士故有志,何至相迫乎!"帝曰:"子陵,我竟不能下⑩汝邪?"于是升舆叹息而去。

　　复引⑪光入,论道旧故,相对累日。帝从容问光曰:"朕何如昔时?"对曰:"陛下差增⑫于往。"因共偃卧,光以足加帝腹上。明日,太史奏客星犯御坐⑬甚急。帝笑曰:"朕故人严子陵共卧耳。"

　　除为谏议大夫,不屈,乃耕于富春山,后人名其钓处为严陵濑焉。建武十七年,复特征,不至。年八十,终⑭于家。帝伤惜之,诏下郡县赐钱百万、谷千斛。

【作者简介】

范晔(398—446),字蔚宗,南阳顺阳(今河南淅川南)人,南朝宋史学家、文学家。著作《后汉书》与《史记》《汉书》《三国志》并称"前四史"。

【注释】

①不见:不出。见,同"现"。

②物色:图像。

③玄纁(xūn):原指黑色和浅红色的布帛。后指帝王用作延聘贤士的礼品。

④三反:往返三次。反,同"返"。

⑤典司:公务。

⑥语言:交谈。

⑦要领绝:指性命不保。要领,关键部位,这里指性命。

⑧幸:帝王亲临。

⑨咄咄:感叹声,表示感慨。

⑩下:使……屈就。

⑪引:延请。

⑫差增:略微增肥。

⑬御坐:帝座。

⑭终:终老。

【解读】

此篇选自《后汉书·逸民列传》,逸民即隐士。

本传主要讲述严光拒绝故交光武帝征召之事,表现其持守清高,不慕荣利,不屈权贵而洒脱率性的品格。

严光本与光武帝有旧交情,光武帝做了皇帝后,他却改名换姓,隐世不出。皇帝派人寻访,往返三次才前往。而当老朋友司徒侯霸欲当说客时,严光直言不讳地说:"你若能怀着善心辅以道义,则天下人高兴,如果阿谀奉承,顺着旨意办事就会性命不保。"对权贵的藐视溢于言表。光武帝车驾亲临,严光一样不为所动,并以人各有志、何必强求来辞谢。光武帝约他交谈往事时,严光则连日久谈并同寝,还将脚放在皇帝肚皮上,而且觉得做了皇帝的老友的变化,不过是"胖了一点",无拘无束,尽显洒脱率真之个性。

隐士是我国古代出世文化中的一道独特风景,多有率真自然、淡泊名利的特点。以现代眼光观之,我们应多关注其品格,而非其遁世的人生方式。

【点评】

"《易》称'遯之时义大矣哉'。又曰:'不事王侯,高尚其事。'是以尧称则天,不屈颍阳之高;武尽美矣,终全孤竹之洁。自兹以降,风流弥繁,长往之轨未殊,而感致之数匪一。或隐居以求其志,或回避以全其道,或静己以镇其躁,或去危以图其安,或垢俗以动其概,或疵物以激其清。然观其甘心畎亩之中,憔悴江海之上,岂必亲鱼鸟乐林草哉,亦云性分所至而已。"([南朝宋]范晔《后汉书·逸民列传》)

"以下中国历史上遂搜罗了极多无所表现的人物,而此等人物,亦备受后世人之称道与钦敬,此又是中国历史一特点。故我说此乃中国之史心,亦即中国文化传统精义所在。诸位只有精读中国史,深研中国历史人物,始能对此有了悟。让我姑举数例以作说明。如春秋时代之介之推,战国时代之先生王斗,西汉初年之商山四皓,及鲁两生。循此以下,如东汉初年的严光,此人对历史亦一无表现,但后人永远觉得他是一个了不起人物。"([近代]梁启超《中国历史研究法》第六讲)

后汉书·乐羊子妻传　　　　范　晔

河南^①乐羊子之妻者,不知何氏之女也。羊子尝行路,得遗金一饼,还以与妻。妻曰:"妾闻志士不饮盗泉之水^②,

廉者不受嗟来之食③,况拾遗求利,以污其行乎!"羊子大惭,乃捐金于野,而远寻师学。一年来归,妻跪④问其故。羊子曰:"久行怀思,无它异也。"妻乃引刀趋机而言曰:"此织生自蚕茧,成于机杼⑤,一丝而累,以至于寸,累寸不已,遂成丈匹。今若断斯织也,则捐失成功,稽废⑥时月。夫子积学,当日知其所亡⑦,以就懿德。若中道而归,何异断斯织乎?"羊子感其言,复还终业,遂七年不反。

妻常躬勤养姑,又远馈羊子。尝有它舍鸡谬入园中,姑⑧盗杀而食之,妻对鸡不餐而泣。姑怪问其故。妻曰:"自伤居贫,使食有它肉。"姑竟弃之。后盗欲有犯⑨妻者,乃先劫其姑。妻闻,操刀而出。盗人曰:"释汝刀从我者可全,不从我者,则杀汝姑。"妻仰天而叹,举刀刎颈而死。盗亦不杀其姑。太守闻之,即捕杀贼盗,而赐妻缣帛⑩,以礼葬之,号曰"贞义"。

【注释】

①河南:河南郡。

②盗泉之水:比喻用不正当的手段得来的东西或不义之财。《尸子》:"孔子过于盗泉,渴矣而不饮,恶其名也。"

③嗟来之食:侮辱性的施舍。《礼记·檀弓》载:齐大饥,黔敖为食于路,以待饿者。有饿者来,黔敖曰:"嗟!来食!"扬其目而视之曰:"予惟不食嗟来之食,以至于斯也!"终不食而死。

④跪:古人席地而坐,跪时腰伸直,示敬之意。

⑤成于机杼(zhù):在织布机上织成。杼,织布机上的梭子。

⑥稽废:稽延荒废。

⑦日知其所亡：每日懂得自己的无知之处。语出《论语·子张》。亡，通"无"。

⑧姑：婆婆。

⑨犯：凌辱。

⑩缣（jiān）帛：绢类的丝织物。古代多用作赏赐酬谢之物，亦用作货币。

【解读】

本文通过四个小故事，赞扬了乐羊子妻的高洁品格和过人才识。

第一个故事是乐羊子路拾遗金，其妻用"志士不饮盗泉之水，贫者不受嗟来之食"的典故告诫乐羊子：不要贪小利而失大义。见其高洁自守的品格。第二个故事是乐羊子远学而中途废学回家，其妻以织布须日积月累而成，中断则前功尽弃的体会，提醒乐羊子求学要坚持不懈，使其复还终其学业。极具见识。第三件事是婆婆盗杀它家之鸡而食，她为生活贫困致使婆婆此举而哭泣自责，体现了她的孝顺和不以小利失大义。第四件事是强盗劫持婆婆要挟乐羊子妻顺从，她不甘受辱而拔刀自刎，太守赐号"贞义"，以表彰其忠贞高义。

乐羊子妻不以利丧义、做事不半途而废、不屈从邪恶等品格，于今仍有意义。但如文中所述，以自杀维护忠贞之举，殆不可取。

后汉书·蔡琰传 范　晔

陈留董祀妻者，同郡蔡邕之女也，名琰，字文姬。博学有才辩，又妙于音律。适①河东卫仲道。夫亡无子，归宁②于家。兴平中，天下丧乱，文姬为胡骑所获，没③于南匈奴左贤王，在胡中十二年，生二子。曹操素与邕善，痛其无嗣，乃遣使者以金璧赎之，而重嫁于祀。

祀为屯田都尉,犯法当死,文姬诣曹操请之④。时公卿名士及远方使驿坐者满堂,操谓宾客曰:"蔡伯喈女在外,今为诸君见之。"及文姬进,蓬首徒行⑤,叩头请罪,音辞清辩⑥,旨甚酸哀,众皆为改容。操曰:"诚实相矜⑦,然文状⑧已去,奈何?"文姬曰:"明公厩马万匹,虎士成林,何惜疾足⑨一骑,而不济垂死之命乎!"操感其言,乃追原祀罪。时且寒,赐以头巾履袜。操因问曰:"闻夫人家先多坟籍,犹能忆识之不?"文姬曰:"昔亡父赐书四千许卷,流离涂炭,罔⑩有存者。今所诵忆,裁⑪四百余篇耳。"操曰:"今当使十吏就夫人写之。"文姬曰:"妾闻男女之别,礼不亲授。乞给纸笔,真草⑫唯命。"于是缮书⑬送之,文无遗误。

后感伤乱离,追怀⑭悲愤,作诗二章。其辞曰:(略)

赞⑮曰:端操有踪⑯,幽闲有容⑰。区明风烈,昭我管彤⑱。

【解读】

①适:出嫁。

②归宁:女子出嫁后回娘家。

③没(mò):陷没。这里指被迫嫁与南匈奴左贤王。

④请之:请求赦免他。

⑤徒行:赤足而行。

⑥清辩:口才出众。

⑦相矜:同情你们。

⑧文状:判决的文卷。

⑨疾足:快马。

⑩罔:无。

⑪裁:才。

⑫真:真书,指从汉魏到隋唐以前的过渡性楷体,又称正书。草:
草书。

⑬缮书:抄写。

⑭追怀:追忆抒写。

⑮赞:史书中史家的评价性文字。按此为《列女传》全篇之赞。

⑯端操有踪:谓妇人之正其节操,有踪迹可纪。端操,端正操守。

⑰有容:有礼法仪容。

⑱管彤:赤管笔,古制宫中女史用以书记嫔妃夫人的功过,因有史
笔之义。

【解读】

此文介绍了蔡文姬的身世、生平及才学,并讲述两事以体现其过
人胆识,对其风操作出高度评价。

首段总写蔡文姬的身世和才学,讲述她的人生经历:早年丧夫,其
后被匈奴掳掠,被迫嫁与南匈奴左贤王,最后得益于曹操的救助而归
汉再嫁。第二段讲述两件事情:一是凭借过人的胆识和出色的口才赢
得曹操的同情,为自己被叛死刑的丈夫求得了赦免。二是完全凭回忆
记诵,抄录佚亡的古书典籍四百余篇。第三段补述她感伤战乱流离、
抒写悲愤而作诗两首。

此传也可见出曹操对文化的推重和唯才是用的襟怀。

【点评】

"东坡云:'读《列女传》蔡琰二诗,其词明白感慨,类世所传《木兰
诗》。东京无此格也。建安七子犹含养圭角,不尽发见,况伯喈女
乎!'"([宋]何汶《竹庄诗话》卷二)

狱中与诸甥侄书　　　范　晔

吾狂衅覆灭①,岂复可言,汝等皆当以罪人弃之。然平生行己任怀,犹应可寻。至于能不②,意中所解,汝等或不悉知。吾少懒学问,晚成人,年三十许,政③始有向耳。自尔以来,转为心化④,推老将至者,亦当未已也。往往有微解,言乃不能自尽。为性不寻注书,心气恶⑤,小苦思,便愦闷⑥,口机又不调利,以此无谈功。至于所通解处,皆自得之于胸怀⑦耳。文章转进,但才少思难,所以每于操笔,其所成篇,殆无全称者。

常耻作文士。文患其事尽于形⑧,情急于藻⑨,义牵其旨⑩,韵移其意。虽时有能者,大较多不免此累,政可类工巧图缋⑪,竟无得也。常⑫谓情志所托,故当以意为主,以文传意。以意为主,则其旨必见⑬;以文传意,则其词不流⑭。然后抽其芬芳⑮,振其金石⑯耳。此中情性旨趣,千条百品,屈曲⑰有成理。自谓颇识其数⑱,尝为人言,多不能赏,意或异故也。

性别宫商⑲,识清浊,斯自然也。观古今文人,多不全了此处,纵有会此者,不必从根本中来。言之皆有实证,非为空谈。年少中,谢庄最有其分⑳,手笔差易㉑,文不拘韵㉒故也。吾思乃无定方,特能济难㉓适轻重,所禀之分,犹当未尽。但多公家之言㉔,少于事外远致㉕,以此为恨,亦由无意于文名故也。

本未关史书,政恒觉其不可解耳。既造㉖《后汉》,转得统绪㉗，详观古今著述及评论，殆少可意者。班氏㉘最有高名，既任情无例，不可甲乙辨㉙。后赞㉚于理近无所得，唯志㉛可推耳。博赡㉜不可及之，整理㉝未必愧也。吾杂传论，皆有精意深旨，既有裁味，故约其词句。至于《循吏》以下及《六夷》诸序论，笔势纵放，实天下之奇作。其中合者，往往不减《过秦》篇㉞。尝共比方班氏所作，非但不愧之而已。欲遍作诸志，前汉所有者悉令备㉟。虽事不必多，且使见文得尽。又欲因事就卷内发论，以正一代得失，意复未果。赞自是吾文之杰思，殆无一字空设，奇变不穷，同含异体㊱，乃自不知所以称之。此书行，故应有赏音者。纪、传例为举其大略耳，诸细意甚多。自古体大而思精，未有此也。恐世人不能尽之，多贵古贱今，所以称情㊲狂言耳。

吾于音乐，听功不及自挥㊳，但所精非雅声，为可恨。然至于一绝处㊴，亦复何异㊵邪。其中体趣，言之不尽，弦外之意，虚响之音，不知所从而来。虽少许处，而旨态无极㊶。亦尝以授人，士庶中未有一豪似者。此永不传矣。吾书虽小小有意，笔势不快，余竟不成就，每愧此名。

【注释】

①吾狂衅覆灭：狂衅(xìn)，疏狂放浪。覆灭，指因参与谋立彭城王刘义康事泄而遭致杀身之祸。

②能不：有才能与否。

③政：通"正"。

④心化：内心受到感化。

⑤心气恶:指脑子不灵。

⑥愦(kuì)闷:指头昏脑涨。

⑦得之于胸怀:谓对事物的领悟。

⑧事尽于形:谓作文记事只求外形而少内涵。

⑨情急于藻:谓只顾及情感表达而忽略了文采。

⑩义牵其旨:谓以义理制约文章旨趣。

⑪缋(huì):通"绘",彩色花纹的图像。

⑫常:通"尝",曾经。

⑬见:同"现"。

⑭不流:不放纵。

⑮芬芳:此指完美的思想内容。

⑯金石:钟磬一类乐器,喻辞韵美妙。

⑰屈曲:比喻参差不一。

⑱数:方法。

⑲宫商:古代五音(宫商角徵羽)中的二音。并下"清浊"指文字声韵。

⑳"谢庄"句:谢庄,南朝宋文学家,诗文格调清雅绝俗。最有其分,最有识别宫商、清浊的天分。

㉑差易:比较轻率。

㉒文不拘韵:谓"手笔"之文不讲究宫商、清浊之声律。

㉓济难:有利于难以言传之情事的表达。济,方便。

㉔公家之言:指所谓"不拘韵"的奏疏、书表、策论等一类骈散实用文字。

㉕事外远致:指除"公家之言"以外的纯文学文字。致,情趣。

㉖造:此指编纂。

㉗统绪:犹端绪。

㉘班氏:指东汉班固,有《汉书》传世。

㉙"既任情"二句:谓班固断代为书,一改《史记》通史先例,未能"通古今之变"(即未能审辨、阐明各个历史现象之发生、发展及其归宿),故不可评判其优劣。

㉚赞:文体之一。《汉书》纪、传末尾有赞。

㉛志:记事的书或文章,此指《汉书》中的《食货志》等十志。

㉜博赡:犹宏富。赡,充裕。

㉝整理:指编纂《后汉书》时对史料的处理和在编纂方法及体例上的创新。

㉞《过秦》篇:即西汉贾谊的《过秦论》。

㉟"欲遍作"二句:据《宋书·范晔传》:"(元嘉九年)左迁晔宣城太守。不得志,乃删众家后汉书,为一家之作。"此时晔年方二十七岁,至被杀时,历时二十一年,然仅撰成本纪十卷,列传八十卷,《汉书》所有之十志并未依其例而成。

㊱同含异体:谓各篇赞论内容不尽相同。

㊲称情:犹言放胆、无所顾忌。

㊳自挥:指亲手弹奏。

㊴一绝处:指音乐(非雅声之乐)的最高境界。

㊵亦复何异:这里指"雅声"与范晔自创的新声实质并无区别。

㊶旨态无极:言非"雅"的新声其意蕴与表现形态均优美动人之极。

【解读】

元嘉二十二年(445),范晔因参与拥戴彭城王刘义康即位而事败入狱。这是他在狱中写给甥侄们的一封信。

开篇述写信缘由,虽言称自己"狂衅覆灭,岂复可言",但又说"平生行己任怀,犹应可寻",故作此信,原因是担心自己所想甥侄辈们"或不悉知"。接着谈及三十始立志而后不止的历程以及学问造诣,谓之"往往有微解","皆自得之于胸怀耳",即对所学常于心中领悟,故往往有精微的见解。但由于缺少才气、思维钝涩而致文章几无一篇能完全满意,由此引出关于文章的论述。

第二、第三段阐述文章写作的见解和写作倾向。称"常耻作文士",批评文人之作"事尽于形,情急于藻,义牵其旨,韵移其意";认为文章"当以意为主,以文传意",才会有完美的思想内容和美妙的辞韵。然尽管对于"此中情性旨趣""自谓颇识其数","尝为人言",却是"多不能赏"。言下之意,缺少知音。接着讲到宫商清浊等语音现象,认为很多文人不通于此,就连最能辨别区分宫商清浊的谢庄写文章都因不注意而文不拘韵。拘韵与否固然无固定标准,但要能表达出难以言传的情事,符合语音的顿挫抑扬、高低变化。他称自己天分所限未达到如此程度,又表明这主要还在于所作多公文,且无意于文名的缘故。言下之意,自己的文章不尽如己意,并非真是才思不够,而是不屑为之。

第四段介绍和推重自己的《后汉书》。先批评了班固的《汉书》自创断代体,然后标榜自己的《后汉书》的卓异,总体而论,与班固的《汉书》相比,"博赡不可及之,整理未必愧也"。然后具体讲述突出成就:一是各种传论有精意深旨,因带有评判裁定的性质,故写得简明扼要。二是《循吏》以下及《六夷》诸篇序论,笔势纵横自如,切中时弊不逊色于贾谊的《过秦论》,"实天下之奇作"。三是赞文几乎无一字多余,且文字变幻无穷。故相信这书发布后定会获得知音赞赏。当然,也曾想将书中"志"的部分完成而未果,还有书中的序例仅举大概,尚有诸多细小问题。尽管如此,论规模宏大与思虑精密,自古以来,没有哪一家能做到这样。其自我推崇,确实算得上"称情狂言"。

最后谈音乐和书法方面的造诣。音乐上说自己"听功不及自挥",且"所精非雅声,为可恨","然至于一绝处,亦复何异邪","旨态无极"。意思是说,真正达到了音乐的最高境界,雅与不雅又有什么区别呢,非雅音乐的意蕴神韵并无穷尽,又说"亦尝以授人,士庶中未有一豪似者。此永不传矣",颇有世无知音而成绝响之叹。书法上,言"小小有意",然"笔势不快","竟不成就,每愧此名",自谦之中,仍是自负。

此信一字不及"附逆"而致杀身的祸事,所有均系一己才识之长,足见其叛逆与自负。

【点评】

"蔚宗此书,略分三节。首论文章以意为主,以文传意,盖有鉴于当时文人之作,辞不达意,故有此言。晋宋以降,骈俪渐繁,拘牵对偶,转形恒钉,蔚宗所谓情急于藻,韵移其意者是也。次言宫商清浊,此则蔚宗性所素习,其自负可见。韵律之长,形于文字,唇吻道会,固不待言,自是以降,迄于沈约,而其论遂大定。最后一节,则举前、后《汉书》比较其得失,读《后汉书》诸赞,固知其言不诬也。"(朱东润《中国文学批评史大纲》第十)

《世说新语》十四则　　　刘义庆

陈仲举①言为士则,行为世范,登车揽辔②,有澄清天下之志。为豫章太守③,至,便问徐孺子④所在,欲先看之。主簿⑤曰:"群情欲府君先入廨⑥。"陈曰:"武王式商容之闾⑦,席不暇暖。吾之礼贤,有何不可?"

【作者简介】

刘义庆(403—444),南朝宋文学家,彭城(今江苏徐州)人。袭封临川王。著有志人小说《世说新语》、志怪小说《幽明录》等。

【注释】

①陈仲举:名蕃,字仲举,东汉桓帝末年,任太傅。
②登车揽辔:坐上车子,拿起缰绳。这里指走马上任。

③豫章太守:豫章郡的长官。豫章郡,首府在南昌。

④徐孺子:名稚,字孺子,东汉名士。

⑤主薄:掌管文书的属官。

⑥廨(xiè):官署。

⑦式商容之闾:到商容居住的里巷门外去(立标志来表彰他)。式,通"轼",古代车前用作扶手的横木,这里指登车前往。商容,商纣时大夫,贤人。闾,指里巷。

【解读】

此则小故事赞扬陈仲举礼贤下士。他走马上任不先入官府而先访名士徐孺子。当下属提出异议时,他以周武王席不暇暖而先访商容为例,表达礼敬贤人的重要。故评价中说他"言为士则,行为世范","有澄清天下之志"。

陈仲举此举对今天的为官者仍有借鉴意义。

管宁①、华歆②共园中锄菜,见地有片金。管挥锄与瓦石不异,华捉③而掷去之。又尝同席读书,有乘轩冕④过门者。宁读如故,歆废书⑤出看。宁割席分坐曰:"子非吾友也。"

华歆、王朗⑥俱乘船避难。有一人欲依附,歆辄难之⑦。朗曰:"幸尚宽,何为不可?"后贼追至,王欲舍所携人。歆曰:"本所以疑⑧,正为此耳。既已纳其自托⑨,宁可以急相弃邪?"遂携拯如初。世以此定华、王之优劣。

【注释】

①管宁:字幼安。汉末至三国时隐士。

②华歆:字子鱼。汉末至曹魏初年名士、重臣。

③捉:拾起来。

④乘轩冕:指做官。轩冕,古代大夫以上官员的车乘和冕服。

⑤废书:放下书。

⑥王朗:本名王严,字景兴。汉末至三国曹魏时重臣,经学家。

⑦难之:对此感到为难。

⑧疑:迟疑不决。

⑨纳其自托:接受了他托身的请求。

【解读】

故事一写管宁、华歆二人在锄菜见金、见轩冕过门时的不同表现,显示出二人德行之高下:管见金挥锄与瓦石不异,华捉而掷去之;管见轩冕过门读书如故,华放下书出门而视。可见,较之于管宁,华歆对荣利仍有追慕之心,所以,管宁割席断交。

故事二写华歆和王朗乘船逃难路遇乞求搭船逃难者。华歆表示此事为难,王朗却说船中尚有余地,答应搭乘此人。后来追兵至,王朗就想丢下此人。华歆认为既已受人请托,危难时刻不可抛下不管,自己当初犹豫不决就是担心这一点。可见华歆虑事全面而信守承诺。相比之下,王朗就虑事不周,且缺乏受托必行的信义精神。

孔文举^①年十岁,随父到洛。时李元礼^②有盛名,为司隶校尉,诣门者皆俊才清称^③及中表亲戚乃通。文举至门,谓吏曰:"我是李府君亲。"既通,前坐。元礼问曰:"君与仆有何亲?"对曰:"昔先君仲尼与君先人伯阳有师资之尊^④,是仆与君奕世^⑤为通好也。"元礼及宾客莫不奇之。太中大夫陈韪后至,人以其语语之。韪曰:"小时了了^⑥,大未必佳。"文举曰:"想君小时必当了了。"韪大踧踖^⑦。

【注释】

①孔文举:即孔融,字文举,孔子二十世孙。

②李元礼:名膺,字元礼。出仕之初举孝廉,官至河南尹。

③清称:享有清名的人。

④"昔先君"句:孔子曾问礼于老子,故孔文举说,"有师资之尊"。仲尼,即孔子。伯阳,即老子李耳。

⑤奕世:累世。

⑥了了:聪明伶俐。

⑦大踧踖(cù jí):非常尴尬。

【解读】

面对李元礼"君与仆有何亲"的询问,十岁的孔文举巧妙将孔夫子与老子二人之间的师生关系延伸到自己与李元礼的关系上,推出自己与李元礼有世代交好之谊,见其机智与博学;而当陈韪以"小时聪明伶俐,长大后未必会怎么样"之辞轻视孔文举,文举则以子之矛攻子之盾,对其反唇相讥,尽显沉着机智与出色的辩才。

陶公①性检厉,勤于事。作荆州时②,敕船官悉录③锯木屑,不限多少。咸不解此意。后正会④,值积雪始晴,听事⑤前除雪后犹湿,于是悉用木屑覆之,都无所妨。官用竹,皆令录厚头⑥,积之如山。后桓宣武⑦伐蜀,装船,悉以作钉。又云:尝发⑧所在竹篙,有一官长连根取之,仍当足⑨,乃超两阶⑩用之。

【注释】

①陶公:陶侃的敬称。陶侃,字士行(一作士衡)。东晋名将。

②作荆州：做荆州刺史。

③录：收藏。

④正会：正月初一集会。

⑤听事：指处理政事的厅堂。

⑥厚头：近根部的竹头。

⑦桓宣武：即桓温，死谥宣武。东晋权臣。

⑧发：征用。

⑨当足：用竹篾当作竹篙的铁足。

⑩阶：官级。

【解读】

此文通过三件事表现陶侃善于理政。第一件事是他做荆州刺史时，令造船官收集锯木屑，后来遇上久雪初晴，道路泥泞时用这些锯木屑铺路，方便人来人往。第二件事是凡公家用竹，他都令人把锯下的竹头收集起来，后来桓温征伐四川、修造船只时，这些竹头被用来做竹钉。以上两事可见陶侃理政善于未雨绸缪，虑事周全。第三件事是陶侃就地征用竹篙，有一个官吏把竹子连根拔出，用根部来代替镶嵌的铁箍。他就把这个官吏连升两级，加以重用。此事可见他善于从细微处发现人之所长，并用人以能。

　　郑玄①家奴婢皆读书。尝使一婢，不称旨，将挞之。方自陈说，玄怒，使人曳著②泥中。须臾，复有一婢来，问曰："胡为乎泥中？"③答曰："薄言往诉，逢彼之怒。"④

【注释】

①郑玄：字康成。汉代经学的集大成者，遍注儒家经典，世称"郑学"。

②著(zhuó):附着,引申为置于。

③"胡为乎泥中":引自《诗经·邶风·式微》。意为:为什么会在泥水中?

④"薄言往诉,逢彼之怒":引自《诗经·邶风·柏舟》。意为:我去诉说,反而惹得他发火。薄言,助词,无义。

【解读】

此则小故事讲述郑玄家的两个奴婢在日常对话中都能随口引用《诗经》成句,且所用切合情境,天衣无缝,以此体现郑家的文化素养之丰厚。

褚季野语孙安国云①:"北人学问渊综广博②。"孙答曰:"南人学问清通简要③。"支道林④闻之曰:"圣贤固所忘言⑤。自中人以还⑥,北人看书如显处视月⑦,南人学问如牖中窥日⑧。"

【注释】

①褚季野:褚裒(póu),字季野。东晋外戚,官至征北大将军、徐兖二州刺史。孙安国:孙盛,字安国。博学多闻,与殷浩擅名一时。

②渊综广博:精深综达,(因而)内容广博。

③清通简要:清晰透彻,(因而)简明扼要。

④支道林:支遁,字道林。东晋高僧,好谈玄理。

⑤忘言:心中领会,不用言语来说明。

⑥中人以还:中等才具之下的普通人。

⑦如显处视月:如同在开阔处看月亮,指视野广阔,但很难看清。

⑧如牖中窥日:如同在窗户里看太阳,指看得清楚,但视野狭窄。

【解读】

这则短文是褚季野、孙安国、支道林三人谈论南北学问的看法。褚季野推崇北方学问,认为它思虑深入、总括通晓,因而内容广博;孙安国则以南方学问思路清晰、论述透彻,因而简明扼要以对之。针对两人之见,支道林则以"显处视月"和"牖中窥日"两个比喻分别评判北方与南方学问,认为前者虽视野开阔,但有欠清楚;后者虽看得清楚,但视野狭窄。

相比之下,支道林的看法论及了各自的优劣,较之褚、孙二人更为全面客观。

嵇中散临刑东市①,神气不变。索琴弹之,奏《广陵散》②。曲终曰:"袁孝尼尝请学此散,吾靳固③不与,《广陵散》于今绝矣。"太学生④三千人上书,请以为师,不许。文王⑤亦寻悔焉。

【注释】

①东市:刑场。汉代在长安东市处决死刑犯,后来泛称刑场为"东市"。

②《广陵散》:古代琴曲名。已失传。

③靳固:宝爱,吝啬。

④太学生:在太学里就读的学生。太学,中国古代设于京城的传授儒家经典的最高学府。

⑤文王:指晋文王司马昭。

【解读】

魏晋时代讲究名士风度,要求遇到喜怒哀乐等方面的事情时平和自若,做到见喜不喜,临危不惧,处变不惊。

中散大夫嵇康法场临刑而神色不变,竟索讨古琴来弹奏古琴曲《广陵散》。事毕还说:"袁孝尼尝请学此散,吾靳固不与,《广陵散》于今绝矣。"其言行之从容,足见其临危若无其事的大无畏,生死关头如此表现,实有包容万物的大心胸。

故事后段,还以三千太学生欲拜其为师来救他的做法和晋文帝杀害他不久就后悔的表现,来侧面烘托他的不同凡响。

谢太傅盘桓东山时①,与孙兴公诸人泛海戏。风起浪涌,孙、王诸人色并遽,便唱②使还。太傅神情方王③,吟啸不言。舟人以公貌闲意说④,犹去不止。既风转急,浪猛,诸人皆喧动不坐。公徐云:"如此,将无⑤归?"众人即承响⑥而回。于是审其量,足以镇安朝野。

【注释】

①"谢太傅"句:谢安曾在会稽东山隐居。盘桓,逗留。

②唱:提议。

③王:通"旺"。

④说:通"悦",愉快。

⑤将无:莫非。

⑥承响:应声。

【解读】

这则小故事记述谢安和诸人坐船到海上游览而遇风急浪猛,大家都惊恐失色,他却神态安闲地吟啸,心情舒畅。及至风愈急浪更猛,大家叫嚷骚动,他才慢条斯理地说:"这么看来,莫非是要回去了?"所以故事评判说从中知其气度,认为他完全能够镇抚朝廷内外,安定国家。

431

谢公与人围棋,俄而谢玄淮上信至①。看书竟,默然无言,徐向局②。客问淮上利害,答曰:"小儿辈大破贼。"意色举止,不异于常。

【注释】

①俄而谢玄淮上信至:公元383年,前秦王苻坚南侵,屯军淮水、淝水间。谢安任征讨大都督,派其弟谢石、侄谢玄率军在淝水拒敌,苻坚大败。淮上,淮水上,这里指淝水战场上。

②向局:面向棋局(继续下棋)。

【解读】

此文记谢安在与客人下棋时得知由自己督战征讨的淝水之战大捷后,默不作声地回到棋盘前继续慢慢下棋。待到客人问他战场上胜败情况,他也只淡然而答"孩子们大破贼兵",且"意色举止,不异于常"。这种大喜之事面前的淡定,彰显了其涵养和雅量。

晋明帝①数岁,坐元帝膝上。有人从长安来,元帝问洛下②消息,潸然③流涕。明帝问何以致泣?具以东渡意告之④。因问明帝:"汝意谓长安何如日远?"答曰:"日远。不闻人从日边来,居然可知⑤。"元帝异之。明日集群臣宴会,告以此意,更重问之。乃答曰:"日近。"元帝失色曰:"尔何故异昨日之言邪⑥?"答曰:"举目见日,不见长安。"

【注释】

①晋明帝:东晋元帝司马睿之长子司马绍。

②洛下:洛阳,西晋时京都所在地(这时洛阳被匈奴占领)。

③潸然：流泪的样子。

④具以东渡意告之：把晋室东迁（建都建康）的原委详细地告诉了他。晋元帝为琅邪王时，住在洛阳。他的好友王导知天下将要大乱，就劝他回到自己的封国，后来又劝他镇守建康，意欲经营一个复兴帝室的基地。这就是所谓东渡意。

⑤居然可知：根据这一点可以知道。

⑥邪（yé）：同"耶"。

【解读】

此短文体现晋明帝的早慧。才几岁时，见父亲晋元帝流泪而能问其故，并且在元帝询问他"长安与太阳相比哪个更近"时，他以"听闻有人从长安来，不闻有人从太阳那边来"而推知太阳更远。而第二天元帝再问此问题时，他又以"举头可见太阳，但不可见长安"而推知长安比太阳那边更远。可见小小年纪的他，已能从不同角度观察和思考事物，从而推理出不同的结论。

周处年少时，凶强侠气，为乡里所患。又义兴水中有蛟，山中有邅迹虎①，并皆暴犯百姓。义兴人谓为三横，而处尤剧。或说处杀虎斩蛟，实冀三横唯余其一。处即刺杀虎，又入水击蛟。蛟或浮或没②，行数十里，处与之俱。经三日三夜，乡里皆谓已死，更相庆。竟杀蛟而出，闻里人相庆，始知为人情③所患，有自改意。乃自吴寻二陆④。平原⑤不在，正见清河⑥，具以情告，并云："欲自修改⑦，而年已蹉跎，终无所成。"清河曰："古人贵朝闻夕死⑧，况君前途尚可。且人患志之不立，亦何忧令名不彰邪？"处遂改励⑨，终为忠臣孝子。

【注释】

①遭迹虎：跛足虎。

②没：潜没。

③人情：乡人心中。

④二陆：指西晋文学家陆机和陆云，吴郡吴县人。

⑤平原：陆机，曾任平原内史，故称"陆平原"。

⑥清河：陆云，曾任清河内史，故称"陆清河"。

⑦修改：自修改过。

⑧朝闻夕死：早晨闻道，晚上死去。形容对真理或信仰追求的迫切。

⑨改励：改过自勉。

【解读】

这则故事讲凶悍霸道而被乡人视为祸害的周处改过自新。周处年少时与老虎、蛟龙同为乡人眼中的"三横"。乡人劝说周处除猛虎、杀蛟龙，目的是希望三害可仅存其一。当周处斩杀蛟龙归来发现人们正在为他的死去而庆贺时，方幡然悔悟，想要重新做人，但又担心为时已晚。在得到陆云"朝闻夕死"和"患志不立，何忧令名不彰"的开导与鼓励后，周处洗心革面，终成忠臣孝子。

故事启示人们：只要有决心改过，任何时候都可自新。

王子猷①尝暂寄人空宅住，便令种竹。或问："暂住何烦尔？"王啸咏②良久，直指竹曰："何可一日无此君？"

王子猷居山阴③，夜大雪。眠觉，开室命酌酒，四望皎然。因起彷徨④，咏左思《招隐诗》⑤，忽忆戴安道⑥。时戴在剡⑦，即便夜乘小船就之。经宿方至，造门不前而返。人问其故，王曰："吾本乘兴而行，兴尽而返，何必见戴？"

【注释】

①王子猷(yóu)：王徽之,字子猷。东晋名士、书法家。

②啸咏：犹歌咏。

③山阴：旧县名,治今浙江省绍兴市。

④彷徨：意同徘徊。

⑤《招隐诗》：西晋诗人左思作,写寻访隐士和对隐居生活的羡慕。

⑥戴安道：戴逵,字安道。东晋学者、画家、雕塑家。南渡的北方士族。居会稽剡县。终生不仕。

⑦剡(shàn)：剡县,有剡溪通山阴县。

【解读】

这两则小故事讲魏晋名士的任诞,即言行不必遵守礼法,凭禀性行事,不做作,不受任何拘束。

事一讲王子猷暂时寄居他人空屋而执意种竹,理由是生活不可一日无竹。这种任诞是对竹的妙赏与一往情深,可能寄托了一种理想的人格。

事二讲王子猷住山阴县时,雪夜徘徊忽然想起远在剡县的戴安道,于是连夜乘舟而往。可船行一夜到戴安道家门口后却原路而返,并且说乘兴而去、兴尽而归即可,"何必见戴"。这种任诞是随心而行,不勉强自己所行非要达到一个具体目的。

王子猷这种任诞强调个性自由,不失人的真性,对反礼教有一定意义。

【点评】

"《世说新语》今本凡三十八篇,自《德行》至《仇隙》,以类相从,事起后汉,止于东晋,记言则玄远冷俊,记行则高简瑰奇,下至缪惑,亦资一笑。孝标作注,又征引浩博。或驳或申,映带本文,增其隽永,所用书四百余种,今又多不存,故世人尤珍重之。"(鲁迅《中国小说史略》第七篇)

雪　赋

谢惠连

　　岁将暮，时既昏。寒风积，愁云繁。梁王^①不悦，游于兔园^②。乃置旨酒，命宾友。召邹生^③，延枚叟^④。相如^⑤末至，居客之右。俄而微霰零，密雪下。王乃歌北风于卫诗^⑥，咏南山于周雅^⑦。授简于司马大夫，曰："抽^⑧子秘思，骋^⑨子妍辞，侔色揣称^⑩，为寡人赋之。"

　　相如于是避席而起，逡巡而揖，曰：臣闻雪宫^⑪建于东国，雪山峙于西域。岐昌发咏于"来思"^⑫，姬满申歌于《黄竹》^⑬。《曹风》以麻衣比色^⑭，楚谣以《幽兰》俪曲^⑮。盈尺则呈瑞于丰年，袤丈则表沴于阴德^⑯。雪之时义远矣哉！请言其始。

　　若乃玄律穷，严气升^⑰。焦溪涸，汤谷凝^⑱。火井^⑲灭，温泉冰。沸潭无涌，炎风不兴。北户墐扉^⑳，裸壤^㉑垂缯。于是河海生云，朔漠飞沙。连氛累霭^㉒，掩日韬霞^㉓。霰淅沥而先集，雪纷糅而遂多。

　　其为状也，散漫交错，氛氲萧索。蔼蔼浮浮，瀌瀌弈弈^㉔。联翩飞洒，徘徊委积。始缘甍^㉕而冒栋，终开帘而入隙。初便娟于墀庑^㉖，末萦盈于帷席。既因方而为圭^㉗，亦遇圆而成璧。眄隰^㉘则万顷同缟，瞻山则千岩俱白。于是台如重璧^㉙，逵似连璐^㉚。庭列瑶阶^㉛，林挺琼树，皓鹤夺鲜，白鹇^㉜失素。纨袖惭冶，玉颜掩嫮^㉝。

　　若乃积素未亏^㉞，白日朝鲜^㉟，烂兮若烛龙^㊱，衔耀照昆山^㊲。尔其流滴垂冰，缘溜承隅^㊳，粲兮若冯夷^㊴，剖蚌列明

珠。至夫缤纷繁骛^⑩之貌，皓旰曒洁^⑪之仪，回散萦积之势^⑫，飞聚凝曜^⑬之奇，固展转而无穷，嗟难得而备知。

若乃申娱玩之无已，夜幽静而多怀。风触楹而转响，月承幌^⑭而通晖。酌湘吴之醇酊^⑮，御狐貉之兼衣^⑯。对庭鹍^⑰之双舞，瞻云雁之孤飞。践霜雪之交积，怜枝叶之相违^⑱。驰遥思于千里，愿接手而同归^⑲。

邹阳闻之，懑然^⑳心服。有怀妍唱^㉑，敬接末曲^㉒。于是乃作^㉓而赋积雪之歌。歌曰：携佳人兮披重幄，援绮衾兮坐芳褥。燎熏炉兮炳^㉔明烛，酌桂酒兮扬清曲。

又续而为白雪之歌。歌曰：曲既扬兮酒既陈，朱颜酡兮思自亲。愿低帷以昵枕，念解佩而褫绅^㉕。怨年岁之易暮，伤后会之无因。君宁见阶上之白雪，岂鲜耀于阳春。

歌卒。王乃寻绎^㉖吟玩，抚览扼腕。顾谓枚叔^㉗，起而为乱^㉘。乱曰：白羽虽白，质以轻兮，白玉虽白，空守贞兮。未若兹雪，因时兴灭。玄阴^㉙凝不昧其洁，太阳曜不固其节。节岂我名，洁岂我贞。凭云升降，从风飘零。值物赋象，任地班^㉚形。素因遇立，污随染成。纵心皓然^㉛，何虑何营^㉜？

【作者简介】

谢惠连(397—433)，南朝宋文学家。陈郡阳夏(今河南太康)人。少有才。因在为父守丧期间作诗赠人，大为时论所非，因此不得进，仕宦失意。与族兄谢灵运并称"大小谢"。

【注释】

①梁王：汉梁孝王刘武，汉文帝之子。好宫室苑囿之乐。

②兔园:梁王所建园林,又称梁园。

③邹生:邹阳,能文善辩,曾作《狱中上梁王书》。

④枚叟:西汉辞赋家枚乘。

⑤相如:西汉辞赋家司马相如。

⑥歌北风于卫诗:歌咏《诗经·邶风·北风》诗中"北风其凉,雨雪其雱"之句。

⑦咏南山于周雅:吟诵《诗经·小雅·信南山》中"上天同云,雨雪雰雰"之句。

⑧抽:抒发。

⑨骋:发挥。

⑩侔色揣称:形容描写景物恰到好处。侔,相等。称,恰好的表达。

⑪雪宫:战国时齐国宫殿。

⑫"岐昌"句:岐昌,岐山姬昌。岐,周朝发源地。昌,周文王姬昌。来思,《诗经·小雅·采薇》中有"昔我往矣,杨柳依依。今我来思,雨雪霏霏"。旧说是文王发兵抵抗猃狁而作。

⑬"姬满"句:姬满,周穆王。《黄竹》,古歌名。《穆天子传》载,北风雨雪,天子作诗以哀民,首句为"我徂黄竹",遂称《黄竹》之歌。

⑭"《曹风》"句:《诗经·曹风·蜉蝣》:"蜉蝣掘阅,麻衣如雪。"以麻衣比雪色。

⑮"楚谣"句:《幽兰》《白雪》都是楚国古代名曲。李善注引宋玉《讽赋》:"臣援琴而鼓之,为《幽兰》《白雪》之曲。"宋玉楚人,故称楚谣。俪,伉俪,并列。

⑯"袤(mào)丈"句:袤丈,厚到一丈。沴(lì),气不和而产生的病。阴德,古人认为雪属于阴,雪下得过大会带来祸害。

⑰玄律穷,严气升:冬至之时,严寒之气上升。玄律,指冬季。穷,极。

⑱"焦溪"二句：焦溪，神话传说中的水名。汤谷，神话传说中的日出之所。焦溪、汤谷都为极热之处。

⑲火井：古书记载蜀中多火井，即天然气井。

⑳北户墐(jìn)扉：北面窗户都要堵上涂泥。墐，刷涂。

㉑裸壤：即裸国，古传说中国名，其人不穿衣服。此处指炎热地带。

㉒连氛累霭(ǎi)：指云气连绵不断、重重叠叠。霭，云气。

㉓掩日韬霞：将日光和彩霞也都遮掩收藏起来。形容雪大。掩，覆盖。韬，掩藏。

㉔瀌瀌(biāo)弈弈：形容雨雪非常大。

㉕甍(méng)：屋脊。

㉖墀庑(chí wǔ)：台阶和走廊。

㉗因方而为圭(guī)：雪遇到方形物体便成为方形，如同洁白的圭。圭，古代帝王、诸侯举行典礼时用的玉器，上尖下方。

㉘眄隰(miǎn xí)：看低湿之处。眄，斜视。隰，低湿地。

㉙重(chóng)璧：《穆天子传》中台名，状如叠璧。

㉚连璐：成串的玉。

㉛瑶阶：积雪的石阶。

㉜白鹇(xián)：鸟名。雄的背为白色。

㉝姱(kuā)：美好。意谓白雪使美人自惭形秽。

㉞积素未亏：即积雪未化。

㉟朝鲜：非常鲜明光亮。

㊱烛龙：古代神话中的神名。传说其张目能照耀天下。

㊲昆山：即昆仑山。

㊳缘溜承隅(yú)：顺着屋檐或者墙角下流。

㊴冯夷：传说中的黄河之神，即河伯。

㊵繁骛(wù)：乱飞的样子。

㊶皓旰(hàn)暾(jiǎo)洁:洁白鲜明。暾洁:同"皎洁"。

㊷回散萦积之势:时而回旋疏散,时而萦绕聚积的态势。

㊸飞聚凝曜:指风吹积雪,在阳光下分合变化的状态。

㊹幌(huǎng):帷帐。

㊺醇酎(chún zhòu):精致酿造的美酒。

㊻兼衣:双层衣服。

㊼鹍(kūn):即鹍鸡。鸟名,似鹤。

㊽违:离。

㊾"愿接手"句:暗用《诗经·邶风·北风》"北风其喈,雨雪其霏;惠而好我,携手同归"诗句。接手,携手。

㊿懑(mèn)然:惭愧的样子。

51有怀妍唱:司马相如的《雪赋》引发了邹阳对雪的感思。妍唱,美丽的歌曲,此指司马相如《雪赋》。

52末曲:对自己歌曲的谦称。

53作:站起。

54炳:点亮。

55解佩而褫绅(chǐ shēn):解下玉佩并脱去腰带。褫,解除。

56寻绎(yì):理出头绪。

57枚叔:指枚乘。

58为乱:作结辞。乱,古代乐曲的末章或辞赋末尾总括要旨的文字。

59玄阴:冬季极盛的阴气。

60班:布,铺开。

61皓然:光明貌。

62何虑何营:指没有什么事物值得忧虑和追求。

【解读】

《雪赋》采用汉人假设主客陈说事物的方式,描绘雪景,并由"雪"

引发抒情说理,展示"雪"的丰富内涵。

首段写梁王命人赋雪。"寒风积,愁云繁",梁王心中不悦,于是设美酒盛宴,召宾朋共游梁园;随后"微霰零",继而"密雪下",梁王于是令司马相如以雪作赋,由此开启下文。

首先,司马相如申述"雪之时义远矣":他引用多个与雪有关的典故,细数古人对雪吟诗作赋雅事,在这些人事里,雪或隐喻先贤与民同乐的喜悦,或表达厌战思乡的情感,或解释君臣相处之道,或抒发哀民寒冻之苦,说明在不同情境和心境下,人们对雪会生出不同的感触,为感慨议论伏笔。接着描绘雪落前的情况和落雪时的胜状。下雪前,天气寒冷,"焦溪涸,汤谷凝。火井灭,温泉冰",天空阴霾密布;下雪时,"霰渐沥而先集,雪粉糅而遂多"。雪花最初"蔼蔼浮浮",星点零散;然后"联翩飞洒,徘徊委积",四处飞扬……于是渐渐堆积,"因方为圭,遇圆成璧";最后大雪遍洒,世界顷刻银装素裹,其美足以令"纨袖惭冶,玉颜掩嫭"。接下来描绘从积雪到融化的美景:从雪晴耀眼的"烂兮若烛龙,衔耀照昆山"到冻雪垂冰的"粲兮若冯夷,剖蚌列明珠",再到风起雪片纷飞的"回散萦积""飞聚凝曜",变幻无穷,妙处难尽。由此又罗列多种赏雪方式触发的不同情感:或静夜赏雪,或风中赏雪,或月下赏雪,或赏雪时饮美酒着皮衣,或赏雪时看鹍鸡游走,闻孤雁悲鸣。不同的场景触发赏雪人的不同心情:"践霜雪之交积,怜枝叶之相违。驰遥思于千里,愿接手而同归。"这样的情景交融感染着在座之人,引发了邹阳和枚乘的咏叹。

邹阳继司马相如之后,发表赏雪之感。他创作了《积雪之歌》和《白雪之歌》,吟咏中佳人、重帷、绮衾、明烛给人以视觉美感,芳褥、熏香给人以嗅觉享受,绕梁的乐曲则是听觉的盛宴。但赞美之后,则发出了"怨年岁之易暮,伤后会之无因"和"君宁见阶上之白雪,岂鲜耀于阳春"的感慨,道出一种生命感悟:白雪不管多么晶莹剔透,阳春时节终会融化。言下之意,人生亦是如此,看似悲观的叹息背后,饱含了对生命的敬畏和对当下的珍惜。

最后以枚乘的口吻作"乱语"部分。枚乘将白雪与白羽、白玉作比较：白羽白而轻薄，白玉白却不融，都不能与"因时兴灭"的白雪相媲美。玄阴不能掩盖白雪的皎洁；日光照耀，白雪又不刻意保持气节，它不在乎虚无缥缈的声誉，不追求矫饰浮夸的品格，遇到什么事物就能依附它化作什么形象，遇净保持洁白，遇秽而浊，这样的白雪蕴含着随遇而安和本真自然的人生哲学。

此赋语言诗化而内涵丰富，与谢庄《月赋》同为六朝小赋的名篇。

【点评】

"宋谢惠连，方明子也。元嘉七年，为彭城王法曹行参军。十岁能属文，为《雪赋》，以高丽见奇。族兄灵运每见其新文，曰：'张华重生，不能易也。'"（［宋］晁公武《郡斋读书志》卷十七）

月　赋 谢　庄

陈王初丧应刘①，端②忧多暇。绿苔生阁，芳尘凝榭。悄焉③疚怀，不怡中夜。

乃清兰路，肃桂苑，腾吹寒山，弭盖④秋阪。临浚⑤壑而怨遥，登崇岫而伤远。于时斜汉左界⑥，北陆南躔⑦。白露暧⑧空，素月流天。沈吟齐章⑨，殷勤陈篇⑩。抽毫进牍，以命仲宣⑪。

仲宣跪而称曰："臣东鄙幽介⑫，长自丘樊⑬。昧道懵学⑭，孤⑮奉明恩。臣闻沈潜⑯既义，高明⑰既经。日以阳德⑱，月以阴灵⑲。擅扶光于东沼⑳，嗣若英于西冥㉑。引玄兔㉒于帝台，集素娥于后庭。胸脁警阙㉓，朒㉔魄示冲。顺

442

辰㉕通烛，从星泽风。增华台室，扬采轩宫。委照而吴业昌，沦精而汉道融。

"若夫气霁地表，云敛天末。洞庭始波，木叶微脱。菊散芳于山椒㉖，雁流哀于江濑㉗。升清质㉘之悠悠，降澄辉之蔼蔼。列宿掩缛㉙，长河㉚韬映。柔祇㉛雪凝，圆灵㉜水镜。连观㉝霜缟，周除㉞冰净。君王乃厌晨欢，乐宵宴。收妙舞，弛清县㉟。去烛房，即月殿。芳酒登㊱，鸣琴荐。

"若乃凉夜自凄，风篁㊲成韵。亲懿㊳莫从，羁孤㊴递进。聆皋禽㊵之夕闻，听朔管之秋引㊶。于是弦桐练响㊷，音容选和，徘徊《房露》，惆怅《阳阿》㊸。声林虚籁㊹，沦㊺池灭波。情纡轸㊻其何托，愬㊼皓月而长歌。"歌曰：

"美人迈兮音尘㊽阙，隔千里兮共明月。临风叹兮将焉歇，川路长兮不可越。"

歌响未终，余景就毕。满堂变容，回遑㊾如失。又称歌曰：

"月既没兮露欲晞㊿，岁方晏兮无与归。佳期可以还，微霜沾人衣。"

陈王曰："善。"乃命执事51，献寿羞52璧。敬佩玉音53，复之无斁54。

【作者简介】

谢庄(421—466)，字希逸，南朝宋文学家。陈郡阳夏(今河南太康)人。官至中书令，加金紫光禄大夫，世称"谢光禄"。以《月赋》闻名。

【注释】

①陈王:即曹植。应刘:即应玚和刘桢。

②端:正在。

③悄焉:忧愁的样子。

④盖:车盖,这里代指车。

⑤浚(jùn):深。

⑥左界:象是划在天空的左边。

⑦北陆南躔(chán):北陆星向南移动。躔,日月星宿运行的度次。

⑧暧(ài):蔽,充满。

⑨齐章:指《诗经·齐风》,其中《东方之日》篇有"东方之月兮"句。

⑩陈篇:指《诗经·陈风》,其中《月出》篇有"月出皎兮"句。

⑪仲宣:即王粲,字仲宣。

⑫幽介:指出身寒微。

⑬丘樊:指居处简陋。樊,藩篱。

⑭昧道懵(měng)学:不通大道,暗于学问。

⑮孤:同"辜",辜负。

⑯沈潜:指地。

⑰高明:指天。

⑱阳德:阳的德行。

⑲阴灵:阴的精华。

⑳"擅扶光"句:扶光,扶桑之光,指日光。东沼,指汤谷,传说中日出之处。

㉑"嗣若英"句:若英,古代神话中若木的花。西冥,指昧谷,传说中日入之处。

㉒玄兔:月中玉兔。代指月。

㉓朒(nù)朓(tiǎo)警阙:朒,月初的缺月。朓,月末的缺月或月行失常轨。阙,同"缺",缺点。

㉔朏(fěi)：月初生，光不强，叫做朏。

㉕顺辰：指月球顺着十二月的次序而言。

㉖山椒：山顶。

㉗江濑：江滩上的急流。

㉘清质：指月亮。

㉙缛：繁，指星光灿烂。

㉚长河：指天河。

㉛柔祇(qí)：指地。

㉜圆灵：指天。

㉝连观：连接宫观。观，供帝王游憩的离宫别馆。

㉞除：台阶。

㉟清县：指悬挂着的钟磬。县，通"悬"。

㊱登：进酒。

㊲风篁(huáng)：风吹竹林。

㊳亲懿：即懿亲，指笃好的亲族。

㊴羁(jī)孤：指流落在外的人。

㊵皋(gāo)禽：指鹤。《诗经·小雅·鹤鸣》："鹤鸣于九皋。"

㊶朔管：羌笛。引：曲调。

㊷弦桐：琴。练：选择。

㊸《房露》《阳阿》：均为古曲名。

㊹籁：风吹孔窍所发出的音响。

㊺沦：微波。

㊻纡轸(yū zhěn)：隐痛在心，郁结不解。

㊼愬(sù)：向着。

㊽音尘：音信。

㊾回遑：内心彷徨。

㊿晞：干。

(51)执事:这里指左右侍奉的人。

(52)羞:进献。

(53)玉音:对别人言辞的敬称。

(54)斁(yì):厌烦。

【解读】

《月赋》虚构曹植同王粲主客夜半赏月抒怀的故事,紧扣月色吟月,赞月,叹月。

开篇以曹植方丧好友,中夜不眠而引出咏月主题,点明赏月的时节、环境和情趣。在“斜汉左界,北陆南躔”的秋夜,“白露暖空,素月流天”,忧愁漫步在寒山秋坡,曹植对月伤怀,发思古之幽情,吟《诗经》颂月之章,引起赞月的激情,于是“抽毫进牍,以命仲宣”,即乘兴命王粲赋月。

接下来以王粲的口吻赞月。先写月亮的功德美。在宇宙间,天地形成以后,日以阳德,月以阴灵,太阳落下后,月亮继升,“顺辰通烛”,依时照明。而且月亮“朒朓警阙,朏魄示冲”,以它的盈亏变化启示人们谦虚自省,不可自满。月亮还能传授天命,预示人事,“委照而吴业昌,沦精而汉道融”。说吴主孙策是母梦月而生,遂使东吴王业昌盛;汉元帝皇后也是母亲梦月而生,因得以成皇后。赞叹月亮继日而照、戒示人世、预兆命运之德,充满神奇色彩。二写月亮的自然美色。“若夫气霁地表”至“雁流哀于江濑”几句写月出的背景:雨过天明,乌云消散,秋风吹拂,湖波轻泛,树叶初落,秋菊芬芳,雁鸣声声。在高远清旷的背景下,“升清质之悠悠,降澄辉之蔼蔼”,明月缓缓升起,清辉遍洒,引出对月色的描写。“列宿掩缛,长河韬映”写皓月当空,群星和银河顿时光芒尽掩,见月色之皎洁;“柔祇雪凝”等四句借雪、水、霜、冰作比,形容大地在月色笼罩之下一片洁白、光明、澄澈、明净,见月色清洁明亮。“君王乃厌晨欢”至“鸣琴荐”写君王厌弃白昼之欢,乐享月之悦目怡情,尽显月色之迷人。

最后以歌继赋,写叹月。作者拟托君王赏月,乐而生悲,于皓月深夜,闻风声鹤鸣、羌笛和怨慕琴曲,觉"凉夜自凄",不禁"愬皓月而长歌",先以"美人迈兮音尘阙"等句怨遥伤远,继以"月既没兮露欲晞"等句感时自伤,留下了"隔千里兮共明月"的千古佳句。最后又假托曹植称赞王粲作赋之美,收结全篇。

全文月景人情交融,明净清丽。

【点评】

"孝武帝尝吟谢庄《月赋》,称叹良久,谓颜延之曰:'希逸此作,可谓前不见古人,后不见来者。'"([明]蒋一葵《尧山堂外纪》卷十三)

芜城赋　　　鲍　照

泝逦^①平原,南驰苍梧涨海^②,北走紫塞^③雁门。柂^④以漕渠,轴以昆岗^⑤。重江复关之隩^⑥,四会五达之庄。当昔全盛之时,车挂辖^⑦,人驾^⑧肩,廛闬扑地^⑨,歌吹沸天。孳货盐田^⑩,铲利铜山^⑪。才力雄富,士马精妍^⑫。故能侈^⑬秦法,佚^⑭周令,划崇墉^⑮,刳浚洫^⑯,图修世以休命^⑰。是以板筑雉堞^⑱之殷,井幹烽橹^⑲之勤。格^⑳高五岳,袤广三坟^㉑。崒^㉒若断岸,矗似长云。制磁石以御冲^㉓,糊赪壤以飞文^㉔。观基扃^㉕之固护,将万祀而一君。出入三代^㉖,五百余载,竟瓜剖而豆分^㉗。

泽葵^㉘依井,荒葛罥^㉙涂。坛罗虺蜮^㉚,阶斗麇鼯^㉛。木魅^㉜山鬼,野鼠城狐。风嗥雨啸,昏见晨趋。饥鹰厉吻,寒鸱^㉝吓雏。伏虣^㉞藏虎,乳血飡肤^㉟。崩榛塞路,峥嵘古馗^㊱。白杨早落,塞草前衰。棱棱^㊲霜气,蔌蔌^㊳风威。孤蓬自振,惊沙坐飞。灌莽^㊴杳而无际,丛薄^㊵纷其相依。通池㊶既已夷，峻隅㊷又已颓。直视千里外，唯见起黄埃。凝思寂听，心伤已摧。若夫藻扃黼帐㊸，歌堂舞阁之基，璇渊㊹碧树，弋林钓渚之馆，吴蔡齐秦之声，鱼龙爵马㊺之玩，皆薰歇烬灭㊻，光沉响绝。东都妙姬，南国丽人，蕙心纨质，玉貌绛唇，莫不埋魂幽石，委骨穷尘。岂忆同舆㊼之愉乐，离宫㊽之苦辛哉？

天道如何？吞恨者多！抽琴命操㊾，为芜城之歌。歌曰：边风急兮城上寒，井径灭兮丘陇㊿残。千龄兮万代，共尽兮何言！

【作者简介】

鲍照（约414—466），字明远。东海（郡治今山东郯城北）人，南朝宋文学家。曾为临海王前军参军，世称"鲍参军"。与颜延之、谢灵运合称"元嘉三大家"，与庾信合称"南照北信"。长于乐府诗，其七言诗对唐代诗歌的发展起了重要作用。有《鲍参军集》传世。

【注释】

①迤逦(mǐ yǐ)：地势相连渐平的样子。

②涨海：即南海。

③紫塞：指长城。因筑城之土皆色紫，故称。

④柂(duò)：拖引。

⑤轴以昆岗：谓昆岗横贯广陵城下，如车轮轴心。昆岗：亦名广陵岗，广陵城在其上。

⑥"重江"句：谓广陵城为重重叠叠的江河关口所遮蔽。隩：通"奥"，隐蔽深邃之地。

⑦挂轊(wèi)：即车轴头互相碰撞。轊，车轴的顶端。

⑧驾:陵,相迫。

⑨廛闬(chán hàn)扑地:遍地都是住宅。廛,市民居住的区域。闬,里门。扑地,即遍地。

⑩盐田:《史记》记西汉初年,广陵为吴王刘濞所都,刘曾命人煮海水为盐。

⑪铲利铜山:刘濞曾命人开采郡内的铜山铸钱。

⑫精妍:指士卒训练有素而装备精良。

⑬侈:超过。

⑭佚:超越。

⑮刬崇墉(yōng):谓建造高峻的城墙。刬,剖开。

⑯刳浚洫(kū)(xù):凿挖深沟。洫,沟渠。

⑰图修世以休命:谓图谋长世和美好的天命。休,美好。

⑱板筑雉堞(dié):指修建城墙。板筑,以两板相夹,中间填土夯实的筑墙方法。雉堞,女墙。

⑲井幹(hán):原指井上的栏圈,此谓筑楼时搭造的木柱木架。烽橹:举烽火的望楼。

⑳格:格局,这里指高度。

㉑三坟:说法不一。此似指《尚书·禹贡》所说兖州土黑坟,青州土白坟,徐州土赤埴坟。坟为“隆起”之意。土黏曰“埴”。以上三州与广陵相接。

㉒崪(zú):危险而高峻。

㉓制磁石以御冲:《御览》引《西京记》:“秦阿房宫以磁石为门,怀刃入者辄止之。”御冲,防御持兵器冲进来的歹徒。

㉔糊赪(chēng)壤以飞文:谓墙上用红泥糊满,光彩相照。赪,赤色。

㉕基扃(jiǒng):即城阙。

㉖三代:指汉、魏、晋。

㉗瓜剖、豆分:喻广陵城崩裂毁坏。

㉘泽葵:莓苔一类植物。

㉙罥(juàn):挂绕。

㉚坛罗虺蜮:坛,堂中。虺(huǐ),毒蛇。蜮(yù),相传能在水中含沙射人的动物。

㉛麇(jūn):獐子。鼯(wú):鼯鼠。

㉜木魅:木石所幻化的精怪。

㉝鸱(chī):鹞鹰。

㉞貙(chū):猛兽。

㉟飧(cān)肤:食肉。飧,同"餐"。

㊱馗(kuí):同"逵",大路。

㊲棱棱:严寒的样子。

㊳蕭(sù)蕭:风声劲疾貌。

㊴灌莽:丛生的草木。

㊵丛薄:茂密的草丛。

㊶通池:城濠,护城河。

㊷峻隅:城上的角楼。

㊸黼(fǔ)帐:绣斧形花纹的帐子。

㊹璇渊:玉池。璇,美玉。

㊺鱼龙爵马:古代杂技的名称。爵:通"雀"。

㊻"皆薰歇"句:谓玉树池馆及各种歌舞技艺,都毁损殆尽。薰,花草香气。

㊼同舆:古时帝王命后妃与之同车,以示宠爱。

㊽离宫:指后宫失宠者所居。

㊾命操:谱曲。操,琴曲。

㊿丘陇:坟墓。

【解读】

芜城指的是广陵城,故址在今江苏省扬州市江都区,自春秋末起

450

就是富强之地,历经西汉吴王刘濞叛乱、东汉战事、北魏太武帝南侵和南朝宋孝武帝时竟陵王刘诞叛乱,由繁富闹市变成荒城。刘诞乱平不久,鲍照来此,有感而作此赋。

首先描绘刘濞时期的广陵巨丽繁华图。开篇写地势平坦广阔:"沵迤平原,南驰苍梧涨海,北走紫塞雁门""柂以漕渠,轴以昆岗"以豪放刚劲之笔状开阔雄伟气势,尽显对其优越地理环境和强大富有的夸赞。"重江复关之隩,四会五达之庄"写山环水绕,表明其地势险峻,易守难攻而又四通八达。"车挂轊"等四句极写人烟阜盛、歌舞升平。"孳货盐田,铲利铜山"写当年刘濞在此煮盐铸钱,从而"才力雄富,士马精妍",规模远超秦、周。"划崇墉,刳浚洫"说以高山做城墙好像是用刀把高山割开搬来安在城外一样,挖深沟城壕好像是用刀劈开一个瓜一样。浩大工程轻而易举,足见国力强大。"图修世以休命"至"蠚似长云"说刘濞为永昌国运,不惜巨资建设国防工程。规模超过五岳,宽广覆盖三州,陡峭像河岸的断壁,何其雄壮险峻。"制磁石以御冲,糊赪壤以飞文"言其以磁铁石为门,可抵御重兵或寇贼袭击,见城门坚固、防御功能极强。城墙则涂满赤色花纹,奇伟壮观。刘濞据此险固江山与固若金汤的防御工程,希望"万祀而一君"。而事实却是"出入三代,五百余载,竟瓜剖而豆分",由此引出下文对战后广陵破败、荒凉之景的描写。

再绘广陵衰飒凄惨图。井上长满苔藓,路上葛蔓缠绕,堂前毒蛇爬行、短狐乱窜,獐子鼯鼠噬咬打斗,荒芜可怖;"木魅山鬼"等四句说这里成了妖魔鬼怪和狐妖鼠精的乐园,它们或作法刮阴风呼恶雨,狼嚎鬼叫,夜出晨隐,令人毛骨悚然;"饥鹰厉吻"等四句写老鹰列嘴磨牙,鹯子恐叫,猛兽正喝血吞毛,老虎在撕皮吃肉,血腥残暴;"崩榛塞路"等四句写榛子壳新陈累积,古道深邃,杨树败落,青草枯萎,阴森可怖,荒凉悲哀;"棱棱霜气"等四句写严霜扼杀万物,狂风卷起蓬草,沙石猛飞呼啸;"灌莽杳而无际,丛薄纷其相依"说灌木林莽幽远无边,草木杂处缠绕相依；"通池既已夷，峻隅又已颓"言城池被黄沙填平，城墙遗角骤然坍塌；"直视千里外，唯见起黄埃"，聚神凝听而寂无所有，令人心中悲伤之极！至此，战后荒凉的广陵与昔日繁华的广陵形成了强烈反差，抒发了对于人性野蛮残忍的隐痛愤慨和追寻美好的孤独心声。接着，进一步叙述昔日豪奢生活的没落。"若夫藻扃黼帐"至"光沉响绝"写雕花门窗，罗帏绣帐，歌台舞阁，玉池绿树，鱼鸟馆所，来自各地的乐声，高妙的戏法杂技，都早化为灰烬，绝了音信。"东都妙姬"至"离宫之苦辛哉"写美姬佳人的香气玉体、美貌红唇，早已掩埋于幽石尘埃，再也感觉不到宠幸的快乐或冷遇的痛苦，这样的烟消云散足见世间一切终逃不出死亡和消逝。

"天道如何？吞恨者多"，天道从来难测，世上抱恨的人多。于是"抽琴命操，为芜城之歌"，万千感慨不由化为人生无常歌，主旨也由一城兴衰之叹升华为对人世最终结局的普遍哀叹，充满深厚的终极悲观主义和伤逝情怀。

全文语言清新遒丽，形象鲜明，风格沉郁，极具艺术感染力。

【点评】

"驱迈苍凉之气，惊心动魄之辞，皆赋家之绝境也。何屺瞻曰：世祖孝建三年，竟陵王诞据广陵反，沈庆之讨平之，诛城内男丁，以女口为军赏，照盖感时而赋也。"（［清］徐树铮辑《诸家评点古文辞类纂》卷七十）

飞白①书势铭　　　　　　　　　鲍　照

秋毫②精劲，霜素凝鲜③。沾此瑶波④，染彼松烟⑤。超工八法⑥，尽奇六文⑦。鸟企⑧龙跃，珠解泉分。轻如游雾，重似崩云。绝锋剑摧，惊势箭飞。差池燕起⑨，振迅鸿归⑩。临危制节，中险腾机⑪。圭角星芒⑫，明丽烂逸⑬。丝萦发垂⑭,平理端密。盈尺锦两⑮,片字金镒⑯。故仙芝⑰烦弱,既匪足双;虫虎琐碎,又安能匹? 君子品之,是最神笔。

【注释】

①飞白:一种特殊的书法,其特点是笔画中丝丝露白,如枯笔所写。相传东汉蔡邕创。

②秋毫:毛笔。

③霜素凝鲜:形容白绢的光洁。

④瑶波:指用于磨墨的清水。

⑤松烟:指墨。以松树燃烧后凝结的黑灰制成的墨,叫松烟墨。

⑥八法:相传蔡邕、王羲之曾以"永"字为例阐述正楷运笔的八种方法,称为"永字八法"。

⑦六文:《汉书·艺文志》载,王莽变八体书为六体,即古文、奇字、篆书、隶书、缪篆、虫书等六种字体。

⑧企:踮起脚跟。此借鸟起飞形容书势。

⑨差池燕起:晋索靖《草书状》:"飞燕相追而差池。"差池,前后高低不齐。

⑩振迅鸿归:东汉蔡邕《篆势》:"远而望之,若鸿鹄群游。"振迅,振翅疾飞。

⑪腾机:犹言突生妙计。

⑫圭(guī)角:指圭玉的棱角,犹言锋芒。星芒:星的光芒。梁庾肩吾《书品》:"真草既分于星芒。"

⑬烂逸:光辉闪射。

⑭丝萦发垂:因为飞白书如运枯笔,墨迹丝丝如发,空白处亦如绢丝,故云。

⑮锦两:指锦缎一匹。古时以锦缎为货币,此言飞白书之珍贵。

⑯镒(yì):古代重量单位,二十两或二十四两为一镒。

⑰仙芝:与下句"虫虎"均为书法字体。

453

【解读】

《飞白书势铭》重点论述了书法艺术中"飞白书势"的特点。

开篇四句铺写书写工具和材料的精美。"秋毫精劲"写用笔之良，"霜素凝鲜"写书缣之美，"沾此瑶波"写墨色之润，"染彼松烟"写用墨之黑，以此展示一个纯净而又瑰丽的黑白二色世界，为写书法之美造势。"超工八法，尽奇六文"概写"飞白"之奇，说它工巧超过永字八法，奇妙尽盖六种书体，拓开了一个更为广阔自由的抒写天地。接着放笔铺写"飞白书势"的美和动势：字的形态或如"鸟企"，或如"龙跃"；细观点画的分断处宛如"珠解"，笔笔分明而又笔断意连，连接处则恰似"泉分"，既别而背之，又浑然一体。用笔轻重交替，铺墨处"重似崩云"；飘忽处"轻如游雾"；转折处痛快利落，如"绝锋剑摧"；疾行处一触即发，如"惊势箭飞"；起笔处宛然"差池燕起"；收笔处似"振迅鸿归"；紧急处犹如"临危制节"，从容有度；险要处恰如"中险腾机"，藏而不露而腾挪有方；透气处如同"圭角星芒"，鲜明绚丽，光彩四射；铺白处似"丝萦发垂"，端绪密集却又平直而有条理。纵览全幅，只觉"盈尺"值"锦两"，"片字"抵"金镒"，倍加珍贵。最后表达对"飞白"的看法，认为仙人书、芝英书小气柔弱，不足与之相提并论；虫书、虎爪书琐屑零碎，也不能与之抗衡匹敌。并以"君子品之，是最神笔"作结，表达对"飞白"的由衷赞美。

全文用形象生动的比喻，将飞白书势的形态、作用、妙境一一写出，使静态的黑白艺术变成了具有动态美的、色彩斑斓的艺术。

宋书·陶潜传（节选）　　　　沈　约

陶潜，字渊明，或云渊明字元亮，寻阳柴桑人也。曾祖侃，晋大司马。

潜少有高趣，尝著《五柳先生传》以自况，曰：（下略）其自序如此，时人谓之实录。

亲老家贫，起为州祭酒，不堪吏职，少日，自解归。州召主簿，不就。躬耕自资，遂抱羸疾，复为镇军、建威参军。谓亲朋曰："聊欲弦歌①，以为三径之资②，可乎？"执事者闻之，以为彭泽令。公田悉令吏种秫稻。妻子固请种粳，乃使二顷五十亩种秫，五十亩种粳。郡遣督邮至，县吏白应束带见之。潜叹曰："我不能为五斗米折腰向乡里小人。"即日解印绶③去职。赋《归去来》，其词曰：（下略）

义熙末，征著作佐郎，不就。江州刺史王弘欲识之，不能致也。潜尝往庐山，弘令潜故人庞通之赍④酒具于半道栗里要⑤之。潜有脚疾，使一门生二儿舁⑥篮舆，既至，欣然便共饮酌，俄顷弘至，亦无忤⑦也。先是，颜延之为刘柳后军功曹，在寻阳，与潜情款。后为始安郡，经过，日日造潜，每往必酣饮致醉。临去，留二万钱与潜，潜悉送酒家，稍就取酒。尝九月九日无酒，出宅边菊丛中坐久，值弘送酒至，即便就酌，醉而后归。潜不解音声⑧，而畜⑨素琴一张，无弦，每有酒适，辄抚弄以寄其意。贵贱造之者，有酒辄设，潜若先醉，便语客："我醉欲眠，卿可去。"其真率如此。郡将⑩候潜，值其酒熟⑪，取头上葛巾漉⑫酒，毕，还复著之。

潜弱年薄宦⑬，不洁⑭去就之迹。自以曾祖晋世宰辅⑮，耻复屈身后代，自高祖王业渐隆，不复肯仕。所著文章，皆题其年月，义熙⑯以前，则书晋氏年号；自永初⑰以来，唯云甲子而已。与子书以言其志，并为训戒曰：（下略）又

为《命子诗》以贻之曰：(下略)

潜元嘉⑱四年卒,时年六十三。

【作者简介】

沈约(441—513),字休文,吴兴武康(今浙江德清)人。南朝梁文学家、史学家。学问渊博,精通音律,与周颙等创"四声八病"之说,为当时韵文创作开辟了新境界。与谢朓、王融诸人的诗皆讲求声律,时号"永明体"。著有《宋书》。明人辑有《沈隐侯集》。

【注释】

①弦歌:《论语·阳货》记孔子学生子游任武城宰,以弦歌为教民之具。后因以"弦歌"为出任邑令之典。

②三径之资:比喻筹集隐居住所的费用。三径,汉代隐士蒋诩房前曾开三条小径,后人因以三径代称隐居。

③印绶:旧时称佩带在身的印信和系印的丝带。这里指官印。

④赍(jī):携,持。

⑤要:同"邀"。

⑥轝(yú):肩舆,即轿子。这里作动词,抬(轿子)。

⑦忤(wǔ):抵触。

⑧音声:音律。

⑨畜:收藏。

⑩郡将:郡守。郡守兼领武事,故称。

⑪熟:指酒酿成。

⑫漉(lù):过滤。

⑬薄宦:轻视做官。

⑭不洁:不在乎。

⑮宰辅:辅政的大臣。一般指宰相。

⑯义熙:东晋安帝司马德宗的年号。

⑰永初:南朝宋武帝刘裕的年号。

⑱元嘉:南朝宋文帝刘义隆的年号。

【解读】

沈约此传主要表现陶潜率真恬淡的个性与不受羁绊、不慕荣利而追求自然本真生活的志趣。

首段介绍了他祖辈的官宦家世。第二段介绍其年少志趣淡泊高雅。第三段讲他迫于家贫和奉养双亲的需要,几次出仕为官,又几次不能忍受繁琐的官场而去职。最后在彭泽县令任上,因不愿为五斗米折腰而彻底告别官场,表现其厌弃官场、向往自在本真生活的志趣。第四段写他与王弘、颜延之的交情和抚无弦琴饮酒以及用郡守的头巾滤酒的故事,表现其性格的天真直率。最后补述他不愿为官和写文章记录年号的琐事,同样体现他随性而行的处事风格。

此传记无丰功伟绩,多日常琐事,但颇能体现陶潜的淡泊率真。

【点评】

"六朝文之传于今者,以沈休文为最多,而《宋书》实其大宗也。《宋书》为《三国志》以下最古之史,叙事论断,并有可观。其纪传叙论亦能夹叙夹议,各有警策。蔚宗而后,此实称最。"(刘师培《汉魏六朝专家文研究·各家总论》)

宋书·谢灵运传论　　　沈　约

史臣①曰:民禀天地之灵,含五常②之德,刚柔迭用,喜愠分情③。夫志动于中,则歌咏外发。六义④所因,四始⑤攸系,升降⑥讴谣,纷披风什⑦。虽虞夏以前,遗文不睹,禀气怀灵，理无或异。然则歌咏所兴，宜自生民⑧始也。

周室既衰，风流⑨弥著。屈平、宋玉导清源于前，贾谊、相如振芳尘⑩于后。英辞润金石⑪，高义薄云天。自兹以降，情志愈广。王褒、刘向、扬、班、崔、蔡之徒⑫，异轨同奔⑬，递相师祖。虽清辞丽曲，时发乎篇，而芜音累气⑭，固亦多矣。若夫平子⑮艳发，文以情变，绝唱高踪⑯，久无嗣响⑰。至于建安⑱，曹氏基命⑲，三祖陈王⑳，咸蓄盛藻。甫乃以情纬㉑文，以文被㉒质。自汉至魏，四百余年，辞人才子，文体㉓三变：相如工为形似之言㉔，二班长于情理之说㉕，子建、仲宣以气质为体㉖。并摽能㉗擅美，独映当时。是以一世之士，各相慕习。源其飚流㉘所始，莫不同祖《风》《骚》；徒以赏好㉙异情，故意制相诡㉚。降及元康㉛，潘、陆㉜特秀，律异班、贾㉝，体变曹、王㉞。缛旨星稠㉟，繁文绮合㊱，缀平台之逸响㊲，采南皮之高韵㊳。遗风余烈，事极江右㊴。在晋中兴㊵，玄风㊶独扇，为学穷于柱下㊷，博物止乎七篇㊸。驰骋文辞，义殚乎此。自建武暨于义熙㊹，历载将百。虽比响联辞㊺，波属云委㊻，莫不寄言上德㊼，托意玄珠㊽，遒丽之辞，无闻焉尔。仲文始革孙、许之风㊾，叔源大变太元之气㊿。爰逮宋氏㉛，颜、谢㉜腾声，灵运之兴会㉝摽举，延年之体裁明密，并方轨㊴前秀，垂范后昆㊵。

若夫敷衽论心㊶，商榷前藻，工拙之数㊷，如有可言。夫五色相宣㊸，八音协畅㊹，由乎玄黄律吕㊺，各适物宜。欲使宫羽相变㊻，低昂互节㊼，若前有浮声㊽，则后须切响㊾。一简㊿之内，音韵尽殊；两句之中，轻重悉异。妙达此旨，始可言文。至于先士茂制⑥，讽高历赏⑥。子建"函京"之作⑥，仲宣"灞岸"之篇⑥，子荆"零雨"之章⑦，正长"朔风"之句⑦，并直举胸情，非傍诗史⑦。正以音律调韵，取高前式⑦。自灵均⑦以来，多历年代，虽文体稍精，而此秘未睹。至于高言妙句，音韵天成，皆暗与理合，匪由思至。张、蔡、曹、王⑦，曾无先觉；潘、陆、颜、谢⑦，去之弥远。世之知音者，有以得之，知此言之非谬。如曰不然，请待来哲。

【注释】

①史臣：撰写史书的人，此处自指作者沈约。

②五常：即五行，金、木、水、火、土。

③情：指喜、怒、哀、惧、爱、恶、欲七情。

④六义：指《诗经》六义，即赋、比、兴、风、雅、颂。

⑤四始：指《关雎》风之始，《鹿鸣》小雅始，《文王》大雅始，《清庙》颂始。

⑥升降：盛衰。

⑦风什：诗篇。

⑧生民：人。

⑨风流：犹遗风。

⑩芳尘：指美好的风气。

⑪金石：即铭文，刻在钟鼎或碑石上。

⑫"王褒"句：王褒，西汉辞赋家，刘勰称其《洞箫赋》"穷变于声貌"。刘向，西汉文学家，有《九叹》等辞赋。扬，扬雄，西汉辞赋家，《文选》选其《甘泉》《羽猎》《长杨》三赋。班，班固，《两都赋》为《文选》廾卷之首，刘勰称之"明绚以雅赡"。崔，崔骃，东汉文学家，少与傅毅、班固齐名。蔡，蔡邕，东汉文学家、书法家，刘勰说，"自后汉以来，碑碣云

起。才锋所断,莫高蔡邕"。

⑬异轨同奔:谓创作走不同的途径,但追求相同。

⑭累气:指清明之气为芜杂之音所累。

⑮平子:即张衡,东汉文学家,尤以辞赋见称。

⑯绝唱高踪:此指张衡《四愁诗》。高踪,踪迹高远,此喻情趣崇高。

⑰嗣响:继承其音响。指延续《四愁诗》的体式、格调。

⑱建安:汉献帝年号。

⑲曹氏基命:指建安时期政治实权已落魏王曹操之手。基命,王者始承天命。

⑳三祖:指魏武帝曹操(太祖)、魏文帝曹丕(高祖)、魏明帝曹叡(烈祖)。陈王:指陈思王曹植。

㉑纬:组织。

㉒被:润饰。

㉓文体:指文章的风格。

㉔"相如"句:西汉辞赋家司马相如的《子虚赋》《上林赋》为汉大赋之模式,皆为"丽以淫"的词人之赋。

㉕"二班"句:二班指班彪、班固父子。《文选》选班彪《北征赋》,是赋体之史。情理,权论是非。

㉖"子建"句:子建即曹植,善诗,亦长辞赋。仲宣即王粲,《文选》选其《登楼赋》及诗多首。气质,谓个性修养。

㉗摽(biāo)能:标榜才能。摽,同"标"。

㉘飚流:即风流。言如风之散,如水之流。

㉙赏好:艺术趣味。

㉚意制相诡:内容体裁有变化。

㉛元康:晋惠帝司马衷年号。

㉜潘、陆:指西晋文学家潘岳和陆机。皆诗文赋兼善。

460

㉝班、贾:指班固、贾谊。

㉞曹、王:指曹植、王粲。

㉟缛旨星稠:繁饰的文旨像星辰一样稠密。缛,繁饰。

㊱繁文绮合:繁复的辞藻像绮罗聚合。形容文章秀媚。

㊲缀平台之逸响:延续了司马相如在平台写《子虚赋》的遗调。缀,连。平台,汉代梁孝王建,招揽文士游览作赋。

㊳采南皮之高韵:采续了南皮文人的风格文气。曹丕《与吴质书》:"每念昔日南皮游,诚不可忘。"

㊴事极江右:言潘、陆之风止于西晋。江右:东晋以后,称西晋和北朝魏、齐、周统治下的地区为"江右"。与"江左"相对而言。

㊵晋中兴:指东晋。

㊶玄风:指老庄之学。

㊷柱下:指老子。老子曾为周之柱下史。

㊸七篇:指庄子。《庄子》内篇共七篇,一般认为庄周自作。

㊹建武:晋元帝司马睿年号。义熙:晋安帝司马德宗年号。

㊺比响联辞:指作品不断出现。

㊻波属云委:极言文章之多,如波相连,如云相积。

㊼上德:指老子无为之哲学。《老子·三十八章》:"上德不德,是以有德。"

㊽玄珠:指老庄之道。《庄子·天地》:"黄帝游乎赤水之北,……遗其玄珠。"

㊾"仲文"句:殷仲文,东晋文学家,擅长文辞,改变玄言诗风。孙、许,指东晋玄言诗人孙绰、许询。

㊿"叔源"句:叔源指谢混,东晋文学家,东晋玄言诗至谢混而大变。太元之气,指以孙绰、许询为首的玄言诗风。太元,晋孝武帝司马曜的年号。

○51宋氏:指南朝刘宋。

461

(52)颜、谢：指颜延之和谢灵运。

(53)兴会：指诗文情致。

(54)方轨：取法；比肩。

(55)后昆：后代。

(56)敷衽论心：铺开衣襟而谈心，犹言“促膝谈心”。敷衽，铺开衣襟。

(57)数：术，犹言技艺章法。

(58)五色相宣：青、黄、赤、白、黑五色相配而色彩鲜明。

(59)八音协畅：金、石、丝、竹、匏、土、革、木等八类乐器的声律协调而韵律流畅。

(60)玄黄律吕：颜色和音律。

(61)宫羽相变：五音交错。宫羽，五音中的宫音与羽音，用指声调。此处代指为文的平仄四声。

(62)低昂互节：高音与低音交错节制。

(63)浮声：指平声。

(64)切响：指仄声。

(65)一简：一行，此处指诗的一句。

(66)茂制：佳作。

(67)历赏：历代文士都赞赏。

(68)子建“函京”之作：指曹植的《赠丁仪王粲》诗，中有“从军度函谷，驱马过西京”句，故云。

(69)仲宣“灞岸”之篇：指王粲《七哀诗》，中有“南登霸陵岸，回首望长安”句，故云。

(70)子荆“零雨”之章：指孙楚《征西官属送于陟阳候作诗》，中有“晨风飘歧路，零雨被秋草”之句，故云。

(71)正长“朔风”之句：指王赞的《杂诗》，中有“朔风动秋草，边马有归心”之句，故云。

⑫诗史:他人的诗句和史实。

⑬取高前式:取法甚至高于前人(作诗文)的法式。

⑭灵均:屈原,字灵均。

⑮张、蔡、曹、王:指张衡、蔡邕、曹植、王粲。

⑯潘、陆、颜、谢:指潘岳、陆机、陆云、颜延之、谢灵运。

【解读】

此史论是沈约附在《宋书·谢灵运传》后面的一篇阐发自己的文学观点的文章。全文以"声律论"为核心,分三部分展开。

第一部分讲"志动于中,则歌咏外发"的道理。志即情。自天地有人,则人便有七情,心中受志意触动,则会以歌咏来表达。"在己为情,情动为志。情志一也。"故"歌咏所兴"并非从《诗经》开始,而是远在虞夏之前,有了生民就有了的。第二部分简述从战国到晋宋的诗史,并对其流变因革、流派特征作了简要评述。诗史轨迹如下:战国"屈平、宋玉导清源于前",西汉"贾谊、相如振芳尘于后",东汉"平子艳发,文以情变,绝唱高踪,久无嗣响",建安三曹"咸蓄盛藻""以情纬文,以文被质";西晋潘岳、陆机"律异班、贾,体变曹、王""缛旨星稠,繁文绮合";东晋之诗"莫不寄言上德,托意玄珠,遒丽之辞,无闻焉尔",至殷仲文和谢混才大变玄言诗风;到刘宋,"颜、谢腾声","方轨前秀,垂范后昆"。以上所列,皆为诗歌发展史上的重要作家和风尚,其流派特征自汉至魏三变:"相如工为形似之言,二班长于情理之说,子建、仲宣以气质为体。"且"源其飚流所始,莫不同祖《风》《骚》;徒以赏好异情,故意制相诡"。潘岳、陆机"律异班、贾,体变曹、王"而有繁复文丽的风格;而东晋玄言诗成风则是由于当时"玄风独扇",时人皆好老庄之学。第三部分重点讲声律论。沈评诗立足于"声律"(声律即诗赋的音韵、节奏的规律),探究前人文辞的工巧与否,关键在于是否"五色相宜,八音协畅""宫羽相变,低昂互节,若前有浮声,则后须切响""一简之内,音韵尽殊;两句之中,轻重悉异"。只有"妙达此旨,始可言文"。这既是沈约声律论的基本内容,也是他评价诗赋的重要标准。其后列举了"子建'函京'之作,仲宣'灞岸'之篇,子荆'零雨'之章,正长'朔风'之句",在他看来,此四诗正是音律合韵,故取得比前人还高的成就。最后,沈约对自己的声律论给予了极高评价,认为这是"自灵均以来"而"未睹"的秘诀,张、蔡、曹、王都"曾无先觉",潘、陆、颜、谢更是"去之弥远";且觉得当时都不一定有知音,可能要待后世明哲来评判。

声律论是此传论最重要的内容,也是沈约在诗歌理论上作出的总结性贡献。

【点评】

"沈侯《谢灵运传论》,全说文体,备言音律,此正可为《翰林》之补亡,《流别》之总说耳。"([唐]刘知几《史通·外篇·杂说下》)

别 赋　　　江 淹

黯然①销魂者,唯别而已矣!况秦吴②兮绝国③,复燕宋④兮千里。或春苔兮始生,乍秋风兮暂起。是以行子肠断,百感凄恻。风萧萧而异响,云漫漫而奇色。舟凝滞于水滨,车逶迟⑤于山侧。棹容与⑥而讵前⑦,马寒鸣而不息。掩金觞而谁御⑧,横玉柱⑨而沾轼。居人愁卧,怳⑩若有亡。日下壁而沉彩⑪,月上轩而飞光。见红兰之受露,望青楸之离⑫霜。巡层楹⑬而空掩,抚锦幕而虚凉。知离梦之踯躅,意别魂之飞扬⑭。故别虽一绪,事乃万族。

至若龙马银鞍,朱轩绣轴⑮,帐饮⑯东都,送客金谷⑰。琴羽⑱张兮箫鼓陈,燕、赵歌兮伤美人⑲。珠与玉兮艳暮秋,罗与绮兮娇上春⑳。惊驷马之仰秣㉑,耸渊鱼之赤鳞㉒。造分手而衔涕，感寂寞而伤神。

乃有剑客惭恩[23]，少年报士[24]，韩国赵厕[25]，吴宫燕市[26]。割慈忍爱，离邦去里。沥泣共诀，抆血[27]相视。驱征马而不顾，见行尘之时起。方衔感于一剑，非买价[28]于泉里。金石震[29]而色变，骨肉悲而心死。

或乃边郡未和，负羽[30]从军。辽水[31]无极，雁山[32]参云。闺中风暖，陌上草薰。日出天而耀景，露下地而腾文[33]。镜[34]朱尘之照烂，袭青气之烟煴[35]。攀桃李兮不忍别，送爱子[36]兮沾罗裙。

至如一赴绝国，讵[37]相见期？视乔木兮故里，决[38]北梁兮永辞。左右兮魂动，亲宾兮泪滋。可班荆[39]兮赠恨，惟樽酒兮叙悲。值秋雁兮飞日，当白露兮下时。怨复怨兮远山曲，去复去兮长河湄。

又若君居淄右[40]，妾家河阳[41]，同琼佩[42]之晨照，共金炉之夕香。君结绶[43]兮千里，惜瑶草[44]之徒芳。惭幽闺之琴瑟，晦高台之流黄[45]。春宫[46]閟[47]此青苔色，秋帐含此明月光，夏簟[48]清兮昼不暮，冬釭[49]凝兮夜何长！织锦曲兮泣已尽，回文诗兮影独伤。

傥有华阴上士[50]，服食还山。术既妙而犹学，道已寂[51]而未传。守丹灶而不顾[52]，炼金鼎[53]而方坚。驾鹤上汉，骖鸾腾天。暂游万里，少别千年。惟世间兮重别，谢[54]主人兮依然。

下有芍药之诗，佳人之歌。桑中卫女，上宫陈娥[55]。春草碧色，春水渌波。送君南浦[56]，伤如之何！至乃秋露如珠,秋月如圭。明月白露,光阴往来。与子之别,思心徘徊。

是以别方不定,别理千名⁵⁷。有别必怨,有怨必盈。使人意夺神骇⁵⁸,心折骨惊⁵⁹。虽渊、云⁶⁰之墨妙,严、乐⁵¹之笔精,金闺⁶²之诸彦,兰台⁶³之群英,赋有凌云之称⁵⁴,辩有雕龙之声⁶⁵,谁能摹暂离之状,写永诀之情者乎?

【作者简介】

江淹(444—505),字文通,济阳考城(今河南民权东北)人。南朝梁文学家。所作《恨赋》《别赋》最有名。有《江文通集》。

【注释】

①黯然:心神沮丧,形容惨戚之状。

②秦吴:春秋时的秦国和吴国。

③绝国:相隔极远的邦国。

④燕宋:春秋时的燕国和宋国。

⑤逶迟:徘徊不行的样子。

⑥容与:随水波起伏荡漾的样子。

⑦诇前:滞留不前。

⑧御:进用。

⑨玉柱:琴瑟上的系弦之木,这里指琴。

⑩恍(huǎng):丧神失意的样子。

⑪沉彩:日光西沉。

⑫离:通"罹",遭受。

⑬层楹(yíng):高高的楼房。楹,屋前的柱子,此指房屋。

⑭飞扬:心神不安。

⑮绣轴:绘有彩饰的车轴。此指车驾之华贵。

⑯帐饮:设帷帐于郊外以饯行。

⑰金谷:晋代石崇所造金谷园。

⑱琴羽:指琴中弹奏出羽声。羽,五音之一,声最细切,宜于表现悲戚之情。

⑲"燕、赵"句:《古诗》有"燕赵多佳人,美者颜如玉"句,后因以美人多出燕赵。

⑳上春:即初春。

㉑仰秣(mò):抬起头吃草。原形容琴声美妙动听,此处反其意,言其声悲切。

㉒鳞:指渊中之鱼。

㉓惭恩:自惭于未报主人知遇之恩。

㉔报士:心怀报恩之念的侠士。

㉕韩国:指战国时侠士聂政为韩国严仲子报仇,刺杀韩相侠累事。赵厕:指战国初豫让变姓名为刑人,入宫涂厕,欲刺赵襄子为智氏报仇事。

㉖吴宫:指春秋时专诸置匕首于鱼腹,为吴国公子光刺杀吴王事。燕市:指荆轲与朋友高渐离等饮于燕国街市,因感燕太子丹恩遇,至秦谋刺秦王事。

㉗抆(wěn)血:擦拭血泪。抆,擦拭。

㉘买价:估取声名。

㉙金石震:钟、磬等乐器齐鸣。

㉚负羽:挟带弓箭。

㉛辽水:辽河,在辽宁。

㉜雁山:雁门山,在山西。

㉝腾文:指露水在阳光下反射出绚烂的色彩。

㉞镜:照耀。

㉟青气:春天草木上腾起的烟霭。烟煴(yīn yūn):同"氤氲",云气

467

笼罩弥漫的样子。

㊱爱子：爱人，指征夫。

㊲讵：岂有。

㊳决：同"诀"，诀别。

㊴班荆：班，铺设。荆，树枝条。人们以"班荆道故"来比喻亲旧惜别的悲痛。

㊵淄右：淄水西面。右，古时在地理上以西为右。

㊶河阳：黄河北岸。阳，古时称山之南、水之北为阳。

㊷琼佩：琼玉之类的佩饰。

㊸结绶：指出仕做官。绶，系官印的丝带。

㊹瑶草：仙山中的芳草，这里比喻闺中少妇。

㊺流黄：黄色丝绢，这里指黄绢做成的帷幕。

㊻春宫：指闺房。

㊼闭(bì)：关闭。

㊽簟（diàn）：竹席。

㊾釭（gāng）：油灯。

㊿上士：道士；求仙的人。

51寂：进入微妙之境。

52不顾：指不顾问尘俗之事。

53炼金鼎：在金鼎里炼丹。

54谢：告别。

55"桑中"两句：桑中，卫国地名。上宫，陈国地名。卫女、陈娥，均指恋爱中的少女。

56南浦：泛指送别之地。《九歌·河伯》："送美人兮南浦。"

57名：种类。

58意夺神骇：意志丧失，神魂沮丧。

59心折骨惊：指创痛至极。

468

⑩渊、云:指王褒(字子渊)和扬雄(字子云),汉代辞赋家。

⑪严、乐:指严安、徐乐,汉武帝时有名的文人。

⑫金闺:指汉代长安金马门,曾是聚集才识之士以备汉武帝征询的地方。

⑬兰台:汉代朝廷中藏书和讨论学术的地方。

⑭赋有凌云之称:辞赋有司马相如"凌云之气"的美称。《史记·司马相如列传》:"相如既奏大人之颂,天子大说,飘飘有凌云之气。"

⑮辩有雕龙之声:文章有驺奭"雕镂龙文"的名声。刘向《别录》:"驺奭修衍之文,饰若雕镂龙文。"

【解读】

江淹的《别赋》择取离别的七种类型摹写离愁别绪,曲折地映射出南北朝时战乱频繁、聚散不定的社会状况。

首段总起,泛写人生离别之悲,"黯然销魂者,唯别而已矣"点离别之伤,定基调。接着以地域隔绝千里,风云萧瑟,舟车徘徊,马鸣悲催等景象描写渲染离别的凄凉悲伤,再用"别虽一绪,事乃万族"承上启下。

中间七段分别描摹富贵之别、侠客之别、从军之别、绝国之别、夫妻之别、方外之别、情侣之别的情境,表现富有特征的离情:富贵之别,宝马香车,琴鼓美人,虽豪华壮观,但乐声悲壮,伤美人,惊驷马,眷渊鱼,分手时眼含泪水,深感孤单寂寞而黯然伤神;侠客之别,报恩赴死,义无反顾,虽有金石震而令懦夫色变之慷慨,亦不免"骨肉悲而心死"的伤痛;从军之别,关山辽远,纵春光融融,草鲜木茂,终难忍泪湿罗衫;绝国之别,相见无期,故乡风物添悲,亲朋泪滋诀别,借酒述怀,哀怨惆怅无限;夫妻之别,一去千里,往昔美好皆成回忆,芳华虚度,倍感岁月漫长,寂寞悲伤;方外之别,虽一心炼丹,意志坚强,心念驾鹤升天,然与世人告别,仍依依不舍,心生惦念;情侣之别,春草青翠映春波,南浦送君哀情多,秋霜秋月去复来,时光流逝人徘徊。

末段则以"别方不定,别理千名。有别必怨,有怨必盈"概括总结出人类别离的共有感情,并以任何文才高手难以描摹抒写极言其悲,与开篇的"黯然销魂者,唯别而已矣"呼应,进一步突出主旨。

此赋铺陈夸饰而不失其真,充满诗情画意,是千古别情名篇。

【点评】

"江文通作《别赋》,首句云:黯然而销魂者,别而已矣。词高洁而意悠远,卓冠篇首,屹然如山,后有作者不能及也。"([元]刘壎《隐居通议》卷五)

"江淹《别赋》:'春草碧色,春水渌波。送君南浦,伤如之何!'取诸目前,不雕琢而自工,可谓天然之句。"([明]杨慎《升庵诗话》卷三)

恨　赋

江　淹

试①望平原,蔓草萦骨,拱木②敛魂。人生到此,天道宁论? 于是仆本恨人③,心惊不已。直念古者,伏恨④而死。

至如秦帝按剑,诸侯西驰⑤。削平天下,同文共规,华山为城⑥,紫渊⑦为池。雄图既溢,武力未毕。方架鼋鼍以为梁⑧,巡海右⑨以送日。一旦魂断,宫车晚出⑩。

若乃赵王既虏,迁于房陵⑪。薄暮心动,昧旦⑫神兴。别艳姬与美女,丧金舆及玉乘。置酒欲饮,悲来填膺。千秋万岁,为怨难胜。

至如李君降北⑬,名辱身冤。拔剑击柱,吊影惭魂⑭。情往上郡,心留雁门⑮。裂帛系书⑯,誓还汉恩。朝露溘至⑰,握手何言?

若夫明妃去时⑱,仰天太息。紫台⑲稍远,关山无极。

摇风⑳忽起，白日西匿。陇雁少飞，代云寡色。望君王兮何期？终芜绝㉑兮异域。

至乃敬通见抵㉒，罢归田里。闭关却扫，塞门不仕。左对孺人㉓，顾弄稚子㉔。脱略㉕公卿，跌宕㉖文史。赍志㉗没地，长怀无已㉘。

及夫中散下狱㉙，神气激扬。浊醪㉚夕引，素琴晨张。秋日萧索，浮云无光。郁青霞㉛之奇意，入修夜之不旸㉜。

或有孤臣危涕，孽子坠心㉝。迁客海上，流戍陇阴，此人但闻悲风汩起㉞，血下沾衿。亦复含酸茹叹㉟，销落湮沉。

若乃骑叠迹，车屯轨㊱，黄尘匝地，歌吹四起。无不烟断火绝㊲，闭骨泉里。

已矣哉！春草暮兮秋风惊㊳，秋风罢兮春草生。绮罗毕兮池馆尽，琴瑟灭兮丘垄㊴平。自古皆有死，莫不饮恨而吞声。

【注释】

①试：若。

②拱木：坟墓旁径围大如两臂合围的树。

③恨人：失意悲怨之人。

④伏恨：犹含恨。

⑤西驰：西入秦而朝拜。

⑥城：护城墙。

⑦紫渊：水名，在长安北。

⑧架鼋鼍（yuán tuó）以为梁：捕杀鼋、鼍，用以架桥。鼋，鳖。鼍，一种鳄。

⑨海右:大海之西。古人地理上以西为右。

⑩宫车晚出:比喻皇帝死亡。

⑪赵王既虏,迁于房陵:秦灭赵,掳赵王,将他流放到汉中的房陵。

⑫昧旦:天将亮未亮之时。

⑬李君降北:指汉将李陵出战北方匈奴,力穷粮尽而投降。

⑭拔剑击柱,吊影惭魂:形容李陵想到自己败降匈奴的痛苦心情。魂,心灵。

⑮情往上郡,心留雁门:指情系汉朝。上郡、雁门,汉朝边塞。

⑯裂帛系书:裁帛写书信系于雁。《汉书·苏武传》载,苏武出使匈奴被扣,并流放北海。后同被扣留的常惠教汉使对单于说,汉天子射猎,得雁足所系帛书,知苏武尚在。单于才将苏武放回归汉。

⑰朝露溘(kè)至:形容人生短暂。溘,突然。

⑱明妃去时:指王昭君出塞。

⑲紫台:紫宫,此指汉宫。

⑳摇风:盘旋而上的暴风。

㉑芜绝:废弃隔绝。

㉒敬通见抵:冯衍,字敬通,汉代人。敬通才过其实,抑而不用,故归田。见抵,被排挤。

㉓孺人:妻子。

㉔稚子:幼子。

㉕脱略:轻慢。

㉖跌宕:同"跌荡",放纵。

㉗赍志:抱定志向。

㉘长怀无已:谓恨情无已。李善注引冯衍《说阴就书》:"怀抱不报,赍恨如冥。"

㉙中散下狱:指嵇康被逮捕杀害。嵇康官拜中散大夫,世称"嵇中散"。

㉚浊醪(láo)：浊酒。

㉛青霞：谓其志高。

㉜不旸(yáng)：不明。

㉝孤臣危涕，孽子坠心：李善注："《登楼赋》曰：'涕横坠而弗禁。'然心当云'危'，涕当云'坠'，江氏爱奇，故互文以见义。"孤臣，失势的远臣。孽子，非嫡出之子。

㉞汩起：风疾劲的样子。

㉟茹叹：饮恨。

㊱骑叠迹，车屯轨：形容车马之多。屯，聚。

㊲烟断火绝：比喻人的死去。

㊳惊：震动。形容吹刮之气。

㊴丘垄：坟墓。

【解读】

《恨赋》抒写了各种人生遗恨，传达人生短暂，饮恨而终的深悲。

首段开篇写眺望原野，见杂草缠绕尸骨，大树聚敛魂魄，于是抑制不住心中的伤痛，更想到古时饮恨而死的人，点题，营造苍凉悲慨的氛围。

接下来从第二段到第七段先分别列举了秦始皇、赵王、李陵、王昭君、冯衍、嵇康六个人，描述他们各自的恨：秦始皇平定天下，统一文法，诸侯朝见；而他又雄心勃勃，希望征服海外，然而蓝图并未实现便魂断巡狩途中。此为壮志未酬之恨。赵王做了俘虏，被迁徙到房陵，往昔美好不再；置酒欲饮时，悲愤填满心胸，终死而怨恨无尽。此为亡国辱身之恨。李陵战至兵尽粮绝而投降匈奴，全家因此被诛；降后郁闷如狂，孤独心惭；身在匈奴而心怀故国，生命短促，遗憾终身。这是名辱身死却又含冤莫白之恨。王昭君因不肯贿赂画工而被丑化，无缘面君。远嫁匈奴，边塞荒漠，她心念君王却终死异域。这是愁死他乡之恨。冯衍怀才而被小人中伤排挤，罢免归田，从此闭门自保，胸怀大志而死，饮恨不止。这是报国无门，郁郁而终之恨。嵇康被诬下狱，气概激昂，心中郁结着高迈情怀，夜不能寐，以盼天明。这是世道黑暗，清流难容之恨。

接下来两段列举另几类典型的含恨之众人：孤立无助的远臣和非嫡出的庶子惶惶终日；贬谪流放边地的官员闻风泣血、饮恨吞声、消散湮灭；边关将士虽车骑多至黄尘漫天，军乐雄壮，最终尸埋九泉。由此殊途同归，得出结论："绮罗毕兮池馆尽，琴瑟灭兮丘垄平。自古皆有死，莫不饮恨而吞声。"即消亡乃是世间万物唯一归宿，还有谁不为这万古之恨而悲痛不已？全文至此作结，具有浓郁的沉痛与悲感。

此赋层次明晰而文辞隽丽，悲愤苍凉，富有极大的艺术感染力。

【点评】

"文通之赋，自为杰作绝思，若必拘限声调，以为异于屈、宋，则屈、宋何以异于三百篇也？"（［清］何焯《义门读书记》卷四十五）

北山移文①

孔稚珪

钟山之英，草堂②之灵，驰烟驿路，勒移山庭：

夫以耿介拔俗之标③，萧洒出尘之想，度白雪以方洁，干④青云而直上，吾方知之矣。

若其亭亭物表⑤，皎皎霞外⑥，芥⑦千金而不眄，屣⑧万乘其如脱，闻风吹于洛浦⑨，值薪歌于延濑⑩，固亦有焉。

岂期终始参差，苍黄翻覆，泪翟子之悲⑪，恸朱公之哭⑫。乍回迹以心染⑬，或先贞而后黩⑭，何其谬哉！呜呼，尚生⑮不存，仲氏⑯既往，山阿寂寥，千载谁赏！

世有周子⑰，隽俗⑱之士，既文既博，亦玄亦史。然而学遁东鲁^⑲，习隐南郭^⑳，偶吹^㉑草堂，滥巾^㉒北岳。诱我松桂，欺我云壑。虽假容于江皋，乃缨情^㉓于好爵。

其始至也，将欲排巢父，拉许由^㉔，傲百氏，蔑王侯。风情张日，霜气横秋。或叹幽人长往，或怨王孙^㉕不游。谈空空于释部^㉖，核玄玄于道流^㉗。务光^㉘何足比，涓子^㉙不能俦。

及其鸣驺^㉚入谷，鹤书^㉛赴陇，形驰魄散，志变神动。尔乃眉轩^㉜席次，袂耸^㉝筵上，焚芰制而裂荷衣^㉞，抗尘容而走俗状^㉟。风云凄其带愤，石泉咽而下怆，望林峦而有失，顾草木而如丧。

至其纽金章^㊱，绾^㊲墨绶，跨属城^㊳之雄，冠百里之首。张英风于海甸^㊴，驰妙誉于浙右。道帙^㊵长殡，法筵^㊶久埋。敲扑喧嚣犯其虑，牒诉^㊷倥偬装其怀。《琴歌》既断，《酒赋》无续。常绸缪于结课^㊸，每纷纶于折狱^㊹。笼张、赵^㊺于往图，架卓、鲁^㊻于前箓。希踪三辅豪^㊼，驰声九州牧。

使我高霞孤映，明月独举。青松落阴，白云谁侣？涧户^㊽摧绝无与归，石径荒凉徒延伫。至于还飙^㊾入幕，写^㊿雾出楹，蕙帐空兮夜鹤怨，山人去兮晓猿惊。昔闻投簪^㉛逸海岸，今见解兰缚尘缨^㉜。于是南岳献嘲，北陇腾笑，列壑争讥，攒峰^㉝竦诮。慨游子之我欺，悲无人以赴吊。

故其林惭无尽，涧愧不歇，秋桂遣风^㉞，春萝罢月^㉟。骋西山之逸议，驰东皋之素谒^㊱。

今又促装下邑^㊲，浪栧^㊳上京，虽情投于魏阙^㊴，或假步于山扃^㊵。岂可使芳杜厚颜，薜荔无耻，碧岭再辱，丹崖重滓⑥，尘游躅⑫于蕙路，污渌池以洗耳？宜扃岫幌⑬，掩云关，敛轻雾，藏鸣湍。截来辕于谷口，杜妄辔⑭于郊端。于是丛条瞋胆，叠颖⑮怒魄。或飞柯以折轮，乍低枝而扫迹⑯。请回俗士驾，为君谢逋客⑰。

【作者简介】

孔稚珪(447—501)，字德璋，会稽山阴(今浙江绍兴)人。南朝齐文学家。官至太子詹事。明人辑有《孔詹事集》。

【注释】

①北山：位于建康城北的钟山，即今南京的紫金山。移文：古代一种对人进行劝喻或责备的文体。

②草堂：周颙在钟山所建隐舍。

③标：风度、格调。

④干：犯，凌驾。

⑤物表：万物之上。

⑥霞外：天外。

⑦芥：小草，此处用作动词，视如小草，轻视。

⑧屣(xǐ)：草鞋，此处用作动词，视如草鞋，贱视。

⑨闻凤吹于洛浦：《文选》李善注引《列仙传》："王子乔，周宣王太子晋也。好吹笙，作凤鸣，游伊、洛之间。"

⑩值薪歌于延濑(lài)：《文选》吕向注："苏门先生游于延濑，见一人采薪，谓之曰：'子以终此乎？'采薪人曰：'吾闻圣人无怀，以道德为心，何怪乎而为哀也。'遂为歌二章而去。"可备一说。

⑪"泪翟子"句：翟子即墨翟，他见练丝而泣，为其可以黄可以黑。

⑫"恸朱公"句：朱公，即杨朱。杨朱见歧路而哭，为其可以南可以北。

476

⑬心染：心里牵挂仕途名利。

⑭黩：污浊肮脏。

⑮尚生：尚子平，西汉末隐士。

⑯仲氏：仲长统，东汉末年人，屡征召不就。

⑰周子：周颙（yóng），南朝宋、齐文学家，兼善老易，长于佛理。

⑱隽俗：卓立世俗。

⑲东鲁：指颜阖（hé）。《庄子·让王》载，鲁君闻颜阖得道人，使人以币先焉。颜阖得知而遁逃。

⑳南郭：《庄子·齐物论》："南郭子綦隐机而坐，仰天嗒然，似丧其偶。"

㉑偶吹：杂合众人吹奏乐器。用《韩非子·内储说上》"滥竽充数"事。

㉒滥巾：即冒充隐士。巾，隐士所戴头巾。

㉓缨情：系情。

㉔"将欲排巢父"两句：巢父、许由，都是尧时隐士。拉，折辱。

㉕王孙：指隐士。《楚辞·招隐士》："王孙游兮不归，春草生兮萋萋。"

㉖"谈空"句：空空，佛家义理。佛家认为一切皆空，空亦假名，假名亦空，曰"空空"。释部，佛家之书。

㉗"核玄"句：玄玄，道家义理。《老子》："玄之又玄，众妙之门。"道流，学道者，道士。

㉘务光：《文选》李善注引《列仙传》："务光者，夏时人也……汤得天下，已而让光，光遂负石沉寥水而自匿。"

㉙涓子：《文选》李善注引《列仙传》："涓子者，齐人也。好饵术，隐于宕山。"

㉚鸣驺（zōu）：指使者的车马。鸣，喝道。驺，随从骑士。

㉛鹤书：指征召的诏书。因诏板所用的书体如鹤头，故称。

㉜轩:高扬。

㉝袂(mèi)耸:衣袖高举。

㉞芰(jì)制、荷衣:以荷叶做成的隐者衣服。

㉟抗:高举,这里指张扬。走:驰骋,这里喻迅速。

㊱金章:铜印。

㊲绾(wǎn):系。

㊳属城:郡下所属各县。

㊴海甸:海滨。

㊵道帙(zhì):道家的经典。帙,书套,指书籍。

㊶法筵:讲佛法的坐席。

㊷牒诉:诉讼状纸。

㊸结课:计算赋税。

㊹折狱:判理案件。

㊺张、赵:张敞、赵广汉。两人都做过京兆尹,西汉能吏。

㊻卓、鲁:卓茂、鲁恭。东汉循吏。

㊼三辅豪:三辅有名的能吏。三辅,汉代称京兆、左冯翊、右扶风为三辅。

㊽涧户:山涧中的陋室。

㊾还飙(biāo):回风。

㊿写:同"泻",吐。

51投簪:抛弃冠簪。

52缚尘缨:束缚于尘网。

53攒(zǎn)峰:密聚在一起的山峰。

54遣风:不飘香风。遣,排除。

55罢月:不笼月色。

56素谒:高尚有德者的言论。

57下邑:指原来做官的县邑。

478

㊽浪枻(yì)：驾舟。

㊾魏阙：高大门楼。这里指朝廷。

⑥山扃(jiōng)：山门。指北山。

㉑重滓(zǐ)：再次蒙受污辱。

㉒躅(zhú)：足迹。

㉓岫幌(xiù huǎng)：犹言山穴的窗户。幌，帷幕。

㉔妄辔：肆意乱闯的车马。

㉕颖：草芒。

㉖扫迹：遮蔽路径。

㉗逋客：逃亡者，指周颙。

【解读】

《北山移文》假托北山山神的口气，揭露先隐后仕的假隐士的丑恶行为。

开端赞美钟山灵秀，是"耿介拔俗、潇洒出尘"者理想的隐居地。接着描写世间真假两种隐士：真隐士为人耿介，有节操，超脱世俗，与白雪青云比高洁，视千金为草芥，万乘如敝屣。而当今的人（即假隐士）则自称清净脱俗，实际却反复无常，心口不一；或假借隐居来标榜清高，但不能忘怀做官；或起初洁身自好，后来同流合污。总之已无尚子平、仲长统那样隐居空山赏乐的人！

第四、五段渲染褒扬当世"周子"的"傲百氏，蔑王侯"的清高和"既文既博，亦玄亦史"的才华。以"风情张日，霜气横秋"比拟其风度情致之高超，操守气概之凌厉。所谓务光、涓子都不能比，俨然巢父、许由再世。

接下来却笔锋突转，揭露这位自鸣高洁的假隐士汲汲于世务的种种丑态。皇帝征召一到便"形驰魄散，志变神动"；席间眉目飞扬，衣袖耸举，很快撕毁了隐士的服装。入仕后更"希踪三辅豪，驰声九州牧"，只望官越做越大，昔日标榜的清高早就丢到九霄云外，这些举止与上

479

文的清高鲜明对比,充分暴露其假隐士的丑恶嘴脸,极具讽刺意味。接下来"于是南岳献嘲"至"春萝罢月"写目击周子变节行为,山中风云、泉石、林峦、草木愤怒凄怆,羞惭悲伤,烘托周子的变节可鄙可恶。最后一段写周子恬不知耻,居然"虽情投于魏阙,或假步于山扃",一心奔往朝廷,还想借道北山。"宜扃岫幌"至"杜妄辔于郊端"写山神因此震怒,深感蒙羞,认为应关闭一切通道,阻止其到来。最后的"请回俗士驾,为君谢逋客"是作者之言,即代替北山神灵著文驱逐周子的车驾,谢绝这个逃客。

全文通过山川草木拟人化的描写,嘲讽和谴责周子的虚伪庸俗,蕴涵着对虚伪人格的尖锐批评。

【点评】

"假山灵作檄,设想已奇。而篇中无语不新,有字必隽,层层敲入,愈入愈精。真觉泉石蒙羞,林壑增秽。读之令人赏心留盼,不能已也。"([清]吴楚材、吴调侯《古文观止》卷七)

答谢中书①书 陶弘景

山川之美,古来共谈。高峰入云,清流见底。两岸石壁,五色交辉。青林翠竹,四时俱备。晓雾将歇,猿鸟乱鸣;夕日欲颓②,沉鳞竞跃。实是欲界之仙都③,自康乐④以来,未复有能与⑤其奇者。

【作者简介】

陶弘景(456—536),字通明,南朝齐梁间道教思想家,医学家,自号华阳隐居,丹阳秣陵(今江苏南京)人,卒谥贞白先生。主张儒、佛、道三家合流,鼓吹"百法纷凑,无越三教之境"。

【注释】

①谢中书:或即谢徵,陈郡阳夏(河南太康)人。曾任中书舍人,故称谢中书。或疑指谢朓。

②颓:坠落。

③欲界之仙都:即人间仙境。

④康乐:南朝诗人谢灵运,他被封康乐公。

⑤与(yù):参与,这里有欣赏、领略之意。

【解读】

《答谢中书书》是六朝山水小品名作。

文章以感慨发端:山川之美,自古就是文人雅士谈赏的,为谈论山水之美与乐铺垫。接着描绘山川景色。"高峰入云,清流见底"写山高水净,境界清新。"两岸石壁"至"四时俱备"写极目远眺之景,清爽宜人而富有生机。"晓雾将歇"至"沉鳞竞跃"由静景转动景,晨雾消散,猿鸟齐鸣,夕阳将落,鱼儿嬉戏,画面灵动,充满了生命气息。最后以"人间仙境"赞叹风景的奇异优美,又用自南朝的谢灵运以来,再无人能赏此奇丽景色的感叹作结,既是对山川风光的赞美,又有缺少娱情山水的知音的意味。

此文描述山水之美与寄情自然之乐,是具有美学价值的佳作。

【点评】

"这些书札虽用骈体,但直叙白描的散行句子颇多。风格简淡清新,没有浮艳气息,可以和二谢山水诗比美。"(游国恩《中国文学史》第三编第六章)

与陈伯之书

丘　迟

　　迟顿首①。陈将军足下：无恙，幸甚，幸甚！将军勇冠三军，才为世出，弃燕雀之小志，慕鸿鹄以高翔！昔因机变化，遭遇明主②，立功立事，开国称孤③。朱轮华毂④，拥旄⑤万里，何其壮也！如何一旦为奔亡之虏，闻鸣镝⑥而股战，对穹庐⑦以屈膝，又何劣邪！

　　寻君去就⑧之际，非有他故，直以不能内审诸己，外受流言，沈迷猖蹶，以至于此。圣朝赦罪责功⑨，弃瑕⑩录用，推赤心于天下，安反侧于万物⑪。将军之所知，不假⑫仆一二谈也。朱鲔涉血于友于⑬，张绣剚刃于爱子⑭，汉主不以为疑，魏君待之若旧。况将军无昔人之罪，而勋重于当世！夫迷途知返，往哲是与，不远而复⑮，先典攸高⑯。主上屈法申恩，吞舟⑰是漏；将军松柏⑱不剪，亲戚安居，高台未倾⑲，爱妾尚在；悠悠尔心，亦何可言！今功臣名将，雁行⑳有序，佩紫怀黄㉑，赞帷幄之谋，乘轺㉒建节，奉疆埸㉓之任，并刑马㉔作誓，传之子孙。将军独靦颜㉕借命，驱驰毡裘之长㉖，宁不哀哉！

　　夫以慕容超㉗之强，身送东市㉘；姚泓㉙之盛，面缚㉚西都。故知霜露所均㉛，不育异类㉜；姬汉㉝旧邦，无取杂种㉞。北虏僭㉟盗中原，多历年所，恶积祸盈，理至燋烂㊱。况伪孽㊲昏狡，自相夷戮，部落携离㊳，酋豪猜贰㊴。方当系颈蛮邸㊵，悬首藁街㊶，而将军鱼游于沸鼎之中，燕巢于飞幕之上㊷，不亦惑乎？

暮春三月，江南草长，杂花生树，群莺乱飞。见故国之旗鼓，感平生于畴日，抚弦登陴，岂不怆恨㊸！

所以廉公之思赵将㊹，吴子之泣西河㊺，人之情也，将军独无情哉？想早励㊻良规，自求多福。

当今皇帝盛明，天下安乐。白环西献㊼，楛矢㊽东来；夜郎滇池㊾，解辫请职㊿；朝鲜昌海(51)，蹶角(52)受化。唯北狄野心，掘强沙塞之间，欲延岁月之命耳(53)！中军临川殿下(54)，明德茂亲(55)，揔(56)兹戎重，吊民洛汭(57)，伐罪秦中(58)。若遂(59)不改，方思仆言。聊布往怀，君其详之。丘迟顿首。

【作者简介】

丘迟(464—508)，字希范，南朝梁文学家，吴兴乌程(今浙江湖州)人。诗文辞采逸丽，钟嵘评："丘诗点缀映媚，似落花依草。"明人张溥辑有《丘司空集》。

【注释】

①顿首：叩拜。这是古人书信开头和结尾常用的客气语。

②昔因机变化，遭遇明主：指陈伯之弃齐归梁，受梁武帝赏爱器重。

③立功立事，开国称孤：《梁书·陈伯之传》："力战有功"，"进号征南将军，封丰城县公，邑二千户"。开国，梁时封爵，皆冠以开国之号。孤，王侯自称。此指受封爵事。

④毂(gǔ)：原指车轮中心的圆木，代指车舆。

⑤拥旄(máo)：古代高级武将持节统制一方之谓。旄，旄节。

⑥鸣镝(dí)：响箭。

⑦穹庐：原指少数民族居住的毡帐。此代指北魏政权。

⑧去就:指陈伯之弃梁投降北魏事。

⑨责功:求其建立功业。

⑩弃瑕:不计较过失。瑕,过失。

⑪推赤心于天下,安反侧于万物:谓梁朝以赤心待人,对一切都既往不咎。反侧,指心怀鬼胎,疑惧不安。

⑫不假:不借助,不需要。

⑬朱鲔(wěi)涉血于友于:朱鲔曾劝说刘玄杀死了光武帝刘秀的哥哥刘伯升。光武攻洛阳,朱鲔拒守,光武遣人劝降说,今若降,不会被杀,还能保住官爵。朱鲔乃降。涉血,同"喋血",谓杀人多流血满地,脚履血而行。友于,指兄弟。语本《尚书》:"惟孝友于兄弟。"此指刘伯升。

⑭张绣剚(zì)刃于爱子:据《三国志·魏书》载,张绣降曹操,既而悔之,复反。与战,曹操长子昂、弟子安民遇害。后张绣率众降,封列侯。剚刃,用刀刺入人体。

⑮不远而复:指迷途不远而返回。

⑯攸:嘉许。

⑰吞舟:指能吞舟的大鱼。

⑱松柏:古人常在坟墓边植以松柏,这里喻指陈伯之祖先的坟墓。

⑲高台未倾:指陈伯之在梁的房舍住宅未被焚毁。

⑳雁行:大雁飞行的行列,比喻尊卑排列次序。

㉑紫:紫绶,系官印的丝带。黄:黄金印。

㉒轺(yáo):用两匹马拉的轻车,此指使节乘坐之车。

㉓疆场(yì):边境。

㉔刑马:杀马。古代诸侯杀白马饮血以会盟。

㉕靦(tiǎn)颜:厚着脸。

㉖毡裘:以皮毛织制之衣,北方少数民族服装,此代指北魏。

㉗慕容超:南燕君主。曾骚扰淮北,刘裕将他擒获,斩首。

㉘东市：汉代长安处决犯人的地方。后泛指刑场。

㉙姚泓：后秦君主。刘裕北伐破长安，姚泓出降。

㉚面缚：面朝前，双手反缚于后，指被生擒俘虏。

㉛霜露所均：霜露所及之处，即天地之间。

㉜异类：不同种类。

㉝姬汉：即汉族。姬，周天子的姓。

㉞杂种：古代对少数民族的蔑称。

㉟僭(jiàn)：假冒帝号。

㊱燋烂：溃败灭亡。燋，通"焦"。

㊲伪孽(niè)：指北魏统治集团。

㊳携离：四分五裂。

㊴猜贰：猜忌别人有二心。

㊵系颈蛮邸：从(自己的)官邸被绑缚抓捕。蛮邸，外族首领所居的馆舍。

㊶悬首藁(gǎo)街：到京城斩首示众。藁街，汉代长安街名，是少数民族居住的地方，蛮邸即设于此。

㊷"将军鱼游"二句：此喻陈伯之处境之险恶。飞幕，动荡的帐幕。

㊸见故国之旗鼓，感平生于畴日，抚弦登陴(pí)，岂不怆恨：语出《文选》李善注引袁晔《后汉记·汉献帝春秋》臧洪报袁绍书："每登城勒兵，望主人之旗鼓，感故交之绸缪，抚弦搦矢，不觉涕流之覆面也。"陴，城上女墙。畴日，昔日。怆恨，悲痛。

㊹所以廉公之思赵将：廉颇想复为赵将。事见《史记·廉颇蔺相如列传》。

㊺吴子之泣西河：吴起望西河而泣。事见《吕氏春秋·观表》。

㊻励：勉励，引申为作出。

㊼白环西献：李善注引《世本》载："舜时，西王母献白环及佩。"

㊽楛(hù)矢：用楛木做的箭。

㊾夜郎：今贵州桐梓县一带。滇池：今云南昆明附近。均为汉代西南方国名。

㊿解辫请职：解开发辫，请求封职。即表示愿意归顺。

(51)昌海：西域国名。今新疆罗布泊。

(52)蹶角：以额角叩地。

(53)"掘强"二句：《汉书·伍被传》记伍被说淮南王曰："东保会稽，南通劲越，屈强江、淮间，可以延岁月之寿耳。"掘强，屈强，即倔强。

(54)中军临川殿下：指萧宏。时临川王萧宏任中军将军。殿下，对王侯的尊称。

(55)茂亲：至亲。指萧宏为武帝之弟。

(56)揔：通"总"。

(57)汭（ruì）：水流限曲处。

(58)秦中：指北魏。今陕西中部地区。

(59)遂：因循。

【解读】

这是临川王萧宏命丘迟以个人名义写给陈伯之的劝降信。

首段结合陈伯之以往脱齐国投梁武帝的经历，盛赞其"勇冠三军，才为世出"和"立功立事，开国称孤"，接着谴责其叛国投敌的卑劣行径。第二段先分析陈伯之叛梁降魏的原因不过是考虑不周，受谣言挑唆，一时执迷而失去理智；后申明梁朝不咎既往、宽大为怀的政策，并结合朱鲔归降光武帝、张绣归降曹操的先例以及当时梁朝满朝文武加官进爵、陈之家人得以善待的现实，陈述利害，劝其迷途知返。第三段从南燕王慕容超身死刑场和后秦君主姚泓在长安被生擒的下场切入，阐述中原不容异族的立场；接着陈述北魏罪恶积累、内部自相残杀、即将自取灭亡的局势，指出陈伯之此时的险恶处境，敦促其归降。最后描述江南美景，大讲当朝天下归顺的局面，并借廉颇思赵复用、吴起西望而哭的典故，动之以乡关之情和故国之念，奉劝对方归梁。

文章情理兼备，委婉中不乏循循善诱、真诚相待之言，极具感染力和说服力。

【点评】

"古人行文，每工于写景。如李陵答苏武书云：'凉秋九月，塞外草衰，夜不能寐，侧耳远听，胡笳互动，牧马悲鸣，吟啸成群，边声四起。'丘迟与陈伯之书云：'暮春三月，江南草长，杂花生树，群莺乱飞。'皆止寥寥数语，而塞北气象之惨，江南风物之美，使读之者便如身入境中，真写生妙手也。"（［清］朱彭寿《安乐康平室随笔》卷一）

文心雕龙·神思　　　　刘　勰

古人①云："形在江海之上，心存魏阙之下。"②神思之谓也。文之思也，其神远矣。故寂然凝虑，思接千载；悄焉动容，视通万里；吟咏之间，吐纳珠玉之声；眉睫之前，卷舒风云之色；其思理之致乎！故思理为妙，神与物游。神居胸臆，而志气③统其关键；物沿耳目，而辞令管其枢机。枢机方通，则物无隐貌④；关键将塞，则神有遁心⑤。

是以陶钧⑥文思，贵在虚静，疏瀹⑦五藏，澡雪⑧精神。积学以储宝，酌理以富才，研阅以穷照⑨，驯致以怿⑩辞，然后使元解之宰⑪，寻声律⑫而定墨；独照⑬之匠，窥意象而运斤⑭：此盖驭文之首术⑮，谋篇之大端⑯。

夫神思方运，万涂⑰竞萌，规矩虚位⑱，刻镂无形⑲。登山⑳则情满于山，观海则意溢于海，我才之多少，将与风云而并驱矣。方其搦㉑翰，气倍辞前，暨乎篇成，半折心始。何则？意翻空㉒而易奇，言征实㉓而难巧也。是以意授于思,言授于意,密则无际,疏则千里。或理在方寸而求之域表,或义在咫尺而思隔山河。是以秉心养术,无务苦虑;含章司契㉔,不必劳情㉕也。

人之禀才,迟速异分;文之制体㉖,大小殊功。相如含笔而腐毫㉗,扬雄辍翰而惊梦㉘,桓谭疾感㉙于苦思,王充气竭㉚于思虑,张衡研《京》以十年㉛,左思练《都》以一纪㉜,虽有巨文,亦思之缓也。淮南崇朝而赋《骚》㉝,枚皋应诏而成赋㉞,子建援牍如口诵,仲宣举笔似宿构㉟,阮瑀据案而制书㊱,祢衡当食而草奏㊲,虽有短篇,亦思之速也。

若夫骏发㊳之士,心总要术,敏在虑前,应机立断;覃思㊴之人,情饶歧路,鉴㊵在疑后,研虑方定。机敏故造次㊶而成功,虑疑故愈久而致绩㊷。难易虽殊,并资博练。若学浅而空迟,才疏而徒速,以斯成器,未之前闻。是以临篇缀虑㊸,必有二患:理郁者苦贫,辞弱者伤乱,然则博见为馈㊹贫之粮,贯一㊺为拯乱之药,博而能一㊻,亦有助乎心力矣。

若情㊼数诡杂,体变迁贸㊽,拙辞或孕㊾于巧义,庸事或萌于新意;视布于麻,虽云未贵,杼轴献功,焕然乃珍㊿。至于思表纤旨,文外曲致,言所不追,笔固知止。至精而后阐其妙,至变而后通其数[51],伊挚不能言鼎[52],轮扁不能语斤[53],其微矣乎!

赞曰:神用象[54]通,情变所孕。物以貌求,心以理应[55]。刻镂声律,萌芽比兴。结虑[56]司契,垂帷制胜[57]。

【作者简介】

刘勰(约465—约532),字彦和,南朝梁人,文学理论家、文学批评家。生于京口（今江苏镇江）。以《文心雕龙》奠定在中国文学批评史上的地位。

【注释】

①古人：指战国时魏国的公子牟。后所引见《庄子·让王》。

②"形在"二句：原指身在江湖，心在朝廷。这里借喻文学创作的构思联想辽远。魏阙，指朝廷。魏，高大。

③志气：情志、气质。

④"枢机"二句：如果语言运用畅通，那么事物的形貌就可完全刻画出来，无所隐藏。枢机，这里指"辞令"。

⑤"关键"二句：若是支配精神的情志有阻塞，那精神就不能集中，有所隐避。关键，指"志气"。

⑥陶钧：指文思的掌握和酝酿。

⑦瀹（yuè）：疏通。

⑧雪：洗涤。

⑨照：察看，引申为理解。

⑩怿（yì）：通"绎"，整理、运用。

⑪宰：主宰，指作家的心灵。

⑫声律：指作品的音节。这里用以代表一切写作技巧。

⑬独照：独到的理解。

⑭斤：斧。

⑮术：方法。

⑯大端：要点。

⑰万涂：即万途，指思绪很多。

⑱规矩虚位：指通过艺术构思而赋予抽象的东西以生动具体的形象。虚位，抽象的东西。

⑲无形：和"虚位"意同。

⑳登山：指构思中想到登山的情景。下句"观海"同。

㉑搦(nuò)：握，持。

㉒翻空：指动笔写作以前构思的情形。

㉓征实：指把所想象的内容具体地写下来。

㉔含章司契：怀藏美好的思想，掌握写作的规则。章，美质。契，约券，引申为规则。

㉕劳情：劳累心思。

㉖制体：指文章的体裁、篇幅等。

㉗含笔而腐毫：古人写作前常以口润笔，兼行构思。腐毫，笔毛都腐烂了，形容构思时间长。

㉘辍(chuò)翰而惊梦：相传扬雄写完《甘泉赋》，因用心过度，困倦而卧，"梦其五脏出在地"。

㉙疾感：《新论·祛蔽》中说，桓谭想学习扬雄的赋，因用心太苦而生病。

㉚气竭：《后汉书·王充传》说，"（王充）著《论衡》八十五篇，……年渐七十，志力衰耗"。

㉛张衡研《京》以十年：《后汉书·张衡传》："（衡）作《二京赋》，……精思傅会，十年乃成。"研《京》，写《二京赋》，即《东京赋》和《西京赋》。

㉜左思练《都》以一纪：指写《三都赋》用了十二年。练，煮缣使之洁白，这里指推敲文辞，构思作品。

㉝淮南崇朝而赋《骚》：指淮南王刘安极快写出有关《离骚》的作品。相传刘安受诏为《离骚赋》，"自旦受诏，日早食已（已，完成）"。

㉞枚皋(gāo)应诏而成赋：《汉书·枚皋传》："上有所感，辄使赋之。（枚皋）为文疾，受诏辄成。"

㉟仲宣举笔似宿构：据说王粲（字仲宣）作文"举笔便成，无所改定，时人常以为宿构"。宿构，早就写好的。

㊱阮瑀(yǔ)据案而制书：据说曹操曾使阮瑀作书与韩遂，瑀于马

490

上具草而呈之。竟不能改。案：当作“鞍”。

㊲祢衡当食而草奏：祢衡在宴会上受命写《鹦鹉赋》，揽笔而作，辞采甚丽。

㊳骏发：文思敏捷。

㊴覃（tán）思：深思，指文思迟缓。

㊵鉴：察看清楚。

㊶造次：仓猝。

㊷致绩：成功。绩，功。

㊸缀虑：即构思。

㊹馈（kuì）：进食于人，引申为解救，补救。

㊺贯一：指要求有一个中心。

㊻博而能一：指“博见”和“贯一”的结合。

㊼情：指作品中表达的思想情感。

㊽贸：变化。

㊾孕：怀胎，这里指蕴藏。

㊿“杼轴”二句：（麻）经织机加工成布，就有了光彩而珍贵。

(51)数：技巧。

(52)“伊挚”句：伊挚，即伊尹，名挚，汤的臣子。《吕氏春秋·本味》载伊尹借烹任的道理比喻治国平天下的方法，言“鼎中之变，精妙微纤，口弗能言”。

(53)“轮扁”句：轮扁，古代善于斫轮的工匠，名扁。《庄子·天道》载轮扁讲运用斧子的巧妙难于说明，言“得之于手，而应于心，口不能言，有数存焉于其间”。

(54)象：指物象。

(55)物心貌求，心以理应：外界事物以形貌来打动作家，作家内心就根据一定的法则而产生相应的活动。

(56)结虑：指构思。

(57)垂帷制胜：以军机喻写作，认为写作和军事上的运筹帷幄而决胜千里一样，如能有卓越的艺术构思，便能创造出优秀的文学作品。

【解读】

《文心雕龙·神思》主要探讨艺术构思问题。

第一至三段阐述艺术构思的特点和作用。开篇点明写作的构思是一种创作想象活动，具有思接千载、视通万里的特点，正是构思使作家的精神与物象融会贯通，而精神的集中要靠人的情志支配，外物形貌的刻画与表达要靠语言，因此，进行构思必须沉静专注，使内心通畅，精神净化。为此，先要认真学习、积累知识，其次要辨明事理，丰富才华，再次要参考生活经验彻底理解事物，最后要训练情致，恰切运用文辞。然而，开始构思时，无数的意念都涌上心头，旺盛的气势大大超过文辞本身；等到文章写成，比起开始所想要打个对折，出现言不尽意的情况，因此，作家要驾驭好自己的心神，掌握写作的规律和方法，怀藏美好的辞章，使想象、文意、语言三者协同，才能进入构思佳境。第四、五段首先以过去的作家为例，说明艺术构思有迟速之分，但无论构思的快慢难易如何不同，除都需要经常练习写作外，关键还在于学问与才能。因此要努力增进见识，在构思中抓住重点，克服因思理不畅导致文章内容贫乏或因文辞过滥导致杂乱无章的缺点。第六段提出艺术加工的必要性，说艺术构思的复杂情况，本篇不可能完全说清楚。但正如麻经织布机的加工织成了布就有光彩而变得珍贵一样，艺术构思是创作必不可少的加工。当然，正如从前伊尹不能详述烹饪的奥妙，轮扁也难说明用斧的技巧一样，有时，文思的微妙，非言语所能曲尽。

最后是总结全篇的赞语，强调作品内容是作家的精神活动与万物形象相结合的产物，即外界事物以形貌来打动作家，作家根据一定的法则加以构思，进而完成创作。

《神思》是古代文论中比较全面而系统地论述艺术构思的一篇重

要文献。只是刘勰所讲的"物"，主要是自然景色，而未明确提到社会生活。

【点评】

"刘勰论神，与思并言，故多指兴到神来之神，与后世之言神化妙境者不尽同。此盖远出《庄子》，而近受《文赋》的影响。"（郭绍虞《中国文学批评史》第四篇第二章）

"刘氏宗旨本诸《六经》，至于'驭文之首术，谋篇之大端'，则独标'神思'二字，其篇为全书中聚精会神，结构完密之作。"（朱东润《中国文学批评史大纲》第十二）

文心雕龙·风骨　　　　刘　勰

《诗》总六义，风冠其首，斯乃化感之本源，志气[①]之符契也。是以怊怅[②]述情，必始乎风；沈吟铺辞，莫先于骨。故辞之待骨[③]，如体之树骸[④]；情之含风，犹形之包气。结言[⑤]端直，则文骨成焉；意气骏爽，则文风清焉。若丰藻克赡，风骨不飞，则振采失鲜，负声[⑥]无力。是以缀虑裁篇，务盈守气，刚健既实，辉光乃新。其为文用，譬征鸟之使翼也。

故练于骨者，析辞必精；深乎风者，述情必显。捶字坚而难移，结响凝[⑦]而不滞，此风骨之力也。若瘠义肥辞，繁杂失统[⑧]，则无骨之征也。思不环周，牵课[⑨]乏气，则无风之验也。昔潘勖锡魏[⑩]，思摹经典[⑪]，群才韬笔[⑫]，乃其骨髓[⑬]峻也；相如赋仙，气号凌云[⑭]，蔚为辞宗，乃其风力遒也。能鉴斯要，可以定文，兹术或违，无务繁采。

故魏文称:"文以气⑮为主,气之清浊有体⑯,不可力强而致。"故其论孔融,则云"体气高妙";论徐幹⑰,则云"时有齐气";论刘桢,则云"有逸气"⑱。公幹亦云:"孔氏卓卓⑲,信含异气;笔墨之性,殆不可胜。"并重气之旨也。夫翬翟⑳备色,而翾翥㉑百步,肌丰而力沈也;鹰隼乏采,而翰飞戾天㉒,骨劲而气猛也。文章才力,有似于此。若风骨乏采,则鸷集翰林㉓;采乏风骨,则雉窜文囿;唯藻耀而高翔㉔,固㉕文笔之鸣凤也。若夫熔铸经典之范,翔集㉖子史之术,洞晓情变,曲昭㉗文体,然后能孚甲新意,雕画奇辞。昭体,故意新而不乱;晓变,故辞奇而不黩㉘。若骨采未圆,风辞未练,而跨略旧规,驰骛新作,虽获巧意,危败亦多,岂空结奇字,纰缪而成经矣?《周书》云:"辞尚体要,弗惟好异。"盖防文滥也。然文术多门,各适所好,明者㉙弗授,学者弗师。于是习华随侈,流遁忘反。若能确乎正式,使文明以健,则风清骨峻,篇体光华。能研诸虑,何远之有哉!

赞曰:情与气偕,辞共体并。文明以健,珪璋乃聘㉚。蔚彼风力,严此骨鲠㉛。才锋㉜峻立,符采㉝克炳。

【注释】

①志气:情志与气质。

②怊怅(chāo chàng):犹惆怅。

③待骨:需要骨力。

④树骸:树立骨架。

⑤结言:措辞。

⑥负声:承载声韵。

⑦凝:声调有力,此指抒情确切。

⑧统:体统。

⑨牵课:勉强。

⑩潘勖锡魏:指东汉潘勖的《策魏公九锡文》。魏公,指曹操。

⑪思摹经典:指潘勖《策魏公九锡文》仿效《尚书》的笔法写成。

⑫韬笔:藏笔。指不敢写文章。

⑬骨髓:指骨力。

⑭气号凌云:《汉书·司马相如传》说汉武帝看了《大人赋》后感到飘飘有凌云气游天地之间。

⑮气:指风格,格调。

⑯体:气质禀赋。

⑰有齐气:曹丕说徐幹"时有齐气",因为他为人恬淡优柔,性近舒缓。

⑱有逸气:曹丕说"公幹(刘桢的字)有逸气,但未遒耳"。逸气,指高超的风格。

⑲孔氏卓卓:是刘桢评论孔融的话。孔氏,指孔融。卓卓,卓越。

⑳翚(huī):五彩的野鸡。翟(dí):长尾的野鸡。

㉑翾翥(xuān zhù):小飞。翥,飞举。

㉒翰:高。戾:到。

㉓翰林:翰墨之林,即文艺的园地。

㉔藻耀而高翔:指风骨和辞采相统一。藻耀,辞藻光彩闪耀,指有文采。高翔,高飞,指有风骨。

㉕固:乃。

㉖翔集:指文字极为生动,像鸟飞翔一般。

㉗曲昭:详悉明白。

㉘黩:亵狎,浮滑。

㉙明者:指深明创作方法的人。

㉚珪璋乃聘：佳作受到重视。珪璋，两种贵重的玉制礼器，这里指好的文章。

㉛骨鲠：指骨力。

㉜才锋：作家锋颖突出的文才。

㉝符采：玉的横纹，这里指文章闪烁的华彩。

【解读】

"风骨"原是汉魏以来品评人物的词语，指人物的风神骨相，刘勰借来论述对文学作品的基本要求，即内容富有感染作用和语言刚健挺拔。

一、讲"风""骨"的必要性及与作品的关系。开篇即说风是感化的根本力量，叙述情怀必须从风开始；铺陈文辞则必须注意骨；风骨之于作品，好比人的形体需要生气和骨架，鸟必须有双翼，强调风骨的必要性。其次阐述风骨与作品的关系：文风清新，思想感情才会明快爽朗，有力感人；骨力刚健，才会措辞端直有力——字锤炼得准确而难于更换，声调韵味凝聚有定却不黏滞，这是文章有风骨的力量；而命意贫乏、辞藻臃肿、缺乏条理和生气，是没有风骨的明证。最后以典例论证风骨于作品的价值：潘勖作《策魏公九锡文》而使众多才人搁笔，就在于骨力峻峭挺拔。司马相如写《大人赋》而成为辞赋典范，就因为它感染人的风力强劲。二、讲文采和"风骨"的关系，强调好作品要文采与"风骨"兼备。先引用曹丕在《典论·论文》中"文以气为主"的话承上文的"能鉴斯要"等句，意即如能借鉴关于风骨的要点，就可写出好文章；违背这一原则，一味追求繁缛的文采将毫无益处。而曹丕之所谓"气"，即类似于风骨。继而说，"气之清浊有体，不可力强而致"，并以曹丕对钟嵘等人的"风格气质"的评价表达风骨与个人禀赋的关系。接着，以野鸡羽毛漂亮而力量不够、只能小飞百步和鹰隼没有华美的羽毛却骨力强劲而气势猛厉、能高飞云天的比喻，说明只有兼顾风骨与文采的文章才是文章中的凤凰。三、讲如何做到作品文采和风骨的统一。认为依照经书的规范来熔铸提炼创作，吸取诸子史传创作的方法，洞彻通晓感情的变化，详尽明白文章的体制；倘若骨力和文采还没有圆熟而超越旧有的规范，则只是好高骛远的刻意求新求异；最后又针对当时追求华艳文风的时弊，用《周书》"辞尚体要，弗惟好异"的引言重申风力清新爽朗，骨力高超峻拔，则整篇文章具有光彩的观点。

最后是赞语：情思与气质同偕，文辞和风格齐并，要增强文章强盛有力之风，加强文辞严密拔挺之骨，文章才有光芒。

"风骨论"对于后代文学创作和批评产生了重要的影响。

【点评】

"杨用修云：'《左氏》论女色曰：美而艳。美犹骨也，艳犹风也。文章风骨兼全，如女色之美艳两致矣。'……曹学佺在《风骨》篇首批云：'风骨二字虽有分重，然毕竟以风为主。风可包骨，而骨必待乎风也。故此篇以风发端，而归重于气，气属风也。'曹学佺的意思是说，气属于风的一个方面，而在'风骨'二者之中，风又居于主导的方面。"（詹锳《文心雕龙义证》卷六）

临楚江赋①

谢　朓

爰自山南②，薄暮江潭。滔滔积水，袅袅霜岚。忧与忧兮竟无际，客之行兮岁已严③。尔乃云沉西岫，风荡中川；驰波郁素④，骇浪浮天⑤；明沙宿莽⑥，石路相悬⑦。于是雾隐行雁，霜眇虚林⑧；迢迢落景，万里生阴。洌攒箾⑨兮极浦，弭兰鹢⑩兮江浔。奉玉尊⑪之未暮，餐⑫胜赏之芳音。愿希光⑬兮秋月，承末照于遗簪⑭。

【作者简介】

谢朓(464—499),字玄晖,南朝齐诗人,善辞赋散文。陈郡阳夏(今河南太康)人。与谢灵运并称"大小谢"。有《谢宣城集》。

【注释】

①楚江:指江陵附近的江水。

②山南:泛指华山以南之地。

③严:急迫,指时光急逝而至秋。

④郁素:像素帛一样郁积。

⑤浮天:漂及天际而无涯岸。

⑥宿莽:经冬不死的草。

⑦石路相悬:悬挂在石路边。

⑧虚林:犹如"空林",木叶落尽的树林。

⑨攒箛:胡箛之音聚集。攒,积聚。

⑩兰鹢:船的美称。鹢,水鸟,古人常画其像于船首,故借指船。

⑪玉尊:泛指精美贵重的酒杯或美酒。

⑫餐:引申为享受。

⑬希光:仰望光辉。

⑭遗簪:孔子出游,遇一妇人失落簪子而哀哭。孔子弟子劝慰她。妇人曰:"非伤亡簪也,吾所以悲者,盖不忘故也。"事见《韩诗外传》卷九。后以"遗簪"比喻旧物或故情。

【解读】

永明九年(491),谢朓被任命为镇西功曹,跟随随王萧子隆赴荆州任职。因意气投合而得萧子隆赏爱。时任镇西长史的王秀之对此妒忌而向梁武帝密告其"年少相动",谢朓由此被诏令离开荆州还都。此赋是他还都途经江陵而作。

开篇至"客之行兮岁已严"写日暮秋寒的楚江江水滔滔、霜岚袅袅之景,引出行客离别的连绵忧思。"尔乃云沉西岫"至"万里生阴"描绘临江所见的阴沉、凄冷、迷茫、空阔之景,寄托冷落、孤独、迷惘的心情。云沉天阴,波浪浮天,冬草蓬乱,沙冷林空,雾弥霜满,眼中之景无一不是心中之情。"冽攒筱兮极浦"至结尾先借胡笳的悲鸣写遭受命运打击之后内心的惶恐、惆怅与无奈,又借兰鹢欢聚一堂和捧美酒赏胜景的景象描述,传达出幸免于难的喜悦。最后以"愿希光兮秋月,承末照于遗簪"作结,表达对萧子隆的不舍之情和希望对方有秋月之光,不忘故交的心情。

　　此赋情物相合而富有文采,是出色的抒情小赋。

诗品序

钟　嵘

　　气之动物①,物之感人,故摇荡性情,形诸舞咏。照烛三才②,晖丽万有,灵祇待之以致飨③,幽微藉之以昭告④。动天地,感鬼神,莫近于诗。

　　昔《南风》之词⑤,《卿云》之颂⑥,厥义夐⑦矣。夏歌⑧曰:"郁陶⑨乎予心。"楚谣⑩曰:"名余曰正则。"虽诗体未全,然是五言之滥觞也。逮汉李陵,始著五言之目⑪矣。

　　古诗眇邈,人世难详,推其文体,固是炎汉⑫之制,非衰周之倡也。

　　自王、扬、枚、马⑬之徒,词赋竞爽⑭,而吟咏靡闻。从李都尉迄班婕妤⑮,将百年间,有妇人焉,一人而已。诗人之风,顿已缺丧。东京⑯二百载中,惟有班固咏史,质木无文。

　　降及建安⑰,曹公父子,笃好斯文;平原兄弟⑱,郁⑲为文栋;刘桢、王粲,为其羽翼。次有攀龙托凤,自致于属车⑳

者,盖将百计。彬彬之盛,大备于时矣。

尔后陵迟㊶衰微,迄于有晋㊷。太康㊸中,三张㊹、二陆㊺、两潘㊻、一左㊼,勃尔复兴,踵武㊽前王,风流未沫㊾,亦文章之中兴也。

永嘉㊿时,贵黄老,稍尚虚谈。于时篇什㊱,理过其辞,淡乎寡味。爰及江表㊲,微波尚传。孙绰、许询、桓、庾㊳诸公,皆平典㊴似《道德论》,建安风力尽矣。

先是,郭景纯㊵用俊上之才,创变其体;刘越石㊶仗清刚之气,赞成㊷厥美。然彼众我寡㊸,未能动俗。

逮义熙㊹中,谢益寿㊺斐然继作。元嘉㊻中,有谢灵运,才高词盛,富艳难踪㊼,固已含跨㊽刘、郭,陵轹㊾潘、左。

故知陈思㊿为建安之杰,公幹、仲宣㊱为辅;陆机为太康之英,安仁、景阳㊲为辅;谢客㊳为元嘉之雄,颜延年为辅:此皆五言之冠冕㊴,文词之命世㊵也。

夫四言,文约意广,取效《风》《骚》,便可多得。每苦文繁而意少,故世罕习焉。五言居文词之要,是众作之有滋味者也,故云会㊱于流俗,岂不以指事造形㊲,穷情写物㊳,最为详切者耶?

故诗有三义㊴焉:一曰兴,二曰比,三曰赋。文已尽而意有余,兴也;因物喻志,比也;直书其事,寓言写物,赋也。弘斯三义,酌而用之,干㊵之以风力,润之以丹彩㊶,使味之者无极,闻之者动心,是诗之至也。若专用比兴,则患在意深,意深则词踬㊷。若但用赋体,则患在意浮,意浮则文散,嬉成流移,文无止泊㊸,有芜蔓之累矣。

若乃春风春鸟,秋月秋蝉,夏云暑雨,冬月祁寒⁵⁹,斯四候之感诸诗者也。嘉会寄诗以亲,离群托诗以怨。至于楚臣⁶⁰去境,汉妾⁶¹辞宫,或骨横朔野,或魂逐飞蓬,或负戈外戍⁶²,或杀气雄边。塞客衣单,孀闺泪尽。或士有解佩⁶³出朝,一去忘返;女有扬蛾入宠,再盼倾国。凡斯种种,感荡心灵,非陈诗何以展其义?非长歌何以骋⁶⁴其情?故曰:"诗可以群,可以怨。"使穷贱易安,幽居⁶⁵靡闷,莫尚于诗矣。

故辞人作者,罔不爱好。今之士俗,斯风炽矣。裁能胜衣⁶⁶,甫就小学,必甘心而驰骛⁶⁷焉。于是庸音杂体,人各为容⁶⁸。至使膏腴子弟,耻文不逮⁶⁹,终朝点缀,分夜呻吟。独观谓为警策⁷⁰,众睹终沦平钝。次有轻薄之徒,笑曹、刘⁷¹为古拙,谓鲍照羲皇上人⁷²,谢朓今古独步。而师鲍照,终不及"日中市朝满";学谢朓,劣得"黄鸟度青枝"。徒自弃于高听⁷³,无涉于文流⁷⁴矣。

观王公缙绅之士,每博论之余,何尝不以诗为口实⁷⁵。随其嗜欲,商榷不同,淄渑并泛⁷⁶,朱紫相夺⁷⁷,喧议竞起,准的无依⁷⁸。近彭城刘士章⁷⁹,俊赏之士,疾其淆乱,欲为当世诗品,口陈标榜⁸⁰。其文未遂,感而作焉。

昔九品论人⁸¹,《七略》裁士⁸²,校以宾实⁸³,诚多未值⁸⁴。至若诗之为技,较尔⁸⁵可知。以类推之,殆均博弈⁸⁶。方今皇帝,资生知之上才,体沉郁之幽思,文丽日月,赏穷天人。昔在贵游,已为称首⁸⁷。况八纮⁸⁸既奄,风靡云蒸,抱玉者联肩,握珠者踵武⁸⁹,固以瞰汉、魏而不顾,吞晋、宋于胸中⁹⁰。

501

谅非农歌辕议⑨,敢致流别。嵘之今录,庶周旋于闾里⑨,均之于谈笑耳。

一品之中,略以世代为先后,不以优劣为诠次⑨。又其人既往,其文克定⑨,今所寓言⑨,不录存者。

夫属词比事⑨,乃为通谈。若乃经国文符⑨,应资博古⑨。撰德驳奏⑨,宜穷往烈⑩。至乎吟咏情性,亦何贵于用事?"思君如流水",既是即目⑩;"高台多悲风",亦唯所见;"清晨登陇首",羌无故实⑩;"明月照积雪",讵⑩出经史。观古今胜语,多非补假⑭,皆由直寻⑮。

颜延、谢庄,尤为繁密,于时化之⑯。故大明、泰始⑰中,文章殆同书抄。近任昉、王元长等⑱,词不贵奇,竟须新事⑲。尔来作者,寖⑪以成俗。遂乃句无虚语,语无虚字⑪,拘挛补衲⑫,蠹文⑬已甚。但自然英旨,罕值其人。词既失高,则宜加事义,虽谢天才⑭,且表学问,亦一理乎!

陆机《文赋》,通而无贬⑮;李充《翰林》,疏而不切;王微《鸿宝》,密而无裁⑯;颜延论文,精而难晓;挚虞《文志》,详而博赡,颇曰知言⑰。观斯数家,皆就谈文体,而不显优劣。至于谢客集诗,逢诗辄取;张骘《文士》,逢文即书。诸英志录,并义在文⑱,曾无品第⑲。

嵘今所录,止乎五言。虽然,网罗今古,词文殆集。轻欲辨彰清浊,掎摭利病⑳,凡百二十人。预⑪此宗流者,便称才子。至斯三品升降,差⑫非定制,方申变裁⑬,请寄知者尔。

昔曹、刘殆文章之圣,陆、谢为体贰之才⑭。锐精研思⑮,千百年中,而不闻宫商之辨⑯,四声之论。或谓前达偶然不见,岂其然乎?

尝试言之:古曰诗颂,皆被之金竹⑰,故非调五音,无以谐会。若"置酒高堂上""明月照高楼",为韵之首。故三祖⑱之词,文或不工,而韵入歌唱,此重音韵之义也。与世之言宫商异矣。今既不被管弦⑲,亦何取于声律耶?

齐有王元长者,尝谓余云:"宫商与二仪俱生⑳,自古词人不知之,唯颜宪子乃云律吕音调㉑,而其实大谬。唯见范晔、谢庄颇识之耳。尝欲进《知音论》未就㉒。"王元长创其首,谢朓、沈约扬其波㉓。三贤或贵公子孙,幼有文辩㉔。于是士流景慕,务为精密㉕。襞积㉖细微,专相陵架㉗。故使文多拘忌,伤其真美。余谓文制㉘,本须讽读,不可蹇碍㉙,但令清浊通流,口吻调利,斯为足矣。至平、上、去、入,则余病未能㊵;蜂腰、鹤膝㊶,闾里已具。

陈思赠弟,仲宣《七哀》,公幹思友,阮籍《咏怀》,子卿双凫,叔夜双鸾,茂先寒夕,平叔衣单,安仁倦暑,景阳苦雨,灵运《邺中》,士衡《拟古》,越石感乱,景纯咏仙,王微风月,谢客山泉,叔源离宴,鲍照戍边,太冲咏史,颜延入洛,陶公咏贫之制,惠连捣衣之作,斯皆五言之警策者也。所以谓篇章之珠泽㊷,文彩之邓林㊸。

【作者简介】

钟嵘(约468—约518),南朝梁文学批评家。字仲伟,颍川长社(今河南许昌长葛)人。仿汉代"九品论人,《七略》裁士"的著作先例,写成诗歌评论专著《诗品》,提出了一套比较系统的诗歌品评的标准。

【注释】

①动物:变动景物。

②三才:指天地人。语出《易·系辞下》。

③致飨:以酒食等物祭祀天地或鬼神,这里指天地之神接受祭祀。

④昭告:昭明祷告。

⑤《南风》之词:上古歌谣《南风歌》。

⑥《卿云》之颂:上古诗歌《卿云歌》。

⑦敻(xiòng):深远。

⑧夏歌:指《尚书》中的《夏书·五子之歌》。

⑨郁陶:忧思集聚貌。

⑩楚谣:指《楚辞》中屈原所作的《离骚》。

⑪目:体式。

⑫炎汉:指汉朝,因其尚火德,故称为炎汉。

⑬王、扬、枚、马:指汉代的王褒、扬雄、枚乘、司马相如。

⑭竞爽:媲美,争胜。

⑮李都尉:指上文的李陵。班婕妤:汉成帝妃子,才女,善诗赋。

⑯东京:指东汉。

⑰建安:汉献帝刘协年号。

⑱平原兄弟:指曹植、曹彪兄弟。曹植封平原侯。

⑲郁:兴盛。

⑳属车:原指帝王出行时的侍从车,这里指从属者。

㉑陵迟:衰微。

㉒有晋:晋代。有,词缀,用在某些朝代名称的前面。

㉓太康:晋武帝司马炎年号。

㉔三张:指张载、张协、张亢。

㉕二陆:指陆机、陆云。

㉖两潘:指潘岳、潘尼。

㉗一左:指左思。

㉘踵武:踩着前人的足迹走,比喻效法或继承前人的事业。

㉙沫:尽。

㉚永嘉:西晋怀帝司马炽年号。

㉛篇什:《诗经》的《雅》《颂》以十篇为一什,后用篇什指诗篇。

㉜江表:指长江以南的地区,也指东晋、宋、齐、梁、陈各朝统治的全部地区。

㉝桓、庾:指恒温、庾亮。

㉞平典:平板质实。

㉟郭景纯:指郭璞。

㊱刘越石:指刘琨。

㊲赞成:辅佐成就。

㊳彼众我寡:他们(指孙绰等写作玄理诗的人)人多,我们(指郭璞等变革诗风的人)人少。

㊴义熙:东晋安帝司马德宗年号。

㊵谢益寿:即谢混,东晋名士。

㊶元嘉:南朝宋文帝刘义隆年号。

㊷踪:追寻。

㊸跨:超越。

㊹陵轹(lì):压倒。

㊺陈思:指陈思王曹植。

㊻公幹、仲宣:刘桢、王粲的字。

㊼安仁、景阳:潘岳、张协的字。

㊽谢客:谢灵运小名“客”,人称“谢客”。

㊾冠冕:喻指首要的作者。

㊿命世:著名于当世。

(51)会:迎合。

(52)指事造形：指陈事理，塑造形象。

(53)穷情写物：尽情抒情，描写事物。

(54)三义：指三种表现手法。

(55)干：加强。

(56)丹彩：文采。

(57)词踬(zhì)：文辞滞涩。

(58)止泊：归宿。

(59)祁寒：酷寒。

(60)楚臣：本指屈原。这里指被放逐的臣子。

(61)汉妾：本指王昭君。这里指离宫远嫁的女子。

(62)负戈外戍：扛着戈矛出外守卫。

(63)解佩：指解下配印辞官。

(64)骋：畅抒。

(65)幽居：隐居避世。

(66)裁能胜衣：谓儿童稍长，刚能禁得住穿大人的衣服。裁，才。

(67)驰骛：奔忙。

(68)为容：自认为容貌可人。

(69)耻文不逮：以作诗文采不及他人为耻辱。

(70)景策：精妙绝伦。

(71)曹、刘：曹植、刘桢。

(72)羲皇上人：伏羲氏以前的人，即太古的人。

(73)高听：高明。

(74)文流：文人一流。

(75)口实：指谈资。

(76)淄渑并泛：像淄水和渑水一样泛滥混合。

(77)相夺：相互混杂竞争。

(78)准的无依：无法用正确的标准分清辨别。

㉙彭城刘士章:彭城人刘绘。

㉚口陈标榜:口述对诗歌的品评。

㉛九品论人:班固论人,分为九等。

㉜《七略》裁士:刘歆评论士人创作,设为《七略》。

㉝校以宾实:依循名称与事实加以考究。

㉞未值:不恰当。

㉟较尔:明显的样子。

㊱殆均博弈:大概等同于博弈之技。

㊲称首:称职的首领。

㊳八纮:宇内八方。

㊴"抱玉者"二句:怀抱珠玉之才的人摩肩接踵而来。

㊵吞晋、宋于胸中:气吞晋、宋篇什于胸中。

㊶农歌辕议:农民的歌谣、赶车人的议论。

㊷周旋于闾里:近乎是街间里巷的谈论。

㊸诠次:编排。

㊹克定:能够盖棺定论。

㊺寓言:品评。

㊻属词比事:连缀词句,排比事实。

㊼文符:文书。

㊽博古:广博引用古事。

㊾撰德驳奏:叙述德行的驳议奏疏。

⒀往烈:以往的功业。

⒁即目:眼前所见。

⒂故实:典故。

⒃讵:难道。

⒄补假:拼凑假借(古人词句)。

⒅直寻:直接抒写。

⑩化之：使之同化，指当时诗风深受颜延之、谢庄的影响。

⑩大明：南朝宋孝武帝刘骏年号。泰始：南朝宋明帝刘彧的年号。

⑩任昉：南朝梁文学家，"竟陵八友"之一。王元长：即王融，字元长，南朝齐文学家，"竟陵八友"之一。

⑩竞须新事：争用（别人没有用过）的新典故。

⑩寖：逐渐。

⑪句无虚语，语无虚字：指句子里没有不用典故的话，话语中没有不用典故的字。

⑫拘挛补衲：拘束补缀。

⑬蠹文：损害诗文。

⑭谢天才：失却天才。

⑮无贬：无褒贬。

⑯无裁：无裁断。

⑰知言：知音之言。

⑱并义在文：一并的用意都收录在作品中。

⑲曾无品第：未曾品评等级。

⑳掎摭（jǐ zhí）利病：指出优劣好坏。掎摭，指摘。

㉑预：列入。

㉒差：大抵。

㉓申变裁：提出裁断。

㉔体贰之才：体会效法前二人的才华。

㉕锐精研思：研究考虑得精细深远。

㉖宫商之辨：指诗歌声调的分辨。

㉗被之金竹：配上音乐。金和竹均为八音之一，因泛指乐器或音乐。

㉘三祖：指魏太祖曹操、高祖曹丕、烈祖曹叡。

㉙不被管弦：不配合音乐。

㉚宫商与二仪俱生：声调跟天地一起产生。二仪，指天地。

508

㉛律吕音调:声调韵律。

㉜进《知音论》未就:作《知音论》而未成。

㉝扬其波:推波助澜。

㉞文辩:文才和辩才。

㉟务为精密:致力追求诗歌的韵律精细严密。

㊱襞(bì)积:重复堆砌。

㊲陵架:超越。

㊳文制:诗文体裁。

㊴蹇碍:滞涩。

㊵病未能:苦于不会。

㊶蜂腰、鹤膝:指诗歌声律八病(平头、上尾、蜂腰、鹤膝、大韵、小韵、旁纽、正纽)中的两种。泛指诗歌声律上的毛病。

㊷珠泽:喻文采荟萃之处。

㊸邓林:《山海经》所言夸父弃杖所化。比喻荟萃之处,聚汇之所。

【解读】

此序包含以下几个方面的内容:

一、总论诗歌的特质。开篇言"气之动物,物之感人,故摇荡性情,形诸舞咏",说诗的产生是"气"作用于外物使之变化,人感于外物变化而内心产生感情的摇荡,于是形成了诗。由此可知,在作者看来,诗本质上是人的感情摇荡的产物,是表达人的感情。接着说,"动天地,感鬼神,莫近于诗",说明诗又可以反作用于人的感情。

二、讲五言诗的起源与发展以及各个阶段的代表作家。指出世人以汉代为五言诗之始的误解,认为五言诗起始于夏代的《五子之歌》和《楚辞》的《离骚》,只是到汉代才有"五言"的种类、名目。其后阐述汉代、建安时期、西晋、东晋各个时期五言诗的发展状况:两汉长于辞赋而鲜有诗,诗人仅李陵、班婕妤、班固而已;建安时期曹氏父子兄弟与刘桢、王粲,形成文质兼备的五言诗之蔚然大观;而后有所衰微,至晋代太康年间出现中兴，有三张、二陆、两潘、一左的名家出现；永嘉年间，玄言诗盛行，建安风貌衰微；中有郭璞、刘琨力纠时弊，但未能改变世俗，后谢混"斐然继作"，到元嘉年间谢灵运超越前贤，五言诗再次兴盛。纵观诗歌发展，较之四言诗，五言诗"居文词之要"，且"会于流俗"，原因是它具有"指事造形，穷情写物，最为详切"的优点。

三、以诗之"三义"切入，阐述几大诗歌创作的文学主张，并针砭时弊，以此交代"品诗"的标准。一是关于创作总体要求：诗之三义。钟嵘将"诗之三义"顺序定为兴、比、赋，并将其解释为："文已尽而意有余，兴也；因物喻志，比也；直书其事，寓言写物，赋也。"所谓"文已尽而意有余"即诗人的思想感情隐蔽地寄寓于诗文中，需读者去联想、体会，并调动自己的生活经验去丰富补充，从而感到有无穷的余味；"因物喻志"即是诗借助于具体物象来比喻诗人的心志；他对"赋"的解释则突出其"寓言写物"的特点，这是和他从诗歌创作"指事造形，穷情写物"的角度来理解"赋"的方法分不开的。关于三义的运用，他认为要"酌而用之，干之以风力，润之以丹彩"，反对偏用其一或其二。二是关于诗歌创作的真实自然。钟嵘强调诗歌是人的感情的表现，而感情的激动，则受现实生活的感触而产生。因此，"春风春鸟，秋月秋蝉"等自然风物和"楚臣去境，汉妾辞宫"等现实生活是诗歌创作的源泉。"凡斯种种，感荡心灵，非陈诗何以展其义？非长歌何以骋其情？"即客观的现实生活内容，激发了诗人炽烈感情，然后发而为诗歌，表现了他对文学和现实关系的正确认识，这在当时是很不容易的。由此，作者又指出以作诗文采不如他人为耻辱、夜以继日地点缀文辞而轻薄前贤之古朴的时弊，从而转入第三点文学创作理论的阐述。三是关于诗歌创作的自然美。钟嵘提倡诗歌创作讲究自然美，反对刻意雕琢的形式主义美学观。他说像徐幹的"思君如流水"，曹植的"高台多悲风"，张华的"清晨登陇首"，谢灵运的"明月照积雪"这些名句，都不过是"即目""所见"的描写，并没有用什么典故。而"词不贵奇，竞须新事"的时风则违背了诗歌艺术的特征。他认为诗歌创作应以"直寻"之法抒写胸臆，表现自然真美，而不应作"抄书虫"。他认为诗歌创作要讲声韵美，但不可刻意求其繁密，以致损害诗文的真实美，认为"但令清浊通流，口吻调利，斯为足矣"。

四、交代《诗品》的写作缘由和品评标准。针对历来诗歌理论著作或就诗歌的体裁谈论、不显示优劣或意在收录作品、未曾品评高低分别等级的欠缺，作者收录古今作者的五言诗，并力求辨明清浊，指出优劣好坏，并将这些作家作品分为上、中、下三品。另外，在一品之中，约略依照时代先后排列，不按照优劣次序来评论解释；品评只论定逝者，不存录在世的人；只作通论。最后点出曹植、王粲等人的诗篇名作，认为这些都是"五言之警策"，"篇章之珠泽，文彩之邓林"。

《诗品序》是钟嵘文学思想的一个概括，有提纲挈领之作用。

【点评】

"钟嵘以'气'为根本，构建诗歌发生论，并在《诗品》全书以第一字道出，与刘勰《文心雕龙·物色》：'春秋代序，阴阳惨舒，物色之动，心亦摇焉。'《明诗》篇：'人禀七情，应物斯感，感物吟志，莫非自然。'为同一时代理论思想。日本高木正一《钟嵘诗品》曰：'钟嵘虽借用《毛诗·大序》之语，然就以上论气之发动、物之变化、人心感荡来看，钟嵘之诗歌效用论，具有纯文学之倾向。'"（曹旭《诗品笺注》）

与朱元思书 吴　均

风烟①俱净，天山共色。从流飘荡，任意东西②。自富阳至桐庐，一百许里，奇山异水，天下独绝。

水皆缥碧③，千丈见底。游鱼细石，直视无碍。急湍甚箭，猛浪若奔。

夹岸高山,皆生寒树④。负势竞上⑤,互相轩邈⑥;争高直指⑦,千百成峰。泉水激石,泠泠⑧作响。好鸟相鸣,嘤嘤成韵⑨。蝉则千转⑩不穷,猿则百叫无绝。鸢飞戾天⑪者,望峰息心⑫;经纶⑬世务者,窥谷忘反⑭。横柯上蔽⑮,在昼犹昏⑯;疏条交⑰映,有时见日。

【作者简介】

吴均(469—520),字叔庠,吴兴故鄣(今浙江安吉)人。南朝梁文学家,史学家。诗文自成一家,常描写山水景物,称为"吴均体"。

【注释】

①风烟:指烟雾。

②任意东西:任凭船按照自己的意愿,时而向东,时而向西。

③缥(piǎo)碧:淡青色。

④寒树:使人看了有寒意的树,形容树密而绿。

⑤负势竞上:高山凭依高峻的地势,争着向上。负,凭借。

⑥轩邈(miǎo):(高山)仿佛都在争着往高处和远处伸展。

⑦指:向上。

⑧泠(líng)泠:形容水声清越。

⑨嘤(yīng)嘤成韵:鸣声嘤嘤,和谐动听。嘤嘤,鸟鸣声。韵,和谐的声音。

⑩转(zhuàn):通"啭",鸟鸣声。这里指蝉鸣。

⑪鸢(yuān)飞戾(lì)天:老鹰高飞入天,比喻追求名利、极力攀高的人。鸢,俗称老鹰。戾,至。

⑫望峰息心:看到这些雄奇的山峰,追逐名利的心就会平息下来。

⑬经纶:筹划,治理。

⑭反:通"返",返回。

⑮横柯(kē)上蔽:横斜的树枝在上面遮蔽着。柯,树木的枝干。

⑯昏:阴暗。

⑰交:相互。

【解读】

《与朱元思书》是吴均写给朋友朱元思的一封书信片段。

首段总写富春江山水之美。"风烟俱净,天山共色"写极目远眺,风停雾散,天山一碧,景象清新而壮阔。既绘写景色,又暗点惬意畅游的季节。第二句由远及近,由景及人,写泛舟情景和畅游心情。"从流飘荡,任意东西",既写小舟沿江逆水而上、时东时西的情态,又抒写心中随顺追趣之情。第三句写游踪和感受,"自富阳至桐庐",观百来里的山光水色而由衷赞叹:沿江奇山异水,天下无与伦比。

第二段先承上写"异水"。前两句写静态之美:江水青白一片,清澈见底。"游鱼细石,直视无碍"足见江水的明净清澈。第三句写动态之美:江流比射出的箭还快,激浪像骏马飞奔,动人心魂,气势不凡。

第三段写"奇山"。一是险峻的山势之奇,一是山中种种景物之奇。"负势竞上"至"千百成峰"几句的"竞上""互相""争高"等词使无生命的山显得奋发向上,既写出层峦迭峰种种奇特的雄姿,还写出观赏者荡涤心胸的奇趣。次写山中之景的"奇",选取泉水、百鸟、鸣蝉、山猿和树木,从音响和日照两个角度,写出听觉和视觉中新奇的美感:泉水泠泠,好鸟嘤嘤,山蝉高唱,山猿长啼,给人以清幽美好之感。最后写树木,跟段首"皆生寒树"照应,有欣欣向荣、蓬勃向上之感,又写"横柯""疏条"带来的"在昼犹昏""有时见日"的效果,见林木茂密幽深,又有灵动变化之美。写景中插入"鸢飞戾天者,望峰息心;经纶世务者,窥谷忘反",借景言志,既衬出山水之美的吸引力,又反映了作者对争名逐利官场的鄙视,流露寄情山水的志趣。

513

"扫除浮艳,澹然无尘,如读靖节《桃花源记》、兴公《天台山赋》,此费长房缩地法,促长篇为短篇也。"（[清]许梿评选、黎经诰笺注《六朝文絜笺注》卷七）

水经注·三峡

郦道元

自三峡①七百里中,两岸连山,略无阙处②。重岩叠嶂,隐天蔽日。自非亭午夜分③,不见曦④月。

至于夏水襄⑤陵,沿溯阻绝。或王命急宣,有时朝发白帝⑥,暮到江陵⑦,其间千二百里,虽乘奔⑧御风,不以⑨疾也。

春冬之时,则素湍绿潭,回清倒影。绝巘⑩多生怪柏,悬泉瀑布,飞漱⑪其间,清荣峻茂⑫,良多趣味。

每至晴初霜旦,林寒涧肃,常有高猿长啸,属引⑬凄异,空谷传响,哀转⑭久绝。故渔者歌曰:"巴东⑮三峡巫峡长,猿鸣三声泪沾裳。"

【作者简介】

郦道元(约470—527),字善长,范阳涿县(今河北涿州)人。北魏时地理学家。撰有《水经注》,这是一部内容丰富的地理著作,也是一部优美的山水散文集,对后世游记散文的发展影响颇大。

【注释】

①三峡:指长江上游重庆、湖北间的瞿塘峡、巫峡和西陵峡。三峡

514

全长有 193 千米。

②略无:毫无。阙:通"缺",缺口。

③亭午:正午。夜分:半夜。

④曦(xī):日光,指太阳。

⑤襄(xiāng):上,指漫上。

⑥白帝:城名,在重庆奉节县东。

⑦江陵:今湖北省荆州市。

⑧奔:奔驰的快马。

⑨不以:不如。

⑩绝巘(yǎn):极高的山峰。巘,高峰。

⑪漱:冲荡。

⑫清荣峻茂:水清树荣,山高草盛。

⑬属(zhǔ)引:连续不断。引,延长。

⑭哀转:悲哀婉转。

⑮巴东:汉郡名,在今重庆东北部云阳、奉节、巫山一带。

【解读】

此文选自郦道元《水经注》,描写长江三峡雄伟壮丽的景色。

第一段写山。用"两岸连山,略无阙处"写山之连绵不断,"重岩叠嶂,隐天蔽日"写峰峦之密集和高耸,又用"自非亭午夜分,不见曦月"侧面烘托,突出三峡因山之绵密而形成的狭窄之貌,勾勒出三峡雄伟峭拔的整体风貌。

第二段写夏季三峡之景。用"夏水襄陵,沿溯阻绝"见水势之险恶、水位之高、水流之急。"朝发白帝"至"不以疾也"通过对比夸张,侧面烘托夏季江水之迅疾。

第三段写春冬三峡之景。"素湍""绿潭"映衬,色彩各异,动静交织;"怪柏""悬泉""瀑布",将山水树木交会,动静声色,蔚为奇观。"清荣峻茂"写水清山峻,树荣草茂,生机勃发。而"良多趣味"又由景境及心境,诗情画意融为一体。

第四段写秋天三峡之景:水枯气寒,猿鸣凄凉,凄清肃杀。此处特别以猿声来表现秋天三峡之凄清肃杀:一是直接描述,"高猿长啸,属引凄异,空谷传响,哀转久绝",一是引渔歌为证。以"高"形容猿,所指乃高山上的猿,以"长"形容啸,送声长远,暗示三峡之长。"空谷传响"而"久绝",照应"两岸连山,略无阙处"。写渔歌一言"峡长",一言声哀,让人在猿鸣之中进一步体会到山高、岭连、峡窄、水长,并以山猿哀鸣渲染了悲寂凄凉的气氛。

全篇笔墨凝练生动,风格迥异而自然和谐的画面给人以深刻印象。

【点评】

"《水经注》文笔清隽,与陶弘景、吴均一派为近,骈多于散者也。"(陈柱《中国散文史》第三编)

为衡山侯与妇书　　　何逊

昔人邀游洛汭①,会遇阳台,神仙仿佛,有如今别。虽帐前微笑,涉想②犹存;而幄里余香,从风且歇。掩屏为疾③,引领成劳④。镜想分鸾,琴悲《别鹤》⑤。心如膏火,独夜自煎;思等流波,终朝不息。

始知萋萋萱草,忘忧之言不实;团团轻扇,合欢之用为虚⑥。路迩人遐,音尘寂绝。一日三秋,不足为喻。聊陈往翰,宁写款怀。迟枉琼瑶,慰其杼轴⑦。

【作者简介】

何逊(? —约 518),南朝梁诗人,字仲言,东海郯(今山东郯城北)

516

人。其诗善于写景，工于炼字，为杜甫所推许。明人辑有《何记室集》。

【注释】

①洛汭(ruì)：洛水入黄河处，这里指洛水。

②涉想：设想。

③掩屏为疾：形容因思念而百无兴致，以至于闭门掩屏，久而成疾。

④引领成劳：形容翘首企盼时间之久而使颈项劳损。引领，即翘首。

⑤"镜想"二句：喻夫妇离别之苦。刘敬叔《异苑》载罽(jì)宾王有一鸾，三年不鸣，闻说见影则鸣，便悬镜照之，鸾睹影悲鸣而死。崔豹《古今注》载商陵牧子娶妻五年无子，父母欲另为娶妻，便作琴曲《别鹤操》，寄托哀怨之情。

⑥"始知"四句：意为忘忧草不能令人忘忧，合欢扇也不能令人合欢，都是徒有虚名。萱草，又名忘忧草。团扇，又名合欢扇。

⑦"聊陈"四句：暂且写这封书，却表达不完我的相思之情，也只好这样来安慰你了。款怀，诚意。琼瑶，本指美玉，这里代书信。杼轴，织布机上的两个部件，代指自己思念的闺阁之妇。

【解读】

这是一封代写的情书。

开头四句连用曹植与洛水女神相爱、楚王与巫山神女幽期两个典故，既切合题旨，又将衡山侯夫妇美化，见代笔者的高明。接下以"微笑犹存"和"余香且歇"寓分离之久和相思之切，见缠绵意态与深情。此后倾诉夫方的渴想之深。先以"为疾""成劳"言思念之日久深切；继而用"分鸾""别鹤"的典故和心如火烧、思如流水的比喻，突出劳疾的程度；接着又用因"路迩人遐，音尘寂绝"以致忘忧草不能忘忧，合欢扇不能合欢加以铺陈；最后化用《诗经》中"一日不见，如三秋兮"之句，推进叠加思念之情。在充分渲染渴念之情后，转笔书信本身，言不能相见，只能以此信相慰，以此作结，语淡而情深。

【点评】

"何逊……八岁能赋诗，弱冠，州举秀才。南乡范云见其对策，大相称赏，因结忘年交好。自是一文一咏，云辄嗟赏，谓所亲曰：'顷观文人，质则过儒，丽则伤俗；其能含清浊，中今古，见之何生矣。'沈约亦爱其文，尝谓逊曰：'吾每读卿诗，一日三复，犹不能已。'"（［唐］姚思廉《梁书》卷四十九）

玉台新咏序

徐　陵

夫凌云概日①，由余②之所未窥；千门万户③，张衡之所曾赋。周王璧台④之上，汉帝金屋⑤之中，玉树以珊瑚作枝，珠帘以玳瑁为柙⑥。其中有丽人焉。其人也，五陵豪族⑦，充选掖庭⑧；四姓⑨良家，驰名永巷⑩。亦有颍川、新市，河间、观津，本号娇娥，曾名巧笑⑪。楚王宫里，无不推其细腰⑫；魏国佳人，俱言诧其纤手⑬。阅诗敦礼⑭，岂东邻之自媒⑮；婉约风流，异西施之被教⑯。弟兄协律⑰，自小学歌；少长河阳，由来能舞⑱。琵琶新曲，无待石崇⑲；箜篌杂引，非因曹植⑳。传鼓瑟于杨家㉑，得吹箫于秦女㉒。

至若宠闻长乐，陈后㉓知而不平；画出天仙，阏氏㉔览而遥妒。至如东邻㉕巧笑，来侍寝于更衣㉖；西子微矉，得横陈于甲帐。陪游馺娑，骋纤腰于《结风》㉗；长乐鸳鸯，奏新声于度曲㉘。妆鸣蝉之薄鬓㉙，照堕马之垂鬟㉚。反插金钿㉛，横抽宝树㉜。南都石黛㉝，最发㉞双蛾；北地燕脂㉟，偏开㊱两靥。

亦有岭上仙童，分丸魏帝㊲；腰中宝凤，授历轩辕㊳。金星㊳与婺女争华，麝月㊵共嫦娥竞爽。惊鸾㊶冶袖，时飘韩掾之香㊷；飞燕长裾，宜结陈王之佩㊸。虽非图画，入甘泉而不分㊹；言异神仙，戏阳台而无别㊺。真可谓倾国倾城，无对无双者也。加以天情开朗，逸思雕华，妙解文章，尤工诗赋。琉璃砚匣㊻，终日随身；翡翠笔床㊼，无时离手。清文满箧㊽，非惟芍药之花㊾；新制连篇，宁止蒲萄之树㊿。九日登高，时有缘情之作；万年公主，非无诔德之辞㊽。其佳丽也如彼，其才情也如此。

既而椒宫宛转，柘馆阴岑，绛鹤晨严，铜蠡昼静。三星未夕，不事怀衾；五日犹赊，谁能理曲。优游少托，寂寞多闲。厌长乐之疏钟，劳中宫之缓箭。轻身无力，怯南阳之捣衣；生长深宫，笑扶风之织锦。虽复投壶玉女，为欢尽于百骁；争博齐姬，心赏穷于六箸。无怡神于暇景，惟属意于新诗。可得代彼萱苏，微蠲愁疾。

但往事名篇，当今巧制，分诸麟阁，散在鸿都。不藉篇章，无由披览。于是燃脂暝写，弄墨晨书，撰录艳歌，凡为十卷。曾无忝于《雅》《颂》，亦靡滥于风人。泾渭之间，若斯而已。于是丽以金箱，装之宝轴。三台妙迹，龙伸蠖屈之书；五色花笺，河北胶东之纸。高楼红粉，仍定鲁鱼之文；辟恶生香，聊防羽陵之蠹。《灵飞六甲》，高擅玉函；《鸿烈》仙方，长推丹枕。

至如青牛帐里，余曲未终；朱鸟窗前，新妆已竟。方当开兹缥帙，散此绨绳。永对玩于书帷，长循环于纤

519

手。岂如邓学《春秋》㉚，儒者之功难习；窦传黄老㉛，金丹之术不成。固胜西蜀豪家，托情穷于鲁殿㉜；东储甲观，流咏止于洞箫㉝。娈彼诸姬，聊同弃日㉞。猗欤彤管㉟，丽矣香奁。

【作者简介】

徐陵（507—583），字孝穆，东海郯（今山东郯城北）人。南朝文学家，宫体诗人，与庾信并称"徐庾"。诗文皆以轻靡绮艳见称。今存《徐孝穆集》和《玉台新咏》。

【注释】

①凌云概日：蔽日穿云。极言其高。概，用同"盖"，谓超越，压倒。

②由余：姬由余。戎王听说穆公贤能，派由余到秦国考察。秦穆公引之登三休之台，由余曰："此乃所以乱也。"

③千门万户：张衡《西京赋》："闳庭诡异，门千户万。"

④周王璧台：《穆天子传》："天子乃为之台，是曰重璧之台。"郭璞注："言台状如垒璧。"后用"璧台"形容华美的高台。穆天子，周穆王。

⑤汉帝金屋：《汉武故事》载，武帝四岁时为胶东王，说"若得阿娇作妇，当作金屋贮之"。后以"金屋"指华美之屋。

⑥"玉树"二句：《汉武故事》："上起神屋，前庭植玉树，以珊瑚为枝……又以白珠为帘，玳瑁为柙。"柙，通"押"，帘轴，用以镇帘。

⑦五陵：长陵、安陵、阳陵、茂陵、平陵五县的合称。本为西汉五个皇帝陵墓所在地，因迁徙富豪及外戚于此居住，后世遂以五陵代指豪族聚居地。

⑧掖庭：宫中旁舍，妃嫔居住的地方。

⑨四姓：泛指名门贵族。

⑩永巷：指皇宫中妃嫔的住所。因中有长巷而称。

⑪巧笑：段巧笑，魏文帝宫人。

⑫"楚王"二句：《后汉书》："楚王好细腰,宫中多饿死。"

⑬"魏国"二句：《诗经·魏风·葛屦》："掺掺女手。"毛传：掺掺,犹纤纤。

⑭敦礼：尊崇礼教。

⑮自媒：自荐。谓不经媒妁而自求婚姻。

⑯被教：受教化。

⑰弟兄协律：《汉书·外戚传》载,孝武李夫人兄延年性知音,武帝爱之,以延年为协律都尉。

⑱"少长"二句：《汉书·五行志》载,成帝微行出游,过河阳主,见舞者赵飞燕而幸之。

⑲"琵琶"二句：晋石崇《王明君辞序》："昔公主嫁乌孙,令琵琶马上作乐,以慰其道路之思。"

⑳"箜篌"二句：曹植有乐府《箜篌引》。杂引,各种琴曲。

㉑传鼓瑟于杨家：《汉书·杨恽传》载杨恽报孙会宗书曰："妇,赵女也,雅善鼓瑟。"

㉒得吹箫于秦女：《列仙传》载,萧史善吹箫,秦穆公以女妻之。

㉓陈后：指汉武帝皇后陈阿娇。相传因汉武帝宠幸卫子夫而致陈阿娇失宠。

㉔阏氏(yān zhī)：匈奴皇后的名称。

㉕东邻：战国楚宋玉《登徒子好色赋》："臣里之美者,莫若臣东家之子。"后因以"东邻"指美女。

㉖"来侍寝"句：汉武帝过平阳主,既饮,起更衣,卫子夫侍尚衣轩中,得幸。见《史记·外戚世家》。更衣,如厕。

㉗"陪游馺娑(sà suō)"二句：傅毅《舞赋》："《激楚》《结风》《阳阿》之舞。"馺娑,汉宫殿名。骋,尽情施展。《结风》,古曲名。

㉘"长乐鸳鸯"二句：指赵飞燕之妹赵合德,为汉成帝居于鸳鸯殿时所进。度曲,唱曲。

521

㉙鸣蝉之薄鬓：古代美女的发式。因两鬓薄如蝉翼，故称。

㉚堕马之垂鬟：魏晋时妇女的一种发型，因将发鬟置于一侧，呈似堕非堕之状，故名。

㉛金钿：指嵌有金花的妇人首饰。

㉜宝树：古代妇女首饰中的步摇。

㉝石黛：古代妇女用以画眉的青黑色颜料。

㉞发：显露。

㉟燕脂：即胭脂。

㊱开：使显露出来。

㊲分丸魏帝：魏帝即魏文帝曹丕，其《折杨柳行》云："西山一何高……上有两仙僮……与我一丸药，光耀有五色。"

㊳授历轩辕：传说轩辕黄帝受神策，作甲子，创历法。

㊴金星：谓贴花黄，六朝时女子的面妆。

㊵靥月：女子面妆中的月牙形贴片。

㊶惊鸾：形容舞姿轻盈美妙。

㊷韩掾之香：《世说新语》："韩寿，美姿容，贾充辟以为掾"，充女悦之，与之通。充闻寿有异香之气，"是外国所贡，一著人则历月不歇"。充疑寿与女通，取女左右考问。

㊸"飞燕长裾"二句：神女的长裾宜于系结曹植所送给她的玉佩。古代妇女以燕尾饰上衣，衣动如飞燕，故云。陈思王曹植《洛神赋》有"解玉佩而要之（代洛水女神）"句。

㊹"虽非图画"二句：《汉书·外戚传》载，李夫人少而早卒，武帝"图画其形于甘泉宫"。

㊺"言异神仙"二句：宋玉《高唐赋》："昔者先王尝游高唐，怠而昼寝，梦见一妇人……去而辞曰：'妾在巫山之阳，高丘之阻，……朝朝暮暮，阳台之下。'"

㊻砚匣：藏砚台的匣子，其意是说一方佳砚必须配制好匣。

㊼笔床：卧置毛笔的器具。

㊽箧（qiè）：小箱。

㊾芍药之花：指咏芍药花一类诗文。如晋傅统妻有《芍药花颂》。

㊿蒲萄之树：指咏蒲萄树一类诗文。如三国魏钟会有《蒲萄赋》。蒲萄，即葡萄。

(51)“万年公主”二句：《晋书》载，武帝嫔妃左芬，善文辞。后万年公主薨，武帝诏芬为诔。诔德，累述并表彰死者的德行。

(52)椒（jiāo）宫：皇后居住的宫殿。宛转：同“婉转”，形容言辞委婉含蓄。

(53)柘馆：泛指内宫。阴岑：深邃貌。

(54)绛鹤：指铜锁。“绛”指颜色，“鹤”指形制。

(55)铜蠡：衔门环的铜制螺形底座。

(56)“三星”二句：《诗·召南·小星》：“嘒彼小星，维参与昂。肃肃宵征，抱衾与裯。”

(57)理曲：犹理乐。《汉书·张禹传》颜师古注引如淳曰：“今乐家五日一习乐为理乐。”

(58)缓箭：缓慢的银箭。箭，漏箭，计时器。

(59)扶风之织锦：《晋书》载，窦涛妻苏氏织回文诗之锦以寄情。苏氏名蕙，始平人，在汉属右扶风。

(60)投壶玉女：《神异经》载，东王公与玉女投壶，“矫出而脱误不接（指失投）者，天为之笑”。

(61)骁：《西京杂记》：“郭舍人善投壶，以竹为矢，激矢令还，一矢百余反，谓之为骁。”

(62)争博齐姬：晋武帝胡贵嫔名芳，武帝与之樗蒲，争矢，伤指。

(63)六箸：古博弈之具。

(64)萱苏：王朗《与魏太子书》有“萱草忘忧，皋苏释劳”句，后因以“萱苏”为忘忧释劳之典。

⑥镌(juān):除去。

⑥麟阁:麒麟阁,汉代阁名,藏书之所。

⑥鸿都:汉代藏书之所。

⑥风人:古代采集民歌风俗等以观民风的官员。

⑥三台妙迹:谓蔡邕书法。《后汉书》载蔡邕不得已事董卓,甚见敬重,"三日之间,周历三台"。

⑦龙伸蠖(huò)屈:形容笔势飞动,书法高超。蠖,尺蠖,昆虫名。

⑦鲁鱼之文:"鲁""鱼"两字相混。指书中的文字讹误。

⑦羽陵之蠹:典出《穆天子传》:"天子东游,次雀梁,蠹书于羽陵。"

⑦《灵飞六甲》,高擅玉函:《汉武帝内传》:"武帝受西王母真形、六甲、灵飞十二事。帝盛以黄金几,封以白玉函。"《灵飞六甲》为道教修性养生之经。擅,占据。

⑦《鸿烈》仙方,长推丹枕:淮南王刘安著《鸿烈》,主道家学说,后因以此指道经、道术。《汉书·刘向传》:"淮南有《枕中鸿宝苑秘书》。书言神仙使鬼物为金之术。"

⑦青牛帐:未详。疑代指道家玄言。

⑦朱鸟窗:《博物志》载,西王母降于九华殿,东方朔窃从殿南朱鸟牖观母。

⑦缥帙(piǎo zhì):淡青色的书衣,亦指书卷。

⑦绦(tāo)绳:丝带子。

⑦书帷:书斋的帷帐。借指书斋。

⑧邓学《春秋》:汉和帝和熹邓皇后,从曹大家受经传,夜则诵读。中宫近臣于东观受读经传,以教宫人。

⑧窦传黄老:汉文帝窦皇后,汉景帝之母,好黄帝老子之言。

⑧"西蜀豪家"二句:《西蜀志》:蜀汉重臣刘琰为车骑将军,侍婢数十,悉教诵读《鲁灵光殿赋》。

⑧"东储"二句:汉元帝为太子,嘉王褒《洞箫赋》,令后宫贵人左右

皆诵读。

⑧④"姿彼"二句:《诗经·邶风》:"有怀于卫,靡日不思。姿彼诸姬,
聊与之谋。"陶渊明《诫子书》:"见贤思齐,不宜忽略以弃。"

⑧⑤彤管:赤管笔,古女史执以记事。

【解读】

《玉台新咏》是徐陵奉梁简文帝萧纲之命专为后宫编撰的一本诗
歌总集,其意在于倡导萧纲崇尚的缘情绮靡之诗风,以扩大宫体诗的
影响,同时也备后宫讽览。其序文主要包括两大方面的内容:

第一至第四段阐述编撰此诗集的背景,即后宫佳丽众多,皆具才
情,且属意于以新诗寄托情思,消愁释劳。第一段开篇以凌云高台等
典故引出后宫丽人,接着以铺叙手法言其出身于"五陵豪族""四姓良
家";姿色出众,细腰纤手;而且"阅诗敦礼""婉约风流""自小学歌""由
来能舞";进而又用石崇、曹植、杨恽之妇、秦穆公之女等多个典故极言
这些后宫丽人的才艺过人。第二段大量使用历代嫔妃之典,凸显后宫
佳丽的貌若天仙、妆容精致、生活奢华、备受极宠。第三段继续铺写,
除渲染和赞叹这些丽人"倾国倾城,无对无双"之外,更侧重于才情的
叙写,"加以天情开朗,逸思雕华,妙解文章,尤工诗赋";"清文满箧"
"新制连篇",时有"缘情之作""诔德之辞",最后一笔总结:"其佳丽也
如彼,其才情也如此。"第四段转向写后宫生活情思与心境,"优游少
托,寂寞多闲","无怡神于暇景,惟属意于新诗",在此情境下,以诗歌
"代彼萱苏,微蠲愁疾"。此即编撰《玉台新咏》的背景。

第五、六段阐述编撰此诗集的缘由、宗旨和目的。"往事名篇,当
今巧制,分诸麟阁,散在鸿都。不藉篇章,无由披览。于是燃脂暝写,
弄墨晨书,撰录艳歌,凡为十卷"交代了收集诗歌的缘由是古今很多诗
歌名篇都分散各处,不便于翻阅,而收集的宗旨则是"撰录艳歌"。第
六段说,"方当开兹缥帙,散此绦绳。永对玩于书帷,长循环于纤手",
使得后宫嫔妃可以"固胜西蜀豪家,托情穷于鲁殿;东储甲观,流咏止

525

于洞箫"。"娈彼诸姬,聊同弃日",意即此诗集的编撰,目的是供后宫嫔妃教读共诵。

此序对全书内容与特色作了提纲挈领式的概述,而且多用铺排夸饰与典故,充分体现了骈文句式美、用典美、词采美、声韵美等特点。

【点评】

"大抵六朝时人,皆能作四六文,工对仗,善用典。而徐陵、庾信所以超出流俗者:情文相生,一也;次序谨严,二也;篇有劲气,三也。故普通四六,文尽意止,而徐、庾所作,有余不尽。"([近代]刘师培《汉魏六朝专家文研究•各家总论》)

"骈语至徐、庾,五色相宣,八音迭奏,可谓六朝之渤澥,唐代之津梁,而是篇尤为声偶兼到之作。"([清]许梿评选、黎经诰笺注《六朝文絜笺注》卷八)

陶渊明集序

萧 统

夫自衒自媒者,士女之丑行①;不忮不求②者,明达之用心。是以圣人韬光,贤人遁世。其故何也?含德之至,莫逾于道;亲己之切③,无重于身。故道存而身安,道亡而身害。处百龄之内,居一世之中,倏忽比之白驹,寄寓谓之逆旅。宜乎与大块而荣枯④,随中和⑤而任放,岂能戚戚劳于忧畏,汲汲役于人间?

齐讴⑥赵女之娱,八珍九鼎之食,结驷连镳⑦之游,侈袂执圭之贵⑧,乐既乐矣,忧亦随之。何倚伏之难量,亦庆吊之相及。智者贤人居之,甚履薄冰;愚夫贪士竞之,若泄尾闾⑨。玉之在山,以见珍而招破;兰之生谷,虽无人而犹芳。

故庄周垂钓于濠⑩，伯成躬耕于野⑪，或货⑫海东之药草，或纺江南之落毛。譬彼鸳雏，岂竞鸢鸱⑬之肉；忧斯杂县⑭，宁劳文仲之牲⑮！

至如子常、宁喜之伦⑯，苏秦、卫鞅之匹⑰，死之而不疑⑱，甘之而不悔。主父偃⑲言："生不五鼎食，死则五鼎烹。"⑳卒如其言，岂不痛哉！又有楚子观周，受折于孙满㉑；霍侯骖乘，祸起于负芒㉒。饕餮之徒㉓，其流甚众。

唐尧四海之主，而有汾阳之心㉔；子晋天下之储，而有洛滨之志㉕。轻之若脱屣，视之若鸿毛，而况于他人乎？是以至人达士，因以晦迹㉖。或怀璺㉗而谒帝，或被褐而负薪，鼓楫㉘清潭，弃机㉙汉曲。情不在于众事㉚，寄众事以忘情者也。有疑陶渊明诗篇篇有酒，吾观其意不在酒，亦寄酒为迹者也。其文章不群，词彩精拔，跌宕昭彰，独超众类，抑扬爽朗，莫之与京。横素波而傍流㉛，干青云而直上。语时事则指而可想㉜，论怀抱则旷而且真。加以贞志不休，安道苦节，不以躬耕为耻，不以无财为病。自非㉝大贤笃志，与道污隆㉞，孰能如此乎？

余爱嗜其文，不能释手，尚想其德，恨不同时。故更加搜求，粗为区目。白璧微瑕者，唯在《闲情》一赋。扬雄所谓劝百而讽一㉟者，卒无讽谏，何必摇其笔端㊱？惜哉，无是可也！并粗点定其传，编之于录。尝谓有能读渊明之文者，驰竞㊲之情遣，鄙吝之意祛，贪夫可以廉，懦夫可以立，岂止仁义可蹈，亦乃爵禄可辞，不劳复傍游太华㊳，远求柱史㊴，此亦有助于讽教尔。

【作者简介】

萧统(501—531),字德施,小名维摩,谥为昭明。著有文集二十卷,又集古今典章诰命文章十卷,选五言诗《英华集》二十卷,《文选》三十卷。

【注释】

①"夫自衒"两句:自衒(xuàn)自媒:炫耀自己、推销自己。衒,同"炫"。士女:青年男女。两句出自曹植《求自试表》。

②不忮(zhì)不求:不嫉妒、不贪求。

③亲己之切:亲己,爱惜自己。切,要。

④荣枯:如草木繁茂枯萎一样盛衰变化。

⑤中和:指中庸和谐之道。

⑥齐讴:齐国的乐调。讴,歌。

⑦结驷连镳(biāo):高车骏马连接成队。形容高贵显赫。驷,套着四匹马的车。镳,马勒。

⑧侈袂:大袖,古代官服皆为大袖,故以"侈袂"借指入仕。执圭:秦楚用圭以区分爵位等级,使执圭而朝,故后以"执圭"指封爵。

⑨尾闾:指江河的下游。

⑩庄周垂钓于濠:事见《庄子·秋水》,作"钓于濮水"。此处指类似于庄子的自然无争的隐世之乐。

⑪伯成躬耕于野:伯成,唐尧时人。相传尧治天下,他立为诸侯。尧授舜、舜授禹时,他认为"德自此衰,刑自此立,后世之乱自此始",就隐居耕种。见《庄子·天地》。

⑫货:贩卖。

⑬鸱鸮(chī):一种猛禽,形似鹰隼,好食腐肉。

⑭杂县:《尔雅·释鸟》:"爰居,杂县。"邢昺疏:"爰居,海鸟也,大如马驹,一名杂县。"

⑮文仲之牲:事见《国语·鲁语》,意为杂县这种海鸟配不上奢华的祭祀。文仲,即臧文仲,春秋时鲁国正卿。牲,牺牲,供祭祀用的纯色全体牲畜。

⑯子常:囊瓦,字子常,春秋时楚国大夫。吴楚大战中,由于囊瓦不听从沈尹戍的计策等原因,楚军大败。囊瓦不敢回国,逃到郑国。宁喜:春秋时卫国人。弑卫殇公,迎立卫献公。后以专权被杀。

⑰苏秦:战国时纵横家。游说列国,提出合纵抗秦的主张,并最终组建合纵联盟,兼佩六国相印。后又自燕至齐,从事反间活动,事发被车裂而死。卫鞅:商鞅。在秦国执政二十年,秦国大治,史称商鞅变法。秦孝公死后,公子虔等诬其欲反,商鞅兵败被杀。

⑱死之而不疑:为贪图名利赴死而不犹豫。

⑲主父偃:汉武帝时大臣。元光元年(前134)上书汉武帝,拜郎中。一年中升迁四次,得到武帝的破格任用。

⑳"生不五鼎食"二句:在朝廷政治斗争中,主父偃树敌甚多,有人劝其收敛,他说:"丈夫生不五鼎食,死即五鼎烹耳。"后来,终因得罪的人太多而被诛九族。事见《史记·平津侯主父列传》。

㉑"楚子观周"二句:事见《左传·宣公三年》:(楚子)观兵于周疆,定王使王孙满劳楚子,楚子问鼎之大小轻重焉。对曰:"在德不在鼎。……周德虽衰,天命未改。鼎之轻重,未可问也。"受折,受辱。

㉒"霍侯"二句:霍侯:指霍光。骖乘:本指古时陪乘在车右的人。这里形容霍光享有高官厚禄,行必有骖乘。负芒:锋芒毕露。

㉓饕餮之徒:原指贪吃的人,这里指贪婪之人。

㉔汾阳之心:隐居汾阳的意愿。

㉕"子晋"二句:子晋:王子乔,相传为周灵王太子。被浮丘公引往嵩山修炼,后升仙。储:储君,王位继承人。洛滨之志:隐居洛水之滨的志向。

㉖晦迹:指将自己的才华隐藏起来。

㉗怀禧(xǐ)：怀着求福的愿望。禧，通"禧"，福。

㉘鼓枻：划船。

㉙机：机心，狡诈的用心。

㉚众事：公事。

㉛横素波而傍流：(爽朗大气)如宽广的白色波浪广泛流布。傍，同"旁"。

㉜指而可想：有针对性而又引人深思。

㉝自非：如果不是。

㉞污隆：升与降。

㉟劝百而讽一：指司马相如开启的汉大赋模式，先是极尽夸饰，最后以淫乐足以亡国，仁义必然兴邦的讽谏作为结尾。

㊱摇其笔端：动笔，指写《闲情赋》。

㊲驰竞：追名逐利。

㊳太华：西岳华山。

㊴柱史："柱下史"的省称，代指老子。

【解读】

这是萧统编成《陶渊明集》后作的序。

第一部分阐述陶渊明的归隐原因。第一段讲圣人贤人韬光遁世的原因在于求道之所存，身之所安，表达人生在世宜顺中和之道、随自然造化而荣枯的看法，含蓄地点明陶渊明的归隐原因。第二、三段讲述"齐讴赵女之娱"等贪图奢靡享乐的世风和历来如子常、宁喜等追逐名利而终致杀身取祸的典例，阐明乐以生忧，祸倚于福，庆吊相及的道理，并以庄周垂钓于濠和伯成躬耕于野的典故，再次暗示陶渊明的归隐之旨。

第二部分论述陶渊明文的特点，并对此作出评价。先由历来隐士"或怀禧而谒帝，或被褐而负薪，鼓枻清潭、弃机汉曲"以寄托志趣引出陶文寄趣于酒的内涵，盛赞陶文精拔不群、抑扬爽朗、大气磅礴，点明其"语时事则指而可想,论怀抱则旷而且真"的特征,并且认为这样的文风与陶渊明"贞志不休,安道苦节"、不与世道同流合污的志趣是分不开的。

第三部分叙述编辑《陶渊明集》的原因及意义。"余爱嗜其文"至"编之于录"讲自己爱嗜陶诗文,崇尚其品德,这是编集的根本出发点。萧统觉得人们如能理解陶渊明的文章,则"驰竞之情遣,鄙吝之意祛,贪夫可以廉,懦夫可以立","仁义可蹈","爵禄可辞"。因此,结集具有助于教化的意义。

萧统为此前默默无闻的陶渊明结集并作序,确立了他在文学史上的地位。不过萧统拘于汉儒赋必讽劝的观点,认为陶渊明的《闲情赋》"卒无讽谏",是"白璧微瑕",并为之惋惜。这种看法是偏颇的。

【点评】

"梁昭明太子作《陶渊明文集序》曰:'白璧微瑕者,唯在闲情一赋','卒无讽谏,何必摇其笔端'。观国熟味此赋,辞意宛雅,伤己之不遇,寄情于所愿,其爱君忧国之心,惓惓不忘,盖文之雄丽者也,此赋每寄情于所愿者,若曰我愿立于朝,而其君不能用之,是真讽谏者也,昭明责以无讽谏,则误矣。"([宋]王观国《学林》卷七)

采莲赋　　　　　　　　萧绎

紫茎兮文波①,红莲兮芰荷。绿房②兮翠盖,素实兮黄螺③。

于是妖童媛女④,荡舟心许。鹢首⑤徐回,兼传羽杯⑥。棹将移而藻挂,船欲动而萍开。尔其纤腰束素⑦,迁延顾步。夏始春余,叶嫩花初。恐沾裳而浅笑,畏倾船而敛裾⑧。故以水溅兰桡⑨,芦侵罗襦⑩;菊泽⑪未反,梧台迥见;荇湿沾衫,菱长绕钏⑫。泛柏舟而容与,歌采莲于江渚。

歌曰:"碧玉小家女,来嫁汝南王。莲花乱脸色,荷叶杂衣香。因持荐⑬君子,愿袭芙蓉⑭裳。"

【作者简介】

萧绎(508—555),即梁元帝,字世诚,小字七符,自号金楼子。破侯景后称帝。藏书十四万卷,在西魏军攻破江陵时自行焚毁。善五言诗。

【注释】

①文波:微波。

②绿房:指莲蓬。

③黄螺:莲蓬外形团团如螺,成熟后由绿渐黄,故称。

④妖童:俊俏少年。媛(yuán)女:美女。

⑤鹢(yì)首:船头。

⑥羽杯:一种雀形酒杯,左右形如鸟羽翼。

⑦束素:捆扎起来的白绢。形容女子细腰。

⑧敛裾(jū):把衣襟紧抓成一团。形容害怕船倾的样子。裾,衣襟。

⑨兰桡(ráo):小舟的美称。

⑩罗襦(jiàn):丝织席褥。

⑪菊泽:指湖泊。菊字是藻饰词,芬芳之意。

⑫钏(chuàn):手环。

⑬荐:进献。

⑭芙蓉:莲花的别称。

【解读】

这是一篇以状物传神见长的体物抒情小赋。

第一段以白描手法写河中红莲。紫茎亭亭立于粼粼清波,红莲朵朵映衬重重芰荷。莲蓬作房屋,荷叶作屋顶,莲籽儿洁白,莲蓬如黄螺。短短四句,将清波中荷花的枝叶蕊实全盘呈出。

第二段描绘一幅夏日欢歌采莲图。少男少女轻舟荡桨,同心相映,杯酒传情。他们或泛舟河中,兰棹将举,却被水藻牵挂;船身未移,浮萍早已漾开,水波荡漾,画船轻摆,画面优美而生动。或船头调笑,生怕沾湿衣裳而低声浅笑,担心船儿倾覆而紧紧抓住衣襟,"浅笑"与"敛裾"写少女们满心欢乐却不敢忘情任性的情态,如在眼前。"纤腰束素"等四句将景物与人物糅合一体,"纤腰束素"见体态之美好,"迁延顾步"见情态之动人,"夏始春余"喻其芳龄正盛,"叶嫩花初"喻其青春正美,将人物的美好与夏日情趣交融,明媚动人。继而再写船在水中行进的情态。"水溅兰桡,芦侵罗禣","荇湿沾衫,菱长绕钏",船桨击水缓缓向前,芦花点点飞上绫罗席褥,带水的荇菜沾湿了衣衫,长长的菱草缠住了手环,别有风情与趣味,侧面烘托采莲人的欢悦快活,以至于忍不住唱起歌来。

最后以一阕短歌渲染,碧玉小家女之形象翩然而出。"莲花乱脸色,荷叶杂衣香",美景美人相得益彰,又引人联想欢歌的景象,有声有色,亦景亦情。

全文首尾周全,整饬谐美,笔调多姿,有玲珑飘逸之气。

荡妇秋思赋　　　　萧　绎

荡子^①之别十年,倡妇^②之居自怜。登楼一望,唯见远树含烟。平原如此,不知道路几千?天与水兮相逼,山与云兮共色。山则苍苍入汉，水则涓涓不测。谁复堪见鸟飞，悲鸣只翼！秋何月而不清，月何秋而不明？况乃倡楼荡妇，对此伤情！

于时露萎庭蕙，霜封③阶砌。坐视带长，转看腰细④。重以秋水文波，秋云似罗。日黯黯而将暮，风骚骚⑤而渡河。妾怨回文之锦，君思出塞之歌⑥。相思而望，路远如何！鬓飘蓬而渐乱，心怀愁而转叹。愁萦翠眉敛，啼多红粉漫。

已矣哉！秋风起兮秋叶飞，春花落兮春日晖。春日迟迟犹可至，客子行行终不归⑦。

【注释】

①荡子：羁旅漂泊的游子。

②倡妇：思妇自称。倡，古称歌舞艺人为倡。

③封：结满。

④坐视带长，转看腰细：(因思念意中人)转眼间我衣带似乎变长，原来是腰儿变细。

⑤骚骚：风吹的声音。

⑥"妾怨"二句：前秦窦滔被迁边关，其妻苏蕙织锦以回文诗寄赠，表达思念之情。此处用典言思怨之情。

⑦行行：不停地远行。

【解读】

《荡妇秋思赋》是一篇宫体赋，其中的"荡子"即羁旅漂泊之人，"荡妇"即游子之妇。

首段写思妇因思念游子而登楼远眺之景与情。开篇说荡子之别十年，以别离久言思情深，引出登楼望远；结果平原空旷，山迢水远，唯见只鸟悲鸣单飞，此种景象更添思妇的孤独寂寞，令她发出"秋何月而不清，月何秋而不明？况乃倡楼荡妇，对此伤情"的慨叹，点"秋思"。

第二段转写眼前近景和思妇的自我形象与感受，抒秋思。白露枯萎了秋草，浓霜结满了台阶，秋波荡漾，秋云层层，日色暗淡，秋风凛冽，满目肃杀凄冷的秋景，传达的是思妇的心绪黯然和冷落，寄寓绵绵秋思；而衣带加长、腰身变细、鬓发如蓬、愁眉紧锁、泪乱红粉，层层铺写，更见其相思与哀怨；又借窦滔戍边不归、苏蕙编织"回文诗"寄托哀怨的典故，直抒思怨。反复叙写，秋思之深之切自见。

最后由眼前秋叶纷飞而联想春花零落只剩漫天余晖，暗喻自己的华年逝去，最后以春日虽迟终得归、客子远行不见回作结，见思妇终不得解脱的思念之苦。

全文语言浅显，情意婉转。

与詹事江总书① 陈叔宝

管记②陆瑜，奄然殂化③，悲伤悼惜，此情何已！吾生平爱好，卿等所悉。自以学涉儒雅，不逮古人，钦贤慕士，是情尤笃。梁室乱离，天下糜沸④。书史残缺，礼乐崩沦。晚生后学，匪无墙面⑤，卓尔出群，斯人而已。

吾识览虽局⑥，未曾以言议假⑦人。至于片善小才，特用嗟赏；况复洪识奇士，此故忘言⑧之地。论其博综子史，谙究儒墨，经耳无遗，触目成诵。一褒一贬，一激一扬，语玄析理，披义摘句，未尝不闻者心伏，听者解颐⑨。会意相得，自以为布衣之赏。

吾监抚之暇，事隙之辰，颇用谈笑娱情，琴樽间作。雅篇艳什,迭互锋起。每清风朗月,美景良辰,对群山之参差,望巨波之滉瀁⑩。或玩新花,时观落叶;既听春鸟,又聆秋雁。未尝不促膝举觞,连情发藻。且代琢磨,间以嘲谑。俱怡耳目,并留情致。自谓百年为速,朝露可伤;岂谓玉折兰摧⑪,遽从短运。为悲为恨,当复何言!

遗迹余文,触目增泫⑫。绝弦投笔,恒有酸恨。以卿同志,聊复叙怀。涕之无从,言不写意。

【作者简介】

陈叔宝(553—604),即陈后主,字元秀,小名黄奴。醉心诗文和音乐。谥号炀。

【注释】

①詹事:官名,职掌皇后、太子家事。

②管记:指古代对书记、记室参军等文翰职官的通称。

③殂(cú)化:逝世。

④糜(mí)沸:比喻世事混乱之甚,如糜粥之沸于釜中。

⑤墙面:谓面对墙壁,目无所见。比喻不学无术或一无所知。

⑥局:狭隘。

⑦假:通"嘉",赞美,表彰。

⑧忘言:谓得意而忘言。

⑨解颐:开口笑。

⑩滉瀁(huàng yǎng):大水貌。

⑪玉折兰摧:指夭折。

⑫泫(xuàn):流泪。

【解读】

陈后主好学,欲博览群书,以子集繁多,命博学强记的陆瑜抄撰,

536

未就而卒,年四十四。后主极哀,给詹事江总写了此信,表达对陆瑜的赞赏、追念,倾诉痛失良友的悲伤。

首段从陆瑜的忽然离世切入,直抒悼惜之悲情,并简述其中缘由:一是自己"学涉儒雅,不逮古人",故"钦贤慕士"之情特别深厚;二是时局乱离,书史残缺,礼乐崩沦,急需有人整理群书;三是卓尔出群者,唯陆瑜一人而已。

第二段盛赞亡友才学。称其为"洪识奇士",经史子集,触目成诵;褒贬激扬,语玄析理,披文摘句,令人心服。

第三、四段抚今追昔。追忆过去与陆瑜或公务之余谈笑琴樽,或清风明月、良辰美景之际,赏景举酒,连情作文,欣然陶醉;而今对方忽然而逝,每睹遗物,潸然泣泪,悲恨之情,虽千言万语亦不能尽。

此信篇幅短小,悲喜对照,情文并茂。

【点评】

"简质有余,亦苍然有色,别成一种笔法。直抒胸臆,全不雕琢,由气格清华,故无一笔生涩,不图亡主竟获如此佳文,我斥其人,我不能不怜其才也。情哀理感,能令铁石人动心。"([清]许梿评选、黎经诰笺注《六朝文絜笺注》卷七)

禁浮华诏 　　　　　　高洋

顷者风俗流宕①,浮竞②日滋。家有吉凶,务求胜异。婚姻丧葬之费,车服饮食之华,动③竭岁资,以营日富④。又奴仆带金玉,婢妾衣罗绮,始以创出为奇,后以过前为丽。上下贵贱,无复等差。今运属维新⑤,思蠲⑥往弊。反朴还淳,纳民轨物⑦。可量事⑧具立条式,使俭而获中⑨。

高洋(529—559),字子进。北齐开国皇帝。谥号文宣皇帝。

【注释】

①流宕:这里指放荡,不受约束。

②浮竞:争名夺利。

③动:这里指常常。

④日富:一日的富足。

⑤"今运"句:古人把国家建立说成是禀受天命,这句是说北齐国新建立。维新,更新。

⑥蠲(juān):除去,免除。

⑦轨物:规范;准则。

⑧量事:根据事实状况。

⑨获中:适中。

【解读】

此诏令意在禁止浮华,倡导节俭。"顷者风俗流宕"至"无复等差"阐述当时民俗不受约束而竞相追逐浮华靡费的不良之风:一是婚丧之事的费用铺张,二是日常生活的浮华。这是颁布诏令的缘由。"今运属维新"至"使俭而获中"是革除时弊、复归朴实淳正的具体做法:即制定法令条文,以约束臣民,使人们回到节俭而适中的轨道上来。

此诏简明扼要,针对性强,其思想内容在今天仍有借鉴意义。

小园赋
庾 信

若夫一枝之上,巢父①得安巢之所;一壶之中,壶公②有容身之地。况乎管宁藜床,虽穿而可座③;嵇康锻灶④,既暖而堪眠。岂必连闼洞房⑤,南阳樊重之第⑥;绿墀青锁,西汉王根⑦之宅。余有数亩敝庐,寂寞人外⑧,聊以拟伏腊⑨,聊以避风霜。虽复晏婴近市⑩,不求朝夕之利;潘岳面城⑪,且适闲居之乐。况乃黄鹤戒露⑫,非有意于轮轩;爰居避风⑬,本无情于钟鼓⑭。陆机则兄弟同居⑮,韩康则舅甥不别⑯,蜗角蚊睫⑰,又足相容者也。

尔乃窟室⑱徘徊,聊同凿坯⑲。桐间露落,柳下风来。琴号珠柱⑳,书名《玉杯》㉑。有棠梨而无馆㉒,足酸枣而非台㉓。犹得敧侧㉔八九丈,纵横数十步,榆柳两三行,梨桃百余树。拨蒙密兮见窗,行敧斜兮得路。蝉有翳㉕兮不惊,雉无罗兮何惧! 草树混淆,枝格相交㉖。山为篑覆,地有堂坳㉗。藏狸并窟,乳鹊重巢㉘。连珠细菌,长柄寒匏。可以疗饥,可以栖迟。崎岖兮狭室,穿漏兮茅茨㉙。檐直倚而妨帽,户平行而碍眉㉚。坐帐无鹤㉛,支床有龟㉜。鸟多闲暇,花随四时。心则历陵枯木㉝,发则睢阳乱丝㉞。非夏日而可畏㉟,异秋天而可悲㊱。

一寸二寸之鱼,三竿两竿之竹。云气荫于丛著㊲,金精㊳养于秋菊。枣酸梨酢㊴,桃榹李薁㊵。落叶半床,狂花满屋。名为野人之家,是谓愚公之谷㊶。试偃息㊷于茂林,乃久羡于抽簪㊸。虽有门而长闭,实无水而恒沉㊹。三春负锄相识,五月披裘见寻㊺。问葛洪之药性,访京房之卜林㊻。草无忘忧之意,花无长乐之心。鸟何事而逐酒,鱼何情而听琴㊼?

加以寒暑异令㊽,乖违德性。崔骃以不乐损年,吴质以

539

长愁养病⁴⁹。镇宅神以薝石⁵⁰，厌山精而照镜⁵¹。屡动庄舄之吟，几行魏颗之命⁵²。薄晚闲闺，老幼相携；蓬头王霸之子，椎髻梁鸿之妻⁵³。燋麦⁵⁴两瓮，寒菜一畦。风骚骚⁵⁵而树急，天惨惨而云低。聚空仓而雀噪，惊懒妇而蝉嘶⁵⁶。

昔草滥于吹嘘，藉《文言》之庆余⁵⁷。门有通德⁵⁸，家承赐书⁵⁹。或陪玄武之观，时参凤凰之墟⁶⁰。观受釐于宣室⁶¹，赋长杨于直庐⁶²。

遂乃山崩川竭⁶³，冰碎瓦裂⁶⁴，大盗潜移⁶⁵，长离永灭⁶⁶。摧直辔于三危，碎平途于九折⁶⁷。荆轲有寒水之悲，苏武有秋风之别⁶⁸。关山则风月凄怆，陇水则肝肠断绝⁶⁹。龟言此地之寒⁷⁰，鹤讶今年之雪⁷¹。百龄兮倏忽，光华兮已晚。不雪雁门之踦⁷²，先念鸿陆之远⁷³。非淮海兮可变⁷⁴，非金丹兮能转⁷⁵。不暴骨于龙门⁷⁶，终低头于马坂⁷⁷。谅天造兮昧昧，嗟生民兮浑浑⁷⁸。

【作者简介】

庾（yǔ）信（513—581），字子山，小字兰成。南阳新野（今河南新野）人。南北朝时期文学家。宫体文学代表作家。北周时官至骠骑大将军、开府仪同三司，世称"庾开府"。原有集，已佚，明人张溥辑有《庾开府集》。

【解读】

①巢父：传说尧时隐者。

②壶公：传说汉时一老翁市上卖药，门前悬一壶，日入之后就跳进壶中。

③"况乎"二句：管宁，东汉末年人，操守严肃，因常坐（如今跪姿）

一木榻上,积五十年,榻上膝盖所触都成了洞孔。藜(lí)床:指用藜草铺床,一说藜木坐榻。

④嵇康锻灶:嵇康,三国曹魏时名士,好锻铁。

⑤连闼(tà)洞房:房间相通连。闼,门。洞,通。

⑥樊重之第:南阳人樊重,家富,建造房屋皆重堂高阁。

⑦王根:汉元帝皇后亲族,汉成帝所封五侯之一。

⑧人外:人境之外,形容偏僻。

⑨拟伏腊:可用来举行伏祭、腊祭。古人常于伏、腊闭门不出,聚家人宴饮。拟伏腊与下文"避风霜"都指闭门不出,聊且休息。

⑩晏婴近市:齐景公因晏婴住宅近街市,要给他换个好地方,晏说:"小人近市,朝夕得所求。"此处反用其意,说敝庐虽靠近市场,但不求早晚的利益。

⑪潘岳面城:潘岳作《闲居赋》有"陪京溯伊,面郊后市"句。面,面向。这里也反说,言面城而居而心情闲适,不像潘岳那样牢骚满腹。

⑫黄鹤戒露:《左传》载卫懿公爱鹤,乘以轩车,以防露水沾湿。

⑬爰(yuán)居避风:爰居为一种海鸟。《国语》载爰居因避风而栖于鲁东门外,臧文仲因祀之以为神。

⑭钟鼓:祭祀所用的乐器,此指祭祀时的音乐。

⑮陆机则兄弟同居:《世说新语·赏誉》载,吴亡后,陆机、陆云在洛阳同住三间瓦房。

⑯韩康则舅甥不别:韩康,晋韩伯,字康伯,其舅殷浩北伐失败,被废为庶人,徙于东阳,韩康伯也到了东阳,所谓"舅甥不别"即此。

⑰蜗角蚊睫:语出《庄子·则阳》和《晏子春秋》。这里都是形容小园之小。

⑱窟室:本指掘地为室,此处指垒土坯为屋。

⑲凿坯:凿开土墙。《淮南子·齐俗训》:"颜阖,鲁君欲相之而不肯,使人以币先焉,凿培而遁之。"

⑳珠柱:琴名,以珠作为支弦琴柱。

㉑《玉杯》:书篇名,汉董仲舒撰。

㉒有棠梨而无馆:汉代甘泉宫外有棠梨,但没有台馆建筑。棠梨,果木名。

㉓足酸枣而非台:《水经注》载,酸枣县城西有酸枣寺,寺外有韩王望气台。

㉔攲(qī)侧:倾斜。指小园地形不正。

㉕翳(yì):隐蔽。

㉖枝格相交:树木的枝条相交叉。

㉗山为篑(kuì)覆,地有堂坳(ào):山是一篑土倾倒而成的(极言其小),地上有低洼水池。篑,盛土的筐子。

㉘藏狸并窟,乳鹊重巢:是说园狭小,野猫相连作窟,幼鹊重叠筑巢。

㉙茅茨(cí):用茅草覆盖屋顶,这里指茅草屋。

㉚"檐直倚"二句:房檐很低,站在下面就要碰着帽子;门很矮,平行进入就要触着眉毛。

㉛坐帐无鹤:《神仙传》载,三国时吴人介象,日中假死于武昌,傍晚还归建业(今南京)。此言自己不能像有仙术的介象一样归于梁首都建康。

㉜支床有龟:《史记·龟策列传》:"南方老人用龟支床足,行二十余岁,老人死,移床,龟尚生不死。"此言久住长安,像龟支床,终老不能移动。

㉝"心则"句:这里自比心如枯木。历陵,县名,汉属豫章郡。枯木,枯萎的树。

㉞"发则"句:言忧愁而发白如素丝。睢阳,宋国地名,墨子故乡。乱丝,头发蓬白,像团乱丝。

㉟非夏日而可畏:《左传·文公七年》:"贾季曰:赵盾夏日之日

也。"杜预注："冬日可爱,夏日可畏。"夏日,夏天的赤日。

㊱异秋天而可悲:宋玉《九辩》:"悲哉,秋之为气也!"以上两句言一年四季只有悲惧而无乐趣。

㊲丛蓍(shī):丛生的蓍草。

㊳金精:古人把九月上寅日采的甘菊叫金精。

㊴酢:醋。

㊵桃楒(sì)李蓣(yù):即楒桃蓣李。楒桃,山桃。蓣李,山李。

㊶愚人之谷:《说苑·政理》:"齐桓公出猎,逐鹿而走。入山谷之中,见一老公而问之,曰:'是为何谷?'对曰:'愚公之谷。'桓公曰:'何故?'对曰:'以臣名之。'"言自己过着隐居的生活。

㊷偃息:休息。

㊸抽簪(zān):抽下连系冠发的簪子,散发无束。喻弃官不仕。

㊹实无水而恒沉:语出《庄子·则阳》,无水而沉,喻隐居。

㊺"五月"句:典见皇甫谧《高士传》,此言意所交往相识的人都是农人与有道贫士。

㊻"问葛洪"二句:葛洪,晋丹阳句容人,好神仙炼丹之术,著有《抱朴子》《肘后要急方》等。京房,汉顿丘人,善易学。此言闲暇时可以访医问卜。

㊼"鸟何事"二句:《庄子·至乐》载,海鸟止于鲁郊,具太牢以为膳。鸟乃眩视忧悲,不食不饮而死。《韩诗外传》:"昔伯牙鼓琴而渊鱼出听。"此言当如栖林的飞鸟、潜渊的游鱼,今则失其故性,终无欢乐。表明难忘故国。

㊽寒暑异令:指南方与北方的气候不同而季节时令相异。

㊾"崔骃(yīn)"二句:崔骃是窦宪的主簿。窦宪擅权,骃数谏。宪不能容,使出为长岑长。骃不愿远行,忧郁而死。吴质是曹丕的好友。建安二十二年(217),魏大疫。太子曹丕与质书,质报之曰:"今质已四十二矣,白发生鬓,所虑日深……盛年一过,实不可追。"以上言自己如

543

崔、吴一样失意，故抑郁多病。

(50)镇宅神以薶（mái）石：宅神，住宅里的鬼怪。薶石，古人迷信，在住宅四周埋下石头以镇宅驱邪。薶，同“埋”。

(51)厌山精而照镜：《抱朴子》：“万物之老者，其精悉能假托人形，以眩惑人目而常试人，唯不能于镜中易其真形耳。”厌，即压。

(52)“屡动”二句：用庄舄病中讲家乡话和魏颗之父临终胡言乱语之典，言在北方因思念家乡，几至于神志错乱。

(53)“蓬头”二句：典见《后汉书·列女传》和《后汉书·逸民传》。此言自己妻儿虽不显贵，但亦有闲适的乐趣。

(54)燋（jiāo）麦：陈焦的麦子。燋，同“焦”。

(55)骚骚：形容风声。

(56)“聚空仓”二句：晋苏伯玉妻《盘中诗》：“空仓鹊，常苦饥。”古代谚语有“促织鸣，懒妇惊”，后来或用懒妇称蟋蟀。此描写自己生活贫困之状。

(57)“昔草滥”二句：言自己以前仕梁凭借先世之德，很受重用，生活优越。草滥，以草莽之夫而滥居列位。吹嘘，即吹竽。用南郭处士滥竽充数事。庆余，泽及子孙。《易·坤·文言》：“积善之家，必有余庆。”

(58)门有通德：指祖父庾易为齐征士，不就，如汉之郑玄。典出《后汉书·郑玄传》。郑玄屡征不就，北海相孔融深敬之，为玄立一乡曰郑公乡，门曰通德门。

(59)家承赐书：汉代班嗣、班彪兄弟二人，友爱博学，皇帝曾赐其书籍。此言自己的伯父庾於陵、父亲庾肩吾彼此也友爱有识，和班嗣、班彪相似。

(60)“或陪”二句：言自己曾经陪侍和参加皇帝的游宴。玄武，宫阙名，在汉未央宫北。凤凰，汉宫殿名。墟，处所。

(61)观受釐（xī）于宣室：受釐，古代礼节，祭祀后将祭余的肉献给皇帝以祝福,皇帝受此祝贺,叫做受釐。釐,祭祀用后的肉。宣室,汉宫殿名,是未央宫前的正室。

⑥赋长杨于直庐:长杨,汉代宫殿名。扬雄曾作《长杨赋》。直庐,旧时侍臣值宿之处。

⑥山崩川竭:《史记·周本纪》:"山崩川竭,亡国之征也。"指梁武帝太清二年(548年)侯景之乱。

⑥冰碎瓦裂:言国家遭乱以后残破不全。

⑥大盗潜移:指建康遭侯景叛乱,梁元帝迁都江陵。大盗,指侯景。

⑥长离永灭:指梁武帝子孙不能复兴,国家覆亡。

⑥"摧直辔(pèi)"二句:意谓在梁朝败亡过程中,自己经历重重艰险。三危,山名,有三山峰,高耸甚危。九折,坂名,山路曲折多险。

⑥"荆轲"二句:言出使被留离梁仕魏,为形势所迫。

⑥"关山"二句:此言自己在西魏时的乡关之思。古乐府有《关山月》。汉代民歌:"陇头流水,鸣声幽咽;遥望秦川,肝肠断绝。"皆离别肠断之曲。

⑦"龟言"句:前秦苻坚时得一大龟,后来龟死,有人梦龟言"我将归江南,不遇,死于秦"。见《水经注》引车频《秦书》。此喻欲归江南而不能。

⑦"鹤讶"句:传说西晋太康二年(281)冬天,天气特别寒冷,有人听到两只白鹤在桥下说:"今兹寒不减尧崩年也。"此隐喻梁元帝被杀之事。

⑦不雪雁门之踦(jǐ):汉代段会宗曾任雁门郡守,犯法被免职。后来复为都护,其友谷永写信警告他说:你这次只要不出毛病,也就足以挽回雁门之憾了。雪,洗刷。踦,不偶、失败。

⑦先念鸿陆之远:《易·渐》:"鸿渐于陆,夫征不复。"这里比喻自己到北朝被留不归。

545

⑭非淮海兮可变:《国语·晋语》载赵简子说:"雀入于海为蛤,雉入于淮为蜃,鼋鼍鱼鳖莫不能化,唯人不能,哀夫!"

⑮非金丹兮能转:金丹,丹药。转,丹在炼炉内转动变化。此言自己的命运不容易改变。

⑯不暴骨于龙门:典出《三秦记》。此喻作者当年在时乱中侥幸逃生。

⑰终低头于马坂:典出《战国策·楚策》。此指自己像老马一样,只能低头为人服役。

⑱"谅天造"二句:言天道不明,世人糊涂可悲。谅,诚然。天造,指天道。

【解读】

《小园赋》是庾信晚年羁留北周、思念故国时作的抒情小赋。

首段借典故表明自己的人生追求。先言自己对于贫富的态度,愿如巢父、壶公以一枝一壶安身,如管宁、稽康那样简居自安;至于樊重之第、王根之宅的豪奢,则觉得全无必要。接着便引出自己向往的小园及园中生活:数亩敝庐,寂寞人外,以避风霜寒暑,虽有近市面城之便,但不求市利,安于闲居;以鹤的无意乘轩和爱居无意于钟鼓表示本无意做官,只求蜗角蚊睫足以容身即可。

第二段写理想中的小园风光。园子虽小,犹得"敧侧八九丈,纵横数十步","山为篑覆,地有堂坳"。居室虽如窟室同凿坯,但可领略"桐间露落,柳下风来"的逸趣,可读书弹琴于其间。园中百物丰茂,无不自在,且"鸟多闲暇,花随四时",如此小园,万物欣欣向荣而自在,见作者对自由隐居生活的向往。而现实却是"心则历陵枯木,发则睢阳乱丝。非夏日而可畏,异秋天而可悲",何其悲催!

第三段再写小园景物和日常生活。园中有池鱼、修竹,花草丛生,果树繁多,以至落叶狂花,纷飞乱舞,如野人之家、愚公之谷;"虽有门而长闭","三春负锄相识,五月披裘见寻。问葛洪之药性,访京

546

房之卜林"；而现实境况则是旅居长安，花草虽多，却起不到忘忧长乐的作用。本愿像飞鸟、游鱼一样栖于深林、潜于重渊，却过着不愿饮酒却偏要让其饮酒，不愿听琴却偏要其听琴的违背本心的生活，何其痛苦！

第四段先以崔骃的抑郁损寿和吴质的愁苦成疾喻己，表达对有违本性的寒暑不适及引发的忧虑，流露故国之思；复以庄舄因思乡而病中自语乡音和魏颗之父临终神志错乱之典，表达恒念故国梁朝的深切哀痛。接下来情景交融，既言"薄晚闲闺，老幼相携"，"燋麦两瓮，寒菜一畦"，深感对不起妻儿的处境和心境，更细描"风骚骚而树急，天惨惨而云低。聚空仓而雀噪，惊懒妇而蝉嘶"，渲染凄凉惨淡的氛围，寄托悲切的乡关之思与穷愁之叹。

第五段插入往事的回忆。言昔日在梁时，父子在东宫，出入宫廷，恩宠无比，如贾谊之应召宣室，扬雄之作赋《长杨》。寥寥数语，见深浓的追念之情。

最后一段转写梁末的动乱。以"山崩川竭"言侯景之乱，以荆轲、苏武之事，喻己羁留异邦。以关山风月凄怆、陇水肝肠断绝言北地之苦况，以龟言地寒、鹤讶今雪，暗喻自己不愿老死长安，暗指梁元帝遇害之事。以"百龄兮倏忽"数句，言壮年遭逢世乱，流离而成暮齿，命运不济，注定不能返回故土，终不得不屈节仕北，此辱难洗，天道昧昧，生民糊涂，一切都渺茫可悲……沉痛与悲哀之情层层加深。

全篇触景生情，移情入景，写景言情，几乎全借重典故；琐陈缕述，反复申说，悲感淋漓，体现了庾信坎壈咏怀，穷途一恸的心情。

【点评】

"此赋前半俱从小园落想，为哀怨之词，近人摹拟是题，一味写景赋物，失之远已。"（［清］许梿评选、黎经诰笺注《六朝文絜笺注》卷一）

哀江南赋序①

庾　信

　　粤以戊辰②之年，建亥之月③，大盗④移国，金陵⑤瓦解。余乃窜身荒谷⑥，公私涂炭。华阳奔命⑦，有去无归。中兴⑧道销，穷于甲戌⑨。三日哭于都亭，三年囚于别馆⑩。天道周星⑪，物极不反⑫。傅燮⑬之但悲身世，无处求生⑭；袁安⑮之每念王室，自然流涕⑯。

　　昔桓君山⑰之志事，杜元凯⑱之平生，并有著书，咸能自序。潘岳之文采，始述家风⑲；陆机之辞赋，先陈世德⑳。信年始二毛㉑，即逢丧乱㉒，藐是㉓流离，至于暮齿。《燕歌》㉔远别，悲不自胜；楚老㉕相逢，泣将何及！畏南山之雨㉖，忽践秦庭㉗；让东海之滨，遂餐周粟㉘。下亭漂泊，高桥羁旅㉙；楚歌㉚非取乐之方，鲁酒㉛无忘忧之用。追为此赋，聊以记言㉜；不无危苦之辞，惟以悲哀为主㉝。

　　日暮途远，人间何世㉞？将军一去，大树飘零㉟；壮士不还，寒风萧瑟㊱。荆璧睨柱，受连城而见欺㊲；载书横阶，捧珠盘而不定㊳。钟仪君子，入就南冠之囚；季孙行人，留守西河之馆㊴。申包胥之顿地，碎之以首㊵；蔡威公之泪尽，加之以血㊶。钓台移柳，非玉关之可望㊷；华亭鹤唳，岂河桥之可闻㊸？

　　孙策以天下为三分㊹，众才一旅㊺；项籍用江东之子弟，人惟八千㊻。遂乃分裂山河，宰割天下㊼。岂有百万义师，一朝卷甲㊽，芟夷斩伐，如草木焉？江淮无涯岸之阻，亭壁无藩篱之固㊾。头会箕敛者合从缔交；锄櫌棘矜者因利乘

548

便⁵⁰。将非江表⁵¹王气，终于三百年⁵²乎？是知并吞六合，不免轵道之灾⁵³；混一车书⁵⁴，无救平阳之祸⁵⁵。呜呼！山岳崩颓，既履危亡之运⁵⁶；春秋迭代，必有去故之悲⁵⁷。天意人事，可以凄怆伤心者矣。况复舟楫路穷，星汉非乘槎可上⁵⁸；风飙道阻，蓬莱无可到之期⁵⁹。穷者欲达其言，劳者须歌其事⁶⁰。陆士衡闻而抚掌，是所甘心⁶¹；张平子见而陋之，固其宜矣⁶²。

【注释】

①哀江南：语出《楚辞·招魂》之"魂兮归来哀江南"句。梁武帝定都建康，梁元帝定都江陵，二者都属战国时楚地，作者借此哀悼故国梁朝的覆亡。

②戊辰：指梁武帝太清二年（548）。

③建亥之月：阴历十月。

④大盗：窃国篡位者，这里指侯景。

⑤金陵：即建康，今南京市，梁国都。

⑥"余乃"句：《北史·庾信传》："侯景作乱，梁简文帝命信率宫中文武千余人营于朱雀航。及景至，信以众先退。台城陷后，信奔于江陵。"荒谷，《左传》杜预注："荒谷，楚地。"此指江陵。

⑦华阳奔命：梁元帝承圣三年（554），庾信奉命由江陵出使西魏，十一月，江陵被西魏攻陷，庾信于是留在长安未归。华阳，华山之南。阳，山南。此指江陵。奔命，奉命奔走。

⑧中兴：指梁元帝于承圣元年（552）平定侯景之乱，即位江陵。

⑨穷于甲戌：指承圣二年（554）梁元帝被杀。

⑩三日哭于都亭，三年囚于别馆：《晋书·罗宪传》：魏之伐蜀，宪守永安城。及成都败，"知刘禅降，乃率所部临于都亭三日"。另据《左

549

传·昭公二十三年》记载:"晋人来讨,叔孙婼如晋,晋人执之,……乃馆诸箕。"此两句用典,指自己当时的心境有如率部在都亭痛哭三日的罗宪和被囚于别馆三年的叔孙婼。

⑪周星:即岁星,也称太岁,即木星,因其一十二年绕天一周,故名。

⑫物极不反:指梁朝就此一蹶不振、再难恢复。

⑬傅燮:字南容,东汉末年人。

⑭无处求生:据《后汉书·傅燮传》记载,傅燮任汉阳太守,王国、韩遂等率兵攻城,城中兵少粮乏,他的儿子劝他弃城归乡,傅燮慨叹说:"汝知吾必死耶!……世乱不能养浩然之志,食禄又欲避其难乎?吾行何之,必死于此!"于是命令左右进兵,临阵战死。

⑮袁安:字邵公,后汉时人。

⑯自然流涕:《后汉书·袁安传》载,安为司徒,"以天子幼弱,外戚擅权,每朝会进见及与公卿言国家事,未尝不噫呜流涕"。

⑰桓君山:即桓谭,字君山,后汉时人。

⑱杜元凯:即杜预,字元凯,晋代人,著有《春秋经传集解》。

⑲始述家风:潘岳有《家风》诗,自述家族风尚。

⑳先陈世德:陆机有《祖德赋》《述先赋》。又有《文赋》,其中有云:"咏世德之骏烈。"

㉑二毛:指头发有黑白二色。

㉒丧乱:指侯景之乱和江陵沦陷被留西魏。

㉓藐是:遥远。藐,远。

㉔《燕歌》:指乐府《燕歌行》。《北史·王褒传》:"褒曾作《燕歌》,妙尽塞北寒苦之状。"

㉕楚老:代指故国父老。旧说引《汉书·龚胜传》,说楚人龚胜于王莽时不愿"一身事二姓","遂不复开口饮食,积十四日,死"。庾信世居楚地,故引此事来深惭自己为北地君主效命。

㉖南山之雨：《列女传·贤明传》："妾闻南山有玄豹，雾雨七日而不下食者，何也？欲以泽其毛而成文章也，故藏而远害。"一说以山高在阳喻君主，指迫于君命不敢不使魏。

㉗践秦庭：《左传·定公四年》："申包胥如秦乞师，……立依于庭墙而哭，日夜不绝声，……七日，……秦师乃出。"此喻出求和救急。

㉘让东海之滨，遂餐周粟：见东方朔《非有先生论》"伯夷、叔齐"注。此言他原本以谦让为怀，却不能如伯夷、叔齐那样殉义。

㉙下亭漂泊，高桥羁旅：此谓旅途劳顿。下亭，《后汉书·独行传》载孔嵩应召入京，在下亭的道路旁过夜时，马匹被盗。高桥，一作"皋桥"。

㉚楚歌：楚地民歌。

㉛鲁酒：鲁地之酒。

㉜记言：《汉书·艺文志》："古之王者，世有史官，左史记言，右史记事。"据此可知庾信写此文，不只是慨叹身世，也是兼记历史。

㉝"不无危苦"二句：语出嵇康《琴赋》序："称其材干，则以危苦为上；赋其声音，则以悲哀为主。"

㉞人间何世：《庄子》有《人间世》篇。王先谦《集解》："人间世，谓当世也。"此感慨年老世变。

㉟将军一去，大树飘零：《后汉书·冯异传》："每所止舍，诸将并坐论功，异常独屏树下，军中号曰'大树将军'。"这里是作者以冯异自喻，说他离开国家，梁朝沦亡。

㊱壮士不还，寒风萧瑟：用荆轲刺秦去而不返之典，言自己出使西魏，一去不归。壮士，指荆轲。

㊲荆璧睨柱，受连城而见欺：用蔺相如完璧归赵之典，此指作者出使西魏被骗。荆璧，即和氏璧，因楚人和氏在荆山挖得而名。睨，斜视。连城，相连之城。

㊳载书横阶，捧珠盘而不定：用毛遂按剑迫使楚王合纵之典。此

言自己出使西魏，未能缔约，梁朝反遭攻打。载书，盟书。珠盘，诸侯盟誓所用器皿。

㊴"钟仪君子"四句：用楚囚钟仪之典以自比，说他原本是楚人，却羁留魏、周，类似于"南冠之囚"。用季孙被执于晋之事自比被留在异国他乡，难以回归。

㊵申包胥之顿地，碎之以首：用楚人申包胥哭求救兵于秦之典说作者曾为救梁国竭尽心力。申包胥，春秋时楚国大夫。顿地，叩头至地。

㊶蔡威公之泪尽，加之以血：用蔡威公泣尽以血，哀国且亡之典。此谓对梁国灭亡深感悲痛。

㊷钓台移柳，非玉关之可望：此谓滞留北地的人再也见不到南方故土的柳树。钓台，在武昌。此代指南方故土。移柳，陶侃镇守武昌时，曾令军士植柳于此。玉关，玉门关，在今甘肃敦煌西。此代指北地。

㊸华亭鹤唳，岂河桥之可闻：用陆机河桥兵败被诛，临刑生"欲闻华亭（陆之故乡）鹤唳，可复得乎"之叹的典，意谓故乡鸟鸣已非身处异地的人所能听到。

㊹三分：指魏、蜀、吴三分天下。

㊺一旅：五百人。

㊻江东之子弟，人惟八千：《史记·项羽本纪》："籍与江东子弟八千人渡江而西。"

㊼遂乃分裂山河，宰割天下：语本贾谊《过秦论》："宰割天下，分裂山河。"

㊽"岂有百万义师"二句：据《南史·侯景传》载，侯景造反，梁将王质率兵三千无故自退，谢禧弃白下城逃走，援兵至北岸，号称百万，后来全都败走。百万义师，指平定侯景之乱的梁朝大军。卷甲，卷敛衣甲而逃。

㊾“江淮”二句：长江、淮河失去了水岸的阻挡，军营壁垒缺少了藩篱的坚固。涯岸，水边河岸。亭壁，指军中壁垒。藩篱，竹木所编屏障。

㊿“头会箕敛”二句：得逞一时的作乱者暗中勾结，持锄耰和棘矜的人乘虚而入。头会箕敛，《汉书·陈余传》：“头会箕敛，以供军费。”服虔注：“吏到其家，以人头数出谷，以箕敛之。”合从缔交，原为战国时六国联合抗秦的谋略，这里指起事者们彼此串联，相互勾结。锄耰，简陋的农具。棘矜，低劣的兵器。因利乘便，此指陈霸先乘梁朝衰乱，取而代之。

(51)江表：江外，长江以南。

(52)三百年：指从孙权称帝江南，历东晋、宋、齐、梁四代，前后约三百年的时间。

(53)轵(zhǐ)道之灾：《史记·高祖本纪》记汉高祖入关：“秦王子婴素车白马，……降轵道旁。”轵道，在今陕西咸阳市西北。

(54)混一车书：指统一天下。《礼记·中庸》：“今天下车同轨，书同文，行同伦。”

(55)无救平阳之祸：据《晋书·孝怀帝本纪》，永嘉五年(311)刘聪攻陷洛阳，迁晋怀帝于平阳。永嘉七年(313)怀帝被害。又《孝愍帝本纪》记载，晋愍帝建兴四年(316)刘曜攻陷长安，迁愍帝于平阳。建兴五年(317)，愍帝遇害。平阳，在今山西临汾。

(56)山岳崩颓，既履危亡之运：《国语·周语》：“山崩川竭，亡之征也。”

(57)春秋迭代，必有去故之悲：此喻梁、陈两朝更替。去故，离别故国。

(58)“况复舟楫路穷”二句：舟船无路，银河不是乘筏驾船所能上达。张华《博物志》：“旧说云，天河与海通……年年八月有浮槎去来，不失期。”槎，竹筏木排。

⑤⑨"风飙道阻"二句:风狂道阻,海中的蓬莱仙山也无到达的希望。《汉书·郊祀志》:"自威、宣、燕昭使人入海求蓬莱、方丈、瀛洲。此三神山者,其传在勃海中,……临之,患且至,则风辄引船而去,终莫能至云。"飙,暴风。

⑥⓪"穷者"二句:《晋书·王隐传》:"盖古人遭时则以功达其道,不遇则以言达其才。"何休《公羊传解诂》:"饥者歌其食,劳者歌其事。"此说明作者作赋是有感而发。穷者,指仕途困踬的人。

⑥①"陆士衡"二句:《晋书·左思传》记载,左思作《三都赋》,"初陆机入洛,欲为此赋。闻思作之,抚掌而笑……及思赋出,机绝叹伏,以为不能加也,遂辍笔焉"。此谓写此文后即使受人嘲笑,也心甘情愿。陆士衡,陆机字士衡。抚掌,拍手。

⑥②"张平子"二句:《艺文类聚》:"昔班固观世祖迁都于洛邑,……假西都宾盛称长安旧制……张平子薄而陋之。"此谓此赋就算为人轻视,也是理所当然的。张平子,张衡。陋,轻视。

【解读】

本篇为《哀江南赋》的序,主要是伤悼南朝梁的灭亡和哀叹自己个人身世,陈述了梁朝的成败兴亡,以及侯景之乱和江陵之祸的前因后果,凝聚着作者对故国和人民遭受劫乱的哀伤。

序文一、二段叙家国沦亡和自己的沦落,交代写赋的缘由及赋的主要内容。先叙侯景之乱,金陵沦落,自己逃匿江陵,朝野无不惨遭涂炭。接着写被扣西魏,国破家亡,自己心情如东汉傅燮临难之时,但悲身世,无处求生;又像东汉袁安念及国事,潸然泪下;因此想仿效桓谭、杜预、潘岳、陆机等古人著书作赋,从而交代作赋的缘由。"信年始二毛"以下转写身世之悲,概言此赋主要是想追忆梁朝兴亡的史实,虽有叙述个人危难悲苦的词句,但以伤痛国事为主。

第三段追述出使西魏不仅无功,反而被拘的过程,抒写羁留异国的悲愤和对江南故国的怀念。先用冯异、荆轲两典,兴起出使西魏,有往无归的喟叹。接着用蔺相如完璧归赵和毛遂定盟而还的故事,自伤使命之不成。进而伤叹年已高而归途远,只能像君子钟仪那样,做一个戴着南冠的楚囚,像行人季孙那样,留住在西河的别馆;其悲痛惨烈,不减于申包胥求秦出兵时的叩头于地,头破脑碎,也不减于蔡威公国亡时的痛哭泪尽,继之以血。继而以不见钓台移柳,不闻华亭鹤唳,比喻自己怀念故国而不可见。这一层中众多古代忠臣良将义士的典故,包含着作者立功无望、仕周无奈、忠于故国、思乡难归的复杂感情,悲哀欲绝的苦衷和暮年凄凉的景况宛然可见。

第四段感叹梁朝的腐败而亡和人民的惨遭杀戮。先以孙策、项羽靠少数兵力崛起,终能剖分山河、割据天下的史实,与梁朝百万军队竟一朝卷甲溃败而致西魏军长驱直入、杀戮平民如割草摧木对比,述古讽今,批评梁朝的腐败怯懦。称陈霸先这样的地位微贱者暗中勾结,乘虚而入,终于篡梁自立,使梁绝统,江南一带的帝王之气,历经三百年而归于终结;而"是知并吞六合"数句,则以秦及西晋虽一统天下却终归覆亡的史实,抒发春秋更替、兴亡变迁的感慨,饱含伤陈代梁的沉痛。序文结末几句,又由"念王室"而转"悲身世"。故国不复存在,自己屈仕于北,虽眷恋故土,但如同舟船无路,银河非乘筏驾船所能上达;风狂路阻,海中仙山也无到达希望。欲归无望,日暮途穷,只能"穷者欲达其言,劳者须歌其事",再次点赋之主旨:书国事之慨,穷者之忧。

序文深沉凄婉,整饬流畅,如实记录了历史,具有史诗的规模和气魄。

【点评】

"《哀江南赋》者,哀梁亡也。本传:'信虽位望通显,常作乡关之思,乃作《哀江南赋》以致其意。'宋玉《招魂》曰:'魂兮归来哀江南。'宋玉,战国时楚人,梁武帝都建邺,元帝都江陵,二都本战国楚地,故云。"([清]倪璠《庾子山集注》)

"及其流转入周,重以飘泊之感,调以北方清健之音,故中年以后之作,能滫洒梁之宫体而特见风骨。杜甫称之曰:'清新庾开府。'又曰:'庾信文章老更成。'盖上摩汉魏之垒,下启唐宋之途,实以信为能兼之也。"(曾毅《中国文学史》第二十四章)

枯树赋
庾　信

殷仲文①风流儒雅,海内知名。世异时移②,出为东阳太守。常忽忽③不乐,顾庭槐而叹曰:"此树婆娑④,生意尽矣!"

至如白鹿⑤贞松,青牛文梓⑥。根柢盘魄⑦,山崖表里⑧。桂何事而销亡⑨,桐何为而半死? 昔之三河⑩徙植,九畹移根⑪。开花建始之殿⑫,落实睢阳之园⑬。声含嶰谷⑭,曲抱《云门》⑮。将雏集凤⑯,比翼巢鸳。临风亭而唳鹤⑰,对月峡而吟猿⑱。乃有拳曲拥肿⑲,盘坳⑳反复。熊彪顾盼,鱼龙起伏㉑。节竖山连㉒,文横水蹙㉓。匠石惊视㉔,公输㉕眩目。雕镌始就,剖劂㉖仍加。平鳞铲甲,落角摧牙㉗。重重碎锦,片片真花。纷披草树,散乱烟霞。

若夫松子、古度、平仲、君迁㉘,森梢㉙百顷,槎枿㉚千年。秦则大夫受职㉛,汉则将军坐焉㉜。莫不苔埋菌压,鸟剥虫穿㉝。或低垂于霜露,或撼顿㉞于风烟。东海有白木㉟之庙,西河有枯桑之社㊱,北陆以杨叶为关㊲,南陵以梅根作冶㊳。小山则丛桂留人㊴,扶风则长松系马㊵。岂独城临细柳㊶之上,塞落桃林㊷之下。

若乃山河阻绝,飘零离别。拔本垂泪,伤根沥血㊸。火入空心，膏流断节㊹。横洞口而欹卧，顿山腰而半折，文斜者百围㊺冰碎，理正者千寻瓦裂。载瘿衔瘤㊻，藏穿抱穴㊼。木魅睒睗㊽，山精妖孽㊾。

况复风云不感，羁旅㊿无归。未能采葛(51)，还成食薇(52)。沉沦穷巷，芜没荆扉。既伤摇落(53)，弥嗟变衰。《淮南子》(54)云："木叶落，长年悲。"斯之谓矣。乃歌曰："建章三月火，黄河万里槎(55)。若非金谷满园树(56)，即是河阳一县花(57)。"桓大司马(58)闻而叹曰："昔年种柳，依依汉南。今看摇落，凄怆江潭。树犹如此，人何以堪(59)！"

【注释】

①殷仲文：字仲文，陈郡（今河南淮阳）人。东晋大臣、诗人。

②世异时移：桓玄执政，以殷仲文为侍中，总领诏命。后桓玄为刘裕所败，晋安帝复位，仲文上表请罪。此句指此事。

③忽忽：恍惚，失意的样子。

④婆娑（suō）：本指舞蹈时婉转倾侧的样子，这里用来形容槐树枝叶纷披之状。

⑤白鹿：指白鹿塞，在今甘肃敦煌。

⑥青牛文梓：古人以为树万岁化为青牛。

⑦盘魄：同"磅礴"，盛大。

⑧山崖表里：以山崖为表里，形容上句所说根柢的牢固。

⑨销亡：枯死。

⑩三河：汉时称河东、河内、河南三郡为三河。

⑪九畹（wǎn）移根：指大面积移植。畹，古代三十亩为一畹，或说十二亩为一畹。

⑫建始之殿：洛阳宫殿，曹操始建。

⑬睢(suī)阳之园:指汉梁孝王刘武所建的梁园。

⑭嶰(xiè)谷:传说在昆仑山北,黄帝曾派伶纶至此地取竹制作乐器。这里指乐曲。

⑮《云门》:黄帝时的舞曲。

⑯将雏集凤:言凤凰携幼鸟停落在树上。将,带领。

⑰临风亭而唳(lì)鹤:言鹤常立树上对风鸣叫。陆机、陆云兄弟被成都王司马颖杀害,遇害前陆机叹道:"华亭鹤唳,岂可复闻乎!"风亭,指风。

⑱对月峡而吟猿:指猿猴常立树上对月长鸣。月峡,明月峡,巴楚三峡之一的旧称。这里指月。吟猿,三峡水路艰险,行人至此往往起怀乡之感,有渔歌唱"巴东三峡巫峡长,猿鸣三声泪沾裳"。

⑲拥肿:同"臃肿",树木瘿节多而不平。

⑳盘坳(ào):盘曲扭结的样子。

㉑熊彪顾盼,鱼龙起伏:形容树木的曲肿盘绕之状。彪,小虎。

㉒节竖山连:言树节竖立多如山山相连。节,树的枝干交接处。

㉓文横水蹙(cù):言树木的花纹横生,有如水面波纹。文,花纹。蹙,皱。

㉔匠石惊视:匠石,古代有名的木匠,名石。《庄子·人间世》载,有个叫石的木匠路见被奉为神树的大栎树,看也不看,因为他知道此木没有大用途。这里反用其意。

㉕公输:春秋时鲁国的能工巧匠,姓公输名班,也称鲁班。

㉖剞(jī)劂(jué):雕刻用的刀子。

㉗平鳞铲甲,落角摧牙:平、铲、落、摧,义同,指砍掉,铲平。鳞、甲,指树皮。角、牙,指树干的疙瘩节杈。

㉘松子:指子可食的松树。古度:树名,不华而实,子从皮中出,大如石榴。平仲:树名,实白如银。君迁:树名,实如瓠形。

㉙森梢:指枝叶繁盛茂密。

㉚槎(chá)枿(niè)：树木砍后重生的枝条。斜砍为槎,砍而复生为枿。

㉛人夫受职：受封大夫之职。《史记·秦始皇本纪》载,秦始皇到泰山封禅时,避雨于松树下,于是封其松为"五大夫"。后以"五大夫"为松树的别名。

㉜将军坐焉：《后汉书·冯异传》载,东汉将领冯异辅佐刘秀兴汉有功。诸将并坐论功,他常独坐树下,军中称其为"大树将军"。

㉝苔埋菌压,鸟剥虫穿：指枯树埋没于青苔,上面寄生菌类,被飞鸟剥啄、蛀虫蠹穿。

㉞撼顿：摇撼倒地。

㉟白木：指白皮松。

㊱枯桑之社：社,古代祭祀土地神的地方。应劭《风俗通义》载,东汉人张助在干枯的空桑中种李,有患目疾者在树荫下休息,其目自愈,于是在此处设庙祭祀。

㊲以杨叶为关：以"杨叶"为关卡之名。

㊳梅根作冶：以梅树根作冶炼金属时用的燃料。

㊴"小山"句：小山,即淮南小山,汉淮南王刘安的门客,姓名不详,今存辞赋《招隐士》。丛桂留人,淮南小山《招隐士》有"桂树丛生兮山之幽,……攀援桂枝兮聊淹留"。

㊵"扶风"句：晋刘琨《扶风歌》："据鞍长叹息,泪下如流泉。系马长松下,发鞍高岳头。"长松,高松。

㊶城临细柳：即临细柳城。细柳,细柳城,今陕西咸阳市附近,西汉周亚夫屯军于此,称细柳营。

㊷塞落桃林：即落桃林塞。桃林,桃林塞,约在今河南灵宝以西、陕西潼关以东一带,《左传》记晋侯使詹嘉守桃林之塞。

㊸拔本垂泪,伤根沥血：拔本、伤根,指拔掉树根,损伤树根。沥血,传说有大树因根伤而流血。

㊹膏流断节：指树脂从断节处流出来。膏，树脂。

㊺百围：形容树干粗大。围，两臂合抱的长度。

㊻瘿（yǐng）、瘤（liú）：树木枝干上隆起似肿瘤的部分。

㊼藏穿抱穴：藏有虫穴鸟窝。穿，孔，洞。

㊽木魅睒（shǎn）睗（shì）：《抱朴子·登涉》："山中有大树，有能语者，非树能语也，其精名曰云阳，呼之则吉。"睒睗，目光闪烁的样子。

㊾妖孽：动词，为妖作孽。

㊿羁（jī）旅：寄居作客。

(51)未能采葛：采葛指完成使命。《诗经·王风·采葛》本是男女的爱情诗，汉代郑玄解作"采葛，喻臣以小事使出"。庾信是出使北朝时被迫留下的，以此典喻自己未能完成使命。

(52)食薇：见东方朔《非有先生论》之"伯夷、叔齐"注。这里指在北朝做官。

(53)摇落：喻衰老。《楚辞》宋玉《九辩》："悲哉秋之为气也，萧瑟兮草木摇落而变衰。"

(54)《淮南子》：又称《淮南鸿烈》，是西汉淮南王刘安及其门客所写的杂家著作。下"木叶落，长年悲"引自《淮南子·说山训》，今本作"见一叶落，而知岁之将暮……故桑叶落而长年悲也"。长年，指老年人。

(55)"建章"二句：建章，西汉宫殿名，汉武帝时修建。三月火，指东汉建武二年(26)建章宫被焚之事。语用《史记·项羽本纪》：项羽引兵"烧秦宫室，火三月不灭"。槎（chá），木筏。晋张华《博物志》："年年八月，有浮槎往来(海上与天河)不失期。"二句是说，建章宫被焚烧时，灰烬在万里黄河中漂流，有如浮槎。

(56)"若非"句：金谷即金谷园，晋石崇筑。石崇《思归引序》称园内有"柏木几于万株"。

(57)"即是"句：河阳，在今河南孟州西。晋潘岳为河阳令，命满城栽桃树。

(58)桓大司马：指东晋桓温，晋简文帝时任大司马。

(59)“树犹”二句：《晋书·桓温传》载，桓温北伐，见年轻时“所种柳皆已十围，慨然曰：‘木犹如此，人何以堪！’攀枝执条，泫然流涕。”堪，忍受。

【解读】

梁元帝承圣三年(554)庾信奉命出使西魏，抵达长安不久，西魏攻克江陵，庾信被扣留，不得遣归，遂感怀身世而作《枯树赋》。

首段借身世与自己相似的殷仲文对枯树的慨叹发端，切入咏树之题，并以“生意尽矣”点出文眼，奠定悲凉基调。

第二段写各种树木的际遇。北方的贞松、文梓，盘根广大，结体山崖。而桂树、梧桐，却或消亡，或半死。这里通过北方贞松、文梓的郁勃生机与桂树、梧桐对比，引发出对桂树、梧桐的萧瑟枯萎的惋惜和疑问。原来，这桂树、梧桐是徙植者，当它们从原产地移植到帝王之乡、皇宫苑囿时，“开花建始之殿，落实睢阳之园”，可谓备极荣华，但它们临风怀想，难以忘记故乡的鹤鸣，三峡的猿啼。联系作者本是梁朝之臣而流落北朝的身世，其以树自伤的寄托是不言而喻的。接着转笔写弯曲臃肿、节疤横生的树木，此类树木，能工巧匠也望而生畏；但经过一番雕刻砍削之后，居然雕出“重重碎锦，片片真花；纷披草树，散乱烟霞 ”的美丽图案。它们被人雕琢而用、沦为玩物的际遇，与自己屈仕北朝的荣宠是何其相似，几多无奈，几多辛酸，寄寓于深沉的悲慨之中。

第三段再写松子、古度、平仲、君迁等树木，它们有的受封为大夫，有的号称为将军，有的与庙社关隘结缘，有的牵系文人雅士的深情豪迈，有的因战争而留名……但它们的最终结局，终不免“苔埋菌压，鸟剥虫穿”，枯萎于霜露与风烟之中，这与人的年寿有时而尽、荣华止乎其身、生命必然朽落的命运又何其相同。

第四段再写树木迁徙离乡的伤痛,含蓄地折射己身的遭遇。山河阻绝,飘零离别,血泪纵横,火殄膏流,残毁碎裂,精魅盘踞,其悲苦可想而知,句句写树,句句自况,至此,树已是作者的象征和化身。

最后一段是更明显际遇之叹。先用"风云不感"数句概言个人经历,再以"既伤摇落,弥嗟变衰"总言心境,羁旅不归的悲哀,屈节仕北的惭耻,令他看到草木凋谢衰枯而伤心哀叹;《淮南子》的"木叶落,长年悲"也引起强烈共鸣,于是作歌曰:"建章三月火,黄河万里槎。若非金谷满园树,即是河阳一县花。"歌辞句句用典咏树,句句暗落己身,栋梁毁于大火,木筏烂在水中;或人去园空,或枯萎不存。何其孤独凄凉!最后以桓温"树犹如此,人何以堪"的哀叹作结,与开篇的"此树婆娑,生意尽矣"呼应,物我一体,哀伤无穷。

全篇名为咏树,实为咏怀,将身世的喟叹变成树的形象,既写树木原有的勃勃生机与繁茂雄奇的姿态,又写树木受到的种种摧残而摇落变衰的惨状,情感沉郁。

【点评】

"梁庾信从南朝初至北方,文士多轻之。信将《枯树赋》以示之,于后无敢言者。时温子升作《韩陵山寺碑》,信读而写其本,南人问信曰:'北方文士何如?'信曰:'惟有韩陵山一片石堪共语。薛道衡、卢思道少解把笔,自余驴鸣犬吠,聒耳而已。'"([唐]张鷟《朝野佥载》卷六)

颜氏家训·文章(节选)　　　　颜之推

夫文章者,原出五经:诏命策檄,生于《书》者也;序述论议,生于《易》者也;歌咏赋颂,生于《诗》者也;祭祀哀诔,生于《礼》者也;书奏箴①铭,生于《春秋》者也。朝廷宪章,军旅誓诰,敷显②仁义,发明③功德,牧民④建国,施用多途。

至于陶冶性灵，从容讽谏，入其滋味，亦乐事也。行有余力，则可习之。

然而自古文人，多陷轻薄：屈原露才扬己，显暴君过；宋玉体貌容冶，见遇俳优；东方曼倩⑤，滑稽不雅；司马长卿，窃赀无操⑥；王褒过章《僮约》⑦；扬雄德败《美新》⑧；李陵降辱夷虏；刘歆反复莽世⑨；傅毅党附权门；班固盗窃父史；赵元叔⑩抗竦过度；冯敬通⑪浮华摈压；马季长佞媚获诮⑫；蔡伯喈⑬同恶受诛；吴质⑭诋忤乡里；曹植悖慢⑮犯法；杜笃乞假无厌⑯；路粹⑰隘狭已甚；陈琳实号粗疏；繁钦⑱性无检格；刘桢屈强输作⑲；王粲率躁见嫌；孔融、祢衡，诞傲致殒；杨修、丁廙，扇动⑳取毙；阮籍无礼败俗；嵇康凌物凶终；傅玄㉑忿斗免官；孙楚㉒矜夸凌上；陆机犯顺㉓履险；潘岳干没㉔取危；颜延年负气摧黜；谢灵运空疏乱纪；王元长凶贼自诒㉕；谢玄晖㉖侮慢见及。凡此诸人，皆其翘秀者，不能悉记，大较如此。

至于帝王，亦或未免。自昔天子而有才华者，唯汉武、魏太祖、文帝、明帝、宋孝武帝，皆负世议，非懿德之君也。自子游、子夏、荀况、孟轲、枚乘、贾谊、苏武、张衡、左思之俦㉗，有盛名而免过患者，时复闻之，但其损败居多耳。每尝思之，原其所积，文章之体㉘，标举兴会㉙，发引性灵㉚，使人矜伐，故忽于持操，果于进取。今世文士，此患弥切，一事惬当，一句清巧，神厉九霄㉛，志凌千载㉜，自吟自赏，不觉更有傍人。加以砂砾所伤㉝，惨于矛戟㉞，讽刺之祸，速乎风尘，深宜防虑，以保元吉㉟。

【作者简介】

颜之推(531—约590以后),字介,生于江陵(今湖北江陵),祖籍琅邪临沂(今属山东),文学家、教育家。其《颜氏家训》开我国家训类著作之先河。

【注释】

①箴:古代文体。用于告诫和规劝的文章。

②敷显:陈述显扬。

③发明:阐发彰明。

④牧民:统治人民。

⑤东方曼倩:东方朔,字曼倩。

⑥司马长卿:司马相如,字长卿。窃赀:攫取(卓王孙的)钱财。司马相如与卓文君相爱,文君父卓王孙不允。相如与文君私奔,当垆卖酒,其父卓王孙为颜面,不得已答应他们的婚事,并分与家财。事见《史记·司马相如列传》。

⑦王褒过章《僮约》:指王褒在《僮约》一文中记载的私造寡妇之家之事。《僮约》是王褒的作品,记述他在四川遇见寡妇杨惠家发生主奴纠纷,他便为这家奴仆订立了一份契券,明确规定了奴仆必须从事的若干项劳役及若干项奴仆不准得到的生活待遇。

⑧扬雄德败《美新》:指扬雄作《剧秦美新》歌颂王莽。

⑨反复莽世:指刘歆在王莽的新朝反复无常。

⑩赵元叔:赵壹字元叔,东汉汉阳人。

⑪冯敬通:冯衍字敬通,东汉京兆杜陵人。

⑫马季长:马融字季长,东汉扶风人。佞媚获诮:谄媚权贵遭致讥讽。

⑬蔡伯喈:蔡邕字伯喈,东汉陈留人。

⑭吴质:字季重,汉末三国时代人。

⑮悖慢：傲慢不羁。

⑯"杜笃"句：杜笃，字季雅，东汉学者，京兆杜陵人。乞假无厌，索借而不知满足。厌，满足。

⑰路粹：字文蔚，东汉末陈留人。

⑱繁钦：字休伯，东汉末颍川人。

⑲刘桢屈强输作：指刘桢性情倔强，被罚做苦工。输作，因犯罪罚作劳役。

⑳扇动：同"煽动"。指杨、丁二人鼓动曹操立曹植为太子之事。

㉑傅玄：字休奕，西晋时期名臣及文学家。

㉒孙楚：字子荆，西晋官员、文学家。

㉓犯顺：违反正道。

㉔干没：侵吞他人财物。

㉕"王元长"句：王元长即王融，南朝齐文学家。凶贼，凶恶残忍。自诒，自招灾殃。

㉖谢玄晖：谢朓，字玄晖，南朝齐诗人。

㉗俦：一类。

㉘体：本质。

㉙标举兴会：揭示兴味。

㉚发引性灵：抒发性情。

㉛神厉九霄：神采直达九霄。

㉜志凌千载：意气雄视千载。

㉝砂砾所伤：比喻细小的伤害。

㉞惨于矛戟：比矛、戟（的伤害）更为惨酷。

㉟元吉：大吉。

【解读】

本篇是《颜氏家训·文章》的节选，主要是告诫子孙们谨慎为文，不可恃才傲物、忽视操守而因文致祸。

首段提出文章的源头是《五经》的观点，并认为各类文章都有自己的用途。颜之推认为文章首先的功效是传布显扬仁义，阐发彰明功德，治理民众，建设国家，也可以陶冶情操，或对旁人婉言劝谏，或获取审美感受之类。文章应在做好了该做的事情后尚有过剩精力的情况下修习。第二段转入对文人的评述，认为"自古文人，多陷轻薄"，陈述了上自战国的屈原、宋玉，下至当时的王融、谢朓等诸多文人翘楚招损的际遇，以此说明恃才傲物的危害。第三段延伸至帝王和圣贤之人，说即使如汉武帝、魏太祖等数人，都受到世人的议论，而子游、子夏这类有盛名而又能避免过失祸患的人，中间遭受伤害的也占大多数。究其缘由，在于文章本是揭示兴味，抒发性情的，故易使人恃才自夸而忽视操守，急勇冒进；并指出当世文士此风尤盛的时弊，告诫子孙们不能恃才傲物，否则就会招致败损。最后指出言辞造成的伤害和灾祸，甚于矛戟、迅于风尘，以引起子孙们的戒惧之心，谨慎为文，以保身安。

此家训所言的不可恃才傲物而忽视操守之观点在今天仍有借鉴意义。但他认为文章重在"敷显仁义，发明功德"，其他功效次之的观点，是有失偏颇的。另外，他将屈原等人的个性坚守一律斥为"轻薄"，也有失公允。

【点评】

"此篇为一种无行文人针砭膏肓，大有裨益。但人品难齐，有托之狂简而不屑修饰者，有偏于刚介而动与祸会者，如屈、宋、东方、司马、嵇、阮、孔、谢之徒，皆贤者也，今概以为轻薄而讥之，可谓良莠不分者矣。"（[明]王志坚《四六法海》卷十）

图书在版编目（CIP）数据

汉魏晋南北朝文选读 / 唐焱编著 . -- 武汉 : 崇文
书局，2023.9
（中华诗文选读丛书 / 伍恒山主编）
ISBN 978-7-5403-7429-7

Ⅰ . ①汉… Ⅱ . ①唐… Ⅲ . ①古典文学—作品综合集
—中国—魏晋南北朝时代 Ⅳ . ① I213.51

中国国家版本馆 CIP 数据核字（2023）第 181408 号

出 品 人：韩　敏
选题策划：曾　咏　张　弛
责任编辑：曾　咏
封面设计：杨　艳
责任校对：董　颖
责任印刷：冯立慧

汉魏晋南北朝文选读
HANWEIJINNANBEICHAOWEN XUANDU

出版发行　 长江出版传媒　崇 文 书 局
地　　址：武汉市雄楚大街 268 号 C 座 11 层
电　　话：(027)87677133　　邮政编码：430070
印　　刷：湖北新华印务有限公司
开　　本：880×1230　　 1/32
印　　张：18.25
字　　数：460 千
版　　次：2023 年 9 月第 1 版
印　　次：2023 年 9 月第 1 次印刷
定　　价：69.00 元
（如发现印装质量问题，影响阅读，由本社负责调换）